KB163148

재혼은 처음이라

이지환 장편소설

vol.3

동아

재혼은 처음이라 3

초판 1쇄 인쇄일 | 2022년 1월 18일
초판 1쇄 발행일 | 2022년 2월 15일

지은이 | 이지환
펴낸이 | 박성면
펴낸곳 | (주)동아

출판등록 | 제406 - 3960100251002007000071호
주소 | 경기도 파주시 문발로 115, 세종대학교출판부 206호
전화 | (031)8071 - 5201
팩스 | (031)8071 - 5204
E - mail | bear6370@hanmail.net

정가 | 12,800원

ISBN 979-11-6302-559-7 (04810)
      979-11-6302-556-6 (set)

재혼은 처음이라

이지환 장편소설

vol.3

동아

목　차

16

오후 2시. 올댓파티 사무실.

점심 식사 시간 때문에 잠시 멈췄던 면접이 재개되었다.

"다음 분. 들어오세요."

구직 사이트에 공고를 올린 후, 정원을 비롯한 세 직원은 30여 장의 이력서를 검토했고, 그중에서 서류 심사를 통과한 지원자 10여 명의 면접을 보는 중이었다.

이번 주까지 채용을 끝내야 했기에 잠시 쉴 틈도 없었다.

그러면서도 밀려드는 상담에 응해야 했으며, 또 한편으로는 줄줄이 잡힌 행사들 준비도 병행해야 하니 올댓파티 임원 세 명은 그야말로 눈코 뜰 새가 없었다. 사업이 불처럼 일어난다는 건 다르게 말하면 그만큼 육신과 영혼을 더 많이 갈아 넣어야 한다는 뜻이었다.

다행히 예전에 아르바이트로 종종 와 주었던 탐나는 인재 고수현이 지원을 해 주었기에 일단 직원 한 명 채용이 끝났고, 나머지 한 명을 채용하기 위해 세 사람은 지친 정신을 억지로 가다듬으며 면접에 열과 성을 다했다.

　오후 5시.
　"감사합니다. 잘 부탁드리겠습니다. 안녕히 계세요."
　마침내 마지막 지원자가 꾸벅 인사를 마치고 사무실을 나갔다.
　"아, 힘들어."
　진이 빠질 대로 빠진 얼굴로 먼저 영주가 등을 뒤로 젖혀 의자에 몸을 푹 묻었다.
　"차라리 나가서 몸 쓰는 일이 쉽지."
　"그러게 말이다."
　사람을 앞에 두고 요모조모 하나하나 뜯어 가며 점수를 매기고 심사하는 건 너무 어려웠다. 하물며 반드시 취직되게 해 주세요, 하는 염원을 가득 담고 그들을 바라보고 있는 똘망똘망한 청년들을 거의 다 떨어뜨려야 하는 건 정말 생각만큼 쉽지 않은 일이었다.
　언제나 커피를 준비해 주는 영주가 반 넋이 나간 채 퍼질러진 것을 보고 정원이 얼른 일어났다.
　"커피, 커피 마시자!"
　"왕창 진하게."
　"경오 넌?"
　"단 거. 정원이 너는 카라멜 마끼아또 시킬 거지?"
　"응."
　"나도 그거."
　"오케이."
　정원은 배달 앱으로 얼른 1층 카페에서 음료 세 잔을 주문했다.
　"아까 그 웃음 치료사 자격증 있는 그 사람 말이야. 난 역시 그 친구가 가장 마음에 든다."

금세 배달된 진한 커피를 단숨에 마시고는 비로소 정신이 제자리를 찾은 모양이다. 의자 속에서 몸을 일으킨 영주가 입을 열었다.

사람 눈은 다 똑같은 것인지 영주가 점지한 신입 직원 후보는 역시 정원이나 경오 역시 속으로 그중 제일 괜찮은데, 하고 생각했던 청년이었다.

"자격증이 겁나 많아. 엄청 적극적으로 사는 사람인가 봐. 또 엄마가 식당을 하셔서 조리도 조금 건드린다고 하니까 완전 전천후 아냐?"

"그렇지? 역시 그 사람으로 정해야겠다."

"결정은 빨리하자. 우리 여유 부릴 시간이 없어. 연희동 생파, 얼마 안 남았어."

"말해 뭐 해."

그때 회사 전화벨이 울렸다. 새로운 고객님의 행사 상담이었다.

웃는 얼굴로 전화를 받았던 정원의 표정이 통화를 끊을 때는 걱정으로 가득했다.

"유 대표야, 고객님 상담 전화인데 얼굴이 왜 그래?"

상담을 마치고 차 마시는 책상 앞으로 다가온 정원을 바라보며 영주가 물었다. 정원의 표정이 영 시무룩했던 모양이다.

"그게 있잖아, '개 파티'를 하고 싶대."

"뭐?"

"말 그대로야. 자기가 키우는 반려견 돌잔치 상담이라니까."

"아니, 우린 사람 생파 전문인데? 강아지 파티는 취급 안 하잖아."

어이가 없다는 얼굴로 영주가 반문했다.

"그래서 우리 분야가 아니라고 몇 번을 말했는데도 그냥 하래. 와우, 그 고객님 너무 일방적이야."

"반려견들 파티 해 주는 데도 있을걸."

"한번 해 봐?"

정원이 묻자 경오가 단번에 고개를 저었다.

"시간적 여유가 있으면 한번 트라이해 보겠는데 지금 너무 정신이 없어서, 반려동물 전용 파티는 아직 우리 영역이 아닌 것 같아."

"천만 반려동물 시대라더니만, 세상 참 많이 달라졌구나."

"천만 반려동물 시대라. 오, 어쩌면 이게 의외로 블루 오션일지도?"

가만히 듣고 있던 영주가 갑자기 눈을 빛내며 중얼거렸다.

"어?"

"검색해 봐, 반려동물 전문 파티 업체가 있는지. 얼른!"

영주의 열화 같은 채근에 정원이 검색을 했다.

"있긴 있어. 있는데 엄청 특화되고 유명한 데는 없는 것 같아."

"반려견 파티 음식하고 파티용품 맞춤 배달 업체는 있어."

경오도 자신이 검색한 결과를 보고했다.

"그런데 아까 그 고객님이 원하시는 대로 완전 원스톱으로 사람 대상 파티처럼 호화판으로 맞춤 기획 해 주는 곳은 없는 것 같아."

"정원아, 유 대표야. 아까 그 의뢰, 받으면 안 되겠니?"

"엥?"

"왠지 감이 와. 이건 백퍼 된다! 되는 시장이야. 내 머리에 반짝 불 들어왔어."

머릿속에 불 들어왔다더니만 영주의 눈이 용암처럼 이글거리고 있었다. 새로운 파티 영역의 확장을 통해 떼돈 벌 야망으로 똘똘 뭉쳐 정원을 몰아붙였다.

"우리 올댓파티의 새로운 사업 확장 기회인 것 같다. 남들이 안 하는 걸 선점해야 우리도 성공하지 않겠어?"

"야아, 해 보지도 않은 걸 덥석 맡으면 어떻게 해? 급히 먹다간 체한대."

"이번 행사를 맡지 않더라도 고객의 니즈를 파악할 수 있게 상담은 해 볼 수 있는 거 아냐? 반려동물 돌잔치를 왜 하는 것이며 어느 정도 규모이며 무엇을 원하는지 자료 조사가 된다고."

"그, 그런가……? 그럼 한번 상담 진행해 봐?"

친구 따라 강남 간다고 어름어름 귀 얇은 정원이 영주의 야망에 말려들었다.

* * *

다음 날 오전.

귀가 얇고 오지랖이 넓은 죄로 정원은 아침 출근을 사무실이 아니라 강남의 한 아파트로 하게 되었다. 문제의 그 반려견 돌잔치 상담을 위해서였다.

사무실 대신 이곳으로 먼저 온 이유는 파티 상담을 원하는 고객이 오후에는 엄청 잡기 어려운 고급 네일 샵 예약이 있어서 반드시 아침에 만나야겠다고 했기 때문이다.

고객이 거주하는 강남의 최고급 빌라 단지로 들어서다가 1차로 경비실에서 잡힌 정원이 주소를 댔다. 이에 경비실 인터폰 화면에 걸걸한 목소리를 가진 중년 여성이 나타났다.

―누구세요?

"안녕하세요, 고객님. 반려견 파티 상담차 방문을 요청하신 올댓파티 대표 유정원입니다."

―어머, 일찍도 왔네. 들어와요.

아파트 게이트를 통과한 차가 지하 주차장으로 들어갔고 이내 집으로 올라가는 공용 문이 열렸다.

'최고급 아파트는 어디든 문이 많아.'

비싼 아파트라서 그런지 엘리베이터도 으리으리했다.

'역시 우리나라에 돈 많은 사람이 차암 많아. 누가 불경기래?'

사람들은 늘 불경기라는데 그 불경기의 그림자는 이 최고급 빌라 단지의 황금빛 대문을 넘지 못하는 것처럼 느껴졌다.

초인종을 누르자 이내 문이 열렸다. 그 문 앞에는 그림처럼 예쁜 하얀 스피츠를 안은 여자가 서 있었다. 방금 인터폰에서 들은 목소리처럼 걸걸한 인상을 가진 중년의 여사님이었는데 워낙 관리를 잘해서인지 반질한 피부하며 운동으로 다져진 몸매가 아가씨라 해도 믿을 만큼 젊어 보였다.

그녀 역시도 자신의 그 탄탄한 몸매에 엄청 자신이 있어서인지, 몸에 딱 달라붙는 레깅스에 몸매의 굴곡이 다 드러나는 탱크톱 차림이었다. 중년의 그 나이에 이토록 노출 심한 복장을 하고 사는 여사님은 또 처음이었다.

'뭐, 자기 집 안에서 이렇게 입고 있겠다는데 내가 뭔 상관이겠어?'

약간 민망하고 불편한 마음을 꾹 누르며 정원은 그녀가 권하는 대로 소파에 앉았다.

"우리 셋째가 돌이야. 근사한 파티를 해 주고 싶어서. 근데 내가 놀기는 좋아하는데 우리 애들 파티를 직접 해 줄 만큼은 시간이 없어서. 하하하."

역시 놀기 좋아하고 유쾌한 데다 친구도 돈도 시간도 많아서 인생을 제대로 즐기는 황홀한 여왕님 팔자 사모님이었다.

그녀 말로는 자기가 어려서부터 요식업에 잔뼈가 굵어 돈을 꽤 긁어모았다고 한다.

그런데 어찌하다 보니 바람피운 남편하고 이혼도 하게 되고 자식은 다 유학 가서 남처럼 살게 되었고 갱년기까지 겹쳐서 우울증에 걸려 엄청 피폐해졌는데 어느 날, 인생을 구원하러 온 아이들, 사랑스러운 반려견을 만나면서 새로운 인생을 살고 있노라 자랑을 해 댔다.

아닌 게 아니라 통창으로 내다보이는 한강의 풍경과 잡지에서 빠져나온 듯한 넓은 테라스의 조경이며 실내 곳곳에 배치된 고급 가구 수준이 화려하고 여유로운 집주인의 형편을 그대로 드러내고 있었다.

그러니 정원조차 '우와아' 하고 내적 함성을 지를 만큼 엄청나게 값비싼 혈통견을 세 마리나 데리고 살고 있겠지.

"요즈음 이렇게 애기들 파티 해 주는 게 유행이라면서요? 어차피 말 나온 김에 우리 애들 친구도 초대해서 한번 같이 놀아 주려고."

"집에서 하실 건가요? 아님 야외에서?"

"집에서 하고 싶어요. 여기 전망이 좋잖아. 우리 집이 보다시피 한 90여 평 되니까 애들이 많이 와도 놀 수 있지 않겠어? 호호호."

이 고객님은 반려견 생일 파티를 하고 싶은 게 아니라 그걸 핑계로 이 집 전망이며 평수 자랑을 하고 싶으신가 보다. 정원은 바로 캐치했다.

"고객님, 아시다시피 반려견 파티가 생각보다 비용이 많이 들어요. 일단 우리 예쁜 애기들 음식도 따로 장만해야 하고."

"그런 건 상관없어요. 얼마나 폼 나고 근사하냐가 중요하지. 사진도 잘 나와야 하고. 내가 나름 식당 해서 돈도 많이 벌었지만 요리 영상도 많이 올려서 SNS상에서도 잘나가는 인플루언서잖아. 여기 명함 줄게요, 팔로잉 해 줘요. 다시 본론으로 돌아가서, 애들만큼 나한테 소중한 존재는 없으니까, 돈 생각 말고 왕창 멋있게 해 줘. 알았지?"

짙은 향수 냄새를 풍기며, 긴 속눈썹을 깜빡거리며 기 센 여왕님이 거만하게 명령했다.

정원은 예의상 살며시 명함을 돌려 보았다. 정원도 몇 번 가 본 적 있는 유명한 한정식집 '백향'의 대표였다.

'예전에 아버님이랑 같이 점심 먹은 데로구나. 이런 우연도 있네.'

그때 고객님의 반짝거리는 휴대 전화가 울렸다.

"여보세요. 어머, 자기야. 운동 다 끝났어요? 네네. 응, 아침? 뭐 사 가느냐고? 아이, 어쩜 자긴 이렇게 세심하지? 응. 난 따뜻한 커피랑 샌드위치. 지난번 그 집 갔죠? 응. 아이 좋아라. 고마워요."

기 센 중년 여왕님의 목소리가 순식간에 애교 철철 넘치는 코맹맹이 소리로 변했다.

차마 듣고 있기 민망할 정도로 뜨끈뜨끈한 고객님의 대화를 귓전으로 들으면서 정원은 이 통화가 언제쯤 끝날까 참을성 있게 기다렸다. 올댓파티의 대표 유정원의 업무에는 이런 터무니없는 상황에서도 변함없는 포커페이스를 유지하는 것도 포함되어 있었다.

"지금 우리 백두 생파 상담 중. 응? 5분 후? 알았어요, 빨리 끝내고 보낼게요."

전화를 끊자마자, 고객이 정원을 바라보았다.

"일단 파티에 대해서 하고 싶은 말은 다 했어. 무조건 근사하게, 블링블링하게. 요즘 젊은이들이 말하듯이 힙하게! 알아들었죠?"

"아, 네 뭐. 대강…… 근데 마음이 급하신 건 알겠는데요, 고객님. 가장 중요한 걸 말씀 안 하셨어요."

뭔데? 하는 표정으로 그녀가 정원을 바라보았다.

"파티 일정이요. 언제 파티를 하고 싶으신 건지 말씀 안 하셨는데요."

"어머나. 내가 말 안 했어요?"

어처구니가 없다는 표정으로 그녀가 정원을 건너다보았다. 어처구니가 없는 건 님이 아니라 저입니다, 하고 말하고 싶었다.

"네."

그녀가 자책하는 얼굴로 자신의 머리통을 통통 두드렸다.

"내가 이 나이 되다 보니 치매가 오나 봐. 그런 중요한 걸 말 안 하다니. 이번 주 일요일."

"네에?"

"되죠? 우리 백두 돌이기도 하지만 우리 자기가 백두를 선물해 준 지 딱 100일 되는 날이라서 그날 꼭 하고 싶은데."

"저기, 죄송하지만 어려울 것 같습니다. 시일이 너무 촉박할 뿐만 아니라 그날은 저희가 다른 행사를 진행해야 해서요. 또 파티란 게 준비할 게 많아서 하고 싶다고 바로 할 수 있는 게 아니……."

그때 대문 밖에서 비밀번호를 누르는 소리가 들렸고, 누군가가 들어왔다.

고객이 안고 있던 돌잔치 주인공인 백두뿐만 아니라 소파 위아래에 앉아 주인과 정원을 지켜보고 있던 다른 강아지 두 마리도 다다다 현관 쪽으로 달려갔다.

소파에 앉아 있던 고객이 거실로 들어오는 그 사람을 향해 알은척을 했다.

"자기 왔어요? 나 아직 상담이 안 끝났어. 조금만 기다려 줘요. 아 참, 커피는 줘요. 지금 마실래."

아무리 초면이라 해도 사람이 들어왔는데 외면만 하고 모르는 척할 수가 없다. 정원도 엉거주춤 일어나 들어서는 사람을 향해 몸을 돌려 인사를 했…… 아니, 하려 했다.

그러나 눈이 딱 마주친 그 사람을 보고 그만 얼어붙고 말았다.

커피 두 잔을 들고 거실로 들어서던 그 사람도 놀라서 순간적으로 굳어버린 건 마찬가지였다.

"네가 여긴 왜……?"

"……그러게요. 제가 여길 왜 와 있을까요?"

'난감하다'란 단어가 있다면 이 순간의 정원과 영국이 동시에 부딪친 이 상황을 묘사하는 말일 것이었다.

전 며느리가 파티 고객 상담을 하러 온 곳이 하필이면 전 시아버지의 외도 상대 집인 건 대체 뭐람?

그도 모자라서 이 집에서 밤을 보낸 건지 편한 운동복 차림으로 애인을 위한 커피를 들고 들어선 시아버지는 또 뭐람?

정원도 영국도 그 순간 난감함이란 게 이런 거로구나, 동시에 느꼈다. 당혹스러움과 쪽팔림은 덤이었다.

"뭐야? 설마 서로 아는 사이예요? 뭐야, 자기야. 왜 그렇게 당황하는데?"

처음에는 영문을 모르고 두 사람을 멀뚱하게 바라보던 고객님이 갑자기 사나운 암사자가 되어 정원과 영국을 번갈아 노려보더니만 표독하게 소리 쳤다.

"뭐야? 설마? 어쩐지 요새 자기가 뭔가 좀 변했다 했어. 나 말고도 따로 만나는 년이 있는 것 같더니만 역시나 바람피우는 중이었어? 엉? 혹시 이 젊은 년 아니냐고!"

갑자기 질투 많고 기 센 여왕님이 나찰처럼 변해서는 정원의 머리채를 잡으러 돌진했다.

* * *

한 시간 후.

경오가 넋이 빠진 채로 카페에 혼자 축 늘어져 있는 정원에게 다가왔다.

"야야, 정신 차려."

"어."

정원이 두 손으로 머리를 긁적이고선 토닥토닥 눌렀다. 아침 일찍 일껏 드라이하고 나온 머리가 몇 시간도 채 되지 않아서 이렇게 수난을 당할지 어떻게 알았겠는가?

정원은 두 손으로 아직도 뭔가 이상해 보일 머리채를 누른 채 애처롭게 경오를 바라보았다.

"내 머리 어때?"

"어, 괜찮아. 그럭저럭 볼 만해. 안 다쳤니?"

"다치지는 않았어."

"근데?"

"뇌가 다쳤지. 치명상을 입었어. 완전 작살났다고."

"이야기 좀 해 봐라. 이게 뭔 사태인지. 대체 그 집에서 무슨 지랄이 난 거야?"

"나도 몰라……. 난 그저 애견 파티 상담하러 갔는데 거기서 전 시아빠를 만난 것뿐이야. 고객님이 날 그분의 새 애인으로 알고 공격 들어왔지."

"첩이 첩 꼴 못 본다더니만. 전후 사정 안 듣고 바로 처절한 응징이 들어왔다고?"

"완전 센 언니더라. 그 정도로 사납고 기가 세야 늙은 유부남 애인 노릇을 할 수 있나 봐."

"그 언니 정체가 궁금하네."

"잘나가는 요식 업체 사장님이자 유명한 인플루언서라던데, 알 게 뭐야. 다시는 안 볼 사람인데?"

"너희 시아빠는 이 사태에 대해서 뭐라시던?"

"뭔 할 말이 있으시겠어? 쪽팔리고 환장하겠는 건 그쪽도 마찬가지였을 걸. 어찌저찌하여 그 상황 수습하고 사과받고 그 집에서 도망치는데, 갑자기 승주 씨가 엄청 가엾더라고."

경오가 혀를 차며 정원을 물끄러미 노려보았다.

"황당하게 당한 건 넌데 왜 갑자기 승주 씨가 가엾어?"

"……승주 씨도 아버지가 밖에서 그런 짓 하고 다니는 걸 다 알고 있던데, 어려서부터 그런 꼴을 어디 한두 번 봤겠어? 그럴 때마다 그 사람 마음이 어땠을지 생각하니까 너무 가슴이 아픈 거야. 입장 바꿔서 우리 아빠가 만날 나가서 바람피우는 걸 엄마가 꾹 참고 사는데, 내가 그걸 그냥 보고 있어야 하는 거잖아. 나라면 미쳤을 거 같아."

"역시 유정원은 찐 사랑이라니까? 별 희한한 꼴을 당한 건 자기면서 남 걱정만 하고 앉아 있어."

경오가 눈을 흘기거나 말거나, 멍하니 생각에 잠겨 있던 정원이 한숨을 폭 내쉬었다.

"있잖아. 진짜 걱정은……."

"응."

"느낌상 그 여사장님, 오며 가며 잠시 재미 보다 헤어질 수준이 아니란 거지. 나이도 그렇고 서로 편안하게 자기 여보 하는 게 분위기가 엄청 익숙하고 정이 든 오랜 부부 느낌이었다고."

"진짜? 혹시 그러다가 너희 전 시아빠, 그 여자 때문에 전 시엄마하고 정말 이혼하는 거 아니야?"

"아, 몰라! 여튼 오늘 목격한 상황의 느낌이 그랬단 거야."

경오가 정원을 가엾다는 듯 건너다보았다. 혀를 차며 중얼거렸다.

"어째 내 친구 정원아, 완전히 코 꿴 거 같은데?"

"응?"

"너 승주 씨랑 결혼해서 살 때는 시댁 일을 마치 남 일처럼 생각하고 구경만 했었잖아. 근데 어째 이혼하고 나서 그 남자를 다시 만나자마자 그 집안 온갖 일에 개입이 되는 거야?"

돌이켜 보면 경오 말이 희한하게 맞았다.

한세미 여사의 일도 그렇고, 병원 결혼식도 그렇고, 이번 강아지 주인과 시아빠 영국의 일도 그렇고. 경오가 하나하나 짚어 가며 다시 정리했다.

"하나 더 있어. 연희동 생파도 따지고 보면 너희 전 시댁하고 관련이 없다고 말 못 하잖아."

"그렇네. 와, 좀 무섭다."

정원이 땅이 꺼져라 한숨을 내쉬었다.

"난 정말 그쪽하곤 전혀 상관 안 하고 싶어. 그런데 네 말대로 무서운 우연인지 필연인지 왜 자꾸 이런 식으로 얽히는 건데? 미치겠네."

정원이 다시 두 손으로 머리를 득득 긁으려다가 아까 완전히 난장판이었다가 간신히 살려 놓은 헤어스타일을 생각하고는 긁는 대신 살살 쓰다듬었다.

"내가 파티 플래너 하면서 이 꼴 저 꼴 본 걸로 모자라서 산전수전 공중전까지 다 겪었다고 생각했는데 이번 일이 제일 황당해. 하아!"

"넌 그거야? 난 작년 겨울 여의도 옥상 약혼식, 그게 제일 황당했어."

경오가 얼른 대답했다.

"하긴 그 파티도 굉장하긴 했지."

하필이면 오랜 베프와 바람을 피운 남친을 망신 주려고 엄청 비싸고 공들인 약혼식을 의뢰한 다음, 사람들이 다 모인 곳에서 두 사람이 남몰래 꽁냥꽁냥 수작질하는 모습을 찍은 영상을 공개했다. '개망신이지? 이 말 저 말 변명 말고 둘 다 옥상에서 뛰어내려 죽어 버려!' 소리치던 그 의뢰인. 남친과 베프를 동시에 보내 버린 그때 그 주인공을 생각하며 정원도 고개를 끄덕였다.

"말하다 보니, 우리 다 파티 플래너 1년 역사에 많고 많은 일을 겪었구나."

"일단 회사로 들어가자. 아무리 정신없어도 정신 챙겨. 할 일 무지 많아."

"정신없어도 정신을 챙기라니? 이거는 말을 해도 꼭⋯⋯?"

투덜대면서도 정원은 경오에게 끌려 자리에서 일어났다.

"근데 오늘 일, 승주 씨에게 말할 거야?"

"망설이는 중. 이 사실을 알아야 하나, 몰라야 하나⋯⋯. 그 사람이 알게 되면 분명 상처받을 거 같은데. 엄청 쪽팔려 할 것 같기도 하고. 아, 고민이네."

정원과 경오가 사무실에 들어가자 막 전화를 끊던 영주가 두 사람에게 보고했다.

"방금 연희동 생파 때문에 연재 어머니에게 급한 전활 받았는데."

"어? 왜? 무슨 일 있어?"

"오늘 새벽, 연재가 고열로 급입원. 급성 폐렴 진단받았대. 생파를 2주 후로 미루어 달란다."

오 마이 갓!

목전에 닥친 파티를 위해 만반의 준비를 거의 다 끝내 놓았는데, 일정이 이렇게 갑자기 변경된다, 라?

그건 행사를 처음 준비하는 것처럼 생일 파티의 모든 기획과 인력, 준비 상황의 일정을 다시 조정하고 새로 시작해야 한다는 뜻이었다. 물론 줄줄이 얽혀 있는 다른 행사 일정의 조정도 함께 말이다.

정원은 아침부터 연속적으로 터진 악몽의 펀치에 후드려 맞고 정신이 어질어질해져서 그대로 주저앉았다.

＊ ＊ ＊

일요일 새벽.

무려 오전 4시에 일어난 승주와 정원은 정원의 차를 타고 양평으로 향하는 중이었다.

민호의 생일을 맞이하여 같이 미역국을 먹자고 초대받았기 때문이다.

원래 예정대로라면 이날 연희동 생일 파티 날이다. 새벽같이 미역국만 먹고 바삐 서둘러 서울로 돌아와 행사를 진행했어야만 했다.

불행 중 다행이라더니, 파티 주인공의 갑작스러운 입원으로 인해 생일 파티 행사가 2주 후로 미루어진 것 때문에 갑자기 일요일 하루가 통째로 여유로운 선물처럼 날아왔다. 그러고 보면 세상일이란 100퍼센트 나쁜 일도, 100퍼센트 좋은 일도 없는 것 같았다.

"자기 양평 집엔 오랜만이지?"

"그렇지."

차가 양평 집 진입로로 들어가는데 승주가 목까지 빼서 주변을 살폈다.

"나무들이 많이 컸네? 이전보다 훨씬 멋있어졌어."

"울 아빠가 작품 하는 시간 빼면 하시는 일이 나무 가꾸고 잔디밭 풀 뽑는 거야. 그렇게 살뜰하게 가꾸시는데, 이젠 엄마까지 내려오셨으니 뭐. 멋질 수밖에 없지."

"사람들은 잔디가 알아서 예쁘게 자라는 줄 아는데 사실은 엄청 손이 많이 가. 풀 뽑느라."

"그러니까. 그래서 전원주택 사시는 분들이 결국에는 잔디밭을 포기하고 자갈로 덮어 버린대."

"잔디밭이 저렇게 넓은데 아버님은 어떻게 이렇게 깔끔하게 가꾸셨지?"

주차장에 내린 승주가 다시 감탄하며 눈앞에 펼쳐진 널찍한 잔디밭을 둘러보았다.

"아빠 취미셔. 어디서 남들이 버린 고물 주워 오는 거. 잔디 풀 뽑는 거."

"진짜?"

"그럼. 새벽에 일어나서 잔디밭에 앉아 풀을 뽑고 있으면 명상이 된대. 아빠 스타일로 머리 비우는 거지. 머릿속이 텅 비어서 번뜩이는 영감 같은 게 생긴다나."

"훌륭하시네."

차가 도착한 소리를 들었는지, 집에서 민호가 나왔다.

"쫄보야!"

그의 뒤로 양평 집에서 키우는 민호의 반려견 쫄보가 꼬리를 미친 듯이 흔들며 달려왔다. 킁킁 소리를 내며 일단 낯선 인물인 승주의 무릎에 코를 박고 냄새를 맡았다. 그래도 아스라한 기억 속 몇 번 맡은 적 있는 승주의 체취가 떠올랐는지 더 이상 짓지 않고 발라당 누웠다.

"잘 왔어."

"안녕하셨습니까? 생신 축하드립니다."

승주가 인사를 하자 민호가 조금 멋쩍은 얼굴이 되었다.

"나이 한 살 더 먹은 게 축하받을 일인지는 모르겠지만 일단은 고맙군."

"오빠랑 새언니는요?"

정원이 선 주차장에는 그들이 타고 온 차와 민호의 차밖에 없었다. 일찍 와서 아침 차린다던 성운의 차는 코빼기도 보이지 않았다.

"일찍 온다고, 밥 다 해 온다고 우리는 손 하나 까딱하지 말라고 하더니만 아직 도착 안 했다."

"세하가 늦잠 자나? 새언니가 약속 시간 어길 사람은 아닌데."

"그랬나 보지, 뭐. 아님 차가 막히거나. 아침 식사 시간이 30분 늦어진다고 하늘 무너질 일도 아니고. 아침 안개가 멋있더라. 잠시 작업실 가서 뭐 좀 놓고 올 테니까 엄마한테 인사하고 발코니에 가 있어. 커피 내려 줄게."

"네."

두 사람은 민호가 건너편 작업실 쪽으로 걸어가는 것을 바라보다가 케이크 상자와 선물이 든 쇼핑백을 들고 집 안으로 향했다.

"좀 떨린다."

"여전히 긴장 중?"

"응. 아직도 나 어머님께 미운털 박힌 거 아니까."

"괜찮아. 우리 엄마가 초대한 손님을 쫓아내는 걸 본 적이 없어."

"난 손님이 아니잖아."

"그럼 뭔데?"

"미운 놈."

정원이 크크 웃었다.

"당신은 자아 성찰이 아주 훌륭해. 그래서 참 좋아. 사랑한다니까."

승주의 괜한 걱정을 농담처럼 받아치며 정원이 고개를 돌렸다. 그의 턱에 쪽 하고 뽀뽀를 해 주었다.

"용기의 주문! 용자여, 던전으로 돌격하라."

정원이 문을 열고 소리쳤다.

"엄마, 우리 왔어."

은정 여사가 정원의 외침에 앞치마에 젖은 손을 닦으며 거실로 나왔다.

"어머님, 안녕하십니까?"

"일찍 왔네. 새벽같이 출발했겠어. 들어와요."

사람이 내 집에 왔으니 맞이해 주기는 하는데, 솔직히 난 네가 딱히 반갑지 않구나, 그런 표정으로 은정 여사가 떨떠름하게 승주를 맞이해 주었다.

"난 뭐 좀 끓이고 있어서. 발코니에 나가서 강이라도 보고 있어."

웃음기 없이 은정 여사가 곧바로 몸을 싹 돌려 다시 주방으로 들어가 버렸다.

승주가 조금 난감한 듯 미소 지으며 중얼거렸다.

"역시 난 아직도 미운 놈이라니까."

"새삼스럽게 뭘 또 그런 데에 마음 쓰고 있대? 엄마도 다시 익숙해질 거야. 당신이랑 나랑 같이 우리 집에 자연스럽게 드나들게 되었다는 게 중요하지."

정원이 위로하듯이 승주의 손등을 톡톡 두드렸다. 너무 마음 쓰지 말라고 위로하며 발코니의 테이블로 그를 이끌었다.

얼마 후, 집으로 다시 들어온 민호가 커피 도구를 챙겨서는 발코니 테이블 앞에 앉아 있는 그들과 합류했다.

"마셔 봐. 엊그제 원두를 새로 볶았는데 좋은 원두더구나. 맛이 좋아."

민호가 두 사람에게 막 내린 커피를 권했다.

기분 좋은 커피 향기가 한껏 퍼질 즈음, 집으로 들어오는 진입로 저 아래에서 성운의 차가 집으로 올라오는 게 보였다.

"아빠, 오빠 차가 보여요."

"지금 도착하려고 둘이 엄청 서둘렀을 거다. 굳이 안 해도 된다고 했는데 꼭 저렇게 수고를 하네, 미안하게도."

민호가 집 안쪽으로 고개를 돌려 주방의 은정 여사에게 보고했다.

"여보, 세하네 올라오네."

"네. 정원아, 수저부터 놓자."

은정 여사가 같이 상 차리자고 정원을 불렀다.

효진이 미역국부터 해서 어지간한 생일 음식은 다 해 온다고 손 하나 까딱하지 마시라고 장담했지만, 은정 여사 마음은 그게 아니었다.

애들 내려온다고 이틀 전부터 열무 물김치도 담가 놓고 세하 몫인 유자백김치에다가 며느리 효진이 좋아하는 애호박만두 속까지 장만해 놓고 기다리는 중이었다.

"엄마, 이거 차돌박이 샐러드 언제 했어? 엄마가 이런 세련된 음식을 할 줄이야, 감동!"

김치를 썰고 수저를 놓던 정원이 은정 여사가 내놓는 음식 접시를 보고는 침을 삼켰다.

"지난번 오 대표님 댁에 초대받아서 갔을 때 먹었는데 참 맛있더라. 그래서 엄마도 작정하고 한번 흉내 내 봤어. 어때? 맛있어 보여?"

"응, 완전 맛있겠는데? 역시 우리 엄마 솜씨는 최고라니까. 한번 먹어 보고 바로 재현해 내다니."

"니가 암만 애교 부려 봤자 내가 저 인간을 이전처럼 좋아할 일 없으니까 보람 없이 꼬리 흔들지 마, 이것아."

은정 여사가 정원의 정강이를 후려치듯 나직하게 쏴붙였다.

"그런 거 아니거든요. 난 그냥 순수하게 칭찬한 거라고."

"어련히? 그냥 우리 식구끼리 모여서 밥 먹는데, 오란다고 지가 진짜 와? 사람들 불편한 줄도 모르고?"

"아, 그만 좀 하지? 생일 맞은 아빠가 초대한 사람을 엄마가 꼭 그렇게 박하게 대해야겠어? 승주 씨 때문에 불편한 게 아니고 엄마 그런 태도 때문에 다들 불편해진다고. 왜 몰라?"

"여하튼 딸년 키워 봤자 소용없다더니. 옛말 하나 그런 게 없네. 내 참."

어찌하든 승주 편만 들고 있는 정원이 또 얄미워서 은정 여사가 괜히 정원의 뒤통수를 향해 눈을 흘겼다.

20분 후.

식구들이 모두 아침 식탁에 마주 앉았다.

"아버님, 생신 축하드려요."

"할아버지, 제가요, 카드 써 왔어요. 케이크도 엄마랑 같이 만들었어요."

세하가 고사리손으로 쓴 축하 카드와 직접 같이 만들었다는 생일 케이크를 의기양양 자랑했다.

"아이구, 우리 세하가 케이크 만들었어? 고마워. 할아버지가 너무 행복해."

"세하야, 할아버지께 축하 뽀뽀 해 드려야지."

효진의 말에 세하가 발딱 일어나서 민호에게 다가가 볼에다가 쪽하고 사랑스럽게 뽀뽀를 선물했다.

"아이고, 좋아라. 고마워. 자, 어서 식사들 하자."

민호가 만면에 웃음을 지으며 식탁 앞에 앉은 가족들을 둘러보았다.

"올해는 이 서방까지 와 주어서 내가 더 마음이 좋아. 내년에도 또 이렇게 다 모였으면 좋겠네."

"초대해 주셔서 감사합니다. 아버님, 어머님. 간만에 어머님이 해 주신 맛있는 집밥을 먹게 되어서 기대됩니다."

"집밥이 다 거기서 거기지. 당신, 먼저 한술 뜨세요. 다들 시장하겠어요."

은정 여사가 승주를 에둘러 외면하면서 뚱하게 말했다.

여전히 승주와는 눈을 마주치지 않으려고 애를 쓰는 그녀를 보면서도 사실 승주는 조금도 섭섭하지 않았다. 자신을 경계하는 은정 여사의 마음을 충분히 이해할 수 있었기 때문이다.

그저 그는 자신이 가족들의 식탁에 정원과 나란히 같이 앉아 있는 것만으로도 족했다. 가슴 아릴 만큼 행복했다.

춥고 길던 미국의 겨울. 홀로 남아 견디던 시린 시간 안에서 얼마나 자주 이런 광경을 떠올리고 꿈꾸었던가. 이제 그도 따뜻한 빛의 테두리 안에 앉아 있었다.

"세하 어미, 일하는 사람이 미역국까지 끓여 오고, 정말 맛있다. 고맙구나."

"미역은 제가 사 왔지만 미역국은 세하 아빠가 세하랑 같이 끓였어요. 호호호. 말씀만으로도 고맙습니다, 아버님."

효진이 민호의 칭찬에 환하게 웃으며 대답했다.

"사돈 어르신도 같이 오셨으면 좋았을 텐데."

원래는 정숙 할머니도 같이 오려고 했는데 대전에서 친하게 지내던 친구분이 입원을 했다고 한다. 거기 한번 들여다본다고 어제 대전에 내려가서 자리를 같이하지 못한 것이다.

"간만에 친구분들 만나러 대전 가신걸요. 담 주에 모시고 올게요, 엄마."

성운이 대답하며 승주 쪽으로 시선을 돌렸다.

"많이 들어요. 밥 모자라면 눈치 보지 말고 더 달라고 하고."

"네, 형님. 감사합니다."

정원은 홀로 빙긋 웃었다. 아무리 아닌 척해도 불편할 승주를 위해 아버지 민호나 성운, 효진까지 슬쩍슬쩍 마음을 써 주고 있는 게 느껴졌기 때문이다.

이르게 떠오른 여름 태양이 투명하게 드리운 아침의 풍성한 식탁.

누군가가 태어난 생일이어서 기쁘고, 가족들이 다 모여서 기쁘고, 사랑하는 마음을 나눌 수 있어서 더 기쁜 날이었다.

"아빠, 요샌 어떤 작업 하고 계세요?"

식사를 먼저 마치고 후식으로 낼 과일을 준비하면서 정원이 물었다.

"그냥 이런저런 거 마구 하고 있다."

"이런저런 거? 말은 좋지."

은정 여사가 과일을 담을 큰 접시와 포크들을 챙겨 식탁으로 돌아오며 퉁을 주었다.

"얘, 너희 아버지가 또 고물 병이 도졌다. 또 어딜 쑤시고 다니는 건지 날마다 다 죽은 나무며 다 깨진 화분이며 다 주워 와서 쌓아 두고 계셔. 작업실이 또 쓰레기장이 되고 있어."

"허어, 쓰레기장이라니? 이 사람이! 조금만 봐 달라고 했는데 그새를 못 참고 또 바가지여?"

"아니, 그럼 내가 바가지 안 긁게 생겼어요?"

은정 여사가 민호를 향해 눈을 흘기면서도 먹음직한 복숭아 한쪽을 제일 먼저 그에게 내밀었다.

"잡쉬요. 복숭아가 맛이 좋아. 제일 좋아하시잖아. 여하튼 내가 엄청 고생해서 작업실을 싹 치워 드렸더니만 이 한 달 사이 또 온갖 것들로 다 엉망진창이다."

"구경해도 돼요, 아빠? 궁금해. 대체 뭘 어떻게 작업하시길래 이렇게 엄마가 진저리를 치시는데?"

"아, 몰라. 작품은 너희 아빠한테 물어봐. 내가 뭐 살림만 살았지 예술을 알아?"

그러면서 은정 여사가 민호에게 했던 것처럼 승주에게도 먹음직한 복숭아 한쪽을 슬그머니 건넸다.

"감사합니다."

승주의 인사에 대답은커녕 눈도 마주치지 않으면서 대신 은정 여사가 정원을 건너다보았다.

"너희, 언제 가? 저녁도 먹고 가? 아빠가 다 모인 김에 바비큐 하자는데."

"미안, 엄마. 우린 한 4시쯤 일어나야 해. 저녁에 결혼식 있어."

"결혼식? 누가 결혼해?"

"승주 씨 친구분. 지난달에 그랜드 오픈한 서울 팰리스 호텔에서 한대. 이브닝 웨딩이라서 7시에 시작하는데, 거기 결혼식장을 어떻게 꾸몄는지 구경하려고. 거기, 우리나라 최초 8성급 호텔이잖아. 진짜 궁금해."

순간적으로 은정 여사의 표정이 영 마뜩잖게 변했다.

정원의 직업이 파티 플래너이다 보니, 온갖 파티장이나 이벤트 행사장을 찾아다니는 게 공부인 줄은 알고 있다. 앞으로 기획하게 될 올댓파티 행사에 참고하기 위해 특급 호텔 결혼식에 참석하겠다는데 뭐라고 할 건 아니었다. 다만 승주의 친구 결혼식이라는 게 마음에 걸렸을 뿐.

이런 식으로 슬금슬금 승주와 짝이 되어 여기저기 나다니다간 둘의 생각이나 가족들의 의사와는 상관없이 두 사람이 재결합 수순을 밟고 있다고 오해를 사기 딱 좋지 않은가.

"거긴 꼭 가 봐야 해, 엄마. 우리 결혼식 때 사회 봐 주신 분이란 말이야."

"누가 뭐래? 가야 할 자리니까 같이 가는 거겠지."

"아가씨, 그래서 이렇게 예쁘게 차려입고 왔구나. 난 아버님 생신 축하 기념으로 아가씨가 백화점을 털었다 생각했지."

효진의 싱거운 농담으로 잠시 살얼음이 끼려던 은정 여사와 정원의 눈싸움이 스르르 끝나 버렸다.

"그런 일 하는 사람이니 구경 가겠다는 걸 뭐라 할 수 없지만."

말끝을 흐리며 은정 여사가 주방으로 후퇴했다.

"난 과일 말고 커피 마셔야겠다. 혹시 커피 마실 분 더 없습니까?"

성운이 일어나서 커피 머신 쪽에 가더니만 식구들을 돌아보았다. 그 역시도 엄마와 정원의 미묘한 신경전을 느꼈고 내내 좋던 분위기가 어색해지기 전에 그 공기를 차단하려 나선 것이었다.

'오빠, 고마워.'

정원은 속으로 생각하며 손을 번쩍 들었다.

"오빠, 나 한 잔!"

"저도 부탁드립니다. 새벽에 일어났더니만 배도 부르고. 커피 한 잔 더 마셔야겠어요."

승주 역시 어찌하든 둥글게, 부드럽게 식구들 안에서 섞이려고 노력하는 중이었다. 식탁 아래에서 정원은 그런 승주의 손을 살짝 잡았다 놓았다.

두 사람의 눈이 마주쳤다.

'고마워.'

'아냐, 내가 더 고마워.'

사실 정원은 아까 은정 여사와 말하면서 문득 그런 생각을 하고 있었다.

이날 저녁 결혼식 주인공인 신랑은 승주와 동갑이다.

결혼이 점점 늦어지는 현 세태에 미루어 보면 오늘 서른셋 나이로 결혼하는 승주의 친구는 너무 늦지도 않고 너무 이르지도 않은 가장 알맞은 때에 결혼식을 하는 것 같았다.

'너무 서둘렀던 걸까? 우린.'

그저 불길처럼 타오른 맹목적인 사랑, 그것 하나에 눈이 멀어 결혼에 돌진했다.

주변도 돌아보지 않고 결혼을 책임질 수 있는 스스로의 성숙함에 대한 고민도 않고, 서로의 인생을 같이 걸어갈 수 있나, 그만큼 서로의 마음이 제대로 익어 있나 돌아볼 생각도 않고 그저 달려들었다. 불나방처럼.

'우리도 이 정도 나이 들어서 결혼을 했다면 이전에 겪었던 실패를 하지 않았을까?'

사람은 어째서 직접 실패를 겪어 보고 나서야 비로소 그 일에 대한 진실과 교훈을 깨닫게 되는지 모를 일이다.

은정 여사가 식탁 앞에 앉아 있는 식구들을 몰아냈다.

"세하 어미, 아비도 나가서 차 마셔. 설거지는 내가 할게. 이른 아침에 운전해 오느라 힘들었다."

"설거지는 우리가 할게요. 엄마, 새언니."

"그래요. 저희가 할게요, 어머님. 어차피 식세기가 다 하는 거 아닙니까?"

성운네가 아침 식사를 다 준비해 왔으니 대신 승주와 정원이 설거지를 하겠다고 나섰다.

"그래. 그럼 부탁할게."

웬일인지 은정 여사가 선선히 정원과 승주에게 뒷마무리를 맡기고 먼저 거실로 나갔다. '흥, 내가 공짜 밥 줄 줄 알았다면 오산이여' 그런 생각을 하면서.

설거지와 뒷정리를 다 끝내고서 가족들은 민호가 요즈음 심혈을 기울이고 있는 작품을 구경하러 작업실로 향했다.

이른 아침 식사였던지라, 맑은 강물 위로 이제야 본격적으로 아침 해가 황금빛으로 반짝이고 있었다.

"생명의 벽이라고 이름 붙였는데 너무 거창하지? 하하하."

민호의 최신 작품은 도시 곳곳, 쓰레기장에 버려진 화분들과 화초들을 주워다가 다시 심고 가꾸면서 새로운 생명력을 얻는 과정을 연속으로 촬영해서 영상을 제작하는 동시에, 날마다 재생하고 자라 오르는 식물들을 다양한 회화 기법으로 기록해서 텅 빈 반대 벽면을 채우는 과정이었다.

식물들이 배치된 생명의 벽 좌우 벽에도 역시 영상이 계속해서 재생되고 있었다.

한쪽은 버려진 화분과 식물들이 사람의 손길을 빌려 새로운 생명을 얻어 번성해 가는 과정의 영상이, 다른 한쪽에는 그런 작업을 참을성 있게 재현하는 민호의 작업 과정이 꼼꼼히 정리되어 재생되고 있었다.

"정말 대단하십니다, 아버님. 멋짐을 넘어서 감동입니다. 여기 이곳에서만큼 지구가 더 푸르러졌어요. 이 화초들은 생명을 얻었구요."

승주는 자기도 모르게 감탄하고 말았다.

그냥 귀찮은 도시 쓰레기로 버려질 게 뻔한 죽어 가는 화분과 말라비틀어진 화초들을 모아 이렇게 감동적인 설치 작품으로 탄생시키다니.

승주 역시 예술에 대해서는 잘 모르지만, 민호의 이 작품에 엄청난 예술혼이 담기지 않았다 해도 어떠랴? 그저 무심하게 넘긴 말라붙어 가는 화초가 거룩한 손길에 힘입어 새로 살아가는 모습. 그것을 살리려는 민호의 노력이 가장 존엄한 예술 같았다.

"아빠, 전화."

정원이 한참 식구들에게 작품에 대해서 설명하고 있는 민호에게 탁자에 놓여 있던 휴대 전화를 가져왔다.

"여보세요? 어? 아이구, 안녕하십니까? 오 대표님."

전화를 받던 민호가 빙긋이 웃었다.

"민망하게 그건 또 어떻게 아시고? 네. 그렇습니다. 네. 감사합니다. 아, 그럼요. 오세요. 언제든지 환영입니다. 네네, 좀 있다 뵙겠습니다."

전화를 끊고 민호가 은정 여사를 돌아보았다.

"오 대표님이 내 생일이라고 태형이 데리고 놀러 오신다네. 점심때 뭐 좀 먹을 게 있을까?"

"어머, 오 대표님이 오신대요? 아휴, 고마워서 어째?"

갑자기 은정 여사가 신이 난 얼굴이 되었다. 그 아무리 광팬이라지만 한국에서 제일 바쁘다는 오지인이 이렇게 민호의 생일이라고 집에까지 놀러 온다는 건 보통 일이 아니었다.

"그럼 간만에 원두막에서 고기나 구울까요? 그렇지 않아도 애들 온 김에 바비큐 하고 싶다고 당신이 그랬잖아요."

"그려. 그게 좋겠어. 마침 어제 비도 좀 와서 별로 안 더워. 뒷마당 그늘에서 바비큐나 하지 뭐. 고긴 있어?"

"혹시나 싶어서 등심 좀 사다 뒀어요. 세하 어미가 재워 온 등갈비도 좀 남았구. 텃밭에서 쌈 야채나 뜯어 와서 같이 먹지, 뭐."

지난번 오지인의 저택에 초대받아 거한 대접을 받았다. 이후 한국에서도 손꼽히는 재벌이며 대기업의 대표이면서도 항상 소탈하고 친절한 그녀에 대하여 은정 여사의 호감도는 엄청 상승해 있는 상태였다.

"엄마, 채소 뜯어 와?"

"그래. 넌 텃밭 가서 오이랑 상추 좀 뜯어 와. 깻잎이랑 가지랑 뭐 이것저것 좀 있을 거야. 옥수수도 익었으면 다 따 오고. 참, 토마토랑 호박도 몇 개 있더라."

"네. 알았어요!"

"세하 아비는 불 좀 피워야겠다. 창고에 가면 숯이 있을 거야."

"네. 알았어요."

은정 여사의 지휘 아래 성운과 효진은 숯불을 피우기로 하고, 승주와 정원은 텃밭으로 야채를 수확하러 가기로 했다.

두 사람은 바구니를 들고 은정 여사와 민호가 정성스럽게 가꾸고 있는 아래 텃밭으로 내려갔다.

"생각해 보면 아버님이 한국에서 제일 근사하게 사시는 것 같아."

승주는 민호와 세하가 양평 집에서도 가장 좋아하는 장소인 트리 하우스로 올라가고 있는 것을 보다가 고개를 돌리며 중얼거렸다.

"왜 그렇게 생각해?"

"내가 아는 한, 인생을 정말 제대로 사시는 유일한 분이셔."

승주가 보는 민호는 태산 같은 사람이었다. 남들이 다 꺼려 하는 고물상, 그 험하고 궂은일을 천직으로 생각하고서 앞뒤 가리지 않고 열심히 일해서 가족을 건사해 왔다. 서로가 신뢰하고 사랑하는 화목한 가정도 제대로 꾸리셨다.

"가족들 다 건사하고 살림을 다 일구신 후에는 본인이 정말 하고 싶어 하던 미술 공부까지 시작하셨잖아. 그 꿈을 잃지 않고 다시 찾은 것만 해도 대단하신데 늦은 나이에 미술 공부를 시작했으면서도 이 정도 위치에 오르셨지. 난 아버님께 제일 부러운 게 그거야. 자신이 정말 좋아하는 일을 찾으셨고 그걸 실제로 행동으로 옮기신 거. 사람들은 부러워만 할 뿐이지 이토록 적극적으로 평생의 취미나 할 일을 찾지 못한 경우가 대부분이거든."

"난 우리 아빠가 존경스러운 일이 또 있는데."

"뭐?"

"우리 아빠 입버릇이 혼자만 잘 살면 소용없다, 거든. 그래서 땅 부자 되시고 우리 집이 잘살게 되었을 때부터 장학 재단도 만드시고 어려운 학생들 많이 도와주셨어. 난 우리 아빠가 너무 멋있다고 생각해."

"동감이야."

그런 이야기를 나누며 두 사람은 텃밭에 내려가 바구니 가득 넘치게 싱싱한 채소들을 수확했다.

야외에 설치된 수돗가에서 그 채소들을 깨끗이 씻어서 주방으로 들여보내고 두 사람은 잠시 뒷마당 그늘 아래에서 쉬었다.

그들이 앉은 벤치 앞에는 강물을 내려다보며 탈 수 있게 그네가 매어져 있었다. 눈에 넣어도 아프지 않을 만큼 귀한 손녀가 태어나자마자 솜씨 좋은 민호가 정성을 다해 만들어서 아름드리 '세하 나무'에 매어 준 그네이다.

"간만에 그네나 타 볼까?"

정원이 몸을 일으켜 그네에 앉자 승주가 물었다.

"밀어 줄까?"

"당연하지. 여자가 그넬 타면 남자가 뒤에서 밀어 주는 거는 연애에선 클래식이야."

승주가 큭 웃더니만 진지하게 정원이 앉아 있는 그네를 밀어 주기 시작했다.

"있잖아, 자기야. 이렇게 그네 타고 있으니까, 우리 연애하고 결혼해서 살 때 딱히 같이한 게 많지 않았다는 생각이 떠오르네."

"그렇지? 이번에는 예전에 못 한 거, 안 한 거 같이 다 하자."

승주가 진심을 다해 말하자 정원도 고개를 끄덕였다.

"응. 이번에는 같이. 나 이제 그만 탈래."

정원이 그네에서 일어나자 승주가 그녀를 바라보았다.

"좀 걸을래? 점심 먹을 때까진 아직 시간 좀 있으니까 저기 아래 산책로까지 걸어갔다 오자. 거기 입구에 있는 카페까지 내려가서 음료 사 와도 되고."

"좋아. 잠깐만. 모자 가져올게."

정원은 얼른 거실로 들어가 모자를 찾았다.

"엄마, 승주 씨랑 저 아래 카페 갔다 올게. 테이크아웃 해 올 건데, 엄만 뭐 사다 드려?"

"집에서 그냥 먹지. 꼭 나갔다 올라 그래? 난 그 뭐냐, 시원한 유자 에이드? 그 집 게 맛있더라. 참, 거기 카페 앞에 편의점 있지? 두부도 좀 사 와."

은정 여사가 야무지게 외출하는 딸에게 음료와 함께 두부 심부름을 시켰다.

정원과 승주가 걸어서 진입로 쪽으로 나가는데 저 아래에서부터 삐까번쩍한 롤스로이스 한대가 집 쪽으로 올라오는 것이 보였다.

"오 대표님 차다."

"롤스로이스는 그냥 봐도 멋져. 언젠가 타고 싶어."

"부러워? 마음만 먹으면 자기도 탈 수 있잖아."

"새카맣게 아래인 놈이 롤스로이스? 그날로 선배들이나 교수한테 까여."

"아니지, 쉽게 무시하지 못할걸? 나 롤스로이스 타고 다니는 사람이다, 함부로 하지 마라, 딱 인장 찍는 거쥐."

부러 너스레를 떠는데 승주가 잠시 발길을 멈추고 정원을 내려다보았다. 그러더니만 불쑥 물었다.

"당신, 나한테 할 말 있지?"

"앗, 완전 점쟁이네! 어떻게 알았어?"

"계속 당신이 뭔가를 생각하는 얼굴로 내 눈치를 살폈거든."

"대박! 당신 진짜 정신과 전공할 자격 있다."

얼마 전 승주는 자신의 알코올 홀릭과 정신과적 문제로 인해 상담 치료를 받으며 많은 도움을 받아서 진로를 그쪽으로 결정할까 한다고 정원에게 말한 적 있었다.

승주가 피식 웃고는 다시 캐물었다.

"당신이 심각해지지 않으려고 애쓰는 거 보니까 꽤 심각한 이야기로군. 안 놀랄 테니 말해."

"근데 이걸 이야기할까 말까 지금도 고민하는 중이라서……."

"내가 몰라야 하는 거면 당신이 티를 안 냈겠지. 근데 고민을 한다는 건 나도 알아야 하는 일이란 거야. 알고서 당하는 게 낫다고 누누이 이야기한 사람이 누구더라."

승주가 이렇게까지 말했는데, 계속 함구하고만 있을 수가 없다. 정원은 잠시 더 망설이다가 결국 결심하고 입을 열었다.

"내가 며칠 전에 좀 어처구니없는 일을 당했는데."

"어떤 일?"

"반려견 돌잔치를 의뢰하신 고객님이 있었어. 파티하실 곳이 자택이라고 해서 방문 상담을 했거든. 근데…….."

하기 어려운 말일수록 단숨에 해치우는 게 낫다고 그랬던가. 정원은 눈 딱 감고 자신이 그곳에서 영국과 맞닥뜨렸다고 말했다.

"하!"

승주가 수치심에 얼굴까지 붉어져 몸을 떨며 하늘을 올려다보았다. 그러더니만 화가 난 표정으로 정원을 바라보았다.

"그래서 아무 죄도 없는 당신이 날벼락처럼 한바탕 머리를 뜯겼다고? 기가 차서!"

"너무 그런 눈으로 화내지 마. 염치없고 민망하고 난처한 걸로 치면 당신 아버님만 하겠어?"

"이제 내가 뭔 말을 해야 할지 모르겠다. 아버지가 밖에서 그렇게 지내고 있단 건 익히 알았지만 당신이 직접 그런 일을 목격한 걸로도 모자라서 그딴 만행까지 당했다니. 내가 대신 복수해 줄 수도 없고."

"사업하다 보면 이 꼴 저 꼴 다 당하는 건 어쩔 수가 없어. 돈 버는 대가라고. 근데 내가 이런 말을 당신에게 전하는 이유는, 있지……. 그 여자가 어쩐지 심상찮아서."

"어?"

"여자의 직감이란 게 있잖아. 그 뭐랄까, 오다가다 엔조이하는 상대는 아니란 거지. 나이도 그만하고. 뭔가 아버님하고 더 깊은 관계 같았어. 백향 사장님이라잖아. 그때 우리가 아버님이랑 같이 식사했던 곳."

"그래?"

"아버님이 몇십 년 단골로 오가던 식당 주인이라는데 말이야. 그 여자도 나름 요식업으로 이름 날리는 사장님이래. 아버님 돈만 보고 만나는 사이가 아닌 것 같아."

"……그랬군, 결국."

승주가 나지막이 중얼거렸다. 깊은 체념이자 탄식 같았다.

"이혼하겠다고 가출까지 감행했을 때 나에게 말 안 한 뭔가 더 있겠다 싶었지만. 그런 정도의 상대를 만나고 있었구나."

"당신, 딱히 크게는 놀라지 않네?"

"놀라기는. 이런 상황에 너무 자주 노출되다 보니, 이제 익숙해졌거든. 딱히 놀라지도 않는 내가 난 더 불쌍해."

씁쓸하기 이를 데 없는 자기 위로이자 연민이었다.

"아버님께 알은척 안 할 거야?"

"이미 난 우리 부모님하고 의절 선언 했어. 그런데 이제 와서 다시금 두 분 문제에 개입한다는 게 웃기잖아. 두 분 인생, 두 분이서 해결해야지, 뭐."

"그건 그렇지만."

"특히 당신은 더 신경 쓰지 마. 나나 당신이 수비할 범주를 넘어선 일이야."

"알았어. 난 그냥 이런 일이 있었다고, 당신은 알아야 할 것 같아서 말한 거야."

"완전 막장에 엄청 콩가루지? 우리 집."

나지막한 그 말은 모자란 것 하나 없어 뵈는 승주의 감추어진 부끄러움이자, 그가 짊어진 그늘이었고, 평생 함께 걸어가는 회색 그림자였다.

"절대로 난."

그가 중얼거렸다.

"우리 아이에게 악몽 같은 이런 기억은 남겨 주지 않을 거야. 그렇게 되느니 차라리 내가 죽고 말지."

"당연히 그래. 당신은 이미 나만 사랑하고 있으니까."

"만약 내가 바람피우면 어떡할래?"

"그럴 리 없다니까. 내가 그렇게 만들지 않지."

정원은 표정 하나 변하지 않고 평온하게 대답했다. 오로지 살기 어린 눈빛 하나로 그의 망언을 평정했다.

"나랑 연애하는 와중에 당신이 감히 딴눈을 판다? 그럼 착하고 인자한 난 바로 악마가 되는 거야! 당신은 지금껏 본 적 없는 무시무시한 성질머리를 제대로 경험하게 될걸."

"참 기분 좋은 대답이야, 유정원 씨."

승주가 하하하 웃더니 정원의 손을 꽉 쥐었다.

잠시 많이 슬프고 아프던 그의 눈빛이 조금은 따뜻하게 회복되고 있었다.

두 사람이 음료와 두부를 사서 집으로 돌아오니, 이미 뒷마당에 자리한 원두막 주변에서는 즐거운 점심 식사가 완성되어 가고 있었다.

승주가 땡볕 아래에서 불을 관리하는 성운을 돕기로 하고, 정원은 사 온 두부를 들고 주방으로 들어갔다.

"두부 이리 줘."

구수한 냄새를 풍기며 한창 부글부글 끓고 있는 된장찌개 뚝배기 앞에 서서 간을 보던 은정 여사가 정원의 손에 들린 두부를 받아 들었다.

"아빠요? 원두막에는 안 계시던데?"

"작업실에 가셨어. 오 대표님께서 아빠 새 작품을 보고 싶다고 하셔서. 누가 찾아오기라도 하면 하루에도 몇 번이고 똑같은 이야기를 되풀이하시잖아. 너희 아빠도 힘들겠어."

"좋아하는 일을 설명하는 건데 오히려 신나지. 근데 오 대표님은 정말 아빠 광팬이신 거 같아. 울 아빠가 진짜 대단해 보인단 말이지. 저런 엄청난 분이 알아봐 주시는 미술가라니. 아, 자랑스럽다."

"정말 고마우신 분이지. 무명이던 아빠한테 전시회를 처음 열어 주셨으니까. 오늘도 아빠 다음 전시회 관련해서 이야길 나누시려고 오신 것 같아. 전시 관련해서 직원도 따라왔잖아."

"그렇구나. 근데 엄마 뭐 해?"

정원이 목을 빼서 은정 여사가 벌려 놓은 그릇을 들여다보았다.

"콩이랑 쌀가루까지 해서 쿠키 좀 만들어 보려고. 태형이가 이런 걸 잘 먹거든."

신이 나서 말하는 은정 여사로서는 세상 모든 걸 다 가진 듯한 오지인에게 자신이 뭔가를 해 줄 게 있다는 것이 큰 기쁨 같았다.

"쑥가루랑 쌀가루랑 해서 쑥쿠키 만들 거야. 인절미처럼 콩가루도 묻히고. 그럼 참 맛있겠지? 반죽해서 오븐에 굽기만 하면 되니까."

"엄마가 이렇게 잘해 주시니까 오 대표님이 여길 자주 놀러 오시나 보다."

"그렇다면 참 감사한 일이지 뭐야. 많이 만들어서 우리 세하한테도 싸 줘야지."

"왜 세하한테만 주는데? 나도 싸 줘야지."

은정 여사가 입이 불쑥 나와 투정하는 정원을 향해 눈을 흘겼다.

"네가 애야? 어디서 어울리지도 않는 어리광을 부리고 있어? 아무리 꿀을 바르고 살랑대도 엄만 저 인간만큼은 예쁘게 못 봐 주니까 그만해라."

"치잇. 누가 그렇대? 엄마, 뭐 또 도울 건 없어?"

"하늘을 속이지, 이 엄마를 속여? 도울 거 없어. 부산스럽게 어슬렁대지 말고 나가. 귀찮아."

그런 거 아닌데 괜한 오해를 하셔, 싶어서 정원의 입술이 댓 발 튀어나왔다.

하지만 여기서 엄마의 신경을 더 건드렸다가 무슨 동티가 날지 몰라 일단 한발 물러서기로 했다.

"알았어요. 그럼 난 고기 굽는 데 가 있을게."

"그래."

정원은 밖으로 나와 성운과 효진이 지키고 있는 바비큐 숯불 앞으로 다가갔다.

"오빠, 잘되고 있어?"

"응. 이제 숯불이 제대로 익었다. 고기 올리자."

효진이 얼른 미리 준비해 둔 고기 접시를 불 앞으로 가져왔다. 치익 소리를 내며 익어 가는 고기를 지키는 성운의 이마에 땀이 송알송알 돋아나고 있었다.

그때 승주가 저 아래 민호 작업실에서 커다란 야외 선풍기를 들고 원두막 쪽으로 올라왔다.

"선풍기는 여기 놓을게요."

아무리 나무 그늘 아래 강바람 부는 야외라지만, 점심나절이다. 여름 한낮 바비큐 불 앞은 보기만 해도 땀이 나는 폭염이었다. 성운이 더위 먹을까 걱정이 된 민호가 작업실에서 사용하는 대형 선풍기를 올려 보낸 것이었다.

"아버님이 이걸 연결해서 쓰라 하시네요."

승주가 선풍기 전원을 야외 발전기에 연결하자 이내 바람이 붕붕 불어왔다.

"아이구, 시원해. 이제 살 것 같네."

성운이 허리를 들고는 벌겋게 익은 얼굴을 선풍기 바람 쪽으로 돌렸다.

험하고 궂은일을 혼자 감당하면서도 불만 없이 제 할 일을 묵묵히 하고 있는 성운이 다시금 아버지 민호의 얼굴과 겹쳐 보였다.

그런 느낌은 승주도 마찬가지였던지 나무 그늘 아래 원두막에 걸터앉은 정원에게 나지막하게 말했다.

"나이 들어 가면서 형님도 조금씩 아버님하고 분위기가 비슷해진다. 안 그래?"

"당신도 그렇게 느꼈어?"

"응."

숯불 열기와 한낮의 더위를 피해 효진도 아까 정원이 사다 준 냉커피 잔을 들고 그들이 앉아 있는 원두막 그늘로 피신했다.

"바비큐가 좋긴 한데 이런 땡볕에 불을 피우는 건 거의 자살행원데?"

"원래 서늘한 저녁에 불을 피워야 하는데 우리가 저녁때 간다고 해서 이렇게 되어 버렸네. 미안해요, 새언니."

"아가씨 탓이 아니지. 오 대표님이 오시기도 했고, 또 아버님이 다 모인 김에 꼭 이렇게 고기 구워서 잘 먹이고 싶으셨던 건데 뭐. 오늘 생일 맞으신 주인공께서 원하시는 일은 당연히 해 드려야지."

그러면서 고개를 돌리던 효진이 중얼거렸다.

"어머, 쟤들 좀 봐."

효진의 말에 정원도 고개를 돌렸다.

세하의 자랑이자 자존심인 트리 하우스에 올라간 두 아이. 오지인의 아들 태형과 세하가 트리 하우스 창 앞에 얼굴을 내민 채 나란히 앉아 뭔가 아주 정답게, 혹은 심각하게 이야기를 나누고 있었다.

"저 분위기 어쩐대? 뭐야, 쟤들 은근히 썸 타는 거 같아."

"썸 타는 거 맞아요, 아가씨."

"네에?"

"우리 세하가 워낙 유치원에서도 독보적인 인기 원탑이잖아요."

"당연하죠. 누구 딸인데? 근데 이건 무슨 소설 주인공도 아니고, 재벌 4세랑 썸 타는 중이라고요? 와우, 우리 세하. 장하다!"

"지난번에도 둘이 만나 같이 놀았잖아요. 그때 태형이랑 세하가 서로 전번 땄거든요."

요즈음 아이들은 조숙도 하지. 일곱 살 유치원생들이 전화번호까지 교환하고 썸을 탄다고?

"처음에는 좀 어색해하는 것 같더니만 이젠 익숙한가 봐요. 서로 종종 전화도 하고 그러던데요? 오늘도 둘이 놀게 하려고 오 대표님이 일부러 데리고 오셨대요. 아무래도 태형이는 아무하고나 친구 하기가 힘든 입장일 테니까."

"재미있네요. 근데 둘이 뭔 이야기를 저렇게 재미나게 하고 있대?"

어른들이 지켜보는 것도 모르고 일곱 살 세하와 태형은 지금 세상 심각한 이야기를 나누고 있었다.

"그래서 오늘 승마장에 안 갔어?"

태형이 원래 오늘은 승마 수업 날인데 자기가 고집을 피워서 여기로 온 것이라 말했다.

"그런데 너희 엄마 진짜 착하다. 네 말 엄청 잘 들어주는구나."

"응. 우리 엄마가 내가 좋아하는 일을 하래. 마음껏 놀라고 하셨어."

태형이 간만에 사랑하는 엄마 자랑에 한껏 신이 났다.

"지난번에 울 엄마가 그랬는데, 공부는 나중에 어른 돼서 하고 싶을 때 하라고. 내 피부가 이런 게 어쩌면 스트레스 때문일 수도 있다고 주치의 선생님이 말씀하셨거든. 이제부터 내가 하고 싶은 거 하면서 마음껏 놀게 하라고 그러셨대."

태형이 아토피로 인해 늘 가렵고 붉게 터진 험한 피부를 가리기 위해 입은 긴소매 옷을 보여 주며 설명했다. 덕분에 자신은 자유를 찾았다며 신이 난 상태였다.

"와. 너네 엄마 완전 짱이다!"

세하가 부러워서 엄지손가락을 척 내밀었다.

"비밀인데 우리 엄만 욕심이 너무 많아. 하아…… 내가 뭐든 다 잘해야 한대. 1등의 인생이란 너무 피곤한 거 있지?"

"유치원에서 너 만날 1등 해?"

"그럼."

세하가 거만하게 턱을 치켜들었다.

"난 세 살 때 한글 다 뗐거든."

"정말? 와 너, 대단하다아."

"그러게. 내가 좀 천잰가 봐. 그리고 난 지는 게 너무 싫어. 그래서 발레도 하고 영어는 엄마 졸라서 따로 과외받아. 참, 지금은 초등 수학도 하는 중이야. 벌써 구구단도 다 외웠어."

벌써 구구단을 다 외웠다고? 그야말로 천상계 실력이지 않은가. 태형이 존경심으로 가득 찬 눈빛으로 세하를 바라보았다.

"근데, 세하야. 넌 공부하는 게 좋아?"

"아니. 나도 공부는 하기 싫지."

세하가 단호하게 대답했다. 다섯 살 때 힘든 건 여섯 살 때도 힘들고, 여섯 살 때 힘든 건 일곱 살에도 여전히 힘든 것이었다.

"내 말이! 해야 하는 건 왜 그렇게 많은지 모르겠어. 난 겨우 일곱 살이고 초등학교도 안 들어갔는데. 과외 선생님이 내가 오늘 해야 하는 거 말할 때면 으악, 소리치고 싶어."

"너도 그래? 나도 울 엄마가 계획표 짜 놓은 거 하나씩 체크하다 보면 어쩔 때는 도망가고 싶어. 초등학교 들어가면 좀 나아질까?"

"그럴 거 같진 않아. 무서워."

일곱 살 인생은 왜 이렇게 힘든가. 서로의 말에 공감한 세하와 태형이 마주 보며 동시에 하아, 하고 한숨을 내쉬었다.

"근데 영어는 재밌어. 내가 어른 되면 외국으로 여행만 다닐 거라서. 난 나중에 우리 엄마가 바라는 대로 동시 통역사가 될까 해. 넌 나중에 뭐 되고 싶어?"

"나는 음, 자동차 고치는 거. 뭐라더라. 아, 맞다. 엔지니어!"

태형이 눈을 반짝거리면서 신나서 말했다.

"그래서 여기 오면 너무 재밌어. 너희 할아버지 창고에 가면 없는 게 없거든. 아무도 모르게 내가 감춰 둔 보물섬 같아."

"너, 우리 할아버지를 좋아하는 거는 인정하지만 그래도 너무 좋아하지는 마. 우리 할아버지 절친은 나거든!"

민호에 대한 독점욕으로 가득한 세하가 뽀로통해져서 곧바로 태형을 견제했다.

태형이 빙그레 웃으며 고개를 끄덕였다.

"알아. 너네 할아버지는 세하 널 진짜 좋아하시더라."

"당연하지. 우리 할아버지 보물 1호가 나야. 내가 태어났을 때 우리 할아버지가 막 우셨대. 정말 좋아서."

그렇지 않아도 높이 치켜들었던 세하의 턱이 더 하늘로 치솟았다. 세하의 기분이 좋은 것을 확인한 후 태형이 조심스럽게 물었다.

"세하야, 나중에 놀이공원 안 갈래? 같이 놀러 가자아."

"언제?"

끌리기는 하지만, 데이트 신청 앞에서 한 번은 튕겨야지. 세하가 새침하게 물었다.

"내 생일날. 한 번도 내가 그런 데 놀러 간 적 없어서. 근데 나도 곧 초등학생 되니까 엄마가 올해 생일에는 놀이공원 놀러 가도 된다고 했어."

"좋아. 내가 우리 엄마한테 말해 볼게."

"약속! 그때 그러면 우리 태준이랑 같이 가자."

"참, 너 동생 있다고 그랬지? 몇 살이야? 예뻐?"

"응. 네 살. 좀 있으면 다섯 살 되는데 짱 귀여워."

태형이 세하 쪽으로 몸을 기울여 비밀스러운 속내를 드러냈다.

"근데 사실은 좀 귀찮아. 만날 나만 따라 하려구 그래서. 어제도 내 침대에서 같이 잔다고 울었어. 그래서 내가 내 침대에서 같이 자자고 허락했지."

"태형이 넌 동생이 있어서 좋겠다. 완전 부러워."

"너희 엄만 동생 안 낳아 주신대?"

"몰라. 내가 그런 말 하면 딴청만 피워. 울 엄마가 좀 바쁘거든. 아기 낳을 시간이 없나 봐. 솔직히 나도 좀 쓸쓸하긴 해. 동생이 하나쯤 있었으면 좋겠어. 마구 시켜 먹을 쫄병이 생기는 거잖아."

이번에는 태형에게 세하가 물었다.

"근데 너 지난번에 너네 별장에다가 나무 집 짓는다고 했잖아. 만들었어?"

"우리 엄마가 내가 초등학교 들어가면 만들어 준대. 우리 태준이가 거기 잘못 올라가다가 다칠 수 있다고, 태준이가 내년에 유치원 들어가면 같이 놀라고 하셨어. 그러니까 당분간은 여기 와서 놀아야 할 것 같아."

"좋아. 나중에 네 동생하고도 같이 놀러 와. 네 동생이니까 특별히 들어오게 해 줄게."

"고마워, 세하야."

그때 새로운 전시회 기획에 대한 대화를 끝낸 오지인과 민호가 미술관 직원과 함께 작업실에서 나오다가 나무 집에 나란히 앉아 있는 둘을 보았다.

"둘이 뭐가 그렇게 재밌어?"

지인이 나무 집 아래 다가와서 아들을 올려다보며 물었다.

여기 양평에만 오면 아들 얼굴에 생기가 반짝 도는 게 보여서 지인의 마음이 여간 편안한 게 아니었다.

"엄마, 세하가 나중에 나랑 같이 놀이공원 가 준대."

"어머, 그랬어? 잘되었구나. 우리 태형이 좋겠네. 세하야, 고마워."

"뭘요. 제가요 나중에 태준이도 여기 같이 놀러 오라고 말했어요."

"와, 정말? 그래, 담에는 우리 태준이도 데리고 올게. 그때도 같이 놀아 줘."

"네. 제가 동생이 없잖아요. 태준이가 오면 친동생처럼 잘해 줄 거예요."

"우리 세하가 참 똑똑하고 착해서 아줌마는 너무 좋아."

"감사합니다. 헤헤헤."

"이제 내려들 와. 점심 먹어야지."

"네에!"

마치 합창을 하듯이 대답을 한 세하와 태형이 나무 집에서 내려와 다다다, 숯불 바비큐 쪽으로 달려갔다.

"태형이 몸은 좀 나아졌나요?"

"네. 점점 나아지고 있어요. 일단 아토피 증상이 많이 호전되어 가는 편이라 얼마나 다행인지 몰라요."

"자라면서 점점 더 나아질 겁니다. 같이 식사하시죠. 집사람이 또 우리 오 대표님 오신다고 들떠서는 뭔가 잔뜩 준비하는 눈치더라고요."

"매번 올 때마다 신경 써 주셔서 감사합니다. 빈말이 아니라 사모님 솜씨가 정말 일품이세요. 제가 그래서 양평 선생님 댁에 올 때마다 이번에는 뭘 먹게 될까 은근히 기대를 한다니까요."

지인이 웃으며 대답했다.

이윽고 집 안, 집 밖 여기저기서 사람들이 모여들었다.

"우리 서 과장님도 얼른 오시고! 같이 자십시다."

민호가 미술관 직원 말고도 지인의 자동차 옆에서 대기하고 있던 운전기사까지 살뜰하게 챙겼다.

맛있게 익은 고기와 푸짐한 음식 앞에서 사람들의 즐거운 웃음소리가 메아리쳤다.

"이건 울 태형 군을 위해서."

얼마 후 집에 들어갔던 은정 여사가 큰 접시를 들고 와 지인과 태형 앞에 놓아 주었다.

"어머, 이건 뭐예요?"

"지난봄에 캔 쑥이 냉동고에 좀 있어서요. 우리 태형 군 주려고 급히 만들었어요. 콩하고 쌀가루만 넣었어요. 애들이 좋아하는 쿠키 비슷한 걸 만들어 봤는데 내가 촌사람이다 보니, 영 엉망이죠? 호호호."

"감사합니다! 정말 너무 애쓰셨어요."

지인이 감격해서 은정 여사를 바라보며 인사를 했다.

밀가루 알러지인 데다 아토피 증상 때문에 아무거나 먹지 못하는 태형을 위해 은정 여사는 별의별 지혜를 짜내서 어린 태형이 맛있게 먹을 수 있는 음식 한 가지라도 꼭 장만해 주었다.

"저희가 사전 연락도 없이 놀러 와 괜히 번거롭게 해 드렸어요. 정말 죄송해요."

"뭔 소리래요? 사람 집에 사람이 놀러 와야지. 애들 아빠 생일이라고 부러 와 주신 거잖아요. 저희가 감사하죠. 언제든지 편할 때 오세요. 환영입니다. 태형 군, 쿠키도 고기도 많이 먹어요."

"네."

"남으면 싸 가요. 많이 만들었어."

"감사합니다. 동생 주게 저 이거 다 싸 갈래요."

입맛에 맞았나 보다. 태형이 은정 여사가 애써 만든 쑥쿠키를 연속으로 두 개나 먹더니만 제 몫을 야무지게 챙겼다.

"아이들이 쑥이니 이런 거 별로 안 좋아하는데 태형 군은 잘 먹어서 대견해요."

"어려서부터 아토피 증상도 있고 해서 체질에 좋다는 자연식 위주로 먹였거든요. 이유식 때부터 익숙하게 먹였던 거라서 그런지 쟤가 은근히 어른 입맛이 되었어요."

"쑥은 몸에 좋은 거니까요. 동생에게 준다고 과자를 꼭 싸 가는 거 보면 둘 사이가 참 좋은가 봐요."

"우리 태형이가 어려도 맏이다 보니, 동생을 잘 보살피고 아껴요. 아무래도 형제가 둘뿐이니까요. 저도 하는 일이 있고 제 아빠도 맡은 게 많아서 늘 바쁘다 보니, 자연스럽게 형제 둘이 의지하고 지내게 되었나 봐요. 밤에 퇴근해서 와 보면 한 침대에서 둘이 머리를 맞대고 자고 있을 때가 많아요. 그걸 보고 있으면 짠하기도 하고 대견하기도 하고……."

이런저런 이야기들, 부자이든 가난한 이든, 나이가 어리든 많든 사람이기에 공통적으로 느끼는 인생의 희로애락에 대하여 대화를 나누면서, 지인과 은정 여사를 비롯한 어른들은 세하와 태형이 고개를 맞대고 열심히 아기 새 모이 먹듯 맛있게 밥을 먹는 걸 지켜보았다.

"제 자식 입에 밥 들어가는 게 세상에서 제일 보기 좋다더니만."

"그러게요. 지금 제 마음이 너무 좋아요."

지인이 행복하게 웃으며 중얼거렸다.

"우리 태형이가 집에서는 저렇게 밥을 안 먹거든요. 쟤가 은근히 입맛도 까다롭고 가려야 할 음식도 많으니까요. 그런데 여기만 오면 밥맛이 돋나 봐요. 저렇게 한 그릇을 다 먹는 거 진짜 오랜만에 봐요."

한없이 고맙다는 눈빛으로 지인이 활짝 미소 지으며 은정 여사를 돌아보았다.

다른 사람들이 그러하듯이 승주와 정원도 푸짐하게 고기를 담은 접시를 들고 나무 그늘 아래 다른 테이블로 자리를 옮겼다.

"저분, 오 대표님. 엄청 바쁘신 분일 텐데 이렇게 휴일 하루 종일 아이를 위해 비우시다니 대단해."

승주가 은정 여사와 민호와 함께 식사를 하면서 담소를 나누고 있는 오지인 쪽을 바라보며 말했다.

"일단 태형이가 여길 너무 좋아한대. 특히 세하 나무 집 러버야."

"그렇구나."

"너무 바쁘신 분이다 보니 평소에는 시간을 같이 보내기 힘드니까 짬이 날 때마다 아이와 함께 지내는 시간을 가지려 애쓰시는 것 같아. 난 저분같이 재벌 회장님 클래스면 아이들은 낳기만 하지, 죄다 시터 손에 맡기고 개인 튜터 몇 명 붙여서 관리하는 줄로만 알았거든. 한남동 형님처럼. 근데 오 대표님은 그냥 아이를 사랑하는 평범한 엄마야."

"아까서부터 보니까 아버님하고도 정말 이야기를 많이 하시는 것 같던데."

"아빠를 멘토라고 생각하신다니까. 자기가 집에 온 그날, 오 대표님이 우리 엄마 아빠 자택으로 초대까지 한 것 봤잖아."

"그랬지? 연예인보다 만나기 힘들다는 사람이라던데. 저렇게 아버님하고 격의 없이 대화를 나누는 걸 보면 참 된 사람이다 싶어. 엄청 겸손하고 소탈하신 거 같아."

"그러게 말이야. 근데 옛날에 내가 얼핏 들었는데, 자기야. 한남동 형님하고 오 대표님 간 친분이 있다고 하지 않았어?"

정원의 말에 승주가 곰곰이 생각을 더듬더니만 고개를 끄덕였다.

"어. 그런 말 들은 거 같아. 같이 골프 치는 멤버라지, 아마."

"왜 모르는 척해? 당신, 내가 '이윤민 동생'이다 하고 말하지 그랬어?"

"딱히 그런 말을 할 필요가 있을까?"

승주가 얼버무렸다.

자신이 윤민의 남동생이다, 라고 밝히면 괜히 오지인에게 부담만 줄 것 같았다.

세상 어디든 갈 수 있을 오지인이 이곳 양평을 편하게 생각하고 찾아오는 이유는 딱 하나, 편안해서일 것이다.

말 한마디, 행동 하나하나가 사람들 눈에 잡혀 평가되고 가십이 되며 자칫하다간 9시 뉴스에까지 이름이 오르락내리락할 사람 아닌가.

엄청난 부를 소유한 재벌이라는 자신의 위치가 딱히 중요하지 않은 곳. 자신이 사는 화려하지만 가식적이고 타산적인 세상과는 다른 곳이기에 여기는 그녀에겐 유일한 휴식처인 것이다. 그런 마음에 굳이 찬물을 끼얹고 싶지 않았다.

"아버님이 계시는 여기 양평 집은 오 대표님에겐 몰래 감춰 둔 쉼터인 것 같아. 그런데 내가 그쪽 친구하고 연결된 사람이라는 걸 알면 꽤 부담스러울 거야."

"그런가?"

그렇게 모두가 즐겁고 푸짐한 점심 식사가 끝났다.

"어지간히 좀 치우고 나서 차 마시자, 여보. 우리가 정리할 동안 오 대표님 모시고 아이들이랑 강변 산책로라도 걷고 오세요. 근처 휴래원에도 연꽃이 엄청 피었다는데 소화 시키게 잠시 드라이브 다녀오시든가."

"그럴까?"

"엄마, 나 연꽃 보고 싶어요."

"할아버지, 나도! 나도 보고 싶어요! 같이 가요."

"그래, 꽃구경하러 가자꾸나."

"유 선생님 덕분에 저도 좋은 구경 하겠어요. 연꽃 본 지도 참 오래됐어요."

만면에 미소를 띤 민호가 아이들을 데리고 지인과 함께 집 아래 산책로로 내려갔다. 강을 따라 즉 늘어선 가로수 그늘 아래를 잠시 걷다가 집에서 차로 3분이면 도착하는 작은 정원 '휴래원'에 핀 연꽃을 보고 온다고 했다.

"자자, 팥쥐는 놀러 갔으니 콩쥐는 일합시다! 얼른 정리하고 나서 우리도 쉽시다!"

뭐든 재빠르고 시원시원한 효진이 가장 먼저 일어섰다.

밖에 있는 수돗가에서 설거지할 것들은 성운과 효진이 거둬 가고, 승주와 정원은 은정 여사를 도와 주방으로 가져가야 할 것들을 정리해서 집 안으로 날랐다.

"엄마 좀 쉬어. 우리가 할게. 요리한다고 힘드셨잖아. 일단 샤워하시고 좀 쉬셔."

"그럼 그럴까?"

승주와 부딪치는 게 영 불편한 은정 여사가 정원의 권유에 사양 않고 얼른 안방으로 들어갔다.

"장모님은 내가 많이 불편하신가 봐. 지금까지 한 번도 눈을 안 마주치셨어."

승주가 안방으로 들어가는 은정 여사의 뒷모습을 돌아보다가 정원에게 소곤거렸다.

"그걸 견디는 게 당신의 미션이야. 우리 엄마가 착하지만 한번 앙심 품으면 좀 무섭거든."

"그래. 벌받을 건 달게 받아야지."

정원이 식기세척기에 그릇들을 집어넣고 승주의 등을 밀었다.

"자기도 좀 쉬어, 시원하게 에어컨 바람 쏘이면서. 새벽부터 여기 온다고 나섰잖아. 내내 긴장하고 힘들었을 텐데."

"자기는?"

"난 이거 마무리하고, 과일 준비할게. 산책 나간 분들이 돌아오셔야 내갈 거라서 시간이 좀 있거든. 엄마도 샤워 중이시니까, 한 3~40분 여유 있어."

"그래. 난 거실에 나가 있을게."

정원은 냉장고 속 과일을 확인하고 그릇들과 쟁반, 포크 등을 미리 챙겨 두었다. 사람들이 오면 곧바로 내갈 수 있게 씻을 건 씻고, 자를 건 잘라서 준비해 두고 돌아서니, 수돗가에서 설거지하던 오빠 성운이 주방 창으로 눈이 마주친 정원에게 손짓했다.

"왜?"

"작업실에 내려가서 차 마시자. 거기가 우리 집에서 제일 전망 좋잖아."

"오케이."

거실로 나가 보니, 소파에 잠시 앉아 있겠다던 승주의 목이 옆으로 기울어 있었다. 그 짧은 시간, 시원한 에어컨 아래에서 소파에 앉아 있다 보니 마음과 몸이 동시에 풀렸으리라. 자신도 모르는 사이 졸음에 무너지고 말았나 보다.

"예민한 남자 같으니라고."

정원은 그를 내려다보며 중얼거렸다. 내내 웃는 얼굴로, 편안하게 섞이려 노력했지만 그의 속내가 얼마나 살얼음 걷듯 아슬아슬했을까. 보지 않아도 느낄 수 있었다.

나름 정원네 가족들 모두 그를 편안하게 대해 주려 노력했지만, 아직은 승주와 식구들 사이에 보이지 않는 투명한 막이 있다. 정원 역시 그와 다시 만나면서 보이지 않는 거리, 원망과 오해와 미움이 쌓아 둔 틈을 막고 이겨 내는 데 시간이 필요했다. 승주와 식구들 사이도 마찬가지일 것이다.

'어차피 사람들도 30분은 지나야 돌아올 테니까.'

정원은 그를 잠시 그대로 자게 내버려 두기로 했다. 그의 짧은 낮잠을 깨울까 봐 살금살금 발끝으로 걸어 밖으로 나갔다. 효진과 성운을 따라 전망 좋은 작업실로 내려갔다.

30분 후.

"아, 개운해."

샤워를 마치고 옷까지 갈아입은 은정 여사가 안방에서 나왔다. 맞춤하여 연꽃 구경을 끝낸 민호와 사람들이 도착했다고 전화가 왔다. 슬슬 과일이며 차를 준비할 때였다.

거실로 나가던 은정 여사가 발을 멈췄다.

"응?"

집에 도착했을 때부터 찰딱 달라붙어 있어서 영 눈꼴시던 정원은 어디 가고 거실 소파에 승주 혼자 잠들어 있었다.

"하긴 새벽 4시에 일어났다더니……."

얼마나 졸렸으면, 영 불편할 이곳에서 이렇게 잠이 들어 버렸나 싶었다. '사람 맘이 다 똑같은 건데 우리가 불편하면 뭐 저는 안 불편하겠어?'

그를 지나쳐 주방으로 들어갔던 은정 여사가 그를 외면하고 나가려다가 다시 돌아섰다.

손에 들고 있던 과일 쟁반을 내려놓고 안방으로 들어가 홑이불을 꺼냈다. 거실은 에어컨이 계속 돌아가고 있어서 꽤 서늘했다.

살금살금 다가가 고개를 옆으로 미끄러뜨린 채 잠이 든 승주 몸 위로 홑이불을 살짝 덮어 주고 밖으로 나섰다.

"자고 있더라."

은정 여사가 과일 쟁반을 들고 나란히 집으로 걸어오는 민호와 정원을 지나쳐 가면서 알려 주었다. 지인과 아이들은 효진과 성운이 쉬고 있는 시원한 작업실 쪽으로 걸어가고 있었다.

"차는 작업실 발코니에서 마셔요."

"그려."

"연꽃은 장합디까?"

"한창이더구먼. 내일 당신도 구경 가지 그래?"

"그래요. 같이 가요."

정원과 민호는 문 열리는 소리에 잠이 든 승주가 깰세라 집 안으로 들어

가는 대신, 거실과 연결된 야외 발코니에 놓인 의자에 앉았다.

"새벽에 일어나서 오느라 피곤했나 봐. 점심도 평소답지 않게 잔뜩 먹더니만."

이렇게 손님들도 오가고 어려운 자리에다가 불편한 정원네 식구들 틈에서 얼마나 졸렸으면 저렇게 앉은 채로 잠이 들었을까, 안쓰러웠다.

약속이나 한 것처럼 민호와 정원은 유리창 너머 거실 안을 건너다보았다. 이제는 거의 미끄러지듯이 소파에 몸을 반 걸친 채 잠이 든 승주의 옆모습을 함께 바라보았다.

"뭔가 좀 이상해요. 저 사람이 저기 있는 게."

"뭐가 이상해?"

"우리가 결혼했을 때도 저 사람은 여긴 거의 오지 않았는데."

"왔어도 금세 갔지. 뭐가 그리 바빴는지 모르겠지만."

"제 잘못이에요. 이제 생각해 보면."

정원이 늦은 고해성사를 하듯이 중얼거렸다.

"저 사람이 불편할까 싶어서, 저 사람 마음은 물어보지도 않고 오자마자 내가 먼저 나서서 빨리 가자고 했죠. 아빠 보러 여길 종종 왔으면서도 저 사람더러는 같이 갈래요, 하고 물어본 적도 없었구요. 아빠, 그때 제가 왜 그랬을까요?"

이제는 알고 있는 승주의 진심. 그는 정원의 가족들을 참 좋아했고 같이 어울리고 싶어 했고 진짜 한 가족이 되고 싶어 했다는데.

원망은 상대적인 것이거늘 결혼 생활 중 정원이 승주와 평창동 가족에게 섭섭하고 화가 났던 것처럼, 승주인들 정원이며 양평 집 가족들에게 그런 게 없었을까? 하지만 철없던 정원 자신은 모든 잘못은 승주가 저지른 것인 양 분노하고 원망했다.

이날 정원의 가족들 사이에 낀 승주는 나름대로 행복해 보여서 참 다행이었다.

"그때는 너도 이 서방도 결혼 생활에 대한 자각이 좀 모자랐던 것 아닐까 싶어. 사랑만 중요하고 나머지에 대해선 딱히 생각 없이 결혼에 돌진했었지. 그래서 혹독한 시행착오를 겪었던 거구. 다시 만난 지금부터라도 서로 잘 이해하고, 더불어 같이 걸어가는 연습을 제대로 하면 되는 거지."

"네. 그래서 저희도 같이 노력하고 있어요."

"여름에 바비큐는 좀 그렇지? 네 오빠가 불 앞에서 고생했어."

"그래도 좋았어요. 쨍하게 덥고 그래야 여름이죠."

"지난번 바비큐 할 때는 재완이가 고생했는데."

민호가 아까 바비큐 파티가 벌어졌던 원두막 쪽을 바라보며 중얼거렸다. 굉장히 오래전 일이었는데 사실 따져 보면 올해 봄이었다.

봄과 여름 사이. 계절이 흘러가는 그 짧다면 짧고 길다면 긴 그 시간 사이에 얼마나 많은 일들이 벌어졌고 많은 사연들이 오고 갔는지. 찬찬히 더듬어 보니 현기증이 날 만큼 구구절절했다.

"참, 재완이가 소포를 보냈더라."

정원이 깜짝 놀라 민호를 돌아보자 그가 고개를 끄덕였다.

"호주 생활이 나름 재미있나 봐. 적응하느라 힘들긴 하지만 나름 잘 지낸다고 하더구나. 호주 꿀이랑 과일 말린 거며 뭐 그런 것들을 잔뜩 보냈어. 녀석, 자기가 맛있게 먹은 건 다 집어넣었나 싶더라니까."

참 다행이다. 가장 먼저 그런 생각이 들었다.

재완은 정원의 인생에 있어 청춘이라 불리는 시절에 가장 많이 모은 포토 카드였다. 중학교부터 올봄까지, 그는 정원의 풍경 안에 내내 붙박이 나무였다.

"잘 지낸다니 좋네요. 걘 지옥에 떨어뜨려 놔도 잘 살 애긴 하지만요."

"이제 와서 말한다만, 사실 아빤 네가 재혼을 하게 된다면 재완이랑 하면 어떨까 생각을 한 적이 있어."

"에이. 아빠, 그건 완전 오버!"

민호의 말이 떨어지자마자 정원이 단번에 얼굴까지 찡그리며 내뱉겼다.

"몇 번을 말했는데? 걔하고 난 그냥 '친구'라니까요? 친구하고 어떻게 결혼을 해요? 서로의 결혼을 축하해 주는 사이가 친구지."

역시 안 되는 사이였구나. 민호는 질색하는 정원의 얼굴을 바라보며 새삼 확인했다. 정원을 향하는 재완의 마음을 확실하게 보았지만, 어떻게 하든 안되는 인연은 안되는 것이었다.

돌고 돌아 저렇게 전 사위 승주가 거실에 잠시나마 편안하게 잠든 모습을 보며 민호는 부부의 인연은 역시 하늘이 내리는 것인가 보다, 그런 생각을 했다.

17

오후 5시.

"저희 먼저 출발할게요."

손을 흔드는 식구들을 뒤로하고 승주와 정원이 탄 차가 양평 집을 빠져 나갔다.

주말을 즐기고 돌아오는 사람들로 인해 서울로 돌아오는 도로는 한창 붐 볐다.

그나마 조금 넉넉하게 출발했던지라 다행히 늦지 않게 결혼식장에 도착 할 수 있었다.

말끔한 예복 차림으로 하객들과 인사를 나누고 있던 신랑이 정원과 들어 서는 승주에게 반갑게 인사했다.

"승주야, 이승주. 와 줘서 고맙다."

이전 두 사람의 결혼식에서 사회를 봐 줄 만큼 승주에게는 몇 안 되는 막 역지우이다. 승주도 다른 사람을 대하는 것과는 달리 먼저 신랑에게 악수를 청하고 서로 등을 두드리는 등 허물없이 친근하게 인사했다.

"규원이가 장가가는데 당연히 와야지. 너 오늘 좀 멋져 보인다."

하하 웃던 신랑이 정원에게도 반갑게 인사했다.

"제수씨도 오랜만입니다."

"제수씨라니, 인마. 말 제대로 해, 형수님이야."

승주가 신랑에게 반농담으로 퉁을 주었다.

"하하하. 겨우 석 달 차이로 곧 죽어도 형님 행세지? 정원 씨, 나중에 저희 신혼여행 다녀와서 집들이할 때 꼭 같이 오세요. 우리 와이프도 정원 씨많이 보고 싶어 했어요."

"고맙습니다. 초대해 주시면 꼭 갈게요."

승주와 정원의 결혼식 때 여자 친구라면서 같이 왔던 그녀가 신부였다.

당시 남자 친구였던 신랑이 힘든 전공의 과정을 무사히 끝낼 때까지 내조를 많이 해 주었다고 한다. 오랜 연애의 결실이 아름다운 결혼식으로 매듭짓게 되었으니 참 좋은 일이었다.

"결혼식 끝나고 친구들끼리 2차 피로연, 여기 호텔 지하 클럽에서 하는데너 올래?"

"미안. 내일 이 친구가 아침 일찍 출근해야 해서. 밤늦게까지는 못 있을거 같아. 대신 신혼여행 다녀와서 우리끼리 보자."

"알았어. 이승주. 어지간히 낯가리는 걸 내가 몰라? 하하하. 나중에 보자."

인사를 하고 승주가 돌아서는데 여기저기서 그의 이름을 불렀다.

"어이, 이승주!"

"승주 아냐? 너 미국에서 언제 돌아왔어?"

신랑과는 같은 의대 출신인지라 인사를 나누고 돌아서는 승주를 알아보고 인사를 청하는 선후배나 교수님들, 지인들이 꽤 많았다.

어차피 같이 왔고 서로 눈이 마주친 상태이니 정원도 그들에게 자연스럽게 인사를 할 수밖에 없었다.

"두 사람, 여전히 꿀이 뚝뚝? 잘 지내는 것처럼 보여서 다행이야. 야 너, 동창 모임에도 좀 나오고 그래라."

"아직 아기는 없어? 결혼한 지 벌써 몇 년 되었잖아?"

"이제 슬슬 가져야지."

정원과 승주는 결혼식 후 반년 지나서 곧 미국으로 건너갔다. 승주의 성격상 딱히 사생활을 오픈하면서 친하게 지내는 사람들도 거의 없다. 그러다 보니, 이날 결혼식장에서 인사를 나눈 대부분의 사람들은 두 사람이 그 짧은 3년 사이 이혼했다가 다시 만나 또 연애 중이라는 복잡한 속사정을 잘 모르는 상태였다.

식장의 지정된 좌석에 가서 앉으려던 승주가 옆 테이블에 막 자리 잡은 나이 지긋한 교수를 보았다. 얼른 먼저 다가가 정중하게 인사를 했다.

"교수님, 이승주입니다. 오랜만에 뵙습니다. 잘 지내셨습니까?"

"오! 이승주. 오랜만이네."

그도 반갑게 인사를 받아 주더니만 물었다.

"와튼에서 학위 따고 귀국했단 말은 전해 들었어. 이제 로스쿨 할 거라더니 어떻게 됐어? 합격했어?"

"아닙니다. 제 길이 아닌 것 같아서 내년에 병원으로 돌아가서 과정 시작할까 합니다."

"그래? 그럼 아직 어디서 과정 시작할지는 안 정했지?"

"네. 슬슬 알아봐야죠."

"병원으로 돌아온다니 반갑네. 다음 주에 얼굴 보자. 내 연구실로 한번 와라."

"네. 다음 주에 전화드리고 찾아뵙겠습니다. 감사합니다."

승주가 돌아오자 정원은 그에게 작은 목소리로 물었다.

"누구시지?"

"모교 은사님. 아버지 친구이기도 해서 많이 챙겨 주신 분이셔."

"한국대 병원에 계셔?"

"응. 흉부외과 과장님으로 알고 있어."

"당신이 병원으로 돌아간다니까 갑자기 교수님 얼굴에 화색이 확 도시던데? 당신을 흉부외과로 잡아가려고 벌써부터 사전 작업?"

"그야 모르지."

"흉부외과 엄청 힘들다며?"

"안 힘든 과가 어딨어? 다 나름대로 고충이 있고 어려운 일투성인데. 사람 신체든 정신이든 어디 하나 중요하지 않은 게 없는 것처럼 병원 전공도 그래."

"그렇구나. 그나저나 결혼식장이 너무 멋진데?"

정원이 눈을 반짝이며 이날의 세련되고 호사스러운 호텔 결혼식장을 뇌리에 스캔했다. 8성급 호텔이라더니만 식장의 장식품 하나하나가 다 예술 작품 수준이었다.

"여기 호텔 꽃길이 확실히 다른 데보다 길어. 이 정도로 긴 통로 장식에다가 결혼식장 전체를 생화로 덮었으니 꽃값만 해도 수억 원어치일 거야. 거기다가 전부 수입 꽃 같은데."

"모처럼 왔으니까 이것저것 잘 봐. 공부 많이 하고 가."

"응. 알았어, 고마워. 당신 덕분에 나도 좋은 구경 참 많이 한다. 우리 오래도록 친하게 지내요."

둘이 마주 보며 미소를 짓는데, 이제 곧 결혼식이 시작된다는 안내 방송이 나왔다.

신랑 측도 그렇지만 신부 쪽 집안 수준도 만만치 않은 듯, 사회를 보는 사람조차도 방송에 종종 나오는 유명한 아나운서였다.

그래서인지, 신랑 측 지인인 의료계 쪽뿐 아니라 정계나 재계 쪽 유명한 사람들의 얼굴도 제법 보였다.

집안 간 수준도 비슷하고 오랜 연애 이후 축복받은 결혼식인지라 그날의 모든 행사는 물 흐르듯이 순조롭게 진행되었다.

예식이 끝나고 피로연 겸 저녁 식사가 시작된 상황. 하객들의 식사가 시작되면서 2부 피로연 드레스와 슈트로 갈아입은 신랑 신부가 테이블을 돌아다니며 하객들에게 인사를 시작하던 때였다.

그 하객들 중에는 승주의 매형 현석과 누나 윤민도 있었다.

그들은 신부 측 하객이었으므로 승주와 정원이 이 결혼식에 참석했으리라고는 알지 못했던 상황이었다.

하물며 현석은 며칠간의 해외 출장을 끝내고 돌아와 공항에서 바로 달려왔다. 1부 결혼식에는 참석하지 못하고 2부 피로연 때에 밖에서 기다리던 윤민과 같이 늦게서야 겨우 입장한 상태였다.

"저쪽, 처남 아냐?"

이 결혼식에 내가 아는 누가 왔나 해서 아무 생각 없이 고개를 돌리던 현석이 반대편에 앉은 승주와 정원을 뒤늦게 발견했다.

그의 말에 윤민도 승주와 정원이 나란히 앉아 피로연 인사를 나온 신랑 신부와 웃으며 담소를 나누고 있는 저쪽 테이블을 건너다보았다.

윤민이 마치 못 볼 걸 본 사람처럼 화들짝 놀랐다. 재빨리 시선을 돌리며 이맛살을 찌푸렸다.

"미친 자식, 망신인 줄도 모르고."

"뭔 소리야?"

"여기가 어떤 자리인데 저딴 걸 데리고 와?"

"어떤 자리긴, 와야 하는 자리니까 왔겠지. 아까 들었는데 신랑이 처남하고 엄청 친한 사이라던데? 처남 결혼식 때 사회까지 봐 준 친구라고 하던데. 당신은 몰랐어?"

"알 게 뭐람. 일일이 그런 걸 어떻게 다 기억해? 몰라. 기억 안 나. 그런 것보다 승주 저 자식이 기어코 저딴 걸 데리고 이런 자리에 온 게 문제지."

"당신, 말이 좀 험하다. 누가 들으면 어쩌려고? 처남댁이 당신한테 뭐 죽을죄를 지은 것도 아닌데 왜 그래?"

현석이 약간 미간을 찡그리며 말했다. 그러거나 말거나 윤민은 보란 듯이 콧방귀를 꿰며 무시했다.

"처남댁은 무슨? 쟤들이 이혼한 지가 언젠데?"

"하지만 다시 만나고 있지. 분위기 보아하니, 곧 재결합할 기세인데. 당신이 아무리 싫어해도 대세는 어쩔 수가 없어."

"대세 좋아하시네. 웃기지 마요."

"알은척 안 해?"

"안 할 거야. 쪽팔려."

고개를 돌리고 싹 외면하는 윤민을 바라보며 현석이 혀를 찼다.

"참 어지간하다, 당신도. 별것도 아닌 것에 예민해. 그리고 사람을 놓고 대놓고 '저딴 것' 그런 식으로 말하면 기분이 좀 나아져?"

"흥!"

윤민이 코웃음을 쳤다.

오늘 결혼식의 신부는 윤민이 속한 모임 멤버의 동생이었다. 그런 인연으로 결혼식에 왔는데 신랑 되는 사람이 승주의 절친이었다.

그것도 놀라운데, 하물며 승주와 정원이 보란 듯이 함께 나타난 것을 두고 보아야 한다니. 울컥 화가 나고 자신이 큰 망신을 당한 듯 불편하기 이를 데 없었다.

이제 두 사람의 재결합은 알 만한 사람들은 다 알게 될 모양새였다.

'흥, 그걸 노리고 부러 승줄 꼬드겨서 여기로 같이 나타났겠지. 약은 것 같으니라고.'

정원이 영악하게 머리를 굴려 둘의 재결합을 공식화시키려는 수작 같아서 윤민은 밸이 꼴릴 대로 꼴렸다. 이렇게 열을 받았지만 저 뻔뻔한 둘을 아직 낼 방도가 없어서 더 화가 났다.

"짜증 나. 이럴 줄 알았으면 이딴 결혼식에 안 왔을 텐데. 더 놀다가 다음

주쯤에나 들어올 걸 그랬어."

윤민의 혼잣말을 현석이 들었다. 뭐든 적당히 좀 하지, 하는 뜻으로 그가 혀를 찼다.

"이 사람이 생각하고는? 노는 건 좋은데 애들 두고 너무 오래 나가 있으면 어른들께서 어련히 좋다 하시겠다."

"뭔 소리래? 내가 나가 있는 동안, 우리 연준이랑 명재, 아버님 댁에 가서 얼마나 재밌게 놀았게요? 할아버님도 그렇고 어머님도 애들이 와 있으니 집에 훈기가 돈다고 얼마나 좋아하셨는데?"

"하긴 엄마가 우리 연준이를 특별히 예뻐하시지."

"할아버님은 안 그렇고?"

"맞아."

"연준이, 이번 방학에 스페인 예술 캠프에 보내라고 할아버님께서 직접 봉투 주셨잖아."

윤민이 골프 여행에서 돌아오자마자, 방학을 맞이한 아들 연준이 스페인 예술 캠프에 참석하기 위해 튜터와 함께 떠났다. 열흘 후에 돌아올 것이다.

딸 명재 역시 전담 시터와 튜터가 붙어서 밤낮으로 관리하고 있다. 서울에 있든, 골프를 치러 해외로 나가든, 주부로서도 어머니로서도 윤민이 딱히 할 일이 없었다.

9시쯤 결혼식 피로연이 전부 끝났다. 윤민은 승주와 정원이 보란 듯이 둘이 손을 잡고 결혼식장을 떠나는 걸 째려보다가 돌아섰다.

주차장으로 내려가며 윤민이 물었다.

"친구들이 근처에 놀고 있다. 같이 차 마시자고 하는데 당신은 어떡할래?"

"그럼 놀다 와. 난 먼저 갈게."

집으로 들어간다고도, 딱히 그렇다고 다른 데 어딜 간다고도 하지 않고 현석이 선선히 대답했다.

"난 많이 늦을 수도 있는데."

"괜찮아. 알아서 할게."

"혹시 집에 들어갈 거면 우리 명재 잘 때 책이나 좀 읽어 주든지."

"벌써 9시 넘었잖아. 명재는 잘 시간 넘었지. 됐어. 난 본가에 가서 일단 아버지께 출장 결과 보고해야 해."

"그럼 본가에서 잘 거야?"

"아냐. 바로 나올 거야. 나도 친구들이랑 선약이 있었어. 한 잔만 마실게."

한 잔만 마신다지만 현석은 끝내 집으로 들어가겠다는 말을 하지 않았다.

내일 월요일에 출근할 사람이 일요일 밤에까지 놀다가 집에는 안 오겠다는 건 그가 옷을 갈아입고 출근 준비를 할 수 있는 또 다른 집이 생겼다는 뜻이다. 그곳에는 이전 애인보다 더 싱싱하고 세련된 계집애가 기다리고 있을 테고.

'이번에는 몇 달짜리일까? 집까지 얻어 준 모양인데 조금 오래 가겠어. 흥.'

윤민은 속으로 염두를 굴리며 몰래 코웃음을 쳤다.

현석이 발렛을 부탁한 차가 다가오자 윤민을 돌아보았다.

"먼저 갈게. 잘 놀아."

해외 출장 다녀온 남편과 아주 쿨한 작별 인사를 끝내고 윤민도 이내 주차 요원이 몰고 온 자신의 차에 올라탔다.

'친구들한테 가지 말고 평창동에나 가 볼까? 출국하기 전 엄마 목소리가 꽤 어두웠는데.'

그러나 그런 망설임은 친구들이 모여 떠들고 있는 활기찬 파티 룸의 문을 열었을 때 순식간에 사라졌다.

"어서 와. 사모님."

삼삼오오 둘러앉은 친구들끼리 이미 포커 판이 한창이었다.

누가 제대로 이기는 패를 잡았는지 사람들 앞에 쌓인 지폐들이 제법 수북했다.

여기저기, 윤민이 참석하는 모임은 많지만 이날의 모임이 제일 신나고 화려했다.

대학 때부터 친한 친구들이 주축인 모임으로, 일요일 밤 10시가 다 되어 가는데도 누구 하나 집으로 돌아갈 생각조차 하지 않는다. 새벽에든 다음 날 아침에든 상관없다. 그 언제 돌아간다 해도 누구 하나 간섭받지 않을 사람만 모였다.

모임에 나오는 친구들은 각양각색이었다. 화려한 연예인으로 활약하는 친구도 있고, 자유로운 돌싱녀도 있고, 아직 미혼으로 제 사업에 열심인 골드 미스도 있다. 하지만 이 모임 그 누구도 재벌가 며느리가 된 윤민의 위치를 이길 사람은 없다.

친구들 간의 모임에서도 갑을 관계가 있다면 이 모임에서만큼은 윤민이 적수가 없는 슈퍼 갑이자 유일한 여왕벌이었다.

그녀가 어떤 식으로든 제멋대로 굴어도 다들 비위를 맞추고 눈치 보는 곳이다. 언제 와도 늘 자유롭고 편안해서 윤민으로선 이 모임에 애착이 강했다.

대재벌가의 고상한 며느리로서 윤민은 늘 격조 있고 품위 있게 살아야 할 의무가 있다. 이곳에 모인 친구들 앞에서나 겨우 제 타고난 본성을 그대로 드러낼 수 있어 그야말로 휴우 하고 숨 쉴 수 있는 옹달샘 같은 곳이었다.

"자기 남편, 오늘 출장 다녀왔다며? 집에 안 가도 돼?"

윤민 앞으로도 카드를 나눠 주며 그날의 모임 판을 연 친구가 물었다.

"우리 그이, 본가 가서 출장 보고 하고, 거기서 내일 바로 출근한대. 우리 아버님이 막내아들을 워낙 좋아하시잖아."

"결혼해서도 이렇게 맘 편하게 즐겁게 사는 사람은 이윤민 사모님뿐이야. 우리들 중에서 제일 팔자 좋은 사람 아냐? 완전 부럽다."

"흰소리 말고 카드나 펴. 근데 내가 모르는 얼굴이 있네……?"

윤민의 의아한 시선 앞에서 한 여자가 고개를 까딱했다. 요즈음 인기 주말 드라마 조연으로 활약 중인데 라이징 스타 예약이라고 했다.

키가 훌쩍하니 크고 피부가 생크림이었다. 군살이라곤 하나도 없는데 그럼에도 부러울 따름인 탱탱한 곡선이 여자가 보아도 절로 눈이 돌아가게 하는 마성의 미인이었다. 말 그대로 '이 정도는 예뻐야 TV 스타 됨' 그런 존재감을 가진 사람이었다.

"같이 놀자고 내가 데려왔어. 우리 후배 조은수. TV에서 몇 번 봤을 거야. 나랑 같은 소속사이고 이번에 같이 영화 해. 착한 애니까 다들 잘해 줘."

나름 한류 스타로 이름 날리고 있는 배우인 리해가 소개했다.

"서로 이야기하다 보니까 우리 모임 이야기까지 나왔잖아. 은수가 너무 궁금하고 부럽다고 해서. 사실 연예계 생활 하다 보면 마음 터놓을 친구를 만들기가 쉽지 않잖아. 꼭 와 보고 싶대서 오늘 데려왔어. 딱히 하는 것 없이 수다나 떨고 그냥 맛있는 음식점 찾아다니는 거라 해도 너무 궁금하대."

리해가 사전 내락도 없이 은수를 모임에 데리고 나온 것이 조금 신경 쓰였는지 모임의 여왕님인 윤민을 바라보며 구구절절 설명했다.

"얘가 외모만 화려했지 완전 순덩이야. 또 베이킹 선수라니까. 촬영장에 자기가 직접 빵 만들어서 오잖아. 요리도 잘하고. 참, 우리 은수, 강남에 유명한 한정식집 있지. '백향' 거기 사장님 조카잖아. 얼마 전에 이모하고 요리 채널도 같이 열어서 엄청 핫해. 나중에 구독해 줘."

결국은 조은수가 화려한 외모와는 달리 성실하고 착한 친구이니 받아들여 달라 하는 간청이었다.

"어머, 인기 배우가 요리도 해요? 대단하다아."

"별거 아니에요. 전 이모 옆에서 감탄사만 넣고 맛만 보는 역할인걸요."

은수가 귀엽게 볼우물을 패며 미소 지었다. 칭찬이 어색한지 얼굴이 붉어지면서 겸손하게 말했다.

"와 보니 어때요? 재미있어요? 조은수 씨."

"네. 너무 재미있어요. 다들 친절하게 대해 주시고. 말씀은 많이 들었어요. 저기, 광성 그룹 며느님이시라고? 재벌 사모님은 여기서 처음 뵙네요. 영화 속 사람을 보는 것처럼 좀 신기해요."

"자기가 영화 찍은 사람이면서 날 보고 그렇게 말하면 어떡해? 여기선 그런 거 안 따져요. 그냥 다 친구인데 뭘. 내가 리해 친구니까 은수 씨도 다음부턴 편하게 언니라 불러요. 오케이?"

"아, 그래도 돼요? 감사합니다."

살짝 웃는데도 별거 아닌 그 작은 눈웃음에서 섹시함이 철철 넘쳐흘렀다. 역시 연예인이었다.

"은수 씨가 들어오니까 우리 모임, 한층 영해지고 미모 수준도 올라간 것 같아. 그렇지 않아?"

윤민의 너그럽고 유쾌한 한마디에 보이지는 않으나 안개처럼 끼어 있던 엷은 긴장감이 삽시간에 사라졌다.

모임을 주도하는 여왕벌 윤민이 은수를 거부하면 그 길로 아웃이다. 그런데 생각 외로 윤민이 은수가 마음에 드는 눈치여서 소개자인 리해로선 다행이다 싶었다.

"거봐, 은수야. 내가 뭐랬어? 윤민이가 체면 따지는 상류층 사모님이래두 교만하게 사람을 아래로 깔고 보고 함부로 무시하고 그런 사람 아니야. 앞으로 친하게 지내. 서로 성격도 화통해서 잘 어울릴 거야."

"얘는 사람을 앞에 놓고 낯 뜨겁게 얼굴에 금칠을 하고 난리야. 그만해. 민망해. 은수 씨, 나중에 시간 되면 리해와 같이 필드 한번 나가요. 내가 초대할게."

"감사합니다. 제가 골프는 잘 못 치지만 열심히 연습해 둘게요."

"뭐든 열심히 하는 것 같아서 마음에 드네. 뭐 하고 있어? 카드 돌려야지."

다시 떠들썩한 가운데 카드가 돌아가고 유쾌한 웃음소리 사이로 맛있는 칵테일이며 간식 접시가 오갔다.

"다음 달에 내 생일인 거 알지? 근사한 풀 빌라쯤 빌려서 화끈하게 놀까 봐."

요즈음 운영하는 온라인 쇼핑몰이 대박 나서 한창 돈을 긁어모은다는 친구가 호기롭게 선언했다.

"우리 모임 솔직히 너무 건전하지 않니? 내 생일에는 한번 마음 풀고 확 놀아 버릴래. 리해야, 너 잘 아는 남자 연예인들 좀 소개해 주라. 그날 같이 놀게."

"얘는? 너 좀 위험한 발언 하고 있다?"

"뭐, 내가 못 할 말 했어? 나 아직 솔로야. 남자들은 온갖 핑계를 대고 예쁜 여자들을 끼고 노는데 우리라고 못 할 게 있어? 야, 돈 있고 자유 있고 시간 있어. 나도 잘생긴 남자 한번 끼고 재미나게 놀아 보자. 생일 파티 때 유쾌하게 같이 술 한잔하면서 놀자는 게 뭐 그리 큰일이라고?"

"남편 몰래 바람피우겠다는 것도 아니고, 돈 주고 같이 자자는 것도 아니고. 그냥 생일 파티에서 한번 유쾌하게 같이 놀자는 거 아냐. 그건 나도 찬성. 우리도 멋진 남자 구경 좀 하자, 리해야."

"진심이야?"

"진심이지, 그럼."

리해가 슬쩍 윤민의 눈치를 보았다. 윤민은 그녀에게 싱긋 웃어 주었다.

"뉴스에 나오기 싫은 건 우리가 아니라 그 사람들이지 않아?"

윤민의 말에 리해가 의외란 듯 눈을 크게 떴다.

"그건 그렇지만. 그럼 윤민이 너도 찬성?"

"연예인 보는 기회가 자주 있는 것도 아니고. 얘, 요즈음 잘나간다는 송강휘 한번 구경해 보자."

송강휘는 올해 봄, 선풍적인 인기를 끌었던 로맨틱 판타지 사극 주연으로 단번에 확 뜬 청년이다. 오래도록 무명 시절을 거친 후 스타가 된 경우라서 인성도 괜찮고 근래 보기 드문 고전적 미남이라며 여성 팬들의 가슴을 두근두근 뛰게 만들고 있다고 소문이 자자했다.

"너 송강휘 팬이었어?"

"팬까지는 아니고. 요즈음 TV에 자주 나오니까 보게 되네. 마스크가 딱

내 스타일이더라."

"송강휘 선배하고는 제가 친해요. 그날 오라고 하면 올 거 같은데."

리해와 윤민 사이에 은수가 끼어들었다.

"그렇구나. 은수 너하고 강휘, 드라마 하나 같이 했지?"

"동문이기도 해요, 같은 예고 출신이에요. 나름 친해요."

"그럼 그날 강휘 데리고 올래?"

"네. 그 선배, 판 벌리면 생각보다 엄청 잘 놀아요. 분위기 확 살걸요."

"그럼 그날 강휘 부르자. 내가 이언 선배랑 유정헌이도 부를게."

그때 은수의 손에 들려 있던 휴대 전화가 울렸다. 메시지를 확인한 은수가 미안한 얼굴로 리해를 건너다보았다.

"죄송해요. 저 먼저 일어나야 할 것 같아요. 매니저가 연락했어요."

"왜?"

"내일 새벽에 스케줄 해야 하니까 이제 그만 들어가자고요. 메이크업하려면 내일 새벽 5시에 미용실 가야 해요."

"그렇게 일찍 스케줄 있어? 매니저가 너무 했네."

"골프 예능이요. 케이블인데 골프 고수하고 짝지어서 레슨받는 프로그램이래요. 제가 골프 웨어 모델이다 보니까."

은수가 자리에서 일어나 핸드백을 챙겼다.

많은 사람 중에 특히 윤민만을 응시하며 인사를 했다. 눈치 빠르게 이 모임의 주인공이 누군지를 제대로 파악한 모양이었다.

"죄송해요. 전 먼저 일어날게요. 재밌게 노세요."

깍듯이 인사를 하고 먼저 떠나는 은수의 늘씬한 뒤태를 윤민을 비롯한 모임 사람들이 다 같이 바라보았다. 마음속으로 그녀에 대한 선망과 부러움과 약간의 질투를 품은 건 똑같았다.

"인사성도 밝고. 애가 제법 괜찮아 보여. 얼굴도 참 예쁘고."

"그러게. 보기 드문 미인이야."

"여자인 우리가 봐도 예쁜데 남자들은 오죽할까?"

윤민의 말에 리해도 살짝 웃으며 고개를 끄덕였다.

"우리끼리 하는 말인데 은수 재, 요즈음 완전 핫해. 남자들한테 딱 먹히는 매력 포인트가 많은가 봐. 연기력도 좋고 야심도 강해서 곧 탑 자리 꿰찰 거 같아."

그때 윤민의 전화가 울렸다. 화면에는 뜻밖에도 시어머니 이름이 떠 있었다.

'갑자기 노인 양반이 무슨 일로 전활 했대. 이 늦은 시간에?'

뜻밖의 전화에 당황하고 긴장해서 윤민은 얼른 휴대 전화를 들고 조용한 복도로 나갔다.

"네. 어머님. 연준이 어미예요."

—늦은 시간에 전화해서 미안하구나. 아직 안 잤어?

"결혼식에 갔다가 들어와서 씻고 음악 좀 듣는 중이에요. 이제 슬슬 자야죠. 아범이 아버님께 출장 보고 한다고 본가엘 갔는데."

—방금 나갔다. 자고 여기서 출근하랬더니 집에 가서 잔다고 나서는구나. 출장 다녀와서 피곤할 텐데 바로 재워. 내일 너희 큰동서랑 같이 재단 이사회에 참석해야 하는 건 알고 있지?

"그럼요. 그래서 일부러 음악 좀 듣고 있었어요. 내일 플루티스트 차연오 씨가 오시잖아요."

입술에 침도 바르지 않고 윤민은 새빨간 거짓말을 내뱉었다.

—연준 어미는 늘 준비성이 철저해서 흡족하구나. 늙은이가 주책이지? 이렇게 늦은 시간에 며느리한테 전활 걸어서 귀찮게 한다. 그럼 내일 보자꾸나.

전화를 끊자마자 윤민은 바로 실내로 들어가 핸드백을 챙겼다.

"미안. 나도 지금 집에 가 봐야 할 것 같아."

"갑자기 왜? 이제부터 한참 재미있을 판인데."

"본가 노인네가 뭔 소리를 들었는지 갑자기 나더러 집에 있느냐고 확인하신다. 노망나셨나? 왜 이러시지? 짜증 나게."

"너, 아까부터 몇 잔 마셨잖아? 운전해도 돼?"

"괜찮아. 집까지 10분이면 되는데 뭘."

"재수 없게 음주 운전 걸리면 귀찮아진다고."

"걸리면 내가 아니라 내 변호사가 귀찮아지겠지. 간다."

술 먹고 운전한 게 어디 한두 번인가. 걱정하는 친구들을 뒤로하고 윤민은 서둘러 지하 주차장으로 내려갔다.

예감이 별로 좋지 않았다. 시어머니 전화를 받는데 이상하게 뒷골이 서늘해졌다.

대체 누구에게서 무슨 말을 들었길래 안 하던 짓을 하시지?

'설마 내가 해외에 나가면 카지노엘 조금씩 드나든다는 이야기가 새어 나갔나?'

딱히 문제 될 건 없는데?

윤민은 계속 불안한 마음을 달래듯이 더 거만하게 턱을 치켜들었다.

운 좋게도 음주 운전으로 걸리지는 않았다. 자정 넘어 들어선 집은 조용했다. 도우미가 졸음을 참는 얼굴로 그녀를 맞이해 주었다.

"늦으셨네요."

"친구들 잠시 만났어요. 들어가서 자요."

현관 안으로 들어서면서 윤민은 재빠르게 신발장 앞을 눈으로 스캔했다. 당연히 현석의 구두는 보이지 않았다.

'집에 간다고 본가에서 나갔다더니. 역시나 안 들어오셨군.'

도우미가 자신의 방으로 들어가기 전에 다시 물었다.

"혹시 뭐 필요하신 건 없으세요?"

"침실에 물이나 갖다줘요. 명재는 자죠?"

"그럼요. 시터님이 시간 맞춰 밥 먹고 놀아 주다가 같이 잠들었어요."

"알았어요."

딸이 잠든 2층에 올라가서 잠시 얼굴이나 볼까 하다가 뭐가 달라질까 싶어서 윤민은 그대로 침실 쪽으로 걸어갔다.

불 꺼진 침실로 들어가 스위치를 올리는데 윤민은 문득 침묵이 응고된 듯한 침실의 무거운 공기가 무서워졌다.

입었던 재킷을 침대에다 아무렇게나 벗어 던지고 화장대 앞에 앉는데, 문득 엄습한 그 무섬증은 가라앉지 않고 점점 더 강해지고 있었다.

'내가 왜 이러지?'

일단 화장을 지워야 해서 거울 속을 들여다보는데, 그 안에 비친 자신의 등 뒤로 펼쳐진 넓고 화려한 침실이 너무나 공허해 보였다.

그러고 보면 이 침실의 주인 윤민은 결혼 생활 기간 대부분 혼자였다. 마치 친정 엄마 나서희처럼……

딱히 불행한 건 아닌데 그렇다고 딱히 행복하지도 않았다. 어쩐지 마음이 계속 허허로웠다.

몇십 분 전만 해도, 그 누구보다도 행복하고 당당한 그녀였는데.

남편이 거의 들어오지 않는 텅 빈 침실의 적막함이 절대 풀 수 없는 수갑처럼 그녀의 사지를 얽매고 있는 느낌이 들었다.

친구들과 화려하고 즐겁게 놀던 아까의 풍경과 지금의 이 고독한 침실이 대비되어 윤민이 항상 감춰 두고 외면하는 내면의 궁핍함과 쓸쓸함이 더 아프게 느껴졌다.

'쳇. 누가 보면 내가 애들 아빠를 엄청 사랑하는 줄 알겠어.'

윤민은 자신의 심장이 정직하게 감지한 감춰 둔 고통들, 아무도 모르게 유리 조각을 씹는 듯한 붉은빛의 소외감을 얼른 하찮다는 듯 무시하고 뭉갰다.

'세상이 부러워하는 걸 다 가진 나야. 애도 둘인데 남편이란 게 옆에서 치근덕거리면 더 귀찮지.'

윤민은 거울을 노려보며 천천히 귀걸이를 몸에서 떼 냈다.

다른 사람들은 잠시 건드리려 해도 손 떨려 할 값비싼 보석들을 하찮게, 아무렇게나 화장대에다 던져 놓을 수 있는 호사와 부유함을 누리는 여자가 바로 자신이다.

'빨리 씻고 잠이나 자자. 내일 또 피곤한 일투성이일 텐데.'

그런데 갑자기 정말 궁금해졌다. 남편 현석은 지금 서울 하늘 아래 어디에 있을까? 누구 옆에 누워 웃고 있을까?

* * *

같은 시간. 한강 둔치 공원.

"자정인데, 슬슬 들어갈까?"

승주가 저 멀리 서 있는 휴게소에서 생수를 사 오며 물었다.

"조금만 더 있다 들어가요. 여름밤이잖아. 다른 사람들은 이제 시작인 걸, 뭐."

잔디밭 위에 펼친 돗자리 위에 앉은 정원이 생수병을 받아 들며 두 다리를 죽 뻗었다.

이제 집으로 가자는 승주의 말을 싹 무시한 채 하늘을 올려다보며 휴우한숨을 내쉬었다.

"진짜 간만의 휴일이란 말이야. 자기도 알잖아. 직원도 새로 뽑았지, 거기다 연희동 생파 일정이 꼬이는 바람에 줄줄이 다음 행사 일정까지 새로 짜고 조정하느라 거의 반 죽을 뻔한 거."

"알지."

"그런 악전고투 끝에 얻은 소중한 하루란 말이야. 시간이 가는 게 아까워. 내일 출근하면 또 전쟁 시작이겠지? 그러니까 마지막 한 방울까지 쥐어짜서 소중한 일요일을 즐기고 싶어."

"그래, 알았어. 더 놀자. 내일 출근할 당신이 피곤할까 봐 걱정돼서 하는 말이지."

"정말 이유가 그것뿐인가요, 이승주 씨?"

정원이 짐짓 승주에게로 얼굴을 가까이 가져갔다. 샐샐 눈웃음을 치며 짓궂게 물었다.

"여기서 얼렁뚱땅 시간을 죽이느니 빨리 집에 가서 샤워하고 나랑 베드 인 하고 싶어서 그러는 것 아닌가요?"

"당신은 어쩌면 그렇게 내 마음을 잘 알아? 눈치챘으면 적당하게 일어나 주라. 진심 강력하게 당신하고 둘이만 베드 인 하고 싶다."

승주가 하하 웃으면서 장난스럽게 정원의 머리를 쓰다듬었다.

9시쯤 결혼식장에서 나온 두 사람은 그대로 집으로 들어가려다가 간만의 망중한을 잠시 더 즐기기로 했다.

너무 오랜만에 얻게 된 금쪽같은 휴일. 이대로 집에 가서 잠들어 버리기가 너무 아쉬웠다. 그래서 잠시 한강변에 나가 바람을 쐬다 들어가기로 했던 것이다.

마침 결혼식장인 호텔도 한강에서 가까워 금세 도착했다. 그곳에는 이미 서울의 여름밤을 즐기려는 수많은 사람들이 나와 있었다. 자정이 다 되어 가는 아주 늦은 시간임에도 대낮의 공원처럼 많은 사람들이 밤의 강바람을 즐기고 있었다.

"이제야 말하는데 나 결혼식장에서 내내 긴장했었어."

"왜?"

"치마 허리 터지는 줄. 아랫배에 엄청 힘 주고 있었지."

점심때도 푸지게 바비큐 고기를 게 눈 감추듯이 흡입했는데, 결혼식 피로연에서 제공된 식사 메뉴가 너무 훌륭해서 두 사람은 이성을 잃고 탐식을 했다. 거의 일주일 치 식사를 하루에 다 먹어 치운 것 같았다. 먹은 음식들이 이제야 위 안에서 본격적으로 부풀어 오르는지, 정원은 아까부터 어깨

너머로 헥헥 숨 쉬고 있는 중이었다.

"그나저나, 결혼식 그때. 신랑 아버님이 하신 축사가 참 아름다웠어."

"그러게."

두 사람은 잠시 침묵한 채 아까 결혼식에서 들었던 좋은 말씀을 가만히 되새겼다.

주례가 없는 대신, 양가의 아버님이 나와서 신랑 신부에게 덕담을 해 주는 시간이 있었는데, 그때 신랑 아버지 되시는 분의 축사가 듣고 있던 두 사람의 마음에 깊은 울림을 주었던 것이다.

"결혼은 서로 사랑하는 일을 더 올바르게, 더 제대로 하려고 많은 사람들 앞에서 약속하는 엄숙한 행사입니다. 신랑 신부는 어려운 이 약속을 제대로 잘 지키는 것이 평생의 의무이며 저희 양가 부모는 두 사람이 그 약속을 잘 지킬 수 있도록 도와주는 게 할 일입니다……."

"규원이 부모님 인품이 참 좋으셔. 서로 사랑하는 부모님 아래 화목한 가정에서 자랐으니 분명 자기도 그런 가정을 꾸릴 거야."

승주의 목소리에는 정원조차 눈치챌 만큼 짙은 부러움이 깔려 있었다.

"당신한테만 말하지만 학교 다닐 때 내내 규원이랑 난 친구이자 라이벌이었어."

승주의 느닷없는 고백 앞에서 정원은 조금 어리둥절해졌다.

"학창 시절 공부로는 당신이 독보적 원탑 아니었어?"

"말은 고마운데 진실은 어떻게 할 수가 없잖아. 난 죽자 살자 엉덩이 무거운 노력형이었고 규원이야말로 진짜 공부 천재였지."

"하지만 그 규원 씨가 나한테 모든 걸 다 가진 남신은 이승주 당신이라고 그랬는걸. 나보고 그런 남잘 차지한 행운아라고, 축하한다고 했어. 난 그렇게 알고 있었는데? 당신의 찬란한 성적표와 멋진 학벌은 내 자부심이었어. 깨지 말아 줄래?"

"규원이의 오해야. 겉으로 보이는 것만이 전부는 아니잖아."

승주의 목소리에는 씁쓸한 그늘이 서려 있었다.

어떤 시인이 말한 적 있다. '자신을 키운 건 8할이 질투심'이었다고.

승주가 그러했다.

모든 걸 다 가진 듯 보이는 친구 규원에 대한 질투심은 학창 시절 내내 그를 아프게도 하고 분발시키게도 하는 불쏘시개였다.

하지만 영원히 저놈을 이길 순 없을 거야, 하고 절망했던 건 어떻게든 노력하면 차지할 수 있는 1등의 성적표 때문이 아니었다.

"규원이가 태생적으로 가진 그 넉넉함, 너그러움, 배려심은 내가 죽었다 깨어나도 가질 수가 없는걸. 난 그 녀석의 유쾌한 에너지가 정말 부러워. 절대로 따라갈 수가 없어. 규원이와 난 살아온 토양 자체가 달라."

승주가 어떻게 해도 가질 수 없었던 그것, 따뜻하고 화목한 규원네 집안 분위기와 서로 깊이 사랑하는 가족 간의 단단한 연대감이었다.

그런 온기 안에 뿌리박고 자라나 하늘을 향해 무성한 가지를 뻗어 가고, 그 아래 있는 많은 사람들에게 넉넉한 그늘까지 내어 주는 친구의 햇살 같은 존재감.

그 앞에서 승주는 늘 말 못 할 부러움에 괴로웠다. 자신이 품은 열등감을 친구가 알아차릴까 봐 겉으로는 호쾌하게 굴었지만 항상 자존심이 상하고 마음이 가난했다.

"학창 시절에 가끔 놀러 가면 규원이 아버지도 어머니도 언제나 날 친아들처럼 정답게 대해 주셨어. 특히 규원이 아버지. 요리도 직접 해 주시고 게임도 같이 해 주시고. 내가 어떤 말을 해도 귀 기울여 들어 주셨지. 겨울 찬 바람에 헤매던 내가 난로 앞에 앉아 있는 것 같았어. 나도 우리 애들을 반드시 그렇게 키울 거야. 따뜻하고 정답게, 진심을 다해 아이들 눈을 들여다보면서 살고 싶어."

가만히 승주의 이야기를 듣고 있던 정원이 그의 손을 먼저 잡았다.

"이젠 그만 부러워해도 돼. 우리도 그럴 수 있어. 나도 규원 씨네만큼 화목한 가정에서 자랐으니까. 안 그래요?"

"그거 듣던 중 반가운 소리네. 그러니까 당신, 이제 슬슬 나와 다시 가정을 꾸릴 생각이 든다는 거지?"

"이 남자 좀 봐? 김칫국 마시지 마요! 기회만 있으면 이렇게 질척거린다니까?"

정원이 은근슬쩍 들이대는 승주를 팍 밀어 냈다. 잡은 그의 손등을 다른 손으로 야무지게 찰싹 때렸다.

"내가 어디서 들었는데, 상처는 햇볕을 쐬어야 낫는대. 덮어만 두면 언제고 곪아 터지잖아. 마음의 병도 그런 것 같아. 당신이 규원 씨에 대해서 질투했고 열등감을 느껴 왔다고 말하는데 난 오히려 당신이 그걸 인정하는 게 너무 멋져."

그건 승주가 지금껏 부인하고 감춰만 둔 진실을 직시할 만큼 용감하고, 그걸 인정할 만큼 단단해졌다는 뜻이니까.

"사람이 불행을 다루는 방식은 두 가지래. 하나는 그 불행을 그대로 답습하는 것, 또 하나는 그 불행의 원인을 알아내서 기어코 고치려 애쓰고 잘라내는 것. 당신은 후자잖아. 그러니 당신은 좋은 남편이 될 수 있고 또 좋은 아빠가 될 자격이 충분해. 걱정하지 마. 나도 많이 도와줄게."

승주가 그녀를 물끄러미 건너다보자 정원이 왜? 하는 눈빛으로 마주 바라보았다.

"당신은 진짜 너무 말을 예쁘게 해. 당신 말을 듣고 있으면 내 영혼의 키가 쑥쑥 자라는 것 같아."

"커지라고 하는 말이야. 내가 사랑하는 남자가 이렇게 멋진 남자인 거, 세상 사람이 다 알아야 하는데. 아, 짜증 나! 왜 본인만 몰라? 이승주 당신은 장규원 씨보다 만 배는 더 멋지다구!"

"그건 좀 오버다."

"내 눈엔 그렇다니까. 그럼 된 거지. 혹시 딴 여자에게도 멋져 보이고 싶어요?"

"아니. 난 당신 한정 맞춤 남자라니까."

"아, 드디어 이 남자가 내 입맛에 맞는 말을 잘하게 되었어요. 역시 키우는 보람이 있다니까."

적이 만족한 표정으로 정원이 승주에게 '참 잘했어요' 도장을 찍어 주듯이 잡은 손을 토닥거렸다.

"어찌 되었건 그 녀석 아주 행복해 보였어."

"신부도 마찬가지."

"그러게. 부디 두 사람, 우리가 배 아파서 죽을 만큼 잘 살았음 해."

"우리처럼 시행착오는 겪지 말고, 열받은 김에 확 헤어지는 일도 절대 하지 말고. 그치?"

승주가 조금 놀란 얼굴로 정원을 돌아보았다.

"자기, 지금 반성 중이야?"

"어. 여기까지 와서 솔직히 말해야지 뭐. 우리 이혼할 때 내가 좀 성급하게, 충동적으로 저지른 면이 없다고 말 못 하니까. 결혼도 둘이 했던 것처럼 이혼도 둘이 한 건데, 내가 자기만 원망하고 미워했던 건 지금 생각하면 내 잘못이나 허물을 가릴 희생양이 필요했나 봐. 미안, 그건 반성하고 있어."

"반성했으면 앞으로 잘해. 그동안 못 했던 만큼 날 더 사랑해 주고."

승주가 피식 웃으며 도발하자 정원이 있는 대로 눈을 흘겼다. 입 모양으로 '주책바가지' 하고 놀렸다.

그때 캄캄하던 주변이 갑자기 순간적으로 확 밝아지면서 화르륵 불꽃이 흩날렸다.

저만치에서 놀고 있던 한 무리가 가지고 온 폭죽들로 자기들만의 조그만 불꽃놀이를 시작한 것이었다.

"가을에 서울 불꽃 축제 할 때 같이 구경 와요. 멋질 텐데."

"그런 건 건너편 호텔 스카이라운지에 앉아 칵테일 마시면서 보는 거아냐?"

"그런가? 그나저나, 당신. 그동안 내가 너무 바빠서 자세한 이야기를 못들었는데 말 좀 해 봐. 이상한 그 여자한테 사과받은 거."

정원이 승주 앞으로 한무릎 더 다가앉았다.

'이상한 그 여자'.

승주와 정원이 비상식적이고 배배 꼬인 악질 미치광이 조영화를 일컫는대명사다.

갑자기 주변 공기가 달달한 홈드라마 로맨스물에서 스릴러 서스펜스 계열로 변했다.

"그때 말했잖아. 사과는 받았는데, 기분은 아주 나빴다고."

"기분 나쁜 사과라니, 뭐가 그래?"

"진정성이라고는 단 하나도 없었다는 거지."

이틀 전, 승주는 조영화와 그 부모를 직접 만나 정식으로 사과를 받았다.

그녀의 부모는 개망나니 딸과는 달리 겉으로야 지극히 멀쩡해 보였다.

그들은 나이 지긋하고 사회적 명망도 가진 자신들이 철없는 딸이 저지른만행으로 인해 한참 어린 승주 앞에 고개를 숙이고 사과를 해야 하는 굴욕에 대하여 노여움을 감추지 못하는 것으로 보였다.

하지만 승주 옆에는 어지간한 그들도 감히 대적하거나 건드릴 수 없는 이모 희영과 조씨 가문 실세 사모님이 눈에 날을 세우고 버티고 앉아 있었다.

그들의 속내야 어떻든지 간에 그 창피함과 굴욕스러운 자괴감을 감수할수밖에 없었다. 그렇지 않으면 자신들이 누리고 있는 모든 것들이 흔들릴위험에 처해 있으니 어쩔 수 없었으리라.

물론 조영화도 마찬가지였다.

승주가 지정한 담당 변호사 사무실로 제 부모와 함께 나타난 조영화는 그 순간에조차도 자신이 여기에까지 끌려와서 승주 앞에 무릎을 꿇고 사과를 해야 하는 이러한 상황을 절대 받아들이지 못하는 것처럼 보였다.

그러나 보다 못한 그 아버지로부터 제대로 따귀까지 찰지게 얻어맞고서야 비로소 죽을상이 된 채 '죄송합니다' 하고 입에 발린 사과를 하며 억지로 무릎을 꿇기는 꿇었다.

겉치레이기는 하지만 마지못해 일단 사과를 하고 조영화가 몸을 일으키던 순간, 찰나이기는 하지만 조영화와 승주는 잠시 눈이 마주쳤다.

"내가 티는 안 냈지만 은근 소름 돋았다니까. 와, 그 여자 눈빛이, 눈빛이……!"

"어땠는데?"

"사람을 생으로 두고 회 칠 기세였어."

"으악, 무섭다. 당신이 이런 말을 할 정도라니. 그 여자는 얼마나 못돼 처먹고 독한 거야?"

공감 능력이 뛰어난 정원인지라 마치 자신이 당한 일처럼 몸서리를 쳤다.

승주가 마주한 조영화의 눈빛에는 깊이를 알 수 없는 증오와 분노가 새카맣게 번들거렸다. 마치 제 부모를 죽인 원수를 노려보는 듯한 사무친 원한이 번쩍이고 있었다. 자신을 이런 수모 속으로 밀어 넣은 그를 영원히 용서할 수 없노라, 선언하는 것 같았다.

"순간적으로 헷갈릴 정도였다니까. 내가 진짜 그 여자 인생을 망친 놈인 줄 알았어."

"진짜 세상에는 희한한 인간들이 참 많아. 그치?"

"진상도 많고. 근데 그 여자나 그 부모는 살면서 다시는 안 만나고 싶은 최하급 개막장이었어. 그 부모도 겉으로는 그럴듯한 지위와 평판을 가지고 있었지만, 딸자식을 그따위로 키운 거 보면 알 만하잖아."

"그 여자가 무릎 꿇고 미안하다고 사과했고 그 부모가 다시는 그 딸이 당신에게 접근하지 않도록 단속 잘하겠다고 했고. 여하튼지 간에 일단은 다 끝난 거지?"

"일단은 그렇지. 그 실세 회장 사모님도 나한테 그 망나니 조카딸을 당장 입원시켜서 상담 치료를 받게 하겠다고 약속했었으니까."

"그런데 그 여자가 억지로나마 무릎을 꿇고 당신에게 사과를 했다니, 난 좀 의외였어. 끝까지 버틸 줄 알았는데."

"마지막까지 버티려다가 결국 제 아버지한테 볼썽사납게 그 많은 사람들 앞에서 뺨까지 맞았지. 그 부모 입장에서도 날 만나 어떻게든 끝까지 뻗대면서 저들이 가진 돈이나 그 잘난 배경으로 해결해 보려 한 것 같은데 실패했던 것 같고. 천박하게! 사람을 뭘로 보고?"

승주가 보기 드물게 정색한 채 내뱉었다. 진심으로 노여웠다는 뜻이다.

그들을 만나러 가면서 승주로선 사촌 건우의 재판 담당 판사라는 그 여자 엄마가 조금 걸리긴 했었다.

이모 희영이 애면글면 오로지 용건우의 가석방을 기원하고 있는데, 만에 하나 이 일로 제대로 앙심을 품어서 승주 대신 희영에게 해코지를 할 수도 있다고 걱정했다.

하지만 그런 일은 일어나지 않았다. 오늘 아침, 건우가 이번 8·15 기념 가석방 대상으로 선정되었다는 뉴스가 나왔기 때문이다.

어쩌면 희영은 중간에서 이 정도로 일을 마무리하는 대신, 그 엄마에게서도 그만큼의 양보를 받아 낸 건 아닌가 하는 생각도 들었다.

"당신 은근히 빡빡해. 꼰대 기질이 조금 있다니까."

딱딱해진 분위기를 풀려는 듯 정원이 살짝 놀렸다.

"그래, 맞아, 내가 좀 완고해."

승주가 선선히 인정했다.

"그딴 인간들에게는 자기들이 뭘 어떻게 하든 절대 구부릴 수 없는 사람도 있다는 걸 알게 해 줄 필요가 있어. 인간이 그따위로 살면 안 되지. 어디서 감히 함부로 갑질이야?"

승주의 목소리에는 여전히 삭이지 못한 분노가 서려 있었다. 그렇게 기어 코 조영화를 무릎 꿇리고 그 부모에게서도 사과를 받았지만, 승주는 조영화 의 개또라이 짓을 아직도 용서하지 못했다.

"근데 아무리 생각해도 그 여자는 진짜 정신이 이상한 거 같아. 보통 사 람은 간 떨려서 그런 짓 함부로 못 해."

"그러니까 미친 여자지. 분노 조절 장애에다가 최악의 갑질에다가 제멋대 로 사람을 함부로 대하는 짓은 대체 어디서 배운 걸까? 그 여자 배경이 어 마어마한 건 나도 아는데, 그 정도 집안이면 최소한 그렇게 수준 낮은 행동 은 하지는 않도록 기본적인 교육을 시키지 않나?"

"어마어마한 집안만 아니라 보통 가정도 아이들한테 그렇게 살지 않도록 가정 교육 다 시켜. 그냥 그 여자가 특별히 이상한 거야."

그따위 형편없는 여자라도 승주가 이혼남이라서 급이 맞으니, 둘을 갖다 붙이면 그가 당연히 넙죽 엎드리며 감사합니다, 하고 받아들일 거라고 생각 했던 모양이다. 그 교만하고 천박한 계산법에 이가 갈렸다.

"그 정도로 눌러 뒀으니 이제 다시는 귀찮게 안 할 거야. 그러니 이걸로 다 털고 잊어버려, 자기야."

다시 그들 주변이 밝은 불꽃으로 환해졌다가 스러졌다. 잠시 멈춘 듯도 싶던 저쪽 무리의 작은 불꽃놀이가 다시 시작된 모양이다.

"불꽃놀이 보니까 갑자기 야구장 가고 싶어."

정원이 중얼거리자 승주도 맞장구를 쳤다.

"그러게? 게임 끝나고 막 하늘에는 불꽃 터지고 노래 빵빵 나오고."

"야구장에서는 역시 치맥이 최고지. 그때 우리, 야구장엔 딱 한 번 같이 갔잖아. 미국 나가기 전에. 정말 재미있었는데."

"맞아, 당신 말대로 여름엔 역시 치맥에다 야간 야구 경기. 그리고 불꽃 놀이지. 다시 가 보고 싶다."

"당신이랑 하고 싶은 일은 참 많은데 이놈의 일이 너무 바빠서."

정원이 탄식했다. 승주도 마찬가지로 탄식했다.

"당신, 일 좀 줄이면 안 돼? 좀 슬프네. 난 시간이 넉넉한데 내 애인은 너무 바빠서 얼굴도 보기 힘들고."

"맞아. 우리 둘이 하기로 한 타투는 또 언제 하러 가나?"

정원과 승주는 말을 하다 말고 서로의 얼굴을 마주 보며 싱긋 웃고 말았다.

"행복이 너무 쉬워."

"그러게. 당신이랑 함께 있으면."

마치 약속처럼 둘은 서로 얼굴을 기울여 짧으나 뜨겁게 키스했다. 소중하고 아쉬운 일요일이 그 다디단 키스 안에서 녹아내리고 있었다.

둘의 주변으로 떨어지는 꽃잎처럼 밝은 불티가 계속 흩날렸다.

* * *

월요일 아침. 8시.

영주가 막 출근하려고 대문을 나서는데, 야간 근무를 마치고 며칠 만에 집으로 퇴근한 인태가 차에서 내렸다.

영주를 보자 인태의 얼굴이 환하게 밝아졌다.

"서 이사, 출근하십니까? 되게 오랜만이죠, 우리?"

"그러게요, 분명 같은 집에 사는 사인데 얼굴 보기 엄청 힘드네요."

영주가 다크서클이 턱 아래까지 내려온 인태를 안쓰럽게 건너다보았다.

"계속 야간 근무라서 힘드시겠다. 빨리 들어가서 주무세요."

"그럴 참입니다. 지금부터 자서 내일 아침에 일어날 작정. 어차피 내일 저녁에 출근하니까."

"거기 병원에는 다른 의사가 없어요? 왜 만날 정 선생만 야간 근무래?"

"전공의 1년 차 불쌍한 막내 인생이 그렇죠, 뭐. 그래도 다음 주까지 개고생하면 좀 나아져요. 야간 근무 로테이션 끝이라서."

"고생 후에 잠시간의 낙이 오는군. 축하해요."

"조금만 더 참으면 살 만해져요. 주말 비번도 두어 개 나왔고. 그거 보면서 억지로 힘내서 살고 있어요."

"주말 비번? 잠깐만요!"

뭔가를 생각해 낸 영주가 눈을 번뜩이며 휴대 전화를 꺼내 일정을 확인했다.

"정 선생, 혹시 이번 주 말고 다음 주 주말에 쉽니까?"

"아마도? 잠깐만요."

인태도 영주처럼 길에 선 채로 휴대 전화를 꺼내 자신의 일정을 살폈다.

"천우신조로 쉽니다만? 토요일 야간 근무 하고 나면 일요일하고 월요일 이틀 통째로 쉬어요."

인태가 실실 웃으며 영주를 바라보았다.

"왜요? 가슴 떨리게 사나이 일정을 묻고 그러지? 혹시 데이트 신청?"

"데이트는 다른 예쁜 아가씨하고 하고. 저랑은 비즈니스나 해요."

"뭔 소리래요, 그게?"

가차 없고 단호한 영주의 말에 약간 실망한 기색을 얼른 지우며 인태가 되물었다.

"다음 주 일요일 하루, 알바 하실래요?"

"무슨 알바?"

"그날 연희동에서 최고급 아동 생파 행사 있거든요. 아이들 물놀이도 할 거고 여러 가지 활동이 있어서 혹시나 응급 상황이 생길 수도 있지 싶어서요. 현장을 지킬 의사가 필요합니다만?"

"서 이사 당신, 잔인해!"

인태가 비명 지르면서 영주를 쏘아보았다.

"몇 달 만에 얻은 금쪽같은 내 일요일 꿀휴가를 찡찡대는 애들이나 보고 있으라고?"

"금쪽같은 휴가는 무슨? 잠이나 잘 거면서? 졸음 하루만 참고 돈 벌어요. 그리고 나랑 할머니한테 맛있는 삼겹살 좀 사 줘요."

"아니, 나 아무리 졸따구라 해도 의사거든요. 알바 안 해도 삼겹살 아니라 스테이크도 사 줄 수 있어. 그냥 내가 소고기 사 줄게. 알바는 못 해. 안 할래."

"아, 좀! 해 줘요. 어떤 의사가 애들 파티하는 데 알바 해 주러 와? 우리 사정이 급하다구."

"잘 아네. 의사 일급이 당신들 월급이잖아."

인태가 대놓고 잘난 척을 하자 영주가 눈을 흘겼다.

"근데 파티 현장에 상주하는 의사가 필요하다고요, 우리가. 어마무시한 집안 아이들이 다 모이는 그야말로 0.001프로 다이아수저 파티란 말이야. 단 한 개라도 불미스러운 사고가 있어서는 안 돼. 이거 행사 잘되면 우리 회사 이미지 확 상승한다구. 올댓파티가 기획하는 파티는 이렇게 다르다, 보호자들에게 확실히 보여 줘야 한단 말이야. 좀 돕고 삽시다. 동거인끼리."

"동거인끼리? 말 거참 묘하네? 누가 들으면 우리가 남이 아닌 줄 알겠어?"

인태가 실실 웃으면서 손짓을 했다.

"일단 바쁜데 출근해요. 한잠 자고 생각해 볼게."

"알았어요. 저녁때 얘기해요. 그럼."

영주가 차 문을 여는데, 인태가 집에 들어가다 말고 다시 돌아왔다.

"근데 그날 알바 가면 뭐 주는데?"

"맛있는 거."

"맛있는 거 뭐?"

"별의별 메뉴 다 나와요. 최고급으로. 먹고 싶은 거 다 드셔도 돼. 덤으로 나의 깊은 감사도 받게 됩니다."

"서 이사의 감사 인사는 딱히 필요 없는데 맛있는 거 잔뜩 준다니 슬쩍 땡기기는 해."

"더 강력하게 호기심 느껴 주세요. 그럼 난 이만."

영주가 차에 탔다. 인태가 서비스! 하면서 운전석 차 문을 닫아 주었다.

"잘 다녀오세요. 동거인."

비시시 미소 지으며 출발하려던 영주가 차창 밖에 서 있는 그를 내다봤다. 차 밖에 선 인태가 그녀를 마주 건너다보았다.

"……내가 뭔가 주책 떠는 오지라퍼 같아서 이런 말을 안 하고 싶은데."

"그런데?"

"이해민 씨 말이죠. 동탄에서 혼자 산대요. 거기서 취직도 하고, 말만 가출이 아니라 진짜 집에서 나왔나 봐."

"아."

인태가 잠시 당혹스러운 표정으로 시선을 툭 떨어뜨렸다. 대체 영주가 자신에게 해민의 상황을 전해 주는 이유가 뭘까 곰곰이 생각하는 듯한 동작이었다.

그가 이내 시선을 들어 차 안의 영주를 바라보았다.

"서 이사님, 오지라퍼 맞아."

그의 목소리가 방금 전과는 달리 차갑고도 건조했다.

"자기 일도 바쁘신 사람이 남 인생에까지 신경 쓸 짬이 있어요? 솔직히 우리 둘 다 각자의 인생 건사하기도 벅찬 상태 아닌가? 세상에서 제일 쓸데없는 걱정이 이해민 걱정이야. 우리 같은 서민이 왜 강남 재벌 걱정까지 대신 해 줘야 해?"

"그래도……."

"나하고는 아무 상관도 없는 남 얘기를 바쁜 아침 출근 시간에 계속할 이유는 없잖아요? 잘 다녀와요. 난 졸려서 들어갑니다."

인태가 몸을 싹 돌려 집에 들어가 버렸다. 그런 뒷모습을 보고 영주는 고개를 저었다.

'싸늘하긴. 맺고 끊는 게 칼 같다는 건 알았지만, 확실히 성격 보여 주네.

둘이 진짜 헤어져 남남 되었나 보군. 쳇, 그래. 남 일에 내가 뭘 어쩌겠어?'

그녀는 시동을 걸며 손목시계를 내려다보았다.

"헉, 늦었다!"

* * *

모든 것이 처음처럼 새롭게 시작되는 월요일 오전.

"안녕하세요!"

"좋은 아침입니다."

부지런한 신입 사원들은 이미 사무실에 도착해서 자기 책상을 정리하고 있었다.

싹싹하고 명민한 그들을 바라보는 것만으로도 든든했지만, 정원으로선 갑자기 확 부담스러워지던 순간이기도 했다.

올댓파티의 대표로서 직원들을 책임지고 달마다 월급을 지급할 의무 때문이었다.

'매출 신장! 오로지 매출 신장만이 살길이야. 유정원, 정신 차려!'

수없이 다짐하며 정원은 겉으로는 아주 여유로운 미소를 띠고 두 신입들의 책상 앞에 커피를 놓아 주었다.

"수현 씨랑 호중 씨가 출근하니까 참 좋은데, 갑자기 우리 사무실이 작아보여. 어떡하지?"

한꺼번에 직원이 두 명이나 늘었다. 그동안은 꽤 넉넉하던 사무실 공간이 좁아 보이기는 처음이었다.

"돈 왕창왕창 벌어서 연말에는 사무실 넓은 곳으로 옮기면 되지, 대표님. 자, 회의합시다."

경오가 자신의 커피를 들고 회의 테이블 앞으로 먼저 가 앉았다.

"미안 미안! 늦었습니다!"

아슬아슬 세이프!

벽시계 바늘이 9를 가리키는 동시에 사무실 문이 열리고 영주가 튀어 들어왔다.

"서 이사님, 첫 출근 한 신입들한테 참 좋은 모범 보이십니다."

"죄송 죄송. 월요일 아침 5분이 얼마나 무서운지 모르고 집 앞에서 퇴근하는 정인태 씨를 딱 만나 버려서 급히 섭외하다가 그만."

"정 선생을 무슨 섭외?"

"아이참! 연희동 생파 때 혹시 응급 상황이 생길 수도 있으니 간호사나 의사 한 명쯤 대기시킬 수 있으면 좋겠다고 했잖아."

"엉? 정 선생이 와 준대?"

경오와 정원의 눈이 동시에 커졌다. 정 선생 정도의 고급 인력을 동원 가능하다고?

"그날 아침 일요일부터 월요일까지 휴가래. 맛있는 거 잔뜩 줄 테니 알바 하라고 그랬지."

"결과는?"

"말로는 생각해 보겠다는데 일단 긍정적인 스멜."

"장하다, 서영주."

"상으로 커피는 제가 내려 드립니다아."

정원도 감동해서 얼른 일어나 새로 내린 커피를 영주에게 공손히 조공했다.

언감생심이라고, 주변에 포진한 의료계 인물이라면 연인 승주나 사돈 인태가 있기는 했다.

그러나 연희동 그 집이 승주에게는 누나 윤민과 얽힌 사돈 쪽이니 불편할 게 뻔해서 말도 꺼내지 않았다.

인태 역시 일주일에 60시간 이상을 밤낮 가리지 않고 병원에서 사는 전공의인데 금쪽같은 휴일에 알바를 시킨다? 이건 인간적으로 불가능이어서 말할 생각조차 없었다.

그런데 영주가 인태를 낚아 왔으니, 이거야말로 기적이었다.

무식하면 용감한 건가, 아니면 목적을 위해서는 수단 방법 가리지 않는 직진녀 영주의 돌격이 일궈 낸 승리인가? 뭐가 되었든 칭찬받아 마땅했다.

"이번 주 목요일, 호텔 프러포즈 행사 준비 상황은?"

"거의 다 끝나 감. 그 행사는 내가 시험적으로다가 우리 수현 씨랑 호중 씨랑 셋이서만 한번 진행해 볼게."

경오가 먼저 나섰다. 두 신입은 바짝 긴장하는 얼굴로 허리를 곧추세웠다.

규모는 작지만 그 행사를 자신들이 전담해야 한다는 건 곧바로 실전에 투입될 수 있는 실력인지를 파악하는 과정임을 눈치챈 듯싶었다.

"두 분, 긴장해요. 제대로 트레이닝 해 줄 테니까."

"오케이, 그럼 목요일 프러포즈 행사는 우리 황 이사랑 신입들이 맡기로 하고, 토요일 실버타운 생일잔치는 나랑 서 이사, 호중 씨, 일요일 댄스파티 는 서 이사랑 수현 씨가 전담하기로 합시다. 이의 없죠?"

"네."

"열심히 하겠습니다!"

한 시간 남짓의 회의가 끝났다.

연희동 생파 때문에 이번 주 주말 행사는 두 건이 겹치게 되었다. 이번에 는 시험 삼아 두 팀으로 나뉘어서 한 번에 두 건의 행사를 동시에 진행해 보기로 하고, 다섯 명의 올댓파티 팀들은 비장하게 파이팅을 외쳤다.

"택배요!"

사무실 밖에 초인종이 울리더니만 검은 그림자가 문 앞에 택배 상자를 놓고 사라졌다.

"혹시 누가 해외 직구 했니?"

신입 수현이 들고 들어온 택배 상자는 물 건너온 표시로다가 푸른색 해 외 배송 마크를 달고 있었다.

"난 요즘 돈 없어서 직구 끊었는데?"

"블프 기다리면서 총알 모으는 중이라 나도 주문한 거 없음."

"유한세가 보냈어. 네 거야."

상자의 주소와 이름을 확인한 경오가 정원에게 상자를 건네며 말했다.

기대하지 않았던 반가운 소식이 느닷없이 비행기를 타고 날아왔다.

월요일 아침에 도착한 반가운 그 상자는 서울을 떠나 새로운 인생과 행복을 찾아간 한세가 보낸 것이었다.

"이쁘다아!"

상자를 열면서 곧바로 탄성이 터져 나왔다.

신혼여행을 프로방스로 갔나 보다. 상자 안에는 남프랑스의 도시, 그라스 풍경이 그려진 수채화로 포장한 비누와 양초 세트, 그리고 한세의 결혼식 장면을 그림으로 그린 액자가 들어 있었다.

정원은 액자 아래 놓여 있는 편지를 집어 들고 홀로 창가로 갔다.

세상에서 가장 분주한 월요일 오전의 서울 풍경을 내다보며 보라색 라벤더 향기가 풍기는 친구의 편지를 읽었다.

유정원. 언제나 그리운 나의 친구.

행복하니? 라고 묻지는 않을게.

어디에 있든 넌 행복을 만들고 찾아내는 사람이니까.

그저 나도 이곳 평화로운 꽃의 풍경 안에서 너무 행복하단 말을 전하고 싶어. 보라색 라벤더밭을 거닐며 인생을 같이하고 싶은 사람과 영원을 약속했으니까.

나는 얼마 전 이곳 그라스에 이사를 왔어.

새집을 마련하고 직장도 구하고, 또 엄마도 모셔 올 준비하고 여러 가지 일이 있어서 금세 네게 연락을 하지 못해서 미안해.

이제 그럭저럭 정신을 차리고 새로운 세상과 인생을 마주하며 제대로 일어날 준비를 하고 있어.

걱정 마, 잘해 나갈 테니까.

또 잘해 내지 못한대도 상관없어. 한 번 크게 울고 새로 시작하면 되니까.

너는 그곳에서 나는 이곳에서, 찾아온 행복을 다시는 도망가게 하지 말고 꼭 잡자. 알았지?

너의 남자와 다시 영원을 약속하게 되면 신혼여행은 꼭 이곳 그라스로 와 줘.

지금까지 본 적 없는 아름다운 노을과 보라색 라벤더밭을 안내할게.

그럼 안녕.

사랑하는 친구 정원에게, 저 별에 살아가는 한세가

너무 흐뭇한데 이상하게도 주책스럽게 눈물이 났다.

'한세야, 잘 살아. 꼭 잘 살아야 해.'

자신을 옭아맨 기나긴 폭력, 날개가 찢기고 온몸이 부서지는 희생을 감수하고서 마침내 그 잔인한 억압과 학대에서 기어코 벗어나, 불사조처럼 빛으로 훨훨 날아간 내 친구.

'난 네가 내 친구라는 게 정말 자랑스러워, 한세야.'

정원은 한세의 결혼 액자를 가슴 안에 꼭 끌어안고 마음속으로 그녀의 행복을 진심으로 기원했다.

그날 오후였다.

주중 행사를 위해 열심히 소품을 만들던 정원은 느닷없는 방문객을 맞이하게 되었다.

"아, 안녕하세요?"

인사를 하면서도 그녀는 대체 어떤 표정을 지어야 하는지 알 수가 없었다.

사전 연락도 없이 사무실을 방문한 사람은 반려견 파티를 의뢰했다가 정원을 영국의 새 애인이라고 착각하고서 냅다 머리채를 잡아 뜯으려 덤볐던 문제의 그녀, '백향'의 사장이었기 때문이다.

"내가 너무 미안해서, 호호호. 나도 사람인데 그런 짓을 해 버리고 나니 너무 염치가 없어서 잠을 잘 수가 없더라고."

다짜고짜 일의 전후 사정도 알아보지 않고 정원에게 덤벼들던 그때의 무식하던 호기는 어디다 버려두고 온 것인지. 처음부터 그녀는 몹시 겸손하고 저자세였다.

혹시 이 사장님, 그 일로 아버님께 결별 선언을 당했나. 그래서 일단 정원에게 사죄하고, 사과받은 것을 기회 삼아 다시 잘해 보려고 나선 건가 싶었을 정도였다.

"그날 오해인 걸 알고 사과하셨잖아요. 이렇게 다시 사무실까지 찾아오셔서 또 사과하실 필요까진 없는데요, 여사님."

정원은 최선을 다해 상냥하게 응대하려 애를 썼다.

"그래도 내 맘이 편안치 않아서. 내가 장사 수십 년 하면서 눈치 하나로 먹고사는 사람인데 그날은 왜 그랬나 몰라. 정말 미안하고 또 미안해요. 그래서 내가 다른 건 모르겠고, 여기 매상이라도 한번 올려 주려고 일부러 찾아왔어."

"네?"

"울 애기들 돌잔치 맡아서 해 줘요. 내가 돈은 쓰라는 대로 다 쓸게."

"저기, 여사님. 반려견 돌잔치 날은 지나지 않았나요?"

"솔직히 우리 애가 언제 태어났는지, 확실히 몰라. 그냥 내가 생일이라고 믿어 버리면 그날이 생일이지. 걔들이 왜 돌잔치를 엉뚱한 날에 하느냐고 항의할 것도 아닌데?"

너무도 편리한 사고방식 앞에서 할 말을 잃고 말았다. 어이가 없어 눈을 돌리다가 그만 허공중에서 영주와 눈이 마주치고 말았다. 영주도 그런 말을 하고 싶어 하는 시선이었다.

'대책 없는 양반일세. 아기 혈통서에 생년월일이 나올 텐데 왜 몰라?'

민호가 키우는 시골 똥강아지도 아니고 무시무시하게 비싸 보이는 혈통견이던데. 여사님 당신은 진정 아가들을 사랑하는 사람이 맞나요? 하고 되묻고 싶었다.

그러나 정원은 현명하게 침묵을 지켰다. 고객님의 말을 함부로 끊거나 반론을 제시하는 일은 상담에 있어서 상당히 어리석은 자살행위임을 그녀는 오랜 경험을 통해 익히 알고 있었다.

정원은 단전에 단단히 힘을 주었다. 최대한 상냥하게 미소를 지으며, 너무나 비즈니스적인 현답을 했다.

"죄송한데요, 이전에도 말씀드렸지만 저희가 계속 행사가 잡혀 있어서 갑자기 단기간에 새로운 행사를 끼워 넣기가 어렵답니다. 솔직히 9월 말까지 주말 행사는 다 잡혀 있고요, 주중도 꽤 많거든요. 그래서."

솔직히 정원은 백향 사장과 다시는 만나거나 말을 섞고 싶지 않았다.

아무리 쫀심 빼고 낯짝 두껍게 돈 벌어야 하는 자영업자라지만, 그렇다고 전 시아버지와 불륜 관계에다가, 월요일 아침에 애써 드라이한 머리를 뜯어발긴 사람과 다시 인연을 맺고 싶지 않았다.

그러나 그녀는 생각이 다른 모양이었다. 어떻게든 정원에게 돈을 벌게 해주고 싶었는지 굉장히 적극적으로 되물었다.

"그럼 언제쯤 우리 애 돌잔치가 가능해요?"

"네?"

"어차피 진짜 돌날이 아닌 다른 날에 하는 건데 뭐, 좀 늦어진다고 하늘이 무너지는 건 아니잖아요? 되는 날을 딱 말해요. 그럼 그날 하면 되잖아."

강적이로군.

정원은 멀찍이 앉아 귀만 쫑긋 세우고 있는 영주와 경오를 애처롭게 돌아보았다.

'제발 나 좀 도와주라, 이 억센 고객님의 손아귀에서 벗어나는 건 너무 힘들어.' 하고 눈으로 SOS 신호를 보냈다.

"고객님, 안녕하세요. 처음 인사드리겠습니다. 올댓파티 서영주 이사입니다. 제가 확인해 보니까요, 저희 회사 스케줄상 여사님의 반려견 돌잔치를 끼워 넣으려면 최소한 11월은 되어야 합니다만?"

결국 보다 못한 영주가 태블릿 PC를 들고 다가오며 능쳤다.

"11월? 좋아요. 그때 하지 뭐. 그러고 보니까 우리 애 중 11월 생일이 하나 있어."

영주의 말이 끝나기가 무섭게 그녀가 시원시원하게 단도직입적으로 결단을 확 내렸다. 도무지 도망갈 구석을 주지 않았다.

"저기, 그때도 주말은 힘들고요. 주중밖에 시간이 안 나는데요."

"어머, 잘됐네. 사실 식당은 주말 장사거든. 나는 주중이 더 좋아."

"고객님, 저희를 찾아 주신 건 너무 감사한데요. 솔직히 저희가 지금까지 사람들 파티만 진행했고, 반려견 파티를 진행한 적이 없습니다. 고객님의 높으신 안목을 만족시켜 드릴 수 있을까, 진심 걱정이 됩니다만."

"원하신다면, 반려동물 파티 전문 다른 회사를 소개해 드릴 수도 있는데요. 저기, 여기 보시면……."

질세라 경오도 태블릿 PC를 들고 가까이 다가왔다. 언제 찾았는지, 반려동물 파티 전문 사이트를 화면에 띄워 놓고 있었다. 그것을 백향 사장 코앞에 들이밀며 완곡한 거절 의사를 드러냈다.

"괜찮아요, 괜찮아! 나도 다 알아보고 왔어."

거절을 거절한다, 방해 따윈 치워 버려 주마, 그런 맹렬한 기세로 강적 백향 사장이 씩씩하게 말했다.

"나는 꼭 여기서 하고 싶어. 일단 맡기면 아주 기막히게 잘해 준다고 이미 소문이 자자하던데요? 내가 지난번 세린병원에서 하는 병실 결혼식, 방송에서 봤잖아. 너무 감동이더라구. 아, 여기는 자기들 하는 일에 진심을 다하는 곳이구나. 딱 알았지. 나는 당신들 같은 프로가 좋아."

"아, 네네. 칭찬해 주셔서 감사합니다, 만……."

"혹시 내가 불편해서 안 맡으려 하는 건 아니죠?"

찌리릿!

센 언니 백향 사장이 앞에 앉은 올댓파티 세 직원을 정색한 채로 휙 훑어 보았다.

만약 조금이라도 그런 낌새를 보인다면 나는 최선을 다해서 너희들을 괴롭혀 주리라, 그런 의지로 충만한 눈빛이었다.

깨개갱.

떼로 덤벼도 결국은 풋강아지. 올댓파티 이사진 셋은 절로 자라목이 되었다.

험한 사업 바닥에서 몇십 년 산전수전 공중전까지 다 겪은 관록의 왕언니 포스는 함부로 무시할 게 아니었다.

어떻게 하든 이길 수 없는 상대가 있는데 지금 백향 사장이 그러했다.

"그럴 리가! 절대로 그런 거 아닙니다."

"고객님, 오해 푸셔요. 저희가 너무 서툴러서 고객님을 만족시켜 드릴 수 없을까 봐 그걸 걱정하는 거죠."

"저희를 믿고 맡겨만 주신다면 최선을 다하겠습니다!"

"이제 말이 통하네. 좋아요, 그럼 11월? 15일에서 20일 사이면 좋겠는데. 그 정도로 해서 행사 시간 빼 줘요."

"네, 알겠습니다. 모레까지 스케줄 짜고 기획서 만들어서 보내 드리겠습니다."

"좋아요. 근데 이메일로 보내지 말고 직접 가져와도 좋아. 내가 구식이다 보니 신식 문물에 좀 느려서. 호호호. 있잖아요, 내가 식당을 하다 보니 이리저리 아는 사람이 많거든. 홍보 많이 해 줄게. 그러니까 잘 부탁해요."

정원은 백향 사장과 행사 진행 계약서를 작성하며 속으로 비명을 질렀다.

대체 어쩌다가 내가 이 일에 휘말렸지? 하고 한탄하면 무엇 하나. 그녀가 시원하게 사인을 하는 순간, 이미 게임은 끝이었다.

"참, 이거 받아요."

상담을 끝내고 원하던 결과를 얻어서인지 만족한 표정으로 일어서던 그녀가 갑자기 핸드백에서 봉투를 꺼내 정원에게 건네주었다.

"이게 뭔지……?"

"우리 식당 상품권. 직원들 데리고 다 같이 밥 한번 먹으러 와요."

웃는 얼굴에 침 못 뱉는다고 하더니만 딱 그것이었다.

그 나이에 이르기까지 험한 요식 업계에서 살아남은 사업가이니, 눈치 없고 둔한 백치도 아닐 텐데 아까와는 정반대로 자신은 아무것도 모른다는 듯 천진난만하게 웃으며 말했다.

"내가 밥이라도 한번 사야 할 것 같아서. 유 대표한테 너무 미안해서 이렇게라도 안 하면 내가 평생 얼굴을 못 들 것 같아서 말이지. 우리가 남도 아닌데. 안 그래요?"

'남'이 아니면 무엇인가요? 정원은 애처롭게 되묻고 싶었다.

사장님, 당신과 나는 남보다 더 먼 '남의 남' 사이가 아니던가요?

그러나 필사적인 정원의 마음의 소리를 그녀가 들을 리 없다.

"우리 가게 밥, 맛있어요. 내가 다른 건 몰라도 절대 음식에는 장난 안 치거든. 꼭 와요, 기다릴게! 그럼 이만."

정원은 당연히 사양하려 했지만 이미 사장님은 바람처럼 빠르게 사무실에서 사라져 버렸다. 정원이 거절할 틈을 주지 않겠다는 의지로 충만해 있었다.

"그 아줌마지?"

영주가 소곤소곤 정원만 들을 수 있게 물었다.

허물없고 같이한 세월이 길어 뭐든 다 이야기할 수 있는 셋만 있을 때는 모르지만, 이제 갓 들어온 신입 직원들이 귀를 세우고 있는 사무실이다. 그들에게 고객의 뒷담을 하는 모습부터 보여 줄 순 없는 노릇이었다.

"어."

정원은 자리에서 일어섰다.

"나 서 이사랑 1층 카페 가서 커피 사 올게. 뭐 드실랍니까, 들?"

음료 주문을 받은 후 두 사람은 1층 카페로 내려갔다.

주문한 음료가 나오기를 기다리면서 둘은 창밖을 바라보며 선 채로 아까 바람처럼 사라진 백향 사장님에 대해서 의견을 나누었다.

"오묘해."

영주가 실눈을 뜨며 정원을 바라보았다.

"단순 무식한 것 같은데 또 뒤끝 없이 화통해 보이기도 하고. 사람들을 휘몰아쳐서 자기 페이스대로 끌고 가는 품이 역시 사업가 기질이 보인다 싶다가도, 은근히 네 눈치를 살피면서 뇌물 봉투 꺼내 주고 도망치는 것 보면 또 한편으로는 은근 순진하고 순수한 면도 있는 것 같고."

"저기, 쉰 넘어 환갑 다 되어 가는 듯해 보이는 사장님인데 순진, 순수는 아니지 않니?"

"그거야 사람따라 다르지. 근데 한 가지는 확실했어."

"뭐가?"

"그 사장님 너한테 엄청 잘 보이고 싶어 하더라."

"엉? 나한테 왜? 내가 뭐라고?"

"그 양반이 겁나 좋아하는 네 전 시아빠가 제일 아끼는 사람이 바로 너 잖아."

"말도 안 돼."

골이 지끈거렸다. 내가 뭐라고? 왜 이런 식으로 어이없이 얽혀야 하는지 도통 이해를 할 수가 없었다. 집착을 한다 해도 생판 남인 자신이 아니라 애인인 영국에게 해야 하는 거 아닌가?

"내 생각에는 그 사장님 말이야, 너하고 그렇게 오해해서 소동 벌이고 난 후 네 전 시아빠하고 좀 틀어진 게 아닌가 싶어. 좋던 사이가 뜬 거지."

"그런데?"

"너한테 잘 보여서 시아빠 옆자리를 확실히 꿰차려는 거 아냐?"

정원 또한 백향 사장의 전격 방문 뒤에 영국의 은근한 종용이 있었던 것은 아닐까 생각했지만 그래도 지금 영주의 생각은 너무 나간 거 아닐까 싶었다.

"말이 되는 소릴 해라. 내가 아버님한테 뭐라고? 이미 이혼해서 남 된 지 오래인 전 며느리하고 사이좋아진다고 해서 뭔 이득이 있겠어?"

"그러니까! 멀고 먼 전 며느리한테조차 잘 보이고 싶다는 건 그 사장님이 네가 상상한 것보다 훨씬 더 네 전 시아빠를 겁나! 굉장히! 엄청나게! 많이! 좋아한다는 증거겠지?"

정원은 영주의 예리한 추리 앞에서 문득 백향 사장의 태도와 전 시엄마 나서희 회장의 태도를 비교해 보았다.

'흠, 뭔가 결이 다르긴 하네. 뜨거움 수준이 다를달까?'

나서희 회장은 인생에 있어 그 태도며 눈빛에 언제나 거만한 살얼음이 몇 겹 깔려 있었다.

본인은 그것을 품격이니, 상류층의 우아함으로 포장해 왔을 테지만 정원이 보기에는 위선, 혹은 언제나 상대를 눈 아래 깔고 하찮게 무시하는 것이었다.

보여지는 모습들은 가식이 전부에다, 언제나 사람을 급으로 나누고 세상 모두가 자신의 뜻을 따라야 하고 자신이 원하는 대로 해야 한다는 독선이 기본으로 깔려 있었지. 그런 사람하고 살아간다면 금세 영혼이 피폐해지고 바스러질 것만 같았다. 그런데 그런 아내와 영국은 40여 년 가까이 살아왔다.

어쨌거나 결혼해서 자식을 셋이나 낳고 살아온 배우자에게 불성실한 그를 시아버지라고, 또 자신을 예뻐한다 해서 변호하거나 편들 생각은 없다.

그러나 적어도 영주가 '무식하다'라고까지 표현한 백향 사장의 적극적인 구애와 관심을 영국이 소중하게 여겼고 고마워했으리란 추측은 충분히 할 수가 있었다.

평생 무기력하게 살던 영국이 적극적으로 이혼을 실행하러 나선 이유. 나 서희와 이혼을 하고 정말 백향 사장과 재혼을 할 결심까지 하고 있다면 그녀에게 그토록 푹 반한 이유가 그런 직진하는 뜨거움 때문은 아니었을까 생각하게 되었다.

불륜은 절대로 나쁜 것이지만, 사람의 인생 그 속사정은 둘만 아는 어떤 진실도 있다고 하니까 말이다.

"아, 골치 아파. 생각하다 보니까 엄청 화나려고 해. 내 인생 이거, 왜 상관도 없는 사람들과 얽혀서 이렇게 헬이 되는 거야?"

"네가 이승주랑 다시 얽힌 업보라고 생각해."

"야!"

정색한 채 정원은 영주에게 화를 냈다.

"농담 아니고 진심이야. 네가 그 남자를 다시 만난다는 건 그 남자 인생과 생활, 과거와 현재, 미래와 얽혀 주겠다는 뜻이잖아. 그리고 넌 이미 충분히 그러고 있고."

에둘러 돌아가지 않은 영주의 말은 날카롭게 정원의 폐부를 찔렀다.

"하, 이게 뭐야? 난 그냥 뜨거운 연애만 하고 싶었다구."

"그게 가능할 리가 없잖아? 정원이 네 그 따뜻한 오지랖과 남들 딱한 사정을 그냥 못 넘기는 착한 천성이 너의 가장 큰 약점이거든. 그거 때문에 너희 둘은 이미 양가의 온갖 속 시끄러운 사정에 있어서 싫어도 결국은 합심해서 해결하고 개입하고 마는 부부라고 본다, 나는."

"아니거든!"

와락 큰 소리로 부인했지만 영주의 말이 틀리지 않았다는 것을 사실은 본인이 제일 잘 알고 있다.

정원은 한 주를 시작하는 월요일이 어이하여 이토록 복잡한 사정으로 점철되었는지, 한숨만 나왔다.

그때 카운터에서 카페 직원의 호출이 있었다.

"4번 손님, 주문하신 음료 나왔습니다!"

음료수 캐리어를 들고 사무실로 올라가는데, 문득 영주가 짓궂은 웃음을 물고는 정원의 허리를 콕 찔렀다.

"근데 공짜 밥 먹으러 갈 거야?"

"미쳤니? 내가 어쨌건 낮은 자세로 돈을 벌어야 하는 자영업자지만 그래도 아직은 자존심 살아 있다."

"공짜 상품권 완전 아까운데. 나는 가 보고 싶다."

"말 같지도 않은 소리 그만하세요, 서 이사. 내가 나중에 백향 버금가는 한정식집을 서칭해서 데려가 주마."

"공짜도 공짠데 솔직히 백향 음식이 엄청 궁금해."

영주가 자신을 응시하고 있는 정원을 마주 바라보며 말을 이었다.

"그 사장님은 나도 완전 불편한데, 거긴 서울에서 알아주는 유명한 맛집이잖아. 그 사장님 말로도 자긴 음식에 대해서는 장난 안 친다며? 평가가 엄청 좋더라고."

"뭐, 그러니까 블루벨 종 두 개씩이나 받았겠지."

"우리 같은 서민은 1년에 한 번 들어가 보기도 힘든 곳이니까, 뭐. 우리가 가면 특별 서비스도 해 준다잖아. 얼마나 좋아?"

"됐어. 그렇게 호기심 생기면 너한테 상품권을 다 몰아줄게. 용응동 할머니랑 정 선생이랑 같이 가 보든지."

"그래도 돼?"

"음식에 관련해서는 우리 서 이사도 절대 장난 안 치는 거 잘 아니까."

"고맙다, 야."

영주가 피식 웃으며 정원에게 두 손을 모으며 '감사합니다' 하고 소리쳤다.

사무실로 돌아왔는데 전화와 SNS로 들어온 예약 상황을 확인하며 답변을 달던 경오가 고개를 들었다.

"유 대표님? 여기 잠깐만요."

"네, 황 이사님. 무슨 일이시죠?"

"우리 친구 고아름 변호사님께서 방금 전화했어."

"바빠서 죽을 짬도 없다는 애가 갑자기 왜 전화했대?"

"아버지 환갑잔치. 장소를 '백향'으로 콕 지정했어. 주인공이 그 집 음식을 좋아하신다네. 잔칫상은 그 집에서 해 주기로 했고, 우리는 행사장 내부 장식하고 파티 진행만 해 달란 의뢰가 들어왔습니다만."

"으윽, 이 무슨 우연?"

"운명의 장난 아닐까? 역시 우리는 백향 가서 밥 먹을 운명이었던 거."

영주가 정원의 눈치를 보며 너무 좋은 척을 하지 않으려고 노력하면서 슬쩍 말을 얹었다.

"미치겠다! 하느님, 왜 또 날 시험에 들게 만드세요? 네?"

절대 얽히고 싶지 않은 사람, 인연과 더 깊이, 다시 휩쓸리게 생겼다.

다른 고객이라면 거절이라도 할 수 있지, 절친 아름이 아버지 환갑잔치라는데 이건 무를 수 없었다.

정원은 자기도 모르게 좌절해서 두 손으로 갑자기 복잡해진 머리통을 득득 긁었다. 분기탱천한 백향 사장으로부터 마구 뜯겼던 그날 아침처럼 이내 정원의 머리가 엉망진창 산발이 되었다.

"야, 야, 진정해. 너 그러다가 탈모 생긴다?"

경오가 놀라서 그날처럼 폭주하는 정원을 제지하며 그녀의 머리를 살살 어루만져 눌렀다.

"아름이네 아버지 환갑잔치니까 어찌하든 해 드려야지. 뭐, 노력 대비 수익이 나쁘지 않으니까 그걸로 위안 삼자고."

경오가 좌절하는 정원의 눈치를 보면서도 중얼거렸다.

"내가 무슨 힘이 있다고……. 우리 황 이사님이 돈 벌어야 한다는데. 해야지, 뭐."

정원은 억지로 납득하며 힘없이 뇌까렸다.

18

그날 오후. 4시.

광성 그룹 산하 솔뫼 문화재단 이사회.

이사장인 시어머니와 이사인 큰동서, 그리고 윤민은 재단 이사회에 참석하고 사무실을 나섰다.

"동서, 모처럼 나왔는데 같이 식사하고 들어가지 그래?"

차 앞에서 큰동서가 윤민에게 권했다.

"아니에요, 형님. 들어가서 명재 봐야 해요."

윤민은 입에 침도 바르지 않고 웃는 얼굴로 거짓말을 했다.

"아시다시피 지난주에 제가 잠시 해외 나갔다 오느라 애하고 시간을 같이 못 보냈거든요. 애 아빠랑 같이 저녁 먹고 셋이서 잠시 외출하기로 해서요."

딸과 남편 현석과 저녁 식사 후 같이 외출을 하는 건 절대로 일어나지 않는 일이다. 윤민으로선 간절히 그렇게 하고 싶어도 잘난 그 남편이 워낙 '남편'이다 보니, 도무지 집에 들어와야 말이지.

"한남동 서방님은 참 가정적이셔. 그래, 동서. 재미있게 놀아. 어머님, 타세요."

큰동서의 재촉에 시어머니가 차에 오르기 전 윤민을 건너다보았다. 웬일인지 평소와는 다르게 약간 정색을 하며 당부했다.

"연준 아범, 뭐 좀 잘 먹여야겠더라. 여름 타는 사람이잖니?"

"해외 출장 다녀온 길이라 얼굴이 좀 까칠해졌더라구요. 제가 특별히 신경 쓸게요, 어머님."

"그래 줘. 참, 연준 아범, 별일 없이 착실하게 지내고 있는 거 맞지?"

"아유 어머님, 그럼요."

윤민은 활짝 웃으며 상냥하게 대답했다.

"아범이 어디 어머님, 아버님 심기 거스르는 일을 하는 사람인가요, 뭐?"

"그건 그렇다만. 여하튼 내년에 너희 아버지가 연준 아범, 다른 중요한 자리로 옮길 생각 하고 계신다. 눈 밖에 나지 않도록 연준 어미가 안에서 잘 챙겨 줘야겠어."

"알겠습니다, 어머님. 안녕히 들어가세요. 형님, 다음에 뵐게요."

시어머니와 큰동서가 탄 차가 윤민 앞에서 멀어져 갔다.

기다리고 있는 자신의 차 쪽으로 돌아서며 윤민은 만면에 띠었던 미소를 싹 지웠다. 억지로 미소 짓느라 안면 근육이 경련을 일으키고 있었다.

운전석에 탄 기사가 룸 미러로 윤민을 바라보았다.

"사모님, 어디로 모실까요?"

"집으로 가요."

'별건 아니겠지만 그래도 조금 찝찝하네. 짜증 나.'

어젯밤 느닷없는 전화도 그렇고, 오늘도 대놓고 그녀의 얼굴을 똑바로 바라보며 남편을 챙겨라 하는 말도 그렇고. 이전과는 뭔가 달라진 듯한 시어머니의 언행이 계속 마음에 걸렸다.

'결혼해서 지금까지 그런 말 한마디 안 하시더니만 어제오늘 대체 나한테 왜 그런대?'

마치 엄청 큰 꾸지람이라도 들은 듯해서 윤민의 입술이 볼록 불만스럽게 튀어나왔다.

'아니, 내가 못한 게 뭐가 있다고? 나도 당신 아드님을 잘 챙겨 주고 싶어요. 그런데 그 아드님이 집엘 안 들어와요. 다른 년하고 엉켜 노시느라. 그 따위로 아들을 키우신 어머님이 그 아드님 단속을 해 주셔야죠. 왜 애꿎게 죄 없는 나한테 그러신대?'

생각을 하면 할수록 화가 나고 억울하다. 아무래도 누군가에게 하소연하고 울화통을 한번 터뜨려야 오늘의 짜증이 조금 가실 것 같다.

윤민은 기사에게 다시 명령했다.

"집 말고 데이지 백화점 쪽으로 차 돌려요."

"알겠습니다, 사모님."

30분 후.

데이지 백화점 회장실로 들어서는 윤민을 보고 비서가 자리에서 일어나서 인사를 했다.

"엄만요?"

"안에 계십니다. 들어가시죠."

윤민이 고개를 끄덕이자, 비서가 회장실 문을 열어 주며 보고했다.

"회장님, 한남동 사모님 오셨습니다."

곧 퇴근 시간이다 보니, 책상에 놓인 노트북을 닫으려던 나서희가 들어서는 윤민을 보고 조금 놀란 표정이 되었다.

"연준 어미, 전화도 없이 웬일이니?"

"오늘 문화재단 이사회 있어서요. 나갔다가 나온 김에 잠시 들렀어요. 지난주 나갔다 들어와서는 제대로 인사도 못 한 것 같고 해서요."

그날 엄마 나서희가 무슨 일이 있었는지, 술에 취한 목소리로 '엄마 너무 힘들어, 외로워' 하고 엄살 섞인 투정을 부렸었다.

그런데도 평상시 본 적 없는 엄마의 무너진 모습에도 자신이 바쁘고 분주하다고 무시하고 응답하지 못한 미안함도 좀 있었다.

"여행은 재미있었어?"

나서희가 인터폰으로 차를 부탁하고는 윤민이 앉아 있는 소파로 다가오며 물었다.

"그냥저냥요. 친구들이랑 골프 치고 맛있는 거 먹고 그 정도죠 뭐. 근데 왜 혼자 계세요?"

"회장실을 나 혼자 쓰니 혼자 앉아 있지."

나서희가 당연한 걸 왜 묻냐는 듯 대답했다.

"선약 없으시면 저랑 저녁 드실래요?"

"싫다. 입맛도 없어."

"그럼 바로 집에 들어가시게? 뭐 집에다 꿀 발라 놨대? 아직 해도 중천인데 그렇게 일찍 들어가서 뭣 하시려구?"

"꿀은 무슨? 혼자 앉아 있어두 그래도 집이 제일 편해. 요샌 남들 눈앞에서 뭘 하든 다 귀찮아. 안 보고 싶어."

"아니, 엄마가 뭐 90 먹은 노친네도 아니고 왜 그렇게 청승맞게 말씀하셔? 왜 집에 혼자 있대?"

"내 집에 나 혼자밖에 없으니 혼자 있지. 뭘 물어?"

윤민은 입을 다물었다. 하긴 아버지 영국도 막내 해민도 다 떠나 버린 텅 빈 집에 남은 건 엄마 나서희뿐이다.

겉보기로는 윤민이 아는 친정 엄마의 그 모습 그대로인데, 그럼에도 어쩐지 이날의 나서희가 초라하고 쓸쓸해 보였다. 이전에는 늘 당당하고 꽉 차 있던 그녀의 존재감이 이제는 확실히 엷어져 있다.

"어쩜 이래? 갑자기 우리 엄마가 팍 늙은 거 같아 속상하네."

윤민이 일어나서 나서희 곁으로 다가가 앉았다. 두 팔로 가볍게 안아 주었다.

"근데 엄마, 해민인 소식 없어요? 철딱서니 없는 계집애 같으니라고. 엄마 속만 썩이고. 언제까지 그렇게 똥고집을 피우겠대요?"

"엊그제 잠시 왔다 갔어."

"네? 그럼 지금 어디서 지낸대요?"

"몰라."

나서희가 이전과는 다르게 귀찮은 듯 말을 피했다. 윤민이 그녀를 빤히 바라보자 마지못해 한마디 덧보탰다.

"지가 말을 안 하니, 내가 어떻게 알아? 알아보려면 알 수 있지만 딱히 신경 쓰기 싫어서 안 물어봤다. 안 죽고 잘 산다니 알아서 하겠지."

"잡아서 억지로라도 끌고 오지, 그냥……."

"지가 지 발로 집 싫어서 나갔는데 내가 왜 데려와? 너도 신경 꺼라. 나이 서른 되어 가니 지도 지가 알아서 살겠지."

아직도 해민에 대한 나서희의 노염이 가시지 않은 것 같아서 윤민은 입을 다물었다. 잠시 침묵하다가 윤민이 아 참, 하고 나서희를 바라보았다.

"엄마, 내가 어제 결혼식엘 다녀왔어요. 거기서 누굴 봤는지 아세요?"

윤민의 말에 나서희가 잠시 그녀의 얼굴을 건너다보다가 알겠다는 듯이 한숨을 푹 내쉬었다.

"승주가 걔랑 같이 왔던? 거기엘?"

"네. 인사 챙겨야 하는 친구 동생이 결혼한다고 해서 간 건데, 알고 보니 신랑이 승주 친구였어. 승주 결혼식 때 사회 봐 준 애더라고."

"그래. 규원이가 결혼했구나."

"맞아. 규원이! 걔가 승주 중고등학교 때부터 친구였죠?"

"그래, 과외도 같이 했고 많이 친하지."

"붙여시 같은 게 거기가 어디라고 감히 둘이 딱 붙어서 나타났더라. 근데 둘이 이혼한 것도 모르는 사람이 대부분이더라고. 아직까지 결혼해서 잘 사는 줄로만 알고 있고."

"남 일인데 모를 수도 있지."

짜증이 나서 이마에 파르르 뿔을 만들며 말을 하다 말고 윤민이 문득 나서희를 건너다보았다.

"엄마, 좀 이상해."

"뭐가?"

"내 말 듣고 있어요? 그 사람 많은 자리에 승주가 유리 고것이랑 같이 왔다고. 사람들은 둘이 아직 부부인 줄 알더라고요."

하지만 평소 같았으면 파르르 떨며 불같이 성을 내야 할 나서희가 딱히 별말이 없었다. 그저 묵묵히 듣고만 있다가 시선을 다른 쪽으로 돌려 버렸다.

"엄마!"

"그만해. 이제 그냥 냅둬. 어쩌겠니? 승주가 죽어도 다시 걔랑 만나겠다는데……."

나서희의 얼굴에는 피로함과 더불어 먹먹한 체념이 어려 있었다.

"말도 안 돼!"

윤민이 비명처럼 소리쳤다.

"엄마, 어디 아파? 어떻게 그래? 그딴 천박한 불여시를 우리 집안 며느리로 다시 받아들이겠다는 거야?"

"……승주가, 나하고 의절했어."

"네에?"

"다시는 안 본대. 우리 집안에서 호적 파서 나간대. 내가 죽어도 얼굴 보러 안 올 거래."

나서희는 승주가 하지도 않은 이야기까지 만들어 내어 자신이 지금 너무 힘들고 슬프다고 강조했다.

그날 승주는 자꾸 둘 사이를 방해하면 의절하겠다, 부모 얼굴을 다시는 안 보겠다, 그 말밖에 한 게 없다.

그러나 나서희로선 가장 소중한 그 아들이 성장 과정 중 자신의 억압과 강요로 자살까지 생각하며 살았다는 말을 듣게 된 상황이었다. 그녀가 그때 느낀 충격은 상상 이상이었다. 지금껏 이고 살았던 하늘이 무너지는 것 같았다.

그 충격은 쉽사리 회복되지 않아 자꾸만 그때의 사실보다 더 서럽고 억울하고 무참한 상황으로 조작하여 그녀의 기억이 무너지고 부서지게 만들었다.

"이런 상황인데 엄마가 뭘 어떻게 더 해? 낼모레 마흔 줄 아들. 자기 인생 자기가 망치든 말든 냅두라는데 뭘 어떻게 말려? 나도 이젠 지쳤어."

"기가 막혀서! 아니, 기껏 여자 하나 때문에 자길 낳아 주고 키워 준 부몰 버려? 미친 자식!"

동생에게 상욕을 하면서도 윤민은 승주를 그렇게 삐뚤어지고 미치게 만든 정원이 더 얄밉고 징그럽게 싫었다.

멀쩡한 동생을 그런 식으로 살살 꼬여서 가족들에게서 떼어 내는 유정원의 술수가 끔찍하게 싫었지만 정작 그녀가 할 수 있는 게 나서희 말대로 딱히 없다 싶으니 분통이 터져서 뒷골까지 당겼다.

"승주는 걔하고 다시 만나는 걸 방해한다고 의절한다지, 네 아빠도 여전히 며느리로서 걔가 좋단다. 둘이 재결합하도록 꽉꽉 밀어줄 거래. 이리 봐도 저리 봐도 내 편은 하나도 없는데 엄마가 이제 뭘 어떻게 해?"

"절대 유리 개는 승주하고 안 돼. 내가 너무 싫어! 다른 여자들을 소개할 수 있잖아. 이전에 선본 그 여자도 있고⋯⋯."

"말도 꺼내지 마. 지금 엄마가 그 여자 땜에 골치가 더 아프니까."

나서희가 얼굴까지 찡그리며 질색해서는 단번에 잘랐다.

"네에? 대영 그룹 조카라고 엄마도 엄청 좋아했으면서?"

"겉만 그럴듯하지 속은 다 썩어 문드러졌어. 과분한 그런 자리가 우리 승주에게 굴러와서 복이다 싶었는데, 알고 보니 썩은 쭉정이도 그런 쭉정이가 없었어. 아니 글쎄, 고년이 승주가 자길 거절했다고 날 찾아와서 별의별 못할 말을 퍼부었단다. 그게 말이 되니? 상식이 없잖아! 그것만으로도 절대 상종 못 할 계집애다 싶었는데, 기가 차서! 그것도 모자라서 승주를 직접 찾아가서 따귀를 때렸단다. 감히 자길 걷어찼다고."

순간 윤민의 눈이 휘둥그레졌다.

나서희는 그 일 때문에 승주가 격노했고 조영화를 고소한 일을 말해 주었다.

때문에 두 집안, 아니, 그 선 자리를 주선한 희영까지 포함해서 세 집안, 승주의 고소 건으로 인해 그들이 거들먹거릴 수 있었던 배경인 대영 그룹 회장님까지 등판해서 현재 네 집안이 다 난리가 난 상태라고 설명했다.

"그래서 엄마는 이제 승주를 단념했다고? 그냥 유리 그걸 만나게 내버려 두겠다고요?"

"할 수 없잖아. 내가 더 이상 할 게 없다. 휴우, 이제는 순리대로 가야 지……."

솔직히 나서희는 자신이 은근슬쩍 발을 뻗어 보았던 박나현에게 제대로 당한 일은 차마 창피해서 말을 할 수가 없었다. 그 아무리 마음 다 털어 내 보이는 큰딸이라 해도 말이다.

그때 나현은 정원이 매섭게 말한 그대로 토씨 하나 틀리지 않고 똑같이 말했다.

'댁의 아들 이승주는 신랑감으로 딱히 매력 없다'고.

'돈 보고 집안 보고 달라붙을 여자 아니면 이젠 제대로 된 여자한테 장가 못 간다고, 바로 시어머니 자리 당신 때문에'라고 말이다.

무엇보다 신랑 될 승주가 전처인 정원 말고는 다른 여자는 거들떠도 안 보는데, 나서희가 아무리 날고 긴다 하더라도 뭘 어떻게 더 할 것인가.

박나현에게조차 제대로 한 방 걷어차인 후, 그녀와 헤어져 집으로 돌아오며 나서희는 그때 비로소 이제 아들 승주의 일은 자신의 손을 떠났구나, 온몸이 아프도록 생생하게 깨달았다.

승주의 의절 선언 이후, 자신을 원망하는 눈초리로 경멸하듯 응시하던 남편 영국의 시선 안에서 이젠 우리 사이도 진짜 끝이로구나, 뭘 내가 어떻게 하든 이혼을 해야 할 때가 왔구나 느낀 것처럼.

그렇게 얼마 안 되는 시간이었지만 나서희는 완전히 한풀 꺾인 상태였다. 그러니 이렇게 윤민이 달려와 불을 붙였어도 딱히 이전처럼 타오르지가 않았다.

나서희가 먼저 소파에서 일어섰다.

"엄만 집에 갈 테니까 너도 집에 들어가. 또 명재 혼자 두지 말고. 어린애를 만날 튜터니 시터한테만 맡기고 넌 밖으로만 돌아다니면 못써. 나중에 애들한테 원망 들어, 너."

"간만에 엄마를 위로할 겸 저녁 같이 먹으러 왔더니만 엄마가 먼저 날 박대하시네."

하소연하고 응석 부리러 왔는데, 어지러운 속내는 한마디도 꺼내지 못하고 면전에서 거절당한 느낌이어서 윤민도 딱히 기분이 좋지 않았다.

"알았어요. 엄마 기분이 그러시다니까 오늘은 집에 가고, 나중에 제가 또 올게요."

"그래. 고맙다."

윤민이 핸드백을 챙기며 일어서다가 갑자기 생각난 듯 다시 나서희에게로 돌아섰다.

"아버진 지금 어디 계세요? 진짜 집에 안 들어오신대요?"

"그래. 안 들어온대. 죽어도 나랑 이혼해야겠다잖아. 어쩌겠니?"

나서희의 쓸쓸한 체념은 더 깊어져 있었다.

"맙소사, 그럼 이혼한단 게 오다가다 그냥 해 본 말이 아니었어요?"

솔직히 윤민은 지금까지 부모의 이혼에 대하여 진지하게 생각하지 않았다.

늘 불화 상태였던 그들이기에 이번에는 좀 심각하구만, 이번 싸움은 또 얼마나 오래갈까, 그 정도쯤으로 생각했을 뿐이다.

다 늙어서 이혼은 무슨? 가능하지도 않은 일에 철없는 친정아버지 영국이 괜히 억지 부리면서 골을 내고 있구나, 그렇게만 생각했다.

그런데 정작 친정 엄마의 기운 잃은 표정과 체념 어린 중얼거림 앞에서 정신이 번뜩 들었다. 이 양반들이 진짜 꼴사납게 망신인 줄도 모르고 황혼 이혼을 하는 게 아닌가 싶어서 울컥 화가 났다.

"말도 안 돼!"

윤민은 자신도 모르게 날카롭게 소리쳤다.

"진짜 망신이라고, 이런 거! 만약 그렇게 되면 난 시댁에서 얼굴 못 들고 살아요."

윤민이 특별히 이기적이어서가 아니었다. 그저 그녀는 자신이 살아가는 세상 안에서 통용되는 규칙을 말하고 있을 뿐이었다.

"우리 시아버님이 그런 거 제일 싫어하셔. 워낙 체면 중요시하시고 위신 따지시는 분이잖아. 엄마도 잘 알면서? 사람들 입에 이상한 구설거리가 되는 걸 제일 질색하시는 분인데, 우리 친정 부모가 이 나이에 이혼한다고 해 봐. 내 낯이 뭐가 되겠어요?"

"너 말을 꼭 그런 식으로 해야 하니?"

나서희는 너무 타산적이고 이기적으로 구는 윤민에게 처음으로 정이 떨어지고 섭섭해서 자신도 모르게 날카롭게 화를 냈다.

"이혼은 내가 해. 고민스러워도 내가 더 고민스럽고 머리 터져도 내가 더 터져. 연준 어미 넌 말을 왜 그렇게 모질게 해? 딸이면 이 엄마 마음 정도는 조금 헤아려 줄 수도 있잖아."

"그렇다고 황혼 이혼은 아니잖아. 남처럼 각자 산 세월이 얼만데 이제 와서 새삼스럽게 이혼이래? 엄마 아버지가 청춘이야? 그 나이에 무슨 사랑 타령 할 것도 아니고, 그냥 살아. 지금처럼요. 엄마도 어지간하면 아버지 성미 좀 달래 가면서 적당하게 살지, 왜 자꾸 아버지 자존심을 건드려서 이런 사달을 만들어요?"

"너, 정말……!"

"뭐, 내가 못 할 말 했어? 부모가 되어서 딸 인생에 도움은 되지 못할망정, 굳이 흉잡힐 일을 만들어야겠어요?"

하지만 윤민은 멈추지 않았다. 오히려 그녀가 더 화를 내면서 그렇지 않아도 큰 구멍이 난 나서희의 가슴을 깊이 후벼 팠다.

"나더러 만날 시댁에 흠 잡히지 말라고 단속한 건 엄마야. 그런데 이제 시댁에서 너희 부모가 왜 이혼하느냐고. 물으시면 내가 뭐라고 대답해야 해? 아버지가 주구장창 바람을 피워 대서 그런다? 아니면 엄마가 사람을 숨 막히게 하고 사사건건 간섭해서 난리가 난 거다, 그렇게 말해? 어느 쪽이든 부끄러움은 내 몫이야. 왜 잘 사는 딸을 엄마가 나서서 궁지로 몰아넣으려고 해?"

나서희가 무슨 말을 하려다가 말고 입을 꾹 다물었다. 화를 내는 윤민을 잠시간 물끄러미 건너다보더니만, 갑자기 맥이 빠지고 만사 귀찮다는 표정으로 손짓을 했다.

"너, 가라. 지금 엄마, 네 얼굴 보기가 너무 힘들다."

"가지 말래두 가요. 그러니까 엄마도 제발 결혼해서 잘 살고 있는 딸이 곤란해지고 난처해지는 일은 삼가 줘요. 나한테 미안하지도 않아? 딸 얼굴에 금칠은 못 해 줄망정 똥칠은 하지 말라고요!"

마지막 한마디까지 나서희 가슴에 비수를 박고 윤민이 뒤도 돌아보지 않고 사라졌다.

* * *

그날 저녁 퇴근한 정원은 승주와 같이 저녁을 먹으며 오후에 '백향' 사장이 굳이 자신을 찾아왔다고 전했다.

"뭐라고?"

승주 역시 정원만큼 어이없어했다. 한동안 말을 잇지 못하는 것만 보아도 알 수 있었다. 당장에라도 '그 여자, 미친 거 아냐?' 그렇게 소리치고 싶은 표정이었다.

"그래서 당신은 그 여자 개 파티를 승낙했고?"

"꼭 해야 한다잖아. 11월이고 12월, 아니, 내년까지도 기다린대. 어떡해?"

"하!"

"그런 눈으로 보지 마. 나도 뭐 달갑지는 않지만 그렇다고 찾아온 고객을 개인감정으로 내칠 순 없다고. 세상의 모든 돈에서는 똑같은 냄새가 나거든."

"차라리 그 돈 내가 줄게, 하지 마. 하기 싫은 일은 하지 말라고."

승주가 보기 드물게 정색하며 화를 냈다. 다른 사람도 아니고 하필이면 아버지의 불륜 상대라니. 참 얽혀도 기분 나쁘게 얽혔네, 싶어서 꺼림칙한 건 승주처럼 정원도 마찬가지였다.

그러나 정원은 이미 계약된 사안이라서 어쩔 수 없다고 잘랐다.

"자기 제안은 참 고마운데, 사업은 사적인 감정으로 해결하는 게 아니야. 직원도 두 명이나 더 뽑았으니까, 달마다 월급 주려면 매출 두 배는 더 올려야 한단 말이야. 내가 나가서 찾아다녀도 시원찮을 판에 제 발로 오신 고객을 쫓아낼 순 없어. 그건 망하자는 길이라고. 나 혼자만 망해? 내 뒤로 딸린 식구가 넷이나 더 있어."

조목조목 반박하는 정원에게 더 이상 따질 수는 없고 승주가 다시 이러한 민망한 사태를 야기한 원흉, 영국에게 화를 내면서 이를 갈았다.

"주책맞은 노친네하곤! 다 늙어서 이 무슨 망신이야?"

"아버님인데 주책맞은 노친네라니, 그건 좀 심해."

"처신이 그런 욕 들을 만하잖아! 어? 제발 이혼부터 하든지. 이혼하고 새로운 사랑을 하든지 말든지. 다 늙어서 민망하게 이 무슨 꼬락서니야? 제멋대로 사는 게 이젠 추접스러워지는 나이란 걸 아직도 모르다니?"

그러다가 승주가 정원을 건너다보았다.

"그 여자가 그따위 실례를 당신에게 두 번이나 저지르고 있단 걸 아버지에게는 말해야 하지 않아?"

"그게 좀 그런 게…… 어쩐지 뒤에 아버님 입김이 있다는 생각이 들어서."

"뭐?"

"그분이 날 굳이 찾아오신 거 말이야. 그 사장님, 성깔도 보통 아니고 나름 나이나 사회적 지위도 있는 분인데. 그런 양반이 막말로 자존심 다 버리고 망신인 줄 알면서도 날 찾아왔다? 과연 본인의 의지만이었을까?"

"그럼 당신은 아버지가 그 여자를 당신에게 사과하라고 보냈단 거야?"

"난 그렇게 생각이 들었어. 그날도 아버님이 진짜 무섭게 화내셨거든. 오늘 다시 본 그 양반, 그날하고 완전 180도 다르게 순한 양이더라고."

"서로 그 정도 영향력을 끼칠 수 있을 만큼 깊은 관계다 이거네?"

"……있지, 내 생각엔 아버님, 이혼하시면 그 사장하고 재혼할 거 같아."

"그래?"

"그러니까 굳이 그분을 나에게 보내서 정식으로 사과하게 만든 건 아닐까? 잠시 만났다가 헤어질 사이라면 무엇 하러 굳이 망신스러움을 감수하고 귀찮게 그런 일을 벌이겠어?"

"하긴, 그럴 수 있겠네……."

말을 하다 말고 승주가 씁쓸하게 웃었다.

형언할 수 없을 정도로 복잡한 감정이 그 냉소에 서려 있었다.

수치스럽고 화가 나는데 동시에 그런 결정을 한 아버지에 대한 연민과 짜증. 이혼당할 제 어머니에 대한 안타까움 뒤편으로 차라리 잘되었군, 하는 후련함. 뭐 그런 것들.

여러 가지 감정들이 한꺼번에 동시에 소용돌이쳐서 본인도 지금 느끼는 자신의 정직한 마음이 더 이상 무엇인지 모르게 되어 버린 혼란함이 허탈하고도 기묘한 그 미소에서 스며 났다.

승주가 그런 미소를 물고는 정원을 바라보았다.

"내가 좀 웃기지 않아?"

"뭐가?"

"이젠 더 이상 상관 안 한다고, 의절하겠다고 내가 먼저 난리 치고는 두 양반 다 걷어차고 나온 게 엊그제인데 말이야. 나더러 간섭하거나 상관하라고 말한 적도 없는데, 내가 왜 두 양반 이혼 문제로 걱정하고 짜증을 내고 있을까? 기가 차서. 난 왜 이 모양일까?"

"두 분 아들이니까 당신이 그런 마음이 드는 게 당연하지. 부모가 이혼한다는데 자식이 그럼 아무 생각도 안 들까? 아무것도 못 느끼면 그게 더 이상한 거야."

"차라리 아무것도 안 느꼈으면 좋겠다. 내 인생으로도 고민이 한가득인데 이건 뭐 부모 인생까지 걱정해 줘야 한다니."

"당신이 착해서 그래."

정원이 조용히 결론을 내 주었다. 그녀와 승주의 눈이 마주쳤다. 정원은 먼저 그의 손을 꼭 잡았다.

"말로는 방관자니, 외면하는 버릇이 있느니 하지만 어찌하건 결국 당신은 주변 사정을 계속 자기 일처럼 마음 써 주는 사람이야. 내가 아는 한 당신이 스스로를 평가하는 것보다 훨씬 더 따뜻한 사람이지. 그래서 당신이 참 좋아. 사랑해."

"고마워. 덕분에 용기가 생겼어."

"무슨 용기?"

"아버지 찾아가서 확실하게 이혼하고 그 여자 만나라고, 우리 형제들을 낳은 엄마를 더 이상 모욕하지 말라고 말할 생각이야. 이혼에도 예의가 있지. 내가 당신하고 이혼한 과정 이상으로 아버지가 하는 지금 행동, 불쾌하고 무례해. 이런 내 마음을 정확하게 이야기하려고 해. 아버지도 한 번은 스스로의 추한 모습을 직시할 필요가 있어."

승주가 이를 꽉 악물며 중얼거렸다.

* * *

같은 시간.

"여보세요? 어머, 안녕하세요?"

윤민은 연희동 시고모의 딸, 그러니까 남편 현석의 사촌 누나이자 완담동에 사는 선요의 전화를 받고 있었다.

"잘 지내셨어요? 참, 연재가 폐렴으로 입원했다는데, 좀 어때요?"

─엊그제 퇴원했어요. 이젠 팔팔해.

"정말 다행이에요."

─연준이는 스페인에 갔다던데 언제 돌아와요?

"다음 주 화요일에 귀국해요."

─그렇구나.

"혹시 우리 연준이한테 무슨 볼일이라도 있으신지? 뭐든 말씀하세요."

─말을 하기가 좀 미안한데.

선요가 잠시 망설이더니만 부탁하는 어조로 말을 이었다.

─우리 연재 생일 파티가 원래 지난주였어요. 그런데 우리 애가 폐렴에 걸려서 파티를 2주 연기했거든. 그래서 다음 주 일요일에 하는데 시간이 되면 연준이랑 명재랑 놀러 올 수 있나 해서요.

"다음 주 생일 파티요? 저흰 초대장을 안 받아서 파티를 하는 줄 몰랐어요……."

윤민은 연재의 생일 파티에 자신의 아이들이 1착으로 초대되지 못한 것에 순간 울컥했다.

자신은 일껏 연재의 생일을 미리 알아 값비싼 선물까지 일찌감치 챙겨 보냈건만, 제대로 무시를 당한 것 같아서 기분이 더러웠다.

물론 그 파티를 진행하는 사람이 유리라는 걸 미리 알고 있는 윤민으로선 초대를 받았어도 참석을 안 시켰겠지만 말이다.

말은 하지 않았으나 윤민의 목소리에서 뭔가 떨떠름한 기색을 느꼈는지 선요가 조금 미안한 듯 사정을 설명했다.

—우리 연재가 알다시피 낯도 많이 가리고 친한 친구들하고만 노는 애잖아요. 그래서 익숙한 유치원 친구들하고 자기가 부르고 싶은 애들만 초대를 하다 보니 그렇게 되었네. 나라도 명재랑 연준이를 챙겨야 했는데 그러지 못해서 미안해요.

'흥. 알긴 아는군. 당연히 내게 엄청 미안해해야지, 암만.'

수화기 너머에서 윤민이 입을 비죽대는 걸 알 리 없는 선요가 윤민의 마음을 누그러뜨리고자 다시 사정했다.

—여하튼 파티를 연희동 어머니 댁에서 하는데 스케줄이 어그러지는 바람에 원래 오기로 했지만 못 오게 된 친구가 몇 명 생겼거든. 연재가 걱정이 이만저만이 아니라서, 시간 괜찮으면 아이들끼리 같이 놀게 해 주자구요. 부탁해요.

통화 소리에 귀를 기울이면서도 순간 윤민의 이마에 뾰족한 뿔이 하나 더 돋았다.

'미쳤니? 내가 왜 네 딸 생파 땜빵 해 주려 우리 애들을 보내니?'

대차게 무안 주고 쏘아붙이고 싶었지만 윤민은 꾹 참을 수밖에 없었다.

연재의 외할머니인 연희동 노부인이 시부가 가장 아끼는 동생이자 늘 어려운 시고모이기 때문이다. 절대로 무시할 수도 없고 무시해서도 안 되는 존재였다.

연희동 시고모는 시부인 송 회장과 나이 차이가 좀 나는 여동생이다. 유일한 누이여서 무척 예뻐했고, 또 일찍 돌아가신 어머니 대신 집안의 대소사를 도맡았던 누이동생이었기에 이전부터 많이 믿고 의지한다고 들었다.

어쩌면 송 회장은 연희동 시고모를 통해 돌아가신 지 오래인 어머니 얼굴을 보는지도 몰랐다.

또한 송 회장이 시고모를 그토록 귀하게 여기고 대접하는 건 그룹의 대권 싸움이 한창일 때 입은 은혜 때문이었다. 그녀가 상속받은 주식을 송 회장에게 몰아주었기에 그가 그룹 대권을 움켜쥐는 게 가능했다고 들었다.

따라서 연희동 시고모는 가끔 찾아뵈어야 할 뿐만 아니라 명절이든 연말연시든 항시 잊지 말고 챙겨야 하는 1순위였다.

하물며 이렇게 선요가 직접 전화까지 해서 부탁을 하는데 무조건 걷어찰 수 없었다.

"당연히 가야죠. 초대해 주셔서 감사합니다."

―정말 고마워. 참, 그날 지인이하고 태형이도 올 거야. 같이 놀면 좋잖아.

"어머, 형님께서 지인 씨랑 교류가 있으셨던가요?"

―나랑 지인이 대학 동창이야. 뉴욕에서 학교 다닐 때 기숙사에서 같이 살기도 했는걸. 몰랐어?

"그건 몰랐어요. 어머, 친한 사이셨구나. 알았어요. 꼭 갈게요. 그날 봬요."

전화를 끊으면서 윤민의 기분이 더 나빠졌다.

'틀림없어. 태형이가 어색해할 게 뻔하니까 편하라고 나름 친분 있는 애를 찾은 거야. 그래서 우리 애들을 마지못해 초대한 거로군.'

결국 소중한 그녀의 두 아이가 땜빵 노릇도 모자라서 태형의 들러리라고 생각하니 더 화가 나서 견딜 수가 없어졌다.

'감히 우리 애들을 이따위로 취급해?'

하지만 이미 간다고 말해 버렸다.

또 선요가 윤민으로선 가장 친하게 지내야 하는 상대인 지인과 친구라니, 대놓고 성질을 부릴 수도 없다. 그래서 더 짜증이 났다.

'미치겠네? 진짜 얽혀도 왜 이따위로 얽힌대? 거길 가면 유리 고 불여우가 거들먹거리면서 왔다 갔다 하는 걸 하루 종일 봐야 하는데.'

윤민은 잠시 미간에 주름을 지은 채로 생각에 잠겼다.

'아니지? 우리 애들 데리고 가서 유리 고거 야코나 죽여 봐?'

갑자기 윤민의 표정에 악의와 심술이 가득해졌다.

'나름 한국에서 내로라하는 집안 애들이 올 텐데 말이야. 태형이까지 오잖아? 나나 우리 애들은 그런 파티에 오는 수준인데 걘 고작 돈 받고 파티해 주러 오는 일꾼에 불과하잖아? 이거 좋네.'

윤민의 얼굴이 점점 더 득의양양, 거만해져 갔다.

'우리 집안 수준이 이 정도니까 너는 깜냥도 안 돼. 언감생심 우리 승주한테 달라붙지 말라고 한 소리 해 줄 찬스잖아, 이거.'

작정하고 대놓고 트집 잡고, 훼방 놓고 심술부려 주리라. 제대로 한 방 먹이고 톡톡히 무안을 줘서 그날 모인 엄마들 앞에서 아주 평판을 떨어뜨려 주지.

선요의 늦은 초대에다가, 대타 취급 받은 것 같아서 잔뜩 나빠져 있던 기분이 갑자기 업 되기 시작했다.

간만에 아주 재미난 일이 벌어질 것이다. 그날 벌일 사악한 즐거움을 기대하며 윤민은 간만에 속에서부터 끓어오르는 흥분을 느꼈다.

잠시 후 윤민은 인터폰을 눌러 명재를 돌보는 시터를 2층에서부터 불러 내렸다.

"부르셨습니까? 사모님."

"다음 주 일요일에 애들 생일 파티 참석해요. 초대장은 곧 올 텐데. 기억해 두라고요. 스케줄 잘 챙겨요."

"알겠습니다."

"생일 파티니까 애들이 각자 가져갈 수 있게 선물도 준비해 주고, 옷도 좀 신경 써야 할 거야. 하루 쇼핑 좀 하게, 명재 데리고 같이 나가요."

시터에게 지시를 하고 난 후 윤민은 자리에서 일어섰다.

"난 약속 있어서 좀 있다가 나가 봐야 하니까, 명재 저녁 먹이고 놀이 학습 시킨 다음에 제시간에 재워요."

"네."

"애가 보챈다고 또 응석 받아 주면서 늦게 재우고 그러지 마요. 버릇 나빠져."

엄마인 자신보다 더 정성이고 넘치도록 잘하고 있는 시터라지만 윤민은 괜히 한번 트집을 잡았다.

고용인들한테는 이렇게 한 번씩 침을 놓아 줘야지만, 긴장해서 일을 잘한다고 친정어머니 나서희에게서 배웠다.

* * *

그날 밤도 동창들 모임. 윤민은 카드 게임을 즐기는 친구들 사이에 자리 잡았다.

"주말에 골프 나갈래? 나는 시간 되는데."

카드를 내려놓은 리해가 담배를 피워 물며 윤민을 건너다보았다.

"좋아. 어디?"

"새로 리모델링한 백천 CC. 근사하대."

"거긴 안 가 봤어. 좋아."

"은수도 데려갈까? 너 언제 한번 골프 같이 나가자고 했잖아."

"상관없어."

"은수더러 같이 나가자고 하면 엄청 좋아할걸. 그럼 그날 은수보고 시간 되면 송강휘랑 같이 나오라고 할까 봐."

"송강휘, 요즈음 영화 촬영 하지 않아? 시간이 된대?"

리해가 깔깔 웃었다. 짐짓 턱 아래까지 고개를 들이밀고 캐듯이 윤민을 노려보는 척했다.

"오호, 이윤민. 조금 수상하지? 송강휘가 지금 영화 촬영 하고 있단 건 어떻게 안대?"

"인터넷 연예면 뒤지면 온통 송강휘 얘기밖에 없는데 뭘. 대세는 대센가 봐."

"대세지. 걔처럼 마스크 되고 연기력 되는 애는 거의 없잖아. 늦게 뜨신 우리 스타님, 역시 될 놈은 뭘 해도 되는 팔자인가 보다. 이쪽에 무심한 이윤민 씨 눈에도 띄고."

"눈에 띄긴 뭘? 그냥 잘생긴 배우 하나 보았네, 멋지네, 이 정도야."

"그것만으로도 걔는 엄청 감사할걸. 그날 데리고 오면 인사나 해. 애가 싹싹해. 보기와는 달리 잘 놀아."

"좋아. 하루 놀자, 같이."

그때였다.

윤민의 핸드백 안에서 휴대 전화가 울렸다.

휴대 전화 화면에는 남편 현석의 비서 번호가 떠 있었다.

이이가 갑자기 나한테 왜 전활 했지 싶어서 고개를 갸웃하며 윤민은 전화를 받았다.

"여보세요."

─사모님, 비서실 김 대리입니다. 빨리 오셔야겠습니다. 사장님께서 교통사고를 당하셨습니다.

순간 윤민의 뇌리가 하얗게 변했다.

송정규 광성 그룹 회장의 삼남 송현석 씨가 음주 운전을 하다가 사고를 내 긴급 후송 된 후 경찰 조사를 받았다.

경찰에 따르면 송 씨는 9일 오후 10시 10분, 만취 상태로 차량을 운전하다 중앙선 분리대를 들이박은 혐의를 받고 있다.

사고 당시 송 씨의 혈중 알코올 농도는 0.18%로 면허 취소 수준(0.08% 이상)을 훌쩍 넘었다. 동승자 역시 혈중 알코올 농도가 면허 취소 수준이었던 것으로 알려졌다.

송 씨는 강화도 노을 골프장에서 동승자와 운동을 마치고 저녁 식사 중간에 음주 후 직접 차량을 몰고 나와 20㎞ 이상 구간을 운전한 것으로 조사되었다.

한 시간 후, 윤민은 현석이 입원한 광성 그룹 산하 광성의료원에 도착했다. 교통사고 직후 근처 응급실로 이송되었으나, 사람들의 이목을 피하고 더 귀찮은 취재진들을 따돌리기 위해서 급히 광성의료원으로 옮겨진 상태였다.

"사모님, 이쪽입니다."

병원 VIP 주차장 앞에서 기다리고 있던 비서가 차에서 내리는 윤민을 곧바로 엘리베이터로 안내했다.

"아버님은 아셔? 하긴 이미 기사 났으니까 다 보고받으셨겠네. 어쩌려고 이딴 짓을 저질렀대? 미치겠어, 정말! 근데 얼마나 다쳤어요?"

"에어백이 터지면서 사장님은 머리에 충격을 받으셨고 가슴뼈가 부러졌다고 합니다. 동승자는 다행히 경상이구요."

"다행히, 라고?"

단단히 열이 뻗친 윤민이 표독하게 그를 노려보았다. 비서가 아차 하는 표정이 되어 고개를 숙였다.

"죄송합니다."

"그 잘난 동승자는 누군데? 아니, 그건 나중 문제고, 경찰 조사는 끝난 거죠? 시끄러운 소리 안 새어 나가게 마무리 잘해요. 그런데 병원 안팎에 기자들이 왜 그렇게 많아? 이런 것 하나 제대로 처리 못 해요?"

"그게…… 말입니다, 사모님."

윤민은 비서가 하는 말은 듣는 둥 마는 둥 잰걸음으로 복도를 걸어 현석이 들어가 있는 VIP 입원실 문을 활짝 열었다.

"헉, 뭐야?"

눈앞에 펼쳐진 기막힌 상황 앞에서 윤민은 그만 할 말을 잊고 그 자리에 우뚝 멈추어 서 버렸다.

"너, 넌! 조은수?"

어떻게 이런 일이?

왜 이마에 반창고를 붙인 조은수가 남편 현석의 침상 옆에 앉아 그의 손을 부여잡고 흐느끼고 있는 거지?

그야말로 찰나였다.

갑자기 윤민의 뇌리에서 하나씩 흩어져 있던 퍼즐들이 단번에 맞춰진 기분이 들었다.

믿을 수 없는 일이지만 현석과 은수의 관계, 그리고 리해를 징검다리로 해서 조은수가 갑자기 그녀의 모임에 기웃거린 이유까지 해답을 찾아내 버렸다.

그때 인기척을 느낀 은수가 고개를 들다가 문 앞에 선 윤민의 눈과 마주쳤다.

'건방진 년.'

윤민은 은수를 노려보며 치를 떨었다.

최소한 그나마 양심이란 게 남아 있다면 조은수가 자신을 보고 깜짝 놀라거나 혹은 죄책감으로 두려움에 떨며 먼저 시선을 피할 줄 알았다.

그러나 은수는 그러지 않았다.

오히려 너 따위가 여기엔 왜 나타나고 난리야? 하는 그런 표정으로 윤민을 마주 노려보는 것이었다.

저 싸가지를 상대로 내가 어떤 얼굴을 하고 어떤 반응을 보여야 하나, 순간 윤민의 머릿속으로 온갖 생각이 떠오르다 사라져 갔다.

은수를 노려보던 시선을 거두고 윤민은 뒤에 선 비서를 돌아보았다.

"김 대리, VIP 병실은 외부인 출입 금지 아냐?"

"마, 맞습니다."

"그런데 왜 이상한 사람이 여길 들어와 있지? 경호원은 어디 갔어?"

또각또각 구두 소리를 내며 윤민은 병실로 한 발 들어섰다. 현석의 침상 앞에 앉아 있는 은수 따위는 싹 무시하고 소파 쪽으로 다가가며 사무적으로 명령했다.

"빨리 내보내야지. 누구든 함부로 접근하지 못하게 하는 건 비서실 처리 사항 기본이잖아."

"네! 즉시 처리하겠습니다."

이 얼마나 다행인가. 윤민은 속으로 자신을 칭찬했다.

남편의 불륜 상대를 앞에 두고 이토록 태연하게 아무렇지도 않은 듯 우아한 가면을 쓸 힘이 있다니.

또한 이 얼마나 아이러니한 일인가. 자신의 이러한 태연자약함은 남편 현석을 사랑하지 않아서 가능한 일이었기에 말이다.

같은 사람대접은커녕 이곳에 있어서는 안 될 쓰레기 취급이다. 말도 안 되게 차분하고 덤덤한 윤민의 대응에 조은수가 아주 분한 표정이 되어 일어섰다.

잔뜩 일그러진 시선으로 노려보고 있는 은수가 보란 듯 윤민은 소파에 앉아 그녀를 건너다보았다.

"나름 스타라며? 사람들 이목이 안 무서워? 병원 주변에 기자들 쫙 깔렸던데. 남의 병실에서 이 무슨 청승이야? 너 지금 여기서 신파 드라마 찍니?"

그런다고 내가 순순히 물러날 것 같아? 은수가 입술을 꽉 깨물며 방금보다 더 도전적인 눈빛으로 윤민을 마주 노려보았다.

윤민은 귀찮아서 미치겠다는 표정을 의도적으로 다시 지으며 독하게 퍼부었다.

"안 나가? 언제까지 망신스럽게 그 꼬락서니 하고 서 있을 거야? 남인 네가 있을 자리는 여기엔 없어. 네 그 신파극은 딴 데 가서 찍으라고."

"나한텐 오빠가 '남' 아니라서 여기 있는 거죠."

"남 아니면 뭔데? 친척도 아니고 와이프도 아니잖아. 무슨 자격으로 그딴 말을 하고 난리야? 웃기지도 않아."

"이름만 와이프지 같이 살지도 않고 사랑하지도 않는 당신보단 내가 진짜지."

이판사판. 은수가 악에 받친 얼굴로 바락 소리쳤다.

"사고 났을 때도 오빠 날 안 다치게 하려고 핸들을 자기 쪽으로 꺾을 정도였다고! 당신이 아무리 와이프 운운하면서 날 쳐 내려고 해도 힘들걸? 이미 오래전부터 진짜 와이프는 나였어!"

누군가를 품은 사람의 감정에는 짙은 것도 있고 옅은 것도 있다.

속에 담아 둔 감정을 실어 나르는 것이 눈빛이라면, 윤민을 노려보며 한 마디 한 마디, 독침 박듯 쏟아 내는 은수의 눈빛은 처음 볼 정도로 독하고 짙었다. 너무 뜨거워서 붉다 못해 보이지 않을 정도로 백열이 되어 버린 것 같은 광기였다.

이 계집애, 보통 아니야.

새롭게 깨닫게 된 어떤 사실이 뇌리를 후려쳤다. 갑자기 윤민의 등골에서 비죽 냉기가 솟아오르기 시작했다.

그때서야 경호원들이 달려오는지 문밖에서 어지러운 발걸음 소리가 들려왔다. 김 대리를 앞장세워서 문을 열고 다급히 들어오려는 걸 윤민이 손을 들어 저지했다.

"잠깐만. 문 닫아요. 기다려요."

윤민은 시선을 돌려 자신을 표독하게 쏘아보고 있는 은수를 다시 바라보았다.

"아하, 이제 알겠어. 너 지난번에 우리 모임에 작정하고 일부러 나타났구나?"

"당연하지."

은수가 비웃음을 한가득 담고 응수했다.

"이제야 눈치채다니 멍청하네. 그래요. 맞아요. 구경 한번 가 봤어. 남편 일은 아무것도 모르는 껍데기 본처 주제에 거기선 여왕 놀이? 꽤 즐겁게 놀더라?"

"아무것도 모르고 난 널 환영해 줬지. 그래서 재미있었니?"

"당연하지. 당신, 그 모임 사람들이 진짜 좋아서 같이 놀아 주는 줄 아나봐? 다 당신 돈 빨아먹으려고 속으로 비웃으면서도 좋은 척하고 있는 거야. 그것도 모르면서 사람들이 다 자길 부러워한다고 착각하며 사는 사모님 어릿광대 놀이, 제대로 잘 봤어. 오빠가 몇 년 내내 그렇게 눈치 줬는데도 끝내 이혼 안 해 주고 모르는 척 버티고 있는 멍청한 당신답더군."

"이혼? 풋!"

자꾸만 상처 입고 허물어지는 마음을 다잡으며 윤민은 은수를 향해 코웃음을 날렸다.

"우리가 얼마나 사랑하는지 오빠가 말 안 해 줬어요? 당신이 얼마나 진드기인지, 오빠가 아주 진저리 치고 살았어! 대체 얼마나 더 오빨 불행하게 할 거야? 적당하게 빼먹었으면 이제 그만 놔주지 그래요?"

"웃기시네."

"나, 여기 나가면 기자 회견 할 거야. 어차피 이번 교통사고로 오빠랑 나 사이 만천하에 다 드러났어. 당신이 찬성하든 안 하든 나랑 오빠가 서로 사랑하는 사이란 건 세상이 다 알게 될 거라고. 당신만 사라지면 돼. 현석 오빤 내 거야!"

"내 거 좋아하시네. 너 내 남편하고 몇 년이나 만났니?"

"우리가 뭐 하룻밤 풋사랑인 줄 알아요? 나 오빠랑 벌써 5년째야. 데뷔하기 전부터 사랑했다고."

"응. 그래. 참 엄청난 사랑이었네. 둘이서 아주 '트루 러브'였구나."

윤민은 은수를 향해 싱긋 웃어 주었다.

그놈의 '트루 러브'는 대체 몇 개인가?

조은수와 현석의 관계가 5년 전부터 이어졌다는 것은 제법 충격이었지만, 은수가 자랑스럽게 떠벌린 5년 그 시간 동안 현석에게는 윤민이 아는 것만 해도 대여섯 명 이상의 새 여자가 있었다.

"그래 보았자 돈 많은 바람둥이의 애첩 중 하나 주제에 어지간히 기세등등하네. 멍청하게."

윤민은 은수를 향해 싸늘하게 웃어 주며 한마디 침을 날렸다.

"댁은 뭐 다른 줄 알아요? 오빠가 당신더러 멍청한 년이라 그랬는데 딱 보니 그 뜻을 알겠네!"

"닥쳐! 어디서 함부로 입을 놀려? 뻔뻔한 년 같으니라고."

은수와 윤민이 서슬 푸르게 서로를 노려보며 한마디씩 쌍욕을 박았다.

본 마누라와 애인이 정신을 못 차리고 축 널브러져 있는 한 남자를 앞에 두고 대치한 상태. 그야말로 지상에 펼쳐진 지옥이었다.

"사고당해서 사경 헤매는 사람을 앞에 두고 왜 이렇게 소란스러워?"

문 앞에는 윤민의 시어머니인 양 이사장이 서 있었다. 그녀 등 뒤로 어찌할 바를 몰라 하며 경호원과 비서진들 여럿이 서성대고 있는 게 보였다.

현석이 누워 있는 병실 안에서 조은수와 윤민이 마주 서서 대치하고 있는 것을 파악한 양 이사장 얼굴이 조금 일그러졌다.

그 순간을 놓치지 않고 은수가 다다다 달려가 쓰러지듯이 그녀 앞에 무릎을 꿇으며 흐느꼈다.

"어머님, 흑! 용서해 주세요. 제 잘못이에요! 오빠가 술 먹는 걸 못 말렸어요. 흑!"

누가 연기자 아니랄까 봐, 애처로운 눈물 연기를 그럴듯하게 펼치려는 조은수를 양 이사장이 지그시 내려다보았다.

"누가 네 어머님이니?"

그녀가 시선을 돌리자 수행 비서와 경호실장이 쩔쩔매며 고개를 숙였다.

"병실 안부터 정리해. 여기 공기가 너무 나빠."

꼴불견이자 불쾌한 이 상황을 정리하고, 은수를 내 눈앞에서 치워라, 그런 뜻이었다.

그에 비서와 경호원이 다급히 달려들어 양쪽에서 은수의 날갯죽지를 억지로 잡아끌어 병실에서 끌어냈다.

그러나 은수가 순순히 나갈 리가 없다. 안간힘을 다해 뿌리치고 울부짖으며 본격적으로 패악질을 치려 했다. 그러자 인정이라곤 하나 없는 경호원들이 그녀의 입을 무자비하게 틀어막으며 질질 끌고 나가는데, 양 이사장이 턱을 치켜들며 입을 열었다.

"잠깐."

끌려 나가던 은수에게로 그녀가 한 발 다가갔다.

아무 말도 않고 잠시 노려보더니만 살짝 수행 비서를 향해 고개를 돌렸다. 무언의 신호를 읽은 비서가 망설이지 않고 찰싹 조은수의 따귀를 갈겼다.

그건 적의에 차서 바라보는 윤민조차도 흠칫 놀라게 만들 만큼 잔인한 행동이었다. 은수에게 자신의 손이 직접 닿는 것마저 더럽다고 말하는 듯한 지독한 모욕이었기 때문이다.

양 이사장이 그녀의 눈을 응시하며 나직하나 매섭게 몰아붙였다.

"너, 일전에도 경고하지 않았던?"

"어, 어머님. 흑! 제발 이러지 마세요. 오빤 절 사랑해요. 우린 사랑한다구요! 절대로 헤어질 수 없어요! 죽어도 같이 죽을래요. 저한테서 오빨 떼 내지 마세요. 제가 오빠 옆에 있어야 한단 말이에요! 흑흑. 제발 곁에 있게 해주세요."

제대로 혼이 나고서야 기가 팍 죽은 은수가 기어코 경호원들의 팔을 뿌리치고 다시 양 이사장 발치에 무릎을 꿇고는 싹싹 빌었다. 눈물투성이가 된 얼굴로 간절하게 사정했다.

"시키는 대로 다 할게요. 그러니까 어머님, 제발 저 사람이 깨어나는 것만 보게 해 주세요, 네? 어머님! 저 이대로는 못 나가요, 오빠 무사한 것만 보고 갈래요. 어머님, 제발요!"

"그때도 내가 분명히 말했지? 사랑하든 말든 그건 너희 두 사람 문제인데, 세상에 시끄럽게 너희들 일이 드러나는 건 절대 못 본다고."

윤민의 등골에 돋아 있던 서늘한 소름이 순간 더 진해졌다.

"'그때'도 말했다고? 그럼 설마 어머님도 애 아빠하고 저년 사이를 이미 알고 있었던 거야?'

양 이사장이 듣기만 해도 소름이 돋을 듯 차가운 목소리로 은수를 계속 몰아붙였다.

"그때 네가 뭐라고 약속했니? 더 이상은 욕심 안 낸다고. 그냥 둘이 계속 만나는 걸 모른 척만 해 달라고 했어. 안 그러니?"

"네. 네. 그랬습니다. 죄송해요……."

윤민 앞에서는 더없이 앙칼지던 은수가 그녀의 한마디에 곧바로 꼬리를 내리고 다시 또 무력한 울음을 터뜨렸다.

"내가 그래서 못 본 척하고 넘어간 건 네가 잘 알 테고. 그런데 이제 와서 이게 무슨 추태야?"

"죄, 죄송합니다. 흑."

"사람이 말을 했으면 알아들어야지 말이야. 이래서 안 되는 거야, 너 같은 싸구려는."

한없이 더러운 것을 대하듯이 노려보던 양 이사장이 다시 화를 참을 수 없다는 듯 발을 굴렀다. 이에 비서가 다시금 은수의 뺨을 사정없이 후려쳤다.

"감히 여기가 어디라고, 엉? 내 며느리한테 하찮은 너 따위가 고개를 치켜들고 대들어? 어디서 감히 추잡한 수작질이야?"

"어, 어쩔 수가 없었어요. 어머님! 저 오빠 아기 가졌어요."

이판사판이라는 듯 은수가 윤민에게 해 댔듯 다시 악에 받쳐 소리쳤다.

그러나 소용없었다. 양 이사장은 터무니없다는 듯, 피식 웃으며 고개도 돌리지 않았다. 물론 윤민도 마찬가지였다.

"윤 실장."

"네, 이사장님."

"쟤 말이 사실이라면 잘됐네. 마침 여기가 병원이니 수술받고 며칠 더 갇혀 있다고 해서 달라질 게 없잖아. 처리하고 보고해."

너무나 차가운 그 한마디에 은수의 얼굴이 새파랗게 질렸다.

"안 돼요! 어머님! 잘못했어요! 제가 잘못했습니다. 제발 살려 주세요! 우리 아기는 살려 주세요!"

"내 아들이 그렇게 허술하게 너한테 끌려다닐 줄 알았니? 우리 현석이, 명재 낳고 나서 곧바로 수술받았다. 여기 연준 어미가 더 잘 알아. 어디서 헛수작이야? 너 아주 상종 못 할 고약한 물건이구나!"

단번에 최후의 수단마저 다 까발려진 후, 은수가 넋이 나간 표정으로 병실 안쪽을 바라보았다. 그녀와 시선을 마주친 윤민은 피식 웃으며 고개를 싹 돌려 버렸다.

양 이사장 대신, 비서가 눈짓을 하자 경호원들이 세상 모든 것을 다 잃은 듯 허망한 표정이 된 은수를 끌고 나갔다.

문이 닫히고 조용해진 병실에는 여전히 깨어나지 못한 현석과 윤민, 그리고 양 이사장만 남았다.

"올라오면서 아범 상태는 대강 보고받았다. 이리 와서 좀 앉아."

양 이사장이 먼저 소파로 가서 앉으며 윤민을 건너다보았다. 윤민은 조심스럽게 그녀 앞에 마주 앉았다.

"다 네 탓이다."

시모는 드물게 정색하고 화를 냈다.

우아하고 인자한 시어머니란 가면 안에 그녀가 감추어 둔 진짜 얼굴. 결혼 이후 윤민이 거의 본 적이 없는 잔혹하고 차가운 눈빛이 거기 기다리고 있었다.

"내가 계속 귀띔하지 않았니, 연준 아범 좀 잘 보살피라고."

"어머님, 그게……."

말을 하면서 윤민은 속으로 혀를 깨물고 싶은 심정이 되었다.

얼마 전부터 예전과 다른 시모의 언행에 조금 신경이 쓰이긴 했다. 이런 사태를 예견하고 있어서 그랬던 건가.

눈치 없이 둔하게 군 자신이 미워 죽을 지경이었다.

"왜 그리도 지혜롭지 못해? 내가 몇 번이고 눈치를 줬었잖니. 하나뿐인 남편 관리 하나 제대로 못 해서 이런 식으로 사람들 속을 시끄럽게 만들어?"

"죄송합니다."

고개를 숙이고 시모에게 사과를 하는데 문득 윤민의 마음속에 격한 반발심이 일어나고 있었다.

'잘못은 저 인간이 했는데 꾸지람은 왜 내가 듣고 있지?'

너무 억울하고 부당하게 느껴져서 마음 안에서 소용돌이치는 반발심을 그대로 내뱉어 버릴 것만 같다. 윤민은 고개를 숙인 채 피나도록 입술을 깨물었다.

'사고 친 놈 따로 있고 수습하는 놈 따로 있다더니 이게 뭐야? 지금이 딱 그 짝이잖아.'

음주 운전에다가 배우와의 불륜 스캔들을 저지른 사람은 현석인데, 꾸중은 윤민 자신이 듣고 있는 이 상황. 그러나 윤민이 그걸 이해하거나 말거나, 받아들이거나 말거나 그건 전혀 문제가 아니었다.

그녀가 지금 어떤 감정을 느끼건 간에, 시모가 그것을 조금도 중요하게 생각하지는 않을 것이기 때문이다.

시댁에서 윤민은 상냥하고 모범적인 막내며느리의 역할만 요구되는 존재일 뿐, 발언권 자체가 없었다. 그리고 지금은 남편을 제대로 내조하지 못해서 그의 어리석은 일탈을 막지 못한 책임을 감당할 희생양일 뿐이었다.

심지어 윤민은 이러한 부당함에 대해서 원망할 권리조차 없었다. 지독한 무력감 앞에서 윤민의 심장이 휴지 조각처럼 구겨졌다.

"회장님 노염이 이만저만이 아니시다. 당장 현석일 가만두지 않겠다고 펄 펄 뛰시는 걸 내가 잠시 노염 푸시라고, 사정 알아보겠다고 눌러두고 나온 거야. 하아."

시모의 한숨이 짙어졌다. 그녀가 한심스럽기도 하고 안타깝기도 한 시선 으로 병상의 현석을 돌아보았다.

"일전에도 말했지? 지금이 정말 중요한 시기라고. 내년 초쯤에 현석일 더 큰 회사 자리로 옮겨 줄 작정이셨어. 그런데 이게 뭐야? 바깥의 기자들은 어떡할 거며 지금 현석일 두고 오만 데서 별의별 루머들이 나돌고 있어."

"제가 많이 모자랐습니다, 어머님. 드릴 말씀이 없어요."

"현석이가 밖으로 돈다는 건 너도 알고 나도 알아. 그래도 아내답게 관리 하는 척이라도 해 줘야지, 너 너무 아범을 내팽개치고 내버려 둔 거 아니 니? 아내가 그러면 어떤 사내가 정붙이고 집에를 붙어 있겠어?"

갑자기 눈물이 왈칵 쏟아졌다.

무엇이 그리 슬픈지 알 수는 없었다. 아마도 분하고 억울한 마음이 더 컸 을 것이다. 아무 죄도 없는데 발가벗겨진 채 제대로 매질을 당하는 기분이 들었다.

"어머님, 내조 제대로 못 하고 아범을 단속 못 한 건 제 불찰입니다. 정말 잘못했어요. 하지만 그것도 그래요. 아까 그 계집애하고 아범이 오래도록 만나는 사이란 걸 미리 아셨으면서 왜 저한테 한마디도 안 하셨어요?"

"그딴 싸구려, 어디 하나둘이었니? 미리 눈치채지 못하고 둘을 못 떼 낸 네 책임이다. 날 원망 마라. 현석이가 네 신랑이지 내 신랑이냐?"

"하지만 아까 그 애 말 들어 보면요, 어머님도 둘이 만나는 걸 묵인하신 거였잖아요."

윤민이 울면서도 서럽게 항의하자, 양 이사장이 무엇에 찔린 것처럼 대답 을 하지 못하고 잠시 말을 멈추었다.

"이제 알았어요. 왜 그 계집애가 그리도 나한테 당당하게 굴었는지. 아범

하고 그 계집애, 오래 만났는데도 못 헤어진 거야. 어머님께서도 직접 나섰지만 못 떼신 거구요. 그렇죠?"

대답하지 못하고 시선을 돌려 버리는 시모를 보면서 윤민은 비로소 납득했다.

은수가 자신을 노려보며 자기가 진짜 와이프라는 둥, 현석은 내 거라는 둥, 우리 둘이 진짜니까 넌 물러나라는 둥 하는 막말을 할 수 있었던 이유를 말이다.

은수가 유난히 독하고 되바라져서가 아니었다.

윤민 자신이 불륜녀인 그녀에게 하찮게 무시당할 만큼 모자라거나 어리석어서도 아니었다.

그저 남편 현석과 은수는 이전에 스쳐 지나간 하룻밤 애인들하고는 비교할 수 없을 만큼 남다른 관계였을 뿐이었다.

"아까 그 애, 하는 꼬라지 보니 큰 문제가 되겠어. 며칠 내로 어디 내보내서 소문 잠잠해질 때까지 나대지 않게 주의시킬 테니 너는 무슨 수를 쓰든 기자들 입 단속시키고 더 이상 가십거리 안 되게 만들도록 해. 그게 네 능력이다. 알겠니?"

"네."

하지만 시모는 끝내 다쳐서 피가 흐르는 윤민의 마음을 위로하는 말은 한마디도 해 주지 않았다.

그녀가 굴욕감과 비참함에 어쩔 줄 몰라 하는 윤민을 외면하고는 그때서야 들어온 주치의를 바라보았다.

"이 앤 언제 깨어나죠?"

"가슴뼈 골절 때문에 환자의 통증이 너무 심해서요, 일단 마약성 진통제를 투여한 상황이라 잠이 든 겁니다. 한두 시간 후면 일어나실 겁니다."

"가슴뼈 골절 상황은?"

"다행히 부러진 뼈가 다른 장기를 찌르거나 하는 건 아니었습니다. 천만

다행이죠. 응급 치료는 끝났습니다만 자연적으로 뼈가 붙을 때까지 진통제를 투여하고 움직이지 않는 방법밖에는 딱히…….”

“다른 데는 큰 문제 없지?”

“네. 안면 찰과상에다 목에 충격이 좀 간 걸로 보이는데 진찰 결과 다행히 흉부 골절 말고는 다른 곳은 특별한 문제가 없는 걸로 나왔습니다.”

“다행이로군. 역시 차는 튼튼한 걸 타게 해야 해. 그럼 병원에는 얼마나 더 입원해 있어야 하죠?”

“교통사고잖습니까. 지금은 괜찮아 보여도 갑자기 다른 곳이 악화될 수도 있습니다. 천천히 시간을 두고 관찰하려면 적어도 이삼일은 더 계셔야 할 것 같습니다.”

“알았어요. 지금 바깥이 좀 시끄러우니 일주일만 입원시키기로 해. 여기 드나드는 간호사며 의사들 입단속 철저하게 해 줘요.”

“알겠습니다. 걱정 마십시오.”

양 이사장이 소파에서 일어섰다.

“아무리 미워도 네 남편이잖니. 오늘 밤만이라도 병실을 지키는 시늉을 좀 해야 할 거다.”

“시늉이라뇨? 어머님, 애들 아빤데 제가 어떻게 걱정이 안 되겠어요? 솔직히 저 지금 똑바로 서 있을 수 없을 만큼 놀란 상태예요. 여기 병원 달려오면서 제 명줄이 짧아지는 기분이었다고요.”

윤민이 젖은 눈 아래를 훔치며 수긋하게 대답하자 시모가 비로소 조금 안쓰럽다는 표정이 되어 고개를 끄덕였다.

“그래, 네 속이 말이 아닐 테지. 아범이 저런 꼴 되어 누워 있는 것만으로도 하늘 무너질 일인데, 아까 그 계집애 일까지 터졌으니, 쯧.”

“죄송합니다, 어머님. 다시는 이런 일 안 생기도록 제가 아범 단속을 잘 할게요.”

“잔소리한다고 들을 위인이면 애초에 이런 일도 안 생겼겠지. 연준 아범도 너무 조심성이 없어. 쟤가 일어나면 회장님이 화나신 김에 어찌 나오실지 나도 무섭구나."

"저도 너무 무서워요, 어머님. 흑!"

아까처럼 잘못도 없이 현석을 대신해서 오롯이 꾸지람을 들은 것처럼, 시댁에 가서도 엄한 시아버지 앞에서 고개를 조아리는 건 자신이 될 게 뻔했다. 그걸 생각하니 윤민의 눈에서 다시 눈물이 흘렀다.

분하고 억울한데 그렇다고 화를 낼 수도 없어서 더 억울하고 화가 났다. 그야말로 멘붕이 된 상태였다.

우는 아이 뺨을 때릴 수는 없었을 것이다. 나름 귀엽게 보고 지냈던 막내며느리가 맥없이 울고 있으니 마음이 안 좋아진 게 분명했다.

비로소 시모가 한 발 다가와서 울고 있는 윤민의 손을 잡고 토닥였다.

"할 수 없지. 찾아뵙고서 그냥 울어. 엄한 어른 앞에서는 그 수밖에 없다. 그래도 회장님이 연준 어미 너를 예뻐하시니까 말이야."

"네."

시모가 그녀의 수행원과 경호원들을 데리고 병실을 나갔다.

문이 닫히자마자 윤민은 그때까지 촉촉하게 젖었던 눈 아래를 손등으로 사납게 지워 버렸다.

악어의 눈물이라고 해도 좋다.

전 아무것도 몰라요. 제가 다 잘못했어요, 애처롭게 울고만 있는 그 모습이 '어른들 말 잘 듣는 착하고 순진한 막내며느리'라는 캐릭터로서 시댁에서 윤민이 살아남는 법이었으니까.

서로가 선만 지키며 지금껏 지내 온 대로 지냈다면 만사 무사하고 평온할 것을······.

병상에 누운 현석의 어처구니없는 뻘짓 때문에 자신이 대신 흘려야만 했던 눈물이 너무 치욕스럽고 분해서 진짜 울고 싶었다.

윤민은 휙 고개를 돌려 증오에 가득 찬 눈빛으로 현석을 노려보았다.

주먹을 움켜쥐고 그의 병상을 향해 무서운 기세로 다가갔다.

얼굴도 조금 다쳐 생채기가 난 모습으로 안정제에 빠져 축 늘어진 그를 내려다보며 윤민은 이를 갈았다.

'어지간히 해야 할 거 아냐. 어지간히!'

윤민만큼이나 자신이 딛고 선 현실과 세상 물정을 잘 아는 현석이 아니던가.

어른들로부터 용인받을 수 있는 최소한의 선은 지킬 거라고 믿었는데.

솔직히 윤민은 현석의 멱살이라도 후려잡고 고래고래 소리치고 싶었다. 가능하다면 목을 졸라 죽여 버리고 싶었다.

'이게 무슨 멍청한 짓이야? 음주 운전으로 사고를 내? 거기다가 뭐? 5년 전부터 조은수 그 계집애를 줄기차게 만나고 있었어?'

윤민은 콧방귀를 뀌고 말았다. 감히 진실한 사랑 운운하며 자기가 현석의 진짜 사랑이라고 주장하는 조은수와 설전을 벌인 이곳에 남은 거라고는 시큼한 비웃음 냄새가 전부였다.

'웃겨, 정말! 감히 어디 어울리지 않게 순정남 행세래? 그냥 하던 대로 적당하게 즐기면서 살지, 왜 평지풍파를 만들어? 송현석, 멍청한 그년에게 딱 어울리는 멍청한 자식아.'

그때였다.

진통제 효과가 슬슬 사라져 가는지 미동이 없던 현석의 몸이 조금씩 꿈틀거리기 시작했다. 그의 눈꺼풀이 가냘프게 꼼지락거리기 시작했다.

그러나 윤민은 그 자리에 선 채로 그를 내려다보기만 했다.

지금 윤민은 현석에 대해서, 그가 일으킨 이 거대한 나비 효과로 인하여 그야말로 오만 정이 떨어진 상태였다.

아무리 밉다 해도 애들 아빠고 남편이다. "여보, 괜찮아?" 하고 애틋한 척 달라붙어 조금 우는 모습이라도 보여 줘야 하는데, 손가락 끝도 대기 싫었다.

이미 조은수의 대거리부터 시작해서 시모의 얼토당토않은 꾸지람까지.

이 꼴 저 꼴 바닥까지 다 봐 버렸다. 걱정하는 척하는 당연하고도 작은 위선조차도 떨기 싫었다.

윤민이 가증스러운 그를 내려다보는 것을 아는지 모르는지, 현석이 힘없이 눈꺼풀을 밀어 올렸다.

아직은 완전히 의식이 돌아온 것이 아닌 모양이다. 그가 희미하게 눈 속에 들어온 누군가의 모습을 향해 힘없이 손을 뻗으려 했다.

미운 정도 정이라고, 저 손을 잡아 줘야 하나 말아야 하나, 윤민이 잠시 갈등에 빠져 있는데 현석의 입에서 흘러나온 한마디에 윤민의 심장이 고드름처럼 뾰족하게 얼어붙었다.

"은……수야……."

불완전한 의식 상태에서 자신의 병상 옆에 서 있는 윤민이 은수로 보였던 걸까. 현석이 그녀의 손을 잡으려 허공을 휘저으며 다시 애틋하게 중얼거렸다.

"……나는…… 괜찮아……. 울지 마. 너만 안…… 다치면 돼, 은수야……."

망연자실해서 현석을 내려다보는 윤민의 움켜쥔 주먹이 부들부들 떨렸다.

* * *

새벽이 밝아 왔다.

윤민은 잠시 정신을 차린 현석이 다시 회진을 온 의사의 처치를 받고 진통제 기운에 잠겨 또 깊은 잠에 빠지는 것을 지켜보았다.

한잠도 자지 않았는데, 전혀 피곤하지 않았다. 그녀의 머릿속은 컴컴한 분노와 배신감으로 무섭게 소용돌이치고 있었기에.

의사가 회진을 끝내고 돌아간 후, 윤민은 이를 악물고 시댁에 문안 전화를 드렸다. 현석이 잠시 정신을 차렸고 의사의 진료를 받았으며 아직은 별

다른 이상이 없다고 보고했다.

전화를 끊고 윤민은 아침 일찍 다시 병실로 들어온 비서를 돌아보았다.

"나는 집에 잠시 돌아가서 옷 좀 갈아입고 올게요. 병실은 김 대리가 지켜 줘요."

"네, 사모님."

"시댁 들러서 회장님을 뵙고 와야 해서 아마도 병원 도착은 오후는 되어야 할 것 같아요."

"알겠습니다."

병실을 빠져나와 주차장에 세워 둔 차에 올라타는데 갑자기 극심한 피곤이 몰려왔다.

이대로 쓰러진다면 사흘 밤 내내 잠이 들어 깨지 않을 것만 같았다.

윤민은 하룻밤 새에 자신이 10년은 늙어 버린 것만 같았다.

그만큼 견뎌 낸 시간이 너무 길었고 참아 낸 감정들이 복잡하고 힘들었다.

차의 시동을 걸기 전 할 일이 있었다.

윤민은 휴대 전화 번호를 눌러 상대를 불러냈다.

"나야. 너 지금 어디야?"

―오후 2시에 잡지 촬영 있어서 지금 헤어 숍 가는 길이야.

"어디?"

―청담동 퓨어드림.

"알았어. 20분 후에 도착이야. 기다려."

차가 달리는 동안 윤민은 점점 더 자신이 미쳐 간다고 생각했다.

이유 없는 패배감은 깊었고 좌절감은 뼈아팠으며 분노는 갈수록 독해졌다.

지난밤, 억지로 꽉 눌러 두었던 모든 감정들이 비로소 미쳐 날뛰고 있었다.

그녀가 가지고 있던 자존심의 밑바닥까지 파헤쳐져 회복 불가능이 된 상태. 이 더러운 감정들을 조금이라도 토해 내지 않는다면 당장에라도 산산조각 날 것만 같았다.

20분 후.

윤민의 차가 주차장에 도착했다.

헤어 샵 안으로 들어서서 그녀는 두리번거리며 목표물을 찾았다.

가운을 입은 리해가 머리에 헤어핀을 꽂고 거울 앞에 앉아 있었다. 실장과 조수가 옆에 붙어 있는 걸로 봐서 한창 메이크업 준비 중인 듯했다.

문을 들어선 윤민과 리해의 눈이 거울 안에서 마주쳤다.

"왔어?"

윤민은 망설이지 않고 썩썩 걸어가 그녀를 향해 고개를 돌리며 밝게 웃는 리해의 얼굴을 있는 힘껏 내리쳐 버렸다.

"아앗!"

아무 이유도 없이 얼굴을 얻어맞은 리해가 비명을 질렀다.

그녀를 꾸며 주고 있던 헤어 샵 실장과 조수 역시 대경실색했고, 저쪽 소파에 앉아 커피를 마시며 잡지를 뒤적이고 있던 리해의 매니저도 마찬가지로 비명을 질렀다.

때아닌 밤중에 홍두깨라고, 갑자기 아침에 나타난 윤민이 촬영 준비를 하고 있는 배우의 얼굴을 쳐 버리는 만행을 저질렀다.

리해로선 정말 꿈에도 생각지 못한 봉변을 당한 셈이다.

너무 놀라고 또 어이가 없어서인지 대차게 후려 맞은 얼굴을 한 손으로 감싼 채, 잠시 윤민을 멀거니 바라보기만 했다.

"세상에! 이게 뭐야?"

"아휴, 어떡해. 어떡해! 리해 씨 괜찮아요?"

호들갑스럽게 실장과 조수며 매니저가 리해에게 달려들어 얼굴을 살핀다, 어쩐다 수선을 떠는데, 리해가 손을 들었다.

씩씩거리며 자신을 빤히 노려보고 있는 윤민을 응시하는 시선을 거두지 않으면서 침착하게 지시했다.

"서진아, 샵 문 좀 닫을래?"

"네, 네!"

매니저가 다다다 달려가 방금 전 윤민이 들어온 샵 문을 안에서부터 잠 갔다.

"실장님, 커튼 치고 좀 나가 있을래요?"

리해의 요청에 실장과 조수가 아무 말 없이 돌아섰다. 얼른 커튼을 쳐서 다른 사람의 불필요한 이목을 막은 다음, 윤민과 리해만을 남기고 조용히 사라졌다.

"이유나 알고 맞자. 뜬금없이 여기까지 달려와서 네가 나한테 이러는 이유."

"몰라서 물어? 조은수!"

생각만으로도 열받게 되는 역겨운 이름 석 자를 뱉어 내는데, 입에서 독 한 쇠 냄새가 나는 것 같았다.

"은수가 뭐? 여기서 왜 걔 이름이 나와?"

"모르는 척 시치미 떼지 마!"

"조은수 때문에 왜 내가 너한테 뺨을 맞아야 하는 건지 모르지만 너 지금 너무 흥분해 있어. 윤민아, 무슨 일이 생긴 건지 모르지만, 일단 좀 진정하 자. 응?"

"닥쳐! 어떻게 나한테 이래, 너? 그리고도 니가 내 친구야?"

윤민은 아랑곳 않고 악을 썼다.

지금 리해가 억지로 침착한 것까지 거슬렸다. 적반하장이라고 자신을 진 정시키려 애를 쓰는 그 모습까지 너무 가증스럽게 느껴졌다.

"불여우 같은 그 계집애가 내 남편하고 바람났더라. 그런데 어떻게 네가 감히 그런 계집애를 우리 모임에 데리고 와서 나한테 소개를 시켜?"

억지로 침착하려 애쓰며 윤민이 고함치는 것을 듣고 있던 리해가 소스라 치게 놀랐다. 눈까지 휘둥그레지면서 물었다.

"그, 그럼, 아침 뉴스에 나온 그 A 양이……?"

"모르는 척하지 마! 역겨우니까!"

마침 촬영이 있다고 했지. 뻔뻔하게 부인하는 리해 얼굴을 더 후려갈겨서 제대로 망쳐 버릴까 생각하며 윤민은 다시 고함질렀다.

"나 하나 두고서 얼마나 재미있었니? 말짱하게 속아 넘어간 내가 얼마나 우스워 보였어? 너희 둘, 내가 그렇게 만만하디?"

"아니야, 그거."

또다시 전후 따지지 않고 자신의 따귀를 냅다 갈기려는 윤민의 손을 잡으며 리해가 부인했다.

그녀가 거울 앞에서 일어나 아까 매니저가 앉아 있던 소파로 가서 담배에 불을 붙였다.

여전히 분함을 감추지 못하고 윤민이 씩씩대며 노려보거나 말거나 후우, 하고 깊이 담배 연기를 내뿜었다.

"난 네가 너무 속상해서 나한테라도 위로받으러 오는 줄 알았는데."

그녀가 씁쓸하게 내뱉었다.

리해도 아침에 뉴스를 보았다.

딱히 듣지 않으려 해도 주변에서 떠들어 대는 것을 안 들을 수가 없었다. 이날 아침의 가장 핫한 가십이었으니까.

남편이 음주 운전으로 교통사고를 당한 것도 모자라서 아내가 아닌 다른 여성과 동승한 사실이 만천하에 까발려졌다. 얼마나 화가 나고 분통 터졌을 것이며 또 자괴감에 몸을 떨고 있을까?

그래서 바쁘긴 하지만 한나절 윤민의 속풀이를 들어 줄 각오를 하고 있었다. 그래서 매니저에게 부탁해 윤민이 좋아하는 카페에서 커피와 베이글까지 사다 놓았는데.

그녀는 그런 마음이었는데 돌아온 건 터무니없는 오해와 따귀 세례라니. 기가 찼다.

리해가 윤민의 눈을 똑바로 바라보며 분명하게 해명했다.

"조은수가 네 남편하고 그렇고 그런 사이인 건 나도 꿈에도 몰랐어. 또 그 애가 애인의 아내인 널 보겠다는 앙큼한 목적을 가지고 날 징검다리 삼아서 우리 모임에 끼어들려던 것도 몰랐고."

"그런 뻔한 거짓말을 나더러 믿으라고? 하!"

"네겐 여전히 변명으로 들리겠지만, 정말 아니라니까? 조은수가 네 남편하고 만나는 사이라는 걸 내가 어떻게 알았겠어? 만약 알았다면 내가 그 앨데리고 오겠어? 난 그 정도로 악질 아니다, 윤민아."

"닥쳐! 내가 널 믿을 거 같아? 너 악질 맞아. 만날 날 질투하고 어떻게든 깔아뭉개고 싶어서 안달하던 걸 내가 모를 줄 알아? 현석 씨 같은 재벌가 남자하고의 결혼은 네 꿈이었잖아. 하지만 넌 실패하고 난 성공했지."

리해가 피우다 만 담배를 비벼 끄더니만 윤민을 마주 바라보았다. 나직하게 되물었다.

"내가 그랬나? 진짜?"

"뭐?"

"내가 널 질투해서 일부러 골탕 먹이고 아프게 하고 웃음거리로 만들었냐고."

"아니야?"

"절대 아니야."

대체 이 아침에 몇 번이나 부인해야 하는지. 슬슬 지친다고 생각하며 리해가 피식 웃었다.

그러다가 그녀가 문득 웃음기를 딱 거두며 윤민을 정면으로 노려보았다.

"기왕 말이 나왔으니 말인데, 윤민이 네가 날 그렇게 대한 건 아니고?"

"뭐야?"

"질투는 네가 했지. 날 질투해서 일부러 골탕 먹이고 웃음거리로 만들고 늘 하찮게 무시하던 사람은 너였잖아."

비로소 리해는 친구라는 이유만으로 꾹 참고 묵혀 둔 앙심을 드러냈다.

이런 말까지 나와 버렸으니 더 이상 우린 친구가 아니로구나. 마음속으로야 안타까웠지만 동시에 조금 후련했다.

"무슨 말이야, 그게?"

"아닌 척, 모르는 척하지 마. 왜? 정곡이 찔려서 당황스럽니? 네게 난, 아니, 다른 친구들 모두 친구가 아니라 시녀일 뿐이잖아."

"뭐, 뭐야? 낯이 없어지니까 갑자기 날 공격하겠다 이거니?"

"입은 삐뚤어져도 말은 바로 하랬어. 너도 나한테 쌓인 게 많나 본데 나도 마찬가지야. 내가 데뷔한다고 했을 때 제일 무시한 것도 너, 영화 대박 나서 자리 잡았을 때도 내가 마치 스폰서 제대로 물어서 성공한 양 내려치기 했던 것도 너. 내 얼굴 그거 다 성형발이니까 너도 손 좀 대면 나만큼 뜰 수 있었는데 하고 대놓고 날 무시했던 것도 너였지. 아니야?"

리해는 조용히 그동안 윤민에게 당한 모욕을 하나둘씩 꺼내 놓았다.

어차피 이제 친구가 아니고 다시 만날 일도 없을 마당에, 시원하게 속풀이나 해야 죄 없이 따귀를 얻어맞은 분이 조금은 풀릴 것 같았다.

"사실, 나 말고도 모임에 나오는 친구들, 너한테 무시 안 당한 사람이 없어. 언제나 우린 너보다 못 살고 모자라고 부족한 것투성이였지. 그런데도 네가 이런 부족한 인간들이 모인 우리 모임에 기를 쓰고 나오는 이유를 몰랐을 거 같아? 너, 여왕놀이 하려고 나오는 거였잖아."

감추어 둔 내심을 그대로 간파당하고서, 그럼에도 억지로 태연한 척, 아닌 척하려 애쓰는 윤민을 바라보던 리해가 자리에서 일어섰다.

"이제 우리 서로 바닥까지 다 보인 것 맞지? 그러니까 여기서 끝내자, 이윤민. 이제 우리 친구 그만하기로 해. 하긴 네가 나를 친구로 여긴 적은 있을까 그것도 의심스럽지만 말이야."

"웃기네. 니가 뭔데 감히 날 먼저 손절해?"

윤민의 얼굴이 벌겋게 달아올랐다. 다른 누구도 아닌 윤민 자신이 지금

늘 하찮게 생각하던 친구에게 엉덩이를 걷어차이고 있는 중이었다.

절대로 받아들이거나 이해할 수 없는 상황 앞에서 그녀는 조금씩 패닉 상태가 되고 있었다.

하지만 리해는 윤민에 대하여 더 이상의 이해나 용서를 계속할 수 없다고 분명히 밝혔다.

그녀가 바보 천치가 아닌 이상, 저지르지도 않은 일로 오해받고 따귀를 맞은 것도 용서할 수 없었고 그녀의 설명을 전혀 받아들이려 하지 않는 윤민의 교만한 아집은 더욱더 용서하기가 힘들었다.

"넌 아니라 해도 난 지금까지 널 진심으로 친구라고 생각했는데……."

윤민이 재벌가와 결혼한 이후, 딱히 사랑이 깊지도 않은 남편과 억지로 사는 게 힘들어 보여서 안쓰러웠다. 어린 시절부터 알고 지낸 동창들 모임에 오면 그나마 편안하게 숨 쉬는 것 같아서 좋아 보였다.

그래, 저 애도 가식 없이 편하게 숨 쉴 곳이 하나는 필요하다고 생각하고 가능하면 받아 주고 이해하려고 했다.

"어디를 가든 웃는 얼굴이어야 하고 가식을 떨어야 하는 배우인 나한테도 그런 장소는 필요했으니까. 그래서 너와 난 동병상련이라고 생각했는데 넌 아니었구나."

리해가 윤민을 똑바로 바라보며 분명히 자신의 뜻을 전했다.

"오늘 일도 그래. 적어도 넌 나한테 은수 일을 제대로 물어봐 주어야만 했어. 그랬다면 나도 해명과는 별개로 네 편이 되어서 은수 년 욕이라도 제대로 해 줬을 텐데 안타깝네."

그녀를 건너다보는 리해는 '왜 네 남편이 널 두고 매일같이 바람을 피우고 다녔는지 알 것 같다' 그렇게 말하고 싶은 표정이었다.

너 참 불쌍하다고. 남편도 친구도 다 등을 돌린 네 인생, 참 보잘것없다고.

그 눈 속에서 차라리 원망이나 분노를 보았다면 나았을 텐데. 그러나 윤민은 리해의 눈에서 진심 어린 연민과 동정심을 보았다.

윤민이 참을 수 없을 만큼 지독한 고통과 굴욕을 느낀 건 바로 그 순간이었다.

10여 분 후.

조용해진 분위기를 파악한 듯 커튼이 살며시 걷혔다. 문을 사이 두고 대기하고 있던 실장과 매니저가 얼굴을 살그머니 들이밀었다.

"갔어요?"

"응, 갔어. 그러니까 다시 시작해요. 늦었어."

리해가 거울 앞에 다시 앉으며 만지다 만 자신의 얼굴을 요모조모 살폈다.

"이거 제대로 맞았는걸? 멍들 거 같은데."

"메이크업 진하게 해서 가려 볼게요. 그나마 촬영이 오늘 오후라서 어떻게든 커버할 수 있을 것 같아. 내일이었으면 진짜 수습 불가능이지."

"그렇게 되면 나 걔한테 손해 배상 청구할 거야. 돈은 많으니까 내가 난리 치면 돈으로 해결은 해 주겠지."

말을 하다 말고 다시 어이가 없어서 리해가 혀를 찼다.

"성격이 저렇게 지랄 맞으니 불쌍하다고 동정해 줄 수도 없고. 그렇다고 버젓이 눈 뜨고 남편 빼앗긴 것도 서러운데, 만천하에 부끄러운 가정사가 공개되었으니 잘되었다고 박수를 칠 수도 없고. 에휴, 참."

"언니는 너무 정이 많아서 탈이야. 이유 없이 따귀를 맞았는데, 이대로 가만히 계실 거예요?"

매니저가 대신 분개하며 묻자 리해가 헛웃음을 날렸다.

"가만히 안 있으면?"

청소년 시절부터 배우로 살아온 리해이다. 말 많고 험한 연예계에서 이만큼 탑으로 성장하기까지 얼마나 많은 우여곡절을 겪었는지 모른다.

그런 생활에서 배운 건 하나. 입은 무거워야 하며 스캔들거리에서는 가능한 한 멀리 도망칠 것. 바로 그것이었다.

"서진이 너, 이 바닥 소문 무서운 거 몰라? 잘못하다간 내가 윤민이 남편의 불륜녀가 될 판이야. 그래서 미용실에서 메이크업 하다 말고 본처에게 따귀 맞았다고 기사 나올 각이다, 이거?"

"아이고, 무서워. 충분히 그럴 수도 있겠네요."

"그나저나 은수 그년, 영 괘씸하네."

리해가 생각하다 말고 몸서리를 쳤다. 앙큼하기가 구미호 저리 가였다. 꽤나 착하게 굴고 상냥해서 마음을 주고 곁을 줬더니만 이런 식으로 이용해 먹고 뒤통수를 칠 줄이야.

"이미 찌라시뿐 아니라 인터넷 스트리머들도 그 'A'가 은수 씨라는 걸 다 떠들어 대고 있어요."

헤어 샵 실장이 조심스럽게 전했다.

손가락 터치 몇 번으로 세상에서 벌어지는 사건들을 빛의 속도로 전달받는 세상이다 보니, 어젯밤 교통사고가 오늘 아침 시민들의 출근길 안줏거리인 모양이다.

"회사에서 난리 났대요."

매니저도 말했다. 같은 소속사다 보니, 재빠르게 은수의 매니저며 소속사 직원들하고 연락을 해 본 모양이었다.

"하긴 음주 교통사고잖아. 경찰도 출동했지, 병원에 실려 갔지. 본 눈이 몇 개이며 들은 귀가 몇 개겠어?"

"그래도 조금 은수 씨가 안타깝네요. 이제 막 본격적인 커리어 시작인데."

"그런 황금빛 커리어가 한순간에 다 날아갔지. 술 마신 사람 차를 왜 타? 게다가 그게 불륜 상대라니. 겁도 없지. 이런 사고가 터진 건 개 운이 나쁘거나, 너무 멍청해서 마가 씌었거나, 그게 아니면……."

말을 하다 말고 리해는 입을 다물었다.

윤민이 한껏 흥분해서 얼토당토않게 별 관련도 없는 자신에게까지 찾아와 다짜고짜 따귀를 날릴 정도면 그녀가 알지 못하는 다른 무엇이 더 숨어 있던 건 아닐까?

'혹시 윤민이 남편이 이혼하고 은수하고 살겠다고 나섰나?'

글쎄…….

리해는 거울 속 자신의 얼굴을 건너다보며 고개를 저었다.

여배우와 재벌의 사랑?

'웃기시네.'

드라마에서는 종종 벌어지는 일이긴 하지. 뭐, 청춘 남녀 연애도 할 수 있고 스폰서 겸해서 바람을 피울 수는 있겠지.

하지만, 드라마에서와는 달리 결혼은 절대 불가. 하물며 윤민과 그 남편 현석처럼 집안 간 짝 맞추어서 제대로 엮어 놓은 결혼이라면, 안에서야 서로 지지고 볶고 난리 나겠지만 사랑과는 별개로 이혼은 절대 불가.

쓰레기 취급에 지금까지 이룬 걸 다 잃는 쪽은 결국 은수뿐일 것이다.

'하물며 윤민이 남편은 소문난 바람둥이던데. 가짜 순정 믿었다가 은수년, 제대로 피눈물 흘리겠군.'

* * *

한국대 병원 교수 연구실.

"교수님, 그만 가 보겠습니다."

교수가 아쉬운 표정으로 일어서려는 승주를 잡았다.

"같이 점심이나 먹고 가라."

"아닙니다. 또 가 볼 데가 있어서요. 다음에 또 찾아뵙겠습니다."

"그래, 알았어. 가끔 들르고 그래라."

"네. 열심히 공부하고 있겠습니다."

승주는 인사를 하고 교수실 문을 나섰다.

병원으로 돌아가겠다고 결정한 후, 승주는 과정을 시작하기 전 자신이 모교의 병원에 비집고 들어갈 자리가 있을지 그 가능성을 타진하기 위해서 일부러 은사를 방문했다.

다행히 결혼식에서 만난 승주가 병원으로 돌아갈 거란 말을 기억했는지 미리 동료 교수들에게도 이야기해 두었다고, 내년 1월에 원서를 제출하라는 답을 받았다.

1분 1초도 쪼개서 쓰는 대학 병원의 분주한 일상 속에서 금쪽같은 시간을 내준 교수님에게 참 감사한 마음이었지만, 한편으로는 마음이 무거웠다.

그와 함께 졸업한 동기들은 다 전문의 과정 시작한 지 오래인데. 그는 의대 6년 졸업 후 일반의 자격증만 얻은 채 바로 유학을 가 경영학을 공부했다.

동기들보다 한참 늦게 시작해서 모든 과정을 마치고 전문의를 딸 때까지, 앞으로 처절하게 공부하고 노력할 시간을 생각하자 까마득했다.

'지금껏 놀지는 않고 뭔가를 계속 열심히는 해 온 것 같은데……'

지금 그의 손에 남아 있는 건 하나도 없다. 늘 이런 식으로 남들보다 계속 한발씩 뒤처지기만 하는 것 같아서 갑자기 우울해졌다.

'한 번도 내 의지, 생각대로 살지 못하고 늘 남의 눈치를 살피거나 시키는 대로 저항하지 않고 회피하면서 살아온 대가지, 뭐.'

딱히 다른 누구를 원망할 것은 아니었다.

그의 현재 시간은 그가 걸어온 지난 시간의 결과이니까. 그 시간에 대한 책임도 승주 자신이 감당해야만 하는 것이었다.

'그렇게 따지자면 그나마 의사로서의 길을 걸어가겠다고 내 스스로 결정한 것만으로도 대견하다고 해야 하나?'

정원의 말대로 작지만 커다란 첫 번째 발자국을 그의 의지대로 뗀 것이었다. 그게 뭐든 움직이지 않으면 이룰 수 있는 게 아무것도 없다.

주차장에 세워 둔 차에 시동을 걸고 나서, 승주는 정원에게 전화를 걸었다.

"바빠?"

ㅡ아니. 지금 점심 먹으러 나가는 길. 자기는?

"교수님 뵙고 나오는 길이야. 시간 되면 같이 밥 먹으려고 그랬는데."

—직원들하고 점심 회식이야. 신입들 환영식 겸해서. 그럼 좀 있다가 잠깐 커피 같이 마실래요? 점심 먹고 나서 다들 외근 나갈 거라서, 사무실에는 나 혼자 있을 예정.

"그래? 그럼 사무실로 잠깐 들를게. 몇 시에 갈까?"

—2시 30분까지 올 수 있어요?

"그래."

어젯밤 같이 있었고, 정원이 출근하기 전 조식 식당에서 아침도 같이 먹었다. 그런데도, 그새 그리웠다.

통통 튀는 정원의 목소리를 들은 것만으로도 승주는 마음속에 쌓던 우울을 제법 많이 걷어 낼 수가 있었다.

그래서 용기를 내서 두 번째 전화를 걸 수가 있었다.

"저예요."

잠시 수화기 안에서 말이 없었다. 갑작스러운 승주의 전화에 놀란 게 분명했다.

—너, 분명 나랑 의절하지 않았니?

정감이라고는 하나 없는 까칠한 목소리를 통해 승주는 그녀가 아직도 자신에 대한 섭섭함이나 배신감을 삭이지 못한 것을 깨달았다.

—내가 죽어도 안 보러 온다더니?

"그런 말은 하지 않았어요."

—흥. 그거나 이거나?

"과대 해석 하지 마세요. 그렇게 말씀하시면 제가 진짜 그런 말을 한 것 같잖아요. 그땐 흥분해서 말이 과했어요. 죄송합니다. 그만 푸세요."

언제나 속에다 날 선 칼을 품고는 조금만 낌새가 있으면 당장 싸우자 나서던 것과 달리, 승주가 먼저 수긋하게 고개를 숙이자 조금은 기분이 풀린 모양이었다.

이윽고 정신을 차린 듯 나서희가 예전처럼 냉담한 어조로 되물었다.

─그래. 평생 안 볼 것처럼 뒷발로 문까지 걷어차고 나가 놓고는, 왜 전화했어?

언제 문을 걷어차고 나갔다고? 아들에게 당한 게 분하고 억울해서 이것저것 마구잡이로 기억하고 확대 해석 해서는 멋대로 소설 쓰셨네. 승주는 마음속으로 한숨을 쉬었다.

"시간 되시면 저녁때 잠시 찾아뵐까 해서요."

─그래. 어디로 올래?

"회사는 듣는 귀가 많고 그러니 집으로 가겠습니다. 퇴근 후에 찾아뵐게요."

─알았다.

전화를 끊는데 뭔가 한껏 미뤄 둔 숙제를 해치운 것 같았다.

막 주차장에서 차를 출발시키려는데, 승주는 좀 이상한 것을 본 듯한 기분이 들었다.

우연의 일치겠지만 차가 주차장을 빠져나오는데, 건너편 차 운전석에 앉아 있던 남자와 얼핏 눈이 마주친 듯했다. 그는 빠져나오는 자신의 차를 빤히 바라보고 있었다.

남의 차를 왜 보고 있는지는 모르지만, 그는 승주가 아는 사람이 아니었다.

'내 차 빠져나온 자리를 기다리고 있었나?'

병원 주차장이 붐비다 보니. 마땅히 주차할 데가 없어서 기다리던 사람인가 보다, 생각하며 승주는 병원을 빠져나갔다.

'오늘 점심도 혼밥인가.'

의대 다니던 시절, 가끔 간 식당에서 그때 먹었던 오므라이스나 한번 먹어 볼까 하다가 그만두기로 했다.

질리도록 오래 혼밥 생활을 견뎌 왔다. 이제는 더 이상 밥을 먹으면서까지 쓸쓸하고 싶지 않았다.

'정원이 사무실로 갈 때 샌드위치라도 사 가지, 뭐.'

* * *

승주가 커피와 샌드위치를 사서 사무실로 들어가니, 정원은 통화 중이었다.

"응, 엄마. 알았어. 그럼 그때 봐요."

"어머님?"

"응. 아빠 병원 진료 보러 나오시는데 아침에 잠깐 집에 들르신대. 반찬 갖다 주시겠다고."

"반가운 소식이야. 어머님 반찬 좋아. 지난번에 얻어먹은 오이지 완전 맛있었지."

"우리 엄마 솜씨가 좋으시잖아. 아, 이건 내 것?"

정원이 승주가 가져온 카라멜 마끼아또를 받아 들며 환하게 웃었다.

"한여름의 산타클로스네. 감사합니다."

"커피 한잔에 산타클로스까지야? 다들 외근이라는데 당신은 왜 사무실에 있어?"

"내일 행사는 경오가 지휘하기로 해서 난 뒤로 빠진 거. 그리고 좀 있다 고객님 상담도 있어. 확실히 방송 효과가 무서워. 행사 의뢰가 이전보다 배는 는 것 같아."

"파티 하면서 축하할 일이 세상에 많다면 그건 좋은 일이잖아."

"그렇긴 하지."

이미 꽤 늦은 점심. 승주가 점심 대신 사 가지고 온 샌드위치를 먹는 걸 지켜보던 정원이 냉장고에서 과일을 꺼내 주며 그 앞에 앉았다.

"당신, 진짜 거짓말을 참 못해."

"응?"

갑작스러운 말에 정원이 화들짝 놀라 승주를 마주 바라보았다.

"나한테 할 말 있잖아. 말은 못 하고 아까부터 자꾸 내 눈치만 살폈으면
서. 뭔데?"

"눈치 살핀 거 아니거든."

"그랬어. 내가 사무실에 들어올 때부터 당신 뭔가 불편했어. 할 말이 있는
것 같은데 말은 못 하겠고, 지금도 말을 할까 말까 고민 중이잖아. 안 그래?"

"내가 항상 하는 말이지만 당신, 점집을 차려 봐. 떼돈 벌 거 같아."

"점쟁이가 아니라도 당신 표정쯤은 읽어. 당신은 속내가 얼굴에 다 드러
난다고."

"치잇, 나름 사업하면서 얼굴이 겁나 두꺼워진 줄 알았는데, 아직 멀었
구나."

정원이 한탄하며 음료를 쭉 빨았다.

"뉴스 봤지?"

무슨 뉴스? 승주가 눈으로 물었다.

그가 지금껏 아무것도 모른다는 것을 확인한 정원이 다시 망설였다. 그것
을 본 승주가 표정으로 종용했다. '우리 사이에 비밀은 없기로 했지?' 하는
시선이었다.

'그래. 이 사람도 곧 알게 될 일이니까 조금이라도 일찍 아는 게 낫겠지.'

마침내 결심한 정원이 있잖아, 하고 말끝을 흐리면서 앞에 놓인 태블릿
PC를 승주 앞으로 돌려놓아 주었다.

"어젯밤 기사야. 오늘 아침부터 본격적으로 여기저기서 엄청 떠들어 대고
있다고."

송현석의 음주 운전, 교통사고, 동승자 A 양 어쩌고저쩌고……

낯 뜨겁고 난잡한 단어들이 눈앞에 펼쳐졌다.

입을 꾹 다물고 기사를 읽던 승주가 자신도 모르게 미간을 찡그리며 냉
소적으로 중얼거렸다.

"언제고 이럴 줄 알았어. 꼭 저 같은 짓만 하기는."

"생각보다 안 놀라네?"

"놀라야 해?"

"자기 누님 남편분, 그러니까 매형 이야기잖아. 놀라기도 하고 걱정도 해 줘야지. 가족인데."

"음주 운전 하는 인간들은 그 자리에서 다 죽어 버려야 한다고 생각하거든."

"응?"

"자기만 죽는 게 아니라 상대까지도 죽이는 도로의 살인마잖아. 난 음주 운전 한 인간들은 예외 없이 다 중형 때려야 한다고 주장하는 사람이야. 만에 하나 사람을 죽였으면 자기도 사형당해야 마땅하지."

차갑다 못해 듣는 사람마저도 등골이 오싹할 정도로 냉정하기 이를 데 없었다.

정원이 그를 빤히 노려보았다.

"왜?"

"당신 방금 그 말 할 때 표정, 어머님하고 엄청 닮았어, 알아?"

"어쨌건 내가 어머니 아들이니 그 피가 어디 가겠어?"

승주가 조금 난폭한 손길로 태블릿 PC를 정원에게 돌려주었다.

"중상도 아니고 죽은 것도 아니니 뭐, 어마어마한 그 집안이 어찌 됐건 간에 잘 처리해 주겠지. 돈으로 막든지, 기자들을 때려잡든지, 미리 낚아 둔 기자를 쏘셔서 이번 교통사고를 덮을 정도로 큰 다른 사건 하나 터뜨리게 하든지. 이삼일 내로 한국 어떤 언론에서도 이 사건을 다루는 곳이 없도록 만들 거야. 두고 봐."

그때 승주의 전화가 울렸다.

─오빠, 형부 교통사고 난 거 뉴스에서 봤어? 난 지금 알았어. 세상에 이게 무슨 일이람?

수화기에서 흘러나오는 해민의 뒷북치는 소리에 승주는 쓴웃음을 짓고 말았다.

해민이 그에게 전화까지 한 이유인 그 '무슨 일'에 현석의 음주 운전 사고 말고도 동승자 'A 양'의 정체도 포함되겠지. 말 그대로 현석이 바람피우는 현장이 대한민국 국민 전체에게 생중계된 셈이니까.

"세상에 무슨 일은? 슬 처먹고 운전한 놈 일이지."

—오빠는 무슨 말을 그렇게 해? 사람이 다쳤는데 걱정 안 돼?

해민의 목소리가 조금 커졌다. 무감정한 승주를 질책하듯 쏘아붙였다.

"걱정은 그 집안사람들이 많이 할 테니까 난 안 해도 될 거 같아. 그러니 너도 걱정하지 마. 걱정한다고 해서 터진 일이 없어지는 것도 아니고 다친 사람이 갑자기 낫는 것도 아닌데."

—와. 내 오빠지만 진짜 정떨어지게 말한다. 형부는 그렇다 치고 언니 걱정은 해 줘야 하는 거 아냐?

"그렇게 걱정되면 직접 그쪽으로 전화해. 아님 네가 가서 위로해 주든지."

—차암, 오빠 진짜 너무한다. 형제 일인데 사람이 왜 이렇게 차가워?

"난 네 그 오지랖이 놀랍구나."

—에잇, 짜증 나. 끊엇! 언니라면 무작정 싫어하는 오빠인 줄 잠시 잊었네. 이승주 씨, 사람 그렇게 사는 거 아냐! 생판 남이 사고를 당해도 안됐다, 걱정하는 게 사람인데, 언니 가족 일이잖아. 어떻게 그래? 진짜 무섭다. 흥!

그러고서 해민이 먼저 전화를 툭 끊어 버렸다.

생판 남이라면 대가 없는 동정심과 연민이라도 줄 수 있다. 그러나 매형 현석에 대하여 깊은 혐오감을 품고 있는 승주로선 생판 남의 일에서도 솟아나는 싸구려 걱정마저도 생기지 않았다.

남매간의 차가운 통화를 가만히 듣고 있던 정원이 싱겁게 웃었다. 그래서 승주가 물었다.

"당신도 나한테 온갖 정 다 떨어져?"

"그래도 난 당신을 사랑하는걸."

"뭐?"

"가끔 밉기도 하고 마음에 안 들 때도 있고 이렇게 확 때려 주고 싶은 얼굴을 할 때도 있지만 어떡하겠어. 그게 다 당신인걸. 마음에 드는 당신만 좋아할 순 없잖아. 싫고 미운 것도 당신이니 다 포함해서 통째로 받아들여야지 별수 있어?"

"날 때리고 싶어?"

"그렇긴 한데 그럴 수가 없을 거 같아. 내가 느끼는 걸 당신이 안 느낀다고 해서 내 생각을 강요할 수 없지, 만!"

"만?"

"그래도 한 대 맞아!"

정원이 승주의 팔을 팍 때렸다.

"생판 남도 교통사고 당하면 걱정은 해 준다며? 그런데 매형은 왜 안 돼? 어? 그 '남'에 매형은 포함 안 된다는 게 말이 돼, 어? 이 남자야?"

그러다 말고 정원이 승주를 빤히 노려보았다.

"반항해야지 왜 맞고 있어? 반항 안 해?"

"내가 당신한테 반항해서 뭐 하겠어? 구구절절 맞는 소리만 하는데. 생각보다 내가 매형이라는 그 인간한테 가진 앙심이 깊었나 봐. 그렇게 이해해 줘. 그런 남자랑 살면서도 좋다는 내 누나에 대한 한심함까지 포함이야."

"하아. 이 남자, 어쩌면 좋아."

정원이 한숨을 내쉬었다.

"당신 생각이 너무 확고해서 더 이상 내가 잔소리는 못 하겠는데, 그래도 한남동에 전화는 한 통 넣어 주는 게 어때? 누님이잖아. 걱정되겠다고 위로 한마디 정도는 하는 게 의무지."

"알았어. 생각해 볼게."

승주가 일어서자 정원이 아쉬운 표정으로 올려다보았다.

"벌써 가? 고객 상담 시간은 좀 남았는데."

"내가 가야 당신도 상담 준비 할 거 아냐. 저녁때 자기 집으로 갈 건데 뭐. 몇 시 퇴근이야?"

"7시 정도?"

"알았어."

"저녁 같이 먹어?"

"안 될 거 같아. 지금 평창동 가는데 어머니랑 같이 저녁 먹지 싫어."

"당신이 먼저 평창동엘 간다고 했어?"

정원은 꽤 놀란 표정이었다.

"응. 어머니가 이혼 이야기를 먼저 꺼낼 리가 없잖아."

"아."

정원이 잠시 말을 잊었다.

백향 사장과 영국의 심상찮은 그 관계, 재혼 상대인 것 같다는 말에 격분하며 낳아 준 어머니를 모욕하는 꼴은 그만 보고 싶다 하던 그의 말을 흘려들을 게 아니었다.

평소 늘 조금 느리고, 문젯거리다 싶으면 먼저 뒤로 물러서거나 회피하던 승주가 아니었다. 지금 가장 불편할 나서희 회장을 직접 만나서 그 문제 상황을 까발리고 제대로 해결을 하겠다고 나서는 그의 모습이 낯설고도 조금은 든든했다.

동시에 안타깝기도 했다. 늙은 부모의 이혼을 나서서 종용하고 처리하려는 아들이라니.

"어머님께는 되게 불쾌하고 받아들이기 힘든 이야기일 수 있어. 당신을 말릴 수는 없겠지만, 적어도 말 잘 가려서 하고 와요. 이왕이면 덜 상처받게."

"묵은 상처를 끝내자고 새로 상처를 내는 기분이라서 나도 딱히 달갑지는 않아. 하지만 이젠 더 이상 내버려 둘 수가 없어. 그래도 이젠 누군가는 나서서 매듭지어 줘야 하니까."

승주의 표정이 한없이 씁쓸했다.

19

넓은 거실에 나서희 혼자 동그마니 앉아 있었다.

이전 같으면 그녀 홀로만의 존재감으로 거실을 채우고도 남았을 것이다. 그러나 이날은 달랐다. 넓은 공간에 나서희가 짓눌려서 왜소해 보였다.

승주가 들어서자 나서희의 얼굴에 아주 잠깐 반가운 표정이 스쳐 지나갔다. 그러나 그녀는 이내 그 기색을 지우고 쌀쌀맞게 말했다.

"오늘 무슨 바람이 불었는지 모르겠다. 앉아라."

"왜 혼자 계세요?"

승주가 소파에 앉으며 묻자 나서희가 냉소를 지었다. 자신을 걱정해 주는 승주의 말까지 모욕처럼 느껴진 표정이었다.

"다들 날 혼자로 만들어 놓고 새삼스럽게 걱정하는 척은? 아들은 의절한다 선언하고, 남편은 이혼한다 집 나가고, 딸년은 지 인생 산다고 가출하고. 왜? 내 꼴이 우습니?"

"그런 말을 하는 게 아니잖아요. 식사는요?"

"이 엄마 저녁 식사 걱정할 정도로 너 나한테 다정한 아들 아니잖아. 아직도 나한테 화내고 있는 거 아는데 새삼스럽게 말뿐인 안부 인사는 그만 두렴."

"전 아직 저녁 안 먹었어요."

승주의 말에 나서희가 반사적으로 벽시계를 바라보았다.

"지금 시간이 몇 신데 아직 저녁도 못 먹고 다녀, 왜? 로스쿨도 포기하고 병원도 안 나가고. 천생 백수인 네가 뭐 한다고 그렇게 바빠?"

"모교 가서 교수님 뵈었어요. 내년에 들어갈 자리가 좀 있는지 궁금도 하고 해서요."

"식사하자. 배고프겠다."

나서희가 먼저 일어섰다.

아무렇지도 않은 얼굴을 하고 자신의 생활을 말하는 승주를 마주하고 보니 그들이 아주 정상적이고 다정한 모자지간 같아서 갑자기 견딜 수가 없을 만큼 어색해졌던 것이다. 승주도 마찬가지였다.

"저녁 먹을 거면 말을 미리 하지. 찬이라도 제대로 준비하라고 했을 텐데."

"충분합니다, 괜찮아요."

넓은 식탁 앞에 사람은 단둘, 승주는 건너편에 앉아 밥을 먹고 있는 나서희를 건너다보다 문득 그녀 혼자 오래도록 이 넓은 식탁 앞에 혼자 앉아 식사를 했을 거란 생각을 했다.

늘 웃음이 넘치고 사람들이 음식으로 하나가 되어 즐거움이 넘치게 모이던 정원네 집 식탁과는 너무 상반되는 이 싸늘한 분위기. 밥이 아니라 외로움을 씹고 있는 것 같았다.

식사가 끝나고 두 사람은 다시 거실에 마주 앉았다.

가사 도우미가 다가와 승주와 나서희 앞에 찻잔을 놓아 주고 나갔다.

"그 애하고는 잘 만나고 있니?"

"궁금하세요?"

"내 아들 일인데 당연히 궁금하지. 그 애랑 살겠다고 부모하고 의절도 하고 네가 가진 것 다 버린다고 소리치고 뒤도 돌아보지도 않고 나간 너야."

"걱정하고 계신가 본데 우린 아주 잘 지내고 있어요. 헤어질 일 없구요. 그러니 혹시나 하는 마음은 접어 두세요."

나서희가 승주를 바라보며 어이없는 얼굴이 되었다. 정원에 대하여 도통 아무 말도 못 하게 처음부터 철벽을 쳐 버리는 그가 너무 얄미워서 한 대 치고 싶을 정도였다.

"그래. 그나마 다행이구나. 세상 더 살아 보렴. 첫마음이 끝마음이 되는 게 어디 그리 쉬운지? 그나저나 무슨 일인지 빨리 말하고 가라. 피곤하다."

"……아버지, 재혼 상대 있는 것 같아요."

잔인할 만큼 정직한 승주가 단도직입적으로 말하자 나서희가 잠시 맥없이 허공을 바라보았다.

"새삼 놀랄 일은 아니구나."

나서희의 표정에는 너무나 익숙해서 더 이상 분노도 일어나지 않는 회색빛 체념이 깔려 있었다.

"40년 가까이 이렇게 사는 거 지겹지 않으세요?"

"지겹지. 나만 지겹겠니? 너희 아버지는 더 지겨웠겠지."

나서희가 남 말 하듯이 덤덤하게 내뱉었다.

"솔직히 너희들 철들기 이전부터 네 아버지가 가정에 불성실한 건 세상 사람이 다 아는 사실이니까. 젊었을 때는 스쳐 지나가는 하룻밤 사랑에 탐닉하더니만 이제는 너희 아버지도 늙었나 보구나."

"이혼하세요, 이제 그냥."

"그래. 네가 웬일로 날 먼저 찾아오나 했다. 왜? 네 아버지가 날 찾아가서 설득하라고 부탁하던?"

나서희가 코웃음을 쳤다. 승주를 노려보는 시선에는 은은한 배신감이 서려 있었다.

"제발 이혼 좀 해 달라고 부탁하래? 너희 아버지가 밖으로만 돌며 살던 걸 넌 아주 오래도록 봤지. 그만큼 내가 상처받은 것도 알 테고. 네가 내 아들이면 내가 아무리 밉더라도 너희 아버지를 말리고 날 편들어야 하는 거 아니니?"

"오해 마세요. 아버지가 제게 그런 부탁을 한 건 아닙니다. 그렇지만 어머니, 이 정도만 하세요. 의미 없는 결혼 억지로 붙들지 말고 이혼하세요. 제가 부탁합니다."

"솔직히 너, 나나 네 아버지 일에 관심 없었잖아. 너희 아버지에게 부탁받은 것도 아닌데 늘 방관자이던 네가 갑자기 좋은 일도 아닌 일에 적극적으로 나서는 이유는 뭐니?"

"……어머니가 모욕당하는 걸 보는 게 너무 고통스러워요."

순간 나서희가 무엇에 찔린 사람처럼 창백해져서 그를 바라보았다.

"솔직히 제겐 어머니가 불편한 사람이고, 저나 어머니 사이가 보통의 모자 관계는 아니라고 생각합니다. 하지만 어머니가 절 낳아 주신 분인 건 변함없는 사실이고, 아버지하고 이런 식으로 사는 게 과연 어머니께 좋은 일인가 많이 생각하게 되었어요. 아버지가 이렇게 어머니하고 이혼도 하지 않고 다른 여자들 만나면서 함부로 사는 거, 아들인 저에게도 너무 불쾌하고 모욕으로 느껴져요. 당사자인 어머니는 더하시겠죠. 이런 걸 계속 참아야 할까요?"

차분한 승주의 말에 나서희의 눈빛이 흔들렸다.

"두 분 사이, 회복 가능하다고 믿으세요?"

잠시 생각하던 그녀가 고개를 저었다.

"아닌 것 같다."

아들인 승주도 고민을 하는데 하물며 당사자인 나서희인들 오죽할까? 오래도록 계속 자신의 결혼 생활에 대해 고민하고 갈등한 게 분명했다.

"그럼 이런 결혼 생활을 억지로 지속해서 어머니가 얻는 게 많으세요?"

"그것도 아닌 것 같은데?"

"그럼 정리하세요. 아버지가 아니라 어머니 자존심을 위해서요."

"내 자존심이라? 내게 그딴 게 있었나 모르겠다."

승주가 알기로 자존심의 화신, 자만심의 표상 같았던 나서희가 자조적으로 말하며 승주를 건너다보았다.

"어머니께 평생 불성실한 아버지와 억지로 남은 인생을 같이하겠다고 고집 피우는 건 어찌 보면 어머니 인생에 대한 자포자기 같아요. 그런 일은 그만하시라는 뜻입니다. 어머니를 내치고 아버지를 편들어서가 아니라요. 전 어머니가 아버지에 대한 어리석은 집착에서 벗어나기를 바랍니다. 지금의 아버진 어머니 인생에 도움이 되질 않아요. 아버지가 없어도 어머닌 충분히 잘 살아갈 수 있잖아요. 이혼은 패배가 아니라고요."

"지금 네 말, 너희 아버지가 내 인생에 전혀 도움되지 않는, 도통 쓸모없는 인간이라고 제 아들이 말하는 걸 들어야 하는데. 너희 아버지가 어떤 얼굴을 할지 궁금하구나."

"걱정 마세요. 아버질 만나면 지금 한 말 그대로 해 드릴 테니까."

승주의 단언에 나서희가 푸훗 웃었다.

"오랜만에 너, 마음에 드는구나."

그녀가 허리를 곧추세우고 승주를 바라보았다. 망설이지 않고 단언했다.

"뭐, 이혼은 할 생각이야."

"그 정도로 생각을 정리하셨다면, 망설이지 마세요. 시간을 끌면 끌수록 상처는 어머니가 더 많이 받으실 거 같아요. 일방적으로 어머니가 손해 보고 상처받는 결혼 따위 걷어차 버리라구요. 알맞은 때를 찾아내는 게 지혜가 아닐까요?"

"그래. 그만두어야 할 때가 왔으면 그만둬야지. 더 이상의 손해를 보지 않으려면. 그동안 나도 생각을 안 한 거 아니다. 그런데 이제 네 말을 들으니 드디어 마침표를 찍을 시간이 왔나 보구나. 그래. 이제 나 싫다는 남편하고 그만 살아야지. 네 말대로 내 자존심을 위해서.”

나서희가 창밖으로 시선을 돌리며 자조적으로 내뱉었다.

“우리 결혼 시작도 사실은 양가가 맺은 사업적인 거래였는데 말이지. 그냥 그렇게 생각하고 살았다면 차라리 나았을 텐데. 내가 사업적인 판단력은 나쁘지 않은데 말이야. 왜 사업적인 결혼의 문제에 내 감정을 쏟아부어서 일을 그르치게 했는지 후회가 되는구나.”

40년 결혼 생활, 지금 내게 남은 건 뭘까? 그녀의 허망한 옆얼굴이 승주에게 묻고 있었다.

“네 외할아버지가 너희 아버지와 결혼 결정 후 내게 그러셨지. ‘내가 잘 눌러두었으니 평생 넌 마음고생 안 하고 살 게다’라고 말이야. 그런데 마음고생은 내가 제일 많이 하고 산 거 같아 억울해. 이럴 줄 알았다면 그때 단식 투쟁을 해서라도 너희 이모들처럼 어찌하든 내로라하는 재벌가로 시집가는 건데. 그럼 이혼을 해도 위자료는 조 단위쯤으로 챙길 수 있을 거 아냐?”

친정아버지는 서녀였던 그녀가 시집에서 혹여나 그런 문제로 인해 괄시당하고 무시당하고 살까 봐 걱정했던 건지도 모른다.

그래서 아버지 눈에 한 단계 수준 낮은 집안의 남자로 골라 보내면 딸을 모시고 살 거라고 생각했던 거다. 결국 오판이었지만.

친정아버지나 친정어머니가 살아 있을 때 그녀는 이혼은 절대로 안 된다고 홀로 다짐에 다짐을 하고는 했다.

1차로는 절대로 이혼 같은 건 허락할 수 없다는 친정아버지의 강력한 뜻에 눈치가 보여서였다.

그러나 그 속에 숨은 건 나서희 자신의 자격지심 때문은 아니었을까?

출생의 흠 때문에 자신의 뜻을 주장할 수 있는 결혼을 할 수가 없었다. 그때 그녀는 한시라도 빨리 살얼음을 걷듯 매사 조심해야 하는 친정에서 벗어나고 싶었다. 그래서 선을 보자마자 바로 오케이를 했다.

그러나 그녀의 기대와는 달리 신혼 초부터 삐걱거리던 결혼 생활, 자신에게 싸늘해져 가던 남편 영국에게 그녀도 지쳐 갔다.

하지만 이혼을 한다면 유일한 보루라 할 수 있는 친정아버지의 노염을 사는 건 뻔한 일이었다. 게다가 친정어머니도 친모가 아니다 보니 그녀가 이혼하고 본가로 돌아간다 해서 환영하거나 잘했다 다독여 줄 사람이 아니었다.

결국 그녀는 돌아갈 친정이 없었기에 억지로 이 악물고 불행한 결혼을 참아 낸 것에 불과했다.

"결정은 이렇게 하는 게 맞겠지만 마음이 좋지 않아. 아들도 이혼. 그 부모도 이혼. 남들 보기 참 우습겠어. 이럴 줄 알았다면 너는 그냥 살게 내버려 두는 건데."

뭔가 후회를 하는 듯한 나서희의 말에 승주가 희미하게 웃었다.

"어머니 입에서 그런 말이 나오다니 의외인걸요. 솔직히 제가 누구와 결혼하든 어머니는 절대 만족하지 않을 거라고 생각했습니다."

"너에 대해 나도 오해한 게 많듯이 너도 마찬가지야. 난 네가 좋아하는 걔를 좋아하지 않을 뿐이야. 네가 다른 여잘 만났다면 결과가 달라질 수 있었어."

"하지만 제가 원하고 좋아하는 사람은 정원이뿐인걸요."

넌 정말 어쩔 수 없구나, 그런 표정으로 나서희가 승주를 잠시 물끄러미 노려보았다.

"어머니께서 정원이 일에 대해서만 간섭 안 하시면 저와 그럭저럭 잘 지낼 수 있어요. 그러니 지난번에도 말씀드렸지만 마음 내려놓으세요. 전 정원이하고 절대 안 헤어져요."

"내가 간섭한다고 네가 내 말을 들은 적이 있고?"

결국 나서희가 속 터져 못 살겠다는 듯 꽥 소리쳤다.

"겉으로야 다 듣는 척, 받아들이는 척하지만 넌 언제나 교묘하게 빠져나갔어. 하나도 안 듣고 다 네 맘대로 했잖아."

"제가 그런 놈인 걸 어떡합니까? 전 어머니가 마음대로 조종하는 인형이 아니라고요. 그 사실을 받아들이시면 만사가 평화로워져요."

"평화 같은 소리!"

얄미운 소리를 따박따박 잘도 하고 있구나. 이 녀석을 내가 제대로 한 대 후려갈겼으면 좋겠다 하는 시선으로 나서희가 승주를 무섭게 노려보았다.

이윽고 그녀가 피곤하다는 듯 한 손을 이마에 짚으며 한숨을 내쉬었다.

"이야기 다 끝났으면 가 보렴. 네 아버지하고 이혼 문제는 조만간 담판을 지을 거니까, 너는 더 이상 신경 쓰지 말고."

"어떻게 신경 안 써요? 제 어머니 일인데."

"그런 말 하지 말라니까? 난 너한테 미움받는 악역일 때가 차라리 나아. 아들이 좋아하는 여자를 기어코 떼 내고 평생 불행해져라 고사 지내던 악덕 엄마인데, 갑자기 나 때문에 불행하다고 소리치던 아들로부터 동정받는 엄마가 되어 버렸잖아. 어지럽구나. 네 아버지보다 지금의 네가 내 자존심을 더 망가뜨리고 있어."

그때였다. 벨이 울리더니만 도우미가 주차장 문을 열어 주고는 돌아서서 보고했다.

"한남동 사모님이세요."

"이 시간에? 한창 시끄러울 텐데 병원에 가지 않고 친정엘 왜 와?"

나서희가 놀라 중얼거리자 승주는 그녀도 사위 현석의 교통사고 소식을 보고받았다는 것을 알았다.

윤민이 거실로 들어서다가 승주를 보고는 놀란 표정이 되었다.

"넌 웬일이니?"

"일어날 거야."

윤민과는 딱히 말을 섞고 싶지 않다는 표정으로 승주가 자리에서 일어서려 하는데, 소파로 와서 앉으며 윤민이 톡 쏘았다.

"너, 매형이 교통사고 났다는데 어떻게 한 번을 안 들여다보니?"

"내가 왜?"

승주가 차갑게 되받아치자 윤민이 어이가 없다는 얼굴로 그를 휙 노려보았다.

"유부남이 딴 여자랑 놀아나다가 음주 운전으로 교통사고 났다며? 대문짝만하게 뉴스 나오는 남편이 안 부끄러워? 뭐가 그리 자랑이라고 나더러 병원 안 찾아온다고 원망해?"

신랄한 승주의 말에 순간 윤민의 표정이 칼에 찔린 사람처럼 창백해졌다. 이내 눈에 잔뜩 날을 세운 채 소리쳤다.

"너! 말이 너무 심한 거 아냐?"

"심하기는 뭐가 심해? 사실 그대로인걸."

윤민이 씩씩거리거나 말거나 승주는 눈 하나 까딱하지 않았다. 오히려 대놓고 더 약이 오르라는 얼굴로 뇌까렸다.

"매형이 매형다워야지 이건 뭐……. 쯧!"

"야!"

씩씩거리다 못해 분하고 화가 나서 금세 울 것만 같이 새빨개진 윤민의 얼굴도 아랑곳 않고 승주가 계속 말을 이어 갔다.

"대한민국 전 국민이 누나 남편이 바람피우는 걸 알아 버렸어. 그런데도 아직 애틋해? 걱정할 사랑이 남았어? 나더러 병원 안 온다고 섭섭하다는 거야? 이건 다 자업자득이야. 매형의 그런 꼬라지를 용납한 게 누나잖아."

"하! 지는 얼마나 당당하다고?"

결국 윤민이 분을 이기지 못하고 고함을 꽥 질렀다. 주먹까지 움켜쥐고 동생에게 마구 퍼부었다.

"꼴에 잘난 척 오져? 너는 얼마나 처신 잘한다고 나한테 이따위로 굴어? 기껏 하찮은 계집애 하나 못 잊어서 온 집안 뒤집어 놓은 것으로도 모자라서 엄마랑 의절한다고 난리 피우면서 집안 분위기 박살 낸 주제에?"

"둘 다 그만두지 못하겠니? 남매끼리 무슨 말이 이렇게 험해?"

나서희가 조금 당황해서는 둘의 살벌한 입씨름을 중간에서 막으려 했지만 소용없었다.

윤민의 말에 승주가 비웃음을 띠고 망설임 없이 되받아쳤다.

"어차피 박살 날 집이었어. 그나마 정원이 때문에 사람 냄새 나는 집이 된 줄이나 알아. 누나 집이 그럼 사람 사는 집이야? 아니잖아. 속 터지는 인형 집이지. 억울해도 분해도 누난 말 한마디 못 하고 살고 있지. 아냐?"

아침부터 지금까지 스트레스의 연속.

하루 종일 이리 치이고 저리 치이고 짜증은 이미 터지기 일보 직전이었다. 하물며 지금 그녀는 시댁에 불려 들어가서 자신의 잘못도 아닌 남편의 잘못을 대신해서 고개 조아리고 몇 시간이나 꾸중에 잔소리를 듣고 나오는 길이었다.

그나마 제 편일 것 같은 친정에 와서 잠시 속풀이라도 하려 했다. 그런데 친정 동생이란 놈이 나타나 대놓고 입바른 소리도 모자라서 뼈아픈 비웃음까지 날리고 있으니 그녀는 폭발할 수밖에 없었다. 정곡을 찔려서 더 뼈아팠다.

"엄마, 난 진짜 얘랑은 대화를 못 하겠어. 어떻게 하는 말마다 사람 속을 푹푹 찌르고 아프게 하지? 이상한 애 만나고 돌아다니더니만 얘까지 싸가지 밥 말아 먹었어. 진짜 이상해졌다고요."

나서희더러 자기편을 들어 달라는 듯이 윤민이 징징거렸다.

"나도 누나하고 대화 안 해. 내가 미쳤어?"

예전 같으면 이 정도로 큰소리가 나고 상대가 열을 받으면 승주가 먼저 물러서서 입을 꾹 닫아야 정상이다. 그런데 이날은 달랐다. 윤민이 뭐라 하건 지지 않고 계속 비아냥거렸다.

"대화란 게 대놓고 화내는 거라며? 누나를 만날 때마다 미친놈도 아니고 대놓고 화만 내라고? 난 싫어. 그래서 누나하고 대화 안 하겠다는데 뭐?"

남매간 모질고 험한 소리가 오가는 살얼음판 같은 상황이다. 그런데도 순간 나서희가 승주의 말에 비시시 웃었다.

어이없기는 윤민도 마찬가지였다.

"뭐, 뭐라고? 너 무슨 말을 하는 거야?"

나서희가 조금 재미있다는 얼굴로 승주에게 캐물었다.

"대화란 게 대놓고 화를 내는 거라고? 누가 그랬니?"

"정원이가요."

그럼 그렇지. 나서희가 다시 비시시 웃었다.

평생 농담이나 우스개 한마디 안 하던 아들이 이렇게 멀쩡한 얼굴로 말도 안 되는 말장난으로 사람을 후려치고는 싹 빠져나가는 법을 배웠을 줄이야.

"사람끼리 대화를 하는 거지, 사람 아닌 거하곤 대화하지 말랬어, 우리 정원이가. 대놓고 화내면 나만 미친놈 된다고."

"야, 야! 이 미친! 그럼 내가 사람 아닌 거란 말이야? 뭐 이런 악질적인 모욕이 다 있어?"

"누나 하는 꼴이 전혀 사람답게 안 보인다는 뜻이야. 종로에서 뺨 맞고 한강 와서 눈 흘긴다더니 왜 누나 시댁에서 벌어진 일로 친정 와서 히스테리야?"

"닥치지 못해? 넌 얼마나 잘났다고? 흥. 유리 그딴 거하고 살겠다고 부모하고 의절하는 너보단 내가 나아."

"웃기지 마. 내가 누나보단 백배는 낫지."

승주도 지지 않고 쏴붙였다.

"하루를 살아도 사람답게, 진짜 사랑하는 사람하고 산다는데 누나가 무슨 상관이야? 그냥 누난 누나 인생이나 알아서 잘 살아. 아, 누난 그런 인생을 전혀 모르니까 이렇게 억울하고 부끄럽게 살면서도 만족하나 봐? 어디 계속 그렇게 잘 살아 봐."

승주가 그러고는 뒤도 돌아보지 않고 나가 버렸다. 더 이상은 한순간도 윤민과 같은 자리에 있기 싫다는 뜻을 분명히 했다.

"야, 너 어디 가? 사람 속 이렇게 뒤집어 놓고 왜 도망쳐? 나쁜 자식아!"

잔뜩 약이 오른 윤민이 고함을 쳤지만 소용없었다.

"지는 얼마나 잘났다고 나만 보면 못 잡아먹어서 으르렁거려? 기가 차서."

어지간히 짜증 나고 못마땅했는지 윤민은 쉽사리 승주와의 설전에서 밀린 것에 화를 풀지 못했다.

"저 자식 갈수록 정말 꼴 보기 싫어. 잘난 척은 혼자 다 하고 살지? 재수 없어. 하긴 유리 그딴 것하고 어울려 싸돌아다니니까 인간이 저 모양이 되는 거지. 아주 애를 버려 놨군. 유리 고거 아주 요물이라니까?"

"승주 갔다. 그만하고 진정해. 없는 사람 두고 화내 봤자 너만 손해야. 앉아."

나서희가 달래려 했으나 역부족이었다. 윤민이 분통을 감추지 못하고 계속 날카롭게 종알거렸다.

"엄마도 승주 저 자식이 나한테 하는 말 다 들었잖아요? 저게 누나한테 할 말이야? 미친 거 아냐? 그렇지 않아도 골치 아파 죽겠는데."

소파에 푹 파묻혀서는 두 손으로 머리를 감싸는 윤민을 나서희가 안쓰러운 얼굴로 바라보았다. 마음고생이 생각보다 극심했는지 이삼일 새로 살이 쏙 빠진 듯 보였다.

"너, 괜찮니?"

"괜찮을 리가 없잖아요. 피곤해서 죽을 거 같아."

윤민이 모든 걸 다 잃고 자포자기한 사람처럼 힘없이 뇌까렸다. 눈을 뜰 힘도 없을 만큼 지쳤다고 말했다.

"지금까지 시댁에서 온갖 비난에다 꾸지람은 다 듣고 오는 중이에요. 사고 친 놈은 따로 있는데 왜 내가 이런 꼴을 당해야 하는지, 억울해서 미칠 거 같아!"

분풀이를 할 상대도 없고, 대차게 한번 악, 소리를 내며 대거리를 할 수도 없었다.

윤민은 금세 눈물을 뚝뚝 떨어뜨릴 것같이 비참한 얼굴이 되어 유일한 제 편이라 생각하는 친정 엄마에게 하소연했다.

"내가 뭘 잘못했다고? 이 세상에서 남편이 술 처먹고 바람피우고 교통사고 냈다고 시댁 불려 가서 사과하는 마누라는 나밖에 없을 거야."

"송 서방 상태는 어때?"

"다행히 다른 데는 딱히 이상 없고 가슴뼈가 부러졌는데 그건 그냥 뼈 붙을 때까지 진통제 쓰면서 기다리는 수밖에 없대요. 사실은 내일이라도 퇴원 가능한데, 사람들 입방정 잠잠해질 때까지 병원에 그냥 입원시키고 있는 중이에요."

윤민은 나서희에게 현석의 상태에 대하여 설명했다.

"어차피 지금은 통증이 심해서 진통제를 계속 써야 하는 상황이거든요. 집에 온다 한들 딱히 내가 해 줄 게 없어서 차라리 병원에 입원해 있는 게 편해요."

"나도 조금 보고를 받았다만 여기저기서 시끄러운 소리가 있더구나."

"체면 중시하는 시댁에서 알아서 처리하겠죠."

윤민이 남 일 이야기하듯이 냉소적으로 내뱉었다.

"지금 비서실이며 홍보실 직원들 엄청 들들 볶는 중인 것 같아. 어찌하든 잘 수습되겠지 뭐. 아, 짜증 나. 엄마, 이제 그만합시다. 그 인간 이야기하는 것도 지쳐. 꼴도 보기 싫은 인간을 그나마 애 아빠라고 봐줘야 하는 내 팔자도 참!"

윤민이 화풀이하듯이 팩 소리쳤다. 잠시 그런 딸을 지켜보던 나서희가 나직하게 내뱉었다.

"그렇게 싫으면 이혼하고 돌아와."

"네? 뭐라고요?"

윤민이 마치 못 들을 말을 들은 사람처럼 눈까지 휘둥그레져서 나서희를 건너다보았다.

어찌하든 시댁 어른들 비위를 잘 맞추고 어지간한 건 눈감고 살면서 애써 얻은 것들을 놓치지 말고 꽉 잡고 살라던 평소의 그녀와는 너무 다른 말에 놀란 것이었다.

"너무 고통스러운데 억지로 살지는 말란 말이야. 네 인생도 소중하잖아."

"하, 엄마. 뭐예요? 이건 아니잖아요."

윤민이 두 손을 허리에 얹고는 턱을 치켜든 채 나서희를 노려보았다.

"이제 와서 이혼하라니? 지금까지 내가 얼마나 힘겹게 노력하며 살았는데? 광성 그룹 며느리로 사는 게 그렇게 쉬운 줄 아세요? 내가 지금 누리고 사는 건 그 이상의 대가를 치르고 얻은 거라고요!"

"그런 게 정말 중요할까? 지금 네가 겪는 수모나 모욕을 상쇄할 만큼? 그래?"

"엄마!"

"나도 네 아버지랑 40년 가까이 그렇게 억지로 사회적 위신이나 체면 생각하면서 쇼윈도 부부로 살아 봤는데 남은 게 없구나."

그것만큼은 정녕 진실이었다. 지금 그녀의 손에 남은 건 어리석은 시간의 허망한 모래알밖에 없었다.

손쓸 수도 없이 손아귀 사이로 빠져나가 버리는 인생의 시간들, 그게 전부였다.

후회와 허무함으로 점철된 현실을 비로소 보게 된 나서희로선 자신의 인생과 비슷한 길을 걸어가는 것처럼 느껴진 큰딸의 인생이 갑자기 너무 불쌍하고 미안해졌다.

자신이 그런 길로 몰아넣었다는 책임을 통감했기에 윤민의 불행이 자신의 죄인 것 같아서 갑자기 가슴이 메어질 듯 아팠다.

"애써 부인해 왔는데 그런 결혼 생활, 난 많이 힘들었고 불행했어. 그런데 너도 이 엄마랑 똑같이 사는 것 같아서 마음이 안 좋구나. 송 서방이 솔직히 너한테 좋은 남편이 아니니까."

"엄마가 그런 인생 살았다고 후회하는 건 상관없는데, 나한테까지 강요는
하지 마요. 난 이혼 따윈 안 해. 어차피 애 아빠가 그 모양인 건 다 알고 넘
어가기로 한 거고, 그 남자가 이번 일처럼 다시는 어리석게 굴지만 않는다
면 우린 아무 문제가 없는 거라고요. 그런데 이혼을 왜 해, 내가?"

윤민이 나서희를 노려보며 악을 썼다. 세상의 모든 딸들에게 만만한 건
늘 친정 엄마뿐이었다.

"그럼 힘들다고 말하지나 말든지."

"아니, 지금 내 상황이 누가 봐도 속상하고 힘들 상황이잖아요. 그래서
엄마한테 하소연하고 어리광 좀 부리는 중인데, 그게 왜 이혼하라는 말로
돌아온대?"

"그래, 알았다. 넌 절대로 이혼할 마음이 없다는 거지?"

"당연하지. 엄마, 한국에서 나같이 사는 여자 몇 없어. 다 부러워한다고.
포기할 수 없지. 이혼하면 애들도 못 보게 될 거고 어디 가든 남들 시선 신
경 쓰면서 구질구질하게 살아야 한다고. 내가 왜 그렇게 살아? 절대 안 해!"

"그런 게 너한테 중요하다면 할 수 없지. 난 다만 너무 힘들면 그냥 이기
적으로 네 생각만 하고 이혼해도 된다는 거야."

"이전에는 어찌하든 잘 버티고 살아라 하던 엄마 아니었나요? 갑자기 왜
달라진 건데? 엄마, 생각이 바뀐 이유가 뭐에요? 진짜 이혼하실 생각이에요?"

"응."

"아 참! 그러지 말라고 했잖아요!"

윤민이 미간을 찌푸리며 신경질을 냈다. 그러나 나서희는 딸의 못마땅한
반응을 보지 못한 것처럼 평온하게 말을 이었다.

"아까 승주가 그래서 온 거야. 나더러 이젠 이혼하고 편하게 살라고 하
더라."

"미친 거 아냐? 지가 아들이면 못 하게끔 막아도 모자랄 판에 지가 먼저

나서서 이혼하라고 부추겨? 왜? 지가 이혼한 거 엄마 탓이니까, 엄마까지
이혼시키고 싶대? 대체 갠 무슨 생각으로 사는 거야?"

"네 아버지한테 재혼 상대가 있나 보더구나."

"네?"

"하룻밤 불장난이 아닌가 봐. 진지하게 재혼하고픈 상대가 있는 것 같다고.
지긋지긋 서로 밀어내고 미워하면서도 억지로 사는 건 그만두래. 너희 아버
지한테 내가 모욕당하는 걸 보는 게 자기도 너무 고통스럽다고 하더구나."

"웃기시네!"

윤민이 노골적으로 비웃었다.

"언제부터 지가 엄마 생각을 그리 했다고? 그렇게 엄마를 생각하며 사는
녀석이 엄마가 지긋지긋하게 싫어하는 유리 고딴 것하고 다시 만나서 미쳐
살아? 아후, 미리 알았으면 한 대 후려갈기기라도 할걸. 아, 분해!"

"나도 이제 피곤하구나."

나서희가 맥없이 중얼거렸다.

갑자기 바로 눈앞에 앉아 있는 윤민이 너무 멀고 차갑게만 느껴지고 있
었다.

딸이니 자신의 처지에 더 공감해 주고, 자신이 느끼는 이 자괴감과 허망
함을 알아줄 줄 알았다.

늘 무심하게 보이던 아들 승주마저도 아버지가 바람을 피우면서 자신을
낳아 준 어머니를 모욕한다는 것에 너무 화가 나고 분노하게 되었다고 하
는데, 윤민은 도통 그런 것에 신경 쓰지 않는다는 얼굴이어서 마음이 상하
고 섭섭했다.

그녀의 표정에는 그저 자신의 사정, 자신의 이익과 손해만 따지는 이기심
으로 가득해 보였다.

"승주 말이 맞아. 이미 잘라진 끈 부여잡고 있음 뭐 해? 지금 상황으로선
너희 아버지와 내가 이혼을 한들, 안 한들 딱히 달라질 건 없어. 남은 인생

서로 조금 더 편하게 사는 게 나쁘지 않다고 생각해."

나서희가 딸을 바라보며 쌀쌀맞게 말했다.

"이제 와서 네가 반대하고 말고 할 건 없어. 내 결정이니까. 엄마가 이혼한다고 해서 네 시댁에 네가 책잡힐 일이 생긴다면 할 수 없지. 그건 네가 내 딸인 업보라고 하자."

"뭐가 그래요?"

윤민이 팩 토라졌다.

"남자들이란 왜 다들 그 모양이야? 무슨 바람이 유행병도 아니고?"

나서희가 윤민을 물끄러미 바라보다가 시선을 돌려 버렸다.

'미안하구나' 그런 말을 하고 싶어도 할 수가 없었다.

딸이 이토록 차가운 온도의 결혼 생활을 하고 있을 때, 그 모습을 두고 지혜롭게 처신을 잘한다고 칭찬한 건 바로 자신이니까.

"이혼은 기정사실이라 해도 그럼 지금은 말고 나중에 하시면 안돼요?"

"뭐?"

"연준 아빠 일이 조금 잠잠해지면 하시라고요. 지금 그렇지 않아도 잔뜩 어수선한데 엄마까지 이혼한다고 나서 봐요. 시댁에서 내 꼴이 얼마나 더 우습게 되겠어요?"

"……참고하마."

"아후, 얄미워. 엄마 이혼한다는 이야기 들으면 유리 고것이 좋아할 것 같아서 화가 나려고 해. 자기들 이혼시킨 엄마가 이혼을 하면 그것 보라고, 꼴좋다고 얼마나 비웃겠어?"

윤민이 다시 툴툴거렸다.

윤민은 승주가 나서서 나서희에게 이혼하라고 말했다는 것에서 이 일의 배후가 정원이라고 확신하는 듯했다.

"글쎄, 그 애가 아무리 나한테 악감정을 가지고 있어도 그 정도 밑바닥은 아닌 것 같다만."

"엄마, 유리 걔는 굳이 좋게 생각할 가치가 없어요. 승주랑 이혼하고 나서 평생 유리 고것하고는 다신 안 보고 살 줄 알았더니만! 어떻게 된 게 늘 희한하게 얽혀? 뒤에서 승주를 슬슬 조정하면서 왠지 엄마나 나를 제대로 물 먹이고 있는 것 같아."

"승주를 통해서 말고는 네가 걔하고 다시 볼 일이 뭐가 있겠어? 딱히 승주도 너하고 안 보고 싶어 하는 것 같던데, 서로 안 보고 살면 되지."

"안 보고 싶어도 봐야 할 일이 생기니 고민이죠. 당장 다음 주 일요일에도 유리 고걸 봐야 한다고요."

윤민이 연희동 시고모 외손녀의 생일 파티에 참석하게 된 것에 대하여 설명했다.

"그런데 그 파티가 유리네 회사에서 진행을 맡은 파티라니까. 생각하니까 다시 짜증 나네. 안 갈 수도 없고."

"가기 싫은데 왜? 안 가면 되잖아."

"그게 그럴 수가 없다니까요. 시댁 분위기도 그렇고 애 아빠 일도 있어서 애들을 데리고 하하호호 즐거운 파티에 가는 게 맞는가 싶기도 하지만요, 안 가면 내 꼴이 더 우스워질까 봐 힘들어. 아무래도 아무 일도 없는 듯이 거긴 가 봐야 할 것 같아. 일단 지인 씨랑 태형이도 온다니까."

어찌하든 속맘을 감추고 즐겁게 얼굴을 내밀어야 할 파티라는 것이었다.

"너도 참 힘들겠구나……."

"그러니까 말예요. 나처럼 불행한 여자가 또 있을까?"

윤민이 세상의 모든 불행을 자신이 다 짊어진 듯 투정 부렸다. 그러다가 갑자기 몸을 앞으로 내밀며 나서희에게 소곤거렸다.

"엄마, 진짜 화딱지 나는데 파티 가서 나, 유리 고것, 제대로 한 방 먹여 줄까 봐. 어디 한번 골탕 먹일 좋은 방법이 뭐 없을까?"

"갑자기 그게 무슨 말이야?"

나서희가 얼굴을 찡그리며 윤민을 만류하려 했다.

"남의 파티에 가서 행사 진행하는 애를 건드려서 뭐 어쩌겠다고? 그 애하고 넌 상관이 없어. 그냥 없는 사람처럼 모른 척 스쳐 지나가면 되는 거지, 왜 자꾸 상관을 하려 해? 쓸데없이."

"우리 연준이는 유리 얼굴 기억한단 말예요."

"그래?"

"그날 걔가 왔다 갔다 하는 걸 보고 연준이가 '외숙모' 하고 한마디만 하면 난리 날걸? 승주하고 이혼한 애가 바로 유리란 걸 거기 모인 사람들이 알면 내 꼴이 얼마나 우스워지겠어요?"

"글쎄다. 딱히 그럴 것 같진 않은데."

나서희가 다시 윤민에게 쓸데없는 생각은 하지 말라며 말리려 했다.

"못 본 척하고 모른 척하라니까. 괜히 또 승주한테 트집 잡힐 짓 하지 말고. 또 너희 시댁 분위기가 안 좋다며? 그날 혹시 무슨 일이 생겨서 소문나면 또 꼬투리 잡히고 너만 곤란해진다."

"생각하면 할수록 화가 나서 그래요. 말짱한 얼굴로 저만 착한 척, 승주를 살살 꼬드겨서 반항만 하게 만들고 말이야. 승주가 로스쿨 안 가고 다시 병원으로 돌아간다는 것도 다 걔가 옆에서 속살거려서 그랬을 거야."

"어차피 네 아버지가 은퇴하면 병원 경영 물려받을 사람이 승주인데. 걔가 다시 의학 공부 하는 것도 나쁜 결정은 아니지. 승주가 로스쿨이 싫다고 하잖아. 할 수 없지."

"아, 몰라요. 짜증 나. 요새 같으면 난 그냥 죽어 버리는 게 낫겠어! 어딜 가든 내 맘에 드는 건 하나도 없고, 다들 날 못 잡아먹어서 안달 난 것 같아."

윤민이 다시 세상 무너진 듯 한숨을 내쉬며 두 손으로 얼굴을 감쌌다.

며칠 전까지만 해도 누가 봐도 부러워할 만큼 멋지고 폼 나게 살던 자신이 어쩌다가 이렇게 된 것인지 알 수가 없다.

대체 어떤 마가 끼었는지 몰라도 되는 일이 하나도 없고 모든 비난과 추문은 자신이 다 감당해야 하는 팔자가 되었다.

"아유, 짜증 나. 그냥 애 아빠 그 인간! 콱 죽여 버릴까 봐."

* * *

그날 저녁 늦게 정원은 승주의 집으로 퇴근했다.

"나 왔어요."

현관을 들어서던 정원이 구수한 냄새가 풍기는 주방 쪽으로 끌린 듯 다가갔다. 승주가 앞치마까지 두르고 뭔가를 끓이는 중이었다.

그가 고개를 돌리고 활짝 웃었다.

"어서 와."

"완전 맛있는 냄새가 나. 자기가 요리도 하는 거야?"

"포장해 왔어. 요리 못하면서 하는 척 만용 부릴 수가 없잖아. 난 겸손한 남자야."

정원도 활짝 웃으며 승주를 뒤에서부터 껴안았다. 너른 등에 얼굴을 묻으며 물었다.

"메뉴는?"

"갈비탕. 당신이랑 가끔 갔던 그 집."

"와우! 사랑해. 내가 일이 많은 거 알고 기운 보충 시켜 주려고 사 왔구나?"

늦은 시간까지 저녁도 못 먹고 일하고 있다고 했더니 빨리 집에 와 보라고 말하더니만 이런 성찬을 준비하고 있었을 줄이야.

정원이 다시 승주 등에 얼굴을 비비면서 애교를 부렸다.

"난 자기가 불 앞에서 요리할 때 진짜 섹시하게 보이더라."

"자주 요리하란 말로 들리는데?"

"응. 그래 줘. 밥 주는 남자한테 잘 따라가는 여자야, 내가."

"위험한 여자네?"

돌아서서 승주가 턱으로 정원의 머리통을 톡하고 박았다.

"손만 씻고 나와. 배고프겠다. 얼른 밥 먹자."

"당신, 또 먹어? 평창동에서 회장님이랑 같이 저녁 먹고 나온 거 아녔어?"

"불편해서 몇 술 깨작거리다가 말았어. 난 당신이랑 같이 밥 먹을 때가 제일 편해."

정원이 욕실에서 나오니 이미 승주가 식탁에다가 반찬과 밥을 다 차려 놓았다.

그래 보았자 식당에서 싸 준 깍두기와 따로 포장한 육전, 양념장 정도였지만 김이 설설 피어오르는 왕갈비탕 한 그릇으로 완벽한 저녁 식사였다.

"평창동에서 나올 때 포장해 왔구나. 그 가게, 오늘은 문 열었나 보다?"

"응. 나오는데 간판에 불이 켜 있잖아. 옳다구나 하고 바로 들어갔지."

승주가 말하는 갈비탕 가게는 정원도 좋아하는 아주 작고 오래된 가게로 평창동 주민들에게는 꽤 유명한 곳이었다.

노부부가 운명하는 곳인데 주인들의 나이가 있다 보니 가게를 열다 말다 할 때도 있고, 또 준비된 재료가 떨어지면 시간이 어떻든지 간에 곧바로 문을 닫아 버리는 괴팍한 가게였다.

승주가 집에서 나오는데 그 가게 문이 예상외로 늦게까지 열려 있는 것을 보고는 곧장 들어가서 포장을 부탁했던 것이다.

그리고 보니 짧은 결혼 생활이었지만 둘이 공감하는 추억이 제법 있었다. 서로 함께 좋아하는 맛집 갈비탕 한 그릇처럼 말이다.

진한 갈비탕 국물을 한 술 떠먹자, 처음 그곳에 가서 맛에 놀라며 앞으로 자주 오자 하고 약속했던 기억이 떠올랐다.

"한 그릇 더 포장해 왔어. 냉장고에 넣어 뒀다가 다음에 먹게."

"준비성까지도 철저하신 이 남자. 참 마음에 듭니다."

"많이 먹고 기운 내서 사업 성공하세요, 유정원 씨. 그래서 내가 전공의 과정 마칠 때까지 먹여 살려 주세요."

"네. 그런 의미에서 남은 육전은 제가 먹어도 될까요?"

말로는 허락을 구하는데 이미 남은 육전 한 조각은 정원의 입 속으로 날름 들어가는 중이었다.

"자기가 밥 줬으니까 공평하게 설거지는 내가 할게."

정원이 빈 그릇을 개수대 안으로 옮겨 부시고 있는데, 잠시 욕실로 들어갔던 승주가 커피 머신 앞으로 다가가며 말했다.

"어머니, 이혼하시겠대."

"정말?"

조금 놀라서 정원은 몸을 돌려 그를 바라보았다. 승주는 옆얼굴을 보인 채 우두커니 커피가 내려지는 걸 지켜보고만 있었다. 그가 무슨 생각을 하는지 알 수가 없었다.

"당신이 설득에 성공한 거야, 아니면……?"

"어머니도 이미 결정하신 거 같았어. 두 분 사이가 이제는 회복 불가능이라는 걸 깨달으신 거지. 난 다만."

그가 돌아서서 설거지를 끝낸 정원에게 커피 잔을 내밀었다.

"어머니 마음속 결정을 밖으로 꺼내 드린 것에 불과해."

"당신이 그런 말 꺼냈을 때 회장님, 배신감을 느끼지 않았을까? 난 그랬을 거 같은데."

정원이 먼저 식탁 앞에 다가 앉으며 중얼거렸다.

"아들이 내게 와서 이혼하라고 종용한다면 넌 아들이지만 내 편이 아니라 남 편이로구나 싶어서 엄청 섭섭했을 거 같아."

상처받은 자신을 대신해서 바람피운 남편을 응징하지는 못할망정 자신에게 먼저 이혼을 하라고 아들이 말한다. 그건 불행한 결혼 생활의 이유를 전부 다 자신의 잘못으로 몰아가는 것이나 다름없지 않은가.

"충분히 그럴 수 있어. 사실 어머니도 지금 당신이 말한 것과 똑같이 말씀하시더라."

승주도 자신의 커피 잔을 들고 정원 옆에 와 앉았다.

"솔직히 그동안 나와 어머니 사이도 엄청 불편했던 게 사실이고. 사이좋은 모자도 그런 말을 하면 화가 날 판인데 생판 한 번도 다정하지 않던 아들이 불쑥 나타나서 이혼하세요, 하면 누가 진심으로 걱정해서 하는 말이라고 생각하겠어?"

"하지만 결국 당신이 설득했잖아."

"설득한 게 아니고 어머니의 결정을 지지했을 뿐이라니까. 어머니도 이미 마음속으로는 이젠 끝낼 때가 왔구나 느끼신 듯해. 다음에 아버질 만나면 아버진 비겁하고 나쁜 남자였다고 솔직히 말씀드릴 생각이야."

만에 하나 자식을 진심으로 생각했다면 영국은 그렇게 살면 안 되었다. 아내를 존중하거나 가능한 한 빨리 헤어지거나 했어야만 했다. 그러나 그는 그 두 가지를 다 하지 않았다. 그러므로 그는 비난받아야 마땅했다.

목에 걸린 어떤 응어리를 삼키듯 승주는 잠시 말이 없었다.

이윽고 다시 커피 한 모금을 마시더니만 그가 씁쓸하게 중얼거렸다.

"그런데 자기야, 다음은 아버지를 만나러 가야 하는데 난 왜 그게 더 어렵지? 벌써부터 힘들고 겁이 난다."

"그럴 수 있어. 충분히 그런 마음 들 수가 있지. 당연해."

정원은 두 손으로 그의 팔을 꼭 안아 주었다.

"누구든 싫은 소리 하고 불편한 말을 하러 가는 건 당연히 힘들고 무섭지. 하물며 비난하고 화를 내려는 상대가 아버지인데. 충분히 그런 마음이 들 수 있어."

"내가 아버지를 만나면 어떤 얼굴을 하고 어떤 말을 내뱉게 될지 몰라서 더 무섭다. 두 분 인생 따윈 상관 않겠다고 말한 게 엊그제인데, 이것 봐. 며칠 못 가서 누구보다도 더 적극적으로 개입해서는 어쭙잖은 재판관 노릇을 하고 있잖아."

"자식이 어떻게 부모를 판결 내릴 수 있겠어? 하지만 당신은 아들의 입장에서 두 분이 각자 행복한 인생을 찾아갔으면 좋겠다, 하는 현실적인 조언은 할 수 있다고 생각해."

"……우리 부모님은 왜 서로 사랑하지 못했을까? 때문에 여러 사람이 불행해졌는데."

승주의 그 자문(自問)은 어쩌면 세상에서 가장 쓸쓸한 질문이기도 했다.

"세상 모든 부부가 서로 사랑하면서 행복하게 사는 건 아니래."

"그런가?"

"참 슬픈 일이지만 행복해지려고 하는 결혼인데 사실은 불행하게 사는 부부가 훨씬 더 많다더라고. 뭐, 남 이야기도 아냐. 우리도 결혼해서 살면서 행복하기만 했어? 아니잖아."

정원의 말이 맞았다. 기껏 1년도 채 지속되지 못한 그 결혼 생활. 정원의 말대로 웃음과 행복은 짧았고 아픔과 불행은 길었다. 그래서 둘은 결국 헤어지고 말았다.

불행해진 이유는 여러 가지였을 테고, 그들을 악의적으로 흔들어 댄 사람도 많았지만, 그건 사실 부차적인 문제였다.

그때의 두 사람은, 조금 더 서로에게 굳건해야 했었고 더 믿어야 했었고 더 많이 대화를 했어야만 했다. 그러나 그들은 그러지 못했고 상대만 원망하고 탓하며 뒤도 돌아보지 않고 도망쳤다.

"사람은 실수로부터 많이 배운다고 하더라고. 생각해 보면 지금 우리가 그런 거 같아."

"그래?"

"그렇지 않아? 한번 결혼하고 이혼해 보니까 우리가 그때 어떤 어리석은 짓을 하고 살았는지 다 알게 됐으니까 말이야. 이제는 그런 짓 안 하려고 우리 둘 다 필사적으로 노력하는 중이잖아."

"당신 말이 옳아. 다 옳아. 당신은 정답만 말하는 사람이야."

무조건의 승복, 무조건의 찬성. 승주의 낮은 태도에 정원이 비시시 웃었다.

"한번 실수에서 확실히 배웠으니까 이번엔 제대로 할 수 있을 거야. 걱정 마요."

정원이 웃는 얼굴을 보고 있노라면, 확신에 가득 찬 따뜻하고 긍정적인 말을 듣고 있노라면 승주는 이 순간만큼은 무적이 된다. 이 따뜻하고 착한 사람을 아주 많이 더 사랑하겠노라고 다짐하게 된다.

"음악 들을까? 기분 전환 하게."

두 팔을 벌려 정원을 가득 안아 버리고 싶은 마음을 누르며 승주가 일어서서 오디오 버튼을 눌렀다.

"아, 뭐래?"

정원이 짐짓 인상을 쓰며 그를 노려보았다.

"참아 줘, 제발! 어제도 오늘도 사무실에서 주구장창 들었다고, 이 노래! 귀에 못이 박힐 것 같아."

승주가 튼 음악은 그가 사랑하는 '더 원'의 신곡이었다.

지난 주 금요일에 새 앨범이 발표된 다음이라 그날부터 지금까지 경오가 하루 종일 틀어 대서 팬 아닌 정원까지 이 며칠 사이에 노래 가사를 다 익혔을 정도였다.

"좋은 건 같이 나누라는 말이 있지. 싫어도 날 위해서 들어 줘."

"아, 진짜! 더 원 그 인간들, 왜 좋은 노래는 자꾸 만들어 내서 말이야. 내 남친 영혼까지 물들였대?"

"나중에 당신 회사가 더 유명해지면 더 원 멤버들 파티를 진행하는 날도 오지 않을까?"

"말은 고마운데 아직은 꿈이지."

정원도 나름 사업에서는 야망 가득한 캐릭터인데 그런 꿈을 꾸어 보지 않았다면 거짓말이다.

지금은 아동 생일 파티 및 소소한 개인 파티 전문 업체지만, 파티 플래너의 궁극적 목표는 역시 국제적인 MICE(meeting, incentives, conventions, exhibitions) 업체로 성장하는 게 아닐까?

그 정도 거물이 되어서 대기업 행사도 빵빵하게 진행해 보고, 더 원 같은 글로벌 메가 스타의 앨범 발매 행사를 기획하는 일도 해 보고 싶었다. 덤으로 경오의 소원을 이루기 위하여 더 원의 멤버들 결혼식 행사까지도 진행할 수 있다면 얼마나 좋을까.

"특히 경오 평생 소원이잖아. 이전에 한번 걔가 포장 가게에서 알바 한 적 있는데 그때 마침 더 원 멤버 생일이라서 조공 들어가는 선물 포장을 그곳에서 했다네. 아직도 그 얘길 해. 너무 좋았다구. 근데 지금은 그 사람들이 팬 선물을 안 받으니까 그것도 못 한다고 엄청 울적해했지."

"재미있네."

정원이 슬쩍 승주의 팔을 건드렸다.

"나 슬슬 집에 갈 건데, 어떡할래?"

"왜 가? 여기서 자고 가, 그냥."

당연히 정원이 자고 갈 줄 알았다. 승주가 엄청 서운한 기색으로 만류했다.

"화장도 지워야 하고 속옷도 없단 말이야. 그냥 자기가 우리 집으로 같이 가자."

"그럴까, 그럼?"

"어차피 내일도 아침 먹으러 조식 식당에서 만날 거 아냐. 그냥 우리 집에서 같이 자자."

"가면 뭐 좋은 거 있어?"

"제일 좋은 게 있잖아. 바로 나."

정원이 승주의 볼에 기습적으로 쪽 하고 뽀뽀를 해 버렸다. 집에 가서 본격적으로 핫한 후반전을 계속해 보자는 뜨거운 밤의 신호였다.

"오늘 밤 왠지 그대에게 따뜻한 위로가 필요한 것 같아요. 당신 눈이 울고 있잖아요. 내가 대신 할게요. 당신은 그냥 내 침대 위에 누워 있으면 돼요. 제가 온몸 바쳐 당신을 한번 사랑해 볼게요."

"뭐야? 이건 더 원 노래잖아?"

승주가 어이없다는 표정이 되어 정원을 바라보았다.

정원답지 않게 엄청 시적이고 근사한 멘트를 하기에 잠시 가슴 설렜는데, 어디서 많이 들었던 대사였다. 아니나 다를까, 작년에 더 원이 발표한 메가 히트송 〈굿 나이트〉의 가사를 줄줄 읊고 있었다.

"그러니까! 이렇게 덕질이 시작된다니까? 하아, 경오 같은 진성 빅 팬을 곁에 두면 주변도 결국 이런 식으로 물들어 버린다고. 나마저도 조만간 더 원 굿즈까지 사게 될 것 같아서 무서워."

정원이 한탄했다. 그러더니만 눈을 깜빡거리면서 소곤거렸다.

"그런데 자기야. 시나, 손예은이랑 아직도 잘 연애하고 있을까?"

제주도의 짧은 여행 중, 더 원의 시나와 배우 손예은의 몰래 데이트를 목격했던 일이 떠올랐다.

"기사 난 게 딱히 없다는 건 몰래 둘이서 잘 만나고 있다는 거지. 아님 쥐도 새도 모르게 잘 헤어졌거나."

"남의 걱정, 특히 연예인 걱정은 하는 게 아니라지만, 난 두 사람이 여전히 잘 만나고 있었으면 해. 엄청 잘 어울려 보였단 말이야."

"팬으로서 나도 그래. 일만 하고 사는 인생은 너무 재미없잖아. 남들 눈에 보이는 성공도 성공이지만 자기가 정말 행복한 게 진짜 성공 같거든. 근데 난 두 사람이 여전히 잘 만나고 있는 거 같아."

"왜 그런 생각을 해?"

"이번 앨범 노래들이 다 엄청 달달하거든."

승주가 안방에서 내일 쓸 물건들을 가방에 담아 나오면서 말했다.

"가사가 하나같이 자기가 연애하지 않으면 느낄 수 없는 감정들이야. 팬들은 모르겠지만 멤버들 몇몇, 한창 연애 중인 거 같아."

"태민이 주로 프로듀싱한다며? 태민이 지금 열애 중인가?"

"가사는 모든 멤버들이 직접 쓴다니까, 뭐. 누구의 감정인지는 모르지.

하지만 확실한 건."

승주가 다가와 아까 정원이 그랬던 것처럼 기습적으로 정원에게 키스했다.

"가사가 딱 지금 내 마음이야. '당신은 그냥 내 침대 위에 누워 있으면 돼요'."

"그럼 당신이 온 맘 바쳐 사랑해 주는 거야?"

뜨겁고 오랜 키스 끝에 얼굴까지 잔뜩 붉어진 채 정원이 잠시 고개를 들고 승주에게 물었다.

"온 '맘'이 아니라 온 '몸'이야."

"윽, 은근 야하구나, 그 가사."

"제목이 굿 나이트잖아."

그리하여 두 사람은 정원의 집으로 건너가 제대로 'GOOD'한 나이트를 보내게 되었다.

정원은 승주를, 승주는 정원을 온 마음으로, 온 몸으로 끌어안았다.

이 밤, 누구보다도 승주에게는 무조건적인 위안과 위로가 필요할 것 같기에.

승주는 승주대로 자신의 곁에 남아 있는 유일한 온기이자 행복을 가득 품어 안았다.

정원의 존재가 얼마나 그에게 커다란 에너지와 원동력이 되는지. 그녀는 공감과 위로, 때로는 경청과 충고로써 항상 망설이고 항구에서 떠나지 못하던 그를 미래의 대해로 힘껏 밀어 내 주고 있었다. 앞으로 나아가게 만들고 꿈을 꾸게 만들어 주었다.

그가 무엇을 하든지 간에 그의 편이라고 말해 주는 사람이 있어서 얼마나 다행인가. 얼마나 행운인가.

"행복해."

정원이 땀이 밴 승주의 가슴에 얼굴을 묻으며 속삭였다.

대답 대신 승주도 몸을 돌이켜 다시금 정원을 아프도록 꼭 껴안았다.

"너무 졸려."

"자자."

"나 내일은 조금 늦게 출근해도 돼. 행사 때문에 직원들은 바로 현장으로 가거든. 난 오전 중에 사무실에서 업무만 보면 되니까."

한 몸처럼 꼭 껴안은 채 두 사람은 다디단 꿀잠에 빠졌다.

* * *

새벽 6시 30분.

주차장에 민호의 차가 멎었다.

"너무 일찍 올라가는 거 아녀?"

운전석에서 내리면서 민호가 조금 불편하다는 뜻을 드러냈다.

"아무리 딸 집이라도 아침 댓바람부터 들이닥치는 거 실례 같은데?"

"어제 내가 아침에 간다고 했어요. 걔 출근 전에 얼굴 보려면 지금밖에 시간이 없는데 어떡해?"

은정 여사가 뒷좌석에서 반찬 꾸러미가 든 보냉백과 과일 꾸러미를 꺼내면서 남편의 불평을 잠재웠다.

간만에 서울에 올라와서 아들딸네 두루 들러서는 반찬이며 과일 등을 풀어 주고 갈 참이라, 며칠 전부터 장을 본 물건들이 푸짐했다.

"병원 들렀다가 여길 와도 되잖아."

"그땐 정원이가 집에 없으니까. 주말마다 일이 있는 애라서 이렇게라도 얼굴 안 보면 한 달 내내 딸내미 얼굴 못 봐. 또 당신 병원 진료 끝나면 제포도 가야지, 저녁때는 용응동 사돈어른을 모시고 양평 내려가야 하는데 시간이 빠듯해요. 하루 종일 서울 시내를 뱅뱅 돌 판이야."

"그렇긴 하지만."

은정 여사가 도착한 엘리베이터에 정원의 이사 때 나눠 받은 키패드를 태그했다.

그렇게 은정 여사와 민호가 엘리베이터를 타고 올라오는 것도 모르고 정원과 승주는 그때까지 계속 침대 안에서 서로를 끌어안고 잠들어 있었다.

꿈결에선지 현실에선지, 딩동 하고 벨이 울리는 소리를 들은 것 같기도 하고, 아닌 것 같기도 하고…….

비몽사몽, 정원이 눈을 떴다. 잠에 반쯤 취한 채 실눈을 뜨고 벽시계를 보니 6시 30분.

여름이니 커튼 사이로 스며들어 온 아침 햇살은 이미 밝았다.

'벨이 울린 거 같은데. 설마 누가 이 시간에?'

화장실에도 갈 겸, 확인도 할 겸해서 정원은 자신의 몸을 꽉 감고 있는 승주의 팔을 풀어 놓고 침대에서 내려섰다.

침실 문을 열고 나오는데, 뜨아악! 막 현관을 들어서고 있는 은정 여사와 눈이 딱 마주쳤다.

"엄마, 이 시간에 웬일이야?"

"아침에 온다고 했잖아."

"아니, 그렇긴 하지만, 이렇게 일찍 올 줄은 몰랐지."

눈에 띄게 당황해하는 정원의 얼굴과 더불어 현관에 놓인 남자 구두를 봐 버렸다. 그에 은정 여사와 민호는 문이 닫힌 침실 안에 누가 있는지 금방 알아챘다.

"반찬만 넣고 우린 바로 갈 거야. 그러니까 너무 도끼눈 뜨지 마."

"아이참, 내가 언제 도끼눈 떴다고 그래? 좀 놀라서 그런 거야. 아빠, 커피 드려요?"

정원이 억지로 정신을 수습하며 민호에게 물었다.

"너희 아빠, 위염 때문에 커피 안 드시잖아."

"됐어. 바로 갈 거야."

"여기까지 왔는데 바로 가는 게 어딨어? 아침은 드시고 가셔야지."

그때 바깥에서 뭔가 두런거리는 소리를 들었는지 승주가 부스스한 얼굴로 침실 문을 열고 나오다가 민호와 눈이 딱 마주쳤다.

"엇, 장인어른! 앗, 어머님."

당황스럽기는 정원보다 승주가 더했으리라. 예상치 못하게 이른 새벽에 들이닥친 은정 여사와 민호에게 버젓이 둘이 같이 자는 모습을 봬 버렸으니. 삽시간에 그의 얼굴이 벌겋게 변했다.

"어, 어, 그래. 잘 지냈나?"

난감하기는 민호도 마찬가지.

일단 씻고 나서 인사드리겠다고 말하며 다시 침실로 튀어 들어가는 승주를 바라보던 은정 여사가 멀뚱하게 선 딸의 옆구리를 콱 꼬집었다.

"아주 잘하는 짓이다, 그래!"

큰 죄를 지은 것도 아닌데 정원의 얼굴이 벌겋게 달아올랐다. 뭔가 좀 억울해서 결국 한마디 하고 말았다.

"너무 일찍 온 엄마 탓이거든."

말대꾸한 대가로 결국 다시 꼬집혔다.

10분 후.

네 사람은 입주민 전용 조식 식당에 앉아 있었다.

"생각보다 밥이 잘 나오는구나. 이용도 많이 하는 것 같구."

"그러게, 이제는 한국에도 이런 문화가 정착되는 모양이야."

입주민에게 아침밥을 주는 아파트라니 참 편리하기도 하지.

이런 문화를 처음 접한 은정 여사나 민호가 신기한 듯 식당을 둘러보았다.

"아파트에서 아침밥을 준다니, 주부나 바쁜 사람들은 참 편하겠어."

"비싼 아파트잖아요. 관리비가 얼만데?"

"엄마, 조식은 관리비에 포함 안 돼. 돈 따로 내야 해."

"엉? 공짜 아녀?"

은정 여사가 아뿔싸, 하는 얼굴이 되었다.

공짜인 줄 알고 내심 신기하다고 생각한 아파트 조식 메뉴 맛을 한번 보려 따라왔더니만 돈을 내야 한다고?

"이 많은 사람들 아침밥을 어떻게 공짜로 줘? 좀 싸게, 출근 전 이른 시간에 어디 안 나가고 아파트 안에서 편리하게 먹는다, 이 정도지."

"아휴, 이럴 줄 알았으면 그냥 밥만 해서 집에서 먹는 건데. 내가 장어탕도 끓여 오고 된장찌개도 해 왔는데."

은정 여사가 탄식했다. 그때 직원이 다가와 네 사람 앞에 주문한 음식을 놓아 주었다.

영 마뜩잖은 표정으로 일본식 된장국 한 번을 떠먹은 후에 은정 여사가 나직하게 중얼거렸다.

"그나마 맛은 있네. 근데 이게 얼마라고?"

"엄마, 그냥 잡숴."

"임자, 그만해. 남이 해 준 밥은 오랜만 아녀? 호텔식이잖아."

"그거야 그렇지만."

남편과 딸이 만류를 하니 입은 다물었지만 계란찜 한 술을 뜰 때도, 메로구이 한 점을 젓가락으로 집어 들 때도 은정 여사의 눈빛이 계속 매서웠다.

'그래서 대체 이 아침밥 한 그릇이 얼마야?'

공짜라 여겼는데 돈을 내야 한다니 평가가 박할 수밖에.

"매실차라도 드시겠습니까?"

먼저 식사를 끝낸 승주가 일어서며 물었다.

"차도 주나?"

"네. 매실차하고 커피 있습니다. 숭늉도 있더라고요."

"그건 마음에 드네. 하긴 돈 받는 아침밥인데 이거라도 공짜로 줘야지."

차를 가지러 가는 승주의 뒷모습을 바라보며 은정 여사가 중얼거렸다. 그러다가 그녀의 눈빛이 번쩍 빛났다.

식후 차를 가지러 가기 전, 승주가 계산을 하려고 카운터에 가서는 자신의 스마트 키를 꺼내 찍는 것을 보았기 때문이다.

모르는 척 은정 여사가 정원에게 물었다.

"그럼 오늘 밥값은 어떻게 해? 돈으로 내?"

"돈으로 내도 되고, 입주민은 스마트 키로 찍으면 다음 달 관리비에 합해져서 청구된대."

"아하, 그렇단 말이지⋯⋯."

그런데 은정 여사가 지금 본 건 승주가 아무렇지도 않게 자신의 스마트 키로 조식 비용을 지불하는 모습이었다.

그 말인즉, 승주도 이 아파트 입주민이라는 것이며, 결국 정원이 말짱 부모 눈을 속이고 모르는 척 제 남자와 같은 아파트로 이사를 왔다는 뜻이었다. 밤낮으로 좋아 죽는 둘이 딱 붙어 지내기 위해서가 분명했다.

'아휴, 조 앙큼한 것. 강남 사무실로 나가는 애가 강북으로 넘어온 게 이상타 생각은 했지만 이런 내막이 있었을 줄이야.'

승주가 쟁반에 매실차 네 잔을 받쳐 들고 돌아왔다.

아까 옷도 제대로 건사하지 못한 채로 정원의 침실에서 나오던 승주의 모습을 본 민망함과 겹쳐 아무것도 모르는 척 차를 마시고 있는 정원과 승주가 너무 괘씸하고 얄미웠다.

은정 여사는 자신도 모르게 식탁 아래에서 종주먹을 쥐었다.

'이왕 이사를 내보낸 걸 다시 딴 데로 가라 할 수도 없고. 아휴, 이 기집 애. 아주 저 인간에게 홀라당 넘어가서는 그때처럼 천지 분간을 못하고 있구나?'

아무리 예쁘게 보자, 참아 내자 해도 다시 억장이 무너지는 것 같았다.

"엄마, 바로 병원 가요?"

"그래. 9시 10분 진료 예약이라서 지금 나가야 해. 그러니까 너희들은 우

187

리 신경 쓰지 말고 볼일 봐."

은정 여사 대신 민호가 대답했다.

"나도 이제 출근해야지. 그럼 병원 진료 끝나고 바로 양평 내려가셔요?"

"너희 오빠 집에도 가서 반찬 넣어 주고, 제포 들렀다가 용응동 가서 사돈어른 모시고 양평 내려갈 거야. 하루 종일 바빠."

"제포는 왜? 아, 영주네 아빠한테 가 보시려고요?"

"그래. 퇴원한다는 말이 들려서. 얼마나 회복되셨나 싶어서 얼굴 한번 보려구."

"제포에서 용응동 갔다가 다시 양평까지 바쁘시네요. 근데 아빠, 운전 오래 하셔도 돼요?"

"너희 엄마랑 번갈아서 할 거니까 걱정 마라. 임자, 다 마셨으면 일어나지. 출근 시간이라 차 막히면 시간 늦어."

바삐 차를 마신 민호가 은정 여사를 재촉해서 자리에서 일어섰다.

딱히 시간에 쫓겨서라기보다는 느닷없는 기습 방문에 놀란 것도 모자라서 예상에도 없던 아침까지 같이 먹게 되어 어색해서 어쩔 줄 몰라 하는 승주의 불편한 기색을 읽었기 때문이다.

"일도 중요하지만 건강도 잘 챙기고."

"네, 아빠. 조심할게요."

민호가 승주에게도 악수를 청했다.

"이 서방도 건강하게 지내게. 공부 시작한다니 장해. 열심히 하게나."

"네, 아버님. 조만간 한번 또 찾아뵙겠습니다."

"그래. 심심하면 놀러 와."

식당 앞에서 네 사람은 헤어졌다. 주차장으로 가는 엘리베이터를 기다리면서 은정 여사가 남편과 승주의 눈치를 살피며 몰래 딸의 옆구리를 꽉 꼬집었다.

아야야, 하고 질색하는 정원의 귀에 대고 침을 박았다.

"둘이 같은 아파트에 살면서 밤낮으로 만나니까 좋니? 어?"

귀신을 속이지 엄마를 속일 수가 없구나. 정원이 순간 잠시 말문이 막히는 얼굴이 되었다가 간신히 물었다.

"아, 엄마. 알았어? 미안. 그런데 어떻게 알았대?"

"말 안 하면 모를 줄 알았어? 앙큼하게 엄마 속이고 잘하는 짓이다!"

은정 여사가 엘리베이터를 타기 전 다시 정원의 옆구리를 소리는 안 나지만 엄청 아프게 또 꼬집어 비틀었다.

* * *

같은 시간, 한남동.

윤민은 딸이 유아원 차를 타고 시터와 함께 놀이동산으로 출발하는 것을 지켜보았다.

잠시 후 외출 준비를 마치고 막 집을 나서려는데, 휴대 전화 벨이 울렸다. 화면에는 뜻밖에도 큰동서의 이름이 떠올라 있었다.

"안녕하세요, 형님."

—동서, 잠시 통화 괜찮아?

"네. 말씀하세요."

—연준 아빠가 차츰 나아지고 있다는 소식은 들었어. 동서는 좀 어때?

"전 괜찮아요. 이제 막 집을 나가려는 참이에요. 애 아빠 병원에 들렀다가 볼일 좀 보고 저녁에는 공항 나가려고요. 오늘 우리 연준이가 귀국하는 날이거든요."

—그렇구나. 공항엔 언제 나가?

"밤 10시 반 랜딩이래요."

—그럼 같이 저녁이라도 먹을래? 그동안 동서 마음고생 심했을 텐데. 내가 아무것도 못 해 준 것 같아서 마음이 좀 그래.

통화를 하면서도 윤민은 홀로 입을 비죽였다.

큰동서는 시댁과 버금가는 재벌가 출신에다가 고상하기 이를 데 없고 능력까지 출중해서 회사 하나를 받아 경영까지 맡고 있다. 모자란 것 없이 완벽해 뵈는 큰동서에 대하여 윤민은 늘 열등감을 포함한 선망과 질투를 동시에 느끼며 살던 중이었다.

'흥, 말은 번드레하지. 망신이란 망신은 다 당하고 있는 불쌍한 내 꼴을 구경하고 싶다는 거야, 뭐야?'

고마운 마음보다 약이 오르고 얄미운 감정이 더 먼저였다.

그 어떤 좋은 소리도 곱게 들리지 않았고 자신을 위로해 주는 호의조차도 감사하게 느껴지지 않았다. 그만큼 지금 그녀의 마음이 한없이 삐뚤어져 있었다.

기분 같아서는 '필요 없어요, 됐거든요!' 하고 쏴붙이고 싶었다. 하지만 제일 서열 낮은 며느리 주제에 실세 맏동서에게 그럴 수는 없었다.

윤민은 부글거리는 짜증을 억지로 가누면서 한없이 상냥하게 대답했다.

"마음 써 주셔서 감사합니다, 형님."

—시간하고 장소는 톡으로 보낼게. 그때 봐.

"네. 시간 맞춰 갈게요."

전화를 끊고 윤민은 지하 주차장에 대기한 승용차에 올라탔다.

"거기 내가 명함 준 거, 주소가 있죠? 그리로 가요."

"알겠습니다, 사모님."

동서에게는 현석의 병실에 간다고 말했지만 사실 윤민은 그곳보다 먼저 갈 데가 따로 있었다.

30분 후.

윤민이 탄 차가 강남의 유명 한정식집 '백향'에 도착했다.

아침 9시 50분.

영업 전이라 식당 문도 열리지 않았지만, 윤민은 거침없었다.

잠겨 있지 않은 출입문을 당당하게 밀고 들어가 카운터 앞에 가서 섰다.

"조은수 여기 숨어 있는 거 아니까 안내해요. 내가 누군지 알잖아?"

영업 준비를 하기 위해 카운터 앞에서 뭔가를 부스럭거리고 있던 지배인에게 윤민은 거만하게 내뱉었다.

"무슨 말씀이신지?"

당황한 표정이 된 지배인이 다짜고짜 영업 전 이른 시간에 남의 식당에 나타나서 조은수를 찾는 윤민에게 경고했다.

"누구신지 모르겠지만 아침부터 이렇게 억지 피우시고 소란스럽게 구시면 곤란합니다."

"그럼 경찰 부르든가. 아니면 내가 기자들을 여기로 불러 줄까? 영업 전에 내가 온 것만으로 고맙게 생각은 못 하고 말이야. 감히 어디서 날 막아서?"

윤민은 하찮다는 표정으로 시치미를 떼려는 지배인에게 내뱉었다.

그녀의 눈치를 보면서 사장에게 인터폰을 하는 것을 지켜보며 윤민은 어디 한번 해보자 하듯 계속 비아냥거렸다.

"소란스러워지면 곤란한 건 내가 아니라 그쪽 사장이라고. 내 남편하고 불륜 저지른 년 찾아왔는데, 왜? 그 괘씸한 계집애를 숨겨 준 건 당신네 사장이잖아. 대놓고 상간녀 소송 걸고 여기 백향 사장이 조카의 불륜을 조장했다고 대문짝만 하게 인터뷰 해 줘? 여기 식당 평판을 아주 똥으로 만들어 볼까? 엉?"

앞뒤 가리지 않고 무작정 안하무인으로 구는 윤민을 바라보는 지배인의 시선에 경악이 물들었다. 하지만 결국 어찌할 수 없다는 듯 인터폰을 내려놓고 한발 물러섰다.

지금 소란스러워지고 큰소리가 나면 불리한 건 조은수 쪽이고, 그녀의 이모라는 백향 사장의 꼴만 우스워질 것이기 때문이다. 덤으로 참새들의 시끄러운 입방아는 덤일 테고.

"이쪽으로 오시죠."

일주일 전 음주 교통사고로 인해 재벌 유부남과의 불륜 사실이 만천하에 까발려진 상태. 기자들이며 스트리머들이 눈에 불을 켜고 찾았지만 사고 그날 이후, 은수는 증발했다.

얼굴을 몽땅 가린 채, 다음 날 새벽에 병원에서 나가는 것은 찍혔으나 그다음은 오리무중이었다.

"잘 숨었네? 머리가 좋구나. 서울 한복판 강남 대로변 영업집에 들어앉아 있었으니 누가 찾아?"

조은수가 두문불출하고 있는 식당 살림채의 방으로 들어서면서 윤민은 비아냥거렸다.

"사모님이 직접 나서시다니 제가 꽤 대단한가 봐요."

은수 역시 자포자기한 가운데 그래도 끝까지 기죽지 않았음을 주장하듯이 제법 당차게 받아쳤다.

"네가 대단해서 내가 여길 왔겠니? 불쌍해서 온 거지."

윤민 역시 지지 않고 내뱉었다.

"하지만 네 말도 일리가 있어. 내 남편 여자를 내가 먼저 나서서 정리한 적은 없는데 이런 경운 네가 처음이야."

며칠 새 마음고생이 극심했던 건 그쪽도 마찬가지였던가 보다.

윤민을 마주 노려보고 있는 은수의 몰골은 과장 조금 보탠다면 유령 같았다. 며칠 동안 물 한 모금 제대로 넘기지 못했는지 눈 아래가 검고 퀭했다.

"그래. 너 참 대단하다고 인정해 줄게. 됐니?"

윤민은 핸드백을 열어서 봉투 하나를 꺼내 탁자에 놓아 주었다.

"내일 새벽에 출국한다지? 한참 잘나가려던 판국에 이런 일이 터져서 안타깝네. 하긴 뭐, 자업자득이려나."

입술을 꽉 깨물고 노려보던 은수가 악에 받쳐서는 소리쳤다.

"그래, 참 속 시원하겠어요, 사모님? 하지만 두고 봐요. 나 반드시 돌아올 거니까. 지금은 여러모로 시끄러워서 잠시 숨죽이고 있겠지만 나, 오빠랑 절대로 못 헤어지니까! 각오하라고."

"네 그 패기는 좋은데 현실을 알아야지. 이 봉투, 누가 내놓은 거 같니?"

윤민은 표정 하나 변하지 않고 아직도 어려서 무지갯빛 환상에서 깨어나지 못한 은수를 비웃었다.

"네 남자라고 믿는 내 남편이 나더러 정리를 부탁했어. 그래서 내가 여기까지 수고롭게 찾아온 거야. 네가 여기 숨어 있다는 걸 내가 어떻게 알았겠니? 네가 정성스럽게 내 남편에게 열심히 보낸 문자를 통해 알았지. 근데 내 남편이 이제 너 귀찮대. 너하고 나눠 가진 휴대 전화까지 나한테 맡겼어. 네가 갈수록 집착 쩔고 너무 나대는 것 같아서 싫증 났대. 이만 정리하자는데?"

소설보다 더 지독한 현실의 모욕 앞에서 은수의 표정이 싹 변했다.

"좋을 때는 반짝반짝 황금빛 찐사랑으로 느껴졌을 테지만, 원래 그런 거야. 바닥 쳤을 때 그 사람 진심이 보이는 법이지."

윤민은 비참함밖에 없을 은수의 심장을 태연자약하게 더 짓밟고 잔인하게 뭉갰다.

"네가 아는 내 남편의 바닥은 어떤지 모르겠는데 내가 아는 내 남편 바닥이 이래. 어제오늘 나오는 기사, 좀 봤니? 내 남편은 죽어도 술 마시고는 운전대를 잡는 사람이 아닌데, 그날은 네가 부추겨서 그렇게 되었다던데? 그러니까 조은수가 음주 운전 방조를 넘어서서 부추기기까지 한 원흉이란 거지."

"마, 말도 안 돼! 그런 거짓말이 통할 줄 알아요?"

"응. 거짓말 맞아. 하지만 이 거짓말이 진실이 될 거야."

"난 사실대로 진술했어요. 내가 말렸지만 오빠가 고집 피워서 운전대를 잡은 거란 말이에요! 대리 기사까지 불렀는데 그냥 돌려보낸 사람도 오빠라고요. 못 말린 죄밖에 없는 내가 왜?"

"그런데 어떡하나? 진실이 뒤집혀졌는데. 네 애인이자 내 남편이 경찰에게 진술 번복 할 거야. 거기다가 음식점 주인도 네가 얼굴 팔리는 게 싫다고 화까지 내면서 대리 기사를 돌려보냈다고 증언했고 말이야. 뉴스 기사가 다 그렇게 나오고 있는데, 너네 소속사는 뭐 한다니? 쯧쯧. 대스타님 여론 관리를 이렇게 안 해 줘?"

윤민의 거침없는 독설 앞에서 은수가 순간 넋이 빠진 표정이 되었다.

"어쩌겠니? 살 사람은 살아야지. 내 남편이 미안하다고 전해 달래. 이건 그 미안함의 대가이고."

윤민은 앞에 놓인 봉투를 은수 앞으로 더 밀어 냈다.

"나쁘지 않게 넣었어. 몇 년 외국에서 충분히 지낼 만할 거야. 그러고 보면 내 남편이 다른 여자들보다 훨씬 더 널 예뻐라 하긴 했나 보다. 위로금 액수가 다르더라. 부러워."

말문이 막힌 건지, 기가 차고 배신감에 사로잡혀 넋이 빠진 건지 은수가 멍하니 윤민을 건너다보다가 두 손으로 얼굴을 확 가려 버렸다.

"흑!"

"내가 할 충고는 아니지만 앞으로는 남자 따윈 믿지 마. 너, 그럼 성공 못 해. 알았니?"

"지랄 그만하고 나가요! 지금 너무 기분 좋죠? 이만하면 충분히 비웃고 모욕했으니까 마음 풀렸을 거 아냐? 그러니까 제발 내 눈앞에서 꺼져 달라고요!"

"네가 말 안 해도 여기 오래 있을 생각 없어. 난들 이 상황이 유쾌하겠니?"

윤민이 천천히 자리에서 일어섰다.

"마지막으로 하나만 더 알려 줄게. 네가 내 남편하고 이런 결말이 난 이유 말이야. 제대로 듣고 다음에 또 유부남 만날 때는 절대로 실수하지 마."

"닥쳐요……. 그만하라고요……."

얼굴을 가린 은수의 두 손 사이로 물기가 흘러내리고 있었다.

"애 둘이나 있는 유부남한테 애 가졌다고 함부로 거짓말하면 못써요. 알겠어요? 그냥 잘난 사랑만 해. 없는 애 앞세워서 감히 안방 노리지 말고."

속에 담아 둔 독한 것들을 다 털어 내고 나니 병아리 눈물만큼은 후련해졌다.

머리털이라도 한번 제대로 쥐어뜯어 주고 따귀라도 갈겨 주지 못한 건 좀 아쉬웠지만, 잔뜩 굴러먹은 사람처럼 천박하게 굴 순 없었다.

이 정도만 해도 잔뜩 초라해진 은수의 모습. 배신감에 젖어 허무하게 흘리는 그 눈물이 바로 현석과 그녀의 '트루 러브'의 진짜 모습 같아서 속 시원해졌다.

하지만 은수를 두고 방에서 돌아 나오면서 윤민은 그만큼 우울해지고 자괴감에 휩싸이고 있었다.

은수의 거짓된 사랑이나, 허울뿐인 그녀의 결혼이나 사실은 마찬가지였다.

얼핏 보기에는 금빛으로 반짝거리는 진품인 듯싶지만 손톱 끝으로 조금만 긁어 보면 곧바로 시커먼 바닥이 드러나는 얄팍한 가짜. 그런 것을 진짜라고 믿으며 억지로 살아 내는 점에서 은수나 윤민 둘 다 똑같은 팔자였다.

살림채에서 나와 안뜰을 가로질러 주차장 쪽으로 바로 나가려던 윤민은 발길을 멈추었다.

'응?'

뜻밖에도 여기서 만날 거라고 생각하지 못한 사람이 차에서 내리는 것을 보았기 때문이다.

또한 차에서 내린 정원 일행을 맞이한 사람은 뜻밖에도 '백향'의 사장이었다.

"어서 와요!"

"안녕하세요, 사장님."

"그럼요, 안녕했지. 와 줘서 고마워요, 내가 우리 유 대표를 많이 기다렸잖아."

서로 반갑게 인사를 나누는 모습에서 그들의 친분 관계를 짐작하게 만들었다.

조카 일로 어수선한 속마음이 어떨지는 모르지만, 겉으로야 아무런 기색이 없이 사장은 그들을 반기더니만 직접 안내를 해서 건물 안으로 들어갔다.

'쟨 또 여기 웬일이야? 여하튼 안 쑤시고 다니는 데가 없다니까.'

카메라를 든 사람도 있는 걸로 보아 아마도 백향에서 행사를 진행하는 모양이다.

'여기가 보통 급이 아니라서 개인 행사 진행은 거의 허락을 안 해 준다던데 용케 뚫었나 봐.'

윤민으로선 영 못마땅하고 약 오르는 일이지만, 그때 정원네 회사가 영국의 묵인하에 세린병원에서 진행한 병원 결혼식은 생각보다 큰 반향을 일으켰다고 들었다.

그러다 보니 소문을 듣고 올댓파티에게 파티 기획을 의뢰하는 사람이 많아졌나 보다. 업체 위상이 올라가니 행사를 진행하는 장소 섭외도 이전보다더 쉬워진 게 분명했다.

'또 눈웃음 살살 치면서 얼마나 여우 짓을 해 댔으면 대단한 여기까지 뚫었대? 참 재주는 재주야, 흥.'

백향 사장은 자기 음식과 식당에 대한 자부심이 강해서 어중이떠중이는 안전에 넣지도 않는다더니만 역시 방송의 힘이 강하긴 한 모양이었다.

'기껏 남의 파티 뒷설거지나 하는 주제에 뭐나 된 듯 거들먹거리는 꼴이라니? 아유, 얄미워. 금세 망했으면 좋겠는 애가 승승장구하는 걸 보고 있어야 한다니, 재수 없네.'

입을 비죽거리면서 윤민은 고개를 곧추세우고 기다리고 있는 차로 다가갔다. 대기하고 있던 기사가 얼른 차 뒷문을 열어 주었다.

"애 아빠 병원으로 가요."

"알겠습니다."

기사가 차 문을 닫아 주고는 얼른 운전석으로 가 앉았다.

우연하게도 윤민이 정원을 본 것처럼 그녀는 몰랐지만, 건물 안으로 들어

가던 정원의 일행 중 아름이도 윤민이 차를 타고 가는 모습을 보게 되었다.

"정원아, 저기 차 타는 사람, 너네 예전 시누 아냐?"

아름의 말에 정원도 고개를 돌렸다. 그러나 이미 차는 식당 문을 나가고 있었다.

"확실해?"

"그런 것 같은데? 너희 큰시누. 재벌가 며느리라고 엄청 잘난 척, 도도한 그 모습은 잊기 힘든 캐릭터였지. 내가 사람 얼굴 잘 기억하는 건 네가 더 잘 알잖아."

"뭐 볼일이 있어서 왔다 가나 보지. 근데 식당 오픈도 안 했는데 왜 왔대?"

그러자 아름이 정원의 허리를 쿡 찔렀다.

'왜?' 하고 눈으로 묻자 손가락으로 입에다 지퍼를 잠그는 시늉을 했다.

"나중에……."

"알았어."

백향 사장이 개인 모임을 주로 치르는 2층의 룸 중에서도 가장 큰 공간으로 그들을 안내했다.

"여기가 주로 가족 모임이나 상견례 장소로 사용하는 가장 큰 방인데 24인까지 가능해요."

환갑잔치의 호스트가 될 아름이 방 크기와 좌석 수를 확인했다.

"그날 참석 인원이 한 열다섯 명 정도 되거든요. 18인 석으로 변경은 가능한가요?"

"당연히 변경해 드려야지. 고객님 요청인데 안 되는 게 어디 있어요?"

"그럼 좌석 위치를 뒤쪽으로 조금 물리고, 남는 여기 앞 공간에 큰 상 앉히고 포토 존 꾸미면 되겠는데? 호중 씨 생각은 어때요?"

"여기 앞뒤 벽 쪽으로 꽃 장식 좀 들어가고, 출입문 근처에다가 거 왜 결혼식 때 하는 것처럼 주인공분의 추억의 사진전을 꾸미면 어떨까요? 선물

상자도 그쪽에다가 쌓아 두고요. 그럼 잔치 분위기가 처음부터 확 살 것 같은데."

따라온 신입 직원 호중이 찰칵찰칵 현장 사진을 찍었다. 얼른 정원의 제안에다가 자신의 의견을 보태면서 태블릿 PC에 메모도 했다.

"그거 좋겠다. 신입이 빠릿빠릿 일을 참 잘하시네."

호중의 말에 마음에 들었는지 아름이 한마디 했다.

"그치, 그치? 우리 호중 씨 센스가 얼마나 뛰어난지 몰라. 지난주에도 행사 진짜 멋지게 잘 마쳤잖아. 완전 보물 1호야."

"과찬이십니다, 대표님."

칭찬은 고래도 춤추게 한다더니 정원의 아낌없는 칭찬은 신입 호중 씨도 춤추게 만들었다.

"그럼 3주 후, 토요일 저녁 6시부터 9시까지 세 시간, 18인으로 진행할까요? 참, 그날 큰상 들어가는 건 따로 비용 들어갑니다. 아시죠?"

"네. 알고 있어요. 너무 전통적인 스타일 말고요. 간소하지만 멋들어진 상차림으로 부탁드려요. 우리 아빠가 좀 젊게 사시는 편이거든요. 참, 그날 사회는 누가 봐, 정원아?"

"우리 호중 씨. 레크리에이션 1급 자격증 가진 능력자거든. 대학 때도 학교 행사 하면 다 휩쓸고 다녔대. 다른 대학으로 출장까지 나갈 정도였다니까."

"아하, 그래서 같이 외근 나오셨구나. 잘 부탁드립니다."

"네. 맡겨만 주시면 최선을 다하겠습니다!"

호중이 믿음직하게 대답했다.

행사장 실사가 끝난 후, 아름이 환갑잔치 식단 예약 및 결제를 위해 사장과 함께 상담실로 내려가고, 정원은 호중과 함께 식당 1층 룸에서 기다리고 있던 다른 직원들과 합류했다.

마침 백향으로 사전 조사 나가는 김에 사장에게서 받았던 상품권을 이용해 전 직원이 여기서 점심 회식을 하게 된 것이었다.

'그래, 괜찮아. 내가 월요일 아침에 드라이한 머리를 뜯긴 피해 보상금이라고 생각하자.'

자꾸만 불편하고 찜찜한 마음을 억지로 가누면서 정원도 영주 옆자리에 앉았다. 좀 있다가 볼일을 마친 아름이 룸으로 들어오자, 이내 음식이 나오기 시작했다.

블루벨 종 두 개나 받은 식당이라고 하더니만 과연 들어오는 음식 하나하나가 격이 다르고 때깔이 달랐다.

일전에 병원 결혼식 일 때문에 승주와 함께 영국을 만나서 같이 식사했을 때도 참 대단한 집이다 속으로 감탄했더랬다. 이날도 마찬가지였다. 음식에 관한 한 흠잡을 데가 없었다.

"가격도 어마어마하고 분위기도 죽이는데 맛은 어떤지, 어디 한번?"

영주가 제일 먼저 젓가락을 들고 접시로 돌진했다. 음식을 맛보자 눈이 커지더니만 사람들에게 재촉했다.

"맛있다, 이거! 먹어 봐. 어서 먹어 봐. 이거 찐이야!"

"미식가 영주가 인정한 맛이라니. 어디 나도 한번?"

정원을 비롯한 다른 사람들도 일제히 젓가락을 음식 접시로 옮겼다.

"와, 이건 인정 안 할 수가 없다."

"진짜 맛있는데?"

"음식이 아니라 그냥 예술 작품이네요."

"나 이런 건 난생처음 먹어 봐."

"나도. 이렇게 맛있는 것도 처음인데 이렇게 비싼 집도 처음이야."

이구동성, 엄지 척이었다. 백향 사장이 자신은 음식 가지고는 장난치지 않는다고 자신 있게 말하더니만, 과연 그 말은 맞았다.

"이렇게 맛있는 걸 먹으니까 힘든 일도 기쁘네요."

좋아라 하며 식사를 하는 직원들의 모습에 정원의 내내 찜찜했던 마음이 조금 가셨다.

'그래. 좋게 생각하자. 음식에는 죄가 없지.'

이유가 뭐건 간에 영주 말대로 평생 제 돈 주고 올 일 거의 없을 비싼 식당에서의 공짜 점심. 감사하게 잘 먹자. 정원은 마음속으로 다짐했다.

하물며 백향에 대하여 조사를 해 보니, 이곳은 생각보다 개인 행사 예약을 하기 힘든 곳이었다.

외신에서도 주목할 정도로 하이엔드 퀴진으로 유명한 집이라 가격도 엄청났지만, 사장이 자신의 음식과 한국 문화에 대한 이해도가 낮은 고객은 행사 요청을 거절한다고 적혀 있었다.

그런 점에서 올댓파티가 백향의 섭외에 성공한 건 정원의 이름 뒤에 서 있을 영국 때문에 사장이 특별히 배려해 준 것이 분명했다.

'어쨌든 고맙게 생각해야지, 뭐. 섭외 어려운 곳인데 성공했으니까.'

맛있는 음식으로 입 호사를 하면서 정원은 생각했다. 아름이가 정말 전시누이 윤민을 여기서 봤을까? 그게 맞는다면 여긴 왜 온 걸까? 마음속에 은근히 계속 걸렸다.

"이 집 음식을 우리 아빠가 참 좋아한다더니만 이해가 되네."

아름이 자신의 접시를 마지막까지 깨끗이 비우면서 중얼거렸다.

"덕분에 내 지갑은 탈탈 털렸지만 잔치 해 드리는 보람은 있겠어. 여기서 파티를 할 수 있도록 섭외 잘 해 줘서 고맙다, 정원아."

"뭘? 이게 우리가 하는 일인데. 아름 고객님, 최선을 다해서 만족시켜 드리겠습니다아."

그날 아름이 백향을 콕 찍어서 환갑잔치를 한다고 하길래 참 인연도 묘하다 싶었다.

그런데 나중에 아름과 다시 통화를 해 보니 처음에는 그쪽에게 거절을 당했단다. 하지만 그 환갑잔치를 올댓파티에서 진행할 거라고 말하니 갑자기 백향 사장이 손바닥 뒤집듯이 단번에 승낙해 주었다는 것이다.

그 말을 듣고 보니 그날 강아지 파티 건으로 사무실에 굳이 찾아온 백향 사장이 아름의 잔치 등 여러 가지 일을 다 염두에 두고 미리 다녀간 게 아닌가 하는 의심 겸 확신이 들기 시작했다.

마지막 코스 요리가 나올 때쯤, 문밖에서 노크 소리가 들렸다.

"다들 잘 자셨어요? 어때요, 우리 집 음식?"

뜻밖에도 백향 사장이 직접 큰 접시를 하나 들고 들어오며 호탕하게 물었다.

"음식이 모두 하나같이 정말 맛있어요. 진짜 잘 먹었습니다."

"너무 정갈하고 근사해요. 나중에 꼭 귀한 손님들 모시고 같이 오고 싶어요."

"말만 들어도 너무 고마워요. 다음에도 또 찾아 줘요. 우리 집 디너는 가격이 좀 되지만 요즈음 트렌드에 맞추어 합리적인 가격으로 런치 메뉴도 하고 있으니까."

그녀가 특별히 정원 앞에 잣가루를 훌훌 뿌려서 더 먹음직스럽게 보이는 갈비구이 접시를 내려놓으며 물었다.

"어때요, 유 대표? 내 음식 먹고 나니까 마음이 좀 풀렸어요? 나름 나는 최선을 다했는데. 풀렸으면 좋겠어."

"정말 맛있게 먹었어요. 음식은 곧 그 사람이라는데, 사장님 정성이랑 마음이 다 담겨 있는 게 보였습니다. 감사합니다."

정원의 말에 백향 사장이 활짝 웃었다.

"아, 다행이다. 나 진짜 긴장했잖아. 하하하."

그녀가 호탕하게 웃으며 박수까지 쳤다.

익히 눈치챈 것과 마찬가지로 자신의 음식에 대한 자부심만큼이나 칭찬에 약한 사람이었다. 하물며 은근히 눈치 보던 정원이 진심으로 잘 먹었다고, 이 집 음식 잘한다 칭찬하자 마치 소녀처럼 얼굴까지 발그레해지면서 좋아했다.

생각 이상으로 나이답지 않게 겉과 속이 일치하는 꽤 희귀한 사람이었다.

전 시아버지의 불륜녀라는 선입견을 빼고 본다면 인간적으로 매력적인 사람임에는 틀림없었다.

"자 자, 얼른 드셔, 식기 전에. 이 갈비구이가 말이야, 원래 단품으로 판매하는데 인기가 아주 좋지. 우리가 지정한 한우 목장에서 키운 소라 한정 판매거든. 오늘은 서비스니까 마음껏 드시고 다음에 또 와서 그때는 매상 좀 팍팍 올려 줘요, 하하하."

"아휴, 앞으로도 저희가 잘 부탁드립니다."

올댓파티 직원들이 큰 목소리로 합창하듯 인사했다.

* * *

같은 시간.

윤민이 탄 차가 현석의 병원에 도착했다.

윤민이 병실로 들어가니 현석이 비서의 도움을 받아 식사를 하고 있는 게 보였다.

문이 열리자 고개를 돌리는 현석의 표정 위로 약간의 실망감이 스쳐 지나가는 듯했다.

"왜? 조은수가 아니라 나여서 실망했어?"

"이 사람이!"

윤민이 짐짓 웃으며 내뱉자 현석이 정색하며 불쾌한 표정이 되었다. 그러거나 말거나 윤민은 다시 쏴붙였다.

계속 속이 부글거려서 한 번은 제대로 쏴붙여야 잠을 잘 수 있을 것 같았다.

"당신한테는 유감이겠지만 그 애, 출국했어."

새빨간 거짓말 앞에서 현석이 놀란 표정이 되었다.

"뭐?"

"스캔들 커질 거 같으니까 뒤도 안 돌아보고 도망친 거지 뭐. 참 영리한 애야. 안 그래?"

"진짜야, 은수 출국한 거?"

"그럼 내가 뭣 하러 거짓말을 해? 당신도 예상했을 거 아냐? 어머님께 만나는 걸 묵인받는 대신 절대로 말썽 안 피우겠다고 약속했다며? 그런데 이렇게 큰 사고를 쳐 버린 것도 모자라서 만천하에 당신하고 그 여자의 불륜 관계가 드러났는데 어르신들이 가만히 있을 거라고 믿었어?"

윤민이 신랄하게 받아치자 현석이 아무 말도 못 하고 가만히 앉아 있기만 했다.

"김 대리는 나가 봐요. 내가 대신 있을게."

"네, 사모님."

비서가 문을 닫고 병실에서 나갔다.

"선 넘지 마. 당신만 힘들어져."

"진짜 이럴 거야?"

현석이 벌컥 화를 냈다.

"뭐가?"

"은수 내보낸 거, 당신이 난리 쳐서 그런 거 아냐?"

"내가 난리 칠 건 뭐 있어? 또 내가 왜 손을 더럽혀? 당신이 어디 한두 여자를 만나고 다녔니? 오다가다 흘린 사랑이 어디 한두 개냐고? 그 많은 애들 중 하나인데 내가 왜 그 여자한테만 신경 쓰겠어?"

윤민은 침착하게 현석을 노려보며 쏘아붙였다.

"김 대리가 보고하겠지만, 당신 음주 운전, 조은수 책임으로 만들었어."

"아니, 어떻게 그래? 사고 당일 은수가 진술한 게 있을 텐데."

"변호사가 왜 있겠어? 당신도 경찰한테 조사받을 때 그렇게 진술해. 당신은 운전 안 하려고 했는데 조은수가 그냥 운전해도 된다고 종용하고 대리 기사까지 돌려보낸 거야. 식당 사장도 그렇게 진술했어."

"내 책임 피하자고 은수한테 다 뒤집어씌울 순 없어. 걔는 죄가 없다고!"

"현실 파악 좀 해라, 이 멍청한 남자야!"

윤민은 여기까지 와서도 은수 편을 들려 하는 현석에게 화를 냈다.

지금 제 코가 석 잔데 누굴 걱정하고 앉아 있는 건지. 꼴에 남자라고 어리석은 짓은 혼자 다 하려고 하고 있었다.

"몇 번을 말해? 정식으로 기소되면 골치 아파지니까 그 계집애는 영악하게 곧바로 해외로 날았다고. 어머님이 큰 거 한 장 쥐여 주니까 감지덕지하면서 곧바로 출국했대."

"진짜야?"

"그렇다니까. 자기가 뒤집어쓰는 조건치고는 꽤 두둑한 대가였나 보지. 어머님, 통 크신 건 당신도 알잖아? 당신 하는 짓이 얼마나 선을 넘었으면 어머님이 직접 나서서 결단 내리셨을까?"

"엄마, 화 많이 나셨지?"

현석이 조금 망설이더니만, 윤민의 눈을 애써 피하면서 물었다.

하찮은 마누라는 무시해도 되고 두렵지 않지만 제 엄마는 무섭다 이 말이었다.

낼모레 마흔인 가장이면서도 아직도 '엄마, 엄마'를 부르짖으며 눈치나 살피고 철없이 구는 이 남자. 너무 뻔뻔하고 비겁한 남편 얼굴을 주먹으로 쳐 버리고 싶은 충동을 억누르며 윤민은 상냥하게 대답했다.

"어머님만 화나셨겠어? 아버님은 더 하시지."

"하아, 내가 미쳤지! 그때 술은 왜 마셔 가지고."

"후회해도 늦었어. 근데 당신."

윤민은 현석에게 한 발자국 더 가까이 다가갔다.

"내가 처음이자 마지막으로 하는 충고야. 작작 해라."

"뭐라고? 당신, 이제 막 나가기로 한 모양인데 말조심해."

현석이 어이없다는 얼굴로 윤민을 바라보며 마주 쏘았다.

그러거나 말거나 윤민은 있는 대로 눈에 독을 담은 채 참고 참은 속마음을 확 까발렸다.

"둘이서 애틋하게 로미오와 줄리엣 영화 찍는 건 좋다 이거야. 자유롭게 살아도 정도라는 게 있어. 이번 일 같은 건 다시 벌이지 마. 추해."

"당신 왜 그래? 뭐 잘못 먹었어? 오늘 말이 너무 심하다?"

"대체 이게 무슨 망신이야? 오늘 우리 연준이가 귀국하는데, 한국 와서 제일 처음 접하는 뉴스가 아빠의 음주 운전에다 교통사고 소식도 모자라서, 심지어 다른 여자랑 바람피우다가 들통났더라, 이게 뭐야? 애가 학교 가서 얼마나 다른 친구들 앞에서 망신당할지, 생각은 해 봤니?"

평소 그의 행동에 대하여 거의 입도 떼지 않던 윤민이 작정하고 다다다 쏘아붙이자, 울컥 화를 내려던 현석이 그만 밀렸다. 더 이상 대꾸할 생각도 못 하고 입을 꾹 다물었다.

다른 건 몰라도 그는 실세 회장님의 사랑을 듬뿍 받는 애들에게는 100점짜리 아빠이고 싶은 위선적인 사람이었다.

그렇다 보니, 아들이 학교에 가서 네 추문 때문에 망신당하고 따돌림당하면 어쩌냐 하는 말에는 반박할 수가 없었던 것이다.

"애틋한 감정이며 찐 사랑은 둘이 알아서 하는데, 당신 그 사랑 놀음 때문에 날 비롯한 다른 사람들은 뒤처리하느라 바쁘다는 것만 알아 둬. 사람이 양심이 있으면 조금은 미안해해야 정상 아냐?"

"……그래, 이번 일은 미안하게 됐어. 내가 당신한테 낯이 없다."

"당신한테 전하랬어. 이 기회에 구질구질한 것들 다 정리하래."

"엄마가 그래?"

"그래. 또 이런 일이 벌어질 가능성을 애초에 차단하라는데 내가 해? 아니면 당신이 먼저 알아서 정리할래?"

"내가 알아서 정리할게."

윤민이 그만 풋 하고 웃고 말았다.

"당신 말하는 거 보니까, 조은수 말고도 정리할 여자가 또 있었구나?"

현석이 휙 고개를 돌려 버리며 윤민의 시선을 외면했다. 아무 말도 하지 않았지만 대신 그의 귀가 빨개지고 있었다.

윤민의 가슴이 용암처럼 시뻘겋게 불타올랐다. 갱생 불가능한 이 인간을 상대로 얼마만큼 화를 내야 하고 난리를 쳐야 하는지, 분간을 할 수가 없었다. 이건 뭐 거의 절망적인 수준이었다.

"조은수가 당신 지금 이 얼굴을 봐야 하는데. 얼마나 배신감 느낄까? 걔는 당신한테 자기가 '온리 트루 러브'라고 철석같이 믿고 있더라."

"그만해."

"걔가 조금 불쌍해지려고 그래. 너무 안됐다. 나랑 이혼하고 걔랑 결혼하기로 서로 약속했고, 자기가 아기도 가졌다고 어머님 앞에서 당당하게 소리칠 정도로 당신한테 올인한 것 같던데 말이야. 우린 진짜 사랑한다고 절박하게 주장하는 그 애 얼굴을 당신이 봤더라면 감동했을 거야."

"아후! 그런 소릴 왜 해? 멍청하기는."

비로소 현석의 표정에 노골적인 짜증스러움이 번졌다.

다른 건 몰라도 '결혼한 아내 말고는 자식을 보는 건 안 된다'가 시댁의 철칙이었다. 그랬기에 현석도 윤민과 결혼해서 아이 둘을 낳은 후에 곧바로 수술을 한 것이었다.

그런데 은수가 멍청하게도 감히 시모 앞에서 임신 운운하며 난리를 피웠으니 철퇴를 맞을 수밖에 없었으리라.

은수에 대하여 애틋해하던 현석의 마음이 순식간에 싸악 식어 내리는 것이 보였다. 그런 얄팍한 속내가 다 읽혔기에 윤민의 마음이 조금 풀렸다.

아직도 윤민은 사고를 당한 현석이 깨어나자마자 무의식 속에서도 은수부터 찾던 것을 용서하지 못하고 있었다.

'참 대단한 사랑 납셨네' 하고 비웃는 순간에조차 현석이 진짜 은수를 사랑했구나, 이 애한테만은 진심이었구나, 진짜 정신 차린 후에 은수하고 살겠다고 나서면 난 어떡하지? 하고 불안해했던 게 너무 억울할 지경이었다.

"당신의 '트루 러브' 부피가 이 정도밖에 안 되나 봐? 너무 납작한데?"

"그만하라니까. 나도 충분히 반성하고 있다고."

"그래. 뭐, 당신은 심각하고 귀찮은 게 싫은 사람이지. 조은수하고 관계는 이제 확실히 끝내겠다고 결심했나 보네. 하긴 어머님 레이더망에 걸렸으니 여전히 사랑한다 해도 힘들겠지만 말이야. 아, 참. 한 가지 더 전할 게 있어."

"또 뭔데?"

"내일 퇴원하면 당신, 당분간 출근하지 말고 집에서 자숙하래."

현석이 어안이 벙벙한 얼굴로 윤민을 건너다보았다. 자신이 지금 들은 말을 믿을 수 없다는 듯 아연실색한 얼굴이었다.

"말도 안 돼! 나를 회사에서 쫓아낸다고? 누가?"

"어머님 못지않게 아버님도 화가 많이 나셨다고 했잖아. 회사 이미지 망칠 일 있냐고 나한테까지 고함지르시더라. 당신 어제부터 이미 대기 발령 상태야. 경제면에 기사도 났어."

"윽!"

현석이 두 손으로 머리통을 감싸 안았다. 그러다가 다친 가슴 쪽이 고통 스러웠는지 신음을 삼키며 고개를 푹 떨어뜨렸다.

"가슴뼈 아물 때까지 집에서 애들 보는 시늉이라도 해. 조금이라도 미안 한 마음이 있으면. 이걸로 당신 아버님 눈에 확실히 난 거 알지? 조심하는 게 좋을 거야."

독한 말을 있는 대로 퍼붓고 돌아섰지만 이미 상처받고 굴욕스러운 윤민 의 마음은 여전히 그대로였다.

* * *

점심 식사를 마치고 올댓파티 직원들이 백향에서 나왔다.

"난 아름이하고 잠시 커피 마시고 들어갈게. 먼저들 들어가셔."

"알았어. 그럼 우리 먼저 사무실 가 있을게."

"경오야, 들어가자마자 연희동 파티 거기 수영장 설치 업체하고 확인 통화 해야 해."

"알았어."

"서 이사야, 케이터링 서비스, 체크 한 번만 더. 메뉴랑 재료표, 연재 어머니께 보내서 오케이 사인 받아야 해."

"즉시 처리하겠습니다, 대표님!"

사람들이 차를 타고 떠날 때까지 자질구레하게 처리해야 할 일들을 하나하나 체크하고 지시하는 정원을 바라보던 아름이 물었다.

"뭔가 비장해. 전쟁 나가기 전 준비 같아. 문제의 그 '연희동 파티'가 드디어?"

"응. 드디어!"

백향 근처 카페에 가서 앉으며 정원이 대답했다.

"오늘 나 때문에 고생했으니까 커피는 내가 살게."

잠시 후 아름이 음료 트레이를 받아 오며 물었다.

"근데 준비는 잘되어 가고 있어? 원래 바빠서 죽을 시간도 없는 게 너였는데 요즈음은 어떻게 된 게 나보다 너희들이 더 바빠? 올댓파티, 방송 한번 제대로 타더니만 대박 났나 봐?"

"대박은 뭐, 아직 멀었지. 흐흐흐."

아닌 척하려 해도 웃음이 실실 났다.

바쁘다는 건 사업이 잘된다는 거고 조만간 떼돈 번다는 말이지. 정원은 씩 웃다가 남들은 모르는 고충에 대해서 아름에게 하소연을 했다.

"근데 연희동 생파, 내가 전화로도 말했지만, 다 준비해 놓은 행사인데 주인공 애가 갑자기 아파서 입원하는 바람에 2주 후로 미루어진 거 아냐. 그 바람에 우리 다 진짜 피똥 쌌어. 아, 생각만 해도 끔찍하다야."

"하긴 고객들은 자기 행사만 생각하지 줄줄이 잡힌 다른 행사는 신경 안 쓰니까."

"그것도 그렇지만 사실 파티 하나에 준비할 게 진짜 많잖아. 음식이며 장식이며 알바며 협력 업체 사정이며. 다 조정해 놓고 대기하고 있는데 갑자기 어그러져 버리니까 그걸 다 다시 조정하고 일정 만들고 처리해야 하거든. 파티 하나 새로 준비하는 거 하고 똑같아. 당장 꽃만 해도 그날 쓸 거라고 미리 주문이 다 들어갔는데 갑자기 우리가 캔슬을 해 버리면 그 집은 그 집대로 난감해지는 거야. 꽃 같은 건 생물이잖아."

"손해가 많았어?"

"다행히 뭐 당일 캔슬은 아니었으니까. 그래도 잡아 둔 협력 업체 한두 군데에서 안 좋은 소리 좀 들었다."

"너희 잘못도 아닌데 뭐 그렇게까지 불평한대? 주인공이 아픈 건 파티 행사 업체로 보면 거의 천재지변에 가까운 사건 아냐?"

"그렇긴 하지. 작년에 내가 했던 이야기 기억하지? 왜 그때, 파티에 오던 도중에 아빠가 교통사고 나서 시작도 못 해 보고 애 생일 파티 끝나 버린 거."

"그래. 그 이야긴 지금도 마음 아프다. 자기 생일이 아버지 제삿날이 된 거잖아."

정원뿐 아니라 아름의 목소리에도 그늘이 서렸다.

행복하고 즐거운 일을 축하하려고 파티를 하는데 때로는 그 기쁜 시간이 불행과 비극으로 끝나는 경우도 있다. 예컨대, 작년에 올댓파티가 진행했지만 시작도 하기 전에 끝나 버린 슬픈 생일 파티 같은 것 말이다.

지방으로 출장 간 아버지가 아이의 생일 파티 시간에 맞춰 서울로 올라오다가, 졸음운전을 한 트럭과의 추돌 사고로 현장에서 사망한 것이다.

너무나 기막힌 소식 앞에서 울지도 못하고 하얗게 질려 털썩 주저앉아 버리던 앳된 아이와 엄마의 얼굴이 지금도 생생했다.

"자기 생일 파티 때문에 아빠가 사고당해서 죽었다고 평생 자신을 원망하며 살게 될까 봐 너무 마음 아팠어. 겨우 열 살이었는데."

"근데 너 그 생일 파티, 행사비는 받았니?"

역시 찌르면 피 대신 수임료가 좌르륵 소리 내며 쏟아질 것만 같은 변호사 아름이다운 질문이었다.

"받긴 받았는데 솔직히 좀 미안하고 염치가 없고 그랬었지."

"너는 뭐 땅 파서 장사해? 사업인데, 대금 결제는 확실히 해야지. 안 망하려면."

"그건 그렇지만. 대신 30프로 할인은 해 줬어. 내가 좀 착하잖아."

커피 잔을 놓고 정원이 아름을 바라보았다.

"자, 뜸 들이지 말고 이제 말해 봐. 승주 씨 누나, 품격 높은 귀부인께서 영업 전 이른 시간에 백향에 나타난 이유. 넌 뭔가 알고 있지?"

"넌 몰라?"

오히려 아름이 되물었다. 정원은 고개를 흔들었다.

"네 말대로 떼돈 버느라 정신없어서 요샌 다른 것에는 신경 못 쓰고 산다. 왜, 무슨 일인데?"

"지난주부터 뉴스 도배되다가 이삼일 만에 슬그머니 사라진, 그러나 온 국민은 다 알아 버린 그 일을 모르고 살다니. 확실히 유정원, 감 떨어졌구나."

정원은 입을 꾹 다물고 아름의 놀림을 짐짓 외면했다.

솔직히 말하자면 감이 떨어진 게 아니라 일부러 신경 쓰지 않으려고 노력했다.

손가락 터치 몇 번이면 온갖 곳에서 떠들어 대는 갖가지 소식들을 당사자보다 더 자세하게 알 수도 있는 세상이다.

그러나 완전히 남도 아니고 승주의 매형 아닌가. 그런 사람의 추문이기에 입에 계속 올리면 그의 가족사에 드리운 상처를 자꾸 후벼 파고 소금을 뿌리는 격이 될까 봐 애써 귀 닫고 눈을 닫았다.

"네 애인 누나가 아니라 그 누나 남편이 저질렀지. 술 먹고 과속 운전 하다가 지 혼자 가드레일 들이박고 다쳐서 입원했대. 근데 동승자가 있었다네? 두두둥! 그것도 라이징 핫 스타 조은수! 즉 네 애인 매형의 불륜녀가 만천하에 까발려진 거지."

"승주 씨 누나가 백향에 온 거랑 그게 무슨 관련이 있다고?"

"공교롭게도 백향 사장이 조은수 이모거든."

"아이쿠야……."

정원은 순간 할 말을 잃었다.

뭐 이렇게 기묘하게 얽혔으며 난잡하고 복잡다단한 관계인가?

백향 사장이 영국의 불륜녀인 것만으로도 기가 막히고 뒤로 넘어갈 판인데, 그녀의 조카 조은수는 윤민의 남편 현석의 불륜녀라니.

남의 남자와 불륜을 자행하는 담대한 그 비도덕성도 혹시 집안 유전인가? 싶을 정도였다.

"조은수가 이전 작품이 겁나 잘돼서 국제적으로 먹히는 라이징 스타가 된 것도 된 거지만, 이전부터 조은수가 자기 이모하고 한국 음식 소개하고 요리하는 인터넷 방송을 진행하고 있었단 말이지. 구독자만 100만 명이 넘어."

"그러니까 넌 조은수가 사고 치고 나서 지금 백향에 잠적하고 있다고 생각해?"

"응. 그래서 그 남자의 본처가 조은수를 응징하러 직접 출동한 거지. 그 일 말고는 설명이 안 돼."

"넌 어떻게 이런 일을 이렇게 잘 추리해 내니?"

"추리가 아니고 귀동냥. 조은수 소속사가 우리 로펌에 법률 자문 받잖아."

아름이 정원 쪽으로 몸을 기울여 둘만 알게 귓속말로 소곤거렸다.

"조은수 이삼일 내로 기소되기 전에 외국으로 도망간대. 광고 위약금이며 계약 해지에 따른 손해 배상 기타 등등, 전부 다 그 남자 쪽에서 처리해 주나 봐. 단 음주 운전 책임을 조은수가 다 뒤집어쓰는 조건으로."

"헉."

"어차피 인명 사고 없는 음주 운전 수준이니까 기소된다 해도 딱히 큰 처벌은 안 받거든. 몇 년 외국에서 살다가 조용히 들어와서 적당하게 처리하고 자숙하는 척하다가 다시 나오면 되니까."

"아이고."

"그걸 거래하러 네 전 시누가 조은수를 만나러 나타난 거 아닐까? 안 그러면 영업 전 그곳에 왜 왔겠어?"

세상 참 넓고도 좁은 곳이로구나, 요지경이로구나. 정원은 생각했다.

얽혀도 어떻게 이렇게 기묘하게 얽혔을까. 어떻게 보면 생판 남인 자신이 들어도 이렇게 기막힌데, 만약 영국이 이 말을 전해 듣는다면 어떤 생각을 할까?

불륜을 저지르는 상대의 조카가 사위의 불륜 상대라면? 그래서 그 사실을 딸이 알게 된다면 또 어떤 반응을 보일까?

'승주 씨가 이 일을 알면 진짜 어이가 없겠구나. 어쩜 좋아?'

＊　＊　＊

그날 저녁 6시 반.

윤민이 맏동서가 예약한 강남의 파인 다이닝 레스토랑으로 들어섰다.

"어서 와."

"마음 써 주셔서 감사합니다, 형님. 송구해요. 여러모로 신경 쓰게 해 드려서요."

"그게 무슨 말이야? 이번 일이 어디 동서 잘못이야? 그런 말은 하지 마."

고상한 맏동서가 진심 가득한 눈빛으로 상냥하게 위로해 주었지만, 윤민에게는 사뭇 치욕적이었다.

말로는 위로였지만 은근히 돌려 까는 것 같았고, 남편 관리 제대로 하나 못해서 이렇게 집안 전체에 소란을 만드느냐고 힐난하는 것으로 들렸다.

"막내 서방님, 대기 발령이라고 들었어. 어떡한다니?"

"어쩌겠어요, 아버님 노염이 너무 크신데요. 연준 아빠도 지금은 부상 입어서 회사에 못 나가는 형편이니까 당분간은 집에서 몸조리하면서 기다려야죠, 뭐. 자초한 일이니 누굴 원망하겠어요?"

"시간이 좀 지나면 노염도 풀리실 거야. 아버님께서 막내아들을 각별히 아끼시는 건 다 아는 사실인데 뭐. 나도, 애 아빠도 잘 말씀드릴 테니까."

"감사합니다."

조신하게 대답은 하면서도 네가 뒤에서 손을 써서 그렇게 만든 건 아니고? 윤민은 그렇게 되받아치고 싶었다.

맏아들이라고 그룹 내 큰 덩어리, 알짜배기 회사는 은근슬쩍 다 몰아서 물려받은 주제에 막내아들이 변방의 작은 회사 하나 가져가는 것조차 꼴보기 싫어서 사달이 나자마자 옳다구나 하고 곧바로 그마저 빼앗아 버린 것이 미안하지도 않나.

윤민은 지금 독 가시를 잔뜩 세운 고슴도치였다. 누가 무슨 말을 하든 다 비틀어 꼬아 듣게 되고 화부터 나면서 누가 다가와도 먼저 다 찔러 죽여 버리고 싶었다. 그래서 스스로도 피투성이가 되어 가는 상태였다.

겉으로야 웃으며 서로를 걱정해 주고 위로해 주는 식사 시간이 끝났다.

후식 접시가 들어오는데 맏동서가 윤민을 건너다보았다. 그리고 이날 만나자고 한 진짜 본론으로 들어갔다.

"그런데 동서, 내가 뭐 하나 물어봐도 돼?"

"네. 말씀하세요."

"이게 조금 어려운 이야기라서. 해도 되나, 말아야 하나 망설여지기는 하는데."

"전 괜찮아요. 편하게 말씀하세요."

"저기, 동서 친정아버님 말이야."

순간 윤민의 몸이 저절로 긴장되었다. 다른 누구도 아닌 맏동서의 입에서 어려운 사돈의 일이 거론된다니, 이건 심상치 않았다. 뭔가 불길한 예감에 등골이 오싹해지고 있었다.

"혹시 이혼하셔?"

"네에? 그런 말은 어디서 들으셨어요?"

"그게……."

말을 하려다 말고 그녀가 잠시 머뭇거렸다. 그러다가 입을 열었다.

"그건 지금 딱히 중요하지 않다고 생각해. 일단 그게 사실이냐는 거지."

"죄송해요. 친정 부모님 일이긴 한데 잘 모르겠어요. 금슬이 좋지 않은 건 사실이지만, 두 분 다 곧 칠순이신데 그 나이에 이혼을 한다는 것도 우습죠. 만약 이혼을 진짜 하신다면 맏이인 제게 먼저 말씀을 하실 거라고 생각해요. 그런데 그것에 대하여 아직 들은 바 없어요."

자신에게 불리해질 것 같은 이야기는 모르는 척 일단 덮어두는 게 낫다 싶었다. 윤민은 시침을 딱 떼고 얼른 거짓말을 했다.

"그런데 형님은 저도 모르는 그런 이야기를 어떻게 먼저 아세요?"

"그게, 우리 스노우 때문에 병원 갔다가……."

'스노우'는 맏동서의 반려견이다.

눈처럼 하얀 털을 가진 포메라니안인데 결혼 전부터 키우던 아이라 이제는 완전히 노견이었다. 언제든 무지개다리를 건너가도 이상하지 않을 만큼 늙어서 현재 병치레가 잦았다. 그래서 동서는 한시라도 더 삶을 연장시켜 주려고 온갖 정성을 다 쏟고 있는 중이라 들었다.

"우리 스노우가 진료받는 단골 병원엘 갔다가 들었어. 그 병원에 아이를 셋이나 데리고 오는 사람이 있거든. 간호사들하고 친한지 진료 와서는 온갖 이야기를 다 하고 놀다 가는 사람이라는데 그이가 글쎄……."

"네."

맏동서는 동물 병원에서 들은 이야기를 조심스레 전해 주었다.

알고 보니 그녀가 세린병원 이사장님의 애인이라고 하더라, 두 사람이 만난 지는 꽤 오래됐는데 이사장 와이프가 이혼을 안 해 줘서 그동안 마음고생이 심했다고 한다, 그런데 얼마 전부터 기분이 좋아졌더라, 왜 그러느냐고 물어보니 이사장이 곧 이혼하기로 결정되어서 조만간 둘이 재혼하고 살림을 합치게 될 것 같다고 자랑하더라, 뭐 이런 가십이었다.

치욕의 얼굴이 있다면 이런 걸까?

동서의 입을 통해 듣는 친정아버지의 치부. 누구에게든, 특히 질투하고 있는 맏동서에게는 더욱더 감추고 싶은 불순하고 부끄러운 이야기들이 파편으로 깨져서 다시 재조립되고 각색되어 윤민의 귀에 유리 조각처럼 날카롭게 파고들고 있었다.

'너무 익숙한 일이 또 벌어진 것뿐이야. 놀랍지도 않아. 새삼 수치스러울 이유도 없어.'

자식 인생에 하등 도움이 못 되는 인간들하곤!

속으로 욕설을 내뱉으면서 윤민은 억지로 마음을 가다듬고 입을 열었다.

"그런 일이 있었군요. 사실 형님께는 참 부끄럽지만 짐작하셨다시피 저희 부모님, 쇼윈도 부부인 지 오래예요. 그런데 이제는 작정하고 이혼을 하시려는데 그 이유가 불륜녀의 존재라니 저로선 정말 할 말이 없네요."

"동서, 친정아버님이 만나는 그 여자가 누군지는 알아?"

"아뇨. 하지만 딱히 알고 싶지도 않아요. 생각만 해도 불쾌해요."

"있지, 동서. 참 공교로운 일인데 그 여자가 서방님하고 같이 차 타고 오다가 사고 난 그 애, 조은수 이모란 거야. 한식당 백향 사장님."

"네에?"

너무 뜻밖의 전개에 순간 윤민은 할 말을 잃고 말았다.

"어떻게 그런 일이?"

망연자실한 윤민의 뇌리에 갑자기 거짓말처럼 생생하게 어떤 광경 하나가 떠오르고 있었다.

아침나절, 자신이 백향으로 조은수를 찾아갔을 때 뜻밖에 그곳에서 유정원을 만났던 것 말이다.

워낙 맛집으로 소문났고 유명 인사들이 제집처럼 드나드는 곳이라, 콧대가 높기로 이루 말할 수 없다던 백향 사장이 별것도 아닌 그녀를 직접 마중 나와 두 팔 벌려 환영하고 환대하질 않았던가.

'설마……?'

그 순간 부모와 의절을 선언했다던 승주가 늘 외면하던 나서희를 먼저 찾아와 영국과 이혼하라고 종용했던 며칠 전 일이 기억났다.

그리고 오늘, 백향 사장과 함께 웃으며 건물로 들어가던 정원의 얼굴이 겹쳐졌다.

비로소 뭔가 서로 엉켜 있던 실마리를 찾은 기분이 드는 건 그녀만의 망상일까?

지금 윤민에게는 자신이 느끼는 이 수치심과 분노를 투영하고 무작정 탓을 하며 원망할 대상이 필요했다. 그리고 알맞게도 모든 비틀린 상황의 꼭짓점 그 자리에 정원이 서 있었다.

'아냐. 설마가 사람 잡는다 그랬어! 어쩌면 병원 결혼식을 허락받는 조건으로 아버지와 그 여자하고 연결시켰을 수도 있어.'

여우처럼 살살 웃으며 파티 진행을 한답시고 여기저기 빨빨거리며 돌아다니는 것도 모자라서 여기저기, 이 사람 저 사람 가리지 않고 파고드는 것을 보면 사람 꾀어 내는 데는 수완이 대단한 듯 보였다.

정원이 백향 사장과 친분을 가지고 있었다면 이에 영국을 그녀에게 소개시켰을 충분한 개연성이 있었다.

영국과 백향 사장, 승주와 유정원을 잇는 어떤 고리를 찾아낸 것 같았다.

'그게 아니라면 혹시 그 여자하고의 관계를 빌미로 아빠한테 빌붙어서 알랑방귀 뀌고 승주와의 재결합을 허락받았나?'

유정원이 친정 엄마 나서희에게 앙심을 품은 상태에서 대놓고 저격하고 골탕 먹이려고 영국을 부추겨서 이혼하겠다고 나서게 만들었다면?

제 집안에게 앙심을 품은 그녀라면 나서희와 그들 가족을 해코지하거나 똥물을 끼얹기 위해 상상 이상의 수작을 부릴 수도 있었다.

지금 자신의 머릿속을 어지럽히는 생각이 터무니없는 망상인 줄 윤민 스스로 잘 알고 있다.

하지만 그런 잡생각은 이윽고 확신으로 굳어져 가고, 피해 의식이 전부인 망상이 한번 시작되자 모든 게 다 착착 맞아떨어지는 것 같았다. 그만큼 윤민은 분노와 증오로 몸을 떨었다.

경악한 윤민이 얼굴까지 창백하게 변하며 말을 잇지 못하자 맏동서가 안타깝다는 듯 나직하게 말했다.

"내가 괜한 말을 전한 것 같네. 남녀 사이 일은 당사자가 알아서 할 일인데 내가 뭐라고 중간에서 괜히 좋지도 않은 소문을 전하고 다녔을까?"

"아니에요, 형님. 절 걱정해서 하신 말씀이겠죠."

"동서도 알다시피 아버님이 이런 문제에 대해서 좀 엄격하시잖아. 혹시 이혼하실 거면 소문이 더 퍼지기 전에 빨리 하시라고 해. 너무 우스운 꼴이지 않아? 어머니와 딸이 같은 집안 여자들에게 남편을 빼앗긴 꼴이 되어 버렸으니까. 누가 들어도 민망한 이야기니까 동서가 슬기롭게 친정 부모님께 말씀을 잘 드려 봐."

말은 친절하고 눈빛으로는 걱정해 주고 있었지만 깊이 감춘 동서의 마음은 완곡한 비웃음으로 보였다.

바람피우는 부모 아래서 자라 배운 게 없어서 밤낮으로 바람피우는 남편과 무탈하게 살고 있구나. 그게 얼마나 비도덕적이고 치욕인 줄도 모르고.

'불쌍한 여자 같으니.'

어쩔 줄 몰라 하고 민망해하는 자신을 위로하려 애쓰는 동서의 시선이 그렇게 말하는 것 같았다.

그것으로 윤민은 비로소 자신과 친정이 얼마나 천박하고 비정상으로 보이는지 깨닫게 되었다. 자신이 자랑스럽게 누리고 살던 그 인생의 민낯을 처절하게 직면한 순간이기도 했다.

맏동서와의 너무 불편한 식사 자리를 마치고, 아들을 맞이하기 위해 공항으로 가는 길.

윤민은 멍하니 앉아 차창 너머로 흘러가는 도시의 불빛을 바라보기만 했다.

명품 옷을 걸치고 값비싼 한정판 핸드백을 들고 보석으로 치장했으나 그녀는 너무 가난했다. 정말 춥고 외롭구나 싶으니, 속에서부터 얼음 칼이 솟아나 심장을 푹푹 찌르는 것만 같았다.

그녀가 가진 모든 건 정말 아무것도 아니었다. 칙칙한 돌덩어리만 잔뜩 매달고서는 혼자만 잘난 척하면서 칼바람 부는 거리에 맨몸으로 서 있는 것만 같았다. 지독하게 초라하고 참 서러웠다.

"엄마!"

2주 만에 보는 아들 연준이 달려와 안겼어도 금쪽같은 아들의 온기마저도 윤민의 피 흐르는 상처를 막을 수가 없었다. 그래서 아들을 향해 두 팔을 벌리면서 그만 울컥 눈물을 터뜨리고 말았다.

"연준아……!"

"엄마, 엄마. 울지 마. 왜 울어?"

"너무 반가워서 울지. 우리 아들, 엄마가 너무 보고 싶었어."

영문을 몰라 하면서도 엄마가 자신을 꼭 안고 눈물을 흘리니 금세 연준의 눈에도 눈물이 글썽해졌다. 연준이 짧은 두 팔로 마주 힘껏 윤민을 안아 주었다.

"나도 우리 엄마가 너무 보고 싶었어. 엄마, 사랑해요."

이런 다정하고 따뜻한 진심을 어린 아들이 아니라 남편에게서 받고 살았다면 이날 그녀를 무너뜨린 이 무서운 공허함과 깊은 상처는 덜했을까?

서로 존중하고 아끼는 부모 밑에서 사랑받고 자랐다면, 늘 받기만 해도 항상 모자라고 부족해서 억울하고 손해 보는 것 같은, 자식한테 누가 되는 부모다 싶어서 미운 이 마음은 느껴지지 않았을까?

'어디 두고 봐. 내가 가만두나?'

아들을 안고 아프게 울면서도 윤민은 속으로 독한 어금니를 악물었다.

20

목요일, 올댓파티 사무실.

퇴근 시간이 이미 지났는데도 사무실 사람들은 자리를 떠날 생각을 하지 않았다.

정원은 휴대 전화와 태블릿 PC를 앞에 두고 몇 번이고 확인한 준비 사항을 또 점검하고 있었다.

"통통이 매니저님께 다시 한번 연락해서 몇 시까지 오실 수 있는지 정확하게 체크해 줘. 그분에게도 동선 안내해야 하거든. 파티 기획서는 보내 드렸지?"

"응. 최소 한 시간 전에는 도착할 거라고 전화 주셨는데 한 번 더 문자 보내 둘게."

"서 이사, 그날 들어가는 케이터링 세트는?"

"전부 다 체크함. 연재 어머니께도 메뉴, 오케이 사인 리턴됨."

"황 이사, 호중 씨. 그날 진행 요원들 사전 연수 토요일 4시부터지? 문자로 한 번만 더 공지해 줘. 수현 씨, 행사 때 쓸 이벤트 의상들 다 입고된 거지?"

"넵. 어제도 공지방에 톡 올렸어요, 답장 다 확인 끝났고요."

"네. 제가 오늘 오전에 받아서 목록이랑 다 확인했어요."

"오케이. 수영장 물 온도는? 늦여름이라 해도 아이들은 금세 감기 걸리니까 온수로 채워야 해."

"수영장 크기 땜에 전날부터 들어가야 물을 채울 수 있을 거 같아서 미리 연락했어. 천막이랑 수영장 설치 업체에서 토요일 저녁 6시에 들어가기로 연희동 사모님이랑 통화 끝났대."

"좋아. 촬영 카메라랑 소품들, 다 체크 끝났지?"

"임대 카메라는 내일 도착 예정입니다."

"꽃 장식이랑 레터링 케이크는?"

"홍 이사님이 오전 7시까지 현장으로 오기로 했고, 레터링 케이크랑 쿠키 세트는 마침 가게가 연희동이라서 내가 케이터링 점검 전 픽업해서 함께 들어갈게."

연희동 생일 파티가 예정된 주말이 다가올수록 정원의 회사에는 일종의 전운이 감돌고 있었다.

어른 아이 합해서 30여 명쯤 모이는 생일 파티이기에 지금껏 진행해 온 행사와 규모로선 크게 다를 바 없다. 하지만, 직원들은 분명히 알고 있었다.

이번 행사는 그들이 진행해 온 행사 중 가장 까다롭고도 정교하고 한 뼘의 차질도 없이 완벽하게 진행되어야만 한다고.

예산도 예산이고 주인공도 주인공이지만 직원들 모두가 신경이 곤두선 채로 준비에 만전을 기하는 이유는 확실했다.

이 파티에 참석하는 아이들과 그 어머니들 수준이 한국 최고이며, 그들의 입소문 하나하나가 올댓파티의 미래를 좌우할 수도 있을 만큼 영향력이 어마어마하다는 것.

한국 최고의 상류층 셀럽들에게 눈도장 한번 제대로 찍히면 엄청난 도움과 시너지를 얻을 수 있을 놓칠 수 없는 기회였다.

또한 이번 생일 파티 기획 자체가 올댓파티 측으로선 최고의 야심작이었다. 〈대굴대굴 연재 오락실〉이라는 프로그램에 참석한 아이들이 연기하고 촬영하는 것도 충분히 화제가 될 만한 데다가, 생일날 촬영한 영상들은 편집 과정을 거쳐서 그날 참석한 아이들 전부에게 기념 선물로 보내질 예정이었다.

주인공인 연재와 그 엄마가 거금이 소요되는 생일 파티를 끝까지 포기하지 못한 이유이기도 했다.

연재는 지금 '한국에서 나처럼 멋진 생일 파티 하는 사람은 없어' 하고 자부심이 가득한 상태였다. 하물며 예기치 못한 입원으로 까딱했으면 포기해야 할 뻔한 파티이니 얼마나 기대하고 기다리고 있을지 보지 않아도 알 수 있었다.

정원은 기쁨으로 가득 찬 팽팽한 풍선 같은 연재의 그 마음을 다치게 하고 싶지 않았고, 실망으로 물들이고 싶지도 않았다.

"자, 얼추 끝난 것 같으니까 이제 슬슬 퇴근들 하세요. 늦게까지 잡아 둬서 미안해요."

"그럼 저, 먼저 갑니다."

"내일 뵐게요!"

역시나 '워라밸'을 중시하는 세대답게 신입 직원들이 먼저 자리에서 일어나 사라졌다.

"시간도 어중간한데 우리 그냥 사무실에서 저녁 시켜 먹고 퇴근할까?"

"에너지를 너무 뺏겼어. 아, 떡 사리 추가해서 불닭 팍팍 뜯고 싶다."

"난 곱창! 쏘주 일 병 원샷 하면서. 마지막에 치즈볶음밥 누룽지를 박박 긁고 싶구나."

"우리 그럼 간만에 곱창 때릴까?"

"그럴까?"

"그러자!"

셋은 시선으로 의기투합하여 발딱 일어났다.

사무실에서 한 100여 미터만 돌아가면 나타나는 뒷골목에 단골 곱창집이 있다.

근래 셋 다 일에 치여 자주 들르지 못한 터며 또한 지금 엄청 배고픈 상태이다. 가게에 들어서자마자 곧바로 코를 간질이는 고소한 곱창 냄새며 소주향기, 지지직 기름이 튀는 정겨운 분위기에 정신마저 혼미할 지경이었다.

"사장님, 곱창 3인……"

안쪽 자리를 찾아 앉으며 주문하려는 영주의 옆구리를 정원이 꼬집고, 경오가 팔꿈치로 팍 쳤다.

"죽을래?"

"주문, 제대로 못 해?"

둘이 동시에 눈을 부라리자 영주가 얼른 현실 파악을 하고는 겸손하게 한발 물러섰다.

"사장님, 일단 곱창모둠 5인분 깔아 주세요."

"버섯이랑 감자 추가요."

"소주도 주시고요. 계란찜에 주먹밥도 같이 주세요."

그릇까지 씹어 삼킬 기세로 정원과 경오도 서로 질세라 추가 주문을 했다.

"우리 올댓파티, 이제 눈치 안 보고 곱창 각 2인분씩 뽀갤 수준은 되지 않았니? 200프로 성장세인데!"

"그렇지, 그렇지!"

호기로 똘똘 뭉친 셋은 철철 넘치는 소주잔을 맞부딪쳤다.

"행사 성공을 위하여!"

"일요일에 비 안 오고 완전 맑기를 기원하면서!"

간만에 마시는 소주가 달았다.

"이러고 있으니 왠지 재완이가 옆에 앉아 있어야 할 거 같다."

"넉살 좋은 녀석이니 호주에서 잘 살고 있겠지."

"나 요새 꿈에서도 연희동 생파 꿈을 꾼다? 어제도 꿈에서 통통이 아저씨가 수영장 물에 빠진 거야. 내가 뛰어 들어가서 인공 호흡 하다가 꿈에서 깬 거 있지. 으흑, 내 첫 키스를 쉰 넘은 통통이에게 바치다니. 악몽이었어."

"나만 하겠니? 난 연재 어머니가 예산서 다 틀렸다고 사인 못 한다고 클레임 거셨어. 협력 업체에 결제 못 해서 머리채 뜯기고 막, 어휴!"

"난 케이터링 박스를 받았는데 음식이 다 쉰 거야."

"아이고."

셋은 서로 얼굴을 마주 보며 킥킥 웃고 말았다.

다들 꾼 꿈들이 하나같이 각자 맡은 분야로서 서로가 뭘 제일 걱정하고 있는지 다 드러났기 때문이다.

"자, 마셔 마셔! 꿈은 현실과 반대라잖아."

"우리 그날 엄청 성공적으로 파티 끝낼 건가 보다."

"그러게? 끝까지 힘내자. 파이팅!"

그때 정원의 휴대 전화가 울렸다. 뜻밖에도 조카 세하의 이름이 떠 있었다. 소주도 마셨겠다, 기분이 좋아서 정원은 사랑하는 조카에게 코맹맹이 소리로 애교를 부렸다.

"세하 찌, 안녀엉? 우리 공주님, 저녁 먹었쪄요?"

―고모! 고모! 완전 빅 뉴스!

"뭔데? 뭔데? 우리 세하가 왜 이렇게 신났어?"

―고모, 나도 초대받았어. 나도 생일 파티 간다?

세하가 방방 뜨며 소리쳤을 때 정원은 처음에 그게 무슨 말인지 이해하지 못했다.

"우리 세하가 생일 파티 초대받았쪄? 그래, 좋겠네에."

―아니 아니, 그게 아니라니까! 나도 고모가 하는 그 파티 간다구. 태형이가 말해 줘서 연재가 특별히 나한테 직접 초대 전화 해 줬어. 일요일에 나도 자기 생일 파티에 와 달래.

전화를 받다 말고 정원은 잠시 눈을 깜빡거렸다.

연재-태형-세하로 이어진 유치원생들 간 인연의 커넥션이라니. 상상도 못 했다.

"세하야, 진짜? 아니, 어떻게 너까지 생일 파티에 초대된 거야?"

─잠깐만, 고모. 엄마 바꿔 줄게요.

자신은 기쁜 빅 뉴스를 전했으니 볼일은 다 봤다. 귀찮은 설명은 엄마가 알아서 하라는 듯 세하가 효진에게 수화기를 넘겼다.

"새언니, 세하가 지금 무슨 말을 하는 거예요? 세하가 연희동 연재 생일 파티에 온다고요?"

─그렇게 됐어요, 아가씨. 연재라는 그 친구가 폐렴으로 입원해서 원래 생파 날에서 2주 미뤄진 거라면서요?

"네. 그렇게 됐죠."

─때문에 원래 오기로 한 친구들 너덧이 사정상 못 오게 된 모양이에요. 그래서 대타로 태형이도 초대를 받았는데, 그 애가 낯을 많이 가리잖아요? 우리 세하도 초대를 해 줄 수 있냐고 연재에게 부탁했다는데, 연재 어머니가 흔쾌히 오케이를 하셨어요. 방금 태형이랑 연재에게서 초대 전화를 받았어요.

"어머나! 세상에 어떻게 이런 일이? 우리 세하가 기뻐하니 저도 좋네요. 새언니도 그날 오시는 거죠?"

─네. 같이 초대받았어요. 아가씨가 진행하는 파티, 기대가 커요. 그날 봬요. 갑자기 아가씨가 너무 자랑스러워요.

"태형이랑 연재는 어떻게 친한 사이래요?"

─엄마끼리 친구라고 들었어요. 오 대표님하고 연재 어머니가 고등학교 동창에다 뉴욕에서 대학 다니던 시절, 기숙사 같은 방을 쓰기까지 한 베프라던데요.

전혀 접점이라곤 없던 세하와 연재가 태형을 중간 지점으로 해서 이렇게 연결되는 게 너무 신기했다.

정원이 전화를 끊자 통화를 듣고 있던 두 친구도 혀를 내둘렀다.

"연재 어머니, 티는 하나도 안 내던데 진짜 재벌가 실세였구나. 또 그 태형이란 꼬마 친구, 혜성 그룹 회장님 아들이라며?"

"어. 듣기로 연희동 그 여사님도 광성 그룹 회장님 동생분이라던데 재벌가는 이런 식으로 다 연결되어 있나 봐."

"광성 그룹 외손녀에 혜성 그룹 아들에. 와, 갑자기 술이 확 깬다. 우리가 지금 그런 친구들 생일 파티를 준비하고 있는 거야?"

정원도 갑자기 영주 말대로 술이 확 깨는 기분이 들었다. 만에 하나 그런 파티에서 예상치 못한 실수가 발생하거나 작은 안전사고라도 생긴다면?

"나, 갑자기 왜 우리가 양날의 검을 쥐고 있는 거 같지?"

"야야. 쫄지 마. 어차피 모든 파티는 똑같은 조건이야."

"그러게. 우리 기운 내자. 그런 재벌들이나 셀럽들 파티라고 너무 긴장하면 오히려 실수해서 그르칠 수가 있어."

"정원이 말이 맞아. 고객은 다 똑같아. 다 중요하고 우린 그저 우리가 할 수 있는 한, 최선을 다해서 맡은 일을 해내면 돼."

승주의 전화가 온 건 그때였다.

"응, 승주 씨. 나, 지금 사무실에서 나와서 애들이랑 같이 저녁 먹고 있어요."

─석정 도서관인데 집에 갈 때 자기가 나 좀 데리러 올 수 있어?

"아니, 왜?"

─어떤 미친놈이 주차해 놓은 내 차를 박아 놓고 그대로 도망갔어. 아주 그냥 망가뜨려 놨네? 헤드라이트는 깨졌고 범퍼도 모자라서 앞부분까지 안까지 우그러들었어. 지금 견인차가 와서 끌고 갔는데 완전 황당해.

열을 잔뜩 받아서 수화기 밖으로도 씩씩거리는 승주의 얼굴이 보이는 것 같았다. 황당해진 건 전화를 받은 정원도 마찬가지였다.

"무슨 그런 일이?"

정원의 놀란 목소리에 경오도 영주도 조금 긴장해서 동시에 그녀를 바라보았다.

"남의 차를 그렇게 망가뜨려 놓고 뺑소니를 쳤다고? 당신 차에 블랙박스 없어?"

—있어. 확인해 보니까 어떤 차가 작정하고 해코지하려고 내 차를 들이박은 것 같은데. 무슨 앙심을 품고 그랬는지 기가 막힌다. 근데 내 차만 그런 게 아니라 이 근처 차 세 대를 다 그 모양으로 만들어 놨어. 진짜 미친놈이야.

"블랙박스에 그 차 번호 찍혔어?"

—어. 다행히. 근데 차량 번호판을 보니까 리스 같아. 일단 나 말고도 당한 다른 차주분도 같이 경찰에 신고했어. 내 차도 그렇지만 다른 차주분은 출고한 지 한 달밖에 안 됐대. 화가 나서 미칠라 그러더라.

"저런, 알았어. 내가 빨리 식사 끝내고 도서관으로 데리러 갈게."

정원이 전화를 끊자마자 둘이 이구동성 캐물었다.

"뭔 소리야? 누가 차를 박았다고?"

"주차장에 세워 둔 승주 씨 차 말고도 세 대나 더 누가 대놓고 작정하고 망가뜨려 놓고 뺑소니쳤대."

"도서관 주차장에 얌전하게 세워 둔 차를 누가 그렇게 만들었지?"

"그러니까! 작정한 거지. 요새 이상한 사람이 너무 많아진 거 같아. 뭐 하는 놈일까, 그놈?"

"거기 주차장에는 CCTV 없어?"

"입구에 CCTV도 있고 블랙박스 영상도 있어서 그 차 번호판이 찍혔대. 범인은 곧 잡을 수 있을 거 같다는데, 승주 씨 기분이 엄청 안 좋은 거 같아. 날벼락 맞은 거나 다름없잖아. 우리가 밥 먹고 나왔는데 누가 내 차를 망치로 때려 부숴 놓고 도망간 거와 똑같은데 말이야."

"생각만 해도 뒷골 땡긴다. 내가 그런 상황이었다면 진짜 미쳐 버렸을 거야. 열통 터져서."

"공부하고 나오니까 차가 박살? 와, 진짜 버라이어티하구만. 이거 세상 무서워서 차 가지고 나오겠어?"

"그러니까 말이야."

*   *   *

도서관 앞에서 만난 승주는 정원이 생각한 것보다 더 기분이 좋지 않아 보였다. 계속 미간이 찌푸려져 있었다.

그가 정원이 앉은 뒷좌석에 올라타며 사과했다.

"여기까지 오게 해서 미안."

"아냐. 어차피 나도 그때 소주를 마셨어 가지고 대리 기사님을 불러야 했어. 여기 들러서 집으로 가 주신다고 했으니 감사하지."

대리 기사가 아파트 지하 주차장에 차를 세워 주었다. 도서관까지 30여 분을 더 돌아가게 만들어서 미안했기에 정원은 지정된 요금 말고도 돌아가실 때 커피라도 사 드시라고 팁을 더 드리고 그를 보냈다.

"완전 일진 나쁜 날이야."

그가 정원의 집 소파에 털썩 앉으며 중얼거렸다.

"그런 일을 당하면 당연히 기분 나쁘지. 저녁은 먹었어요?"

"5시쯤 그냥 샌드위치랑 커피."

"시간이 몇 신데 그걸로 요기가 돼? 간단하게 볶음밥이라도 먹을래? 자기는 내가 만든 파계란 볶음밥 좋아하잖아."

"우리 정원이가 해 주는 파계란 볶음밥은 못 참지. 근데 귀찮지 않아?"

"괜찮아. 우리 자기가 기분 꿀꿀한 건 내가 못 참지. 일단 배라도 부르면 기분이 좀 나아지거든. 그런 의미에서 먼저 샤워해. 내가 그동안 맛있게 볶음밥 해 놓을게."

승주가 빙긋이 웃었다. 두 팔로 정원을 꼭 안아 그녀의 머릿결 위에 얼굴을 묻었다.

"당신은 마술사야."

"왜?"

"말 한마디, 손 한번 흔드는 걸로 분위기를 확 바꾸잖아. 샤워. 계란 볶음밥. 갑자기 기분이 급격히 업되고 있어."

"내가 좀 사람을 기분 좋게 만드는 힘이 있어. 그러니까 파티 기획을 하는 거지. 자, 얼른 들어가서 샤워해요. 나쁜 일진 따윈 확 씻어 버려."

힘내라, 내 남자!

정원은 승주의 볼에 쪽 하고 뽀뽀를 해 준 다음, 그를 욕실로 들여보냈다.

20분 후.

승주가 개운하게 샤워를 끝내고 나오니, 주방에서는 고소한 기름 냄새가 솔솔 풍겨 나고 있었다.

식탁 위, 가지런히 놓인 수저 한 벌에서 승주는 오늘 여러 가지 일을 처리하느라 쌓였던 스트레스와 피곤이 급속도로 풀리는 것을 느꼈다. 새로 썰어 낸 배추김치 한 접시만으로도 승주의 짜증 지수가 확 내려갔다.

"엄마가 그날 반찬 가져다줬잖아. 새로 담근 김치가 맛있더라고."

정원이 그에게 파 향기 솔솔 풍기는 계란 볶음밥 한 그릇을 내주었다. 역시 정원은 옳았다. 맛있는 음식 한 그릇에 하루치 불행과 분노 50퍼센트가 사라졌기 때문이다.

"수리비 얼마 나온대?"

"몰라. 보험 회사가 알아서 하겠지. 어떤 미친놈인지 잡히기만 해라, 아주 확 그냥!"

볶음밥을 퍼먹으면서 승주가 흔치 않게 이를 갈았다.

"당신 차, 몇 년 탔어?"

"1년쯤? 귀국하면서 새로 샀으니까."

"아까워. 그래도 어떡해? 한동안은 고쳐 타야지, 뭐."

"그런 일을 당하고 나니까 갑자기 정이 뚝 떨어지는 거야. 아무래도 차 바꿔야 할 것 같아. 그 차 타면 계속 오늘 일 생각나서 기분이 나빠질 것 같다고. 정원아, 차 사 줘."

"사 줄게."

"진짜?"

"응. 못 사 줄 게 뭐 있어? 내 남자가 원하는데! 나 이래 봬도 강남에서 사업하는 여자야. 어떤 차를 원해?"

"시원시원해서 멋지군. 그럼 스토머 사 줄래?"

"사 주지, 뭐. 뭐가 어려워? 당장 주문해 줄게. 잠깐만."

승주가 아연실색하는 걸 아랑곳 않고 정원은 얼른 웹 사이트로 들어갔다.

"스토머? 훗, 이 정도쯤이야! 주문했어."

"헉! 올해 나온 신형이 45억이라던데 그걸 주문했다고?"

"날 뭐로 보나, 이 사람아?"

정원이 의기양양 뻐기면서 웹 사이트 주문 화면을 승주에게 보여 주었다.

"한 대는 정 없어서 깔별로 세 개 주문했어."

['미니 토이 카 스토머' 직구 4만 9천 원]

"45억? 너무 비싸! 여기선 4만 9천 원밖에 안 한다구."

승주가 잠시 할 말을 잃고 정원을 물끄러미 건너다보다가, 어이가 없다는 듯 피식 실소를 흘렸다.

"그럼 그렇지. 내 팔자에 스토머는 무슨?"

"내가 사업 확장하고 떼돈 벌면 진짜 스토머 사 줄게. 그러니까 지금은 그냥 이걸로 참아. 한 대도 아니고 무려 세 대잖아. 당분간은 그 차 고쳐 쓰고. 알았지?"

"네에, 알겠습니다. 알뜰한 정원 씨."

콩닥콩닥, 농담 몇 마디를 탁구공처럼 주고받았다고 그새 승주의 기분이 '매우 흐림'에서 '맑아지는 중'이 되었다. 정원이 마음만 먹으면 진짜 우중충한 날씨마저도 쾌청하게 만들 능력이 있을 것만 같았다.

"아버님은 만났어?"

남은 볶음밥을 마지막 한 알까지 긁어 먹으며 승주가 고개를 끄덕였다.

승주의 높은 스트레스 지수는 사실 날벼락같이 엉망진창으로 망가진 차 때문만은 아니었다.

그는 이날, 점심때 영국을 만나서 나서희 회장과의 이혼 문제를 확실하게 정리하고 깨끗하게 결단하라고 말했던 터였다.

"응."

"뭐라셔?"

"뭔 할 말이 있으시겠어? 그저 알았다고, 미안하다고만 하셨어."

"하긴 뭐 내가 아버님이라도 당신한테는 그런 말밖에 할 게 없었을 거야."

"내가 백향 사장 이야기를 꺼내니까 당황해하시기는 하더라. 당신한테 미안하다고 다시 전해 달래. 괜히 잘못 얽혀서 애꿎은 당신만 피해 봤다고."

"난 다 잊었어. 정식으로 사과받았는데 뭘."

"세상 사람들이 다 당신처럼 관대하고 착하면 뭔 문제가 있겠니? 뭐든 좋게 생각하고 남에게 잘해 주려는 당신 같은 사람이 너무 희귀해서 문제지."

"칭찬이라서 기분은 좋은데 뭔가 그 말에 뼈가 있다, 자기야?"

정원의 말에 승주가 잠시 뭔가를 생각하더니만 탁자 위에 놓아둔 자신의 휴대 전화를 들어 정원에게 문자를 보여 주었다.

[모르는 척 우기면 다야? 제대로 살아, 너 그러면 천벌받아. 나쁜 새끼 같으니!]

[요망한 계집애한테 홀리더니만 앞뒤 분간이 안 되지? 내가 반드시 까발리고 말 테니까 어디 한번 두고 봐!]

[어찌하든 내가 너희 둘 망쳐 주고 만다! 난 오늘 수모 절대로 못 잊어. 남 눈에 눈물 나게 하면 네 눈엔 피눈물이 나야 정상이지. 네가 내 동생이라는 수치스럽다!]

단지 읽는 것만으로도 긴 손톱으로 얼굴을 할퀸 것 같다. 남인 정원이 읽어도 마음에 깊은 상처가 생기는 것 같은데 하물며 친동생인 승주는 어땠을까?

"이런 걸 누나가 왜 당신한테 보내? 설마 당신이 두 분을 이혼시키러 나섰다고 화가 나서 그런 거야?"

윤민의 표독한 문자를 보면서도 왜 동생에게 이딴 악랄한 문자를 보낸 걸까, 이해를 할 수가 없어서 정원이 캐물었다.

"사실, 오늘 점심때 아버질 만나던 중에 누나가 찾아왔어."

"아버님하고 서로 대화를 하지 않은 지 꽤 오래되지 않았어?"

정원이 결혼해서 시댁을 드나들 때 본 영국과 큰딸 윤민의 관계는 언제나 꽤 나빴다.

모임이 있어 같이 자리를 할 때도 두 사람의 삭막하고 데면데면한 분위기는 보는 사람으로 하여금 기 빨리게 만들 정도였다.

아무래도 딸은 어머니 편에서 많이 설 수밖에 없다 보니, 나서희 회장을 외면하고 밖으로만 도는 영국이 못마땅할 수밖에 없었으리라. 그런데 그런 윤민이 먼저 영국을 찾아왔다는 건 어찌하든 맏딸로서 늙은 부모의 이혼을 막아 보고 싶다는 생각 때문이었으리라.

그렇다고 해도 분명 승주가 충분히 사정을 설명했을 텐데 윤민이 이렇게 격노를 해서 동생을 상대로 악다구니를 하고, 저주에 가까운 문자를 퍼붓는 건 상식 이하의 작태였다.

"설전이 조금 있었는데……."

"왜, 형님은 두 분 이혼 반대하셔? 하긴 그럴 수도 있겠다. 낼모레면 칠순이신 두 분이 이제 와서 갈라선다고 하면 자식 입장에서 당황스러울 수도 있어."

같은 딸의 위치에서 정원이 윤민의 감정을 억지로나마 이해하려 하자, 승주가 잠시 입을 꾹 다물고 그녀를 물끄러미 건너다보았다. 그러다가 나직하게 물었다.

"자기, 혹시 조은수라고 알아? 나름 유명한 배우라는데."

"그, 글쎄."

이번에는 정원이 당황했다.

"한번 들어 본 것 같기도 하지만, 사실 내가 연예계를 잘 몰라서……."

"기막힌 우연이겠지만 매형이 바람피운 상대가 백향 사장 조카래, 조은수. 어려서부터 친자식 이상으로 아끼면서 키우다시피 한. 그런데 자긴 생각보다 안 놀란다?"

승주는 별로 안 놀라는 정원의 모습이 더 놀랍다는 얼굴을 하고 있었다.

그로선 자기가 지금 무슨 말을 들었는가 싶어서 순간 머리가 띵하고 정신을 차릴 수 없을 정도로 충격을 받았는데.

정원이 승주의 시선을 조금 피하면서 어름어름 중얼거렸다.

"그게, 엊그저께 아름이한테 이미 들어서……."

"그런데 왜 나한테는 말을 안 했어? 우리 사이에 비밀 없기로 한 거, 아녔어?"

"딱히 좋은 이야기도 아니고, 굳이 그런 사실을 당신까지 알아야 하나 싶어서 말 안 한 건데. 그나저나 형님께서 그 사실을 알게 되면서 이야기가 좀 복잡해졌구나?"

"그러게 말이야. 그래서 지금 나나 당신이 희한한 오해를 받고 있다."

"오해라니 무슨? 우리가 뭘 어쨌다고?"

정원이 어리둥절해서 물었다.

"그러니까 말이야. 내가 진짜 아까 너무 열받고 기가 차서! 이윤민 씨 개 억지에 질려서 내 누나지만 아버지 앞에서 따귀 칠 뻔했어."

"헉!"

"떨리는 주먹 참느라 죽을 뻔했다니까. 아니, 그 일에 우리 둘이 무슨 관련이 있다고 애꿎은 나하고 당신을 갖다 붙이는 거야? 내 누나지만 미친 줄 알았어."

"무슨 말인지 이해를 못 하겠어. 아버님 이혼하고 매형분 일에 왜 우리가 연결돼?"

승주의 표정이 갑자기 아까처럼 어둡게 변했다.

솔직히 그는 아직도 윤민의 터무니없는 트집과 억지, 삐뚤어진 망상을 어떻게 할 도리가 없는 것에 절망하고 분노를 감추지 못한 상태였다.

아무리 아니라 해도 이미 그렇다 믿어 버린 사람에게 무슨 말을 할 수 있단 말인가.

"무슨 말씀을 했는지 자세히 말해 봐."

"이야기하기 싫어. 내 입만 더러워져."

승주가 거부했다.

"그냥 이윤민이, 지금 이것저것 나쁜 게 한꺼번에 터져서 멘탈 터지고 완전히 미친 거라고 해 두자. 그만하자고 내가 아무리 말을 해도 멈추지를 않아. 끝까지 자기 억지만 되풀이하면서 아버지 앞에서 바락바락 난리를 피우다가, 결국 아버지에게서 한 대 얻어맞고 울면서 쫓겨났어."

"헉! 아버님이 형님을 때렸다고? 말도 안 돼!"

정원이 마치 자신이 맞은 것처럼 화들짝 놀라며 비명을 질렀다.

유별날 정도로 가족끼리 서로 사랑하는 화목한 가정 안에서 자란 정원의 입장에서 부모가 자식을 때린다는 건 절대 있을 수 없는 참변이었고 상상도 못 할 재앙이었다.

"나도 놀랐어. 아버지가 무관심하고 방관하긴 했어도 우리에게 손을 댄다

거나 큰 소리로 화를 내시는 건 본 적이 없었어. 그런데……."

참담하기는 승주도 마찬가지였다.

"차라리 부모의 이혼을 추진하는 나를 두고 미친놈이라고 저주하고, 외도하고 가정에 충실하지 못한 아버지를 원망했다면 내가 이렇게 화가 나지 않았을 텐데. 그건 아버지도 마찬가지였어."

오죽했으면 영국이 윤민에게 손을 올렸을까?

왜 자신이 당한 불운과 영국의 이혼에 대해 아무 상관도 없는 정원이 원흉이라고 딱 정해 두고 애꿎은 원망을 퍼붓느냔 말이다.

그녀는 정원이 자신과 자기 집안에 해코지를 하기 위해 작정하고 영국과 백향 사장을 엮었다고 주장했다. 또한 그 대가로 승주와의 재결합을 허락받았으며 조은수와 현석을 엮어 준 건 백향 사장일 테니 그것에도 정원의 책임이 있다고 소리쳤다.

이미 눈이 뒤집힌 윤민의 억지는 터무니없었고 소름 끼칠 정도로 기괴했다. 승주와 영국이 번갈아서 설명하고 설득해도 소용이 없었다.

가족의 일이라 승주와 자신을 원망하고 화를 내는 건 이해한다. 하지만 왜 아무런 상관도 없는 정원을 끼워서 탓하고 마치 모든 일을 정원이 시도하고 처리한 것처럼 생각하느냐, 이건 아니다, 그런 짓 하지 마라, 네가 잘못 생각한 거다, 라고 영국이 아무리 말했어도 알아듣지 못하고 발악하듯 화를 냈다. 그 정도로 윤민의 망상과 피해 의식은 극심했고 비틀려 있었던 것이다.

'도대체 왜?'

듣고 있던 승주나 영국으로선 기가 막힌 상황이었다.

바락바락 우기는 윤민에게 결국 화를 참지 못한 영국이 어지간히 하라며, 정신 차리라고 한 대 올려붙인 것이었다.

물론 영국은 윤민이 울면서 뛰쳐나가자마자 엄청나게 후회했다.

"결혼해서 애까지 낳은 딸에게 손을 올리다니 나도 막장이구나. 내가 나 미안하다고, 아비가 잘못 살아서 너한테 이런 꼴을 보인다고 눈까지 붉히면서 자책하는 그 앞에서 승주가 대체 무슨 말을 할 수가 있단 말인가.

정원이 승주의 말에 귀 기울이다가 영국이 눈시울까지 붉혔다는 말에 나직하게 말했다.

"마음이 참 안 좋네. 대체 어떤 이야기가 오갔기에 그렇게 손까지 올리시고? 원."

"다 잊어버리고 싶어. 하루아침에 사람이 어떻게 그렇게 망가졌는지 모르겠다. 내 누나지만 진짜 정떨어졌어."

어지간히 질리고 화가 난 게 분명했다. 말을 계속하는 동안 처음에는 조금 풀려 있던 승주의 표정은 다시금 점점 더 사나워지고 있었으니까.

자기 가족 일인데. 아무리 정원이라 해도 그 앞에서 이런 말까지 할 정도면 대체 윤민의 패악질이나 억지는 어느 정도였던 걸까.

"사람에게는 상식선이라는 게 있는 법이야. 그런데 그런 선을 아무렇지도 않게 넘어 버리고, 아무 이유 없이 남을 해코지하고 막 대하면서도 그게 잘못인 줄 모르는 인간들도 있어. 유감스럽게도 내 누나가 그런 사람이란 걸 알아 버렸어."

정원은 이날 승주의 엄청난 스트레스를 이해할 수 있을 것 같았다.

그렇게 잔뜩 화가 나서 억지로 진정하고 도서관에 공부란 걸 하러 갔는데, 나와 보니 멀쩡하던 차가 고의적으로 낸 악의적 폭력에 부서져 있었다면?

진짜 누군가에게 화풀이라도 하지 않으면 미쳐 버릴 것 같았을 거다.

"오늘 진짜 힘들었구나. 볶음밥으로 조금 스트레스 풀렸으니까 단것도 좀 먹을래요? 그럼 더 행복해질걸."

"아냐. 됐어. 당신한테 이야기를 다 하고 나니까, 스트레스 제로점이야."

승주가 정원을 향해 자신의 무릎을 톡톡 쳤다. 여기 와서 앉으란 뜻이었다.

얼른 정원이 사양하지 않고 식탁을 돌아와서 승주의 무릎 위에 안착했다. 승주가 정원의 머릿결에 얼굴을 묻고 중얼거렸다.

"난 누구하고든 싸우기 싫어……."

"싸움하기 좋아하는 사람이 누가 있겠어?"

"그런데 때론 싸워야 할 때도 있더라고. 이제 알아. 그럴 땐 작정하고 싸워야 한다는 걸. 그걸 안 했더니 사람들이 다 날 물로 알아. 이젠 그런 거 안 하려고. 그래서!"

승주가 '이게 뭔 소리람?' 하듯이 돌아보는 정원을 향해 악당처럼 씩 웃었다.

"나도 누나한테 완전 어이없다고, 꺼지라고 문자 날렸지. 엄청 개운해."

나름 되갚아 주었다고 의기양양해하는 승주의 모습에 정원이 그만 피시시 웃고 말았다.

* * *

다음 날 오후. 승주는 도서관에서 경찰의 연락을 받았다.

—이틀 전에 도난 차량으로 신고된 차량이더군요.

"그런 짓을 하겠다고 작정하고 차를 훔쳤다고요?"

—결과적으로 그런 셈이죠.

주변 승용차에서 가져온 블랙박스 영상들도 있고 여러 곳에서 찍힌 CCTV 화면 자료도 있었지만 범행을 저지른 사람은 묘연했다.

얼굴이 드러나지 않게 마스크를 쓰고 모자까지 깊이 눌러써 얼굴을 식별하기 힘들다고 했다. 그저 덩치 왜소한 남자다, 그 정도였다.

도난 차량은 현장에서 약 한 시간 이상 떨어진 지방 소도시 외곽, 인적이 뜸한 공터에 버려진 채로 발견되었다고 했다. 지문 조사 등을 하고 있는데 아직까지는 이렇다 할 단서를 못 찾았다, 그렇게 보고하면서 경찰이 또 물었다.

─혹시 주변인한테 원한을 샀거나 앙심을 품을 만한 사람은 없습니까? 채무 관계나 치정 관계, 이런 쪽? 또는 동업이나 투자, 그러니까 선생님께서 타인하고 얽혀서 범죄의 표적이 될 만한 일이 있었느냐 이런 말입니다.

전화를 받으면서도 승주는 너무 어이가 없어서 실소를 짓고 말았다.

"유감스럽게도 저는 조용히 공부만 하는 사람입니다. 아무리 생각해도 어느 쪽으로든 원한을 살 만큼 얽힌 관계가 없어요. 돈을 빌려서 못 갚은 적도 없고, 여자하고 바람피운 적도 없고 도박 빚도 없는데요. 동업을 한 적도 없으니 누군가에게 엄청나게 큰 손해를 입힌 일도 없습니다. 그게 뭐든 무관합니다."

─아하하. 그냥 한번 물어본 겁니다. 원래 조사란 게 그렇죠, 뭐. 일단 다른 피해자분하고도 통화를 해 볼 건데, 만약 새로운 사실이 나오면 또 알려 드리겠습니다.

"감사합니다. 수고하세요."

그 말고도 피해자가 세 명이 더 있었다. 작정하고 해코지를 하려는 사람의 표적은 그 셋 중 누군가가 아닐까?

머릿속으로 '내 차, 내 차! 출고한 지 한 달밖에 되지 않았는데!' 하면서 당장 뒷목을 잡고 쓰러질 만큼 분통 터져서는 펄펄 뛰던 옆 차주가 떠올랐다.

'혹시 그 사람인가?'

전화를 끊으면서 승주는 자신이 불운하게 그 옆에 차를 세웠다는 이유만으로 억울하게 휘말렸나 보다 추측했다. 그렇게 생각하니 계속 찜찜하던 기분이 조금은 나아졌다.

* * *

대망의 일요일 새벽.

주룩주룩…… 우르르 쾅쾅!

주룩주룩……!

'혹시 비?'

으악, 안 돼! 망했다!

자다 말고 귓전을 울리는 천둥소리에 너무 놀라 정원은 펄쩍 튀어 올랐다.

"비? 비, 와?"

안 되는데! 미치겠다! 소리치며 정원은 자신이 슈미즈 바람인 것도 잊고 침실 쪽 발코니로 달려갔다.

"자다 말고 왜 그래? 비 안 와."

옆에서 갑자기 정원이 놀라 침대에서 튀어 나가니 더 놀라 그만 깨어 버린 승주가 등 뒤에서 말했다.

정원은 침실 발코니 쪽 문을 부여잡고 안도의 한숨을 내쉬었다.

"그러게. 아주 맑아."

승주의 말대로 하늘은 말짱했다. 아직도 새벽 별이 흐르는 가운데, 저 멀리 동쪽 하늘에서 황금빛 기운이 슬슬 퍼지고 있었다.

"내가 미쳤나 봐. 방금 전만 해도 천둥 번개가 치고 비가 좍좍 쏟아졌거든."

"꿈꿨구나?"

"그러게. 이거 완전 강박이지?"

정원이 다시 승주가 앉아 있는 침대로 돌아왔다.

"몇 시야?"

"5시 15분 전."

"이제 일어나야지. 출근해야 해."

"벌써?"

"현장에 6시 30분까지 가야 해. 11시부터 파티 시작인데, 그 전에 우리는 준비가 다 끝나야 하니까. 그리고 난 제일 먼저 도착해서 사람들이며 설비들 들어오는 거 점검해야 하거든. 일단 사무실 가서 소품 상자도 싣고 가야 해서. 20분 후에 나가 봐야 해."

정원이 몸을 돌이켜 승주에게 폭 안겼다.

"자기야, 나 충전 좀 시켜 주라."

그 말에 승주가 두 팔로 정원을 꼭 안아 주었다. 그의 어깨에 몸을 기댄 정원의 팔을 다정하게 두드렸다.

"유정원 에너지 풀 충전 중."

"잘할 수 있을까?"

"당연하지."

"엄청 겁나기도 하는데 설레기도 하고 그래. 우리, 이번 행사 진짜 열심히 준비했거든."

"내가 알지, 당신 노력."

"사실 다들 귀중한 행사인데. 다른 행사하고 똑같은 파틴데 왜 이번 행사는 이렇게 크게 느껴지고 무거울까?"

"당신네 회사가 더 높이 올라가게 해 줄 새로운 사다리이자 기회란 걸 당신도 아니까."

"그것도 그런데, 난 진짜 이번 생일 파티 잘 해내고 싶어. 연재한테도 행복한 기억 안겨 주고 싶고, 어머님도 너무 고마운 게 완담동 행사 보시고 일부러 우릴 찾아 주신 거거든. 확실히 그분 기대에 부응해 드리고 싶어!"

"잘 해낼 거야. 준비도 오래 했고. 파티 주인공의 행복을 먼저 생각해 주는 당신의 그 마음 씀씀이나 정성이 너무 예쁘니까."

정원이 고개를 들어 승주의 눈을 똑바로 바라보았다.

"당신이 그렇게 말해 주니까 엄청 용기가 생겨. 좋아, 다 처리하고 성공하겠어!"

"좋았어! 그렇게 당당하게 나가서 꼭 성공하고 돌아와."

주먹을 흔들어 보인 정원이 생긋 웃고는 욕실 안으로 사라졌다.

'커피나 만들어 줄까.'

욕실 안에서 새어 나오는 물 쏟아지는 소리를 들으면서 승주도 침대에서 몸을 일으켰다.

정원이 새벽부터 일정을 준비하는 바람에 그도 한 시간 일찍 잠에서 깼지만 상관없다. 정원이 나가는 길에 따라 나가서 한강까지 한 바퀴 달리고 들어오면 되니까. 공부를 시작하고 보니까 역시 체력이 문제였다.

승주는 주방에 가서 상부장을 열어 정원이 종종 들고 나가는 텀블러를 찾았다.

커피 머신에서 캡슐 두 개 분량의 커피를 뽑아내 텀블러를 채웠다.

10분 후에 간단한 화장을 마치고 청바지 위에 올댓파티 크루 티를 입은 정원이 안방에서 나왔다.

"간단하게 계란 프라이라도 먹고 갈래?"

"아니, 괜찮아. 현장 가면 영주가 먹을 거 가져온대. 든든히 배 채우고 시작하자고 했어."

"잘됐네. 이거 가져가."

승주가 정원에게 커피가 든 텀블러를 건네주었다.

"두 개 내렸어. 오늘 당신, 카페인이 좀 많이 필요한 것 같으니까."

"이 센스 넘치는 남자 같으니라고!"

정원이 다가와 감사의 표시로 승주의 턱에 쪽 하고 뽀뽀를 날렸다.

"오늘 많이 늦어. 현장 철수하고 직원들 회식해."

"알았어. 그럼 저녁에 우리 집으로 퇴근해. 아마 나도 10시 넘어서 집에 들어오지 싶다."

"공부 열심히 해요."

있는 대로 기를 끌어모은 후, 아파트 주차장을 떠나가는 정원의 차 위로 이제 완연히 밝아 오는 서울 하늘이 아름답게 어렸다.

＊　＊　＊

연희동.

마침내 일곱 살 생일을 맞이한 '연재 통통이 공주'를 위한 특별 파티가 시작되었다.

하늘은 푸르렀고 태양은 눈부셨다. 파란 잔디가 펼쳐진 넓은 정원, 그 위에 핀 꽃들 사이로 고추잠자리가 날아다니는 그런 날이었다.

생일 파티가 시작되는 11시가 가까워져 오자 으리으리, 번쩍번쩍한 고급 승용차들이 하나둘씩 도착하기 시작했다.

아르바이트 직원이 기다리고 있다가 사모님들이 주차 때문에 아무런 불편함이 없도록 얼른 키를 받아서는 인근 주차장으로 주차를 해 드렸으며, 문 앞에서 기다리던 또 다른 직원이 생글생글 웃으며 사모님과 초대받은 아이들을 집 안으로 안내했다.

"어머, 멋지다아."

"엄마, 수영장두 방방이두 있어!"

"어, 통통이다. 엄마, 엄마, 나 인증 샷 찍고 싶어. 얼른 가 보자!"

미리 나간 초대장에서 안내한 것처럼 이날 생일 파티는 〈대굴대굴 연재 오락실〉 촬영이 메인 프로그램이었다.

신이 난 아이들이 기다리고 있던 올댓파티 직원들을 따라가 각자 방송 촬영에 필요한 역할을 부여받고 의상을 갈아입는다, 필요한 소품을 받는다, 야단법석을 떨기 시작했다.

그러나 아이들 못지않게 최고급으로 차려입고 같이 온 엄마들 입장에서는 딱히 할 일이 없었다.

우아한 명품 드레스나 정장이 구겨지지 않게 잘 여민 채로 엄마들을 위한 또 다른 파티 식탁 앞에 도착하면 그만이었다.

연희동 저택 대문 안에 들어서는 순간부터 그녀들이 아이들을 신경 쓸 일은 단 하나도 없었다. 그러니 올댓파티의 파티가 상류층 엄마들에게 호평을 받을 수밖에 없었다.

솔직히 이런 날에까지 아이들을 따라다니며 치다꺼리를 하느라 돈 자랑, 옷 자랑, 보석 자랑, 남편과 시댁 자랑을 할 기회를 놓치는 게 그들로선 가장 큰 재앙이었다.

"어서 와요. 와 주셔서 정말 고마워요."

"초대해 주셔서 저희가 고맙죠. 근데 너무 근사한 파티네요. 이런 건 처음 봤어."

"아이들 생일 파티에 방송사 스튜디오를 옮겨 올 생각을 하다니 대단한 걸요."

"어머, 이 파티 테이블 완전 근사하다. 뉴욕 감성이야."

"어디 할리우드 스타 파티에 온 것 같아요. 너무 멋져요."

도착한 엄마들의 칭찬이 커지면 커질수록. 감탄이 계속될수록 이날의 호스트 연재 엄마의 미소도 점점 더 짙어지고 있었다.

이미 이날의 주인공 연재는 특별히 제작한 통통이 공주 옷을 차려입고 왕관을 쓴 채 통통이 별 지팡이를 들고 진짜 통통이 아저씨 뒤를 졸졸 따라다니고 있었다.

다른 아이들도 마찬가지.

워낙 통통이가 아이들 사이에서 절대적인 인기 원탑이다 보니, 심지어 엄마들도 깜짝 놀라서 아이들과 같이 인증 샷을 찍느라 난리들이었다.

─역시 통통이 아저씨. 아주 엄마랑 애들을 갖고 노는구나. 다들 좋아 죽을라 그러네.

직원용 인이어를 끼고 조금 떨어진 곳에서 파티 전체 진행 상황을 살피던 정원의 귀로 경오의 목소리가 들려왔다.

"그럼 저 정도는 서비스 해 주셔야지. 슬쩍 들은 바로 이번에 받은 페이가 어마어마하다던데."

—아마 우리 회사에게 지불한 비용만큼이나 들어갔을지도 몰라.

"통통이 님이신데, 그 정도는 감수해야지. 단독 생일 파티 메인 진행이신……데."

말을 하다 말고 정원은 조금 긴장해서 정면의 대문 쪽을 바라보았다.

이제 도착해서 한층 아래인 주차장에서부터 메인 정원 쪽 돌계단을 올라오고 있는 사람, 전 시누 윤민과 그녀의 아이들이었다.

물론 윤민이 이날 파티에 아이들과 함께 온다는 건 연재 엄마로부터 받은 초대 명단을 보고 알고 있었다.

또 윤민의 시댁과 이 집 여사님의 관계에서도 충분히 윤민의 아이들이 초대 대상이겠구나 짐작한 바였다. 딱히 놀랄 일은 아니었다.

윤민의 뒤를 따라오는 아이들을 보니 그사이 세월이 꽤 흘렀구나 싶었다.

'어머, 연준이가 저렇게 컸어? 명재도 처음 봤을 때는 종종 기어 다니는 아기였는데.'

전 시조카들의 엄청난 성장을 보면서 정원은 알 수 없는 야릇한 감회에 휩싸였다. 시간의 흐름은 저토록이나 확연한 아이들의 성장에서 분명히 드러나고 있었다.

그때 그쪽을 바라보고 있던 정원과 윤민의 시선이 마주쳤다.

그러나 그녀는 휙 눈길을 돌리며 정원을 외면했다. 마치 못 볼 걸 본 사람처럼 잔뜩 찌푸린 표정이 되었다.

'저렇게 만날 짜증 부리고 심술궂게 사니까 얼굴이 점점 더 망가지지. 못 본 그사이 아이들은 잘 자란 거 같은데 그 엄마는 어째 더 사납게 변해 가니 유감이야.'

정원이 선 쪽으로 아이들과 윤민이 다가왔다.

어쩔 수가 없을 거다. 연재 엄마와 그 모친 되시는 분에게 왔다는 눈도장을 찍고 선물이라도 내놓으려면 싫어도 이곳을 지나쳐야 하니까. 정원이 서 있는 곳이 실내로 들어가는 현관 머리였다.

역시나 윤민은 마치 정원이 투명 인간인 것처럼 그녀 쪽은 일별도 않고 스윽 스쳐 지나갔다.

윤민을 따라 집으로 들어가는 아이들도 마찬가지였다.

어린 명재는 모르겠지만 맏이 연준은 혹시 정원 자신을 알아볼까 싶었는데 표정을 보아하니 전혀 기억에도 없는 듯싶었다.

'하긴 내가 평창동에 드나들 때 연준이도 어렸으니까.'

어차피 기억하지 못할 거라 생각했다. 다섯 살 때 만나 여섯 살 때에 헤어졌다. 만난 것도 몇 번 되지 않는다.

그런 와중에 정원을 기억할 거라고 기대한 것 자체가 우스운 일이었다. 딱히 섭섭할 것도 없었다.

새침한 얼굴로 정원을 모르는 척, 못 본 척하며 들어가는 윤민을 정원 역시 외면해 주며 돌아섰다.

자신을 안 보겠다는 사람을 끝까지 모르는 척, 안 본 척해 주는 게 이 구역의 룰 아니겠는가.

'조것 봐라?'

실내로 들어가던 윤민이 발코니 창 너머로 가자미눈을 뜨고 정원의 뒷모습을 표독하게 노려보았다.

자신은 안중에 없어 해도, 저는 여기서 봉사하는 입장 아닌가. 고객님에게 먼저 알은척하고 인사를 해야 하지 않는가 말이다.

'일꾼 주제에 거만하게 굴기는? 같잖아서 정말!'

하지만 윤민은 확 뜯어 버리고 싶을 만큼 미운 정원에 대해서 대놓고 불만을 터뜨리거나 트집질을 할 수 없었다.

연희동 이 집은 그녀의 못된 성질머리를 함부로 드러내거나 패악을 부릴 수가 없는 어려운 공간이었다. 그래서 더 열받았다.

당장에라도 난리 치고 머리채라도 뜯어 놓고 따귀라도 갈기고 싶은데 그 것을 할 수가 없다.

부글부글 끓는 마음을 꾹꾹 참고 눌러만 두려니 압력솥이 끓어오르듯이 속에서 천불이 났다.

'재수 없어, 정말!'

속으로 험한 욕설을 한 번 더 하는 것으로 만족할 수밖에 없어서 미칠 것 만 같았다.

그러나 그런 윤민과는 달리 정원은 바빴다. 다가온 새로운 고객님에게 알 은척을 해야 했기 때문이다.

"아, 너무 귀여워!"

정원은 나란히 옷을 갈아입고 자랑하러 온 세하와 태형을 바라보며 감탄 을 터뜨렸다.

"아니, 이 멋진 두 분. 누구세요?"

세하는 아까 엄마 효진과 함께 도착했다. 태형이가 일부러 세하네까지 태 워 왔다고 한다.

아마도 연재네와 딱히 접점이 없는 세하와 효진이 따로 도착하면 뭔가 불편할까 봐 일부러 배려한 게 틀림없었다.

태형은 오늘 〈대굴대굴 연재 오락실〉에서 '뚝딱뚝딱 박사'로 분장했고, 세 하는 '요리조물 아가씨' 배역을 맡았다.

펄렁한 오버올을 입고 커다란 안경을 쓴 뚝딱뚝딱은 언제나 등에 큰 스 패너를 짊어지고 다니다가 통통이 아저씨 자동차가 고장 나면 고쳐 주는 똘똘한 박사님이다.

그리고 요리조물 아가씨는 깜찍한 앞치마에 요리 모자를 쓰고, 배고픈 이 들에게 친절하게 '계란 프라이 해 줄까?' 하면서 지내다가, 악당 '꾸룩꾸룩' 이 나타나면 국자를 휘둘러서 퇴치하는 용맹무쌍한 요리사였다.

자신이 원래 입고 왔던 옷을 벗고 마음에 드는 캐릭터 옷으로 갈아입고 나니 확실히 모든 아이들 얼굴에는 생기가 돋아나고 있었다.

특히 통통이 왕국 통통이 공주로 분장한 주인공 연재는 아까부터 잔뜩 신이 난 얼굴로 특별 초대 된 통통이 아저씨와 함께 종횡무진 파티장을 누비고 있었다.

"태형 군, 너무 근사한데?"

"감사합니다."

"뚝딱뚝딱 박사님은 무슨 일을 해?"

"통통이 아저씨 자동차를 수리해 줘요. 컴퓨터도 고쳐 주고요. 평소에는 망원경으로 늘 꾸룩꾸룩을 감시하고 있죠."

그래서인지 태형의 손에는 커다란 외알 망원경도 들려 있었다. 캐릭터 코스프레에 늘 진심인 경오의 열정적인 준비 덕분에 연기하는 아이들은 TV에 나오는 그대로 의상과 소품을 착장하고 있었다.

사실 지금 태형은 조금 기분이 좋지 않았고 울적한 상태였다.

원래는 이날 파티에 같이 오기로 한 엄마 지인이 출장 간 나라의 기상 사정으로 어제 귀국을 하지 못했다. 오늘 아침에야 겨우 비행기를 탄다고 전화가 왔으니 빨라도 오늘 저녁 늦게, 늦으면 내일 새벽에나 도착할 거다.

그래서 태형은 자신을 늘 보살펴 주는 개인 튜터와 파티에 함께 올 수밖에 없었다.

다른 애들은 다 엄마랑 같이 왔는데 나만 엄마 없어.

물론 우리 엄마가 너무 바쁜 건 알아. 그래도 시간 맞춰 오시려고 노력하신 것도 알아.

엄마 잘못이 아니라 갑자기 폭풍이 휘몰아친 그 나라 날씨 잘못인 것도 알아.

하지만 속상하고 섭섭한 건 어쩔 수가 없어. 누구든 나를 건드리기만 해 봐. 확 삐뚤어져 버릴 거야. 약간 이런 감정이었다.

하물며 아직은 어린 태형을 더 우울하게 만든 건 뒤돌아서면 눈에 들어오는 엄청나게 맛있어 보이는 음식들이었다.

기합이 제대로 팍 들어간 영주가 케이터링 업체와 호텔 셰프들을 달달 볶아서 제공하고 있는 음식들은 어지러울 정도로 맛있는 냄새와 자태를 뽐내며 그를 유혹하고 있었다.

그러나 그는 지병인 아토피와 알러지 때문에 집에서 도시락을 싸 온 형편이었다. 뭘 하나 먹으려 해도, 튜터가 따라와서 지켜보고 있으니 함부로 덥석 손을 내밀 수도 없었다.

같이 오기로 한 동생 태준도 컨디션이 좋지 않아서 외출 자제령이 떨어졌다. 결국 태형은 여기서도 뭔가 혼자인 것 같은 감정에 휩싸인 상태였다.

"저기요, 뚝딱뚝딱 박사님. 배 안 고파요? 계란 프라이 하나 해 드릴까요?"

계속 풀이 죽어 있는 태형이 안쓰러워진 눈치 빠른 요리조물 아가씨 세하가 물었다.

이런저런 이유로 파티에 와서 노는 척은 하지만, 태형이 딱히 신나지 않다는 것을 눈치챈 건 고모 정원만큼 공감력 100퍼센트인 세하였다.

"세하야, 너 계란 프라이도 할 줄 알아?"

"그러엄. 유치원에서 배웠어. 이리 와 봐."

세하가 자랑하며 셰프가 서 있는 조리대 쪽으로 걸음을 옮겼다.

"너무 멋지다. 나, 네가 한 계란 프라이를 먹고 싶어."

세하가 하는 건 뭐든 멋지고 좋아 보인다. 태형이 감탄하며 세하를 졸졸 따라갔다.

"저기, 계란 프라이 하나 해도 돼요? 제가 요리조물 아가씨라서요."

"당연히 할 수 있죠. 자. 위생 장갑 끼고 시작해 봅시다."

아이들이 요리 체험을 할 수 있도록 기다리고 있던 셰프가 세하가 직접 계란 프라이를 할 수 있게 전용 미니 팬에다가 얼른 기름을 두르고 적당하게 달궈 주었다.

"자. 이제 계란을 깨서 프라이팬에 넣고."

세하가 시키는 대로 조심스럽게 계란을 깨서 프라이팬에다가 넣었다. 지지직 하면서 계란이 기름 위에서 춤을 추었다.

"여기다가 소금 뿌리고. 후추도 솔솔."

알맞게 만들어진 계란 프라이를 세하가 접시에 담아서 태형에게 건네주었다.

"맛있게 드세요, 뚝딱뚝딱 박사님."

"네. 감사합니다."

그런 두 꼬마의 모습을 카메라가 열심히 촬영하고 있었다.

사실 배역을 맡은 아이들마다 다 카메라가 따라다니고 있는 중이다. 오늘 파티에서 촬영된 모든 장면들은 잘 편집해서 멋진 영상으로 완성될 것이다.

"박사님! 큰일 났어요! 도와줘요오오오!"

그때 저만치에서 연기 중이던 통통이 공주 연재가 통통이와 같이 손나팔을 해서 소리쳤다.

"꾸룩꾸룩이 나타났는데 자동차가 고장 났어요! 빨리 와 주세요오오."

"네에. 갑니다, 가요!"

맛있는 계란 프라이를 하나 얻어먹은 뚝딱뚝딱 박사 태형이 등에 짊어지고 다니던 스패너를 빼 들고 다다다 달려갔다.

"큰일 났다. 악당 꾸룩꾸룩이 나타났다아!"

또 다른 아이들이 입 모아 소리쳤다.

하얀 드라이아이스가 흘러나오는 가운데, 통통이 아저씨를 노리는 악당 꾸룩꾸룩이 검은 해골 망토를 걸치고 뿅 하고 등장했기 때문이다.

"어서 도와줘! 꾸룩꾸룩이 통통이 아저씨를 납치했어!"

얼른 요리조물 아가씨 세하도 국자를 들고 출동했다.

통통이 공주 연재도, 단짝 몽몽이도, 강아지 홀쭉이도, 뚝딱뚝딱 박사와 요리조물 아가씨도 다 같이 악당 꾸룩꾸룩을 혼내 주러 덤볐다.

"야잇, 다들 덤벼라!"

"으히히히히. 너희들은 날 잡을 수 없을걸? 꼼짝 마랏! 레이저 총!"

빨간 가발을 쓰고 검은 해골 망토를 펄럭이며 꾸룩꾸룩을 연기하는 호중이 근사한 모형 레이저 총을 겨냥하며 폼 나게 위협했다.

"얘들아, 제발 살려 줘! 어서 꾸룩꾸룩을 처리해!"

밧줄에 묶인 통통이 아저씨가 소리쳤다.

"통통이 아저씨를 구해야만 해!"

"한 발자국만 더 움직인다면 당장 검댕이로 만들어 주마! 이히히히. 통통이는 내가 데려간다!"

"어림없다!"

"통통이 공주인 내가!"

"꾸룩꾸룩, 너를 절대로 용서하지 않겠다!"

연재의 선창에 아이들이 너무 유명한 통통이 대사를 다 함께 소리쳤다.

"다들 덤벼!"

"꾸룩꾸룩을 잡아라! 통통이 아저씨를 구해 내자!"

꾸룩꾸룩에게 잡힌 통통이 아저씨가 소리쳤다.

"통통이 공주님, 꾸룩꾸룩 망토를 벗기세요! 놈의 힘은 거기서 나옵니다! 어서요!"

"잡아라!"

아이들이 우르르르 달려들어 사방에서 꾸룩꾸룩을 포위했다.

겁에 질린 꾸룩꾸룩이 애원했다.

"안 돼애, 찢지 마! 우리 엄마가 만들어 준 망토란 말이야! 히힝."

"흥. 그 망토 입고 나쁜 짓만 하니까 절대로 안 돼. 얘들아!"

연재 통통이 공주가 호령했다.

결국 꾸룩꾸룩이 망토를 빼앗기고 걸음아 날 살려라 하며 도망쳤다.

"만세!"

"꾸룩꾸룩을 물리쳤다!"

"통통이 아저씨를 구했다!"

청명한 늦여름 햇살 아래에서 행복에 겨운 아이들의 함성과 웃음소리가 메아리쳐졌다.

통통이 아저씨를 구해 내고 박사는 자동차를 고치고 다시 모험을 떠나는 모두가 해피 엔딩.

바라보는 정원조차도 같이 행복해지는 광경이었다.

이런 파티를 내가 연재에게 해 줄 수 있어서 참 기쁘다. 이런 일을 하기를 잘했어. 정원은 마음속으로 파티 플래너가 된 자신을 칭찬했다.

그때 정원 곁으로 다가온 사람은 이날 파티의 빅 보스, 연희동의 여왕님 송 여사였다.

"유 대표, 너무 수고했어요. 아이들이 저렇게 즐겁게 노는 걸 보니까 칭찬을 안 해 줄 수가 없네."

"아닙니다. 저희가 마땅히 해야 하는 일인걸요. 오히려 제가 감사드려요."

"어째서?"

"이런 파티 기획은 일전에 말씀드린 대로 저희도 처음이거든요. 그런데 흔쾌하게 저흴 믿어 주시고 허락해 주셔서요. 이렇게 재미있게 진행되니 저도 너무 큰 보람을 느낍니다."

"그러게. 너무 참신한 파티잖아. 아이들도 오늘 생일 파티를 절대로 잊지 못하겠지."

송 여사가 만면에 미소를 띤 채 정신없이 안팎을 오가며 이리저리 뛰어노는 아이들을 바라보았다.

"여사님도 즐거우세요?"

"그럼, 아이들 웃음소리만큼 행복한 건 없잖아. 하물며 하나뿐인 외손녀인데."

송 여사와 정원은 동시에 그들을 돌아보며 활짝 웃는 연재에게 손을 흔들어 주었다.

251

깜찍한 손녀는 자신을 바라보고 있는 할머니가 이날의 모든 즐거움을 제공한 분이라는 걸 다 알고 있었다. 두 팔로 하트를 그리며 '할머니, 사랑해요!' 하고 소리쳤다.

외손녀를 바라보며 똑같은 표정으로 활짝 웃는 송 여사에게 정원이 물었다.

"어째서 나오셨어요? 따님과 엄마들이 모인 곳에서 같이 노시지 않고요."

"유행 따라 사는 젊은 아줌마들 하는 이야기는 이 노인한테는 별로 재미가 없더군. 난 이렇게 유 대표 옆에 앉아서 애들 노는 거나 더 보고 싶어. 저 예쁜 걸 얼마나 더 내가 눈에 넣을 수 있을까? 내 나이가 있는데⋯⋯."

그저 노인의 한마디인데 이상하게 쓸쓸한 느낌이 들었다.

비유하자면 뉘엿뉘엿 노을이 지는 서편 하늘을 바라보는 것만 같았다.

"벌써부터 그런 생각 하시면 안 돼요. 너무 쓸쓸해지잖아요."

"그렇게 들려요?"

"네."

"이상하게 요즘 들어 어쩐지 세월이 빗물과도 같다는 생각이 잦아지네. 둘 다 미끄러져 떨어진 후 흔적 없이 사라지고 마니까. 내가 늙어서 그런가?"

그러다가 송 여사가 정원을 돌아보며 엷게 웃었다.

"내가 감상에 젖어 든 걸 조금만 참아 줘요. 원래 노인은 추억을 먹고 산다잖아. 아이들은 내일을 먹고 살고. 그렇다면 유 대표 같은 청년들은 뭘 먹고 살까?"

"역시 저희 세대도 아직은 '희망' 아닐까요?"

"그렇겠지? 살아온 날보다 살아갈 날이 더 많은 사람들이니까."

"아무래도 그럴 것 같은데요. 저기, 이게 위로가 될지는 모르지만, 여사님. 제가 어디서 들은 게 있는데요. 늙는다는 건 인간이 메마르고 딱딱해지는 바로 그 순간이래요. 그러면 죽음이 찾아온대요."

"늙으면 메마르고 딱딱해지는 거다? 그러면 죽는 거다?"

"네. 나뭇가지도 그렇잖아요? 죽은 나무는 딱딱하고 메말라서 바로 꺾이지만 살아 있는 나뭇가지는 낭창하게 휘어지고 물기를 품고 있거든요."

"그렇지. 듣고 보니 그러네."

"제가 뵌 여사님께선 아직도 물기 가득한 푸른 나무세요. 그 누구보다도 활기차고 의미 있게 생을 즐기고 계시잖아요. 매년 돌아오는 외손녀 생일 하나도 이렇게 정성을 다해 꾸며 주실 만큼이요. 이런 활력과 젊은 감성을 지니고 사시는데 뭐가 걱정이세요? 아직 한창이신데."

정원의 말을 듣고 있던 송 여사가 빙그레 웃었다.

"유 대표는 말을 참 예쁘게 하는 사람이구나. 속이 깊어."

"예쁘게 봐 주셔서 제가 더 감사합니다."

"예쁜 말 하는 사람치고 미움 사는 것은 못 봤어. 유 대표는 앞으로 계속 승승장구할 거야. 내가 장담해. 사람 마음을 이렇게 따뜻하게 만들어 주는 사람은 흔치 않지."

송 여사가 격려하듯이 정원의 손등을 살짝 어루만졌다.

"유 대표의 고객들은 만족도가 엄청나겠어? 나만 해도 내년 우리 연재 생일도 유 대표에게 맡겨야지 하고 벌써 마음먹고 있거든."

"어머나, 감사합니다. 저 지금 엄청난 칭찬을 받았어요, 그죠?"

기쁜 나머지 정원은 두 손으로 살짝 달아오르는 볼을 감쌌다. 활짝 웃는 정원을 건너다보며 송 여사도 같이 미소 지었다.

"지금 해 주신 말씀, 평생 기억할게요. 늘 고객을 감동시키는 더 멋지고 좋은 사업가가 되라는 격려, 감사합니다."

"칭찬도 참 예쁘게 잘 받아들이는구나. 내가 더 흐뭇해. 참, 오늘 테이블 웨어 멋지던데 회사 소장품이야?"

"아뇨. 오늘 식기는 저희가 리스했어요. 파티 격조에 맞는 명품을 분위기 따라 다 갖추기는 어지간한 업체도 힘들거든요."

"그러면 유 대표, 혹시 내 소장품에도 관심이 있을까? 포슬린 수집이 취미거든."

"아, 정말요?"

정원의 눈이 휘둥그레졌다.

영주처럼 정원 역시 파티 플래너답게 그릇에 관심이 많은 편인데 알아주는 재벌 여사님께서 평생 수집한 자기를 구경할 기회가 과연 몇 번이나 오겠는가. 정녕 특별한 기회요, 행운이었다.

"아, 좋아라. 구경해도 될까요? 저, 진짜 그릇 좋아하거든요."

"그럼 당연히 되지. 구경할 게 좀 있을 거야."

수집가들이라면 누구나 그렇듯이 송 여사도 자신이 일생 모아 온 소장품을 자랑할 찬스를 놓칠 사람이 아니었다.

"같이 들어가 봐. 나, 내 그릇 함부로 보여 주지 않아. 유 대표가 예뻐서 이러는 거지."

"그럼요, 알고말고요. 영광입니다!"

정원이 송 여사를 따라 다이닝 룸으로 들어갔다.

깐깐한 송 여사마저 대만족한 그날의 생일 파티.

올댓파티가 준비한 세심하고 완벽한 행사 진행에 있어서 그 모든 것을 지휘하고 있는 정원에 대한 칭찬은 송 여사만 하는 게 아니었다.

정원 쪽을 내다보게 되어 있는 발코니 너머 거실 안.

아이들 엄마인 귀족 사모님들은 놀고 있는 아이들을 내려다보면서 식사와 담소를 나누는 중이었다.

"자기, 그거 봤어? 수영장 앞에 의료진도 대기 타고 있더라."

"응. 나도 봤어. 파티에 의사까지 불렀을 줄이야."

"사실 놀다 보면 애들이 흥분해서 마구 뛰다가 다칠 때도 있거든."

"하나를 보면 열을 안다고, 정말 준비한 하나하나가 진짜 세심해. 놀랐다니까."

"연재 엄마는 어디서 저런 업체를 찾았대?"

엄마들의 궁금증을 대변한 물음에 연재 엄마 선요가 대답했다.

"봄에 연재 친구 파티 때 알게 된 곳인데 일을 참 잘하지? 만족스러워."

그러면서 슬쩍 그녀가 반대편에 앉은 윤민을 건너다보았다.

다른 사람들과 달리 웃음기도 없이, 올댓파티와 대표인 정원을 칭찬하는 말 따위는 듣지 못한 척 외면하면서 괜히 포크로 음식 접시만 찌르고 있었다.

사실 윤민이 저렇게 교양머리 없이 대놓고 불퉁한 표정으로 대화에 일절 참여하지 않는 이유가 있었다. 지금 아무도 그녀를 상대해 주지 않고 있기 때문이다.

물론 모인 엄마들이 처음부터 그런 것은 아니었다.

자기가 얼마나 잘났는지 모르지만, 윤민은 남의 잔칫집에 와서 초장부터 사사건건 트집을 잡으려 하고 수준 평가를 하려 들었다. 이에 주최자인 선요의 기분이 팍 상하게 된 것이다.

듣기 좋은 꽃노래도 한두 번이 한계라 했다. 그런데 연이은 트집에 얼마나 귀가 아픈지 초대받은 다른 엄마들도 분위기를 해치는 말에 눈살을 찌푸리다 그녀의 말을 받아 주지 않기에 이르렀다.

윤민의 처음 몇 마디에는 맞장구치고 들어 줄 수 있지만 윤민의 도를 넘은 트집과 예민함에 그만 질려 버린 것이었다.

그리고 그 자리에는 정원의 올케 효진도 자리하고 있었다.

비록 그날 모인 엄마들과 초면이긴 하지만 처세술 달인 효진이 어딜 간들 기세로 밀릴 리가 없다.

근성과 두뇌 하나로 지금까지의 인생을 개척한 악바리 과거와 함께, 온갖 계산과 영리한 술수가 난무하는 대형 회계 법인 소속으로서의 관록이 있다. 온실 속 화초로 자라 저 혼자 잘났다고 설치는 여인네들을 요리하지 못한다면 그건 효진의 굴욕이었다.

하물며 윤민은 기억하지 못하지만 정원의 전 시댁 인간들을 뼛속까지 싫어하고 있는 효진으로선 윤민의 그따위 꼬락서니가 같잖게 보일 수밖에 없었다.

눈에는 눈. 이에는 이.

'우리 아가씨가 너한테 당한 것 백분지 일만큼이라도 내가 오늘 너한테 갚아 주고 만다.'

작정한 대로 효진은 은근슬쩍 윤민을 상대로 무안 주고 그녀가 말만 하면 교묘하게 웃음거리로 만들어 버리면서 대놓고 신경전을 벌여 주었다.

지금 윤민이 시무룩한 표정으로 입을 꾹 닫고 있는 가장 큰 이유였다.

"우리 애 생일도 곧 돌아오는데, 나도 명함 받아 가야겠어."

"이것 봐. 테이블웨어며, 음식 수준이며 보통 안목이 아니야. 근래 참석한 파티 중 제일 근사한 거 같아."

"그러게. 애들도 너무 즐거워하는 게 보이잖아. 세상에, 통통이를 초대하다니! 너무 멋져."

엄마들의 칭찬이 늘면 늘수록, 자신들의 아이 파티 역시 올댓파티에 의뢰해야겠다고 말하는 사람이 늘면 늘수록 윤민의 기분은 점점 더 나빠졌다. 갈수록 더 불쾌해졌다.

지금 윤민으로선 세상에서 제일 꼴 보기 싫은 사람이 유정원이다. 너무 미워서 대놓고 막말에다 상욕으로 무안을 주고, 얼굴이라도 할퀴어 버리고 따귀라도 치고 싶을 지경이다.

그런데 그런 인간이 자리에 함께 앉은 모든 사람에게 칭송을 받고 있으니 견딜 수가 없을 만큼 짜증 났다.

하지만 윤민은 지금 아무것도 할 수가 없었다.

일단 뭔가 막말이라도 내지르고 트집을 잡아 클레임을 걸고 싶은데, 기회가 없었다. 정원이 엄마들이 모인 자리 쪽으로 얼씬도 하지 않았기 때문이다.

아마도 정원은 이날의 진짜 호스트인 시고모 송 여사 담당인 듯했다. 그녀의 뒤만 충직한 개인 비서처럼 졸졸 따라다니는 중이었다.

만약 애초부터 윤민의 접근 자체를 차단할 목적이었다면 진짜 영리한 선택이었다.

'교활한 년 같으니라고.'

뻔히 자신과 마주치면 좋은 말을 못 들을 줄 알았는지 제대로 피해 다니고 있는 모습을 보는데, 윤민으로선 그것조차도 정원이 스스로 저지른 못된 짓거리를 자백하는 것 같아서 더 부아가 치밀어 올랐다.

'역시 지도 켕기는 게 있으니까 나를 살살 피하는 거지? 못돼 처먹은 주제에 말짱한 얼굴로 살살거리고 있어? 아휴, 분해. 저걸 어떻게 한 방 먹여주지?'

윤민이 어떻게든 정원을 해코지하고 싶어서 몸부림을 치고 있는 이유가 있다.

솔직히 윤민은 아직도 아버지 영국으로부터 따귀를 맞은 충격에서 벗어나지 못한 상태였다.

그날 저녁, 영국으로부터 사과 전화를 받았지만 윤민은 제대로 듣지도 않고 바로 전화를 끊어 버렸다.

'어떻게 아버지가 감히 나를 때릴 수가 있어?' 하는 반발심. 그렇지 않아도 피폐하고 불안했던 윤민의 영혼에 쩍 하고 커다란 균열을 내 버린 상처와 굴욕감은 엄청났다. 차마 말로 표현할 수 없을 만큼 큰 분노를 주었고 평생 지워지지 않을 원망의 각인을 만들었다.

아무리 그녀가 잠시 흥분하고 미쳐서 억지를 부리고 화를 냈다지만 그녀는 딸이 아닌가.

지금껏 그녀에게 아버지 노릇인들 한번 제대로 한 게 없으면서 말이다.

한때 며느리였다지만 지금은 남인 정원을 변호하고 편들어 준답시고 딸의 따귀를 치다니. 절대로 용서할 수가 없었다. 그날 영국의 사무실을 뛰쳐나오면서 윤민은 그가 죽어도 장례식장에도 가 보지 않겠다고 결심했을 정도였다.

그만큼 영국에게서 맞은 따귀는 윤민의 심장에 독침으로 박혀 그녀의 영혼까지 검게 물들였다. 그러니 그 원인이 된 정원도 자신만큼이나 굴욕스럽고 상처받아야 마땅했다. 그게 정의였다.

대체 어떤 짓을 벌여야 세상에서 저 혼자만 잘나가는 듯, 코끝이 올라가고 어깨가 잔뜩 치켜 올라가 있는 유정원을 제대로 망쳐 줄 수 있을까?

남의 행복한 파티에 와서도 흉측한 악의로 이글이글 혼자 타고 있는 윤민과는 달리 연희동 저택 안 다른 사람들은 하나같이 다 느긋하고 행복한 상황이었다.

수영장이 설치된 정원 한구석, 그 앞 작은 천막 아래 병원을 차려 두고 느긋하게 놀고 있던 인태에게 영주가 다가왔다.

인태 역시 통통이 코스프레 중이라서 통통이에 나오는 의사 선생님 모자를 쓰고 콧수염을 달고 있었다.

"좀 드시고 해요. 여기 커피."

영주가 쟁반에 담아 온 간식과 커피 잔을 내밀며 인태에게 물었다.

"오길 잘했죠?"

"그러게. 간만에 느긋하고 좋군요. 게다가 우리 세하랑 누나도 오다니. 더 좋네."

완벽.

완전무결.

이런 단어들이 있다면 오늘 파티 진행 상황을 보고 말하게 하라.

정교한 시곗바늘이 한 치의 오차도 없이 움직이는 것처럼 파티 진행은 물 흐르듯이 자연스럽게 돌아가고 있었다.

"준비를 엄청 했군요. 통통이 스튜디오를 집에다 지어 버릴 줄이야."

"돈이 문제죠, 돈이. 돈만 내시면 뭐든 해 드립니다. 혹시 남극에서 파티하고 싶다면 해 드려요."

"나중에 진짜 남극에서 파티 할 거야. 그때 가서 안 온다고 하지 마요."

"갑자기 이 무슨 소리? 혹시 남극 가요, 정인태 씨?"

"뭐, 그렇죠? 조만간 한번 가 볼까 해서."

"네?"

영주가 놀라서, 긴가민가 인태를 뚫어질 듯이 건너다보다가 간신히 물었다.

"정말?"

"정말이고 말 것도 없어요, 그냥 남극 세종 기지 파견 의사 모집 공고가 나왔길래."

"나와서?"

"원서 한번 넣어 볼까 싶어서."

"그래서 넣었어요? 합격했어요?"

"아뇨. 아직은 때가 아니라서. 전문의 따고 나서 가려고."

"아휴, 놀라라. 다행이네. 난 원서도 넣고 합격한 줄로만 알았잖아요."

영주가 안도의 한숨을 내쉬었다.

"내가 남극 기지 간다는데 서영주 씨가 왜 놀라? 같이 가자고 한 것도 아니잖아."

"누가 그런 뜻이래요? 갑자기 예고도 없이 그런 말을 하면 사람이 당연히 놀라지. 근데 정인태 선생, 절대로 그런 델 가면 안 돼요. 알았어요?"

"아니, 왜 가면 안 돼? 서영주 씨가 어째서 내 인생, 미래를 간섭하려 들지?"

"그런 데는 자칫하면 다치기 십상이잖아. 거기다가 거긴 엄청 멀다며? 2년 동안 못 나온다고 하던데? 게다가 할머님이 연로하신데 정 선생이 거기가 있는 중에 노인 양반이 혹시나 무슨 일 생기면 어떡하려고? 절대 안 돼. 가도 나중에 할머니 돌아가시면 가요. 알았어요?"

좔좔좔 영주가 설교를 늘어놓자 인태가 조금 얼빠진 얼굴이 되었다.

"으악, 귀에서 피 나올 거 같아. 서 이사, 이제 보니 상당한 잔소리꾼이셔."

"난 남한테는 잔소리 안 해요."

"난 뭐 남 아냐? 우리가 연애를 하길 해? 결혼을 했어? 이보세요. 우린 남이라고."

"남이긴 한데 지금은 같은 집에 사는 동거인 아닙니까? 남이라고 하기엔 우리들 주거 공간이 너무 가깝지."

"그런가?"

말을 해 놓고 보니 뭔가 좀 이상하다. 영주가 먼저 슬그머니 시선을 돌렸다. 인태도 딴 데를 바라보는 척했다.

"그나저나 감사해요."

"뭐가요?"

"엄청 피곤할 텐데 아르바이트 해 주러 와서. 정 선생 덕분에 사모님들 신뢰도가 확 올라갔잖아."

영주가 빈말을 하는 건 아니었다. 파티의 사전 준비나 진행 상황에 있어서 여러모로 엄마들이 만족하긴 했는데 그중에서도 특히 의사 인태의 존재는 이날의 파티에 대한 신뢰도를 확 올리는 엄청난 효과가 있었다.

"그거야 나라도 그러겠어. 이런 파티 하는 데 의사를 불러 놓는 회사가 어딨다고? 희귀하지."

"일주일 내내 근무 마치고 휴가 받았는데, 졸려 죽겠어도 이렇게 와 준 의사도 역시 희귀하지. 한국에서 하나뿐일걸?"

"근데 이놈의 의사가 너무 파릴 날려서 원."

파티가 시작된 지 어느덧 한나절이 지나가는 중이다. 지금껏 인태를 찾아온 아이는 겨우 하나. 그것도 마구 뛰다가 잔디밭에서 넘어져 무릎이 까진 터로 상처에 연고를 바르러 온 것뿐이다.

의리 있는 세하가 외삼촌한테 게임에서 이긴 상품으로 탄 커다란 막대 사탕을 가져다주려고 잠시 들른 것 빼고는 인태의 천막 아래 작은 의자는 내내 텅텅 비어 있었다.

"의사가 파릴 날려야 좋은 파티지."

"그건 맞는 말이네."

인태가 힐끗 영주를 곁눈질했다.

"나한테 완전 고맙죠?"

"굉장히요."

"감사 표시가 필요하지 않나 싶어. 맨입으로 싹 닦을 생각은 아니죠?"

"약속대로 알바비도 주고 맛있는 거도 잔뜩 주잖아요."

"나랑 내일 저녁에 데이트 합시다."

영주가 눈을 깜빡거렸다.

내가 지금 무슨 말을 들었지? 귀를 후비고 다시 들어야 할 판이었다.

"뭔 데이트? 내가 왜?"

"참 나, 내가 뭐 당신 잡아먹는대? 데이트 하자는데 '내가 왜'라니? 와, 서 이사! 완전 섭섭하네. 사람 그러는 거 아니지. 날 이렇게 비참하게 해도 되나?"

"아니, 그런 뜻은 아닌데. 일단 우리가 왜 데이트를 해야 하는 건지 모르겠어서……?"

"데이트 하는 데 뭐 이유가 있어야 하나? 하고 싶으면 하는 거지."

"그러니까 데이트를 왜 나하고 하고 싶은 거냐고요. 왜 금쪽같은 휴가를 나하고 데이트 하면서 보내려고 하는 건지 이해가 안 되는데? 우린 집에서도 지겹게 얼굴 보고 사는 사이 아닙니까?"

"집에서 지겹게 보는 거 하지 말고 밖에서도 좀 보고 살자 그 말입니다."

"다른 여자 없어요? 정 선생과 데이트해 줄?"

"있으면 내가 서 이사한테 데이트를 구걸하겠어요?"

잠시 영주가 인태를 빤히 바라보다가 시선을 돌렸다.

"어디 가고 싶은데요, 그 데이트?"

"쇼핑몰."

"엥?"

"쇼핑을 못 해서 가을옷 좀 사려고. 같이 가서 골라 줘요. 서 이사 당신 아무져서 진짜 잘 깎잖아."

데이트 운운하면서 헛소리를 씨불대더니만 결국 네 목적은 그것이었구

나. 영주가 비로소 납득하고 고개를 끄덕였다.

"알았어요. 우리도 내일은 쉬니까. 쇼핑하러 따라가 줄게요."

그러면서 영주가 자리에서 일어났다.

"애들이 슬슬 배고플 시간이 다가오네요. 점심 테이블 세팅 점검 들어가야지."

아무리 재미있고 신나도 아이들의 주의력과 흥미는 그럭저럭 한 시간이 한계. 통통이 방송 촬영 놀이가 어느 정도 끝나자, 아이들이 하나둘 나무 그늘 아래 마련된 점심 식탁 앞으로 모였다.

식사가 끝나면 이제는 즐거운 물놀이가 기다리고 있다.

수영복으로 갈아입은 아이들이 수영장 안으로 풍덩풍덩 뛰어들기 시작했다.

마침 날씨마저도 기막히게 좋았다. 맑은 하늘 아래 태양 빛은 눈부셨고, 물놀이하기에 좋은 시간이었다.

그러나 그 즐거운 놀이에 끼지 못한 아이가 하나 있었다. 역시나 태형이었다.

아토피로 인해 험한 피부를 보이기가 싫어서 긴 래시 가드를 입은 태형은 다른 아이들처럼 물속에 뛰어들지 못하고 계속 들어갈까 말까 주변만 빙빙 돌고 있었다.

"같이 놀자아, 태형아."

연재와 세하가 번갈아 다가와서 같이 수영하고 물총 싸움도 하자고 권했지만 태형은 계속 고개를 젓기만 했다.

"좀 있다가."

"물놀이하면 되게 시원해. 지금 너무 덥잖아."

세하가 말하지 않아도 이미 한낮 햇살 아래에서 서성대는 태형의 콧등에는 땀방울이 송알송알 돋아나고 있었다. 그런데도 태형은 선뜻 수영장에 뛰어드는 대신, 자신을 감시하듯이 옆에 서 있는 튜터만 돌아보았다.

"선생님, 저 물놀이해도 돼요?"

"같이 놀아도 돼. 괜찮아, 태형아. 해도 되는데, 그런데……."

그녀의 걱정스러운 시선이 래시 가드에 가려진 피부 속 흉터에 가 닿는 것을 느끼자마자 태형이 먼저 단념했다. 만약 그에게 조금이라도 문제가 생긴다면 애꿎은 선생님이 엄마에게 안 좋은 말을 들을 게 뻔했다. 피부의 가려움보다 그게 더 곤란한 문제였다.

"수영장 소독약이 피부에 안 좋을 거 같아서 그래. 수영장 잘못 들어가면 더 가려워져서."

"그렇구나아. 아, 속상해. 너랑 같이 물총 싸움 하고 싶었는데."

"나두……."

"그럼 이거, 내 큰 물총 줄게. 바꾸자. 갖고 있어!"

세하가 얼른 자기가 들고 있던 물총을 태형이가 들고 있던 작은 물총하고 바꿔 주었다.

아까 물총 고르기를 하자마자 냅다 욕심내서 일등으로 달려간 세하가 가장 먼저 차지한 통통이 아저씨 물총이었다.

"물속에는 못 들어가도 물총 싸움은 할 수 있잖아? 우리 편 할 거지?"

"응!"

"그럼 좀 있다가 같이 놀자."

태형이 잠시 수영장 안에서 연재와 세하가 아이들과 함께 물장구를 치는 모습을 부러운 눈으로 바라보다가 나무 그늘 아래 의자 쪽으로 걸음을 옮겼다.

"나는 여기서 내 마음대로 할 수 있는 게 아무것도 없는 것 같아."

혼잣말로 투덜대고 있는 태형이 파티 초반보다 훨씬 더 심통이 난 이유가 하나 더 있었다.

아이들이 식사를 할 때, 태형은 자기가 먹고 싶은 대로 맛있는 것을 마음껏 골라 먹는 다른 아이들과는 달리, 집에서 싸 온 도시락을 먹어야만 했다.

알려지 때문에 이것저것 가리지 않고 함부로 먹었다가 잘못되기라도 하면 어쩌나 싶어서 조심시키는 것은 이해하지만 맥이 풀리는 건 어쩔 수가 없었다.

게다가 그 맛있는 음식들을 앞에 두고도 도시락을 먹는데 '쟤 좀 이상해' 하고 힐끔힐끔 바라보는 시선들이 느껴져서 어린 그에게 상처가 되었다.

"선생님은 식사 안 하세요?"

"응? 이제 나도 먹어야지."

"저는 여기 있을게요. 점심 드세요. 배고프실 거잖아요."

어린아이답지 않게 어른스러운 태형이 말에 튜터가 잠시 망설였다.

"태형이, 혼자 있어도 괜찮을까?"

"좀 있다가 연재랑 세하가 물총 싸움 하자고 했으니까, 같이 놀고 있을게요. 빨리 드시고 오세요."

"알았어. 그럼 잠시만 놀고 있어. 선생님, 밥 먹고 올게."

"네."

결국 식사 시간을 놓친 튜터는 잠시 안에 들어가서 점심을 먹고 나오기로 했다.

수영장 안에는 직원 두 명이 같이 들어가 물놀이 지도를 하고 있고, 또 바깥에도 의사 선생님과 아까 꾸룩꾸룩 역할을 한 남자 직원이 안전 요원처럼 바깥에서 빙빙 돌며 아이들을 지켜보고 있다. 음식 테이블 주변에도 전담 직원이 서성거리며 아이들을 케어하려 대기 중이었다.

이삼십 분가량, 자신이 태형의 옆자리를 비운다고 해서 특별히 무슨 일이 생길 것은 아니었다.

튜터가 사라지고 난 후, 태형은 금세 심심해졌다.

결국 그는 슬그머니 수영장 쪽에서 벗어나 정원 여기저기를 혼자 왔다 갔다 하기 시작했다.

아이들이 물속에서 즐겁게 놀고 있는 것을 보고만 있으려니, 이렇게 더운데 물속에도 마음대로 들어가지 못하는 자신의 처지가 와락 더 화가 나기 시작했기 때문이다.

그러다가 그의 발길이 멈춘 곳은 먹음직스러운 음식이 가득한 식탁 근처였다.

점심 식사 테이블 정리가 끝나자마자 영주의 지휘하에 다시 차려지기 시작하는 음식들은 물놀이 후 아이들이 즐길 맛있는 간식들이었다.

온갖 쿠키와 초콜릿, 통통이 캐릭터로 만든 각양각색 롤리팝, 예쁜 컵케이크들, 형형색색 과일들과 아이스크림, 주스와 슬러시까지. 그야말로 과자왕국에서 튀어나온 듯 맛있는 것들 천지였다.

바라보는 것만으로도 꿀꺽 침이 넘어가고 절로 손이 뻗어 나가는 유혹적인 간식 테이블. 아까 맛없는 풀떼기에 현미밥만 먹은 태형으로선 그만 발길이 딱 붙어서 떨어지지 않던 것이었다.

하지만 그림 속의 떡. 저 유혹적인 간식들은 태형으로선 단 하나도 함부로 집어 들 수가 없는 금단의 영역이었다.

그때 등 뒤에서 누군가가 말을 걸어왔다.

"어머, 태형아. 안녕. 여기서 뭐 해?"

돌아보니, 몇 번 만난 적 있는 한남동 윤민 아줌마였다. 수영장에서 놀고 있는 연준이 형과 달리, 계속 실내에서 놀고 있던 명재와 함께였다.

아마 수영하고 싶다고 보챈 모양이었다. 명재도 해바라기 플랩 캡에 암링, 수영복을 입고 있었다.

"그냥, 음식 구경 하고 있었어요."

"왜 수영장에는 안 들어가고 혼자 돌아다니고 있지?"

말을 하다 말고 아차 싶어서인지, 윤민이 입을 다물었다.

'다 알면서 왜 물어요?' 하듯이 입이 튀어나온 태형이 슬그머니 시선을 피해 버렸기 때문이다.

내가 말실수를 했구나, 싶어서 윤민이 얼른 웃는 낯으로 화제를 돌렸다.

"튜터는 어디 갔어?"

"선생님은 지금 점심 식사 하러 가셨어요."

아무리 시장하다 해도 돌보는 아이를 홀로 버려두고 밥을 먹으러 가?

윤민은 속으로 튜터의 이따위 직무 유기를 반드시 지인에게 고자질을 해 주리라 생각했다.

'여하튼 이런 것들은 한 번씩 기강을 잡아 줘야 정신을 차린단 말이야.'

그런 생각을 하며 윤민이 태형에게 웃는 표정으로 말했다.

"우리 명재가 오빠랑 같이 물놀이하고 싶다고 하네, 잠깐만."

윤민이 수영장 쪽으로 가더니만, 물속에 있는 놀이 교사에게 명재를 넘겨 주고 다시 태형 쪽으로 다가왔다.

"왜 태준이는 안 왔어? 같이 올 줄 알았는데. 그래서 아줌마도 같이 놀게 우리 명재도 데리고 온 거거든."

"태준이가 유아 수영 교실 갔다가 콧물이 나서요. 주치의 선생님이 사람 많은 데 가면 안 된다고 하셨어요."

"그랬구나. 안타깝네. 같이 놀지 못하고 이 맛있는 음식도 못 먹고. 그치?"

태형이 고개를 끄덕였다.

동생 태준은 그와 달리 아토피도 없고 알러지도 없어서 뭐든 잘 먹었다. 이곳에 와서 이 맛있는 간식들을 보았다면 얼마나 좋아했을까. 생각해 보니 너무 안타까웠다.

"태준이 갖다주게 아줌마가 뭐 좀 싸 달라고 부탁할까?"

"아니에요, 괜찮아요."

"그래도 어떻게 그래? 하루 종일 집에 혼자 있으면서 형이 오기만을 기다리고 있을 텐데?"

"……그러게요. 우리 태준이가 나만 기다리고 있겠네요."

그러면서 태형이 알록달록한 화려한 간식 테이블을 돌아보았다.

이것도 저것도 잔뜩 가져다주면 태준이가 얼마나 좋아할까?

집에 저런 간식이 없어서가 아니라, 그가 동생을 생각하면서 과자를 챙겨서 간다면 동생이 좋아할 건 당연했다.

가져갈까 말까, 갈등하는 태형의 기색을 윤민이 재빨리 눈치챘다.

"기다려 봐."

음식 좀 담아 줘 봐요, 하고 명령하려 했는데 재빠르기도 하지.

아까는 분명 근처에서 서성대고 있던 전담 직원이 어느새 사라져 버렸다.

대체 무슨 긴요한 볼일이 생긴 건지, 등을 돌린 채 의사가 앉아 있는 반대편 저쪽 천막 쪽으로 걸어가고 있었다.

사실 윤민이 다가오는 것을 본 영주가 그녀와 부딪치기 싫어서 일부러 간식을 가져다준다는 핑계로 슬쩍 그 주변을 피해 버린 것을 윤민이 알 턱이 없었다.

결국 윤민은 옆에 마련된 케이터링 박스를 직접 집어 들었다.

"태형이가 정해 줘. 뭘 가져가고 싶은 건지. 태준이가 좋아하는 건 형인 태형이가 더 잘 알 거 아냐?"

"음, 강아지 모양 쿠키랑 통통이 아저씨 컵케이크……. 저거 몽몽이 모양 막대 사탕하고 이거, 초콜릿 바른 딸기도 가져가고 싶어요."

처음에는 쭈뼛거리던 태형이 이내 적극적으로 변했다.

하루 종일 혼자 침대에 잡혀서는 꼼짝도 못 하고 형이 돌아오기만을 기다리고 있을 동생에게 가져다줄 거라고 생각하니 욕심이 생기기 시작한 것이다.

"나는 밀가루를 먹으면 안 되지만 우리 태준이는 이런 쿠키랑 케이크 완전 좋아하니까. 저 딸기 마카롱도 두 개만 넣어 주시면 안 돼요?"

태형이 원하는 대로 박스에 간식을 담던 윤민의 머릿속으로 갑자기 사악한 불꽃이 팍 튄 것은 바로 그 순간이었다.

그녀는 손 하나 까딱 않으면서도 지금 너무나 미워서 견딜 수가 없는 정원을 제대로 한 방 먹여 줄 수 있는 기막힌 방법이 떠올랐던 것이다.

'만에 하나, 이날 파티에서 무슨 일이라도 생긴다면?'

하물며 먹음직스러운 간식을 바라보면서도 감히 손을 뻗어 집지는 못하고 침만 흘리면서 구경하고 있는 저 대형이 사고를 당한다면?

애지중지하는 아들 일이라면 이성을 잃고 애면글면하는 지인을 잘 알고 있다.

윤민은 손 하나 대지 않고 유정원과 올댓파티를 한순간에 나락으로 보낼 수가 있다.

단순히 평판이 나락으로 떨어지는 것만 아니라 엄청난 손해 배상에 고소까지 당할 게 뻔했다.

만만치 않은 지인의 성질머리로 보아서는 거의 재기 불능으로 만들어 놓을 게 분명했다.

정원은 학벌도 시원찮고 3류 여대를 겨우 졸업했을 정도로 공부머리라곤 단 하나도 없었다고 들었다.

그런데 굼벵이도 구르는 재주는 있다더니, 의외로 멍청한 주제에 일머리는 있었나 보다. 야무지게 회사를 키우고 나름 승승장구한다더니 빈말이 아니었다.

'작은 구멍가게 가지고 꼴에 사업한답시고 유세 떤다고 생각했는데 보통내기가 아니야. 이따위 회사 평판이 그야말로 하늘을 찌르고 있다니?'

이전부터도 알음알음 상류층 엄마들에게 좋은 입소문을 타면서 자리를 잡아 가던 중이었다는데, 영국에서 살랑거린 대가로 성사시킨 세린병원 결혼식이 방송을 탄 이후로 수직 상승.

이날 연재의 생일 파티 역시 상상을 뛰어넘는 근사한 아이디어와 세밀한 기획으로 모인 엄마들에게 호평 일색이다.

가장 싫은 사람의 가장 화려한 성공을 윤민은 자신의 눈으로 직접 보는 중이었다.

사업 성공도, 승주의 사랑도 다 가진 것에 배알이 꼴려서 죽을 참인데 이제 그깟 굴러온 돌 정원 때문에 윤민은 아버지 영국으로부터 맞기까지 했다. 하물며 그녀와 승주가 부추겨서 영국과 나서희가 이혼할 지경에까지 이르렀다. 그 모든 건 윤민 자신의 치부가 될 참이었다.

그런데 단 한 큐로 윤민은 얄미운 정원의 화려한 성공을 한순간에 물거품으로 만들고 인생을 박살 낼 수 있었다.

바로 이렇게.

"태형이도 과자 하나 먹을래?"

윤민이 은근슬쩍 태형을 돌아보며 유혹했다.

도리도리.

늘 주의를 받고 살았던지라 태형이 너무 아쉬운 표정으로 고개를 저었다.

"괜찮아요."

"너무 맛있게 보이잖아. 아줌마는 하나 먹어야겠다. 그런데 태형이도 이제 쿠키 하나 정도는 먹어도 괜찮지 않을까?"

"저건 좀 먹어 보고 싶은데. 하지만……."

태형이 다시 망설였다. 이걸 먹어도 되는지 튜터에게 물어봐야 하는데. 지금 그녀는 식사 중이다.

아이의 본능은 어쩔 수가 없다.

마음속으로 '안 되는데' 하면서도 태형의 손이 어느새 아까부터 가장 탐이 났던 통통이 아저씨 아이싱 쿠키 쪽으로 다가가고 있었다.

"태형이 배가 고팠구나? 그래. 아줌마가 못 본 척해 줄게. 우리끼리 비밀?"

"진짜 비밀! 이에요."

"그러엄. 약속."

윤민이 빙긋 웃으며 태형을 살짝 부추겼다.

어떻게 하든 정원을 해코지하고 싶어서 안달이 난 지금의 윤민으로선, 아무리 그래도 어린 태형을 이용해서는 안 된다는 것을 잠시 망각한 상태였다.

사실 윤민은 오지인이 아들 태형을 너무 유난스럽게 관리한다고 생각하고 있었다.

설사 알러지가 좀 있다 한들, 밀가루가 든 쿠키 하나 먹었다고 난리가 날 정도라면 그런 애가 어떻게 이 험한 세상을 살아갈 수 있을까. 아무리 관리를 한다 해도 애가 더 커서 학교를 다니고 사춘기가 오면 집에서 아무리 뭐라 해도 제가 먹고 싶은 건 다 먹고 다닐 텐데 말이다.

솔직히 윤민은 지인이 아들을 온실 속 무균 화초처럼 키워서 더욱더 면역력이 약해지는 것이 아니냐고 뒤에서 흉을 본 적도 있었다.

태형이 주변의 눈치를 살피면서 먹고 싶었던 쿠키를 덥석 베어 물었다.

"아줌마, 진짜 비밀은 꼭 지켜 줘야 해요."

"알았어."

윤민이 태형에게 안심하라는 뜻으로 손가락으로 쉿 하고 자신의 입술을 꼭 누른 후에 자리를 떠났다.

진짜 태형에게 문제가 생겨서 난리가 나더라도, 하면 안 되는 일을 태형이 스스로 저지른 것이니 함부로 윤민이 부추겼다는 사실에 대해 입을 열지 않을 거란 확신이 있었다.

사실 그녀는 먹어 보란 말만 했을 뿐이지, 태형의 입에 과자를 쑤셔 넣은 것은 아니지 않는가?

그리고 이런 돌발 사고는 파티를 진행하는 업체 직원들이 태만하고 부주의해서 벌어진 일이라고 책임 전가를 할 생각이었다.

혹시 나중에라도 지인이 뭐라고 하면 자신은 태형의 알러지가 그렇게 심한 줄 몰랐다고 시치미를 떼면 그만이었다.

윤민 자신은 그저 지인에게 듣기 싫은 소리 한마디를 들으면 그만이지만 대신 정원과 올댓파티는 전부 다 잃게 될 것인데 이 정도 리스크를 감수하지 못할 이유가 없었다.

윤민도 테이블 앞을 떠나가자, 태형은 잠시 혼자 있게 된 그 상황을 이용해서 한 번도 마음껏 먹어 보지 못한 쿠키를 얼른 하나 더 먹어 치웠다.

다시 주변 눈치를 살피면서 태형이 다시 먹음직스러운 딸기 마카롱을 집어 들었다. 그것도 단번에 입 안에 쑤셔 넣고 우물거렸다.

목구멍 안으로 넘어가는 부드러운 단맛이 울적하던 마음을 조금 위로해 주는 것 같았다.

그로부터 한 10분쯤 지난 후였다.

"태형아, 물총 놀이 하자아!"

세하가 저 멀리서 활짝 웃으며 소리쳤다. 다다다 달려오던 세하가 깜짝 놀라 우뚝 멈추었다. 말까지 더듬을 정도로 당황해서 다급하게 캐물었다.

"태, 태형아, 너 왜 그래?"

뭔가 심상치 않음을 느낀지라 깜짝 놀란 것도 모자라서 겁을 먹은 세하의 눈이 댕그래졌다.

아까까지만 해도 말짱하던 태형의 얼굴이며 목에 불긋불긋 두드러기가 일어나 있었고, 대답도 하지 못할 만큼 간지러워하며 몸 여기저기를 긁어 대고 있었다.

"세, 세하야."

태형이 주먹으로 자신의 가슴을 쿵쿵 쳤다.

"나, 지금 토할 거 같애. 어지러워. 여기가 답답해. 으윽!"

그가 풀썩 무릎을 꿇더니만 컥컥 토하려고 했다. 두 손을 목에 대고 숨을 제대로 쉴 수가 없다는 듯이 고통스럽게 헐떡거렸다.

"태형아! 정신 차려. 외삼촌! 외삼촌!"

세하가 목청껏 소리치며 태형의 등을 콩콩 두드렸다.

"얼른 와 봐요! 태형이가 이상해요! 외삼촌! 어서!"

안타깝게 까랑까랑 소리치는 세하의 목소리에도 어느새 놀라서 어쩔 줄 모르는 울음기가 가득 서리고 있었다.

세하의 고함 소리에 인태가 급하게 달려왔다. 근처에 있던 영주며 다른 직원들도 마찬가지였다.

"태형아, 태형아! 정신 차려 봐. 뭘 먹었니?"

"쿠, 쿠키 두 개. 마, 마카롱도……."

처음에는 해서는 안 되는 짓을 저지른 제 잘못이 무서워서 말을 하려 하지 않으려 했다.

그러던 태형이 점점 더 심각해지는 자신의 몸 상태에 진짜 공포감을 느꼈는지 간신히 말을 했다. 그러다가 다시 목을 부여잡고 컥컥 구토를 하려 했다.

태형의 맥을 짚으며 인태가 세하를, 영주를 번갈아 바라보았다.

무언의 그 시선은 태형의 이런 상태에 대하여 아는 게 있느냐고 묻는 것이었다. 세하가 얼른 대답했다.

"외삼촌, 태형이는 절대로 밀가루를 먹으면 안 돼. 집에 놀러 왔을 때 들었어."

세하의 말을 듣자마자 인태가 다급하게 호중에게 명령했다.

"빨리 119 불러요! 7세 아이가 아나필락시스 상태라고!"

그리고 그는 태형을 눕히고서 아이의 의식과 맥박, 호흡을 살폈다.

"아나필락시스라고? 어떡해, 어떡해?"

영주의 얼굴도 새파랗게 질렸다.

케이터링 담당에다가 음식 관련 서비스 책임자인 영주로선 지금 하늘이 무너지는 중이었다.

절대로 간식 테이블 주변을 떠나지 말았어야 했는데, 윤민이 꼴 보기 싫다고 그 자리를 벗어나서 이런 사고 상황을 만들게 되었다니 눈앞이 아득했다. 자신의 부주의함과 무책임에 미칠 것만 같았다.

바깥에서 벌어진 소동에 집 안에서 엄마들이 뛰쳐나왔다.

도자기를 감상하느라 내실에서 담소 중이던 송 여사와 정원도 깜짝 놀라서 한발 늦게 달려 나왔다.

"아니, 애들 관리를 어떻게 했길래 태형이가 저 지경이 될 때까지 아무도 모르고 있었대?"

"애들 식단, 알러지 관련해서 준비한 거 아니었어?"

"어떡해? 태형이 상태가 너무 안 좋아 보이는데."

"이거 지인 씨가 알게 되면 문제 커질 텐데? 그이가 애 일이라면 눈 뒤집 어지잖아."

수군수군. 엄마들이 비난 겸 걱정 겸 난리 난 그 와중에, 파티 주최자인 올댓파티 직원들 못지않게 선요나 송 여사도 당황스럽기는 마찬가지였다.

남의 아들을 초대해서 잘 대접해도 시원찮을 판에 아이를 위급 상황으로 만들었으니 할 말이 없었다.

당황하고 넋이 나간 건 태형의 튜터도 마찬가지였다. 점심 잘 먹고 있다 가 느닷없는 날벼락을 맞은 셈. 지인 대신 태형을 데리고 참석한 것이니 모 든 책임은 자신에게 물을 것이 뻔하다. 조금이라도 고용주 지인의 질책에서 벗어나려면 누군가에게 책임 전가를 해야만 했다.

튜터는 칼을 찌르듯이 앙칼지게 화를 내며 왜 이런 상황이 발생했는지, 대체 애를 어떻게 관리한 거냐며 사고의 책임 소재를 밝히라고 정원이며 영주에게 무섭게 따져 대기 시작했다.

"아니, 무조건 고함만 지르면 어떡해요? 어떻게 된 일인지 전후 사정을 알아봐야지."

보다 못한 선요며 효진이 나서서 진정을 시키려 해도 역부족이었다.

또한 이런 상황에서 영주나 정원 역시 할 말을 찾지 못했다.

그저 죄송합니다, 잘못했습니다 하며 고개 숙이고 사과를 할 도리밖에 없 었다.

죄책감에 가득 차서 풀이 죽은 채로 고개를 숙이고서 모든 비난과 질책 을 감당하고 있는 정원의 초라한 모습을, 윤민은 딸 명재 손을 잡고 두어 발자국 떨어진 곳에서 지켜보고 있었다.

물론 그녀의 예상 이상으로 태형의 상태가 조금 더 심각한 게 마음에 걸렸지만, 곁에 의사가 붙어서 응급 처치 중인데 뭔 걱정?

'꼴좋다. 천국에서 지옥에 떨어진 게 어떤 기분인지 어디 한번 제대로 맛보라지?'

겉으로야 다른 엄마들처럼 걱정하는 척했지만, 윤민의 마음은 자신의 술수가 제대로 먹혔다는 사악한 즐거움과 음흉한 기쁨으로 소용돌이치고 있었다.

이것으로 정원과 올댓파티는 태형의 사고에 관한 모든 책임을 뒤집어쓰고 엄청나게 곤란한 상황으로 치닫고 끔찍하게 시달릴 게 뻔했다.

'흥, 폐업이나 당하지 않으면 다행이지 뭐? 집에 가서 모르는 척, 맘 카페에 글이나 올릴까? 아예 나락으로 완전히 밀어 넣어 줘?'

마음속으로 더 무서운 생각마저 하고 있었다. 자신이 저지른 일이 무서운 양날의 칼이 될 수 있다는 것도 모르고, 그저 정원을 더 괴롭힐 계획에만 골몰했다.

그렇게 온통 난리가 난 중에 요란한 사이렌 소리를 울리며 119 앰뷸런스가 도착했다.

호중의 긴급한 신고 후 5분 만이었다.

튜터와 인태가 태형과 함께 앰뷸런스에 동승해 파티장을 떠났다. 하얗게 질린 영주도 효진의 차를 타고 따라갔다.

태형은 병원에 실려 갔고 이제 엉망진창이 된 현장을 수습해야 하는 책임은 파티 현장에 남은 정원의 몫이었다.

창업 이후 그다지 무겁다고 느낀 적 없던 대표라는 무게가 심장과 어깨를 짓누르고 있었다.

무섭다.

외롭다.

단 두 단어로 표현되는 대표 자리의 무게를 정원은 그날에서야 비로소 뼈아프도록 실감하게 되었다.

눈부신 늦여름의 햇살 아래 한 점 오차도 없이 완벽하게 진행되던 생일 파티, 정원과 올댓파티가 몇 달에 걸쳐 준비한 야심 찬 행사가 그렇게 단 한 순간에 와장창 파국으로 내던져졌다.

* * *

오후 6시.

슬슬 배가 고파진다 했더니 해가 조금씩 서쪽으로 기울어져 가고 있었다.

도서관에서 공부를 하던 승주는 안경을 벗으며 이리저리 목을 돌렸다.

간만에 시작한 공부. 몇 시간씩 한자리에 앉아 책만 보는 것은 역시 생각 보다 힘들었다.

'공부도 나이 어려서 하는 거라더니.'

학교 다닐 때만 해도 한 번 읽으면 대강 이해되던 전공 서적들을 이제는 몇 번씩이나 익혀도 다음 날이면 벌써 그 내용이 아물아물한 게 이제 나도 나이가 들었구나 싶어 씁쓸하기만 했다.

'내 머리가 벌써 굳었나? 까마득히 어린 후배들하고 같이 할 수나 있을지 모르겠네.'

본격적으로 공부를 시작한 단 며칠 만에 승주의 호기는 상당히 꺾인 상 태였다.

세상의 모든 일은 다 적당한 때가 있다고 하는데, 자신의 인생은 늘 남의 뜻에 따른다고 뒤로 한발 물러서다가 여기까지 밀려왔구나, 그런 씁쓸함이 었다.

열람실을 나와 복도의 자판기에서 커피 한 잔을 뽑았다. 복도의 끝에 난 창문이 서쪽이어서, 저물어 가는 태양이 확 들어왔다.

'지금 시간이면 파티가 끝나지 않았을까?'

손목시계를 내려다보고 승주는 커피를 마셨다.

'전화해 볼까?'

아냐, 그는 얼른 생각을 지웠다.

정원이 말하기를 파티가 끝난 후야말로 직원들이 다시 맹렬하게 일을 시작하는 시간이라고 했다. 행사장을 정리하고 철수를 해야 하니까. 오히려 준비하는 시간보다 더 힘들다고 들었다.

'다 끝나면 전화하겠지, 뭐.'

슬슬 저녁이나 먹고 들어오자, 하는데 휴대 전화가 울렸다.

"네. 사장님."

망가진 차를 수리하려고 보낸 정비소 사장의 전화였다.

─저기, 맡겨 주신 차량 수리하다가 사장님, 좀 느낌이 안 좋아서요.

"네? 그게 무슨 말씀이신지?"

─혹시 이 근래 주차하실 때 바닥에 뭐 이상한 얼룩이 생기고 그런 거 못 느끼셨습니까?

"글쎄요? 별로 주의 깊게 보지 않아서. 잘 모르겠습니다."

─윤활유가 조금 새어 나오는 게 보여서 봤는데, 그게 말입니다. 누군가가 일부러 선을 약간 잘라 놓았어요.

"네?"

─고의로 그런 게 분명합니다. 자연적으로 훼손된 것치고는 너무 정확하게 반쯤 잘려져 있었습니다. 이게 시간이 가면 결국 완전히 절단되고 자칫하면 달리다가 사고가 날 수 있어요.

갑자기 승주의 등골이 오싹했다.

동시에 혹시 누군가에게 원한 산 일이 있었느냐고 농담처럼 묻던 경찰의 말이 떠올랐다.

"확실합니까? 누군가가 제 차량을 일부로 훼손해서 사고를 유발시키려 작정했다는 겁니까?"

―일단 제가 찍어 놓은 사진부터 보내 드릴게요.

그리고 금세 딩동 하더니만 몇 장의 사진이 도착했다.

승주가 비교할 수 있도록 인위적으로 훼손된 그의 차량 사진과, 일반적으로 자연 훼손 된 다른 차량의 사진이 동시에 도착했다. 잠시 비교해 본 것만으로도 확실히 달랐다.

―윤활유 호스를 일부러 자른다? 이런 일은 정비소 하는 저로서도 별로 본 적이 없는 상황이라 굉장히 신경 쓰입니다. 이거 뭐 무슨 범죄 영화도 아니고. 바로 경찰에 알리시는 게 어떨까요?

대체 누가? 왜?

머리가 아팠다.

이런 걸 두고 날벼락이라고 하는 걸까?

대체 나한테 이런 일이 생기는 거야? 속으로 화를 내면서 승주는 일단 정비소 사장이 충고한 대로 지난번 통화한 경찰에게 전화를 걸어서 그러한 사정을 설명했다.

―네, 알겠습니다. 일단 증거 사진도 보내 주시고요. 거기 수리 센터 전화번호 주시면 제가 한 번 더 조사하겠습니다.

이딴 고약한 통화들을 하고 나니 갑자기 식욕이 뚝 떨어져 버렸다.

아무래도 이건 정원에게도 알려야 할 것 같다. 승주는 지금 정원이 제발 덜 바쁘기를 바라면서 그녀의 전화번호를 눌렀다.

하지만 신호가 꽤 오래도록 울렸는데도 정원이 전화를 받지 않았다.

누군가가 그의 자동차에 고의적으로 손을 댄 것 같다는 말을 들었을 그때처럼 뒷목이 오싹했다.

부디 이 불길한 예감이 사실이 아니기를 빌면서 승주는 다시 통화를 시도했다.

―여보세요?

수화기 안에서 들려오는 정원의 목소리가 역시나 심상찮았다.

"당신 목소리가 왜 그래? 무슨 일 있어?"

그의 말이 끝나기 무섭게 정원이 흑! 하고 울음을 터뜨렸다. 참고 참다가 마침내 어느 한계점을 넘어서서 마침내 터진 둑 안의 물 같았다. 본인 스스로도 제어할 수 없는 감정의 회오리 안에서 정원이 울면서 그에게 하소연했다.

—자기야, 우리 회사 큰일 났어. 어떡하면 좋아? 우리가 다 망쳤어. 흑……. 끝장이야. 나 지금 너무 무서워, 자기야.

"정원아, 울지 말고 말해 봐. 대체 무슨 일인데 그래?"

통화를 하면서 승주는 이미 도서관 계단을 내려가고 있었다.

"내가 지금 갈게. 어딘데?"

—신라대 병원 응급실…….

'응급실'이란 한마디에 승주는 즉각 '심각한 일이구나' 알아차렸다.

별일 없이 마무리된 하루라면 지금 이 시간, 무사히 철수하고 있는 중이라고 했을 텐데 느닷없이 병원 응급실이라며 이렇게 그가 한마디 하자마자 엉엉 울음을 터뜨렸다?

진행하던 파티 도중에 절대로 일어나서는 안 될 커다란 사고가 벌어졌다는 뜻이었다.

게다가 정원이 회사가 망할 판이라고 푸념할 정도라면 상상 이상의 심각한 사고임에 분명했다. 어찌하든 빨리 그녀 곁에 가야 했다.

뛸 듯이 도서관 밖으로 나가니, 마침 택시 한 대가 도서관 앞에 다가오고 있었다.

"택시!"

막 손님이 내리는 택시를 향해 승주가 손을 번쩍 들었다.

21

신라대 병원.

"잠깐만요. 먼저 올라갈게요."

응급실 안에서 태형이 누운 바퀴 침대가 굴러 나왔다.

"태형아! 이제 괜찮아?"

주변 사람들이 여기저기서 다급히 묻자 눈만 빠끔 나온 태형이 맥없이 고개만 끄덕였다.

"아직 안정해야 해요. 말 시키지 마세요. 비켜 줘요. 일단 올라갈게요."

보호자인 튜터와 오지인 회장 저택의 집사가 병상 앞으로 몰려드는 사람들을 물리치고 둘만 먼저 태형의 침대를 따라 엘리베이터를 타고 18층의 특실로 올라갔다.

응급실까지 따라온 영주와 인태뿐 아니라 엉망진창이 된 파티장을 끝까지 수습하고 늦게야 달려온 경오와 정원 등 올댓파티 사람들, 그날 파티의 주인인 선요까지. 그다음 엘리베이터에도 18층으로 따라 올라가는 사람들이 한가득이었다.

"태형이가 이제는 괜찮아졌지? 꿈 아니지? 아아, 다행이다 정말."

18층에서 내리며 영주가 정원에게 몇 번이고 물으면서 계속 눈 아래를 훔쳤다.

인태의 빠른 대응으로 119 구급차에 의하여 병원으로 급히 옮겨진 태형은 다행히 적절한 시간에 적절한 응급 처치를 받았다.

두어 시간 상관으로 점차 태형의 상태는 안정되었고 무사히 의식도 회복되어 큰 고비는 넘겼다. 내일까지의 회복 상태를 보아서 금세 퇴원할 수 있을 거라고 의사가 말했다.

최악의 순간은 지나갔고, 상상했던 가장 끔찍한 일을 간신히 피해 갔다.

간을 졸이며 지켜보고 있었는데, 태형이 무사히 병실로 올라가는 모습을 보자마자 큰 안도감에 영주는 단단히 묶어 둔 마음의 둑이 순식간에 무너지고 말았다.

따지고 보면 영주 잘못이 아니겠지만 여하튼 케이터링 담당에다 음식 서비스를 전담하던 입장에서 이날의 모든 사고가 다 자신 탓만 같았던 것이다.

"정신 차려. 큰일 지나갔어, 영주야."

정원은 거의 넋이 나간 채로 회색빛으로 질려 있는 영주 옆에 꼭 붙어서 손을 잡아 주었다.

영주뿐만이겠는가?

정원을 비롯한 모든 사람의 자책은 계속되었다.

자신이 왜 그때 식탁 앞을 비웠는지.

경오는 경오대로 혼자 돌아다니는 태형을 왜 조금만 더 주의 깊게 지켜보고 보살피지 않았는지.

동시에 정원은 또 생일 파티의 주인공인 어린 연재와 선요에게 너무 미안했다.

가장 행복해야 할 생일날에 평생 잊지 못할 무서운 기억을 남겨 주고 만

것 같아 얼굴을 들 수가 없었다.

연재 엄마가 태형의 튜터와 마찬가지로 올댓파티 팀을 탓하고 화를 냈다면 차라리 마음이 덜 무거웠을지도 모른다.

그러나 오히려 선요는 죄송하다고 곡진하게 사과하는 정원과 영주에게 그런 말 하지 말라고 위로해 주었다.

"올댓파티 팀이 긴밀하게 처리해 주어서 태형이가 무사한 거예요. 의사까지 현장에 있었으니 얼마나 다행이야. 이런 사고가 없었으면 참 좋았겠지만 사고가 난다고 하고 나는 건 아니잖아. 너무 그러지 마요. 자기들이 엄청 노력한 걸 내가 다 알아."

"사모님, 힘드실 텐데 이만 집에 가셔요. 저희가 지킬게요."

"괜찮아요. 지인이 얼굴은 보고 가야지. 애가 우리 집에 와서 그렇게 된 건데 미안해서라도 지인이에게 사과를 해야 할 것 같아. 또 올댓파티 책임이 아니라고 내가 한마디는 거들어 줘야지. 자기들 고생이 이런 식으로 끝난 게 내가 너무 마음이 아파."

"정말 감사합니다."

자기도 모르게 정원의 눈에 영주처럼 왈칵 눈물이 고였다.

"고맙습니다, 사모님."

영주도 경오도 선요에게 고개를 숙여 감사 인사를 전했다.

보통 이런 곤란한 사태가 발생하면 난 몰라, 너희들이 책임져, 하고 밀어 놓고는 멀찍이 떨어져서 방관만 할 수도 있었다.

이전의 파티에서도 크고 작은 사고가 발생했던 적이 제법 있었다. 그런 때마다 대부분의 사모님들은 다 뒷짐 지고 모르는 척만 했었는데.

심지어 그런 실수나 사고를 빌미로 지불해야 할 정당한 대가를 깎자고 하는 사람도 많았다.

이기적인 사모님들의 이런 꼴 저런 꼴 다 보아 왔던 올댓파티 팀으로선 의연하고 관대한 선요의 태도에 진심으로 감동했다.

승주의 전화가 온 건 그때였었다.

그의 목소리를 듣자마자 울컥 눈물이 나 버린 건, 지금 영주가 정원의 어깨에 기대서 자꾸만 눈 아래를 훔치는 그 마음과 똑같았다.

나도 오롯이 내 편인 사람의 어깨에 편하게 기대서 힘들다 하소연하고 정직하게 좀 울 수도 있어, 하는 그런 마음……

평소에는 조용하던 병원 18층 특실 앞. 복도며 보호자 휴게실 등이 다른 때와 달리 북적였다.

튜터와 집사는 태형의 병실에 들어가서 그의 옆을 지키고 있지만, 다른 사람들은 서로 전전긍긍, 눈치나 보며 병실 밖에서 무한 대기를 할 수밖에 없었다.

정원은 선요를, 경오와 인태는 지금 이 현장에서 가장 충격이 큰 영주 옆을 지켰다.

"정 선생, 내일 일찍 출근해야 되잖아요. 집에 가세요. 여긴 우리만 있어도 돼요."

영주가 눈물에 젖어 빨간 눈이 된 채 인태를 바라보았다.

"됐습니다. 내 걱정은 마요. 일단 보호자가 도착해서 제일 먼저 응급 처치를 한 의사에게 뭔가 궁금한 점을 물을 수도 있어요. 보호자 올 때까지 같이 있어요."

"그래도 너무 피곤하실 텐데. 어떡해?"

영주가 정말 미안하다는 표정을 감추지 못했다.

힘든 전공의의 금쪽같은 휴가를 빌려다가 알바를 시킨 것으로도 모자라서, 내일 출근해야 할 사람을 지금 이 시간까지 묶어 놓고 있다 싶으니 면목이 없었다.

영주의 말에 인태가 가볍게 내쳤다.

"내 걱정은 말고 서 이사, 당신 정신머리나 챙겨요. 환자는 당신 같은데."

"난 괜찮아요."

내가 쓰러진다 해도 일단 이번 일이 수습된 다음에 쓰러질 테다. 영주가 자꾸만 흐트러지는 정신머리를 단단히 붙들겠다는 듯 다시 이를 악물었다.

"진짜 걱정스럽네, 이 양반. 다크서클이 코까지 내려와서는, 쯧!"

인태가 살짝 혀를 차더니만 한발 물러났다. 죽을상을 한 채 한숨만 쉬며 앉아 있는 사람들을 더 이상 보기 힘들었는지 누구에게랄 것도 없이 물었다.

"커피라도 마실래요?"

"고맙습니다."

"같이 가요. 나도 여기 계속 있다가 숨이 막혀서 죽을 거 같아."

"그래. 잠시 바람 좀 쐬고 와."

인태와 영주가 커피를 사 온다고 아래층으로 내려갔다.

어찌 이리 기다리는 시간이 막막하고 더디게 흐르는 걸까. 멍하니 생각하고 있는데, 승주가 병원에 도착한 모양이다. 메시지가 왔다.

[응급실 앞이야. 어디 있어?]
[내려갈게요. 응급실 앞 벤치에서 봐요.]

정원은 얼른 답장을 보냈다.

다행히도 이제는 세상이 제대로 된 색으로 보이고 있었다.

"정원아!"

벤치에 앉아 있던 승주가 정원이 다가오자 벌떡 일어섰다. 성큼 다가와서는 두 손을 꽉 잡아주었다.

"괜찮아?"

그가 정원을 벤치 옆자리에 앉히며 물었다.

"응. 아까까지만 해도 너무 무서웠는데, 이제는 괜찮아. 의식을 찾았고 안정되어 가고 있거든. 내일이면 퇴원할 수 있대."

승주를 보자마자 꾹꾹 쌓아 둔 것들이 한꺼번에 터져 버려 정원이 마치 미친 사람처럼 두서없이 이것저것 생각난 대로 한꺼번에 말을 쏟아 냈다.

"일단 숨 좀 쉬고. 나 안 도망가. 다 들어 줄게. 그러니까 천천히. 알았지? 자, 천천히 숨 쉬어 봐."

흥분 가라앉혀라. 진정해라. 그런 뜻으로 승주가 정원의 어깨를 두 손으로 잡고는 가만히 그녀 눈을 들여다보았다.

호수처럼 잔잔한 눈빛 안에서 정원은 후욱, 숨을 들이켰다.

"좋아. 한 번 더 깊이 숨 쉬어."

정원은 승주가 시키는 대로 또다시 심호흡을 했다.

거짓말처럼 심장 깊은 곳에서부터 계속 새어 나오고 있던 무서운 긴장과 떨림이 조금씩 잦아들었다.

얼마나 다행인가, 이 사람이 곁에 있어서. 새삼 사무치게 감사해지던 순간이었다.

"자, 됐어. 무슨 일이 생긴 건지 잘 알아들을 수 있게 순서대로 설명해 봐. 누가 병원에 왔어? 왜?"

정원은 승주를 바라보며 너무 길고 무서웠던 이 몇 시간의 일을 설명했다.

"그랬구나. 우리 정원이가 많이 놀랐구나. 정말 무서웠겠어."

승주가 한 손으로 정원의 볼을 어루만지며 위로했다. 정원은 순한 어린애처럼 고개를 끄덕였다.

"나만이 아냐. 모든 사람한테 너무 긴 시간이었어."

"그러게? 그래도 정말 다행이네. 태형이가 무사하니까."

"그러니까! 내가 얼마나 기도했는지 몰라. 우리 회사 망하고 내가 감옥 가는 한이 있어도 태형이만은 무사하기를 빌고 또 빌었어."

"당신 기도가 효험이 있었군."

승주의 따뜻한 말 한마디에 정원은 굳어진 얼굴을 억지로 펴며 배시시 미소 지었다.

"그러게. 내가 그동안 착하게 살아서 하느님이 한번 봐주셨나 봐."

"그럼 이런 사고가 생기면 당신 회사, 어떻게 되는 거야?"

조금 풀어진 정원의 표정을 지켜보던 승주가 조심스럽게 물었다.

"몰라. 손해 배상 청구 들어오면 해 줘야 하고, 태형이네에서 고소하면 고소당해야지, 뭐. 이것저것 현장 상황을 감안한다 해도 진행을 맡은 우리 책임인 건 부인할 수 없으니까."

"아이가 자발적으로 간식을 먹어서 벌어진 일까지 진행 업체 책임이라니 가혹한걸."

"어쩔 수가 없어. 계약서상 진행자인 우리가 관리하는 부분이 존재하니까, 책임 소재를 따지면 우리가 불리한 게 분명히 있을 거야. 그래서 곧 아름이를 만나기로 했어. 법적 자문 좀 받으려구."

말을 하다 보니 다시 막막해서 정원이 땅이 꺼져라 한숨을 내쉬었다.

"내가 왜 사업이란 걸 한다고 설쳐 가지고, 하아!"

이전에는 그런 적이 없었는데, 오늘 처음으로 정원은 파티 플래너 사업을 시작한 자신이 무서워졌다.

"어떤 소설에서 '천국의 뒤편은 지옥'이라 하더니만……. 진짜였어."

정원은 이야말로 호사다마라고 한탄했다.

사람은 한 치 앞도 못 본다 하더니만 정말 그랬다.

병원 결혼식의 성공과 함께 두 배 이상 커진 회사 규모, 눈 돌아갈 정도로 몰려드는 신규 행사 의뢰들…….

어제만 하더라도 정원은 그녀와 올댓파티의 커리어가 앞으로도 하늘 높은 줄 모르고 계속 승승장구할 줄로만 알았으니까.

"그랬는데, 내 자랑 효자 사업이 단 하루 만에 이런 엄청난 복병을 숨겨 두고 있다가 나랑 우리 회사 발목을 탁 걸어 버리다니……."

사업 시작한 지 1년여. 지금껏 자잘한 사건 사고가 많았지만 그건 거의 다 감당 가능한 수준이었다. 오늘과 같은 극단적인 상황을 경험한 적은 없었다. 그야말로 숨을 컥 막히게 만들었다.

승주가 그 와중에 씩 웃었다.

"그 와중에 그걸 깨달았어?"

"응."

"우리 유 대표, 이제 진짜 사업가 다 되셨군요."

비록 승주의 웃는 얼굴에 맞장구치듯 농담처럼 웃으며 이야기는 하고 있었지만 정원은 진심이었다.

그런 일이 터지고 생난리가 났는데도 그녀는 현장에 남아서 모든 것을 책임져야만 했다.

다른 엄마와 아이들을 진정시키고, 한편으로는 아직 난 파티장 철수 지시에다가 직원들을 다독이는 일도, 심지어 알바생들 임금 봉투 챙기는 일까지도 해야 했다.

"물론 경오랑 같이 움직이긴 했는데 뭔가 잔뜩 하고 있으면서도 내가 지금 뭘 하고 있나 내내 붕 떠 있었다니까."

그런 와중에 잠시 눈이 마주친 윤민이 아주 고소한 얼굴로 자신을 힐끗 바라보고는 가 버렸다는 말을 하기는 싫었다.

다른 엄마들과 달리 그녀는 빈말로도 정원더러 고생해라, 힘들겠다, 인사조차도 하지 않고 휭하니 떠났다.

정말 고객이 아니고 승주의 누나만 아니라면 뻥 하고 엉덩이를 한번 걷어차 주고 싶었을 정도로 얄미웠다.

"끝이 좋으면 다 좋은 거야. 여하튼 태형이가 무사하잖아. 그거면 됐지, 뭐."

"그렇긴 한데. 후우. 오늘 우리 다 명줄 좀 짧아진 거 같아. 하필이면 다른 애도 아니고 태형이가 그렇게 되어서."

"그런데 태형이가 밀가루 알러지 있다는 건 당신도 알고 영주 씨도 알고 있었잖아? 알러지 성분에 대한 고지도 했을 테고 태형이한테 억지로 먹인 것도 아닐 텐데 고소하느니 그런 말이 나올 수준인가?"

"미리 알고 있었고 다 고지했고 그렇긴 한데, 태형이가 혼자 돌아다니면서 먹어서는 안 되는 간식을 마음대로 집어 먹을 수 있도록 방치한 게 지금 우리 책임이야. 그래서 대표인 나도 그렇지만 케이터링 담당인 영주가 지금 엄청 곤란한 거고."

"영주 씨가 태형이에게 고의든 실수로든 쿠키를 먹으라고 준 것도 아닌데 문제가 돼?"

"태형이가 간식 테이블 앞에서 서성댈 때 하필이면 영주가 정 선생한테 간식 갖다준다고 테이블 앞을 비웠다는 거지."

"하, 참 공교롭네."

"그러니까 말이야. 세상의 모든 사고가 그런 식으로 벌어지는 것 같아. 모든 안 좋은 우연과 상황이 운명의 장난으로 딱 그 시간에 한 지점에서 모이는 거."

"오늘 많이 힘들었구나. 고생했어."

승주가 정원의 손을 꼭 잡아서 토닥였다.

하지만 다시 어두워진 정원의 표정은 더 이상 밝아지지 않았다.

"문제는 오늘의 내 고생이 아직 안 끝났다는 거야."

정원이 씁쓸하게 뇌까렸다.

그 아무리 사랑하는 사람의 따뜻한 위로가 있어도 큰 문제에 봉착한 회사 일을 수습하는 데에는 딱히 도움이 되지 못하는 게 현실이었다.

"나랑 우리 회사 목줄을 틀어잡은 최종 보스가 아직 도착 안 했거든."

"오 대표님?"

"응."

"영 말귀가 어두운 분은 아닌 것 같던데 찬찬히 설명하면 이해하실 거야. 힘내. 당신과 영 모르는 사이도 아니고 말이야."

"아까 아빠한테 전화가 왔어. 오늘 일에 대해서 새언니가 전화를 했나 봐."

"그런데?"

"당장 올라오시겠다는 걸 막느라 힘들었어."

"오시라고 하지 그랬어? 아버님이 오 대표님하고 친분이 있으니까 뭔가 당신에게 도움을 주실 수도 있을 것 같은데."

"아니. 나는 오히려 그게 더 비겁하게 느껴져서 싫었어. 공적인 행사 중에 벌어진 일인데 아버지와의 사적인 인연으로 은근슬쩍 해결하고 덮으려하는 것 같아서 그분 입장에서는 화가 더 날 거 같거든. 죽이 되든 밥이 되든 우리 회사 일은 우리가 처리해야지. 내가 소꿉장난하는 애도 아닌데, 문제 생겼다고 뿌애앵 울면서 아빠 뒤에 숨을 수는 없어."

"오, 대표다운 말씀이로군요. 멋져, 당신."

승주가 엄지손가락을 치켜올렸다. 그러고서 물었다.

"배 안 고파? 저녁은?"

"생각 없어. 먹고 싶지도 않고."

점심때부터 굶었지만 잔뜩 긴장한 상태이니 배가 하나도 고프지 않았다. 정원이 먼저 벤치에서 일어섰다.

"미안, 자기야. 나 이제 올라가 봐야 할 것 같아. 오 대표님 도착하실 때까지 무한 대기 해야 해."

"같이 있어 줘?"

"아니. 자기가 있어도 지금은 딱히 도움이 되지 못해. 미안."

딱 부러지게 정원이 거절했다. 벤치에 그대로 앉아 있는 승주 앞으로 먼저 한 발 다가와 그의 머리 위에 가볍게 입을 맞췄다.

"하지만 이렇게 와서 날 봐 주고 이야기 들어 준 것만 해도 엄청난 힘이 됐어. 아까도 말했지만 대표 자리는 외롭거든. 오늘 일 잘 해결하고 집에 가면, 그때 많이 안아 줘."

"그래. 많이 많이 안아 줄게. 끝까지 기운 잃지 마. 대표님이 힘 빠지면 직원들은 더 무서워지거든."

"명심할게. 그럼 나 먼저 올라간다."

승주의 눈앞에서 정원이 사라졌다.

그녀의 얼굴이 너무 지치고 힘들어 봬서, 승주는 그만 그녀의 이름을 부르며 다시 잡아 세울 뻔했다.

하지만 정원 말대로 그가 있다 한들 딱히 도움이 될 게 없었다. 자칫하면 거치적거리는 방해꾼만 될 뿐. 정원이 양평에서 올라온다는 민호의 제안마저 거절한 데는 나름 타당한 이유가 있었을 것이다.

'그나저나 중요한 내 얘기를 못 했네. 아무래도 나한테 나쁜 스토커가 붙은 것 같은데.'

차를 박살 내지 않나, 사고 나라고 고의적으로 선을 잘라 놓지를 않나. 그의 등 뒤를 노리고 있는 섬뜩한 유령의 정체는 무엇일까.

승주는 그러고도 한참 동안 병원 벤치를 떠나지 못하고 그 자리에 앉아 있었다. 정원이 올라간 18층을 올려다보면서…….

18층.

여전히 태형이 잠든 병실 밖 복도며 보호자 휴게실 등 이곳저곳에서 올댓파티 사람들은 끝나지 않은 공포와 불안을 삼키며 서성대고 있었다.

태형이는 괜찮아졌지만 그 아이의 무서운 보호자가 아직 도착하지 않았다. 두 번째 폭풍을 맨몸으로 기다리는 심정, 이런 게 선고를 기다리는 사형수의 심정인 건가 싶었다.

밤 9시.

"회장님!"

"지인아."

복도에서 서성대던 사람들이 한꺼번에 돌아보니 태형의 엄마 지인이 그 남편과 더불어 창백한 얼굴로 다급하게 복도를 걸어오고 있었다.

"태형이, 깨어났어요!"

"걱정 마세요. 안정된 상태로 접어들었대요."

그녀가 무어라 말하기도 전에 정원과 튜터가 동시에 소리쳤다.

순간 지인이 비틀거렸다.

"회장님!"

"여보! 괜찮아요?"

남편이 깜짝 놀라 지인의 팔을 부여잡으며 다급하게 물었다.

지인이 천천히 고개를 흔들었다.

"괜찮아요. 너무 안심이 돼서…… 잠시 긴장이 풀렸어."

공항에 도착했을 때만 해도 아직 태형이 의식을 찾지 못했다는 이야기를 들었다.

공항에서부터 서울 병원까지 달려오는 동안 얼마나 애가 타고 속을 끓였는지, 지인의 얼굴에는 핏기 하나 없었다.

잔뜩 긴장했는데 정작 태형이 무사하다는 말을 듣고 나니 순식간에 마음이 풀려 그만 다리에 힘이 빠졌던 것이다.

"대표님, 정말 죄송합니다!"

덜덜 떨리는 마음을 부여잡고 억지로 침착하게 굴려 애쓰면서 정원은 지인 앞에 나섰다. 깊이 고개를 숙이고 진심으로 사과했다.

"잠깐만요. 내가 너무 머리가 아파. 일단 우리 애부터 볼게요."

지인이 고개를 흔들어 모든 사람들의 말을 거부했다.

지금 그녀로선 아무것도 보이지 않고 아무것도 들리지 않았다.

한시라도 빨리 아들의 얼굴을 보아야만 했다. 정말 의사 말대로 아이가 무사한지, 상태는 괜찮은지 자신의 눈으로 직접 보고 어루만지고 느껴야만 했다.

지인이 급하게 남편과 함께 병실로 들어갔다.

"태형아!"

"엄마. 아빠!"

태형이 들어서는 제 엄마 아빠를 보고는 활짝 웃다가 금세 시무룩해져서 얼른 고사리손을 모았다. 그리고 지인에게 빌었다.

"엄마, 내가 잘못했어요."

"아냐! 아냐. 엄마가 잘못했어."

지인이 쓰러지듯이 침대에 다가가 태형의 손을 꼭 부여잡았다. 자신의 볼에 대고 비비면서 사과했다.

"우리 아들, 다른 엄마처럼 같이 생일 파티에 가 줬어야 했는데, 엄마가 너무 바빠서 같이 못 갔어. 우리 아들이 이렇게 된 건 다 엄마가 잘못한 거야. 미안해."

눈물이 그렁그렁한 채로 지인이 두 손으로 태형의 얼굴과 몸을 어루만졌다. 수없이 얼굴과 머리에 뽀뽀하고 꼭 안아 주며 사랑한다고 수천수만 번 중얼거렸다.

정말 괜찮은 건지, 어디가 아픈데 혹시 무서워서 감추고 있는 건 아닌지 자신의 손으로 아이의 다정한 온기를 제대로 느껴야만 했다.

"대체 어떻게 이런 일이 벌어졌을까? 이렇게 아플 줄 알아서 우리 태형이는 철이 든 형아니까 아무거나 함부로 먹고 그러지는 않는데."

지인의 말에 태형이가 잠시 입을 꼭 다물고서는 지인의 시선을 피했다. 하지만 언제까지 거짓말을 할 순 없다 싶었는지 결국 머뭇머뭇 변명하기 시작했다.

"그게, 연준이 형네 이모가……."

"응?"

"태준이는 파티에 못 왔잖아요. 근데 통통이 쿠키가 너무 예뻐서. 처음엔 나도 그냥 보고만 있었어, 엄마. 진짜야! 먹으면 안 되는 거 나도 잘 아니까. 그냥 집에 가지고 가려고만 했어. 우리 태준이 주려고. 엄마, 나 믿지?"

"그래그래. 엄마, 우리 아들 말 다 믿어. 우리 아들, 함부로 아무거나 막 먹고 그러는 거 안 하지."

"연준이 형네 이모가 태준이 갖다주라고 과자를 싸 줬어. 근데 이모가 쿠키 하나 정도는 먹어도 된다고 그래서 내가 그만……. 미안해, 엄마. 이렇게 아파 버려서 여러 사람 힘들게 하고. 엄마, 너무 놀랐죠? 잘못했어요. 다시는 안 그럴게요, 약속해요."

어이없게 드러나 버린 뜻밖의 진실 앞에서 지인이 경악해서 아들을 바라보았다.

"태형아, 정말이야?"

"응. 그래서 나는 하나쯤은 괜찮을 줄 알았어. 하나 먹어 보니까 아무일도 없는 것 같고 또 너무 맛있어서. 그래 가지고 마카롱 하나 더 먹었는데, 그때부터 갑자기 막 간지럽고 머리도 아프고 가슴이 너무 답답해지는 거야."

너무 충격을 받은 지인이 멍한 얼굴이 되어 태형의 고백을 듣고만 있었다. 그녀 뒤에 선 남편도 마찬가지였다.

지금 그들은 무슨 이야기를 들은 건가?

태형이 절대 금기인 밀가루 쿠키를 먹게 된 게 단순한 실수가 아니라 윤민의 부추김 때문이라는 게 아닌가?

"그런데 세하가 그때 나하고 같이 물총 놀이 하자고 왔는데 내가 이상하다고 엄청 놀랐어. 엉엉 울면서 의사 선생님한테 소리쳐 가지고 급히 병원에 실려 왔대."

말을 하다 말고 태형이 충격에 퍼렇게 질린 제 엄마를 건너보고는 자기가 더 놀라고 말았다. 울컥 눈물이 고여서는 다시 고사리손을 모으고 잘못했다고 빌었다.

"엄마, 미안해요. 다시는 함부로 아무거나 먹고 그러지 않을게요. 그러니까 울지 마세요. 싫어요. 내가 잘못했어요. 난 엄마가 우는 게 제일 무서워요. 용서해 주세요."

"아니야. 아니야! 고마워, 우리 아들. 이렇게 무사해 줘서 정말 고마워. 태형아! 엄마는 너만 있음 돼. 괜찮아. 엄마가 미안해. 이렇게 아픈 몸으로 태어나게 해서, 정말 미안해."

지인이 두 팔로 아들을 꽉 안고 울면서 그대로 무너졌다.

* * *

한편 모르는 척, 집에 돌아간 윤민은 파티에 참석했던 한 엄마에게 전화를 걸고 있었다.

"나예요, 연준이 엄마. 태형이는 좀 어떻대? 소식 들은 거 있어요?"

—몰라. 내가 선요 씨에게 전화했을 때는 아직 의식이 오락가락한다는 것 같았어.

"그래……?"

—지금 지인 씨가 공항에 도착해서 바로 병원으로 달려가는 중인가 봐. 난리 날 게 뻔해. 참 안됐어. 올댓파티 그 사람들, 다 좋고 엄청 열심히 했는데 이런 일이 생겨 버려서. 나도 영 마음이 안 좋네. 일부러 그런 것도 아닐 텐데 이런 사고가 생기면 진짜 어떻게 될지 참. 딱하지 뭐야? 너무 심하게는 안 당했으면 하는데.

전화를 끊고 윤민은 이상하게 뭔가 안정이 되지 않아 발딱 일어나 거실 안을 서성댔다. 어느새 그녀는 자신도 모르게 손톱을 물어뜯고 있었다.

"그냥 쿠키 하나 먹은 거잖아. 근데 아직도 의식이 오락가락한다니 어쩌자는 거야?"

생각보다 일이 더 심각해지는 느낌이라서 자꾸만 불안해지고 있었다.

'진짜 이대로 영영 못 깨어나면 어떡하지? 에이, 설마……!'

파티를 주최하는 올댓파티 팀. 특히 대표인 정원을 곤란하게 만들고 평판을 떨어뜨리고자 했을 뿐이다. 그렇게 해서 약간 괴롭히고 쌓아 두었던 분함을 풀고 싶었다. 그래서 지인의 아들 태형의 알러지 증상을 조금 이용해 먹기로 마음먹었던 거다.

그런데 이게 어쩌면 엄청나게 경솔한 판단이었을 수도 있었다.

'일이 이 정도로 심각해질 줄은 몰랐는데. 밀가루 알러지래야 다른 거에 비해서 딱히 심각한 건 아니지 않아? 그냥 두드러기 생기고 좀 가렵고 그 정도 아냐?'

윤민의 아이들은 운 좋게도 그 흔한 알러지나 아토피 증상 같은 건 하나도 없다.

겪어 보지 않으면 모른다고 하는데, 따라서 윤민은 태형의 건강 상태에 대하여 노심초사하는 지인을 속으로 늘 조금 우습다고 생각해 왔다.

딱히 큰 죄책감 없이 태형에게 밀가루 쿠키를 집어 들라고 부추길 수 있었던 건 그동안 태형을 관리하는 지인의 행동이 너무 유난스럽다고 생각해 왔던 탓이 컸다.

그랬는데 일이 이런 식으로 흘러갈 줄이야.

태형의 사건이 일으킬 기대 결과가 10 정도였는데, 정작 일어난 결과는 10을 넘어서 100이었다. 이런 지경까지는 예측하지 못했다.

결국 초조한 마음에 불안함을 이기지 못한 윤민은 입은 옷 그대로 카디건만 집어 들고는 침실을 나섰다.

"당신, 지금 시간에 어디 외출해?"

남편 현석이 2층 아이들 방을 둘러보고 내려오다가 카디건을 들고 침실에서 나오는 윤민에게 물었다.

"잠시 평창동 친정에 가요. 엄마가 혼자 계신다고 해서. 명재는 자요?"

"오늘 파티가 피곤했나 봐. 금세 잠들었어."

"다행이네요. 간만에 아빠 노릇 좀 제대로 해 봐요."

"근데 태형인 괜찮대?"

윤민이 딱히 설명은 하지 않았지만 현석은 아들 연준으로부터 이날 생일 파티에서 태형이 뭘 잘못 먹어서 응급실에 실려 갔다는 이야기를 전해 들었던 것이다.

"병원에 빨리 갔으니까 잘 케어받았겠죠. 따라간 사람이 몇인데? 쿠키 하나 먹고 뭔 큰일 났으려구?"

애써 별일 아니라는 듯 대답하는 윤민의 마음은 실상 큰일이 일어나지 않았음 하는 불안한 소망의 다른 얼굴이었다.

집을 나선 윤민이 차를 몰고 평창동으로 가던 도중이었다.

사거리에서 잠시 멈춰 초록불 신호를 기다리고 있는데 휴대 전화가 울렸다.

"여보세요?"

─연준 엄마, 대체 무슨 짓을 한 거야?

휴대 전화 안에서 바락 고함 소리가 터졌다. 생일 파티 주인공 연재의 엄마 선요였다.

평상시 늘 우아하게 굴던 선요가 잔뜩 격앙된 목소리로 소리치자, 그렇지 않아도 켕기는 게 있었던 윤민으로선 덜컥 간이 떨어졌다.

"뭐, 뭐예요? 다짜고짜 나한테 왜 그러세요?"

─태형이에게 쿠키 먹으라고 했잖아! 어?

"네?"

순간 너무 놀라 윤민은 운전대를 놓칠 뻔했다.

너무나 빨리 밝혀지고 만 자신이 저지른 죄악의 얼굴.

윤민은 덜덜 떨리는 손으로 운전대를 꽉 움켜쥐었다. 일단 진정할 시간이 필요해서 억지로 기운을 짜내며 간신히 대답했다.

"좀 있다가 통화하면 안 될까요? 지금 운전 중이라서……."

그러나 잔뜩 화가 난 선요는 윤민의 말이 전혀 들리지 않는 것 같았다. 아까보다 더 화가 난 목소리로 다시 다그쳤다.

─거짓말하지 말고 빨리 말해. 태형이가 지인이한테 다 말했어. 연준 엄마가 태형이한테 밀가루 쿠키 한 개 정도는 괜찮으니까 먹어도 된다고 했다면서? 그래 놓고 애 입막음을 하려고 둘만의 비밀로 하자고 그랬니?

"아니, 그게……."

─그런 짓을 해 놓고 어떻게 그 책임을 다 올댓파티에다가 뒤집어씌

워? 아니, 그것보다 어떻게 남의 집 애를 아프게 하면서까지 유 대표를 망치려 나서? 무슨 억하심정이 있다고? 나도 알아! 유 대표하고 자기가 전 시누올케 사이란 거. 연준 엄마가 유 대표한테 엄청 앙심을 품고 있다는 것도!

잔뜩 독이 올라서 대놓고 퍼부어 대는 선요의 힐난에 윤민은 할 말이 없었다.

이렇게 가다간 사고 날 것 같다. 윤민은 일단 도로 옆에다가 차를 멈추었다.

유구무언.

입을 꾹 닫고 수화기 안에서 터져 나오는 선요의 폭언을 듣고 있을 수밖에 없었다.

—하지만 그 아무리 어른들끼리 복잡한 사정이 있다고 해도 그 사이에 죄 없는 애들을 끼우면 안 되는 거 아냐? 그것도 우리 집 애 생일 파티에서!

선요가 윤민을 원망했다.

—우리 애가 얼마나 이날 파티를 기대하고 기다렸는지 알아? 남의 좋은 잔치에 초대받아 와서 다 같이 행복하게 놀도록 도와주지는 못할망정 어떻게 그런 짓을 해? 너도 애 키우는 엄마잖아. 그런데 그런 네가 태형일 죽일 뻔한 거라고! 덤으로 우리 연재 마음에도 평생 지워지지 않을 상처를 만들었고. 애가 제 생일 파티에 친구가 와서 죽을 뻔한 걸 봐 버렸는데 이 충격을 대체 어떡할 거야? 어? 말 좀 해 봐!

윤민이 무슨 말을 할 수가 있단 말인가?

날카로운 검처럼 푹푹 찌르는 선요의 비난이 잠시 도망간 이성과 양심을 되살렸다.

사실 목소리만 크고 허세질만 강하지 심약한 윤민은 거의 넋이 나간 상태였다.

앞뒤 재지 못하고 그저 정원에 대한 억하심정으로 덜컥 저질러 버린 어리석은 짓으로 인해 이제 윤민은 파멸 직전이었다.

"죄, 죄송해요. 근데 태형인 깨어났어요?"

―참 빨리도 묻는군.

선요가 빈정거렸다.

―천행인 줄 알아. 깨어났으니 망정이지 아니었으면 유 대표는 살인범 될 뻔하고, 우리 집은 생일 파티에서 친구 애 죽인 집 되었을 거고, 지인이 는 금쪽같은 아들을 잃었을 테니까.

평창동.

"회장님, 한남동 사모님 오셨어요."

사이드 테이블 위의 스탠드를 끄고 막 침대에 누우려던 나서희가 놀라서 몸을 일으켰다.

"이 늦은 시간에 연준 어미가 왜?"

침실로 들어선 윤민이 다짜고짜 나서희에게 매달렸다.

"엄마, 나 어떡해?"

이미 윤민의 얼굴은 눈물투성이였다. 얼마나 겁에 질리고 무서웠으면 덜 덜 떨리고 있는 손이 얼음장처럼 차디찼다.

"얘가 왜 이래? 연준 어미야, 대체 무슨 일이야?"

오밤중에 들이닥쳐 울음부터 터뜨리는 딸 앞에서 영문을 몰라 나서희는 당황했다. 그녀를 안아 달래 주면서 물었다.

"몰라. 말 못 해. 나 진짜 어떻게 해? 엄마, 딱 죽어 버리고 싶어!"

"울지만 말고 말을 해. 무슨 일이야?"

나서희가 달래며 물었으나 윤민은 계속 대답을 하지 못했다. 그저 어쩌면 좋으냐고 지절대며 펑펑 울고 있었을 뿐이었다.

"얘가 진짜 대체 무슨 일이람. 일단 진정해 봐. 진정하고, 엄마한테 말해. 엄마가 다 해결해 줄게. 대체 뭔데? 응?"

나서희의 그 말이 믿음직하게 들렸나 보다. 암흑 속을 헤매다가 한 줄기 빛을 찾은 것처럼 윤민이 흐느끼다가 간신히 고개를 들었다.

"엄마, 내가, 내가…… 뭘 좀 착각해서 실수를 한 거 같아……. 흑!"

입을 여는가 싶더니만 윤민이 다시 우물거리며 말을 잇지 못했다.

그만큼 속에 든 응어리가 크고 단단하다는 뜻이었다. 그게 뭔지는 모르지만, 목구멍을 꽉 막아서 말을 할 수 없게 만들었다.

"진정하고. 말을 해 봐. 엄마가 있잖아. 걱정 말고 이야기를 해. 응?"

나서희가 윤민의 눈물투성이 얼굴을 어루만지며 다시 달랬다.

눈치를 보아하니 윤민이 뭔가 커다란 실수를 저지른 게 분명했다.

혼자 힘으로는 도무지 감당하기 힘들어서 자기 편을 들어 주는 마지막 보루라고 생각하는 친정으로 울며 달려온 것이리라.

대체 무슨 일이 벌어진 것인지, 이렇게 딸이 세상을 다 잃은 얼굴을 하고 달려와서 하염없이 울고 있으니 나서희 가슴도 이미 덜컥 떨어진 상태였다.

"그, 그게…… 엄마."

윤민이 간신히 진정하고 막 입을 열려는 그때, 노크 소리가 났다.

들어서는 도우미 표정에도 어리둥절한 기색이 그대로 드러나 있었다.

"회장님, 저기……."

"뭐야? 무슨 일인데 얼굴이 그래?"

"지금 손님이 오셨는데. 혜성 그룹 오지인 회장이라면 아실 거라고……."

히익!

윤민이 자지러졌다.

아직도 이유를 모르는 나서희로선 너무 뜻밖의 방문객이라 황당해서는 벽에 걸린 시계와 도우미를 번갈아 건너다보았다.

시간은 이미 자정을 향하고 있었다. 예고도 없이 불쑥 남의 집에 나타나기에는 너무 무례한 시간이었다.

"지금 이 시간에? 그이가 왜?"

하지만 절대 무시할 수 없는 손님이다. 되물으면서도 나서희는 벗어 둔 가운을 어깨에 걸쳤다.

"일단 모셔요."

나서희가 거실로 나가니 오지인도 현관을 들어서고 있었다.

"오 대표님, 오랜만이에요, 그나저나 이런 늦은 시간에……."

"이윤민, 여기 있죠?"

나서희의 말을 들을 생각도 없어 보였다. 지인은 입에 발린 인사조차 하지 않았다. 잔뜩 눈에 독을 품고는 다짜고짜 캐물었다.

"우리 윤민이? 네. 여기 있는데. 왜……?"

"좋은 말 할 때 당장 나오라고 해요."

"아니, 오 대표님. 이게 무슨 경우지?"

나서희가 지인의 무례를 지적하는데 침실 문이 열리고 잔뜩 겁에 질린 채 윤민이 주춤주춤 걸어 나왔다.

눈이 마주치자마자 지인이 갑자기 미친 사람처럼 달려들어 망설이지 않고 윤민의 뺨을 철썩 후려쳤다.

"아얏!"

윤민이 대차게 후려 맞은 뺨을 움켜쥐었다. 소스라친 나서희가 말리려 했으나 지인은 멈추지 않았다.

"네가 사람이야?"

지인이 악을 썼다. 시퍼런 불이 눈에서부터 뿜어져 나왔다.

"절대로 용서 못 해! 어떻게 우리 태형이를 해코지해? 어? 그러고도 네가 친구야?"

"지, 지인 씨."

"내가 우리 애 상태 때문에 얼마나 걱정을 하고 사는지 잘 알잖아. 아픈 애 보는 엄마 마음이 어떤지, 만날 때마다 다 이해하는 척, 위로하는 척하더니만 네가 감히 어떻게 그래?"

지인은 지금 체면이고 위신이고 다 버린 상태였다. 너무 원통하고 미워서 눈물까지 흘릴 기세로 고래고래 악을 썼다.

"너, 악해! 너무 나빠! 인간도 아냐!"

지인이 다시 윤민을 때릴 듯이 손을 치켜들고 부들부들 떨었다.

다시 맞을까 봐 무섭다. 잔뜩 겁에 질려 본능적으로 윤민이 나서희 등 뒤로 가서 숨으려 하자 지인이 경멸에 가득 찬 눈으로 노려보며 다시 고함을 질렀다.

"어떻게 그래? 유 대표를 골탕 먹이려 지가 사고 쳐 놓고 그쪽에 뒤집어씌우는 막장 인성도 그렇지만 아무 죄 없는 우리 앤 왜 끼워? 어? 네 감정싸움 하는 데에 왜 우리 앨 끼우느냐고! 그렇게 어린앨 해코지하면서 너 무섭지도 않던? 천벌받아야 해, 너! 너도 애를 둘이나 키우면서 어떻게 우리 애한테 그딴 짓을 해?"

"미안해, 지인 씨. 정말 잘못했어!"

털썩 무릎을 꿇고 윤민이 두 손을 모은 채 울면서 싹싹 빌었다.

입이 있다 한들 변명할 말도 없다. 지금은 그저 죽여 줍쇼 하고 비는 것밖에는 방법이 없었다.

"나, 난 진짜 태형이가 그렇게 증상이 심할 줄 몰랐어. 내 실수야. 난 그냥 밀가루 쿠키 하나 먹는다고 뭔 일 생기겠어, 하고 가볍게 생각했던 거야. 그렇게 큰일이 벌어질 거라곤 꿈에도 생각 못 했어. 알러지도 자꾸 먹어 버릇하면 조금은 고쳐진다고들 해서……."

"실수? 닥쳐!"

지인이 주먹을 움켜쥐고 부들부들 떨며 다시 악을 썼다.

"그걸 변명이라고 하고 있니? 그딴 짓을 해 놓고? 우리 태형이, 이제 겨우 일곱 살이야! 그런 애가 죽을 뻔했다구! 내가 미쳤다고 울 애의 안 좋은 상태를 일일이 말하고 다녔겠어? 조심해 달라고 부탁한 거였어."

그렇지 않아도 늘 마음 한구석이 아린 아이였다. 그런 아들에 대한 연민 어린 애정에 가득 찬 지인은 거의 제정신이 아니었다.

"그런데 친구라는 네가 우리 앨 해친 거라고! 너 이제부터 내 친구 아냐! 우리 애가 그나마 회복되어서 내가 오늘 이 정도로 끝낸다만. 만에 하나라도 우리 애가 다시 나빠지기라도 해 봐. 너, 내가 무슨 수를 쓰든 가만 안 둬. 네 인생, 아니, 네 애들 인생까지 망쳐 주겠어! 우리 태형이 아픈 만큼 네 애들도 당해야 공평하지!"

"아니, 듣고 있으려니 오 대표님, 말이 좀 심하네요. 우리 애가 뭔 짓을 저질렀는지 모르지만 이건 아니죠. 아직 어린 애들을 두고 어떻게 그런 막말을 하세요. 협박을 해도 유분수이지?"

참자 참자 해도, 참아 낼 수 있는 수준이라는 게 있다.

나서희가 듣다못해 한마디를 하자, 지인이 휙 돌아서더니 이번에는 나서희를 향해 화를 냈다.

"심해요, 내가? 이보세요, 나 회장님. 당신 딸이 저지른 짓이 더 심해요. 아무 상관 없는 우리 애를 죽일 뻔하면서까지 한때 가족이었던 사람을 나락에 빠트리려고 수 쓰는 거, 그거 인간으로서 할 짓이 아니죠!"

"좀 알아듣게 설명을 하세요. 우리 애가 대체 얼마나 끔찍한 짓을 저질렀다고 이 밤중에 나타나서 이렇게 난리를 피우는지?"

"내가 지금 여기 찾아온 걸 감사하게 생각해요. 유 대표가 워낙 간곡하게 사과하고 만류했기에 망정이지, 내가 당신 딸, 감옥으로 처넣으려고 했어."

지인이 나서희를 향해 대놓고 반말로 무시무시한 폭언을 퍼부었다.

"나 회장 당신도 제 맘에 들지 않는다고 결혼한 며느리를 들들 볶아서 기어코 이혼시켰다고 소문 자자하더니만. 당신네 잘난 저 딸은 남의 멀쩡한 아들을 죽일 뻔해 가면서 이미 이혼시켜 내쫓은 그 전 올케를 또 괴롭히려고 난리 쳤어요. 알아요? 나 회장님, 그 나이쯤 되면 딸자식 교육일랑 제대로 시키시라고요! 인생, 그렇게 살지 마세요. 네?"

지지 않고 단번에 나서희의 입을 막은 지인이 다시 윤민을 노려보며 소리쳤다.

"넌 살인 미수범이야! 아무리 누군가에게 앙심 품고 밉다고 해도 이런 식으로 악랄하게 해코지하는 너랑 너희 집안 인간들 밑바닥 인성 잘 봤고, 우리 다시는 얼굴 보지 말자. 진짜 역겨워!"

바닥에 깔린 윤민의 양심에다가 푹푹 독침을 찔러 넣어 놓고, 들이닥친 때와 마찬가지로 지인이 바람처럼 사라졌다.

무덤처럼 차갑고 적막한 거실 안에 넋이 나간 윤민과 나서희만 남았다.

"엄마, 나 이제 어떡해."

이미 퍼렇게 질린 채 덜덜 떨고 있던 윤민이 두 손으로 얼굴을 가리며 다시 통곡을 터트렸다.

말씨도 조용조용하고 그 어떤 일이 벌어져도 크게 화 한번 내지 않고 품위 있는 태도 때문에 '우아의 인격화'라 칭송받던 지인이었다.

그런 그녀가 감춰 둔 성질머리를 제대로 맛본 후에 심약한 윤민은 이미 정신이 저 멀리 날아가 버린 상태였다.

"대체 이게 무슨 일이람? 윤민아, 울고만 있지 말고 제대로 말 좀 해 봐라. 무슨 일이 대체 어떻게 돌아가는 거니? 엄만 도통 이해를 못 하겠다."

이야말로 아닌 밤중에 날벼락이었다.

그러나 나서희는 아직도 오지인이 윤민의 따귀를 내려치며 살인자라고 비난한 것으로도 모자라서 외손자들까지 거론하며 입에 담지도 못할 험한 말을 내지른 사건의 전말을 정확하게 파악할 수가 없었다.

윤민이 지인의 아들 태형에게 실수로 밀가루 음식을 먹게 한 것은 그렇다 치자.

그런데 미친 게 아닌 다음에야 윤민이 왜 그런 짓을 저질렀단 말인가. 하물며 시고모 쪽 손녀딸 생일 파티라는 그 어려운 자리에서 말이다. 거기다 그 사건에 왜 유리 이름이 거론되는가?

"내가, 내가 엄마, 잠시 미쳤었나 봐."

덜덜 떨며 윤민이 울음 사이사이로 간신히 내뱉었다.

이미 윤민은 앞뒤 재지 않고, 일을 치고 난 후 몰려드는 후 폭풍을 감당할 수가 없어 반쯤 넋이 나간 상태였다.

"내가 너무 화가 나서, 그랬어. 요즈음 꼬이고 꼬인 일 전부 다 유리 고계집애 탓인 것 같아서 내가 잠시 내 정신이 아니었어."

"아니, 오늘 태형이 일하고 유리하고 무슨 상관이냐고."

"오늘 연희동 파티가 유리네 회사가 진행하는 파티라고 했잖아. 난 그냥 그 계집애가 너무 미워서 조금 골탕을 먹여 주고 싶었을 뿐인데. 내 인생을 계속 꼬이게 만든 책임을 져야 할 것 아냐? 그냥 조금 분풀이를 했을 뿐인데, 일이 이렇게 될 줄은 정말 몰랐다고."

너무 늦어 버린 후회.

윤민이 눈물 콧물을 흘리면서 떠듬떠듬 오늘 사태에 대하여 나서희에게 처음부터 끝까지 고백했다.

그래도 딸이라고 윤민을 진정시키고 등을 어루만지면서 찬찬히 이야기를 들어 주던 나서희는 눈앞이 캄캄했다. 그것도 변명이라고 해 대는 윤민의 이야기를 듣고 있으려니 기가 찼다.

유난히도 친정 엄마와 밀착한 큰딸의 오지랖인지, 상상 이상으로 윤민은 승주와 정원에 대한 반감을 품고 있었다.

하물며 악운은 겹친다고, 현석의 불륜녀와 영국의 불륜녀 관계에 대한 진실과 그 사람들과 묘하게 얽힌 정원의 존재에 대하여 윤민이 터무니없는 오해와 더불어 맹목적인 원망을 품고 있었다니.

승주를 홀리고 꾀어 냈다 믿는 정원을 골탕 먹이고 곤란에 빠트리려고 정원의 커리어와 사업체 평판을 망치려 나선 것도 모자라서, 지인의 어린 아들을 이용해 일을 치고 말았다니.

'아아, 하느님 맙소사!'

"경고하는데 승주 일에 당신은 그냥 아무것도 하지 마."

이상하다.

왜 이런 순간에 깊은 후회와 함께, 승주와 정원이 다시 만난다는 말을 듣고 둘을 다시 떼 놓겠다고 하자 영국이 정색하고 경고하던 이전의 기억이 떠오르는 걸까?

나서희는 이전에 승주 인생에서 유리를 떼 내는 데 한 번은 성공했다.

영국 말대로, 아니, 승주가 말한 대로 적당하게 할걸.

아무리 미워도 유리도 다른 사람의 귀한 딸이었는데, 그녀는 자기 아들 귀한 줄만 알아서 남의 집 그 딸을 아득바득 괴롭혀서 내쫓았다.

그러나 3년이 흐른 지금 승주가 유리를 다시 만나고 있다는 사실을 전해 들은 후, 다시 하늘이 무너지는 듯한 배신감과 충격에 사로잡힐 수밖에 없었다.

찰거머리 같은 유리가 다시 승주 인생에 들어오는 걸 절대로 용납하지 않겠다고 화를 냈지만, 정작 영국 말대로 그녀가 할 수 있는 게 딱히 없었다.

일단 승주도 정원도 그녀의 협박에 눈 하나 깜짝하지 않았다. 그녀가 쥐고 있는 많은 것들의 힘에 눌리지도 않았고 동요하지도 않았다. 일절 상관 없다는 태도였다.

그녀가 휘두를 수 있는 무기가 무용지물인데 무슨 싸움을 할 수 있단 말인가?

승주 말대로 이미 두 사람은 나서희의 인생과 세상에서 떨어져 나가 버린 남이었다. 단지 그녀가 그것을 인정하지 않고 있었을 뿐.

그렇기에 승주가 자신은 정원 아니면 나락으로 굴러떨어져 간다고, 그걸 안간힘을 다해 잡아 준 사람인데 그것까지 방해할 건가 되물었을 때, 대답할 말이 없었다.

승주가 알코올 홀릭과 우울증 때문에 정신과 치료를 받는다는 사실을 알게 된 그날 이후, 그녀의 투지는 거의 다 꺾인 상태였다.

어쩔 수가 없지. 부모하고 의절하면서까지 죽어도 못 헤어진다는데.

그저 시간이 가기를, 둘의 마음이 멀어지면 좋고 그대로 헤어지지 않겠다고 하면 어쩔 수 없다 체념하며 마음을 비우던 중이었다.

그렇게 나서희는 자신도 모르는 사이, 뭉쳐 있던 아집과 독선을 상당 부분 내려놓은 상태가 되어 있었다.

그런데 생각지도 못한 복병이 있었을 줄이야.

하물며 그게 딸 윤민이었을 줄이야!

어리석어도 이렇게 어리석을까 싶다가, 앞뒤 재지 않고 제 마음먹은 대로 해 버리는 이 철없음과 멍청함이 어쩌면 그렇게 키운 자신 탓이 아닐까 싶어 망연자실해졌다.

'모든 게 내 불찰이었구나. 애 앞에서 승주와 유리 일을 너무 함부로 말했던 게 결국 이 모든 사달의 이유였어.'

이전부터 윤민이 정원을 상대로 억지와 트집이 대부분인 악감정을 표출할 때, 나서희 자신도 그게 그렇게 큰 잘못이라고 생각지 않았다. 오히려 자신을 대신하여 부르르 화를 내고 난리 치는 윤민의 언동이 내심 속 시원하다 싶어서 부추긴 면도 없잖아 있었다.

이제 그만하자고, 이건 아니라고 적절한 때에 말렸어야 했는데 그러지 못한 결과가 바로 오늘의 이 어처구니없는 사태였다.

이제 보니 다름 아닌 자신이 윤민을 망친 원흉이었다. 너무나 멀리 나쁘게 와 버려서 누구도 이젠 윤민을 원래의 자리로 되돌려 줄 수가 없을 만큼 말이다.

아무리 나서희가 맹목적으로 편을 들어 주려 해도 편을 들 수조차 없을 정도로 윤민의 빗나간 복수심은 악질적이고 어리석었다.

"엄마, 나 어떡해."

잠시 할 말을 잃고 망연자실해진 나서희를 올려다보며 윤민이 다시 어린 애처럼 눈물을 뚝뚝 흘렸다.

"내가 잘못한 거는 맞지만, 그래도 너무하잖아? 엄마도 지인 씨 하는 말 들었지? 우리 애들을 가만두지 않겠다잖아. 지인 씨, 한다면 하는 사람인데 어떡해?"

"아이고."

"시댁에서 이 사실을 알면 엄청 혼날 거야. 엄마, 잘못하면 나, 이혼당할 수도 있을 거 같아. 애들 빼앗기고 빈털터리로 쫓겨나면 어떡하지? 너무 무서워."

마지막 동아줄처럼 나서희를 올려다보고 있는 윤민의 눈빛은 잘못은 자신이 저질러 놓고 나머지 책임이나 해결은 전부 다 엄마인 나서희에게 밀어 놓던 어린 시절 철없던 눈빛과 하나도 변한 게 없었다.

"넌, 윤민아, 너는……."

여전히 겁에 질려 온몸을 떨면서 눈물을 흘리고 있는 윤민을 향해 말하는 나서희의 목소리가 울컥 흔들렸다.

"그저 이혼당할까 봐 걱정스러워? 누리던 걸 다 잃고 애들도 못 볼까 봐 그게 무서워? 난 내 딸이지만 네가 참 무섭다."

생전 처음으로 나서희가 정색하고 윤민을 엄하게 호통쳤다.

"정작 네 새끼 일이 되니 걱정돼? 네가 당하게 생겼으니 비로소 무서워? 그런데 넌 남의 자식한테 왜 그랬어? 아무리 노엽고 분해도 그렇지. 유리가 얼마나 너한테 잘못했다고 그렇게 악랄한 해코지를 하려 했어? 하물며 아무 상관 없는 태형이한테는 왜?"

나서희만은 편을 들어 줄 줄 알았는데, 대신 매서운 힐난을 당할 줄은 짐작하지 못했던지 윤민의 울음소리가 더 커졌다.

"네가 양심이 조금이라도 있으면 지금 울 때가 아니지."

답답하기 이를 데 없는 딸을 꾸짖는 나서희의 목소리가 한층 엄해졌다.

"다시 지인 씨한테 따귀를 언어맞을지라도 당장 병원에 달려가야 하는 거 아냐? 병원에 있는 태형이가 무사한지 보고 와야지. 또 네가 철없이 저지른 무서운 행동 때문에 날벼락 맞은 유리네 회사 사람들한테 미안해야 하지 않아? 그런데 어떻게 여기까지 와서도 넌 네 걱정만 하고 있니? 네 인성이 그렇게까지 바닥이었어? 지인 씨 말이 맞아. 엄마가 부끄러워서 낯을 들 수가 없다."

"엄마, 내가 잘못했어. 그런데 찾아갈 용기가 없어, 흑흑흑……. 너무 무서워, 엄마. 무서워서 죽을 거 같아."

이제 믿었던 친정 엄마마저 자신을 혹독하게 비난하고 있으니 윤민은 이 세상천지 어디에고 발을 붙일 곳이 없었다.

완전히 무너진 윤민이 그것 말고는 방법이 없다는 듯 하염없이 우는 꼴을 바라보면서 나서희는 천 번 만 번, 뼈아프도록 부끄럽고 후회스러웠다.

그녀가 질끈 눈을 감으며 참담하게 한숨을 내쉬었다.

다 내 죄다…….

'악한 끝은 없어도 선한 끝은 있다더니. 그래, 옛말 하나 그른 게 없구나……'

올댓파티 사람들과 인태가 마침내 병원에서 나온 시각은 새벽 1시 무렵이었다.

"오늘 고생하셨어요."

정원이 먼저 인사하자 인태가 걱정스럽게 세 사람을 건너다보았다.

"저보다 세 분이 더 고생하셨죠. 일단 전 집에 갈게요. 옷 갈아입고 출근해야 하니까."

"그래요. 먼저 가세요."

인태가 영주를 돌아보았다.

"영주 씨는 나랑 같이 집에 갈 거죠?"

"아뇨. 전 친구들하고 이야기 좀 하고요."

"알았어요."

인태가 택시를 타고 먼저 떠나고 난 후, 이제 올댓파티 3인방만 오도카니 텅 빈 주차장에 남았다.

예기치 못한 거대한 태풍에 휘말렸다가 천신만고 끝에 간신히 안전한 해변에 도달한 기분이었다. 엄청나게 긴장해 전전긍긍하다가 문제가 해결되고 난 후 갑자기 그 긴장이 풀리니 아무 생각도 나지 않고 조금 허탈하기까지 했다.

이제 뭘 해야 하나. 우린 지금 어디로 가야 하나.

잠시 갈피를 잡을 수가 없던 셋은 서로의 얼굴을 마주 보며 잠시 그 자리에 멍하니 서 있었다.

인태와 함께 병실에서 내려오면서 그제야 긴장이 풀린 세 사람은 서로 손을 잡고 얼마나 울고 싶었는지 모른다. 하지만 그때 울컥 터질 뻔한 눈물은 이전의 자책과 두려움, 죄송함의 눈물이 아니라 안도와 다행함에서 흐르는 따뜻한 온도였다.

잠시 후 가장 먼저 움직인 건 정원이었다.

"야, 타!"

정원이 주차해 둔 차 운전석에 앉으며 두 친구에게 호기롭게 소리쳤다.

"가자."

"어디?"

"일단 타라니까."

세 명이 탄 차가 신라대 병원을 벗어났다.

"야, 절대 돌아보지 마. 끝났어."

"그러게."

"나도 여긴 다시는 오고 싶지 않다."

영주가 차 좌석 등받이에 등을 푹 눕히며 뇌까렸다.

"선택해. 밥부터 먹을래? 스트레스부터 풀래?"

"나는 밥."

"나는 아무 생각도 없어. 지금 아무 생각도 하지 않으니까."

"그래, 좋아. 밥도 먹고 스트레스도 푸는 곳으로 가자."

10분 후. 정원이 운전하는 올댓파티 차가 멈춘 곳은 사무실 근처의 24시

대형 스파 건물 앞이었다.

"일단 목욕하고 집에 가서 퍼질러 자자. 그리고 오늘 일은 다 털어 버리자."

아무리 생각해도 이것밖에는 정답이 없었다.

지금은 모든 생각을 멈추고, 지칠 대로 지친 몸과 마음을 조금 편하게 뉠 필요가 있었다.

셋은 옷을 훌훌 벗고 텅 비다시피 한 새벽의 대욕탕으로 들어갔다. 머리부터 발끝까지 뜨끈한 물에 푹 잠겼다.

"아그그그."

"아, 좋다아."

"으아으아. 쥑인다."

따뜻한 물속에 잠겨 드니 세 명의 입에서 좋아서 절로 앓는 소리가 새어 나왔다.

"지옥에서 천국 온 기분이다."

"그러게."

"내 말이!"

새삼 생각해 보니 이날 하루가 어지러운 꿈만 같았다.

야심차게 시작한 파티, 한창 잘 돌아가다가 갑자기 터진 사고, 그리고 한순간에 아작 난 파티 분위기. 그야말로 혼돈, 패닉이었다.

"그래도 태형이가 무사히 깨어났으니까."

정원은 혼잣말을 한 것이었는데 그녀가 무슨 생각을 하고 있는지 찰떡같이 알아들은 경오가 말을 이어받았다.

"천만다행으로 큰 후유증은 보이지 않는다고 했으니까."

"그, 태형이 어머니 오 대표님. 우리더러 안심하라고, 더 이상 올댓파티에 대하여 문제 삼지 않겠다고 명확하게 말씀해 주셔서 정말 고마웠어."

"우리도 그렇지만, 중간에 낀 연재 어머니 입장도 생각해서 선처해 주신 거야."

"그러게. 오늘 연재 어머니가 너무 고마웠어. 우리는 쫄려서 말도 제대로 못 하겠는데 우릴 대신해서 사건 전말을 잘 이야기해 주시고."

"태형이가 어떻게 된 일인지 정확하게 이야기를 해 줘서 진짜 다행이지 뭐야. 나이도 어린데 똑 부러지는 친구야."

말을 하면 할수록 고마운 것투성이였다.

큰 기업의 대표답게 오지인 회장은 사건의 전말을 파악하자마자 더 이상 불필요하게 사람들이 힘들지 않게끔 시원시원한 결단과 판단력으로 올댓파티 사람들에게 책임을 묻지 않겠다고 말해 주었다. 그 순간 정원은 그야말로 지옥에서 천국으로 수직 탈출 한 기분이었다.

"다 내 책임이야. 미안해."

갑자기 영주가 눈물을 뚝뚝 흘렸다.

"그만해. 몇 번이나 말해? 네 책임 아니야. 책임 따질 거면 우리 셋 다 책임이야."

"정원이 말이 맞아. 오늘 같이 예기치 못한 일은 얼마든지 벌어질 수 있어."

"그래도 태형이 일은 음식 때문에 벌어진 일이니까 내 책임이지."

"아니라니까. 만약 오늘 사고가 물놀이하던 아이가 물에 빠져서 호흡 곤란 왔던 거면 그건 나만의 책임이야? 쓸데없이 자책하지 말라니까."

"둘 다 그만둬. 사실은 다 내 책임이잖아."

이제는 정원이 영주처럼 눈물을 뚝뚝 흘렸다.

사람이라곤 셋밖에 없는 대욕장 안에 알몸으로 마주 보고 앉아서 같이 울고 있으려니 이 장면의 장르가 코미디인지 비극적인 인생 드라마인지 알 수가 없었다.

"나하고 얽힌 앙심이 없었다면 그런 짓을 저질렀을 리가 없잖아. 그 여자가 태형일 해코지한 건 내가 미워서였다는데, 생각해 보면 나란 인간이 민폐 갑이었어, 정말."

"뭔 말을 그렇게 해? 사람이 다 그렇지 않아. 그 여자가 유난히도 나쁜 거지."

이번에는 경오와 영주가 정원을 위로했다.

"나 좀 무서워질라 그래. 이제 승주 씨 얼굴 볼 수가 없을 거 같아서."

정원이 울면서 간신히 꾹꾹 눌러둔 속맘을 내뱉었다.

태형의 입을 통해 윤민이 이날 벌어진 사건의 흑막이라는 것을 알게 된 순간, 정원은 어린 태형을 해치면서까지 그녀가 어처구니없는 악행을 저지른 이유를 그냥 알아 버렸다.

파티가 아작 난 이후, 다른 엄마들과 달리 윤민이 어디 한번 당해 보렴, 하듯이 얄미운 얼굴로 휭하니 사라졌던 이유.

윤민은 정원이 그냥 밉고 싫어서 어찌하든 골탕을 먹이고 싶었고 그녀의 평판과 애정 가득한 사업을 망치고 싶어서 작정했던 것이다.

"당장 내일이면 그 사람을 만나서 이번 일이 어떻게 벌어진 건지 자세하게 다 말해야 하잖아. 나 좀 무서워…….."

"뭐가 무서워? 네가 저지른 일도 아닌데."

"내가 그 여자에게 미움받는 이유가 승주 씨니까."

정원은 서글프게 중얼거렸다.

"내가 승주 씨와 다시 만나는 게 싫어서 내 인생까지 망쳐 주려고 그 사람 누나가 저지른 짓이잖아. 그런 말을 듣고도 그 사람이 제정신일 수 있을까, 내 얼굴을 똑바로 바라볼 수 있을까 생각하니까 너무 안타깝고 불쌍한데…….."

자기혐오로 얼룩진 정원의 목소리가 떨렸다.

"한편으로는 단지 그 사람을 만나고 있다는 이유만으로 안 당해도 될 이런 일을 당한 내가 너무 불쌍해. 그것도 모자라서 여러 사람 생계가 달려 있는 우리 회사까지 망칠 뻔한 게 너무 어이없어 분해. 화가 나서 죽을 거 같아!"

다시 욕탕 물 위로 원통해서 흘리는 정원의 눈물이 뚝뚝 떨어졌다.

"이제 정신이 좀 들어서 생각해 보니까 그런 거야. 그딴 무서운 짓을 거리낌 없이 저지른 사람의 가족을 내가 만나고 있네? 내 인생, 내 앞날, 괜찮을까……?"

영주와 경오가 아무 말도 못 하고 물끄러미 정원을 바라보기만 했다.

그들이 전혀 예상지 못한 대목에서 생각 이상으로 정원의 내적인 갈등과 고민이 깊고 심각했기 때문이다.

"내가 그래도 나름 착하게 산 것 같은데. 이런 짓을 당할 만큼 큰 잘못을 저지르고 살지는 않았던 거 같은데."

정원이 누구에게랄 것도 없이 또 푸념했다.

"세상 사람들 중 그 누구도 어떤 사람을 좋아한다고 해서 이런 악랄한 해코지를 당하고 살지는 않잖아? 어떡하지? 지금 심정으로 이제 난 승주 씨 얼굴을 보면 자꾸만 그 여자가 생각나서 무서워질 것 같아. 화가 나서 그 사람이라도 때리고 싶어질 것 같아."

"때리고 싶으면 때려. 그딴 인간하고 가족이란 게 그 남자 원죄지, 뭐. 어쩌겠어?"

그때 욕탕 문이 열리고 누군가가 한사람 더 들어왔다.

"뭐야? 여기 물만듯집이야? 왜 탕에 들어앉아서 다들 질질 짜고 난리야?"

알몸인 여자 셋이 한바탕 속풀이 중인 대욕탕으로 참방 물소리를 내며 들어온 사람은 뜻밖에도 아름이었다.

"고 변호사, 너 왜 왔어?"

"아까까지 회사에 있다가 이대로 목욕하고 다시 여기서 출근하려고. 집에 가서 자다간 지각할 게 뻔하니까."

"여기 우리가 있는 거 어떻게 알고 왔니?"

"아까 정원이하고 톡 했거든. 여기가 우리 회사하고도 가까워."

"너 지금까지 야근했니?"

욕탕 벽시계는 새벽 2시 반을 가리키고 있었다.

"응. 모레 엄청 중요한 재판이 있거든. 그거 준비하느라 팀원들 다 몇 주나 개고생 중이야. 월화수목금금금, 퇴근이 뭔지조차 잊어버렸어."

"히야, 로펌 변호사 인생 그거, 우리 같은 서민보다 더 빡세네."

눈물 때문인지, 욕탕에 서린 더운 열기 때문인지 알 수 없지만 하나같이 벌겋게 변한 셋의 얼굴을 아름이 번갈아 바라보았다. 하루 사이 넋이 반 나가고 살이 쏙 빠진 듯한 셋의 초라한 몰골에 절로 혀를 차게 되었다.

"그래서 해결은 잘된 거구?"

셋은 동시에 고개를 끄덕였다.

"그럼 다행이네. 근데 이대로 넘어갈 거야? 그 여자한테 손해 배상 청구해야지. 까딱했으면 너희 회사 그대로 넘어갈 뻔한 사건인데?"

"이거 손해 배상 청구 가능해? 사실 가만 있고 싶지 않거든. 너무 분하고 억울해서."

"당연히 가능하지. 기다려 봐. 내가 맡아서 작정하고 벗겨 줄게!"

아름이 잔 다르크에 빙의해서 장담했다.

"열받은 김에 우리 들어간 비용 한 세 배쯤은 받아 내 주라."

정원은 나름 엄청 질러 보았다. 이에 아름이 흥 하고 가소롭다는 듯 내뱉었다.

"괘씸죄까지 걸어서 열 배는 받아 내야지. 너 대표라면서 왜 그렇게 소심하니?"

"우리가 정식으로 고소하면 그 집안에서 시끄러워지는 게 싫어서 무조건 돈으로 무마하려 들걸."

"하긴 돈밖에 없는 집안이라며? 고소 취하 조건으로 진짜 열 배 손해 배상 불러? 우리가 당한 것 반이라도 그 여자도 곤란해져 봐야지."

생각하면 할수록 억울하고 분해서 경오도 영주도 한꺼번에 내질렀다.

아름이 입을 꼭 다물고 있는 정원을 가만히 바라보다가 중얼거렸다.

"내 생각에 정원아, 네 전 시누이 그 여자, 이미 사형 선고 받았을 거 같은데. 안 그래?"

"응, 아마도 그런 거 같아."

"얼마나 멍청한 머리면 감히 태형이 그 애를 건드릴 생각을 했을까? 혜성 그룹 아들이잖아. 진짜 겁이 없지."

"나도 그 생각했어. 그 여자, 머리는 장식으로 달고 다니나? 사리 분별이라는 게 없어?"

"그러니까. 그 여자 머리는 때 되면 비싼 펌 하고 장식하는 데 쓰는 거지, 생각하고는 거리가 멀어."

"그만해. 다들 말하는 거 듣고 있으니까 더 화가 나서 못 견디겠다, 야."

정원이 그 말을 마지막으로 머리통까지 푹 물속에 담가 버렸다.

얼마나 안간힘을 다해 숨을 참고 있는지, 한참 동안 물속에서 나오지 않았다.

그런 정원의 모습을 수면 위에서 바라보던 세 친구들은 약속이나 한 것처럼 입을 다물었다.

"그만 나와, 너."

"그러다 숨 막혀서 죽는다."

결국 보다 못한 경오가 정원의 어깻죽지를 집어서 억지로 끄집어냈다.

끌려 나온 정원의 얼굴에서는 눈물인지 욕탕 물인지 모를 것들이 뚝뚝 떨어지고 있었다.

"나, 이런 일을 당할 만큼 나쁘게 살지 않았다구……."

대체 누구에게 하소연하는 건지, 혼자 지절대는 정원의 얼굴은 그걸 바라보는 친구들의 심장조차 깨질 만큼 위태롭고 서러워 보였다.

* * *

올댓파티 세 사람이 정원의 집에 도착한 건 새벽 5시 무렵이었다.

이른 늦여름 햇살이 사방을 비추고 부지런한 사람들은 이미 출근을 시작하는 그 시간.

아주 스펙터클하고 긴 하루를 끝낸 그들은 비로소 안전한 집으로 퇴근하는 데 성공했다.

"난 그냥 여기서 잘래."

아무렇게나 핸드백을 내던진 영주가 먼저 거실 소파에 드러누워 버렸다.

경오 역시 에고에고, 신음 소리를 내며 영주가 누운 소파 아래 거실 바닥에 그대로 누워 버렸다.

"야, 여기서 어떻게 자? 경오야, 침실로 들어가서 자."

"됐어. 베개나 줘."

덮을 것과 베개를 꺼내 나가 보니 이미 그사이 둘은 잠들어 있었다. 얼마나 정신적으로 시달리고 피곤했는지 하룻밤 새 살이 쏙 내린 듯 보이는 둘의 얼굴에서 알 수 있었다.

"고생했어, 영주야."

들을 리 없는 감사의 말을 건네며 정원은 영주 머리 밑으로 베개를 넣어 주고 홑이불을 덮어 주었다.

"정말 고마워. 너희들 둘이 없으면 내가 어떡할 뻔했니?"

솔직히 이번 상황만큼 정원은 영주와 경오가 그녀와 한 팀임을 실감한 적도 없었다.

경오에게도 베개와 이불을 챙겨 주고 난 후 정원은 침실로 들어가 입은 옷 그대로 침대에 푹 파묻혔다.

익숙한 자신의 이 침대가 이토록 그리웠을 줄은 생각하지 못했다.

꾸물꾸물 정원은 무기력한 벌레처럼 침대에 그대로 푹 파묻힌 채 일어나지도 않고 불편한 바지만 억지로 벗어 던졌다.

약 1분 후.

상의는 올댓파티 크루 티셔츠에 하의는 팬티 바람인 몰골로 정원 역시

기절하듯 잠에 빠져들었다.

* * *

어제도 새벽같이 일어났지, 하루 종일 긴장하고 일한 것으로도 모자라서 대형 사고가 터졌고, 내내 정신적으로 시달릴 대로 시달린 후 귀가한 정원이었다.

극도로 피곤한 상태로 잠이 들었으니 스물네 시간 내내 자고도 모자라 내일 저녁까지 내쳐 자도 못 일어나는 게 자연스러울 것이다.

그러나 정원은 그러지 못했다.

한참 자다 말고 갑자기 망치로 정수리를 한 대 후려 맞은 듯 어떤 자각에 정신이 번쩍 들어 버렸던 것이다.

'태형이 상태는? 병원! 그렇지. 병원에 가 봐야 해!'

희한하게도 비몽사몽 중에 그런 생각이 들자마자 거짓말처럼 눈이 번쩍 떠졌다.

찬물을 뒤집어쓴 것처럼 놀라서 정원은 벌떡 일어나 사방을 두리번거렸다.

조마조마한 마음과는 달리 자신은 아주 평온하고 안전한 제 아파트 침대에 앉아 있었다.

시계를 보니 9시. 기껏 세 시간 남짓 잔 셈이다.

'분명히 태형이가 괜찮아진 걸 알고 왔는데.'

하지만 세상일은 모르는 거다. 그녀가 잠든 이 몇 시간 동안 다시 태형의 상태가 나빠졌을 수도 있다. 직접 눈으로 봐야지만 안심이 될 것 같았다.

어기적어기적 욕실로 가서 대강 세수만 하고 옷을 갈아입은 정원이 거실로 나왔다.

새벽에 거실에서 퍼질러 버린 경오와 영주는 여전히 곤히 잠들어 있었다.

바로 옆에 폭탄이 터져도 모를 지경이었다.

혹시나 자신의 기척 때문에 피곤한 둘이 깰까 봐, 정원은 발끝을 들고 살금살금 현관으로 나왔다.

최대한 소리 나지 않게 현관문을 열고 나가다가 그만 우뚝 그 자리에 멈추어 서고 말았다.

'언제 왔다 갔대……?'

대문 손잡이에 유명한 해장국집 로고가 박힌 비닐 봉투가 걸려 있었다.

승주와 정원 둘 다 좋아해서 신혼 때 가끔 아침 먹으러 가던 맛집이었다. 다만 여기 아파트에서는 좀 멀어 차를 타고도 한 30분은 가야 하는 것이 흠이었다.

그런데 새벽 5시쯤 집에 들어올 때는 없었던 꾸러미가 이 시간에 걸려 있다는 건 정원이 집에 들어온 것을 승주가 알고서 일부러 그 집에까지 다녀왔다는 뜻이었다.

잠시 해장국 꾸러미를 내려다보다가 정원은 그것을 현관 안쪽에 옮겨 놓고 엘리베이터를 탔다.

20분 후.

병원에 도착한 정원은 주차장에 차를 세우고 18층을 올려다보았다.

'태형이는 별일 없겠지?'

분명 자신의 눈으로 말짱한 태형을 보러 온 건데도 정작 병실 앞에 서자, 어쩐지 노크를 할 용기가 사라지고 말았다.

몇 분 동안 정원은 들어갈 용기가 생기기를 바라며 병실 앞 복도에 서 있기만 했다.

아마도 그런 어수룩한 정원의 모습을 근처에 있던 경호원이 보았던지, 병실 안 지인에게 연락을 한 모양이다. 병실 문이 열리고 지인이 나타났다.

"유 대표가 이 시간에 왜?"

"태형 군이 어떤지 걱정돼서요……."

"괜찮아요. 상태 다 좋고. 오후에 퇴원해요."

"아, 정말 다행이다."

정원은 얼른 지인에게 허리를 숙여 다시 정중하게 사과 인사를 전했다.

"어제 너무 경황이 없어서 제대로 사과를 못 드린 것 같아요. 심려를 끼쳐 드려서 정말 죄송합니다, 대표님. 그런데도 저희에게 너무 좋게 선처해 주셔서 감사합니다."

"어제 다 끝난 이야기 아니었나? 이렇게 다시 와서 사과할 필요까진 없는데."

지인이 먼저 복도 끝 휴게실로 걸어가며 정원을 돌아보았다.

"잠시 커피 한잔할래요?"

"네."

정원은 지인과 휴게실에서 마주 앉았다.

지인이 휴게실에 있는 커피 머신에서 커피 두 잔을 뽑아서는 한 잔을 정원에게 건네주었다.

"유 대표를 보니 카페인이 필요한 것 같은데? 잠을 제대로 자지 못했나 봐요."

"저희야 일하다 보면 이런 게 일상인걸요. 그나저나 정말 놀라셨죠? 하룻밤 사이 얼굴이 반쪽 되신 거 같아요."

언제나 잘 차려입고 흠잡을 데 없이 잘 가꾼 매력적인 외모의 지인만 보았는데, 이날 그녀는 화장기 하나 없는 초췌한 얼굴이었다. 거대한 그룹을 이끄는 총수가 아니라 그저 '태형이 엄마'였다.

"나보다 유 대표가 더 그런 것 같은데?"

"나름 준비를 철저하게 한다고 했는데도 그런 일이 생겨 버려서, 정말 면목이 없어요."

"유 대표와 올댓파티 책임은 아니라고 판명 났으니까, 이제 털어 버려요.

사실 사업을 하다보면 크든 작든 이런 예상치 못한 문제가 늘 일어나는 법이죠."

"그렇게 말씀해 주셔서 감사합니다. 한결 마음이 가벼워졌어요."

"그래도 현장에 의사가 있어서 바로 처치 들어간 덕분에 우리 애가 큰 도움을 받았잖아요. 내가 유 대표에게 빚을 하나 졌어요. 조만간 우리 둘째 생일인데, 유 대표 회사에다가 파티를 부탁해도 될까요?"

"어머, 감사합니다. 맡겨만 주신다면 최선을 다하겠습니다!"

갑자기 정원의 마음이 확 밝아졌다.

"그날은 연재랑 해서 몇몇만 초대하려구. 연재가 우리 애 때문에 한껏 기대했던 생일 파티를 망친 셈이라 내가 너무 미안해서요."

그러더니만 지인이 정원을 건너다보았다.

"나한테 궁금한 게 많죠? 예를 들어 이윤민에 대한 처리라든가."

"……아니라고 말 못 하겠습니다."

"다시는 유 대표나 우리 애 앞에 못 나타나게 만들 작정이에요. 그딴 식으로 다른 사람에게 함부로 해코지하는 인간하고는 상종해선 안 되죠."

"제가 제일 마음에 걸리는 게 지금 그 부분입니다. 사실 오 대표님께 제가 진짜 사과드려야 할 부분도 그것이구요. 저에 대한 앙심이나 분풀이 때문에 애꿎은 태형이가 희생당한 거 같아서 영 마음이 편치 않습니다."

"가해자의 사정까지 피해자가 헤아려 줄 필요는 없다고 봐요."

지인이 잔인할 정도로 단호하게 잘랐다.

"유 대표나 우리 애나 못돼 처먹은 나쁜 인간에게 당한 피해자 그 이상도 이하도 아니니까. 자신이 한 일이 아닌 것으로 사과할 필요는 없어요. 오히려 난 지금 유 대표가……."

지인이 잠시 말을 끊고는 정원을 잠시 바라보았다. 심중의 말을 할까 말까 고민하는 것 같았다.

"내가, 이승주 씨에 대해 잘은 모르지만 이윤민 같은 그딴 인간성 바닥인 사람을 가족으로 둔 남자랑 사귀는 게 과연 유 대표 인생에 도움이 될까 생각을 해 봤어요. 딱히 좋은 일이 생길 것 같지 않은데?"

심장에 찬물이 뚝 떨어지는 것 같았다.

어제 일 이후 내내 정원의 마음속에서 똬리를 틀게 된 검은 뱀 같은 고민을 지인이 단번에 푹 찍어 버렸기 때문이다.

"사랑이 전부지, 가족하고는 상관없다 그런 말을 하는데 나도 결혼해서 살다 보니, 연애는 두 사람이 하지만 결혼은 두 가족끼리 한다는 말이 있잖아요?"

"그렇죠."

"두 사람의 이혼, 이승주 씨네 가족이 유 대표를 못마땅해서 결혼 내내 들들 볶다가 기어코 이혼시켰다는 말이 내 귀에 들어올 정도로 소문 자자했어요. 짐작했죠?"

"네. 알고 있습니다."

"두 사람이 다시 만나서 또 연애한다는 건 유 선생님께 전해 들었어요. 따님 일로 고민된다고 하셨거든요."

"아버지가요……?"

"이혼한 두 사람이 다시 만나도 대부분 이혼한 그 이유 때문에 다시 헤어지는 걸 많이 봤다더군요. 그전에도 이승주 씨네 가족들의 어처구니없는 시댁 갑질 때문에 이혼했는데 이번에도 또 그런 결과가 되어 버린 거 같은데? 역시 어른들 말은 버릴 게 없는 거 같아. 유 선생님이 어떤 점에서 고민하시고 걱정하셨는지 나도 이젠 이해가 될 것 같네."

지인이 해쓱해진 정원의 얼굴을 바라보며 조금은 안타깝다는 듯 옅은 미소를 지었다.

"두 사람의 문제는 두 사람이 결정하겠지만, 유 대표, 결혼이나 사랑의 문제에 대해서는 조금 불운한 것 같아요. 이렇게 멋지고 예쁜 사람인데, 항상 비슷한 곤란에 부딪치다니. 어쩐지 동생 같아서 조금 안타까워."

예전 같으면 한번 듣고 흘려 버릴 말이었을 텐데.

말도 안 된다며 웃고 그냥 넘겼을 텐데…….

이미 정원은 승주를 다시 만난 이후 그와 그의 가족들로 인해 이런저런 곤란에 빠지고 당하지도 않았을 여러 가지 일에 얽혔던 전적이 있다.

그런 상황 속에서 계속 갈등하고 화가 나던 정원으로선 지인의 말이 너무 맞는 말이어서 뼈가 아팠다.

정원 자신이 너무나 불쌍해지고 있는 만큼, 그 모든 일의 중심점인 승주에 대한 원망과 화도 딱 그만큼 더 커지고 있었다.

잠시 후 정원은 간신히 입을 열어 지인에게 대답했다.

"걱정해 주서서 감사합니다."

"잘 생각해 봐요. 자신이 믿는 사랑이 얼마나 단단한지. 있죠, 사람 마음은 시간에 따라, 상황에 따라 달라지기도 하는 게 당연해요. 그게 자연스럽죠. 어떤 영화에서 '사랑이 어떻게 변하니?' 하고 말하더라만, 사실 사랑이 안 변한다고 믿는 게 더 부자연스럽지 않나? 우리 인생 자체가 늘 변하고 있는 건데?"

그 말을 끝으로 지인이 먼저 자리에서 일어섰다.

"잠시 우리 애 얼굴이라도 보고 갈래요? 어제부터 계속 병원에 혼자 있으니 심심한가 봐. 조금 투정을 부리네."

"네. 허락하신다면 태형이 얼굴 보고 갈게요."

두 사람이 휴게실에서 나오는데 땡하고 엘리베이터가 멈추더니만 문이 열렸다.

"어머, 세하야?"

"고모!"

뜻밖에도 효진과 세하가 가방을 들고 엘리베이터에서 내리다가 두 사람과 마주치자 깜짝 놀라서 걸음을 멈추었다.

허공에서 효진과 정원이 서로 어쩐 일이냐고 눈인사를 나누는 가운데, 세하가 먼저 지인에게 꾸벅 고개를 숙여 인사하고는 물었다.

"안녕하세요. 저기, 태형이 일어났어요?"

"그래. 지금 혼자 놀고 있어. 세하가 이 시간에 어쩐 일이야?"

"태형이가 너무 걱정돼서요. 제가요, 아까 엄마랑 같이 태형이가 좋아하는 새우죽 만들었거든요."

세하가 들고 있던 도시락 가방을 보란 듯이 들어 보였다.

"태형이한테 줘도 돼요? 먹을 수 있어요?"

"그럼. 정말 고마워. 세하가 와 줘서 우리 태형이가 너무 좋아할 거 같아. 같이 들어가 보자."

지인이 먼저 병실 문을 열고 들어갔다. 그 뒤로 정원과 효진, 세하가 졸졸 따라 들어갔다.

"어, 세하야."

태형이 활짝 웃는 얼굴로 세하를 반겼다. 세하가 조르르 침대 앞으로 다가가 걱정스러운 표정으로 태형의 얼굴을 요모조모 살폈다.

"너 이제 괜찮아?"

"응."

"저기…… 내가 미안해."

말을 하다 말고 세하는 어느새 비죽비죽 울상이 되었다.

"네가 왜 미안해?"

"내가 널 더 신경 써 줘야 했는데에. 내가 연재랑 노는 데만 정신 팔려 가지구우, 같이 안 놀아 줘서 네가 막 혼자 놀다가 그렇게 돼 가지구우……. 내가 제일 나빴어. 미안해."

정말 미안하다고 사과한 세하가 결국 닭똥 같은 눈물을 뚝뚝 흘렸다.

가만히 듣고 있던 지인이 한쪽 무릎을 꿇고 세하의 머리를 쓰다듬었다.

"그런 말은 하지 마, 세하야. 그렇지 않아. 아줌마도 태형이도 세하한테 너무 고마운걸. 그렇지, 태형아?"

"응. 의사 선생님이 그러는데 네가 날 살렸대, 세하야."

"진짜?"

세하가 눈물이 그렁그렁한 얼굴로 태형과 지인을 번갈아 바라보았다.

"세하 네가 우리 태형이 상태가 이상한 거를 빨리 알아차려서 의사 선생님께 얼른 말해 준 덕분에 더 큰일이 생기지 않았거든. 어제 태형이를 빨리 병원에 옮겼기 망정이지 안 그랬으면 진짜 큰일 났을 거야. 아줌마가 정말 세하한테 고마워."

"아, 다행이다. 태형아, 얼른 나아."

세하가 태형을 바라보며 간곡하게 말했다.

"그래야 네 생일 때 우리 둘이 같이 놀이동산에 놀러 가지. 내가 벌써 네 선물도 마련해 놨는데."

"정말?"

태형의 얼굴이 순식간에 확 밝아졌다.

"응. 우리 엄마가 놀이동산 갈 때 입으라고 우리 둘한테 똑같은 옷 사 준대. 그날 같이 쓰려고 토끼 머리띠도 샀어. 빨리 나아. 알았지?"

"토끼 머리띠? 그게 뭔데?"

"엄마, 그때 우리가 인터넷으로 본 그거, 주문한 거, 태형이한테도 보여 줘. 응? 얼른!"

세하가 효진을 돌아보며 채근했다. 태형이 좋아해 주니 덩달아 한껏 신이 난 것이다.

"알았어, 알았어. 조금만 기다려 봐."

두 아이가 머리를 맞대고 옹기종기 효진이 보여 주는 인터넷 쇼핑몰 화면을 들여다보고 있는 모습을 뒤에 선 어른들이 흐뭇하게 바라보았다.

"세하가 와 주니까 우리 태형이 기분이 순식간에 좋아졌네. 와 줘서 정말 고마워, 세하야."

지인도 미소 지으며 다시 고마움을 전했다.

"아줌마, 태형이가요, 제가 만든 새우죽 먹는 거까지 보고 가도 돼요?"

"당연하지. 세하만 좋으면 오래 놀다 가도 돼. 오후에 태형이 퇴원할 때까지 같이 놀아 주면 더 좋구."

"그럼 한 시간만 놀다 갈게요. 오후에는 바이올린 수업하러 가야 되거든요. 태형이랑 같이 책 읽으면서 놀아야지."

세하가 얼른 메고 온 가방에서 야무지게 챙겨 온 동화책을 꺼냈다.

"세하가 동화책도 가져왔어?"

"병문안 갈 때 책을 읽어 주면 좋다고 해서요. 근데 사실 저는요, 책보다도 게임기 가져오려고 그랬는데 엄마가 안 된대요."

"게임기는 내가 있어. 같이 게임하자! 엄마, 나 세하랑 게임할래요."

심심해서 몸을 뒤틀고 있던 태형이 신이 나서 소리쳤다.

"그래."

지인의 허락이 떨어지자 두 아이가 신나서 같이 활짝 웃었다. 예쁜 그 얼굴들을 보고 어른들도 덩달아 같이 웃었다.

게임을 같이 하는 세하와 태형의 웃음소리가 메아리치자, 갑자기 칙칙한 우울뿐이던 병실이 화사한 꽃밭처럼 변했다.

* * *

한 시간쯤 지나서 정원은 효진 모녀와 함께 태형의 병실을 나왔다.

"어제 고생 많았어요, 아가씨. 친구들은요?"

"우리 집에서 아직 잘걸요. 오늘 새벽에…… 한 5시쯤이지, 아마? 집에 들어와서 그대로 곯아떨어졌거든요."

"마무리는 잘됐어요? 오 회장님 반응 보니까 무사히 잘 넘어간 것 같긴 하지만."

"네. 잘 마무리됐어요. 천운이죠, 뭐."

"아가씨, 얼굴이 말이 아냐."

효진이 차 앞에 서서 정원을 안쓰럽게 바라보았다.

"그래도 잘 해결돼서 얼마나 다행이게요."

"태형이가 괜찮은 거 확인했으니까 집에 가서 다시 자요. 알았죠?"

"자긴요, 바로 회사에 가야 하는데."

"회사는 왜? 오늘 올댓파티 휴무 아니에요?"

"거래 업체 결제도 해 줘야 하고, 또 어제 일 때문에 통화도 여기저기 좀 해야 하고. 처리해야 할 일이 산더미예요."

"고생하네, 우리 아가씨. 역시 대표 자리가 다르구나."

"그러게요. 어제 진짜 나, 사업이란 걸 왜 시작해서 이딴 일을 당하나 그 생각뿐이었어요."

"그래도 잘 해결되었으니까 너무 그러지 마요."

"새언니."

효진과 정원의 눈이 마주쳤다.

"……나, 다 때려치울까? 갑자기 지긋지긋해졌어요."

아직 정원은 효진에게 어제 윤민이 저지른 사건의 진상을 말하지 못했다.

갑작스러운 정원의 말에 눈이 커진 효진이 입을 꾹 다물고는 그녀를 똑바로 응시했다.

정원의 말이 품은 진의를 헤아리듯이 잠시 침묵하던 그녀가 잠시 후 느릿하게 대답했다.

"무슨 이유로 그런 말을 하는지 조금 짐작되지만 지금 그런 이야길 할 때는 아닌 거 같아, 아가씨."

"그럴까요?"

"일단 오늘은 볼일 다 보고 집에 가서 푹 자요. 아무 생각 말고. 그러면 또 세상이 달라져 있을 거야."

효진이 충고했다.

"감정적으로 잔뜩 몰리고 한쪽으로 치우쳐 있는 상태에서 쓸데없는 생각하지 마요. 나중에 다 후회거리가 돼. 이런 때는 함부로 뭔가를 판단하는 거 아냐. 머리가 좀 맑아지고 나서 다시 생각이란 걸 해요. 알았어요?"

"네."

"아가씨 정신머리가 돌아오면 무슨 이유로 그런 생각을 하게 되었는지 다 들어 줄게. 의논도 해 주고 충고도 해 줄게. 그러니까 지금은 복잡한 거 다 덮어 두고 일단 무조건 자요. 쉬란 말이야."

가볍게 정원을 안아 준 효진이 먼저 차에 올라탔다.

"아가씨, 내가 내일 또 전화할게."

"알았어요."

"고모, 잘 가요. 사랑해요."

차에 탄 세하도 밖에 서 있는 정원을 향해 고사리손을 흔들었다.

효진의 차가 사라지고 나서 자신의 차 쪽으로 걸어가던 정원은 약하게 울리는 메시지 진동음을 확인했다.

[일어났어?]

[컨디션 괜찮아?]

[밖에 나가 봐. 해장국 사다 놨어. 밥은 먹고 자라, 정원아.]

[저녁때 어디 가서 맛있는 거 먹을래?]

[메시지 확인하고 답장해 줘. 나 지금 도서관이야.]

[힘내라는 말밖에는 못 하지만 그래도 기운 보탤게. 힘내.]

[사랑해.]

연이어 이어지는 승주의 메시지를 화면에서 바라보면서 정원은 차마 확인 버튼을 누를 엄두를 내지 못했다.

아직은 정면으로 자신의 고민을 응시하고 승주를 만나 뭔가를 같이 이야기하고 결론을 내릴 용기가 없었다.

사실 그녀는 지금 자신이 몸이 아픈 건지 마음이 아픈 건지 알 수 없는 상태였다.

누더기처럼 너덜너덜해진 정신머리를 추스르며 정원은 휴대 전화를 핸드백에 넣어 버렸다.

그러고는 심호흡을 하고 차에 올라타 사무실로 향했다.

"어머, 대표님!"

정원이 사무실 문을 열고 들어가자 그날 근무를 하기로 한 호중과 수현이 깜짝 놀라며 그녀를 맞이했다.

"수현 씨, 호중 씨. 안녕?"

"대표님, 괜찮으세요?"

"네. 괜찮아요. 휴가 양보해 줘서 고마워요."

"아닙니다."

이사진 3인방이 오늘 단체로 휴가를 낸 바람에 원래 쉬어야 하는 수현과 호중이 대신 근무하고 내일 연가를 받게 되었기 때문이다.

"여기. 오늘 두 분이 처리해야 할 거 메모했구요. 플레이 업체에서 전화 오면 내일 제가 출근해서 곧바로 처리한다고 말해 줘요. 어제 사정 대강 설명하고. 물론 그쪽 대표님도 어지간한 건 다 아시겠지만 한 번 더 양해 부탁드려 주세요."

"네. 알겠습니다."

"두 분도 피곤하실 텐데 오늘 일 마무리되면 곧장 퇴근해요. 그럼 모레 뵐게요."

사무실을 나온 정원에게는 마지막으로 할 일이 남아 있었다.

어제 호중이 몰고 와서 주차장에 세워 둔 트럭에서 선물을 찾아낸 정원은 꾸러미를 들고 다시 차에 탔다.

22

"어서 와요."

연희동 송 여사가 정원을 맞이해 주었다.

"어제 일은 정말 송구합니다, 여사님."

정원은 현관을 들어서자마자 송 여사를 향해 다시 허리를 굽히고 깍듯하게 사과 인사를 전했다.

"유 대표 탓 아냐. 그런 말 말고 어서 이리 와서 앉아요."

먼저 거실 소파에 앉으며 송 여사가 정원에게 손짓했다.

"저어, 이거부터."

정원은 들고 온 선물 상자를 두 손으로 송 여사 앞에 공손하게 밀어 놓았다.

"저희 회사가 준비한 연재 생일 선물입니다. 항상 행사를 마치고 나면 주인공에게 작은 선물을 전하는데 어제 너무 정신이 없어서 미처 연재에게 주질 못했어요."

"어머나, 고마워라. 올댓파티는 마지막까지 세심하네, 우리 연재가 참 좋아하겠어."

"연재는 완담동 집으로 돌아갔나요?"

"아냐, 오늘까지는 여기 있어요. 애가 어제 충격을 많이 받긴 했나 봐. 일어나자마자 배가 아프다고 해서 제 엄마하고 잠시 병원 갔다가 백화점까지 돌고 온대요."

송 여사가 정원을 새삼스럽게 건너다보았다.

"유 대표."

"네."

"오늘 오후에 오라버니를 만나러 가게 되었어."

"아. 네……."

오라버니라 함은 윤민의 시아버지 송 회장이다. 어제 벌어진 일과 관련하여 윤민의 처사에 대한 의논이 있을 거란 암시였다. 그러나 정원이 이 대목에서 무슨 말을 할 수 있단 말인가.

"아마 오 회장도 이미 오라버니하고 직접 대화를 했을 것 같지만 말이야. 나도 전말을 설명해야지. 그 전에 난 유 대표 이야기도 좀 듣고 싶었어. 그렇지 않아도 전화를 할까 했는데 이렇게 찾아와 줘서 수월하게 되었어."

잠시 입을 다물고 숨을 고르던 그녀가 정색한 채 정원에게 물었다.

"어떻게 하고 싶어?"

"……잘 모르겠습니다."

마음속에 들끓고 있는 것들을 전부 토해 낼 수 있다면 속이 좀 시원해질까?

잔뜩 화를 내며 제발 윤민을 가만두지 말라고, 대신 복수해 달라고 부탁한다 해도 어제 벌어진 일이 없어지는 것은 아니다.

"죄송합니다. 저와 관련된 문제 때문에 아이 파티에서 그런 불상사가 생겨서요. 하지만 일단 태형이가 무사하니까 전 됐습니다."

정원은 고개를 들고 똑바로 송 여사를 바라보며 대답했다.

"행사를 진행하다 보면 전혀 예상치 못한 이런 일, 저런 일이 발생하는 건 부지기수거든요, 딱 그 정도라고 생각합니다. 다만 그 상태가 좀 심각했을 뿐이죠. 저는 개인적으로 앙심을 품고 분풀이를 할 생각은 없습니다. 그러니 저나 저희 회사 입장은 생각지 마시고 여사님 뜻대로 풀어 나가시면 좋겠습니다. 저는 정말 괜찮습니다."

"유 대표, 사람이 참 너르구나."

송 여사가 나직하게 중얼거렸다.

"속도 깊고. 역시 내 눈이 정확했어. 일단 먼저 고맙다고 말할게. 유 대표 입장에서 당연히 괘씸하고 분한 거 충분히 이해해. 하지만 연준이 어미를 정식으로 고소하거나 그런 일은 없었음 해. 오라버니가 안팎으로 시끄러운 일을 정말 싫어하거든."

"네. 알겠습니다."

"유 대표 마음고생한 거며 그렇게 준비를 잘해 놓고도 어제 파티가 영 보람 없이 끝난 것까지 유 대표가 섭섭지 않게 내가 잘 처리하도록 할게. 그러니 힘들었던 마음 풀어요. 내가 대신 사과해."

어째서 진짜 사과할 사람은 코빼기도 보이지 않는데, 다른 사람이 사과를 하고 있는지. 이해를 할 수가 없었지만, 일단 정원은 알았다고 말하고 대화를 마무리했다. 그리고 그 집을 빠져나왔다.

그리고 정원은 그때서야 비로소 휴대 전화를 꺼내서 다시 메시지 창을 확인했다. 마치 지금에서야 겨우 일어나 승주의 연락을 확인한 것처럼 말이다.

그사이 승주의 메시지는 몇 개가 더 와 있었다.

잠시 심호흡을 한 후에 정원은 비로소 메시지 확인을 눌렀다.

그가 새벽에 해장국을 사러 가며 보낸 첫 메시지의 도착 시간은 5시 12분이었다.

[새벽에 집에 불 켜진 거 봤어. 이제 들어왔구나? 어제 많이 힘들었지?]

[어차피 이 시간에 일어났으니 우리 정원이, 맛있는 거 사다 주려고, 지금

할배 해장국집으로 가는 중.]

[당신 좋아하는 선지 해장국이야. 먹고 기운 내. 일어나면 전화 줘.]

정원이 병원을 빠져나올 때 화면에서만 읽었던 메시지 이후로도 승주의 메시지가 계속 이어지고 있었다.

몇 시간이 지나도 답장 하나 없고 읽었다는 흔적조차 없는 정원이 걱정스러워서, 불안하고 초조해하는 그의 마음이 그대로 읽혔다.

[아직 자는 거야?]

[그래, 피곤할 만하지. 푹 자.]

[저녁에 전화할게.]

정원은 한동안 그 메시지 창을 내려다보다가 답장을 보냈다.

[이제 일어났어. 또 자려구. 저녁때 내가 연락할게. 공부 열심히 해요.]

기껏 승주에게 메시지 하나를 보내는데 정원은 울컥 서러워졌다.

'내가 무슨 로미오와 줄리엣도 아니고…….'

5초 후에 다시 딩동 하고 메시지 창이 반짝였다.

그가 이제나저제나 정원의 연락만 기다리고 있었다는 것을 다시금 확인할 수 있었다.

[많이 피곤했구나? 알았어. 더 자. 맛있는 거 사 갈게. 집에서 봐. 피곤한데 나오지 말고. 저녁때 전화해 줘.]

한없이 다정하고 애틋한 메시지를 읽는데, 다시 슬프고 아팠다.

'내가 이 남자한테 정, 그깟 하나를 떼지 못해서 진짜 별의별 꼴을 다 보고 사는구나.'

이혼한 두 사람이 다시 만난다 해도 대부분 이혼한 그 이유 때문에 다시 헤어진다고 아버지가 걱정하셨다지. 지금 정원이 품은 마음의 얼굴이 딱 그것이었다.

'내 꼴이 너무 우스워, 부끄러워.'

정원이 승주를 다시 만나고 있다는 걸 알게 된 부모님이 기함하던 것을 떠올리며 정원은 자신도 모르게 고개를 푹 숙이고 말았다.

'그때만 하더라도 내가 무슨 운명을 건 대단한 사랑꾼이라고 생각했었지. 곧 죽어도 승주 씨가 좋다고 난리치던 게 엊그제인데.'

자신의 마음인데도 제대로 알지 못하고 제대로 여미지 못하는 나약한 스스로가 이날따라 너무 싫었다.

'일단 집에 가서 새언니 말대로 한잠 자자. 자고 일어나서 조금만 더 생각해 보자. 머리가 맑을 때 결정을 내려야지.'

집에 도착해서 문을 열고 들어가는데 예상치 못한 구수한 냄새가 풍겼다. 현관 앞에는 은정 여사의 신발이 보였다.

현관문이 열리는 소리가 들렸는지 주방에서 은정 여사가 나오며 정원을 맞이했다.

"이제 와?"

"엄마, 언제 오셨어요?"

"한 시간 전에."

그런데 정원이 나갈 때까지만 하더라도 퍼질러 자고 있던 영주와 경오가 보이지 않았다.

"경오랑 영주는? 여기서 자고 있었는데."

"점심 먹구 둘 다 갔지. 아무리 편하다 해도 제집만 하겠니?"

"엄마가 걔들 점심 먹였어?"

"그럼 먹이지, 굶겨서 보내? 엄마가 해 온 전복죽 먹고 갔어. 너는 밥 먹었니?"

"아니. 여기저기 뛰어다니느라 배고픈 것도 잊어버렸어."

갑자기 시장기가 확 몰려들었다. 생각해 보니 어제 점심때부터 제대로 먹은 게 없었다. 정신이 나가 있으니 배고픈 것도 다 잊어버린 탓이었다.

"어서 앉아. 밥 먹어. 아주 눈 밑이 퀭해서는, 쯧!"

은정 여사가 질색하며 식탁 앞으로 정원을 끌어다 앉혔다. 그러곤 뜨거운 전복죽 그릇을 놓아 주며 얼른 먹어라 채근했다.

"어제 일이 다 잘 끝났다고 하더니만 또 어딜 다녀왔대?"

"병원에. 태형이 상태 보러."

"태형이는 괜찮지? 별일 없지?"

"응. 아마 지금쯤 퇴원했을 거야. 아침에 봤을 때 오후에 퇴원한다고 했어."

은정 여사가 정성스럽게 끓여 온 전복죽이 마치 모래알처럼 깔깔하게만 느껴졌다.

손을 닦고 앞에 다가온 은정 여사가 정원을 안쓰럽게 바라보았다.

"아주 얼굴이 퉁퉁 부었네, 우리 딸. 어제 많이 놀랐지? 경오도 영주도 둘 다 얼굴이 반쪽이더라."

"어제, 많이 힘들었어. 엄마."

"그래. 알아. 나도 네 아빠도 얼마나 놀랐는지 몰라."

은정 여사가 손을 뻗어 안쓰러운 표정으로 정원의 얼굴을 어루만졌다.

"그래도 끝이 좋으면 다 좋은 거라고 했어. 살다 보면 어떻게 좋은 일만 있겠니? 이런 일도 저런 일도 있고, 그런 것들을 겪어 가면서 다 피가 되고 살이 되는 경험을 얻는 거지. 그러니까 너무 오래도록 마음 상하지 마. 알았어? 씩씩하게 하던 일 다시 잘해. 그러면 돼."

"엄마."

맛난 전복죽을 앞에 두고도 숟가락을 움직일 생각조차 없이 멍하니 앉아 있던 정원이 고개를 돌려 은정 여사를 바라보았다.

"왜?"

"나, 이제 승주 씨랑 그만 만날까 봐."

"뭐?"

"갑자기 그런 생각이 들었는데 멈출 수가 없네. 이제 다시는 그 집안 사람들을 안 보고 싶다, 지긋지긋하다, 그런 생각⋯⋯."

"얘가 뭘 잘못 먹었나? 갑자기 이상한 소리를 하고 있어?"

은정 여사가 딸의 새하얀 얼굴을 힐끗 보고는 정색하면서 자리에 앉았다.

"뭔 말인지 알아듣게 설명해. 며칠 전만 하더라도 서로 좋아서 죽고 못살 것처럼 굴더니만 하루아침에 손바닥 뒤집듯이 이건 또 무슨 헛소리래?"

"⋯⋯혹시 영주나 경오가 엄마한테 무슨 이야기 안 했어?"

"무슨 이야기? 난 들은 게 없는데?"

의아한 얼굴이 되어 은정 여사가 대답했다.

이번 사건의 전말을 은정 여사가 전해 들으면 앞으로 어떤 일이 벌어질지 모른다.

그러나 정원은 계속 아랫배 안에 묵직하게 똬리를 틀고 있는 분한 응어리를 마침내 뱉어 냈다.

"태형이 어제 그 일, 나 때문에 벌어진 일이야. 엄마."

"엉?"

"태형이가 제멋대로 밀가루 들어간 쿠키를 먹은 게 아냐, 엄마. 그 여자가, 승주 씨 누나가 파티에 왔는데, 그 사람이 태형이를 부추겨서 과자를 먹게 만든 거야."

경악할 만한 진실을 이제야 듣게 된 은정 여사의 표정이 심각하다 못해 험악해졌다.

"미친! 뭐라고? 더 자세히 말해 봐."

"어제 파티가 승주 씨 누나 시고모 댁에서 벌어진 파티였거든. 그 여자가 그동안 나한테 엄청 앙심을 품고 있었나 봐. 그래서 어제 파티를 엉망진창으로 만들어서 우리 회사 평판 떨어뜨리고 날 나락으로 떨구고 싶었던 것 같아."

"그래서 태형이를 해코지하고 그 책임을 너에게 뒤집어씌우려 했다고?"

"그런 것 같아. 만에 하나 그 사실이 어제 제대로 밝혀지지 않았으면 진짜 나랑 우리 회사 골로 갔어. 손해 배상도 그렇고 자칫 태형이가 더 나빠졌다면 그 책임으로 내가 감옥에 갈 수도 있었다고. 한 방에 내 인생, 우리 회사, 다 망하는 거였어."

"정말 미쳤구나! 어쩜 어린애한테 그런 짓을! 그 망할 년 지금 어디 있어! 내가 당장 머리채를 뜯어 놓을 거야!"

평소 늘 온화한 은정 여사가 삽시간에 화르르 불을 뿜는 용이 되었다.

5분 이상을 은정 여사가 쉬지 않고 윤민을 향해 욕을 하고 저주를 퍼부었다.

정원이 상상한 이상으로 은정 여사의 분노는 강렬했다.

정원을 망치려 했다는 것도 그렇지만 죄 없는 어린 태형이를 이용하려 했다는 데에 가장 큰 분노를 보였다. 은정 여사의 가치관으로는 절대로 용서할 수 없는 악랄한 짓이 벌어진 것이기 때문이었다.

"내가 살면서 그렇게 나쁜 년은 처음이다. 아니, 어떻게 그래? 저도 애 둘이나 키우는 엄마잖아. 그런데 어떻게 태형이를? 하, 참! 기가 막혀서 내가 정말 말이 안 나온다!"

한참 욕을 하던 은정 여사가 정원을 돌아보았다.

"그런데 너, 무슨 말이야? 그 일은 그 일이고 갑자기 왜 그 인간하고 그만 만난다는 이야길 해?"

"내가 승주 씨를 아무리 좋아한다 해도 그 사람 역시 그 집안 사람이라서."

"뭐야?"

"그렇잖아. 내가 승주 씨와 다시 만난다는 이유로 그 여자가 날 싫어하고 미워하는 건데. 단지 승주 씨랑 얽혔다고 내가 그 여자한테 이런 고약한 일을 당했어. 너무 무섭잖아. 나 다시는 그런 일 당하기 싫어, 엄마. 나, 이참에 승주 씨랑 그냥 헤어질래."

그런데 뜻밖에도 은정 여사가 잠잠했다.

승주와 다시 만나는 걸 누구보다도 내내 마땅치 않게 생각하던 그녀라면 정원이 승주와 헤어진다고 했으면 당장 쌍수를 들고 환영해야 할 것 같은데 말이다.

몇 분의 침묵 후 은정 여사가 조금은 한심하다는 눈빛으로 딸을 마주 건너다보았다. 그러더니 조금 가라앉은 목소리로 쏘아붙였다.

"넌 어째 매사 뭐가 그리 쉬워?"

"응?"

"지금 네가 어떤 마음이고 왜 화가 났는지는 이해하는데, 뭔가 방향이 잘못되었다고 생각하지는 않아?"

"내가 잘못 생각하고 있는 거야, 엄마?"

"당연히 그렇지! 엄마가 지금 너한테서 어제 일 사정 듣고 나서 얼마나 화가 났는지 알아? 미칠 것 같아. 그딴 여자가 감히 우리 딸을 상처 주고 괴롭히려 했다고 생각하니 피가 거꾸로 솟구쳐, 지금! 하지만 그 인간, 아니, 이 서방이 그 여자 동생으로 태어난 게 자기 잘못도 아닌데, 왜 남의 죄를 애꿎은 사람한테 뒤집어씌워? 그건 아니지."

"그래도 내 마음이 그렇게 흐르는 걸 어떡해?"

"너 이 서방하고 다시 만났다고 할 때 엄마한테 뭐라 그랬어? 죽어도 못 헤어진다며? 그런데 어떻게 하룻밤 사이에 헤어지겠다는 말이 나와? 하물며 이 서방 잘못도 아니고 그 누나 짓으로? 네 그 잘난 사랑은 어쩜 그리 약하고 변덕스럽니? 갈대도 아니고."

"쳇, 언제부터 이 서방이래? 만날 그 인간, 그 인간 하더니만? 누가 말 들으면 엄마가 그동안 엄청 승주 씨한테 애틋했던 거 같네."

정원이 입을 비죽이자 은정 여사가 목청을 높였다.

"불쌍하잖아."

은정 여사가 한심해 죽겠다는 표정으로 딸의 등짝을 한 대 철썩 내갈겼다.

"엊그저께만 해도 둘이 찰딱 달라붙어서 꿀이 뚝뚝 떨어지더니만 누구한 테 골질이야? 언제는 너도 이 서방이 불쌍해서 죽겠다며? 평생 꼭 붙어 있 겠다며? 이제는 안 불쌍해?"

"여전히 불쌍해. 근데 지금은 내가 더 불쌍해."

"아이고."

한탄하는 은정 여사에게 정원은 갈피 없이 흔들리는 속맘을 솔직하게 털 어놓았다.

"몰라. 지금 내 마음의 진짜 색을 나도 모르겠어. 단지 지금 모든 게 그냥 억울하고 미치겠고 환장하겠어."

"어련하겠니? 엄마도 분해서 펄펄 뛰고 싶은데 그런 일을 직접 당한 넌 오죽하겠냐고. 근데 그 불똥이 어째 이 서방 쪽으로 튀어? 네가 화를 내고 분풀이를 해야 할 상대는 그 여자 아녀?"

"모르겠다니까. 어째서 내 마음이 이렇게 비뚤어지게 굴러가는지."

정원은 이를 꽉 악물었다.

"몇 번을 말해? 내가 그 사람하고 사귄다고 이런 부당한 해코지를 당해 야 한다는 게 무섭고 싫어졌단 말이야. 나 그렇게 당할 만큼 못되게 살지 않았어."

"그럼 이 서방은 뭔 죄를 지어서 하루아침에 너한테 내쫓겨야 하는데? 지 난번에 들어 보니까 너하고 기어코 살겠다고 식구들과 의절한다고까지 했 다면서?"

"응."

"이 서방 입장에서 널 괴롭히려 드는 제 가족들하고는 나름 최선을 다 해 선을 그어 준 건데. 이번 일로 애꿎은 사람을 걷어차고 화풀이해? 그게 옳아? 사리에 맞아?"

"사리에 맞든 말든 내 마음이 확 식었다는데 그럼 어떻게 해? 지금 승주 씨 얼굴을 보면 그냥 막 욕을 하고 정강이를 걷어찰 것 같단 말이야. 네 누나, 어떻게 좀 해 보라며 그 사람 머리털을 쥐어뜯을 것 같아서 미치겠어."

바득바득 화를 내는 정원을 바라보던 은정 여사가 고개를 설레설레 흔들었다.

"계집애가 성질머리는? 그 성질머리로 일 친 당사자를 찾아가 따지고 머리채를 뜯어 놓지는 못하면서 말이야. 왜 죄 없는 사람을 볶아 대겠대?"

"그 사람이 나한테 제일 만만하니까 그렇지!"

"쯧. 말하는 꼬락서니 하곤? 너 하는 짓 보니까 헤어지기는 뭘 헤어져? 글렀다."

은정 여사가 혀를 차더니만 정원을 향해 나지막하게 충고했다.

"내 딸이지만 너, 지금 너무 한심해. 이것아."

"엄마는? 지금 내 속이 속도 아닌 걸 잘 알면서?"

"입을 삐뚤어졌대도 말은 바로 하랬다."

만날 정원의 편에 서서 같이 울어 주고 같이 화를 내 주던 은정 여사가 아니었다.

"너 이번에도 도망치는 걸로밖에 안 보여. 너 처음에 이 서방하고 이혼할 때도 힘들어서 못 살겠다고, 더 이상은 못 참겠다고 화내면서 무작정 한국으로 와 버렸잖아. 그때 끝까지 미국에서 버티고 있으면서 이 서방하고 싸우든지 걷어차든지 했어야지, 아무 말 없이 이 서방을 등지고 다 이 서방 탓만 하면서 너, 도망부터 쳤어. 아냐?"

은정 여사의 매서운 힐난에 정원은 입을 꾹 다물었다.

"문제의 핵심은 못돼 처먹은 전 시누이란 년인데 왜 화풀이는 엉뚱한 사람한테 해? 비겁하게 그이 탓하면서 너 이번에도 먼저 이 서방을 버리려는 거잖아. 그러지 마, 이것아. 천벌받아."

신랄한 자신의 말에 마구 일그러지는 정원의 얼굴을 그녀가 가만히 응시했다.

"이제 좀 알겠어? 네가 죽어도 지킨다고 자신하던 강한 마음, 그거. 한순간에 이렇게 부러지기도 한다는 거?"

"……응."

"그래도 이런 식으로 네 멋대로 판단하면 못써. 열받았으면 열받은 대로, 화났으면 화난 대로 다 말을 하고 서로 의논해야지. 뭐든 너 혼자 제멋대로 판단하고 제멋대로 결정하면 평생 누구하고도 같이 못 살아. 일단 그 나쁜 년 찾아가서 머리채부터 뜯어 버려. 고소당하면 엄마가 합의금 내 줄 테니까! 그리고 이번 일을 이 서방에게 솔직하게 다 말하고, 같이 의논해. 알았어?"

정원에게 애꿎은 승주를 괴롭히는 대신 윤민을 찾아가 머리채를 뜯어 놓으라고 주장하던 은정 여사의 충고는 필요 없게 되었다.

그날 밤. 10시 넘어서 오라고도 한 적 없는데 승주가 먼저 정원의 집으로 찾아왔다. 그런데 승주는 뭔가 어리둥절한 얼굴을 하고 있었다.

"뭔 일 있어? 자기 표정이 이상해."

"이윤민 여사, 내일 새벽에 캐나다로 출국한다는데? 애들 둘 다 대학 들어갈 때까지 안 들어올 거래."

"뭐?"

"집에 오는 도중에 어머니 전화를 받았어. 너무 갑작스럽잖아."

승주는 도무지 이 사태를 이해할 수 없다는 표정이었다.

"조기 유학이니 뭐니 그런 이야긴 딱히 없었는데, 갑자기 왜 그런 결정을 내렸는지 모르겠어. 이윤민 씨, 광성 그룹 며느리 타이틀 달고 사모님 노릇 하는 거 엄청 좋아했는데 이게 뭐지? 하루아침에 귀양 가는 거 같잖아."

"……회장님이 어떤 이유인지는 말씀 안 하셨어?"

"응. 그러니 내가 이상하다는 거지. 그냥 네 누나가 애들이랑 매형과 함께 내일 새벽 캐나다로 나간다 그 말만 하셨어. 혹시 지난번 매형의 그 교통사고 스캔들 때문에 우세스럽다고 식구 전부를 밖으로 내보내나?"

아직까지 아무런 진실을 알지 못하고서, 고개를 갸웃거리는 승주의 얼굴을 건너다보며 정원은 목구멍까지 치밀어 오른 말을 차마 내뱉을 수가 없었다. 괜히 꿀꺽 침만 삼켰다.

승주가 한 발자국 더 다가왔다. 두 손으로 정원의 어깨를 감싸 안으며 걱정스럽게 물었다.

"좀 잤어? 이제 좀 괜찮아졌어?"

"응. 푹 잤어."

"다행이네. 걱정했잖아. 참, 해장국은 먹었어?"

"먹으려고 했는데 엄마가 오후에 잠시 다녀가셨어. 엄마가 전복죽 해 오셨길래 그거 먹었어. 해장국은 내일 먹을게. 자기는 저녁 먹었고?"

"도서관 구내식당에서 백반."

"좀 잘 먹고 다녀. 공부도 체력이 있어야 한다는데."

"그러게. 이제 늙어서 공부도 잘 안되는 게 확실해."

승주가 정원을 끌어안은 그대로 소파에 푹 쓰러지듯이 앉았다. 그녀의 정수리에 자신의 턱을 얹고는 나직하게 속삭였다.

"우리, 이러고 잠시만 있자."

잠시간의 쉼, 잠시간의 위로. 서로가 함께여서 같이 나누는 잠시의 공감.

침묵 안이어도 좋았다. 서로의 가슴과 등이 맞닿아서 나누어지는 온기가 정신없이 휘몰아치다가 사라진 지난 시간이 차분하게 가라앉고 있었다.

"자기를 만나면 나 좀 꼭 안아 주라고 말하려 했는데."

정원이 맥없이 중얼거렸다.

분명 승주를 보기 1분 전까지만 해도 계속 마음이 이리 갔다 저리 갔다, 어지럽고 복잡했다.

그를 만나면 대체 어떤 식으로 입을 떼야 할까. 그 누나 윤민이 저지른 사건의 진실 말고도, 둑이 무너진 것처럼 자신의 마음이 자꾸 나쁘고 험한

쪽으로만 굴러가고 있다고 말해야 하는데.

그런데 정작 그가 다가와서 먼저 안아 주고 괜찮으냐고 물어 주던 순간, 모든 갈등이나 고민들이 아득하게 멀리 물러나고 말았다. 아무것도 필요 없고 그냥 이 순간 그와 나누는 이 온기, 이 공감과 위로가 전부인 것만 같았다.

이전이나 지금이나 결국 이승주의 존재가 유정원의 우주 전부였다.

"고생했어."

승주의 말에 갑자기 바보처럼 눈물이 치밀어 올랐다.

"응. 나 고생 너무 많이 했어. 오늘 새벽에 집에 들어올 때 정말 죽을 거 같았어."

정원은 비로소 그녀의 남자에게 마음껏 응석을 부렸다.

"힘들었지? 알아."

정원은 고개를 주억거리며 두 손으로 눈물을 닦았다. 그런데도 자꾸 끄윽 끄윽 울음이 흘러나왔다.

"나, 진짜 어제 우리 회사 다 말아먹고 당장 감옥에 끌려갈 줄 알았다구."

"설마! 내가 자기가 그런 지경에 빠지도록 내버려 둔대?"

"자기가 무슨 힘이 있어서? 상대는 혜성 그룹 회장님인데."

"이래 봬도 나도 발 넓어. 내가 대신 사죄하고 손해 배상 해 주고, 그래도 안 되면 가진 거 다 팔아서 우리 둘, 밀항이라도 하려고 했지. 아주 멀리 도망가서 살면 되지, 뭐."

"뭐래? 말로는 뭐를 못 해."

정원은 눈꼬리에 눈물을 달고는 팔꿈치로 승주의 가슴을 탁 쳤다.

"오늘은 이미 늦었고, 자기야. 나랑 데이트 좀 해 주라."

"나야 언제든 오케이지."

"저녁 같이 먹을래? 간만에 근사한 데 가자, 자기야. 내가 할 이야기가 좀 많아. 그동안 내가 바빠서 우리 서로 대화를 많이 못 했잖아."

"그랬지? 그동안 사실 내가 좀 외로웠어."

정원은 고개를 돌려 승주에게 먼저 키스했다.

"그럼 내일 저녁 6시에 만나. 내가 메시지로 약속 장소 보낼게."

"알았어."

정원은 그에게 할 이야기가 많다고 한다. 하지만 승주 역시 정원에게 할 이야기가 꽤 많았다.

예컨대 의도적으로 훼손된 차량 사건이나 아닌 밤중에 날벼락같이 그의 인생 안에 등장한 스토커 이야기 말이다.

* * *

같은 시간.

인태의 퇴근 시간에 맞춰 만난 영주와 인태가 시내 쇼핑몰에서 데이트를 빙자한 쇼핑을 끝내고 집으로 돌아오는 중이었다.

두 사람이 탄 차가 용응동 집 앞에 멈추었다.

"피곤한 사람을 괜히 불러냈나 싶네."

인태가 조수석에 앉은 영주를 힐끗 돌아보며 걱정해 주었다. 안전벨트를 풀며 영주가 고개를 저었다.

"나는 그나마 오늘 온종일 잠이라도 잤지. 정 선생은 잠도 못 자고 바로 출근했잖아요. 내가 더 미안하지."

"전공의 팔자가 그렇지, 뭐. 며칠 밤새우는 것쯤이야 이미 익숙해서 딱히 피곤하지는 않아요. 이제 들어가서 푹 자면 되지. 그나마 이번 주는 야간 근무가 아니라서 다행이야."

인태가 새삼스레 영주에게 인사했다.

"오늘 쇼핑 같이 해 줘서 고마워요."

"내가 더 고마워요. 계속 기분 꿀꿀했는데 간만에 백화점 가서 콧바람 쐬니까 기분 전환, 확실히 됐어요. 오늘 데이트 해 줘서 감사합니다, 정 선생."

"데이트 신청은 내가 했는데, 왜 감사 인사는 서 이사 당신이 하지?"

"누가 하든 뭔 상관이람? 둘이 같이 즐거웠으면 그만이지."

"그건 그래."

운전석에서 내린 인태가 뒷좌석에서 쇼핑백을 꺼내려다가 승용차 건너편
에 서 있는 영주에게 물었다.

"이왕 늦은 거, 편의점에 가서 커피나 한잔 때리고 들어갈까요? 밤바람이
참 좋네. 이제는 가을이야."

"그럴까요? 하긴 할머님은 이미 주무시는 것 같은데."

주차된 차 너머로 바라본 집 안은 거실 쪽에만 불이 켜져 있었고, 정숙
할머니 방 쪽은 컴컴했다.

"우리 할머니는 세상 무너져도 9시면 주무시니까."

"그래서 놓친 드라마를 낮에 죄다 돌려 보시잖아요."

이런저런 이야기를 나누며 두 사람은 골목 어귀의 편의점으로 걸어갔다.

인태가 캔 커피 두 개를 사 가지고 나와 편의점 앞 파라솔 아래 앉아 있
는 영주에게 건넸다.

"딴 것도 좀 사 와요? 입이 심심하지 않아요?"

"입이 심심할 리가? 아까 우리, 돈가스 정식 두 개에다 단품 두 개까지
뽀개고, 간식으로 팥빙수에 당고까지 사 먹었는데. 아직도 배가 너무 불러
서 숨도 못 쉬겠어요."

"서 이사, 원래 먹짱 아니었나?"

"먹짱도 가끔 쉴 때가 있지. 내가 아무리 대식가라고 해도 그 정도 먹었
으면 충분……."

말을 하다 말고 영주가 인태를 빤히 건너다보았다.

"뭐예요?"

"뭐긴 뭐예요? 캔 뚜껑 따 준 것뿐인데."

뚜껑을 딴 캔 커피를 영주 손에 먼저 들려 준 인태가 그녀 앞에 놓인 것

을 자신이 가져갔다.

"우와, 나 지금 좀 당황했다는 거."

영주가 인태가 건네준 캔 커피를 입으로 가져가며 중얼거렸다.

"왜요?"

"남자한테 이런 배려, 진짜 간만에 받아 봐서요. 근데 좋긴 하네. 이런 친절."

"서 이사 눈에 내가 남자로 보이기도 하는구나. 그게 더 놀랍네?"

"그럼 정 선생 당신이 남자지, 여자예요? 이상한 대목에서 놀라고 그래."

두 사람은 잠시 아무 말도 없이 커피를 마셨다.

"왜 나만 계속 불운할까?"

문득 영주가 나직하게 한숨을 쉬면서 중얼거렸다. 그런 그녀를 인태가 힐끗 바라보았다.

"뭔 소리래, 그게?"

"아니, 갑자기 그런 생각이 들어 버려서……."

영주가 마시던 캔 커피를 테이블 위에 놓고는 한숨을 푹 내쉬었다.

"어제는 하도 정신없어서 생각이란 것도 못 하고 지나갔는데, 이제 한숨 돌리고 나니까 갑자기 슬퍼져서 말이죠."

"갑자기 슬퍼진 이유는?"

"앞에서 설명했잖아요. 나한테만 불운한 일이 자꾸 벌어지는 것 같다고. 생각해 봐요, 이 몇 달 사이에 내가 전세 사기도 당했지, 아버지 사고도 있었지, 이번 태형이 일도 음식 때문에 벌어졌지. 다 내 책임과 관련해서 벌어진 일이잖아요. 세상 안 좋은 일은 다 나한테만 몰려오는 거 같아."

"세상 쓸데없는 그딴 소리는 그만하죠?"

인태가 영주의 한탄을 듣자마자 단번에 일축했다.

"그 뭔 영양가 없는 헛소리를 장하게 하고 있대? 자기 책임도 아닌 일을 가지고 본인 탓을 하면 인생 좀 나아집니까? 일단 서 이사 당신이 죄 져서 전세 사기 당한 거 아니잖아?"

"아니죠."

"당신이 부디 사고 나라, 간절히 빌어서 아버님이 사고당하셨어?"

"그럴 리가."

"태형이 일도 그렇고 다 마찬가지지. 서 이사 당신 의지와는 상관없이 벌어진 불가항력의 영역이잖아. 그런데 왜 자기 탓을 하고 그래? 그래 봤자 남는 거 없어. 본인만 더 힘들어지고 괴롭다고."

"그게 다 내가 불운을 타고나서 벌어진 일 같다는 거죠. 그동안 계속 열심히 살려고 발버둥 쳤고 엄청 노력을 해 온 것 같은데……."

영주의 한숨이 길었다. 절로 그녀의 어깨가 축 처졌다.

"어제 태형이 일도 그렇잖아요. 만에 하나 결과가 나빴으면 진짜 우리 회사는 하루아침에 망하고 난 감옥에 갔을 수도 있다고. 최소한 민폐를 끼치는 인간은 되지 말자 하고 살았는데. 하아, 정말 나란 인간이 개민폐였네."

"누구도 당신더러 개민폐라고 하지 않았어. 쓸데없이 자책 따윈 오래 하지 마요. 필요 없어."

"위로는 고마운데요, 결과적으로 그렇게 되어 버린 측면이 분명히 있잖아요. 이런 식으로 탁탁 내 발목을 잡아채는 일이 생겨 버리면 나도 모르게 팔자타령을 하게 된단 말이지. 난 어차피 안 될 거야, 난 불운의 별을 타고난 불행한 인간인가 보다, 이렇게 평생 불행하게 살아야 하나, 이런 마음이 든달까……."

그 어떤 힘든 일이 있어도 억지로 기운 내서 어찌하든 버텨 보려 애쓰던 영주였는데 이 순간 그녀의 얼굴은 너무 지쳐 보였다.

"가끔 경오나 정원이 보고 있으면 많이 슬퍼질 때가 있어요."

"왜요? 서 이사를 좋아하고 항상 마음 써 주는 좋은 친구들인데."

"그러니까요. 진짜 베프고 사랑하는 친구들인데, 진심 난 둘을 너무 좋아하는데, 그런데 늘 부족하고 뭔가에 쫓기는 내 처지와 비교되니까. 가끔 부럽다 못해서 질투가 나요."

"뭐가 제일 부러워요?"

"돈 걱정 없고 책임 없는 거요."

영주가 맥없이 중얼거렸다.

"돈 걱정만 없나? 심지어 아낌없이 집에서부터 서포트받으며 승승장구하죠. 그런데 난 이게 뭐야? 받은 건 하나 없이 만날 집에다가 보태기만 해야 하고, 뭔가 좀 이뤄 간다 싶으면 예상치도 못한 곳에서 펑펑 문제거리가 터지고. 난 또 죽도록 그걸 해결하죠. 결국 빈손이 돼 버린 채로 또 몸 부서지게 다시 0에서부터 시작해야 하는 팔자잖아. 억지로 그런 마음을 덮으려 애쓰며 살고 있는데, 순간순간 이런 불행한 마음이 날 짓눌러요. 가장 가까운 친구 둘의 편한 인생을 만날 보고 있으니 비교가 되어 더 불행해져."

영주가 고개를 돌려 자신을 물끄러미 바라보고만 있는 인태를 향해 싱겁게 웃었다.

"그냥 그렇다고요. 정 선생, 내 꼴이 좀 우습죠? 걔들 탓도 아닌데 혼자서 비교하며 혼자서 말도 안 되는 불행 서사 쓰고 있잖아."

"사람이라 그래. 눈, 귀가 달려 있는데 어떻게 남하고 비교를 안 해? 다 그렇게 살아요. 상대적으로 낫다 싶으면 행복하고 상대적으로 부족하다 싶으면 불행하겠지. 근데……."

인태가 다 마신 커피 캔을 한 손으로 우그러뜨렸다.

"서 이사 당신은 적어도 철들기도 전 어린 나이에 근무력증 병을 앓던 아버지가 자살했다는 소식을 들은 적 없잖아?"

인태의 옆얼굴에 편의점에서 새어 나온 불빛이 어려서 그늘이 진 한쪽 얼굴이 더 어둡고 아프게 보였다.

"그렇게 불쌍하게 죽은 아버지 보험금을 둘러메고 엄마란 여자가 두 자식을 내버리고 야반도주한 일을 당한 적 없고, 그 자식들 둘이 빈집에서 부둥켜안고 엄마만 기다리다가 굶어서 죽을 뻔한 일도 겪은 적 없을 텐데?"

인태가 영주 앞에서 그런 말을 한 건 처음이었다.

물론 영주도 친구 정원의 입이나 정숙 여사가 내뱉는 과거 시절의 푸념들을 통해 인태 남매와 정숙 여사가 같이 건너온 진흙 구렁과 같은 처절한 옛 사연을 알고 있다.

그러나 남의 입을 통해 전해 들은 사연과 정작 당사자 입으로 뱉어 낸 말은 고통의 깊이가 달랐다.

"이런 인생 정도여야 '불행한 인생' 타이틀을 달 수 있는 거지. 근데 그랬던 나도 이젠 잘 살고 있어. 억지로 버티며 견뎌 내서 이제 내 몫 인생을 돌려받아 살고 있다고. 그러니까 서 이사 당신도 친구들하고 비교해서 불행한 마음이 들면, 그때마다 당신보다 더 힘든 시간을 살아 낸 내 인생하고나 비교해요. 그러면 당신 마음이 조금 위로가 될 수 있잖아."

"……날 위로하려고 정 선생 아픈 과거를 끄집어낸 거예요? 미안해요."

"미안할 것까지야……."

인태가 일어나서 그들 앞에 놓인 빈 커피 캔을 집어 쓰레기통에 던져 넣었다.

"사람은 누구나 뭣에든 의지하고 버티면서 조금씩 앞으로 나아가는 거 아닐까요. 지칠 때는 이렇게 서로에게 기대고, 같이 잠시 쉬면서 사는 거지 뭐."

그가 손을 입에 대고 길게 하품을 했다.

"이제 나도 졸리네. 얼른 집에 가서 잡시다."

"그래요."

영주도 편의점 의자에서 몸을 일으켰다.

"이런 게 데이트라면 괜찮지 않아요? 다음에 또 해요. 그땐 밥이랑 커피는 내가 살게요."

"그래요. 좀 덜 바빠지면."

대답하던 인태가 영주를 바라보며 자신 없이 중얼거렸다.

"근데 우리가 지금보다 덜 바쁜 날이 오기는 할까? 더 바빠지면 바빠지지."

"희망을 가져 봐요. 아무리 바빠도 우리가 같이 밥 한 끼 먹을 시간이 없겠어?"

"그렇긴 한데."

그러면서 인태가 영주를 돌아보았다.

"만약 우리가 좀 덜 바쁘게 살면 그땐 어디 갈까?"

"갈 만한 좋은 곳은 많죠. 난 요즈음 제주도가 그렇게 당기더라고요."

"제주도 좋지. 언제 한번 같이 갑시다."

"그래요. 맛있는 거 많이 먹고 옵시다."

"다금바리?"

"흑돼지에 보말칼국수랑 순대도 잊으면 안 되죠."

"어째 서 이사 당신하고 대화란 걸 하면 결국은 음식 이야기로 끝나더라."

"직업병이에요. 양해 부탁해요."

주거니 받거니 하면서 같이 집 쪽으로 걸어가는 두 사람의 뒷모습이 골목 어귀 가로등 불빛을 따라 길게 늘어졌다.

* * *

벽시계가 아침 8시를 가리키고 있었다.

'이미 이륙했겠구나.'

출근 시간이 지났건만 침실 발코니에 홀로 앉아 있는 나서희는 아직도 잠옷 차림이었다.

초췌한 안색으로 미련 가득한 시선을 들어 하늘을 올려다보았다.

그렇다고 윤민 일가가 탄 캐나다행 비행기가 여기서 보일 리가 없다.

그저 마냥 헛헛한 마음을 달랠 수가 없어서, 지금 이런 것이라도 하지 않는다면 견딜 수가 없어서 그러고 앉아 있을 뿐이었다.

'어젯밤, 전화질 대신에 짐이나 제대로 챙기지, 쯧!'

윤민은 오지인의 강력한 항의와 함께 그녀가 저지른 악행을 알게 된 시댁 어른들의 격노에 밀려 불과 하루 만에 입 한번 제대로 떼지 못하고 무작정 캐나다행 비행기에 올라타야만 했다.

윤민의 잘못이 너무 명백하다 보니, 오지인의 엄중한 항의를 광성의 송 회장도 무시할 수 없었으리라.

그와 함께 연희동 파티 사태를 현장에서 낱낱이 보고 들었던 시고모 송 여사가 앞으로 더 시끄러워지기 전에 얼른 윤민과 아이들을 외국으로 내보 내서 한동안 국내에 들어오지 못하게 만드는 게 가장 좋은 방법이라고 조 언한 모양이었다.

"엄마, 이게 말이나 돼? 당장 내일 새벽 비행기표야. 애들 옷이며 짐 하나 도 제대로 못 챙기고 떠나야 할 판이야."

"정말 너무한 거 아냐? 아무리 그래도 일주일은 시간을 줘야지. 그래야 나도 준비를 하지. 우리 연준이는 또 어떻구? 학교 선생님이나 친구들한테 인사도 못 하고 가야 한다고 지금 울고불고 난리란 말이야."

"그래, 좋아. 비행기를 타긴 할 건데 거길 가도 집이 없어. 제대로 된 거 처를 구할 때까지 호텔에서 기약 없이 살아야 한대."

"이게 무슨 조선 시대 귀양도 아니고. 엄마, 내가 이 정도까지 험한 대접 을 받아야 해? 사람이 살다 보면 실수를 할 수도 있잖아. 나도 알아. 내가 잘못한 거 아는데, 그래도 이건 너무하잖아. 내일 새벽에 무조건 비행기를 타라니, 지금 나 미쳐 죽을 판이야."

징징, 징징징.

당장 몇 시간 후면 강제로 이 나라를 떠나야 하는 윤민이니만큼 나서희 는 극도의 인내심과 연민으로 꾹 참고 그녀의 하소연과 투정을 들어 주기 는 했다.

공식적으로 이혼만 당하지 않았을 뿐이지, 단번에 내쫓기는 팔자가 되었으니 그런 딸이 가엾고 불쌍하기는 했다.

그럼에도 내내 훌쩍이면서 철없이 전화통만 붙잡고 있는 윤민이 딱한 만큼 한심했다.

'어찌 그리 생각이 짧은지, 원. 지금에야 어찌하든 납작 엎드려서는 미안하다고 빌고 한동안은 얼굴을 감추고 사는 게 맞지.'

윤민으로선 하룻밤 사이에 외국으로 쫓겨나게 된 자신의 신세가 너무 억울하다고 생각할지 몰라도, 실상 같이 죄인이 되다시피 한 친정 엄마 나서희 입장에서는 그나마 이러한 결정이 윤민에게 가장 관대한 처분 같아서 한숨 놓였는데 말이다.

대로한 송 회장이 현석과 윤민을 단번에 이혼시켜라 해도 할 말이 없다.

단단히 화가 난 지인이 윤민을 정식으로 고소할 수도 있었고 말이다.

또한 윤민이 국내에 그대로 남아 있으면서 이전과 같이 아무 일도 없다는 듯이 여기저기 얼굴을 드밀다 보면 그날 파티에 참석했던 엄마들 입을 타고 윤민이 지인의 아들에게 저지른 만행이 소문날 게 뻔했다. 그게 윤민으로선 가장 무서운 사형 선고 아닌가.

윤민이 사교계에서 따돌림당하는 것도 문제지만, 그녀가 엄마라는 이유만으로 아무 죄 없는 연준이나 명재가 친구들에게 당할 왕따는 또 어떻고?

이제 윤민은 애꿎은 사람에게 앙심을 품었다고 그걸 못 참아서 남의 아이들까지 해코지하는 사람이라고 낙인찍힌 판국이었다. 그날 파티에 참석한 엄마들 입장으로 보면 무서워서라도 자기 애들하고 윤민의 아이들을 만나게 하지 않을 것 같았다.

이런저런 이유로 윤민과 아이들뿐 아니라 지난번 음주 교통사고와 불륜 건으로 물의를 빚은 현석까지 해서 광성의 삼남 일가는 통째로 캐나다로 강제 이주를 당하게 된 터.

그나마 일이 이렇게 처리된 것으로 감사하지는 못할망정 끝까지 불평불만, 자기가 당한 일만 억울하고 슬프다는데 나서희로선 그런 윤민을 도울 방법이 없었다.

그녀가 잠잠히 앉아 있는 가운데, 똑똑 노크 소리가 났다.

그쪽으로 돌아보지도 않는 나서희에게 들어온 도우미가 조심스럽게 물었다.

"회장님, 아침진지는 어떻게 하시겠는지요?"

"됐어요. 물이나 한잔 갖다 줘요."

"알겠습니다."

돌아서며 도우미는 자신이 이 집에 들어온 이래, 이 아침의 나서희 회장 모습이 가장 초라하고 불행해 보인다고 생각했다.

그때 뜻밖에도 집 나간 지 오래인 해민이 연락도 없이 불쑥 거실로 들어섰다.

"엄마는요?"

"침실에 틀어박혀선 안 나오시네요. 식사도 안 하시겠대요."

"이 아줌마가 정말?"

해민이 투덜거리면서 나서희의 침실 문을 열고 들어갔다. 그러고는 다짜고짜 고함을 꽥 질렀다.

"엄마! 이게 뭐야?"

해민이 발코니 쪽으로 다가가 앉아 있는 그녀의 팔을 잡아 일으켜 세웠다.

"엄마가 그렇게 청승 떨고 있으면 뭐 달라지는 거라도 있어? 엄마가 이런대두 언니는 이미 한국 떠났어요. 미련 버리세요."

"엄마더러 청승이라니 계집애, 말버릇하곤."

나서희가 눈을 흘겼다. 그럼에도 딸의 팔에 잡혀 마지못해 자리에서 일어난 그녀가 다시 해민의 힘에 밀려 침실에서 끌려 나와 식당으로 갔다.

"이 아침에 웬일이니?"

해민의 눈총에 밀려 억지로 국 한술을 뜨던 나서희가 물었다.

"공항 다녀오는 길. 나라도 언니가 출국하는 거 봤으니까 엄마는 그만 애통해하셔."

"네가 공항엘 나갔어? 아니, 그보다 이 시간에 윤민이가 출국한 건 어떻게 알았어?"

"어젯밤에 수업하는 도중에 언니가 반 넘어 나가서 나한테 전화를 했었다고요."

"그랬니?"

"수업 끝나고 나서 전화를 받았었더니만, 아니 글쎄. 한 시간이나 울고불고하더라니까? 아, 힘들었어. 내 언니지만 어지간해야지. 귀에서 피 나오는 줄 알았어요."

"새벽 그 시간에 공항을 갔다 왔다니. 그럼 너, 오늘 몇 시에 일어난 거야?"

"일어나고 말 것도 없었어. 집에 와서 대강 씻고 조금 쉬다가, 바로 공항에 갔어. 거의 못 잤어요."

그래서인지 해민의 얼굴은 유독 지쳐 보였다.

자매 된 죄로 갑자기 캐나다로 쫓겨난다는 언니에게 모진 소리는 차마 하지 못하고, 꾹 참으면서 하소연을 들어 주고 배웅하느라고 기력을 다 써 버린 모양이었다.

"근데 엄마, 언니네가 갑자기 캐나다로 나가 버리게 된 이유가 뭐야?"

얼마나 궁금하고 묻고 싶어 입이 근질거렸는지, 식사를 끝내자마자 해민이 마치 싸움을 거는 사람처럼 나서희에게 들이대 캐물었다.

"……너희 언니가 아무 말 안 하던?"

"말이야 많이 했죠. 전부 다 징징거림이긴 했지만. 근데 왜 나가는지 그 이유는 끝내 말 안했어."

해민이 초췌한 안색의 나서희를 힐끗 건너다보았다.

"엄만 뭐 아는 거 있어요?"

"……이혼당하는 대신 캐나다에 나가 사는 것으로 결정된 모양이더라."

얼마나 놀랐는지, 물을 마시던 해민이 컥컥 사레가 들렸다.

"이, 이혼? 언니가 왜? 이혼을 하는 것도 아니고 이혼을 당할 뻔했다고? 그게 뭔 소리야? 언니가 대체 뭔 짓을 저질렀길래?"

"휴우, 그러게 말이다."

낙망한 얼굴로 깊이 한숨만 쉬는 나서희를 바라보는 해민의 표정이 복잡해졌다.

아들 승주하고도 의절해, 막내 해민은 가출해, 마지막 남은 긍지이자 입 안의 혀같이 마음 맞던 큰딸마저 멀리 보내게 된 나서희가 어쩐지 가엾어졌나 보다.

입을 여는 대신, 자리에서 일어나 나서희 곁으로 다가와서는 뒤에서부터 그녀를 꼭 안아 주었다.

그때 자신도 모르게 나서희 눈에서 눈물이 주르륵 흘러내렸다.

"해민아, 너희 언니 불쌍해 어쩌니? 제힘으로는 아무것도 못 하는 거 너도 알잖아. 그 먼 데에서 친구도 가족도 없이 송 서방하고 둘이서만 애들 건사하고 살아야 한다는데 어떡하니. 둘 사이가 좋으면 걱정도 안 해. 서로 개 닭 보듯이 살았던 부부에게 애들이 다 대학 졸업할 때까지 한국에 들어오지 말라고 했다는데."

"그러니까 언니네가 왜 그렇게 된 거냐고. 언니네가 캐나다로 나가게 된 게 언니랑 형부 의지가 아니라는 거 아냐. 이혼을 당하느니 마니 하는 말이 나올 정도로 그렇게 강제적으로 나가게 된 이유가 뭐냐고요. 엄마는 그 이유 아시잖아요. 뭔데? 뭐예요?"

자신의 품에 안겨 눈물을 흘리고 있는 나서희의 등을 토닥이면서도 해민은 도무지 이 상황을 이해할 수가 없었다.

"설마 형부가 불륜에다가 음주 교통사고 낸 거 때문에 일가가 다 쫓겨나게 된 거야? 남편 간수 잘못한 죄를 언니가 덤탱이 썼어? 아니, 그렇다면 너무하잖아, 그 집안! 아들 잘못으로 애꿎은 손주들이랑 며느리까지 희생시키다니?"

"그런 게 아냐······."

간신히 대답하면서도 나서희는 비록 딸인 해민 앞이지만 낯이 없었다. 그렇다고 언제까지 입을 다물고 있을 수는 없었다.

한동안 망설였지만 나서희는 결국 해민에게 윤민이 정원과 태형에게 저지른 짓을 말할 수밖에 없었다.

들으면서도 차마 믿을 수가 없다는 표정을 한 해민 앞에서 나서희는 마치 자신이 그런 짓을 저지른 사람같이 얼굴이 뜨거웠다. 지금까지의 인생에서 이처럼 부끄럽고 수치스러웠던 적이 없었다.

돌처럼 굳어진 얼굴로 나서희로부터 윤민이 쫓겨나게 된 사건의 전말을 들은 해민이 잠시 말이 없다가 낮은 목소리로 물었다.

"그래, 알겠어. 근데, 언니가 유리 씨하고 태형이한테 정식으로 사과는 했어? 사과는 하고 비행기 탄 거지?"

그러나 나서희는 그 질문에 대답을 할 수가 없었다.

비겁한 윤민은 질질 짜며 자신의 처지를 하소연하고 불행을 한탄하는 데 너무 바빠서 태형이 입원한 병원을 찾아가거나, 정원에게 연락을 취해서 미안하다고 사과를 한 것 같지는 않았다.

물론 나서희는 도의상 반드시 그리해야 한다고 몇 번이나 충고하기는 했다.

그러나 자신의 불운과 불행에 젖어 버린 윤민의 귀에 그런 충고가 도통 스며들지 않았다.

윤민은 한국에서의 모든 것들을 놔두고 멀디먼 캐나다로 쫓겨 나간다는 사실 하나로 자신의 죄는 충분히 속죄했다고 믿는 눈치였다. 그녀가 자랑스럽게 키운 그 딸은 끝까지 이기적이고 얄팍했다.

"와, 너무했다! 내 언니지만 완전 개쓰레기네."

해민이 왈칵 화를 냈다. 진심으로 화가 난 얼굴이었다.

"그게 인간이 할 짓이야? 그걸 미리 알았다면 난 절대로 공항엘 안 나갔어. 어떻게 그딴 짓을 해 놓고도 피해 당사자한테 사과 한마디도 안 하고 허겁지겁 도망부터 친대? 인생 그따위로 살면 안 되지. 이윤민, 이제부터 내가 언니 대접 하나 봐라."

신랄하게 비판하던 해민이 다시 나서희에게 캐물었다.

"그럼 엄마라도 유리 씨에게 사과했어? 아니, 그보다 오빠도 이 사실을 알아?"

"지금쯤은 알게 되지 않았을까……?"

나서희가 맥없이 대답했다.

"어쩌면 아직 모를 수도. 그 대쪽 같은 성미에 윤민이가 한 짓 알면 가만히 있을 사람이 아니잖아, 네 오빠가. 하물며 유리랑 그 애 회사 평판까지 얽혔는데."

"환장하겠네. 언니는 대체 왜 그런 짓을 했대? 미친 게 아니고서야 사람이 그러면 안 되지. 기가 차서 내가 말이 안 나온다. 아무리 이핼 하려고 해도 이해가 안 돼. 그런 짓을 해 놓고 자긴 홀라당 캐나다로 날아가 버리고, 뒷수습은 누가 하라고?"

다시 흥분하던 해민이 걱정스럽게 나서희를 건너다보았다.

"엄마, 오빠가 잠잠한 거 보면 언니가 저지른 짓을 아직 모르는 것 같지?"

"음. 아마도 그렇겠지?"

"아닌 건 죽어도 못 보는 오빠 성미에 하물며 좋아 죽는 유리 씨까지 얽힌 일인데 이렇게 잠잠할 리가 없어. 분명 아직은 유리 씨가 오빠에게 말을 안 한 거 같아. 그러니까 엄마라도 오늘 당장 유리 씨를 만나서 사과하는 건 어때? 그리고 오빠한테는 함구하라고 부탁해."

"내가?"

"가해자인 언니가 제대로 사과하지도 않고 도망쳤는데, 엄마라도 나서서 미안하다고 해야 그게 도리지. 이 일로 인해 자칫하다간 둘이 서로 정뚝떨, 헤어진다고 하면 어떡해?"

"정뚝떨이 뭐야?"

"아 참, '정이 뚝 떨어진다'고. 요새 애들 줄임말. 솔직히 내가 유리 씨라면 당장 오빠를 걷어찼어."

"뭔 소리야?"

"솔직히 언니가 그런 짓을 저지른 건 유리 씨가 오빠하고 다시 만나는 게 얄미워서 괴롭히려고 한 짓이잖아. 자신이 밉고 싫다고 애꿎은 아이를 해코지하면서까지 괴롭히려 나선 건데, 어떤 정신 제대로 박힌 여자가 그런 가족을 가진 남자와 만나겠어? 징그럽고 무서워서 안 만나지."

구구절절. 뼈를 때리는 해민의 말 한 마디 한 마디에 나서희가 침묵했다.

해민의 그 말은 나서희로선 미처 생각지 못한 상황을 짚은 것이었기 때문이다.

"오빠는 유리 씨 아니면 평생 결혼 안 하고 혼자 산다고 했다면서?"

"……말은 그렇게 하더라."

"오빠 성미 알잖아. 그 말이 진실이야, 엄마. 이번에도 둘이 우리 집안 때문에 헤어지면 오빠 인생, 진짜 망했다고 봐야지. 그러니 엄마라도 빨리 나서란 말이야. 오빠 인생 또 망치지 말자고."

하지만 쉽게 그러마 하는 대답이 나오지 않았다.

아무리 그녀가 딸을 잘못 키운 죄가 있다고 해도, 윤민이 나쁜 판단을 하게끔 부추긴 죄가 있다고 해도, 받아들일 수 있는 정도란 게 있다.

해민의 말대로 유리를 찾아가 머리를 조아리고 사죄를 한다 생각하니 온몸이 오그라들었다. 그동안 그녀가 쌓아 놓은 모든 위신과 자존심이 한꺼번에 와그르르 무너지는 것 같아 끔찍했다. 죽었다 깨어나도 그런 굴욕을 감당할 수는 없었다.

"네 언니가 심하긴 했다만 그렇다고 네 오빠가 저지른 짓도 아닌데 설마 그런 일로 헤어진다 만다 하겠어?"

"엄마!"

"그냥 넌 모른 척해. 이미 네 언니는 떠났고, 네 오빠야 뭐 둘의 문제니까 둘이 알아서 정리하겠지. 이미 의절 선언하고 집 나간 사람인데 내가 이제 와서 뭘 간섭하겠어?"

"엄마, 이러면 안 돼."

"그만하라니까. 오빠 인생 걱정하지 말고 넌 네 인생 걱정이나 해, 이것아. 말이 나온 김에 너 언제까지 그놈의 가출 놀이 계속할 거야?"

나서희는 작정하고 해민에게 잔소리를 했다.

"네 언니에 오빠까지 죄다 집 떠났고 조만간 네 아버지하고도 서류 정리할 거야. 이제 엄마 옆에 아무도 없어. 너라도 엄마 곁에 있어 줘야지."

해민이 순식간에 토라졌다. 돌처럼 표정이 굳어져서 톡 쏘아붙였다.

"내 인생 내가 알아서 살아요. 그만하세요."

"그만하긴 뭘 그만해? 너 아직도 유리 사돈이라는 그 의사 녀석 못 잊어서 지금 엄마에게 반항하는 거야? 그렇게 좋으면 용기 내서 엄마 앞에 데려와 보든지."

"그만하세요. 그런 거 아니라고요. 내 인생을 내가 알아서 산다는데 왜 갑자기 정 선생 이름이 나와? 그 사람 정리한 지 이미 오래라고."

"정리 같은 소리! 제가 정리당했겠지. 내가 널 어떻게 키웠는데 그딴 보잘것없는 녀석한테 차이면서 살아? 쯧!"

나서희의 말에 해민이 분한 표정을 지었다. 하지만 더 이상 입을 열지 않았다. 인태에게 호되게 차인 건 사실이고 그걸 부인할 수가 없었기 때문이다.

"그나마 다행이다. 어차피 그 녀석은 아무리 잘 보려 해도 싹수가 노랗더라."

"엄마, 말이 좀 심하신 거 아녜요? 엄마가 정 선생에 대해서 뭘 안다고 싹수가 노랗느니, 어쩌느니 하면서 함부로 평가를 하고 그래? 유리 씨하고 친한 사돈 사이면 무조건 싹수없는 거야?"

"나도 알아봤어. 내 딸이 몇 년이나 못 잊는다는데 엄마가 그럼 손 놓고 보기만 했을 거 같아?"

"말도 안 돼!"

"잘 헤어졌어. 그 녀석은 안 돼. 지지리 가난한 흙수저 출신 의사 나부랭이, 자격지심밖에 없을 개천용 따위한테 엄만 너 절대 안 보내. 하물며 그 녀석, 지금 자기 집에다가 버젓이 딴 계집애 들여서는 동거하고 있다더라. 천박하게시리! 그런 놈한테 연연해서 네 인생 말아먹지 말고 정신 제대로 챙……."

말을 하다 말고 순간 해민과 시선이 마주친 나서희가 아차 했다.

붉으락푸르락, 해민의 표정이 그 짧은 순간 사이 무섭게 돌변해 있었다.

"엄마, 설마 정 선생한테 사람 붙였어?"

"아냐. 아냐."

"거짓말하지 마!"

나서희가 다급하게 부인했지만 아랑곳 않고 해민이 악을 썼다.

"그런데 엄마가 정 선생이 동거하는 건 어떻게 알아? 그이가 흙수저 개천 용이란 건 또 어떻게 알고? 난 엄마한테 정 선생이 유리 씨 사돈이라서 우리 집안을 싫어한다는 말밖에 하지 않았어."

"그, 그건 해민아."

"그 사람 허락도 없이 뒤를 캐고는 만족했어? 알고 보니 그 사람 배경이며 집안이며 다 엉망진창이고 우리 집하고는 댈 수준은 아니었다, 그런 남자를 못 잊고 따라다닌 나는 어리석은 녀석이고 반대한 엄마 눈은 정확했다 판단했어? 그래서 좋았어?"

"그런 거 아냐."

"혹시 그 남자를 만난 건 아니지?"

"아니라니까. 제발 진정해, 해민아."

놀란 나서희가 극구 부인하자 간신히 진정을 한 해민이 푸르르 한숨을 내쉬었다.

"다행인 줄 알아, 엄마. 만약 엄마가 내 허락도 없이 그 남자를 만나러 갔다면 나 다시는 엄마 안 봤어."

해민이 표독하게 내뱉었다.

나서희의 등골이 오싹했다.

해민은 진심이었다. 그래서 울컥 섭섭하고 화가 났다.

윤민의 일로 이미 마음이 거의 허물어져 있는 상태였다. 그런 상황에서 기껏 그녀를 위로하러 나타났다는 해민마저 이렇게 가시를 세우고 뾰족하게 군다 싶으니 나서희의 섭섭함은 평소보다 훨씬 더 짙었다.

나서희는 결국 한탄하고 말았다.

"자식이라곤 셋밖에 없는데 어쩜 이렇게 다 한결같이 내 속을 뒤집는지. 하, 허무하구나."

"다 엄마 탓이야. 엄마가 자식을 잘못 키운 업보라고 생각하세요."

"버릇없기는! 세상에 남자가 얼마나 많고 많은데?"

해민의 업보 타령에 나서희가 결국 참지 못하고 터졌다. 그녀가 해민을 노려보며 작정하고 매섭게 쏘아붙였다.

"하필이면 그딴 녀석에게 정이 꽂혀서는 제 속을 지가 볶으면서 뭐 그리 잘났다고 애꿎은 엄마한테 그딴 눈으로 덤벼들어? 엄마가 뭘 그리 잘못했니? 내 딸하고 결혼할지 모르는 사내를 알아보는 건 엄마로서 당연한 의무야."

"그딴 의무를 누가 정했는데요? 자식들 인생을 끝까지 움켜쥐고 흔들고 싶은 엄마의 독선이겠지."

"너 말이 너무 심한 거 아니니? 내가 널 망치려고 이렇게 나서는 줄 알아? 다 너 잘되라고 하는 일이잖아!"

"엄마 입장에서 내가 잘되라고 하는 일이 다 날 망치는 일이라고 했잖아요!"

"난 그냥 내 귀한 딸이 내 맘에 쏙 드는 제대로 된 남자를 만나는 게 보고 싶을 뿐이야. 그래서 내 딸이 좋다는 남자, 영 못 잊는다는 그 남자가 어떤 남자인지 궁금했다. 그래서 좀 알아본 게 그렇게 잘못된 일이야?"

"알아보는 것으로 끝낼 엄마가 아니니 문제지."

해민이 냉소적으로 내뱉었다.

"내가 엄마를 몰라? 만약에 나랑 정 선생이 만나는 사이였다면 어찌하든 떼 놓으려고 별의별 수단을 다 동원하셨겠지. 유리 씨하고 오빠를 갈라놓았던 것처럼."

"너! 정말 말 함부로 할래?"

"엄마가 한 짓이 너무 황당해. 짜증 나서 미치겠어. 오빠도 이런 심정이겠지?"

해민이 나직하게 중얼거리더니만 정색하고 다시 나서희를 노려보았다.

"엄마, 잘 들어요. 정 선생, 내 남자 아니라고. 알았어요? 그리고 내가 확실히 말하는데, 난 엄마 눈에 좋아 뵈는 남자 안 좋아해. 엄마가 좋다고 골라서 결혼시킨 언니의 남자를 생각해 봐. 그런 남자하고 결혼한 언니 팔자는 또 어떻구?"

"너 정말 오늘 왜 이러니?"

"지금 아니면 엄마 정신 차리게 해 드릴 시간이 없어서 그래요. 엄마가 만날 겉으로 보이는 물질적인 조건만 중요하게 생각하고 재벌가 아닌 사람들은 인간 이하 취급 하면서 사람 급 나누고 차별하고 내치더니만, 언니도 그걸 고대로 배워서 결국 넘어서는 안 되는 선까지 넘어 버린 거잖아. 엄마, 언니는 결혼 잘 시켰다고 만날 자랑하셨지만 그 결혼의 끝이 겨우 이따위라고."

말을 하다 말고 해민의 표정이 점점 절망적으로 변해 갔다.

"내 눈에 지금 언니가 유리한테 한 짓이나 엄마가 정 선생에게 한 짓이나 똑같아 보여. 엄마 이러는 거 아니까, 나도 그 사람을 더는 쫓아다닐 염치도 없더라. 그 사람은 세상 그 누구에게든 이보다 훨씬 더 좋은 대접을 받아야 할 사람이야. 괜히 나 같은 거하고 얽혀서 좋을 게 하나 없어. 엄마 한 짓이 정말 쪽팔려서 다시는 나, 그 사람 얼굴 못 볼 거 같애."

해민이 털썩 주저앉았다. 두 손으로 얼굴을 가리면서 중얼거렸다.

"진실을 말해 줘? 언젠가 그 사람에게 그런 말을 한 적 있어. 내가 따라다니면 그래도 마지못해 만나 주는 건 너도 내게 미련 있어서 그런 거 아니냐고."

"그랬더니 뭐래?"

"아니래. 나한테 함부로 못되게 굴면 부모 없이 자라서 배운 게 없다고 부모님 욕 먹일까 봐 무서워서 조심한다고. 사람 대 사람으로의 예의는 지켜야 한다고 생각한대. 그런 사람이야. 그런데 괜히 나랑 만난다는 이유만으로 엄마에게 불려 와서 유리 씨가 당한 그대로 급 낮고 품격 없고 모자라다고 일방적으로 경멸당하고 모욕당하게 할 순 없어. 나 다시는 그 사람 안 만나. 그러니까 엄마도 그 사람에게 신경 꺼. 만에 하나 그 사람이 엄마가 뒷조사시킨 거 알게 되면 내가 먼저 죽어 버릴 거야!"

해민이 발딱 자리에서 일어섰다.

"갈게. 심장이 터져 버릴 것 같아서 더 이상 엄마랑 같이 못 있겠다."

순간 이제 해민마저 영영 잃어버리나 싶어서 나서희의 심장이 뚝 떨어졌다.

"해민아, 이제 엄마한테 너밖에 없어. 제발 돌아와. 엄마랑 같이 있자."

자신도 모르게 그녀는 해민의 팔을 다급히 붙들며 애원했다. 어느새 나서희 얼굴이 말릴 수 없을 지경으로 일그러진 채 울상이 되고 있었다.

"싫어."

그러나 해민이 매몰차게 제 엄마의 팔을 털어 냈다. 뒤도 돌아보지 않고 문을 열고 나가면서 마지막으로 한마디 했다.

"유리 씨한테 정식으로 사과부터 해요. 오빠 인생이나마 더 이상 망치지 않으려면."

* * *

하루 종일 바빴던 정원은 원래 퇴근 시간인 6시가 훨씬 넘어서야 간신히 사무실에서 나올 수 있었다.

커다란 도전이었던 연희동 생일 파티는 마무리되었지만 이번 주말에 다시 두 개의 새로운 행사가 기다리고 있다.

일요일의 큰 소동 후 그 후유증도 채 가시지 않았는데, 이미 다른 파티를 위해 다시 직원들은 정신 바짝 차리고 운동화 끈을 졸라맨 상태였다.

인생이란 하나의 파도를 넘으면 다시 새로운 파도가 밀려오는 과정이라더니 딱 그것이었다.

그나마 서둘렀던 탓에 승주와의 저녁 식사 시간에 크게 늦지는 않아 다행이었다.

승주는 창가 예약 좌석에 미리 도착해 앉아 있었다. 정원을 기다리며 책을 읽고 있던 그가 정원이 다가오자 고개를 들었다.

"늦어서 미안. 많이 기다렸어요?"

"10분 정도. 오늘도 많이 바빴어?"

"정신없었지, 뭐."

"고생했어."

간단한 한마디였지만 승주의 마음이 담겨서 그런지 그 따뜻함이 몸 안에 스며드는 것 같았다.

"맛있는 거 먹자. 기운 나게."

간만에 두 사람은 모든 것을 잠시 내려놓고, 복잡다단한 것들은 다 뒤로 밀어 두고 즐겁게 저녁 식사를 마쳤다.

오랜만에 데이트다운 데이트를 해서인지 두 사람 모두 한껏 즐거웠다.

"어떻게, 기분이 좀 나아졌어?"

후식으로 나온 커피 젤리를 맛있게 떠먹고 있는 정원을 바라보며 홍차를 마시던 승주가 불쑥 물었다.

"내 기분이야 태형이가 별 탈 없다는 걸 알게 된 순간부터 좋았는걸, 뭐."

"그래, 참 다행이야."

"근데 있잖아, 내가 지금 엄청 얼떨떨해하는 중."

"뭔데?"

정원은 눈으로만 살그머니 주변을 살폈다.

멀찍이 떨어져서 식사를 즐기고 있는 레스토랑의 다른 손님들이 전혀 자신들에게 주의를 기울이지 않는다는 것을 확인하고 승주 쪽으로 가까이 고개를 가져갔다. 그러고는 승주만 들을 수 있게 소곤거렸다.

"우리 회사, 왠지 로또 맞은 거 같아."

"응?"

갑자기 하늘에서 떨어진 돈벼락에 대하여 자세하게 말하려다가 정원은 얼른 먼저 일어섰다.

"아냐. 역시 여기서 할 말이 아니다. 자기야, 나가자. 카페 가면서 내가 이야기해 줄게."

"알았어."

레스토랑을 나온 두 사람은 드라이브 겸 맛있는 커피를 만든다는 시외의 카페로 가 보기로 했다.

해가 막 넘어간 저녁 시간의 공기는 불과 며칠 전과 확연히 달랐다.

"뭔가 서늘해졌어."

"낼모레가 9월인데 뭐. 이제 가을이지."

운전석에 올라탄 정원은 승주가 안전벨트를 매는 것을 확인하고 차를 출발시켰다.

"자기 차 수리 끝났어?"

"수리는 끝났는데 그 차 안 타려고. 중고차 딜러한테 내놨어."

"진짜 새 차를 사고 싶구나? 그래. 조금만 기다려 봐. 내가 당신한테 스토머를 사 줄 수도 있어."

"뭔 소리인지는 모르지만 기분은 좋네. 그나저나 로또 맞았다는 말은 뭐야? 당신 회사, 혹시 사내 복지 차원에서 복권을 사 줘?"

"그건 아닌데, 여하튼 내가 예기치 못한 돈벼락을 맞은 건 확실해."

"대체 뭔 소리인지 참."

도무지 알아듣지 못할 말만 하고 있다. 승주가 가볍게 혀를 찼다.

정원은 의아해하는 승주의 시선을 느꼈다. 궁금해서는 얼른 말하라고 보내는 그의 신호를 읽었지만 쉬이 입을 열 수가 없었다.

일부러 시간을 끄는 게 아니었다. 사실은 그녀 자신의 용기를 북돋우는 중이었다. 승주에게 진실을 말할 용기를 말이다.

지금은.

최선을 다해 발랄한 미소를 띤 얼굴 표정이지만 솔직히 웃음의 이 가면을 쓰고 있는 건 정원에게 아주 힘겨웠다.

사랑하는 사람에게 원치 않는 상처를 줘야 하는 순간이 가까워지고 있었다. 그래서 정원도 그만큼의 고통을 느껴야 하는 아픈 순간이 차차 다가오고 있었다. 점점 진해지는 저 바깥의 어둠처럼 말이다.

얼마 후. 두 사람이 탄 차가 목적지로 정한 카페에 가까워져 갔다.

"그냥 내가 카페 들어가서 사 올 테니까 그냥 차 안에서 마실까?"

"그것도 좋아. 당신은 차 세워. 내가 갔다 올게."

남한강변 전망 좋은 카페의 주차장 한구석에 정원이 차를 세우는 동안 카페에 들어간 승주가 손에 음료 두 잔을 들고 다시 차로 돌아왔다.

"여기 당신 카라멜 마끼아또."

아무렇지도 않게 종이컵을 건네주며 승주가 아무렇지도 않게 툭 던졌다.

"당신한테 단 게 필요한 걸 보니까 뭔가 엄청난 말을 들을 준비를 해야 할 것 같다."

"그럴지도 모르지? 일단 앉아 보셔."

두 사람은 차 안에 나란히 앉아 잠시 침묵한 채 어두워지는 강물을 바라보며 차를 마셨다.

"아까 오후에 변호사가 아예 현금 가방을 들고 왔더라. 5억."

대체 이게 다 뭔 이야기래?

도무지 알아들을 수 없는 말을 하는 자신에게 놀라서 승주가 돌아보는 게 옆얼굴로 느껴졌다. 그러나 차마 그와 시선을 맞추지 못한 채로 정원은 덤덤히 설명했다.

"일요일 연희동 파티 사건을 일체 없던 일로 덮고 고소하지 않는 대신 합의금을 그만큼 주겠다고 했어. 완전 속전속결. 재벌가는 확실히 스케일이 달라. 돈으로 입막음하는 게 완전 프로야."

"변호사는 왜 등장했으며 또 그 사람이 왜 당신네 회사에게 거액을 준다는 거야? 처음 예상으로는 당신네 회사가 태형이 쪽에 손해 배상 해야 할지 모른다고 벌벌 떨었잖아?"

"그랬지. 그런데 어젯밤 상황이 반전되었어."

비로소 정원이 고개를 돌려 승주와 정면으로 시선을 마주쳤다.

"태형이가 밀가루 쿠키를 먹은 그 사고. 승주 씨, 당신 누나가 날 해코지하려고 일부러 저지른 짓이라는 게 밝혀졌거든."

"뭐?"

차마 믿을 수가 없다. 너무 큰 충격에 승주의 얼굴이 순식간에 회색빛이 되었다.

하지만 정원은 그가 반드시 알아야 할 잔인한 진실을 남김없이 말해 주었다.

"그래서 당신 누나는 오늘 새벽에 캐나다로 추방된 거야. 알아서 손을 쓰지 않는다면 당신 누나를 가만두지 않겠다고 오 대표님이 강력하게 송 회장님께 경고하셨다나 봐."

"맙소사. 그래서……?"

"맞아. 당신 누나, 오 대표님에게 고소당하는 대신, 시댁에 의하여 귀양을 간 셈이지. 그리고 며느리의 불의를 덮는 조건으로 그 시댁에서 나에게 돈으로 입막음하려고 온 거고. 그 시댁이 체면이나 위신을 그렇게 중시하는 집안이라더니만."

가시처럼 걸려 있던 불편한 진실을 뱉어 냈는데도 어째서 속 시원하지 않을까? 가슴은 더 무거워지고 심장은 더 아프게 뛰고 있었다.

정원은 승주에게서 시선을 돌려 다시 차창 너머 검은 강물을 노려보았다.

"승주 씨, 자기도 충격이겠지만 지금 이런 모든 상황을 받아들이고 이해하고 용서하는 건 나로서도 너무 힘들어."

"……그렇겠지. 나라도 그랬을 거야."

"그러니까 우리, 잠시…… 쉬자."

* * *

벌써 9월하고도 중순이었다.

대체 내가 뭘 하고 살았기에 시간이 이렇게 흘렀나 싶을 정도였다.

아침에 일어나 도서관으로 가고, 밤늦게까지 공부하다 집으로 돌아오는 무미건조한 생활. 그렇게 가을은 승주 안에서 조금씩 깊어지고 있었다.

'추석이 벌써 다음 주던가?'

오전 내내 공부를 하다가 화장실에 다녀오던 그가 잠시 도서관 마당에 놓인 벤치에 가서 앉았다.

달력에는 분명히 숫자 9가 적혀 있고 낼모레면 이른 추석이라 하고 하늘에는 고추잠자리가 날아다니는데, 한낮의 기온은 뜨거웠다. 아직도 한여름이라고 해도 믿을 판이었다.

습관처럼 휴대 전화를 꺼내 메시지 창을 확인하다 말고 승주는 싱거운 웃음을 지었다.

'어쩌자고 나는 만날 똑같은 짓을 하고 있지?'

공부를 한답시고 아침부터 저녁 늦게까지 앉아 있는데 딱히 집중이 되지 않아 공부하는 척을 하고 있는 것은 자기 자신이 잘 알고 있다.

'내가 생각해도 난 참 재미없는 인간이로구나.'

인생에서 있어 재미라거나 웃음이라거나 생기라거나 좋은 것들은 전부 다 정원과 함께 쌓아 올린 것들이다. 그녀가 잠시 자신의 인생으로 돌아가 그와 함께하는 인생에서 벗어나 버리니 승주의 인생은 다시 무미건조한 것으로 돌아왔다.

이런 상황에서 그가 할 수 있는 게 딱히 없다.

[이제 점심 먹으러 가야지. 점심 먹고 커피 사 가지고 돌아가려고.]
[당신은 식사했어? 바쁘다고 끼니 거르지 말고 잘 챙기면서 일해. 알았지?]

다만 이렇게 답장 없는 메시지나 간간 보낼 따름. 답장이 돌아오지 않을 걸 알고 있으면서도 이건 고칠 수가 없었다.

그래도 참 다행이다 싶은 게 답장만 없을 뿐, 정원이 그의 메시지를 읽었는지 숫자 1이 사라져 있었다.

시계를 보니 아직은 점심 식사를 하기에는 이른 것 같아, 도서관 앞의 작은 카페에서 아메리카노 한 잔을 사 가지고 좌석으로 돌아왔다.

'뭐지, 이건?'

그가 아까까지 앉아 있었던 자리, 책상 위에 그대로 펼쳐져 있는 의학 서적 위에 노란색 메모지가 붙어 있었다. 뜬금없이 캔 커피까지 선물로 놓여 있었다.

도서관 열람실을 드나든 지 거의 한 달이 되어 가는데도 이런 경우는 처음이었다.

승주는 한참 동안 '공부하느라 서로 힘든데 우리 도서관 친구 할래요?' 하고 적힌 메모와 캔 커피를 노려보기만 했다.

미지의 어떤 존재가 그에게 노골적인 호감을 표시한 이 뜬금없는 흔적 앞에서 기쁘다기보다는 당혹함이 먼저였다. 뭔가 창피하고 얼떨떨해서 얼른 그것들을 치워 버리고 싶은 심정뿐이었다.

'이런 걸 우리 정원이가 봤으면?'

'우우, 이승주 씨. 아직 안 죽었네.' 하고 놀리다가 '누구야? 내 남자 간 보는 여자. 야, 나와 봐. 당장!' 소리치며 소매를 걷고서 싸움닭처럼 덤벼들 게 뻔했다.

그런 상상을 하자 갑자기 피식 웃음이 났다. 그러다 말고 삽시간에 가슴이 싸해졌다.

'어디에서 뭘 하든, 정원아. 난 너하고 얽혀야 웃음이 난다.'

어쩌면 좋을까? 이렇듯 그는 일분일초 어떤 일에서든 정원을 떠올리고 그녀와 대화하고 같이 숨 쉬고 있었다.

그들은 이미 몇 주 전에 잠시 연애 휴식기를 가지기로 결정하고 이제는 각자 따로 인생을 걸어가고 있는 중인데.

그날, 너무 잔인한 진실 앞에서 아연해서 아무 말도 못 하고 가만히 석고 상처럼 굳어진 채로 앉아 있던 승주에게 정원은 큰 잘못을 저지른 사람이 마치 자신인 것처럼 미안한 얼굴을 하고 있었다.

"나, 좀…… 아니, 많이 지쳤나 봐, 승주 씨. 당신 대신 싸우는 거."

"당신을 사랑하고 안 하고 그런 문제가 아냐. 그냥 피곤해. 조금만 혼자 생각하고 싶을 뿐이야. 아무리 가까이 선 나무라도 햇빛이나 바람이 지나가려면 조금은 적당한 거리가 있어야 하잖아."

한 마디, 한 마디, 심장을 도려내듯 아프게 말하면서도 정원은 그가 무어라고 한마디라도 하면 그냥 와락 울어 버릴 것같이 서럽고 절박한 눈을 하고 있었다.

그런 정원의 얼굴 앞에서 승주는 그게 무엇이든 할 말이 없었다.

정원 역시 그 말을 끝으로 더 이상 할 말이 없다며 고개를 푹 숙였다.

결국 한참 후에 먼저 입을 연 사람은 승주 자신이었다.

아까 전 정원과 똑같이 심장을 도려내듯 두렵고도 두려운 질문을 던질 수밖에 없었다.

"나랑 헤어지고 싶어?"
"그건 아니지만 지금은 당신하고 좀 멀어지고 싶어. 솔직히 말하자면 당신 가족들하고 멀어지고 싶어. 나한테 좋았던 기억이 없잖아."
"그래. 그랬지. 지금 나, 정신을 차릴 수 없을 만큼 머리가 얼얼해. 당신을 차마 못 잡겠다. 너무 염치없어서. 그래. 나하고 만나서 당신한테 좋은 일이 없었지. 그런데……"

자인하려니 너무 화가 나고 자신이 불쌍해서 승주는 미칠 것 같았다.
그러나 그는 정원 앞에서 함부로 스스로의 비참함을 드러낼 수도 없었다. 자신의 가족으로 인해 늘 상처받고 손해 보고 마음 상한 정원에게 자신의 상처도 봐 달라고 그 감정을 드러내는 것조차 부끄러웠다.
정원이 고개를 들어 그를 바라보았을 때, 입으로는 잠시 멀어지자 말하면서도 승주는 그녀가 그의 그런 마음까지 다 알고 헤아리고 있음을 느꼈다.

"헤어지자, 말자, 그런 이야기가 아니야. 그저 난 뭔가를 정리하고 되돌릴 시간이 좀 필요해. 언제나 당신한테로 똑바로 걸어가던 내 마음이 잠시 길을 잃은 거 같아서 혼란스러워서 그래."
"난 절대로 당신하고 헤어질 생각 없어!"
"알아. 그래서 내가 이렇게 하는 거야, 자기야. 지금 우리가 서로 한발 물러서서 정리하지 못한다면 내가 진짜 당신을 미워하게 될까 봐 무서워. 난 그러고 싶지 않아."
"당신 말이 무슨 뜻인지 알아들었어. 좋아. 당신이 원하는 만큼 우리 조금 멀어져서 시간을 가져 보자. 그게 필요하다니까 당연히 그래야지. 당신 말대로 지금 우린 관계의 겨울을 맞이한 거 같아. 서로 조금 거리가 필요한 거 맞아. 거리를 갖자."

그가 초인적인 인내를 품고 억지로 덤덤하게 받아들이자 정원이 결국 내내 꾹 참았을 게 뻔한 울음을 터뜨렸다.

"난 왜 늘 이 모양일까? 또 내가 힘들다고 먼저 당신을 걷어차고 있는 거 같아."
"마찬가지야. 나도 그래, 난 왜 당신에게 힘든 일만 만들까? 당신에게 나란 존재는 언제나 민폐 같아."
"미안해요."
"당신이 사과하면 안 돼, 내가 미안해서 견딜 수가 없어져."

흐느끼는 정원을 안고 그녀의 등을 토닥이며 승주는 울컥울컥 쏟아질 것 같은 응어리들을 참느라 참 힘들었다.
그들의 죄도 아닌데, 미워하는 것도 아닌데 그들은 또 헤어지는 중이었다.
그게 너무 가슴 아파서 승주는 정원에게, 자신 스스로에게 맹세했다.

"잊지 마. 우리가 이렇게 잠시 멀어진다 해도 헤어지는 거 절대 아냐. 난 당신이 마음 정리 하고 다시 내게 돌아올 때까지 평생 기다리는 중일 거야."
"바보 이승주 씨. 이렇게 우리 잠시 거리 두다가 내 마음이 진짜 변해서 다른 사람을 만나 버리면? 그사이 당신보다 더 좋은 남자가 생겨 버리면?"
"그럼 당신이 그 남자랑 이혼할 때까지 좀 더 기다리지 뭐. 알다시피 내가 시간이 좀 많잖아."
"당신은 어째 그래? 어떻게 그렇게 나하고 달리 묵직해? 난 이렇게 팔랑거리고 가벼운데? 그래서 당신한테 더 미안해."

"미안해하지 마. 언제나 원인은 나였는데 당신이 나의 잘못이나 죄를 짊어지고 아파하지 마. 당신이 날 벌주는 것도 아니고 나에게 일부러 고통을 만드는 것도 아니잖아. 난 괜찮아."

"그래 줘. 부디 괜찮아 줘. 도망치지 않으려고 이러는 거야. 알지, 자기야?"

"알아. 당신 마음이 내 마음이야."

"당신 곁에서 행복한 나로서 제자리를 찾을 때까지 잠시 눈을 감고 생각할 틈이 필요할 뿐이야."

"그래. 우리 서로 제대로 된 길을 찾아낼 때까지 당신 말대로 잠시 쉬자. 쉬는 건 끝이 아니니까."

"나, 우리가 잠시 쉬는 그 시간 동안 많이 생각해 볼게. 어떤 경우에든 바위처럼 묵직하게 평생을 같이하겠다고, 지금 당신 같은 대답을 할 수 있는 진짜 나를 잘 찾아올게."

미안하다 말해야 하는 사람은 분명 따로 있는 것 같은데.

승주와 정원은 마지막까지 서로가 서로에게 자신이 더 미안하다고 말하고 헤어졌다.

분명 서로 이별은 아니라 했는데 실은 몹시 쓰라린 이별을 한 것 같아서, 승주는 그때부터 지금까지 늘 공허 속에 잠겨 있었다.

승주는 천천히 책상 앞에 다시 앉았다.

거추장스럽고 귀찮은 메모지와 캔 커피를 옆으로 치웠다.

만약 이것을 여기에 가져다 놓은 사람이 그를 지켜보고 있다면 무심하게 그것들을 옆으로 치워 버리는 태도에 그의 대답을 읽었을 것이다.

'나중에 정원이를 만나면 오늘 일을 꼭 이야기해 줘야지.'

그 생각을 끝으로 승주는 도서관에서의 작은 해프닝을 넘겼다.

지금 그가 할 수 있는 것, 해야 하는 건 공부밖에 없다. 그가 다시 무미건조하게 의학 서적의 두꺼운 책장을 넘기는데 옆에 놓아 둔 휴대 전화에서 메시지 알림이 반짝였다.

[오빠. 나 밥 좀 사 주라.]

정원의 답장인가 싶어서 설렌 것도 잠시, 메시지는 뜻밖에도 해민이 보낸 것이었다.

느닷없는 해민의 연락에 마음이 걸려서 승주는 얼른 휴대 전화를 들고 바깥으로 나갔다. 그리고 해민에게 먼저 전화를 걸었다.

"나다. 너, 어디야?"

―강남역. 잠시 볼일 있어서 서울에 올라왔거든. 근데 점심 같이 먹을 사람 하나가 없네.

해민의 목소리는 늦가을 밤에 내리는 빗소리처럼 낮게 가라앉아 있었다. 듣는 사람마저도 우울하게 만들었다. 어쩐지 밥이 아니라 술을 사 줘야 할 것 같았다.

"어딘지 말해. 밥 사 줄게."

―오빠 어딘데? 시간은 내가 많으니까 그쪽으로 갈게.

"그럴래? 여기 도서관. 내 아파트 근처야."

―알았어. 지하철 타면 한 40분쯤 걸릴 것 같은데, 도서관 앞에서 전화할게. 도서관 위치 알려 줘.

* * *

한 시간 후, 해민과 승주는 도서관 앞 식당에서 마주 앉아 있었다.

"볼일은 끝났어?"

"어."

"너 친구 많잖아. 어떻게 점심 같이 먹을 사람이 없었니?"

"그러게? 내 화려했던 사교 생활이 사실은 빈껍데기였나 봐. 나쁜 것들. 내가 얼굴 감춘 지 얼마나 됐다고 날 없는 애 취급 하네."

"볼일이 뭐였는데?"

"어제 아빠랑 엄마, 서류 정리하기로 결정했대. 들었어, 오빠?"

대답 대신 해민이 불쑥 물었다. 승주는 고개를 저었다.

"난 의절한 자식이잖아. 두 분 일이야 두 분이 알아서 처리하겠지. 그래서 부러 서울 올라왔니? 어머니 위로하려고?"

"설마."

해민이 천부당만부당하다는 듯 어깨를 으쓱하더니만 두 손을 앞으로 내밀어 뒤집었다.

"얼마 전에 나도 엄마하고 확실히 의절했어."

"왜 그래? 너라도 어머니하고 친하게 지내야지."

"친하게 지내서 좋을 일이 없는 사람하고는 가까이하는 게 아니랬어. 그나저나 오빠. 유리, 아니, 정원 씨하고 여전히 잘 지내? 괜찮아?"

"잘 지내겠지. 난 모르겠다. 우리, 지금 안 만나."

덤덤하게 말하는 승주와는 달리 해민은 소스라치게 놀란 표정이었다.

"설마! 두 사람 헤, 헤어졌어? 진짜?"

"당분간 좀 쉬기로 했어."

그렇다. 두 사람은 절대로 헤어진 게 아니다. 그냥 좀 연애를 쉬는 중이다. 더 기운차게 일어나서 새롭게 시작하기 위한 휴가에 돌입했을 뿐이다.

"사랑에도 때때로 겨울이 찾아오기도 해. 정원이도 너무 바쁘고 나도 내년 과정 시작하려면 준비해야 할 게 많으니까."

"역시 언니 일 때문에 그런 거지?"

승주가 잠시 얼어붙어서 해민을 빤히 바라보았다.

역시 해민도 윤민과 정원 사이에 벌어진 일을 알고 있었나 보다.

그녀도 승주 못지않게 자신의 언니가 저지른 일에 대하여 부끄러워하고 있다는 것을 느꼈기에 놀란 그 마음이 조금 풀렸다.

"엄마라도 대신 제대로 사과하라고 그렇게 말했는데 역시 안 했구나. 내 예상대로 또 오빠만 희생물이 됐어. 미안해, 오빠. 언니 일, 나도 너무 쪽팔렸어."

자기 잘못도 아닌 걸 사과하는 동생 앞에서 승주는 묵묵히 물만 마셨다.

"염치가 있어야지. 언니가 엊그제에 전화했는데, 쌍욕 박고 끊어 버렸어. 인간부터 되고 나서 연락하라고."

"고맙다. 너라도 화내 줘서. 나중에 정원이가 알면 고마워할 거야."

"우리 식구들, 오빠 인생에 진짜 도움 안 되지? 가족인데 어째서 이리 악연이 되었을까?"

"그런가? 이제 난 아무 생각이 없다. 가족이란 말 자체가 우스워. 우리가 한 번이라도 식구였던 적이 있었나?"

승주가 나직하게 말하자 해민이 고개를 푹 숙였다.

승주 말대로 평창동 사람들은 가족의 이름을 달고는 있지만 산산조각 난 파편이었다.

각자 따로 흩어져 각자의 아집에만 묶인 채 각자의 세상 안에서 소통 따위 없이 이기적으로 살아왔다. 그런 인생의 쓰라린 대가를 지금에서야 톡톡히 치르고 있는 중이었다.

"많이 부족하지만 간만에 오빠 노릇을 좀 해야 할 것 같다. 무슨 일 있었어? 너, 얼굴이 많이 상했어."

해민이 잠시 승주의 시선을 외면하더니만 결국 고개를 푹 숙여 버렸다.

"어머니하고는 뭔 일이 있었기에 의절 타령을 해? 너 하나라도 자식 노릇을 해야지, 인마."

"……우리 엄마 특기, 오빠도 잘 알잖아? 자식 인생 전부를 손아귀에 넣고 자기 멋대로 조종해야 직성이 풀리는 거. 난들 엄마한테 예외겠어?"

"무슨 일이냐고."

"엄마가 내 허락도 없이 정 선생 뒤에 사람 붙인 걸 알아 버렸어. 너무 우습지 않아? 한참 전에 이미 관계 끊어진 지 오래인 그 사람한테 대체 왜 그런대? 미쳐!"

함부로 드러낼 수 없었을 구정물 같은 고민을 누군가에게 얼마나 토로하고 싶었던 걸까?

딱히 가깝지도 않은 그를 찾아온 것에서 해민이 승주 자신처럼 속마음을 자유롭게 풀어 낼 상대 하나 없을 만큼 외로운 상태라는 것을 깨닫고 말았다.

이토록 무심한 승주라도 들어 주는 귀다 싶어서인지 해민이 주절주절 자신의 마음을 드러냈다.

"그나마 정 선생이 눈치채지 못한 것 같아서 얼마나 다행인지 몰라. 만에 하나 그 사람이 그 사실을 알아 버렸다면, 진짜 쪽팔려서 어디 가서 뛰어내렸을 거야."

"넌 말을 해도 꼭 왜 그런 극단적인 표현을 쓰고 그래?"

해민이 고개를 들고 서글프게 웃었다. 억지로 의연하고 태연하려 애를 쓰던 해민의 눈동자가 아뜩하게 흔들리고 있었다.

"오빠, 우리 엄마 참 대단하지? 어느 부분을 때려야 사람이 산산조각 나는지 정말 잘 알고 있어."

"그래. 어머니가 가장 잘하는 일이지."

"엄마가 정 선생에 대한 내 마음을 완전히 부서뜨리려 한 거라면 그날 확실히 성공했어. 나 그날 이후 정 선생한테 완전 마음 털었거든. 괜히 내가 멍청하게 미련을 못 버려서 죄 없는 사람을 다시 힘들게 할 순 없잖아."

간신히 고개를 들어 호소하듯이 그를 바라보는 해민의 눈동자가 더 심하게 떨리고 있었다. 어느새 그 눈동자에 뿌옇게 물기가 어렸다.

"나 혼자 좋아서 따라다닌 건데. 그 사람이 왜 엄마한테 뒷조사당하고 이런저런 급 나누어지고 된다, 안 된다 평가를 받아야 해? 그 사람이 이런 사실을 알면 얼마나 어이없겠어? 설사 그 사람이 먼저 날 사랑해서 따라다니고 질척거렸다고 해도 그런 짓은 당하면 안 되잖아."

"맞아. 누구든 그런 일은 당하면 안 되지. 나랑 결혼해서 정원이도 그런 일을 숱하게 당했어. 내가 워낙 바보라서 그걸 너무 늦게 깨달았지. 너도 알다시피."

고개를 푹 숙인 해민이 고개를 끄덕였다.

"그 죄로 우리 사이가 아직도 이렇게 힘들고 어렵게 굽이굽이 돌아가고 있잖아."

"이런저런 일 겪으면서 나도 그런 생각이 들었어. 내가 그때 새언니를 막 무시하고 엄마랑 언니랑 같이 한통속 되어서 괴롭힌 거에 대해서 벌받고 있다고. 맞지?"

"쓸데없는 소리 하지 마. 아니야."

"솔직히 언니가 캐나다로 쫓겨 간 것도 자업자득이잖아. 정 선생을 좋아한 내 감정의 결말이 이렇게 엉망진창이 된 것 역시 내 못된 행동의 결과이고. 새언니 일 때문에 정 선생이 우리 집안이며 나에 대해서 몸서리부터 치게 되었으니까."

낙심천만한 해민에게 대체 무슨 말을 해 줘야 하나, 승주는 잠시 고민했다.

고민하면서 그는 자신이 얼마나 말주변이 없고 건조한 사람인지 새삼 자괴감을 느꼈다.

따뜻한 정원이라면, 곱고 예쁜 말을 잘하는 정원이라면 지금 이 순간, 가장 적절하고 가장 착한 위로를 잘도 해 줄 텐데.

'앞으로는 나도 정원이한테 그런 걸 좀 배워야겠다.'

그런 생각을 하며 승주는 해민을 안쓰러운 시선으로 바라보았다.

"지금은 한없이 아프겠지만, 힘내. 그 실연이 꼭 나쁘지만은 않을 거야."

"그럴까?"

"난 감당할 능력도 없으면서 결혼부터 해치우고 곧바로 이혼으로 직행했어. 그런 주제에 미련스럽게 못 잊어서 결국 같은 사람을 다시 만나 이런저런 일들을 함께 겪고 있고. 넌 나보다 백배는 낫다. 정 선생 입장에서 네가 먼저 그 사람 상황을 생각하고 깔끔하게 정리해 주었으니 고마울 거고. 충분하니까 이 정도로 끝내. 미련은 길게 가는 게 아니랬어."

"내 마음인데, 오빠. 참 내 마음대로 안 된다……."

"인간이 다 그렇지 뭐. 나도 말은 번드레하지만 너하고 똑같아. 사랑하는 사람한테 똑같은 이유로 몇 번이나 걷어차이고 있잖아. 내 팔자도 참……."

"징그러. 우리 둘 다 왜 이 모양일까? 연애 세포의 운명에 불운이 낙인찍혀 있나 봐. 싫다, 진짜."

해민이 중얼거리며 손등으로 스윽 눈 아래 물기를 비볐다.

"오빠, 새언니하고 정말 헤어졌어?"

"아니라니까."

"그래도 지금 헤어져 있는 건 맞잖아. 이대로 영영 다시 안 만나면 그게 이별이지."

"정원이가 나랑 안 만나고 있는 지금 그사이, 마음이 변할 수도 있겠지. 내가 아닌 다른 사람을 좋아하게 될지도 몰라. 뭐, 나한테는 가장 최악일 테지만 그 남자에게 가 버릴 수도 있을 테고. 그렇다고 해도, 난 그 사람이랑 헤어질 생각 없어. 그냥 멀리서 나 혼자 좋아하고 기다리면서 평생 살지 뭐."

"내 오빠지만 어쩐지 독해. 이걸 순정남이라고 포장하겠지만 참 징그럽다."

"그래. 내가 좀 징그럽지?"

"어쩌겠어? 이승주 씨는 오로지 유정원만 좋다는데. 끝까지 잘 버텨서 꼭 새언니하고 좋은 결말 만들어 봐. 내가 봤을 때 오빠는 딱 새언니 한정 매력남이야. 다른 여자한테는 무쓸모남이라고. 평생 유정원만 기다리고 바라보며 혼자 늙겠다는 남자를 누가 데리고 살아?"

"이거 저주가 아니라 축복이지? 고맙다."

해민이 자리에서 일어나기 전 마지막으로 자신의 속내를 털어놓았다.

"오빠, 나 여기 오기 전 아빠를 만났는데 반드시 갚겠다고 했더니 내가 결혼할 때 지원하려던 자금, 지금 주신대. 나, 조만간 제주도로 내려가려고."

"제주도? 너무 멀잖아."

의외의 말에 승주는 조금 놀라서 되물었다.

"잘 아는 선배가 제주도 국제 학교 앞에다가 필라테스 샵을 같이 런칭하자고 콜 했거든. 간다고 그랬어."

해민은 제주도 이주를 통해 어머니 나서희로부터 더 멀리 달아날 생각과 함께 진지한 독립에 대하여 큰 결정을 끝낸 듯싶었다.

"이번 달 말까지 동탄 학원 강사 일 마무리하고 곧장 제주도로 내려갈 거야. 당분간 거기 개업 준비 도우면서 앞날 계획을 세워 보려고 해. 열심히 살아 볼게. 그러니까 오빠도 격려해 줘."

아직은 희미하지만, 해민의 얼굴에는 인생의 한 페이지를 제대로 넘긴 사람만이 가질 수 있는 반짝임이 새어 나오고 있었다.

"나도 곧 서른이잖아. 내 발로 서야지. 정인태가 날 놓친 게 아까워서 자다가도 벌떡 일어날 만큼 근사하게 살아 줄 테다!"

"그래. 이래야 이해민이지. 거기서도 잘 지내고 건강해라."

"오빠한테는 가끔 연락할게."

"당연히 그래야지."

씩씩하게 지하철역으로 걸어가던 해민이 잠시 뒤돌아보았다.

여전히 식당 앞에 서서 그녀를 바라보고 있던 승주에게 씩 웃으며 손을 흔들었다.

승주도 최선을 다해 활짝 웃어 주었다. 마음 안에서 자신만의 새로운 출발을 시작한 동생에게 뜨거운 응원을 보냈다.

* * *

그날 밤 11시.

하루치로 작정한 공부 분량을 기어코 끝내고서야 승주는 침침한 눈을 깜빡이며 책상 위를 정리하기 시작했다. 해민과의 식사 때문에 평소보다 늦게 열람실로 돌아왔던지라 한 시간이나 늦게 일어나게 된 것이다.

24시간 개방 열람실이어서 승주처럼 귀가를 준비하는 사람도 있었지만 드문드문 계속 자리에 코를 박고 공부에 열중한 사람도 너덧 명이나 보였다.

승주는 책상 위의 캔 커피와 노란 메모지를 그대로 놓아둔 채로 가방을 메고 열람실을 나섰다.

택시를 탈까 하다가, 그냥 걸어서 돌아가기로 했다. 어차피 30여 분만 걸으면 아파트 단지에 도착할 수 있고 운동도 좀 필요했다.

걸어서 집으로 가면 좋은 점이 하나 더 있었는데, 정원의 아파트에 불이 켜진 것을 볼 수 있다는 것이었다.

승주는 그동안 몇 번이고 정원의 집 불빛이 보이는 곳에 잠시 멈춰 서서 따뜻한 그 빛을 올려다보곤 했다.

내 사람이 무사히 돌아와 지금 편히 쉬고 있겠구나.

오늘도 잘 자, 정원아. 안녕.

마음속으로 다정한 인사를 건네고는 자신의 집으로 들어가고는 했다.

그날도 그럴 작정이었다.

아파트 근처에 도착한 승주는 길을 건너려고 횡단보도 앞에서 신호를 기다렸다.

붉은 신호등이 푸른색으로 바뀔 동안 잠시 기다리면서 휴대 전화를 꺼내 화면을 확인하는 중이었는데, 갑자기 옆머리에 무서운 충격이 가해졌다.

그저 평화롭게 공부를 마치고 귀가를 하려던 것뿐이었다. 그런데 승주는 그 신호등 앞에서 길을 건너려고 기다리다가 오토바이를 타고 달려온 괴한에게 뭔가로 옆머리를 세차게 얻어맞고 그대로 쓰러지고 말았다.

더 불운이었던 것은 무서운 충격에 비틀거리던 그가 쓰러지면서 하필이면 횡단보도 끝의 보도블록 모서리에 정통으로 머리를 더 강하게 부딪치고 말았다는 사실이었다.

인적이 거의 끊어진 늦은 시간의 횡단보도 앞.

그를 테러한 괴한이 탄 오토바이의 굉음. 한순간에 아득히 멀어지던 그 잔인하고도 난폭한 마찰음. 분연히 무단 유턴을 해서 그놈을 따라잡으려 질주하는 의로운 택시. 그 요란한 엔진 소리가 의식을 잃기 전 승주의 마지막 기억이었다.

아무리 밤이라지만 큰길이었고, 버젓이 차들이 오가고 있었으며 횡단보도 이쪽저쪽에 같이 길을 건너려던 사람도 두엇 있었다.

그런 상황에서 그 누가 감히 모터사이클을 타고 달려온 괴한이 느닷없이 아무 죄도 없는 시민을 폭행하고 달아날 거라고 생각했을까?

눈앞에서 한 사람이 어이없이 쓰러지고 만 것을 목격한지라, 다들 경악했다.

승주와 같은 방향에서 길을 건너려던 고등학생이며 반대편에서 밤 산책을 마치고 돌아오던 중년 부부가 놀라서 쓰러진 승주 곁으로 달려왔다.

"이봐요. 정신 차려요!"

"어떡해? 죽었나 봐."

"일단 119! 여보, 어서 119부터 불러요!"

그러나 이미 미동 없이 축 늘어진 채로 의식을 잃은 승주의 머리 아래에 검붉은 피가 쏟아져 강을 이루고 있었다.

* * *

평창동.

새벽에 잠이 든 나 회장 머리맡에 놓인 휴대 전화가 요란스럽게 울렸다.

자다 말고 억지로 눈을 뜬 나서희가 손만 내밀어 휴대 전화를 찾았다.

비몽사몽. 새벽에 대체 이 무슨 무례한 전화인가 싶어 짜증부터 났다.

"여보세요?"

—어머님, 저 기억하시죠? 승주 친구 규원입니다.

"아, 그래. 규원이. 갑자기 무슨 일이지?"

그러면서도 이미 나서희의 몸이 반응하고 있었다. 이건 보통 일이 아니라고! 지독하게 불길한 예감에 온몸의 솜털 전부가 솟구치고 있었다.

—빨리 좀 오셔야겠어요. 승주가 사고를 당해서 응급실로 실려 왔어요. 집에 오던 길에 횡단보도 앞에서 오토바이 펴치기를 당했다는데. 아직 의식이 없어요.

"뭐? 뭐라고? 무슨 그런 일이!"

자신도 모르게 나서희는 침대에서 벌떡 일어나며 소리쳤다.

"머리 쪽을 크게 다쳤어요. 실려 오자마자 급히 응급 수술 들어갔는데 아직 진행 중이에요. 아버님께도 연락드렸으니까 어머님도 당장 와 주세요. 생각보다 심각합니다."

너무 큰 충격을 받아 힘이 풀린 나서희 손에서 툭 하고 전화기가 떨어졌다.

손에만 힘이 풀린 게 아니었다. 다리까지 풀려서 나서희는 그대로 방바닥에 주저앉아 버렸다.

"우리 승주가…… 승주가! 아냐. 안 돼. 이건 아냐!"

잠시 후 반 넋이 나간 나서희가 산발에 잠옷 바람 그대로 침실 문을 열고 달려 나가며 비명 질렀다.

"아줌마! 서 기사! 집에 아무도 없어? 누구든 나와 봐! 제발 어서 나오라니까!"

그녀가 미친 사람처럼 맨발로 고용인들이 잠든 방문을 주먹으로 내리치며 울부짖었다.

"병원에 가야 해! 누구든 빨리 나와 봐!"

고요하기만 하던 평창동 저택. 새벽녘 넓은 거실 안에 절망에 빠진 나서희의 고함 소리가 처절하게 울려 퍼졌다.

"우리 승주가 사고당했대. 우리 애가 다쳤다잖아!"

"제발 누가 나 좀 빨리 병원으로 데려가 달란 말이야!"

결국 나서희가 차가운 거실 맨바닥에 푹 주저앉아 버렸다. 빛이 꺼진 새카만 목소리로 울며 소리쳤다.

"빨리 차부터 대기시켜. 병원에, 내가 병원에 가야 해……. 어쩜 좋아? 우리 승주가 죽어 간대. 우리 승주가……. 우리 승주가……! 으흐흐흑!"

* * *

'어디 잠시 여행이라도 갔나?'

주방에서 설거지를 하며 승주의 아파트 쪽을 바라보던 정원은 내심 걱정이 되었다.

오늘도 승주의 아파트에는 불이 켜지지 않았다. 컴컴한 그대로였다.

'며칠 전 점심때만 하더라도 식사하고 도서관 들어간다는 메시지를 보았는데. 이상하네.'

그런 생각을 하며 정원은 설거지를 끝냈다.

손을 닦고 욕실에서 나오는데 현관문 비밀번호를 누르는 소리가 나더니만 은정 여사와 경오가 동시에 들어왔다.

"어서 와, 경오야. 엄마, 필요한 건 다 사셨어요?"

"그래. 집 앞에 큰 쇼핑몰이 있으니까 참 좋아."

점심나절, 친지 팔순 잔치에 참석하고 난 후 은정 여사가 딸네에서 하룻밤 자고 간다고 집으로 왔다.

내일 내려가기 전 시골 생활에서 필요한 것 이것저것 좀 사야 한다고 잠시 아파트 앞 쇼핑몰에 다녀온 참이었다.

"역시 좋은 동네라니까. 경오야, 어서 앉아. 저녁은 먹었지?"

"네, 어머니. 보세요, 말씀하신 대로 김치 통을 두 개나 가져왔어요."

경오가 보란 듯이 빈 김치 통을 들어 보였다.

서울 올라오는 김에 새로 김치 몇 가지를 넉넉하게 담갔다고 했다. 경오에게 나눠 줄 테니 잠시 건너오라고 은정 여사가 전화를 넣었던 것이다.

"좋은 동네이긴 하다만 그래도 밤에는 조심해야 해. 며칠 전에 이 근처에서 오토바이 퍽치기가 일어났다며? 사람이 크게 다쳤다는데?"

"그래요? 세상 참 흉흉하네. 우리 아파트 단지처럼 대로변에 있는 안전한 동네에도 그런 범죄가 버젓이 일어난다니 무섭다."

"세상 참 말세여. 그러니까 조심해. 조심해서 나쁠 건 없잖아."

"하지만 엄마의 예쁜 딸은 만날 차 타고 다니니까 너무 걱정 마세요. 근데 우리 엄마 참 용하다. 그치, 경오야? 여기 사는 나보다 우리 아파트 소식을 더 잘 알아요."

"그러게?"

"엄마, 근데 범인은 잡혔대요?"

"몰라. 그건 못 들었어."

그러면서 은정 여사가 화장실로 손을 씻으러 들어갔다. 거실 소파에 앉으며 경오가 정원을 바라보았다.

"참, 정원아. 어제 우리가 회사에서 같이 본 그 영상 말이야."

"어? 아, 그 강남역 사건?"

"응. 지금 온갖 커뮤니티에서 난리도 아냐. 특히 거기 '스피드월드' 게시판. 기어코 그 사람 신상 다 털었대. 다들 죽일 듯이 까고 앉았더라."

"사람들의 못된 뭔가를 건드리는 자극적인 게 전부 다 들어 있어서 그래."

"그렇긴 하지. 재벌가 출신 유명 첼리스트, 슈퍼 카 음주 운전에다가 알몸으로 경찰관 폭행까지. 온갖 가십거리가 다 들어 있었지."

오늘 올댓파티 사람들이 커피 타임을 즐길 적에 화제가 된 건 단연코 지난 새벽부터 온갖 커뮤니티에 퍼 날라진 동영상 하나였다.

만취한 상태로 차를 몰다가 음주 운전 단속에 걸린 한 여성이 찍힌 영상이었는데 이게 참 가관이었다.

정원을 비롯한 모든 직원들이 마주 앉아 차를 마시던 남자 직원 호중의 눈치를 슬금슬금 보게 될 정도로 노골적이고 적나라했다. 보는 사람이 더 낯 뜨거워져서 차마 끝까지 다 보지도 못할 수준이었다.

"만취한 상태로 과속하다가 음주 운전 단속에 걸렸으면 얌전히 조사에 응해야 말이야."

"그러게. 그 양반 참. 아무리 취했다 해도 그딴 짓을 저지르다니, 진짜 용자야. 대단해."

경찰에게 제지당한 차 주인은 조사를 거부하는 것도 모자라서 감히 자신을 잡아 세웠다고 갑자기 신발을 벗어서 경찰 얼굴을 때리고 침을 뱉는 등 폭행을 가하기 시작했다.

이에 열받은 경찰이 체포하겠다고 경고하자 '어디 한번 해 봐!', '이것들이 죽고 싶어? 감히 날 건드린다고?' 소리치며 갑자기 그 대로변에서 옷을 벗어 던지기 시작하는 게 아닌가.

아무리 술에 취했다 한들 그 정도로 미칠 수가 있을까?

알몸을 가릴 생각도 않고 경찰관을 때리고 머리로 들이박고 걷어차고 해 괴망측한 난동을 부리는 모습이 고스란히 주변 차량 목격자들의 블랙박스며 휴대 전화에 찍혀 버렸다.

그렇게 박제된 영상이 단 몇 분 만에 온갖 커뮤니티에 '강남역 알몸 음주녀 난동'이라는 제목으로 올라온 것이다.

그 몰염치하고 낯 뜨거운 만행의 주인공 신상 역시 순식간에 까발려져 버렸다.

나름 유명한 첼리스트이자 이전에 승주와 맞선을 본 후 감히 자신을 걷어차다고 그를 몸서리쳐지도록 괴롭힌 비상식적이고 배배 꼬인 악질 미치광이 조영화가 그 실체라는 것을 알게 된 후 정원은 정말 세상 한번 참 요지경이다 싶었다.

'그 여자, 승주 씨하고의 일이 있고 나서 부모가 병원에 입원시킨 줄 알았더니? 역시 제 버릇 개 못 준다더니만 그런 망신을 당하고도 교훈을 얻은 게 없나 봐, 그 미친 여자는.'

선한 끝은 없어도 악한 끝은 있다고 하더니만, 조영화 그 여자의 경우도 그렇다고 정원은 생각했다.

'정신 병원에 갇히지는 않았다 해도 스스로의 행동으로 제대로 된 인생을 말아먹은 걸, 뭐.'

경오는 아직도 핫한 그 사건에 대한 사람들 반응이 궁금한지 잠시 커뮤니티를 훑고는 휴대 전화 화면을 껐다. 그러면서 중얼거렸다.

"전 세계에 생중계된 거 아냐. 내가 그딴 망신 당하면 그냥 콱 죽어 버리고 싶을 거 같아. 앞으로 어떻게 얼굴 들고 살아?"

"뭐가 문제겠어? 돈 많은 재벌가 출신이라며? 적당하게 집안에서 정리해 주면 그 백으로 해외 나가서 떵떵거리며 그냥 잘 먹고 잘 살겠지."

"그렇긴 하지. 근데 지금 게시판에서 뭐라고 하는 줄 알아? 재벌녀 출신이라 몸매는 좋네, 이딴 글이 '좋아요' 천 개다, 야."

"뭔가 세상이 다 미쳐 돌아가는 것 같긴 하다."

그딴 짓을 저질러 놓고도 그 여자는 결코 사과 따윈 하지 않을 거다. 너무 많이 가진 돈으로 적당하게 때우겠지. 아무 일도 없단 듯이 안면 싹 몰수하고 해외로 나가 가진 척, 교양 있는 척 살고 있을 전 시누이 윤민 그 일가처럼 말이다.

그때 화장실에서 나와 방으로 들어갔던 은정 여사가 옷을 갈아입고는 주방 쪽으로 가며 두 사람을 불렀다.

"정원아, 너는 냉장고 아래 칸에 냄비 있지? 거기 토란국 좀 옮겨 담아. 경오야, 장조림도 가져갈래?"

"네. 자취생은 절대로 반찬을 사양하지 않습니다."

"황태채 무침하고 가져가. 이거 물김치는 다 익었다. 바로 먹어."

"고맙습니다. 내일 도시락 싸 가야지."

신이 나서 경오가 룰루랄라를 외쳤다. 음식을 나누자마자 은정 여사가 경오를 재촉했다.

"얼른 가. 가서 쉬어. 또 주말에 바쁘다며?"

"우리가 언제 안 바쁜 주말이 있던가요. 그래서 이번 추석을 기대하고 있답니다. 아무것도 안 하고 무조건 퍼질러서 잠만 자야지."

"그려. 명절에라도 푹 쉬어야지."

"근데 우리 대표님이 명절 휴가를 얼마나 주실지, 그게 관건이죠. 잘 부탁드립니다아, 대표님."

경오가 헤헤거리며 김치 통을 소중히 안고 퇴장했다.

"너도 쉬어. 간만에 일찍 퇴근했는데. 얼마나 힘들게 살면 그새 얼굴이 살이 쏙 내렸어?"

은정 여사가 돌아서며 두 손으로 정원의 볼을 폭 감싸 보았다.

"모처럼 엄마가 왔는데 어떻게 빨리 자? 엄마, 우리 거실에서 같이 팩이나 할까?"

"그럴까?"

은정 여사의 얼굴 위로 보시시 미소가 피었다.

같이 살 때는 모녀지간 소소한 재미를 같이 누렸는데 그런 게 사라져서 조금 섭섭했던 건 정원만이 아니었다.

"얼른 얼굴 씻고 나오세요. 내가 팩 붙여 드릴게. 겁나 비싼 거 사 뒀어."

"그래그래. 알았어."

5분 후. 사이좋은 모녀는 얼굴에 비싼 황금 팩을 붙이고 거실에 나란히 누워 있었다.

"살면서 이런 재미가 있어야지. 네가 일찍 퇴근해 줘서 얼굴 보니 참 좋구나."

"그러니까 자주 올라오세요."

"나도 그러고 싶지. 근데 너희 아빠 전시회가 얼마 남지 않았잖아."

오지인의 화랑에서 열릴 민호의 신작 전시회가 추석이 끝난 직후 10월 초로 결정되었다. 민호와 그를 돕는 조수들은 마무리 작업에 매일같이 구슬땀을 흘리는 중이었다.

그렇듯이 보이든 보이지 않든 세상 모든 사람들은 각자의 자리에서 각자의 일들을 해내고 있을 터였다.

"가뜩이나 너희 아버지 위염 있는데 밥은 제때 챙겨 드려야지. 잘 드셔야 뭐든 잘할 거 아녀."

은정 여사가 힐끗 옆에 누운 정원을 곁눈질했다.

그냥 한번 물어나 본다는 듯, 무심하게 보이려 애쓰며 슬쩍 물었다.

"어째 이 서방이 안 보인다? 이전엔 하루 종일 서로 전화기만 붙잡고 있더니? 나는 오늘 올라오면서 지난번처럼 네 집에서 자고 있는 이 서방을 또 볼까 봐 걱정했는데."

"그게 우리…… 잠시, 연애 스톱 중이야."

잠시 은정 여사가 잠잠했다. 그러나 정원은 옆얼굴로 다가온 그녀의 시선을 느낄 수 있었다.

"이 서방 죄가 아니라고 그랬지."

"어."

"그런데도 영 원망스럽던? 그토록 좋던 마음이 순식간에 쪼그라들 만큼?"

"응."

"그려. 어쩌겠니."

은정 여사가 한숨을 내쉬었다.

"네 마음이 그렇다는데 내가 암만 네 엄마래두 어쩌겠어."

"그 사람이 미워서가 아니라, 엄마……."

사실은 정말 사랑하는데, 그런 사람을 다시 보기 싫어질 만큼, 정말 원망하고 미워하게 될까 봐 잠시 멈춰야 했어. 그리 말하고 싶었다.

"네가 그러자고 하니까 이 서방은 뭐라던? 또 바보같이 그때처럼 말없이 헤어져 줬어?"

"응."

정원은 재빨리 덧붙였다.

"그런데 헤어진 게 아니라니까. 그냥 잠시 떨어져 있기로 한 것뿐이야. 그러니까 그 사람도 아무 말 않고 물러선 거지. 그 사람은 나랑 절대로 헤어질 생각 없대, 엄마."

"그럼 너는?"

"나도 완전히 헤어질 마음은 없어. 나중에는 모르겠는데 지금은 절대 아니야."

"만나지 않기로 했다면서 또 헤어진 건 아니라니. 대체 무슨 말인지 원."

은정 여사가 다시 혀를 찼다.

알쏭달쏭, 말장난 같은 둘의 마음을 알 것도 같고 모를 것도 같은 그런 기묘한 심정이었다.

정원이 풀이 죽은 목소리로 은정 여사에게 물었다.

"엄마, 내가 너무 바보 같지?"

"바보긴. 정이 너무 많아서, 제게 온 사람을 항상 너무 소중하게 생각해서 그렇지 뭐."

은정 여사가 먼저 일어나 앉았다. 자신의 얼굴 팩을 먼저 떼고는 여전히 누워 있는 정원의 얼굴 팩도 떼 주었다.

정원이 한 손을 들어 제 눈을 가렸다. 승주 이야기가 나온 순간 자꾸 일그러지고 마는 표정을 은정 여사에게 보이고 싶지 않은 것처럼.

"그 사람이랑 그렇게 잠시 멈추기로 하고 혼자 집에 오는데…… 엄마, 내가 참 쓸쓸하더라. 지금도 그래. 뭘 해도 딱히 재미가 없네."

이런 마음이면서 어디 잘도 헤어지겠다. 은정 여사가 속으로 정원을 흉보았다.

"원래 그렇지. 의연한 척하는 사람이 원래 집에 와서 우는 법이야."

은정 여사가 한 무릎 다가가 바닥에 놓인 정원의 머리를 들어 자신의 허벅지 위에 올려놓았다. 차분히 정원의 볼에 떨어진 머리카락 한 올을 쓸어 거뒀다.

"사람 인연, 잘 풀고 잘 헤어지는 것도 큰 재주란다."

"그러게. 만나고 좋아하는 일은 참 쉬운데 어째 미워하고 헤어지는 일은 이렇게나 어려운지 모르겠어."

"원래 사람이 서로 사랑하고 좋아하는 게 자연스러워서 그런 거 아닐까? 정원이 네가 다른 사람보다 더 정이 많아서 그럴 테고."

"미안해, 엄마."

정원이 풀 죽은 목소리로 은정 여사에게 사과했다.

"뭐가?"

"늘 걱정 끼치고 마음 아프게 해서."

"별 소리를 다 한다."

"내 일은 내가 알아서 한다고 큰소리는 탕탕 쳐 놓고도 이번에 또 실망만 드렸잖아요."

"그런 생각을 왜 해? 아니야."

"나 같은 바보 딸 말고 새언니같이 똑 부러지는 딸이었으면 엄마도 얼마나 좋았겠어? 마음고생도 덜 했을 텐데. 공부도 지지리 못했지, 그나마 엄마 마음에 드는 사짜 사위 하나 데려온 걸로 일생 효도를 퉁 쳤다고 생각했는데 그 결혼의 결말도 엉망진창이었잖아."

"네가 최고야. 엄만 이 세상에서 내 새끼가 제일 예뻐. 다른 딸은 필요 없어."

은정 여사가 더 이상 잔말 말라는 듯 단호하게 말했다.

"정말?"

"그럼. 우리 딸 같은 사람이 어딨어? 착하고 정 많고 다른 사람 잘 챙기고 예쁘고 의리 있고. 엄마 평생 너하고 네 오빠 둘 다 참 나에게 과분한 자식들이라고 생각하고 살아."

"에이, 그건 아니다. 엄마랑 아버지가 우리한테 금쪽 부모님이었지, 솔직히 우린 기대에 못 미치는 자식이었지."

"아니라니까. 너도 너희 오빠도 엄마한테는 더 바랄 것 없는 최고야. 착하고 성실하고 마음 넓고. 그게 다지. 내가 최고의 엄마가 아닌데 어떻게 염치없이 너희들한테 그걸 바라겠어?"

정원이 옆으로 돌아누워 은정 여사 무르팍에 얼굴을 비볐다.

"고마워, 엄마. 내 엄마 해 줘서."

"나도 고마워, 내 딸 해 줘서. 우리 정원이."

은정 여사가 정원의 머릿결을 쓰다듬었다. 그 손길에는 애틋함이 가득 묻어 있었다.

"우리 딸이 빨리 마음 추스르면 좋겠어. 이 서방도 너무 오래 벌주지는 말고. 알았어?"

"응. 내가 마음의 길을 잘 찾아볼게. 제대로 된 올바른 길을 찾도록 노력할게."

"그려. 좋은 결말을 원하면 좋은 일을 먼저 하라잖아. 다 저 할 노릇이야."

"알고 있어."

"일어나. 이제 가서 자."

은정 여사가 정원을 밀어 내 앉혔다.

"아직 10시밖에 안 되었는데 벌써 자? 나랑 조금만 더 놀다 자자, 엄마."

"내가 벌써 시골 사람 다 되었나 봐. 10시만 되면 그냥 막 잠이 쏟아진다? 대신 어찌 그리 빨리 잠이 깨는지 원."

말로는 빨리 자라 하면서도 은정 여사가 몸을 일으켜 먼저 주방으로 가더니만 전기 주전자에 물을 올렸다.

"따뜻하게 꿀차나 한잔 마시고 잘까?"

"응. 그러자, 엄마."

예쁜 컵을 꺼내느라 주방 상부장을 열면서 정원은 다시 승주의 아파트를 바라보았다. 그러나 여전히 그 집은 어둠에 잠겨 있었다. 이전부터 쌓여 가던 걱정이 조금 더 진해졌다.

"경오는 연애 안 해?"

꿀통을 꺼내면서 은정 여사가 물었다.

"걔는 그쪽으로는 생각 없어. 이미 '더 원'이라는 아주 멋진 남자들을 애정하는 인생이라서. 평생 사업하고 돈 벌어서 신나게 덕질만 하면서 사는 게 꿈이래."

"하긴 그 집 아버지랑 오빠가 경오를 시집 못 보내지. 너무 아까워서. 그럼 영주는?"

"영주는 원래 연애 고자야. 걔도 돈 모으는 것 말고는 관심 없어. 참, 엄마. 영주 전셋집 사기 친 인간이 잡혔대."

은정 여사의 눈이 커졌다. 나름 반가운 소식이었기에 반색하며 물었다.

"그래? 잘되었네. 그럼 사기당한 그 돈을 돌려받을 수는 있고?"

"그건 아닌 거 같아. 형사 소송 말고도 민사 소송으로 들어가야 하는데 그게 엄청 오래 걸린대. 또 영주 말고도 채권자가 많아서 결과는 아무도 모른다나 봐."

"세상에 약한 서민들 돈 뜯어먹는 인간이 제일 나쁜 놈이야. 크게 벌받아야지."

"그러니까. 근데 영주는 곧 용응동 할머니 댁에서 나올 생각인가 봐."

"왜?"

"지난번 연희동 파티 사건 덮어 주는 조건으로 그 재벌집에서 합의금 받았잖아, 우리 회사."

진정성 있는 사과 대신 돈으로만 때우려 하는 작태에 열을 좀 받았지만 당사자가 달아나 버린 이상 뭘 어쩌겠나 싶어서 그쪽의 제안을 받아들이기로 했다.

물론 정원 역시 물렁하게 굴기만 한 것은 아니었다. 협상에 있어서 절대 독종인 변호사 아름이를 전면에 내세워서 이삼일쯤 밀당했다.

　사흘 만에 아름이는 기어코 그쪽에서 제안한 금액에다 큰 것 한 장을 더 얹은 합의금을 받아 왔다.

　어차피 마음고생한 대가로 받은 보상금 아닌가.

　매출에도 잡히지 않는 수익이기에 정원은 아름에게 수고비를 계산해 주고 경오와 영주를 비롯한 직원 모두에게도 본새 나게 보너스를 찔러 주었다. 물론 예의 바르게 현금으로다가 조공했다.

　"공돈 생긴 김에 우리만 아는 보너스를 쫘 줬거든. 그걸로 얼추 원룸 보증금이 맞춰졌대."

　"그래도 용응동 집에 그냥 살지. 돈이 굳을 텐데."

　"나도 그렇게 생각하는데 오래 신세 지는 건 영주 성미에 안 되나 봐."

　"영주가 깔끔하고 똑 떨어지는 성격이라서 그렇지. 그래두 나는 영주가 계속 그 집에 살아 주면 좋겠는데."

　"왜? 할머니 때문에?"

　"응. 노인 양반 곁에 누구라도 있어 주면 좋잖아. 사돈총각도 만날 병원 일에 바빠서 밤새우고 오기 일쑤고, 너희 오빠랑 새언니가 종종 드나든다고 하지만 한집에 같이 사는 사람만 하겠니?"

　"영주도 바빠. 만날 아침에 나갔다 저녁 늦게 들어가는데."

　"그래도 그게 아냐. 사람 사는 집에 사람 온기가 있고 없고가 얼마나 차이가 나는데?"

　"그래?"

　"영주가 없으면 어르신이 어디 누구하고 말 한마디라도 제대로 섞고 살 수나 있겠어? 그래도 영주가 같이 밥을 먹으니까 노인 양반이 요리도 하고 장이라도 보러 나가고 하시는 거지. 집 사서 나갈 때까지 그냥 살라고 그래."

　"에이, 영주 사정도 있는데? 엄마 말 들으면 왠지 영주한테 할머니를 지키는 강아지 노릇 하라는 말 같다구."

"강아지라니. 너는 말을 해도 꼭?"

은정 여사가 눈을 흘겼다. 그러더니만 정원 옆으로 한 발 다가와서 은밀하게 소곤거렸다.

"있잖아, 정원아. 너는 영주하고 사돈총각, 어때?"

"뭐가? 둘이 사귀냐고? 설마? 절대 아니거든!"

정원이 펄쩍 뛰듯이 질색하자 은정 여사가 조금 무안한 얼굴을 했다.

"누가 사귄다고 말했어? 그냥 엄마 눈에 둘이 꽤 잘 어울려 보인다, 그런 말이지."

"글쎄. 영주가 정 선생 스타일인가? 아니면 정 선생이 영주 스타일인가? 잘 모르겠네."

"엄마는 딱 둘이 사귀면 좋겠더라. 사돈 어르신도 영주를 아주 좋아하시고, 또 둘 나이도 딱 맞춤하고."

"연애는 엄마, 남이 간섭하는 거 아냐. 둘이 알아서 하는 거지."

"그래도 찔러 볼 수는 있잖아. 너희 새언니도 은근히 영주가 마음에 드는 모양이던데……."

은정 여사가 아쉬운 얼굴로 중얼거렸다. 그러더니만 하품을 하며 '엄마 먼저 잔다' 하면서 방으로 들어가 버렸다.

"엄마도 참? 뜬금없이 영주하고 정 선생을 묶다니. 나이 드신 분들은 다 그런가?"

투덜거리면서 정원은 마셨던 컵을 부시고는 침실로 들어왔다.

양치를 마치고 잠옷으로 갈아입은 다음 정원은 다시 발코니로 나가 보았다.

여전히 승주의 아파트에는 불빛이 보이지 않았다. 걱정스러운 그녀의 마음처럼 컴컴하기만 했다.

'정말 어떻게 된 거람? 이 며칠, 메시지도 안 보내 주고…….'

본격적으로 시작된 걱정은 곧 걷잡을 수 없이 심각해지고 있었다.

한참 망설이다가 결국 정원은 승주에게 먼저 메시지를 남기고 말았다.

[어디 여행이라도 멀리 갔어요? 아파트에 불이 안 켜져 있어서.]
[며칠 동안 소식이 안 오잖아. 혹시 날 먼저 잊기로 했어, 바보 아저씨?]
[이 메시지 보면 짧게라도 답장 줘요. 자꾸만 걱정돼서 그래.]

이전 같으면 메시지 알림이 울리자마자 바로 읽고는 했는데. 그러나 이날은 달랐다.

정원이 메시지를 몇 개나 보냈는데도 승주는 읽지 않았다.

'1'이 없어지지 않는 메시지 창을 내려다보면서 정원은 문득 이 몇 주 동안 승주의 메시지를 받기만 하고 대답에는 인색했던 행동에 대한 벌을 받는 것 같아서 무서워졌다.

'사랑에의 거리 두기'란 말은 그럴듯하지만 솔직히 말하자면 승주 입장에서는 정원에게 다시 뻥 걷어차인 것이나 다름없는 일이었을 게 분명하다.

사람의 감정이란 이성과는 상관없이 제멋대로 움직이는 야생 동물 같아서 정원이 그랬던 것처럼 승주인들 그러지 말라는 법도 없다.

'혹시 마음 정리 하려 먼 해외로 여행이라도 떠난 건 아닐까.'

여행에서 돌아온 그가 먼저 정원에 대한 마음을 정리하고 이전처럼 평행선으로 살아가는 게 더 좋겠다고 결론을 내린다면, 정원은 이전의 승주처럼 의연하고 침착하게 그것을 받아들일 수 있을까?

'아냐. 아닐 거야. 며칠 전에도 평범하게 도서관으로 공부하러 들어간다는 메시지를 보내 줬잖아. 혹시 그 후에 무슨 일이 생긴 건 아닐까?'

문득 심장에 칼바람이 꽂힌 듯 엄습해 오는 섬뜩함 앞에서 정원은 오싹 몸을 떨었다.

23

한국대 병원 중환자실.

"엄마!"

뒤늦게 소식을 들은 해민이 중환자실 복도로 달려오며 벤치에 넋을 놓고 앉아 있는 나서희를 불렀다.

마음이 너무 급해서인지 해민은 나서희 옆에서 위로하고 있는 승주의 친구 규원에게 인사를 할 여유조차 없었다.

"엄마, 오빠는? 아직 못 깨어났어?"

"그래. 지금 계속 지켜보고 있는 중이다."

"어떡해, 우리 오빠! 아빠, 설마 오빠가 잘못되는 건 아니죠?"

돌아서서 영국에게 매달리는 해민의 눈에 벌써 물기가 차오르고 있었다. 영국이 침통한 표정으로 고개를 흔들었다.

"그런 말은 하지 말자, 해민아. 지금은 그저 지켜볼 시간이야."

"수술은 잘됐다면서요?"

"그래도 뇌를 다쳤으니까. 강도에게 얻어맞은 충격도 컸지만 넘어지면서 보도블록에 부딪친 게 더 큰 충격이었다더구나."

"어제 점심나절에 오빠 만나서 같이 밥 먹었단 말이야. 그땐 말짱했다고! 그런 우리 오빠한테 왜 이런 일이!"

눈물을 억지로 참으면서 해민이 완전히 혼을 놔 버린 듯한 얼굴로 앉아 있는 나서희 옆으로 다가와 앉았다. 아무 말 없이 그녀의 손을 꽉 쥐었다. 차디찬 냉기가 전해졌다.

한없이 불안한 마음과 '제발' 하는 간절한 기원만이 떠도는 중환자실 복도에 낯선 남자가 나타난 건 그때였다.

"이영국 이사장님 되시죠?"

"그렇습니다만?"

"중구 경찰서 박호진 형사입니다."

그가 주머니에서 신분증을 꺼내 보여 주며 자기소개를 했다.

"아드님 일은 유감입니다. 그나마 다행히 범인이 잡혔습니다."

"네? 정말입니까?"

영국뿐 아니라 같이 듣고 있던 나서희도 해민도 깜짝 놀라 그를 바라보았다.

"사고 당일 범인이 오토바이를 타고 도망쳤는데, 반대편 차선에서 그걸 목격한 택시 기사님이 끝까지 추격을 했다고 해요."

과속으로 인해 오토바이가 나동그라지면서 길바닥에 내동댕이쳐진 범인은 부상을 당한 채로 필사적으로 다시 도망쳤다.

이에 경찰들이 인근의 주택가와 상가 등지를 탐문 수사 하는 한편, 또 도로와 주택가에 세워진 승용차의 블랙박스와 도로의 CCTV를 다 뒤져서 결국은 몇 블록 떨어진 서울 외곽 호텔에 은신해 있던 범인을 체포하는 데 성공했다.

"그런데 이사장님, 혹시 이승주 씨가 전에도 사고를 당할 뻔했다는 건 알고 계셨습니까?"

"설마요? 그런 말은 못 들었는데……."

"실은 몇 주 전에도 꺼림칙한 사고가 있었어요."

그는 얼마 전 주차장에 멀쩡히 서 있던 승주의 차를 누군가가 엉망진창으로 부쉈던 것에 대해 말해 주었다.

"그것으로도 모자라서 수리하러 보냈더니 윤활유 라인이 교묘하게 의도적으로 잘려 있었다고 합니다. 모르는 사이 서서히 선이 완전히 끊어지면서 운행 중 사고를 유발하게끔 차량을 몰래 훼손한 거죠."

경찰관의 설명에 순간 영국을 비롯한 가족들 모두가 입을 쩍 벌렸다.

"그때 저희는 의도적으로 이승주 씨를 노린 범행이라고 판단해서 신변보호를 원하느냐고 물었습니다. 그런데 아드님께서 거절하셨어요. 알아서 하겠다고 하시더니만 결국 이런 일까지 벌어졌네요. 유감입니다."

"그, 그렇다면?"

"네, 맞습니다. 그래서 저희가 가족들을 면담하러 온 것이구요. 이번 사건은 단순히 금품을 노린 일반적인 오토바이 펵치기가 아닙니다. 작정하고 이승주 씨를 해치려고 한 사건입니다."

"미친! 누가 감히 그런 짓을?"

누군가가 하나뿐인 아들을 죽이러 나섰다는 말을 들은 후, 영국의 눈에서 불길이 뿜어져 나왔다.

"우리 오빠 그냥 조용히 공부하는 사람이에요. 누군가에게 원망을 사거나 미움받을 그런 사람이 아니에요."

해민 역시 아연해서 부르짖었다.

누군가가 승주를 해치러 나섰다니, 도무지 이해할 수가 없는 건 나서희도 마찬가지였다.

누군가에게 앙심을 사거나 죽일 만큼 미움을 받는다면 그건 사업상으로 적이 생길 수도 있고 거만한 태도로 사람들을 대해서 뒷담화의 대상이 되던 나서희 자신이었지 아들 승주가 아니었다.

그러나 이어진 경찰관의 말에 나서희는 경악하다 못해 절망하고 말았다.

"혹시 이사장님, 조영화라는 사람을 아십니까?"

"누구?"

"이승주 씨를 폭행하라 사주한 사람이라고 범인이 진술했거든요."

"확실해요? 정말 그 여자가 우리 아들을 죽이라고 했다고?"

"네."

발딱 일어서서 '말도 안 돼!' 하고 고함을 내지르던 나서희가 다시 털썩 주저앉았다.

그렇지 않아도 창백하던 그녀의 안색은 승주를 죽이려 한 범인을 사주한 사람이 다름 아닌 조영화라는 것을 알게 된 순간, 아예 시커멓게 변하고 말았다.

"다 내 업보야. 다 내 탓이야. 이 일을 어째?"

완전히 기력을 잃어버린 채로 나서희가 가느다랗게 탄식했다.

어떻게 그런 끔찍한 일이 벌어질 수 있을까.

"그래서 제가 찾아온 겁니다. 혹시 아드님하고 그 여자분 사이에 무슨 일이 있었는지 알고 싶은데요."

"우리 애는 그 여자하고 아무런 상관이 없어요. 단지 맞선을 본 상대였을 뿐이에요."

나서희가 바락 소리쳤다.

말을 하면서도 기가 찼다. 그저 자신이 보고 들은 이 모든 사실이 다 꿈결 같았다. 현실이라면 이런 일이 절대로 일어날 수가 없었다.

맞선 상대가 자신을 거절했다고 앙심을 품고서는 일방적으로 비난하고 징그럽게 따라다니며 폭언에 폭행까지 자행하더니만 그것으로도 모자라서 이젠 아예 죽이러 나섰다고?

"내가 고집 피워서 안 나가겠다는 애를 억지로 내보냈는데. 단지 그것뿐이라고요. 우리 아들이 그 여자하고 제대로 만난 건 그날 말고는 단 한 번도 없다고 알고 있어요. 그 여자는 지독한 사이코패스였어!"

모양이 그럴싸하고 빛깔이 고와서 맹독버섯인 줄도 모르고 아들 밥상에 올려놓았다. 그걸 먹으라고 강요했다가 마지못해 먹은 아들이 눈앞에서 죽어 가는 형국이었다.

딸 윤민이 단지 정원이 싫다는 이유만으로 그녀와 회사를 망치려고 어린 태형이를 이용해서 해코지를 한 것을 알게 된 일 이상으로 큰 충격이었다. 그녀의 눈앞이 노랗게 변해 가고 있었다.

"다 엄마 잘못이야! 오빠가 맞선 같은 걸 안 본다고 했을 때 그만뒀어야지! 이게 뭐야? 그놈의 재벌가 사위 만들겠다는 엄마 욕심 때문에 또 오빠만 상처받았잖아. 이게 엄마 인생의 민낯이야. 자식 인생 제대로 망쳐 놓고 엄만 참 행복하시겠어!"

격분한 해민이 누구든 탓하고 싶어서인지 나서희를 향해 독설을 쏟아 냈다.

전부 다 맞는 말. 나서희는 해민의 그 폭언에도 아무런 대꾸를 할 수가 없었다. 그저 두 손으로 얼굴을 부여잡고 주저앉은 그대로 막막한 오열을 터뜨렸다.

"눈물이 나와, 엄마? 지금 오빠는 죽어 가고 있는데 이제 후회해? 다 엄마 탓인 걸 이제 알겠어?"

"해민이 너 엄마에게 그 무슨 말버릇이야? 그만해라!"

뜻밖에도 해민을 가로막은 건 무서운 얼굴을 한 영국이었다.

엄한 눈빛으로 해민의 입을 막은 후, 그가 완전히 무너져 버린 나서희 곁에 와서 앉아 어깨를 감쌌다.

"나쁜 짓을 한 그 인간이 문제지, 당신 잘못이 아니야. 자책하지 마. 이런 건 우리 승주한테 아무런 도움이 안 돼."

해민과 똑같이, 아니, 해민 이상으로 자신을 맹비난할 거라고 생각한 영국이 나서희를 감싸고 위로해 줄 줄이야.

절망에 흐느끼면서도 나서희는 그때 평생 처음으로 영국이 남편다운 얼굴을 하고 있다고 느꼈다.

한 팔로 나서희를 안은 채 영국이 고개를 들어 경찰을 바라보았다.

"그래서 그 여자는 어떻게 되었습니까? 체포했나요?"

"네. 실은 굉장했죠. 강남역에서 한 여자가 음주 운전 및 경찰관 폭행으로 난리가 났는데 알고 보니 그 사람이더군요. 그 여자가 아무리 음주 상태라고 해도 왜 그렇게 흥분해서 난동을 부려 댔는지 이해를 못 했는데, 이제 알게 됐어요."

조영화는 급하게 연락을 받고 다친 범인을 호텔에 은신시키고 돌아오던 길이었다고 한다.

"긴급 체포 된 것도 모자라서 그 여자가 꼴사납게 알몸으로 난동 부리고 경찰을 폭행하는 영상이 지금 전국에 다 퍼졌어요. 그야말로 살인 미수 교사범다운 최후가 아닐까요?"

그때였다. 갑자기 중환자실 안에서 무슨 일인가가 벌어지는 기척이 느껴졌다.

나서희가 벌떡 몸을 일으켰고 영국 역시 마찬가지였다. 해민이 침을 꼴깍 삼켰다.

잠시 후 의사가 달려 들어가고, 안에서 뭔가 웅성거리는 소리가 새어 나오더니만, 다시 문이 열리고 간호사가 나왔다.

"이승주 씨 보호자분."

"네!"

영국이 긴장한 목소리로 대답하며 한 발 나섰다.

해민 역시 달달 떨며 저도 모르게 나서희 손을 꽉 잡고 있었다. 그녀의 손에 잡힌 나서희 손 역시 덜덜 떨리고 있었다. 긴장으로 축축하고 차가웠다.

"이승주 씨가 의식 회복 했어요. 보호자 한 분만 들어가실게요."

"하느님! 감사합니다."

"엄마, 오빠 깨어났대."

"진짜지? 거짓말 아니지? 우리 승주 눈뜬 거 맞지?"

"응. 엄마, 잘됐어. 정말 잘됐어!"

간호사를 따라 영국이 중환자실로 들어가는 것을 지켜보며 나서희와 해민이 방금 전까지 언성을 높였던 일은 다 잊어버린 듯 서로 손을 잡고 함께 폭풍같이 눈물을 흘렸다.

* * *

삐리리리. 삐리리리.

자다 말고 정원은 휴대 전화가 울리는 소리에 순간 번쩍 정신이 들었다.

벌떡 일어나서 사이드 테이블의 전화기를 찾으면서 벽시계를 보니 새벽 6시였다.

새벽이란 시간과 느닷없는 전화기 울리는 소리. 그 두 개가 합쳐진 순간 갑자기 심장에 차가운 물이 확 닿는 듯했고 등골 위로 섬뜩한 기운이 확 올라왔다.

"여보세요?"

─이런 시간에 죄송해요, 새언…… 아니, 정원 씨.

정원의 등골을 타고 오르던 소름 끼치는 냉기가 더 짙어졌다.

이런 새벽에 절대로 전화를 할 리가 없는 상대가 수화기 너머에서 말하고 있었다.

─한국대 병원 중환자실이에요. 오빠가 사고를 당해서 머리를 크게 다쳤어요.

덜덜 떨리는 손에서 휴대 전화가 툭 하고 떨어졌다.

지금 내가 무슨 말을 들은 거지? 눈앞이 하얗게 변해 가고 있었다.

계속 불이 꺼져 있던 승주의 아파트. 읽은 흔적이 보이지 않던 문자 메시지. 한순간에 모든 퍼즐이 맞춰진 듯했다.

승주는 연락도 닿지 않는 어디 멀리로 여행을 떠났던 게 아니었다.

아무것도 모르는 그녀가 무심하다고, 야속하다고 불평하고 있던 그때, 불의의 사고를 당해 의식 불명 상태로 사투를 벌이고 있던 중이었다.

덜덜 떨며 정원은 떨어뜨린 휴대 전화를 다시 집어 들어 귀에 갖다 댔다.

불길한 예감에 심장이 터질 듯이 둥둥 뛰고 있어서 감당을 하지 못할 지경이었다.

너무 큰 충격에 아무 말도 못 하고 있는 정원의 귀로 해민의 목소리가 푸른 칼날처럼 계속 파고들었다.

一수술은 잘됐다고 하는데, 한동안 의식 불명이어서 다들 너무 걱정했어요.

"어쩌다가 그런 사고를 당했대요? 왜, 언제? 아, 아니다. 지금 깨어났어요, 그 사람? 이제는 괜찮아요?"

덜덜 떨며 되묻는 목소리가 자신의 것이 아닌 것 같았다. 목이 타서 해민의 대답을 기다리며 정원은 마른침을 꿀꺽 삼켰다.

一네. 다행히 몇 시간 전에 의식은 회복했는데요. 새언니만 찾아요.

"당장 갈게요!"

전화를 끊자마자 정원은 세수는커녕 심지어 양치를 할 생각조차 하지 못하고 잠옷을 벗어 던지고는 손에 닿는 대로 옷을 갈아입었다.

승용차 키만 들고 냅다 침실에서 뛰쳐나가는데 마침 은정 여사도 양평 집에서 늘 일어나던 그 시간 그대로 방문을 열고 나왔다.

인사할 경황도 없이 신발을 신고 나서는 정원을 보고 깜짝 놀라 다그쳐 물었다.

"무슨 일이야? 이 시간에 어딜 가?"

"병원 가. 엄마, 승주 씨가 사고를 당해서 머리 수술을 했대."

"에구머니나! 세상에, 무슨 일이래?"

정원만큼 은정 여사도 소스라치게 놀라 안색이 창백하게 변했다.

"의식은 돌아왔는데 나만 찾는대. 엄마, 갔다 올게."

"그래. 조심해서 운전하고! 침착하게. 알았지? 침착하게!"

하얗게 질린 채로 미친 사람처럼 뛰쳐나가는 정원의 등 뒤로 은정 여사가 당부했지만 그 말이 정원의 귀에 들릴 리가 만무했다.

"아이고, 이를 어째. 이를 어째! 하느님, 제발 도와주세요."

엘리베이터 문이 닫히는 소리를 들으며 은정 여사가 홀로 발을 동동 굴렀다.

* * *

벌써 사흘째.

"승주야, 아비를 알아보겠어?"

하루 한 번인 면회 시간. 애타게 영국이 아들 이름을 부르며 채근하자, 승주가 눈빛으로 알아보았다는 신호는 보냈다. 하지만 수술이 끝난 후 며칠이 지났는데도 자신이 왜 이런 곳에 이런 꼴로 누워 있는지 이해할 수 없다는 표정은 여전했다.

깨어난 것도 잠시, 이내 가물가물 눈빛이 잦아들더니만 승주가 다시 영국의 눈앞에서 힘없이 눈을 감아 버렸다.

그러나 영국은 그것만으로도 다행이다 싶어서 울컥 눈물이 쏟아졌다.

'내가 다 늙어 이 무슨 꼴을 보고 있나. 저리 젊은 내 아들이 나보다 먼저 갈 뻔한 꼴을 보다니.'

중환자실 유리 벽 안에 온갖 기기들로 온몸이 묶인 채 축 늘어져 있는 아들만 보면 울컥 눈물부터 나왔다. 아무리 자제하려 해도 견딜 수가 없었다.

영국은 주변 사람의 시선도 차마 생각지 못하고 멀찍이 유리 벽 너머에서 아들을 바라보며 줄줄 울었다. 억장이 무너져 버린 지금, 체면도 위신도 아무 소용이 없었다.

'그래도 의식이 돌아왔으니까.'

아무 죄도 없이 범죄의 희생양이 된 아들의 처참한 모습에 애간장이 녹았지만, 그래도 살아 있으니 어디냐, 이것도 감사하게 생각하자 하고 하루에도 몇 번이고 마음을 다잡아야만 했다.

'이제 나를 알아보잖아. 얼마나 희망적인 신호야?'

첫날 잠시 의식이 깨어났을 때에 승주는 거의 앞도 보이지 않는 상태였고, 자신의 처지에 대한 이성적인 판단도 하지 못하는 눈치였다. 이대로 뇌를 다친 채 평생 병상 위에서 저런 몰골로 살아가는 건 아닌가 싶어서 억장이 무너졌다.

영국 자신은 아비로서 대부분 무책임한 방관자였다. 하지만 그리도 못나고 모자란 아비에게 승주는 늘 벅차고 과분한 아들이었다.

그런 아들이, 언제나 눈부시도록 자랑스럽던 그 아들이 자신의 실수나 잘못도 아닌 악연의 소용돌이에 휘말려서 저런 식으로 망가졌다는 것을 영국은 도무지 받아들일 수가 없었고 분노를 금하지 못하는 상태였다.

'그래, 이렇게 조금씩 나아지면 돼. 오늘은 어제보다 나아졌다고 했어. 내일은 오늘보다 더 나아질 거야.'

간호사의 성화에 마지못해 면회실을 나가는 영국의 어깨가 축 처졌다.

"아빠."

복도 벤치에서 초조하게 대기하고 있던 해민이 영국이 나오자 자리에서 발딱 일어섰다.

"오늘 오빠 상태는 어때요?"

"좀 나아진 것 같다고 하더구나. 눈빛으로긴 하지만 날 알아보더라."

"아, 다행이다. 정말 다행이야. 오빠가 조금씩 회복은 되고 있구나."

면회실만 들어갔다 하면 눈시울이 벌게진 채로 나오는 아버지의 심정이 어떤지 알 것도 같다. 그를 건너다보던 해민도 영국이 흘리는 눈물의 의미를 이해한 듯 고개를 돌리고 눈물, 콧물을 훌쩍였다.

"정원이는?"

그가 들어갈 때만 하더라도 해민과 같이 넋을 놓고 복도 벤치에 앉아 있던 정원이 보이지 않았다. 영국이 두리번거리며 찾자 해민이 대답했다.

"그 오빠 내외가 와서 데리고 갔어요. 일단 좀 재우고 정신 차리게 해서 다시 데리고 오겠대요. 저녁나절에 온다고 하고 갔어요."

"그렇구나. 휴우, 이렇게 병원에를 와도 승주 얼굴을 못 보는데 정원이한 테는 왜 알렸어? 승주 상태가 좀 더 나아지면 알리지."

"오빠가 깨어나자마자 새언니부터 찾았다는데 그럼 어떻게 연락을 안 해요?"

훌쩍이면서 해민이 항의했다.

새벽에 잠시 깨어나 꽤 오랫동안 의식이 있었다던 승주는 그때 계속 어눌하나마 정원의 이름을 불렀다고 한다.

보고 싶다고. 우리 정원이는 어딨느냐고 자꾸 물었다는데, 의사나 간호사는 승주의 그 질문을 아주 좋은 징조라고 해석했다.

승주가 누군가를 기억하고 있고 그 사람의 존재가 어떤 의미인지, 누구인지를 정확하게 파악하는 것이라면 그건 뇌의 기능이 정상적으로 작동하고 있는 긍정적인 신호라고 볼 수 있다는 것이었다.

그런 말을 들었으니 해민으로선 정원에게 승주의 사고 소식과 함께 병원으로 와 달라고 부탁 전화를 할 수밖에 없었다.

하지만 새벽에 제대로 씻지도 못한 얼굴로 놀라 달려온 정원은 승주 손 끝 하나도 볼 수가 없었다.

그 새벽에 잠시 깨어난 직후, 승주는 다시 하루 종일 의식을 찾지 못했고 가족까지 면회 불가가 되었기 때문이다.

어제 새벽부터 아까 전까지 중환자실 복도에서 하염없이 기다리기만 하던 정원을 데리러 온건 그녀의 오빠와 올케였다.

"면회는 우리 가족이 아니라 새언니가 들어가야 하는 거 아녜요? 오빠가 정말 보고 싶어 하는 사람은 새언니지 우리가 아닌 것 같아, 아빠."

영국이 고개를 끄덕였다.

"그래서 내가 주치의에게 부탁을 해 두었다. 승주가 잠시라도 정신을 차리면 정원이부터 얼굴을 봬 주라고 말이야. 그렇게 하겠다고 약속받았어."

"다행이에요, 아빠."

"너희 엄마는?"

승주의 사고 소식도 놀라운데 하물며 승주에 대한 폭행 범죄를 사주한 이가 맞선 상대인 조영화라는 것을 알게 되자 나서희는 거의 까무러칠 정도로 경악했다.

"링거 맞고 계시는데 아직도 제정신 아닌 것 같아요. 큰이모랑 작은이모가 와서 뭐라 하는데도 대답도 못 하고 멍하니 누워서는 눈물만 줄줄 흘리고 계시더라고요."

"그래. 그렇겠지. 그럴 수밖에……."

영국이 침통하게 중얼거렸다.

왜 안 그렇겠는가. 싫다는 사람을 억지로 그 자리에 내보내 이렇게 무서운 악연의 씨앗을 뿌린 이가 바로 어미인 자신이었으니 말이다.

그 결과 금쪽보다 더 귀하게 여긴 아들이 죽니 사니 하는 절체절명의 위기에 빠졌으니 제정신 가진 사람이라면 어찌 멀쩡하겠는가?

그 자리에서 실신하다시피 주저앉은 그녀는 그 길로 아들과 같은 병원에 입원하는 신세가 되었다.

희대의 사이코패스 조영화를 아들의 인생 안에 들여보낸 게 자신의 과욕 때문임을 인정한 순간, 나서희는 아들의 인생을 엉망진창으로 만든 사람이 자신이라는 것을 더 이상 부인할 수가 없었으리라.

그 길로 쓰러지다 못해 식음 전폐까지 해서 결국은 링거 신세였다. 자책과 분노로 이제 나서희가 정신 이상자가 될 판이었다.

"큰이모가 엄마를 많이 위로해 줬어요. 그 미친년 이야기를 듣고는 격분해서 가만두지 않겠다고 길길이 화를 내셔서 그나마 엄마가 조금 위로가 되셨나 보더라고요."

해민이 정색한 채로 영국을 바라보았다.

"아빠, 그 미친년 좀 진짜 어떻게 해 봐요! 생각하면 할수록 분해서 미칠 거 같아요. 정말 찢어 죽여도 시원찮을 판이야."

"너도 그런데 이 아빠 마음은 어떻겠니? 그래도 조금만 흥분을 가라앉히 자. 이런 일은 성급하게 군다고 해서 되는 게 아니야. 아빠도 지금 이것저 것 다 생각하고 있어."

"네."

"내가 가진 것, 동원할 수 있는 것 다 내세워서라도 우리 아들이 당한 만 큼 갚아 줄 거다. 절대로 용서 못 해!"

영국이 단호하게 말하며 입술을 꽉 깨물었다.

* * *

"먹어. 너 먹어야 병원 가."

성운이 단호하게 말하고 정원에게 숟가락을 쥐여 주었다.

"정말 못 먹겠어, 오빠. 안 넘어가."

국물 한 숟갈을 떠먹는가 싶더니만 결국 정원은 그걸 끝으로 다시 숟가 락을 놓고 말았다. 이틀 동안 하도 많이 울어서 정원의 눈은 이미 퉁퉁 부 어 있었다.

"그래도 먹어."

고집 세기는 성운도 마찬가지였다. 정원이 놓아 버린 숟가락을 다시 쥐여 주며 엄하게 말했다.

"이틀 동안 승주 씨 코빼기도 못 봤단 말이야. 상태가 어떤지, 정말 무사 한지 그것도 모르는데 내가 어떻게 먹어?"

"오빠 말 들어요, 아가씨. 내가 봐도 환자보다 아가씨 상태가 지금 더 심각해."

옆에 앉은 효진도 남편의 말을 거들면서 정원 앞으로 반찬 그릇을 더 당겨 놓았다.

"어제오늘 아가씨가 병원 복도에서 무작정 버티고 있음 뭐 해? 들어가도 유리 벽 너머에서 눈도 못 뜨는 사람만 보고 나올 텐데 그게 뭐가 좋아?"

"그래도. 그래도……."

정원의 눈에서 이틀 내내 지겹게 흘린 눈물이 또 뚝뚝 떨어졌다.

"마음 굳게 먹어. 뇌를 다친 사람이야. 장기전으로 갈 수도 있어. 네가 지금부터 이렇게 넋이 빠져 있는데 어련히 병간호를 하겠다?"

정원이 콧물을 훌쩍이며 마지못해 다시 밥 한 술을 억지로 삼켰다.

어제 새벽 해민의 돌연한 전화를 받고 소스라친 정원은 급히 병원으로 달려갔다.

그러나 이틀이나 지난 지금에도 승주를 보지 못한 상태였다.

보지 못했다기보다는 볼 수가 없었다. 기본적으로 가족이 아니면 면회 불가인 데다가 중환자실에 있었기 때문에 그 기회조차 하루 한 번, 아주 짧은 순간에 그쳤다.

"그래도 의식은 돌아왔다면서요? 아가씨 이름도 부르며 찾았다고도 하고, 시간이 지나면서 의식이 돌아오는 시간도 점점 길어진다잖아요. 뇌 수술 한 사람이야. 아가씨를 보았다고 갑자기 기적이 일어나서 벌떡 일어날 리가 없잖아. 오빠 말대로 정말 시간과의 싸움이 될 수도 있어요. 조급하게 마음먹어서 좋을 건 하나도 없다고."

이성적인 효진의 충고에다가 성운이 엄하나 애정 가득한 눈빛으로 지켜보고 있다. 정원은 눈물 콧물을 훌쩍이면서 다시 밥을 떠먹었다.

단단하게 굴어야지. 어찌하든 내가 강해져야지. 그래야 승주 씨를 지킬 수 있어.

무수히 다짐했지만 정직한 감정은 끝없이 나약해지고만 있었다.

서로 죽도록 노력해서 이제 조금 같이 행복해지려고 했어. 그런데 왜 우리에게 이런 시련이 생긴 거야?

모래알같이 까끌거리는 밥을 씹으면서 정원은 내내 대답 없는 그 질문을 하고 또 하고 있었다.

억지로 식사를 마치고 정원은 효진과 성운의 강권으로 샤워를 하고 잠시 침실로 밀려 들어갔다.

"눈 좀 붙여요, 아가씨. 명령이야. 제시간에 깨워 줄게. 어차피 다시 병원에 가면 또 밤새울 게 뻔하잖아."

안 잘 거라고, 괜찮다고 했지만 사람의 육신은 아주 정직한 것이었다.

편안한 침대에 눕자마자 의지와는 상관없이 근 이틀을 꼬박 새우다시피한 피곤함 앞에서 이내 정원의 눈이 무겁게 가라앉아 버렸다.

단 몇 분 사이에 깊은 잠에 침몰해 버린 정원을 성운과 효진이 침대 옆에 서서 안쓰럽게 내려다보았다.

"마음고생이 얼마나 심했으면 이틀 사이에 얼굴 살까지 쏙 내렸대, 그래?"

"한 7시쯤 깨우자, 여보. 어차피 아가씨가 병원 가서 할 일이 없어. 그 아무리 애타도 면회조차 할 수 없을 텐데."

"그나저나 이승주 씨, 뭔 날벼락이래? 도서관에서 공부하고 돌아오다가 오토바이 픽치기에 당하다니. 세상에나 참!"

"'밤새 안녕하십니까?' 하더니만 진짜 하룻밤 새 일이 났지 뭐야."

성운도 혀를 찼다.

은정 여사와 정원의 하소연을 통해 알게 된 승주의 범죄 피해 사실 앞에서 평범한 시민인 두 사람은 기가 찼다.

왜 정원과 승주 사이에는 이토록 구절구절, 남들은 평생 한 번도 겪지 않을 사연들이 이리도 자꾸 벌어지는지, 누구에게든 한번 물어보고 싶을 정도였다.

"두 사람 삼재 아냐? 왜 이리 안 좋은 일이 생기고 그래?"

"그러게. 어디 점집이라도 가서 부적을 써야 하나? 몰래 굿이라도 해 줘?"

"그래 보든지. 근데 처남한테 전화는 해 봤어? 이승주 씨 상태는 어떻대?"

"한국대 병원에서 근무하는 동기한테 연락해 봤다는데, 아직은 오락가락 인가 봐. 수술은 성공적이래. 의식도 돌아왔고 가족도 알아본대. 오감 기 능도 서서히 정상화되어 가는 것 같고. 인태 말로는 그런 치명상을 입고 이 정도 회복 수준이면 거의 기적에 가깝다는데 여튼 계속 관찰 중이래."

"제발 잘 회복되었으면 해. 상황이 나빠지면 우리 정원이가 이번에는 정 말 못 견딜 거 같아서 마음이 너무 안 좋아."

효진과 성운은 행여 정원이 잠 깰세라 발끝을 들고 조용히 침실을 나갔다.

* * *

정원이 다시 병원에 도착한 시간은 밤 9시였다.

그녀가 병원을 떠날 때만 하더라도 망부석처럼 중환자실 앞을 지키고 있 던 해민도 영국도 보이지 않았다.

마침 중환자실에서 나오던 간호사에게 정원이 물었다.

"저기, 여기 계시던 이승주 씨 보호자분들 어디 가셨는지 아세요?"

"주치의 선생님께서 권고하셔서 두 분 다 아까 집에 가셨어요. 내일 오전 에 오라고 하시던걸요."

"그럼 지금 이승주 씨 상태는 어떤가요? 조금 나아졌나요? 저 그 사람 기 다리면서 이틀 동안 여기 있었거든요. 진짜 잠시라도 좋으니까, 그 사람 얼 굴 한 번만 보면 안 될까요? 부탁합니다."

정원의 부탁이 어찌나 간곡하고 애절했던지 기계적으로 답변하던 간호사 가 움찔했다.

그녀가 한발 물러서서 정원을 물끄러미 바라보았다.

"혹시…… 유정원 씨 되시나요?"

"네."

낯선 이 사람이 어떻게 자신의 이름을 알까. 조금은 놀랍고도 의아해서 정원이 간호사를 마주 바라보았다.

"사실 지금 이승주 씨가 잠깐 깨어나 계시거든요."

"아, 정말요? 그 사람 진짜 괜찮아지고 있는 거 맞죠?"

벌써 눈물이 글썽해서는 다급히 되묻자 간호사가 잠시 주변을 이리저리 둘러보더니만 살짝 목소리를 낮추었다.

"원래 이 시간에 면회할 수 없는데, 잠깐이지만 얼굴 보실래요?"

"네. 감사합니다! 정말 감사해요."

뜻밖에도 기대하지 않았던 간호사의 호의로 인해 정원은 계속 닫혀 있어 들어갈 수 없었던 중환자실 문 안으로 들어갈 수 있었다.

주렁주렁 온갖 의료 기기에 매달려서 머리에는 붕대를 친친 감은 승주가 유리 벽 너머 병상에 힘없이 축 누워 있었다.

"승주 씨!"

자기도 모르게 소리치며 정원이 유리 벽 앞에 애절하게 매달렸다.

"쉿. 소리 내시면 안 되세요."

간호사가 다급히 주의를 주었다. 정원은 한 손으로 울음이 터지려는 입을 막은 채로 고개만 끄덕였다.

유리 벽 사이로 두 사람의 눈이 마주쳤다. 빛이 꺼져 있던 그의 눈동자가 갑자기 반짝 생기를 띠었다. 분명히 정원을 알아보았다는 신호를 보냈다.

아직도 얼굴이 통통 부은 데다가 여기저기에 시커먼 멍이 들어 있었지만 그는 최선을 다해 정원에게 미소 지었다.

정원아.

소리는 들리지 않았지만 그가 분명히 그리 말하고 있었다.

하염없이 그를 바라보며 울고 있는 정원을 향해 손을 억지로 뻗으려 하며 슬픈 표정을 지었다.

울지 마.

난 괜찮아.

"응. 응! 알아. 알아. 바보 아저씨야."

정원은 손등으로 눈물을 닦으면서 있는 힘껏 승주 마음의 소리에 답했다.

"나도 괜찮아. 그러니까 당신도 잘 이겨 내고 잘 견뎌 줘. 내가 문밖에서 항상 당신 생각 하면서 기다리고 있으니까."

잠시 후, 간호사가 다가와 정원에게 작은 목소리로 말했다.

"이제 나가셔야 해요. 환자가 감정적으로 부대끼거나 흥분하면 곤란하거든요."

"네."

정원은 다시 고개를 돌려 유리 벽 너머 승주에게 억지로 웃어 보였다.

"내일 또 봐. 잘 자고. 안녕!"

그도 정원이 보낸 간절한 마음의 소리를 다 알아들은 듯 다시 미소 지었다.

하지만 짧은 시간 동안 정원과 눈을 마주친 것조차 그에게는 피곤한 일이었던지 이내 눈을 감아 버렸다.

정원은 억지로 안간힘을 다해 그에게 웃는 얼굴을 보이고는 돌아섰다. 후들거리는 다리를 억지로 지탱하며 중환자실을 나섰다.

복도로 나와서야 정원은 몰래 그를 볼 수 있는 기회를 준 간호사에게 깊숙이 허리 굽혀 감사의 인사를 전했다.

"정말 감사합니다. 그 사람을 봐서 이제 제가 겨우 숨을 쉴 거 같아요."

"다행이네요. 이승주 환자분 상태도 점차 좋아지고 있대요. 유정원 씨를 보고 싶다고 계속 의사 표현을 했는데, 오늘 반응 상태를 보아서는 유정원 씨를 만난 게 도움이 될 듯해요. 감정 표현도 분명히 되는 것 같고요. 참 다행입니다."

"수술 경과는 좋은 거 맞죠?"

"네, 그런 것 같아요. 아직은 커다란 이상이 발견되지 않았다고 알고 있어요. 특이한 합병증이나 후유증이 안 보인다고 하니 그야말로 천만다행이죠."

"저 사람, 언제까지 중환자실에 있어야 하나요?"

"교수님이 결정하시겠지만 이런 상태라면 주말쯤에는 일반 병실로 올라갈 것 같다고 하네요. 그러니까 너무 걱정 마세요. 다시 말씀드리지만 정말 천만다행입니다."

"고맙습니다."

"얼굴 보셨으니까 이젠 집에 가서 쉬세요. 어차피 이승주 환자분은 지금부터 최소한 열 시간 이상은 잠들어 계실 거예요."

간호사가 다크서클이 볼까지 내려온 정원에게 충고했다.

"여기서 피곤하게 기다려 봤자 소용없어요. 집에 가서 기운 차리고 다시 오세요. 그게 보호자분에게도 환자분에게도 더 좋아요. 오지랖이겠지만 이 불편한 곳에서 묵묵히 지키고 있는 보호자분을 보면 저희도 마음이 너무 안 좋아요. 벌써부터 지치시면 안 돼요. 긴 병에 효자 없다는 말이 왜 생겼겠어요? 그럼 이만."

간호사가 다시 병실로 들어갔다. 정원은 닫힌 문을 잠시 바라보다가 계속 대기하고 있던 벤치에 그대로 주저앉았다.

"머리로는 그래야 하는 걸 아는데 발길이 떨어지지 않는걸요……."

그때 휴대 전화가 진동하며 불이 들어왔다. 화면을 보니 영주였다.

정원은 얼른 일어나 바깥으로 나가며 전화를 받았다.

"응. 나야, 영주야."

─괜찮아, 너?

"어. 괜찮아. 방금 승주 씨 얼굴 봤어."

단단해져야 한다고 다짐했는데, 어느새 또 목소리부터가 물기에 젖어 들고 있었다.

"눈 떴고 나 알아봤어. 머리에는 붕대 칭칭 감고 얼굴에 막 멍도 들고 그랬는데. 온갖 기기가 주렁주렁 매달려 있고. 그런데 날 보더니만 그래도 좋다고 그 사람이 웃더라. 그때 내가 이젠 여한이 없다고 생각했어……."

─정말 다행이다. 야. 눈뜨고 너 알아봤으면 다 된 거지 뭐. 정말 다행이야.

"그러게. 고마워. 다 같이 걱정해 줘서."

─당분간 회사 일은 걱정 말고. 알았지? 너만큼은 안 되겠지만 나랑 경오가 어찌하든 메꿔 볼게. 수시로 전화하고 또 메시지 보낼 테니까 확인만 제때 해 줘.

"응. 알았어. 일단 내일부턴 내가 잠시라도 회사에는 나갈 거야. 승주 씨가 확실하게 의식을 회복한 건 확인했으니까 말이야. 면회 시간에만 맞추면 되니까 여하튼 회사에 하루에 한 번은 나가서 급한 것부터 처리하도록 할게. 미안."

─알았어. 너무 무리하진 말고. 알았지? 네 건강도 신경 써.

전화를 끊고 정원은 어둠 속에 멍하니 서서 두 손으로 얼굴을 문질렀다. 그러고는 제 손으로 찰싹찰싹 자신의 볼을 때렸다.

"정신 차리자, 유정원. 여기서 엎어지지 말자. 승주 씨는 괜찮아. 네 눈으로 봤잖아. 나 알아보고 웃는 것도 확인했잖아. 그럼 됐지, 더 이상 뭘 바라?"

만에 하나 승주의 회복이 여기에서 멈추고 말아, 평생 움직이지 못하고 침대 위에서만 살아야 하는 결과가 나온다 할지라도 정원은 다 받아들이고 감수할 거라고 새삼 다짐했다.

아직은 같은 하늘 아래 그가 숨 쉬고 있다.

안녕이란 한마디 인사도 제대로 못 하고 어이없이 그를 잃어버릴 수도 있었다. 그러나 정원 자신과 마찬가지로 살아 있다. 그것으로 충분했다.

그가 이전과는 완전히 다른 형태의 존재로 변한다 해도 이승주는 그냥 이승주였다.

유정원이 사랑하는 남자. 유정원을 사랑하는 그 남자. 평생 사랑하고 아끼고 지키겠다고 맹세한 유일한 사람 말이다.

정원은 그대로 한참 동안 중환자실이 있는 쪽을 멍하니 바라보았다.

오늘은 이만 가서 쉬고 내일 다시 오라던 간호사의 충고가 생각났다.

효진도 성운도, 또 간호사도 빨리 지치지 말라고 했다. 유리 벽 너머 힘 없이 늘어져 있던 승주를 보던 순간 그건 정말 적절한 충고였음을 정원은 본능적으로 깨달았다.

'그래. 오늘은 조금만 더 앉아 있다가 집에 가자. 내일 또 올 건데.'

아무리 그런 말을 들었다 해도 이대로 몸을 돌려 집에 돌아가는 건 역시 내키지 않았다.

10분만 더 앉아 있다가 집으로 돌아가기로 결정하고 정원은 후욱 한숨을 들이쉬었다.

'감사합니다, 하느님.'

그가 눈을 뜨고 그녀에게 미소 짓는 걸 본 이상, 두려울 것도 슬플 것도 없었다.

잠시 후, 이제 돌아가자 싶어 정원이 핸드백을 들고 일어서려던 참이었다. 엘리베이터에서 내려 그녀 쪽으로 걸어오는 나서희 회장을 보고는 순간 적으로 굳어지고 말았다.

나서희 회장의 얼굴에는 화장기라곤 하나 없었다.

헐렁한 환자복에 헝클어진 머리까지. 정원이 그동안 보아 온 중에서 가장 초라하고 기운 빠진 모습이었다.

정원을 보고는 우뚝 멈추고선 눈까지 커지는 것이 놀라기는 그녀도 마찬 가지인 듯했다.

잠시 후 그녀가 가까이 다가오며 아무렇지도 않은 척 먼저 말을 걸었다.

"왔니?"

"네."

"와 줘서 고맙구나."

"아니에요. 당연히 와야죠."

"그래."

나서희가 여전히 굳게 닫혀 있는 중환자실 문을 힐끗 바라보더니 정원을 향해 돌아섰다.

"괜찮다면 나하고 이야기 좀 할래?"

"네."

정원과 나서희는 병원 정원 고적한 곳에 놓인 야외 벤치에 나란히 앉았다.

"너무 충격이 커서 입원하셨다더니 좀 어떠세요? 이제 좀 나아지셨어요?"

"그래. 좀 나아졌어. 해민이가 말하던? 내가 쓰러졌다고?"

"네."

"너에게 전화도 걔가 했겠구나."

살갗에 닿는 밤바람이 싸늘했다. 헐렁한 환자복만 입은 나서희가 아무래도 한기를 느끼지 싶어, 신경 쓰였다.

결국 정원은 '이놈의 오지랖'이라고 스스로를 한탄하면서도 걸치고 있던 카디건을 벗어 나서희 어깨에 둘러 주고 말았다.

"바람이 생각보다 써늘하네요. 몸도 안 좋으신데 더 탈 나실까 봐 걱정스러워요. 이거라도 걸치고 계세요."

"안 그래도 되는데."

말은 그리했어도 그녀는 어깨에 걸쳐진 정원의 카디건을 굳이 사양하지는 않았다. 역시 한기를 느끼고 있었던 모양이다.

두 사람 사이에 잠시 어색한 침묵이 흘렀다.

정원은 잠시 망설였지만 결국 가시처럼 걸린 한마디 원망을 뱉어 내고 말았다.

"승주 씨 사고 소식, 제게도 곧바로 연락하셨어야 한다고 생각해요."

"그랬니?"

"그이가 이렇게 무사히 깨어났기 망정이지 만약 최악의 나쁜 상황이었다면 전 그이에게 작별 인사도 제대로 못 하고 어이없이 그냥 보냈어야 할 판이었어요. 이건 너무 잔인한 처사시잖아요."

그 말 한마디를 하는데 어느새 정원의 눈에 허락 없이 다시 눈물이 차오르고 있었다.

떨리는 목소리로 항의하는 정원의 말을 가만히 듣고 있던 나서희가 나지막이 입을 열었다.

"미안하구나. 실은 더 빨리 널 불러야 한다는 건 알고 있었어. 하지만 우리 애가 의식도 못 차렸는데 널 부를 수는 없더라고. 경황도 없었고 또 애가 그 모양인데 널 부르는 게 너무 염치없다고 생각했다."

"설마요."

"그래. 네 말을 듣고 나서 생각해 보니 제일 먼저 널 불렀어야 했는데 말이야. 눈뜨자마자 승주가 널 찾았다는구나. 죽음의 문턱에서 돌아와 제일 보고 싶어 한 사람이 너라는데. 이런 순간에까지 와서 나는 여전히 내 멋대로 생각하고 있었어."

나서희가 옆에 앉은 정원을 힐끗 바라보았다. 잠시 망설이는 기색이더니만 마침내 물었다.

"그래. 승주는 보긴 봤니?"

"네."

"컨디션은 어떻던?"

"제가 들어갔을 때 잠시 눈을 뜨고 있었어요. 눈이 마주치니까 절 알아보고 웃더라구요. 근데 그것도 힘들었는지 곧 다시 잠이 들어서 전 나왔어요. 한 이삼 분이나 봤을까? 그래도 전 만족해요. 그 사람이 분명히 정신 차린 걸 제 눈으로 확인했으니까요."

"난 아직 우리 아들, 못 봤어."

"왜요?"

"……무서워서."

목소리가 너무 낮아서 알아듣기 힘들 정도였다.

"걔가 눈 뜨자마자 날 보고 원망할 게 뻔하니까. 너무 미안해서 차마 걔 얼굴을 볼 수가 없었어."

"회장님께서 승주 씨를 다치게 한 게 아니잖아요. 그런 자책은 아니라고 봅니다."

"아냐. 내가 걔를 그렇게 만든 거야. 내 욕심이 내 아들을 죽일 뻔했어. 내가 아니었으면 일어나지도 않을 사고였어."

"설마요. 전 그냥 승주 씨가 그날 운이 나빴던 거라고 믿어요. 누가 집으로 오는 길에 자기가 오토바이 펙치기를 당할 거라고 생각하겠어요? 회장님 탓이 아니에요."

"그날 그 사고, 우연히 일어난 게 아니야. 우리 승주를 작정하고 해코지하러 나선 놈에게 당한 거야."

"네에?"

"우리 승주를 죽이려 했어. 아무나 노린 '묻지 마 강도'가 아니라 대놓고 승주를 노렸다고."

상상도 하지 못한 진실 앞에서 듣고 있던 정원의 안색도 하얗게 질리고 말았다. 머릿속이 어질어질해지고 있었다.

너무 큰 충격에 토할 것만 같아서 정원은 한 손으로 입을 틀어막은 채, 조영화와 승주의 악연에 대해 전해 들었다.

보통 사람은 도무지 이해할 수 없는 조영화의 이상 심리로부터 비롯된 만행들.

감히 잘난 자신을 거절한 승주에 대한 앙심과, 오만한 자존심이 훼손되면서 생긴 분노. 그보다 더 끔찍한 건 자신이 가진 그 어떤 것에도 굴복하지 않고 오히려 그녀와 부모까지 무릎 꿇고 사과하게 만든 승주에 대한 악랄한 보복 심리였다.

그래서 제대로 버릇 한번 가르쳐 주겠다면서 승주의 차를 훼손하고 겁을 준 것으로도 모자라서 청부 살인까지 사주했다는 말에 정원은 화가 나서 견딜 수가 없었다.

만약 조영화란 그 미친 여자가 앞에 있다면 정원이 직접 찔러 죽이고 싶을 정도였다.

"그 위험한 물건을 그럴듯한 거죽에 눈이 멀어서 내 손으로 내 아들을 그 미친 것한테 밀어다 준 거야. 내가 그랬어! 내가 내 아들을 사지로 몬 거야. 그런데 내가 무슨 염치로 우리 승주 얼굴을 바로 볼 수 있겠어?"

"그러게요. 듣고 보니 그 사람 인생이 너무 불쌍하네요."

정원은 승주를 대신해서 이를 악물고 시퍼렇게 화를 냈다.

"그 사람, 서른 넘도록 회장님 서슬 푸른 압력에 휘말려서 자기 뜻대로 못 살고 밀려다니기만 하더니, 그걸로도 모자라서 선 자리 한번 잘못 나갔다가 억울하게 목숨까지 빼앗길 판이었으니까요. 그것도 회장님이 저지른 짓이네요. 우리 승주 씨한테 왜 그러셨어요?"

"그러게⋯⋯. 내가 우리 아들에게 왜 그딴 짓만 하고 살았을까? 다 저 잘되라고 한 선택이었는데 항상 난 그 애를 망치거나 해치고만 있었어."

"다시는 그러지 마세요! 나쁜 짓입니다. 제가 전에 뵜을 때도 분명히 말씀드렸죠?"

정원이 딱 부러지게 나서희에게 오금을 박았다.

"이번 사고로 승주 씨가 다시는 못 돌아올 길을 떠났다면 회장님은 영영 그 실수를 만회할 기회조차 없었을 거라고요. 승주 씨가 천만다행으로 깨어났으니까 이제 다시는 그 사람 인생을 함부로 휘젓거나 건드리지 마세요. 회장님께서 손댄 결과가 항상 이 모양인데 왜 자꾸 아들 인생에 간섭하려 하세요? 이게 그만두실 때도 되었죠."

정원이 승주를 대신해서 야무지게 퍼붓는 말에 나서희는 아무런 대꾸를 하지 못했다. 한 손으로 얼굴을 감싸 쥐며 자책과 후회로 울먹였다.

"남들은 다 쉽게 놓더니만, 나는 왜 내 아들을 못 놓았을까? 몇 번이고 똑같은 실수를 되풀이해. 그러다가 내 아들을 죽일 뻔해 놓고도 난 왜 이리도 뻔뻔한지? 우리 승주가 다치는 대신 내가 다쳐야 했어. 누구도 좋아하지 않고 아무짝에도 쓸모가 없는 내가 죽어야 했어."

늘 오만 도도하고 강철같이 어렵던 나서희가 무시하던 전 며느리 정원 앞에서 처음으로 울음을 터뜨린 순간이었다.

* * *

일주일 후.

상태가 호전된 승주가 엄중한 중환자실을 벗어나서 마침내 일반 병실로 옮겨졌다.

많이 다쳐 큰 수술을 받은 사람치고, 여러 사람을 걱정시킨 것이 무색하게 빨리 회복된 승주의 상태는 기적이라고들 했다.

"내 허락도 없이 막 다치고 그러면 안 되지, 이승주 씨."

일반 병실로 옮겨진 후에야 자유롭게 면회가 가능해졌다.

이제 제법 편하게 의사소통을 할 수 있게 된 승주 앞에서 정원은 눈물을 쏟는 대신 그동안 꾹꾹 참아 둔 잔소리를 퍼부었다.

"무조건 내 옆에 딱 붙어 있어."

정원이 승주 손을 잡아서 볼에 비비며 딱 잘라 말했다.

그냥 그것으로 둘이 합의한 '연애 거리 두기'는 없던 일이 되고 말았다.

"이제 생각하니까 당신한테 내가 없으면 당신은 아프거나 다쳐. 그러니까 평생 그냥 내 옆에서 살아. 알았지? 너그럽고 착한 내가 당신을 위해 인생 베팅하기로 했으니까."

"그거 평생 이용권이지?"

"당연하지."

승주가 비시시 웃었다. 창밖으로 멀리 보이는 산등성이가 완연한 가을 색으로 물들고 있듯이 그의 얼굴에도 행복이 번져 나고 있었다.

"지금 엄청 강력한 진통제를 맞은 기분이야."

"지금 웃음이 나와? 엉? 난 엄청 심각한데. 당신 인생하고 내 인생을 원 플러스 원으로 묶어서 평생 이용권 발급한 건데. 당신은 무작정 좋기만 해? 이거 다시는 못 물러, 이제는. 생각이란 걸 좀 하라고, 이 남자야."

"난 아무 생각이 없어, 정원아. 아무 생각도 안 하니까. 난 당신만 있음 돼. 그게 전부야. 당신만 보면 그냥 좋아."

"바보 아저씨 같으니."

억지로 유쾌한 척, 아무렇지도 않은 척하려 애쓰던 정원이 결국 눈물을 가득 담은 채 승주를 노려보았다.

"진짜 어쩔 수 없다니까."

승주가 두 팔을 벌렸다. 다가오는 정원을 꼭 안았다.

"내가 사고당했다는 소식 듣고 무슨 생각 했어?"

"아무 생각이 안 났어. 그냥 빌기만 했어."

이상한 일이다. 그날 해민의 전화를 받고 병원으로 미친 듯이 달려오던 게 불과 보름 전 일인데 천 년 전 일처럼 아득하게 느껴졌다.

그날 그때 그녀가 어떤 마음으로 그에게 달려왔는지 무슨 말로 설명할 수 있을까?

"운전해서 오는 동안 내내 무작정 울며 빌었어. 무사한 당신을 보게 해 달라고. 아무 일도 없게 해 달라고. 대신 내가 다치고 내 목숨 반 잘라 가도 되니까 당신만 내게 돌려 달라고. 이렇게 당신을 다시 잃을 순 없노라고 악 쓰며 빌었어……."

"그래. 당신 말이 무슨 뜻인지 난 알아."

승주가 정원의 머릿결에 얼굴을 묻고 고백했다.

"사실은 나도 엄청 빌었거든. 거기서 만난 어떤 분에게."

환각이든 꿈이든 상관없다. 그도 미지의 환한 어떤 곳에서 만난 그분에게 다시 돌아가게 해 달라고, 우리 정원이를 많이 사랑해 주지 못해서, 안녕이라는 인사 한마디도 제대로 하지 못해서 분하다고, 정말 억울해서 못 죽는다고 그는 반드시 돌아가야 한다고 열심히 빌었다.

"정말 그랬어?"

"응. 그렇다니까?"

"쳇, 거짓말쟁이."

"믿어 달라니까? 그렇게 열심히 빌어서 나 혼자 거기 안 가고 끝내 당신에게 돌아왔잖아."

"좋아. 그건 인정할게. 노력이 가상해서, 나한테 제대로 돌아온 게 예뻐서 평생 까방권 준다, 이승주 씨."

정원이 승주의 새끼손가락에 자신의 새끼손가락을 꼭 걸고는 약속했다.

"이런 정신으로 사는 거야, 알았지? 어딜 가든, 무슨 일이 생기든, 이번처럼 반드시 돌아와야 해. 그럼 뭐든 다 용서할게."

"사랑해, 정원아. 내 마음이 이런데 내가 혼자 어딜 가겠니? 절대 안 가지……."

승주가 사이좋은 부부처럼 꼭 얽힌 두 개의 새끼손가락을 내려다보며 중얼거렸다.

* * *

반년 후.

어느새 계절은 겨울을 지나 무르익은 봄이었다.

며칠 비가 와서 서늘하던 바깥 공기가 오늘은 날씨가 맑아지면서 꽃봉오리처럼 온화했다.

"당신 퇴원하는 날인 줄 알아서 하늘도 맑아지네. 역시 복 많은 남자?"

한국대 병원에서 퇴원한 승주는 몇 달 동안 완전한 회복을 위해서 서울 근교 조용한 요양 병원에 머무르고 있었다.

처음부터 그걸 노리고 결정한 건 아니지만 입원하고 보니, 그 요양 병원과 정원네 양평 집이 은근히 가까웠다.

덕분에 서울에서 왔다 갔다 하던 정원보다 가까이 사는 민호와 은정 여사가 더 자주 승주를 만나러 드나들게 되었다. 그사이 여전히 불편하고 조금 어려웠던 세 사람 사이가 이전과는 달리 무척 친해졌다는 게 변화라면 변화였다.

"모자 쓰고. 감기 걸리면 안 되니까."

정원이 승주의 재킷 단추를 잠가 주고, 모자를 씌웠다.

"자기가 자꾸 내 시중들어 주니까 왠지 내가 아기 같아."

"응, 맞아. 아픈 사람은 아기 대접 받는 거야. 그게 싫으면 다시는 입원하지 말라고. 알았어요?"

가방을 들고 나서기 전 두 사람은 승주가 몇 개월을 보낸 병실을 한번 돌아보았다.

"그새 정들었는지 떠나려니 섭섭하네."

"고마웠어, 병실. 우리 애인을 잘 보살펴 줘서. 그런 의미에서 다신 보지 말자. 안녕!"

정원이 미련 없이 쾅하고 문을 닫았다.

주차장에 세워 둔 차에 올라타 막 출발하려는데 전화벨이 울렸다.

"응, 경오야."

—오늘 이승주 씨, 퇴원하는 날이지?

"지금 퇴원 수속 끝내고 차 탔어. 이제 집에 갈 거야."

"정말 축하해. 그런데 어디로 가? 승주 씨 집이야, 아님 네 집이야?"

통화를 하던 정원은 잠시 할 말을 잃고 말았다.

"어, 그러게? 그건 서로 얘기 안 했는데?"

수화기를 든 채로 정원이 승주를 돌아보았다.

"경오가 우리보고 어디로 퇴원하는지 물어보는데 뭐라고 해?"

그때까지 정원과 승주는 어디 집으로 갈지 정하지 않았다.

정원은 승주가 자신의 집으로 갈 거라고 생각했고 승주는 마땅히 자신은 정원의 집으로 퇴원하는 줄 알고 있었다.

"당신 어디로 갈래? 자기 집으로 갈래, 아님 내 집으로 갈래?"

"어, 우리 집으로 가는 거 아냐? 언제는 나보고 자기 옆에 딱 붙어서 평생 마구마구 응석 부리라고 했으면서?"

"알았어, 알았어! 우리 집으로 가자."

그곳이 어디든 우리 둘이 함께인 곳. 그거면 충분하다.

그들은 같이 있고 돌아갈 '우리 집'이 있지만 승주의 가족들은 두 계절이 넘어간 지금, 각자의 궤도만을 도는 별들처럼 멀어져 있었다.

해민은 제주도로 완전 이주를 했고 나서희와 영국은 이혼 서류에 도장을 찍었다.

"어쩌겠어. 여생 동안 진짜 좋아하는 사람하고 행복하게 살고 싶다는데. 결국 이런 결말일 거면 좀 더 일찍 결단들을 하시지. 그랬다면 서로가 조금은 덜 불행했을 텐데."

부모의 이혼 소식을 전해 들은 승주는 씁쓸한 얼굴로 그렇게 중얼거렸다.

조만간 영국은 그리도 같이 살고 싶어 했던 백향 사장과 기어코 재혼을 한다고 들었다.

40년 가까이 같이 살던 부부도 돌아서면 남이라더니만, 그렇게 파편처럼 부서진 것이다.

파편처럼 부서져 산산조각이 난 건 승주네 가족만이 아니었다.

한때 재벌가 출신 유명 첼리스트에서 경악스러운 '맞선남 살해 미수 사주범'이 되어 뉴스 면을 떠들썩하게 장식한 희대의 사이코패스 조영화와 그

가족도 마찬가지였다.

영국과 나서희 두 사람은 아들을 해코지한 그녀를 응징하기 위해 자신들이 가진 모든 힘과 온갖 연줄을 다 동원했다.

조영화를 단죄하기 위해 나선 이들은 또 있었다.

맞선 한번 잘못 주선했다가 조카를 죽일 뻔한 희영은 물론이거니와 조영화 일가의 가장 큰 백이었던 대영 그룹 회장도 조영화 가족에게서 완전히 등을 돌렸다.

또한 민호를 통해 사정을 알게 된 오지인 회장 역시 도움을 아끼지 않았다.

이에 맞서 조영화는 일류 로펌 출신 변호사들을 몇 명이나 동원하고 알코올 홀릭과 정신 이상을 들먹이며 어찌하든 미꾸라지처럼 책임을 회피하고 빠져나가려 했으나 실패했다. 결국 그녀는 승주를 해친 범인과 함께 수감되고 말았다.

악랄한 딸로 인해 온갖 추문에 휩싸인 그 모친도 주변의 압력에 못 이겨 결국 판사직을 내놓아야만 했다. 그 부친 역시 회사에서의 지위를 잃고 대영 그룹 회장을 비롯한 일가로부터 완전한 절연을 당했다고 했다. 사필귀정이었다.

정원이 승주의 한 손을 꽉 잡고는 아직도 수화기 너머에서 대답을 기다리고 있는 경오에게 대답했다.

"우리 집으로 갈 거야."

─몇 시쯤 도착해?

"지금 출발하니까 차 안 막히면 한 시간쯤 걸리겠다. 한 11시 정도?"

─알았어. 조심해서 와. 승주 씨 보고도 퇴원 축하한다고 전해 주고.

"알았어. 고마워."

정원의 차가 요양 병원 주차장을 출발했다.

"창문 내려도 돼? 잠시만 바깥 공기를 느끼고 싶어."

승주가 자신이 앉은 조수석 쪽 차창을 열었다.

비가 그친 다음 날이 그렇듯이 맑고 시원한 바람이 밀려 들어왔다.

"아, 좋다. 바깥 공기, 자유의 냄새."

"나도 좋아. 오늘은 당신이랑 함께 집에 돌아가니까."

승주가 말짱한 모습으로 퇴원하는 날이니만큼 무조건, 마냥 기분이 좋아서 정원이 계속 싱글벙글이었다.

"나 그동안 당신 만나러 왔다가 혼자 돌아갈 때면 말을 안 해서 그렇지 강가에 차 세워 두고 많이 울었다? 지금 생각해 보면 진짜 무슨 그런 청승을 떨었는지. 아, 수치스럽다."

"왜 울었어? 난 만날 조금씩 괜찮아지고 있었는데."

"머리로는 아는데 마음이 못 받아들이더라고. 당신이 무슨 죄를 지어서 저렇게 갇혀 있어야 하나, 한창 일하고 미래 계획 세워서 힘차게 앞으로 나아가야 할 사람이 왜 바보처럼 환자복을 입고 있어야 하나 싶어서. 자기가 너무 불쌍해서 그냥 막 눈물이 나는 거야. 그렇다고 당신 앞에선 울 수가 없잖아."

"그냥 울고 싶으면 울지 그랬어? 덕분에 나도 같이 울어 버릴 수 있었는데."

"그래도 우리 그동안 잘 참고 견뎌 냈지? 당신이 이렇게 무사히 나랑 같이 돌아갈 수 있어서 정말 하느님께 감사하고 있어."

한데 얽힌 정원의 손과 승주의 손이 더 강하고 단단하게 맺어졌다.

"나는 하느님이 아니라 변함없이 날 인생 옆에다가 붙여 준 당신에게 감사하고 있는데."

"당신에게는 그러니까 내가 하느님이로군. 앞으로 잘해요. 알았어요?"

잠시 잠잠하던 승주가 툭하고 물었다.

"정원아, 우리 이참에 혼인 신고 할래?"

"약혼도 결혼도 아니고 혼인 신고부터? 이 남자 꽤 급하네. 갑자기 왜?"

"……갑자기는 아니야. 사고당한 후 정신 차리면서부터 계속 생각해 온걸."

"아니, 그러니까 그런 생각을 한 이유가 뭐냐고?"

"우리 의지하고는 상관없이 벌어지는 일들이 있어. 내가 당한 사고처럼. 갑작스러운 사태에 대비해야지. 난 내가 가진 걸 다 너에게 주고 싶은데 법률적으로는 우린 아직 남이잖아. 너한테 아무것도 줄 수가 없어."

"아."

"내가 중환자실에 있을 때도 그랬잖아. 물론 우리 집 사람들이 양해를 해 줘서 면회 시간에 네가 들어오긴 했지만 가족 아니면 원래 면회도 안 되는 거야."

"그건 그렇지."

"세상에서 제일 가까운 사이인데, 여전히 우린 남이야. 그거 싫다. 이젠 하지 말자. 남 말고 진짜 가족 하자. 내게 무슨 일이 생겨도, 당신한테 무슨 일이 생겼을 때도 제일 먼저 달려가도 당연한 사이. 국가가 인정하는 완전히 합법적인 관계. 어때?"

"와우, 그럼 우린 지금까지 불법적인 관계였단 말이야? 우리, 엄청 스릴 있고 위험한 연인이었구나?"

정원이 킥킥 웃으며 승주의 허벅지를 찰싹 쳤다.

"왜 이렇게 법률적으로 섹시하게 청혼하고 그래? 아우, 설레. 두근거려! 몰라, 또 반해 버렸잖아, 이승주 씨. 이렇게 깜빡이도 안 켜고 훅 들어오면 어떡하니이, 정말?"

"나랑 법률적인 관계가 될 생각은 있는 거지?"

"당연하지. 근데 일단 당신, 반지부터 주고 나서 날 충분히 먹여 살릴 수 있는 사 자(字) 능력남 되고 나면 다시 이야기하자. 알았지? 그동안은 이승주 씨 말고는 그 누구하고도 법률적인 관계를 안 맺겠다고 맹세할게."

한 시간 후, 정원의 차가 아파트 주차장에 멎었다.

엘리베이터에서 내려 아무 생각 없이 현관 비밀번호를 누르고 들어서는데, 갑자기 두 사람 눈앞으로 톡톡 오색 폭죽이 터지고 꽃가루가 휘날렸다.

"어서 오세요!"

"무사히 돌아온 걸 환영해요. 퇴원 축하합니다, 이승주 씨."

"어서 오시라! 무사 귀가 축하!"

"얘, 애들아!"

너무 놀란 나머지 정원과 승주는 현관문 앞에 그대로 우뚝 멈추어 서 버렸다.

꿈에도 생각지 못했다. 올댓파티 직원 전부도 모자라서 그 바쁜 효진과 성운, 인태와 아름이까지 다 함께 그들을 기다리고 있었다.

승주의 퇴원을 축하하려고 다들 한마음이 되어 정원의 집을 아름다운 파티장으로 꾸며 놓고 기다리고 있었을 줄이야.

"이게 다 뭐야? 와, 깜짝이야! 경오가 몇 시에 어디로 오느냐고 물었을 때 살짝 눈치를 챘어야 했는데."

"유정원, 감 다 죽었죠? 둔탱이죠?"

"어서 들어오세요. 그렇게 서 있지만 말고."

영주와 효진이 재촉했다.

"진짜 감동이다! 이거 누가 생각해 낸 거야?"

마음이 흠뻑 젖어들 정도로 감동해서 정원이 친구들을 얼싸안았다.

"우리 다같이."

"만날 남들 파티만 열어 줬잖아요. 이번에는 우리가 작정하고 대표님과 대표님 멋진 애인님을 위해서 파티를 한번 마련해 보았어요. 마음에 드십니까, 대표님?"

호중이 싱글벙글하며 정원에게 물었다. 칭찬을 바라는 눈동자 앞에서 정원은 있는 힘껏 활짝 웃었다. 온 마음을 다해서 행복한 표정으로 인사했다. 승주도 마찬가지였다.

"다들 정말 고맙습니다. 평생 못 잊을 겁니다."

사랑하는 가족들과 친구들에게 어서 오라, 잘 왔다 마음껏 환영받는 지금, 회복하느라 지루하고 막막하던 병원 생활의 우울감이 한순간에 희미해지고 있었다.

"이럴 때 난 파티 플래너가 되길 잘했다 싶어."

인사는 잠시. 궂은일은 내가 먼저.

얼른 주방으로 옮겨 가 다들 함께 먹을 식사 준비를 하던 영주와 경오가 떠들썩한 환영 인사에 파묻혀 더없이 행복해 보이는 정원과 승주를 건너다보며 중얼거렸다.

"맞아. 세상 누구에게든 잊지 못할 추억을 만들어 주잖아. 저런 행복한 얼굴을 마음껏 볼 수도 있고. 정말 회사 차리기 잘했어. 그치?"

"그럼 그럼."

영주와 경오가 하이파이브를 했다.

* * *

그날 오후.

"회장님, 전화가 울리는 것 같습니다만."

조수석에 앉은 비서가 뒤돌아보며 나서희에게 말했다.

차창 밖을 내다보며 상념에 잠겨 있던 그녀가 핸드백 안에서 휴대 전화를 꺼냈다.

─안녕하세요, 회장님. 유정원입니다. 승주 씨 무사히 퇴원해서 지금 집에서 쉬고 있어요. 궁금해하실 것 같아서 전화드렸어요.

"고맙구나. 고생해 줘서."

─제가 잘 보살필게요. 이 사람은 제 옆을 떠나면 꼭 큰일을 당하니까. 딱 옆에 붙이고 떼 놓지 않겠습니다.

"어쩐지 내 아들에 대한 소유권 주장같이 들려서 기분이 좀 그러네. 뭐 어쩌겠어? 내 아들이지만 내 아들 안 하고 유정원 애인만 하겠다는 녀석인데. 가끔 소식이나 전해 줘, 유 대표."

승주가 회복되어서 무사히 요양 병원에서 퇴원한 것은 다행이었지만, 그 아들이 가능하면 나서희 자신과 안 보고 살겠다는데 뻔뻔하게 그의 앞에 나타날 수는 없었다.

사실 나서희는 '다 널 위해서'란 말로 포장한 자신의 이기적인 행동이 가져온 결과에 대하여 할 말이 없었다. 결국 그가 사경을 헤맬 정도로 커다란 사고를 당하게 한 원인 제공이 자신이라는 사실은 어떻게 변명하든 달라질 게 없었다.

'그나마 너한테는 좋아하는 사람이 평생 붙어 있겠다고 하니 참 다행이로구나. 이젠 행복했으면 해. 앞으로 난 절대로 네 인생에 대하여 방해 안 할 테니까.'

"도착했습니다."

비서가 승용차 문을 열어 주었다. 나서희는 완담동 세린병원의 간판을 한번 올려다보고는 차에서 내렸다.

나서희와 영국 두 사람은 석 달 전에 이혼에 관련한 모든 절차를 끝냈다.

협상 조정 시간이 오래 걸린 것은 40년 가까이 부부로 살아온 두 사람의 인생이 생각보다 여러모로 뒤엉키고 이쪽저쪽으로 섞여 있었기 때문이었다.

그 아무리 마음 없는 형식적 결혼 생활을 지속해 왔더라도 부부가 괜히 '운명 공동체'라고 불리는 게 아니었다.

양측 변호사들이 각자의 의뢰인들에게 보다 나은 이익을 보장해 주기 위해 격돌했다.

나서희는 마지막까지 유책 배우자이자 먼저 이혼을 요구한 영국에게 위자료며 재산 분할에 대해서 철저하게 따졌다.

그 결과 나서희는 완담동 세린병원 주식 전부를 차지하게 되었을 뿐 아니라 송도 소재 세린병원 주식 지분도 상당 부분 확보하게 되었다. 평창동 저택 역시 그녀의 차지가 되었다.

심지어 영국은 자신의 데이지 백화점 지분까지 세 자녀에게 골고루 무상

증여 하고 물러났다.

'그래, 네가 양심이 있다면 빈 몸으로 나가 줘야지. 흥.'

변호사에게 말은 그리했지만 은근히 빈정이 상하고 동시에 몹시 씁쓸하기도 했다.

아무리 마음을 비우고 정리했다 하더라도 40년가량 남편으로 살았던 그가 자신이 가진 것 대부분을 포기하고 그녀 곁을 떠나기를 택했다는 것에 자존심이 상하고 속이 부대끼는 건 어쩔 수가 없었다.

'나도 여자인 거야. 이렇게 늙었어도 감정은 어쩔 수 없나 보다.'

나서희가 병원 출입문을 들어서자 직원 몇 명이 대기하고 있었다.

"이사장님."

그들이 정중하게 인사를 하고는 나서희와 비서를 엘리베이터 쪽으로 모셨다.

그러나 이날 나서희는 어떤 행정적인 결정을 내리거나 이사회에 참석하러 온 것이 아니었다. 며칠 전 마친 건강 검진 결과를 듣기 위해 방문한 것이었다.

"어서 오세요."

주치의가 일어서서 나서희를 맞이했다.

"잘 지내셨죠?"

"그럭저럭 지내고 있어요. 조심해야죠. 이젠 의사 남편도 없는 처지에 건강 관리라도 제대로 해야지."

나서희가 냉소적으로 중얼거렸다.

"운동 더 열심히 하셔야겠어요. 검진 결과표를 보시면 아시겠지만 예전부터 심장 쪽에 무리 가면 안 된다고 했죠? 자칫하면 심근 경색이 올 가능성이 커요. 걱정스럽습니다. 항시 주의하세요."

"내가 그동안 별의별 일을 다 겪어서 심장에 무리가 왔나 보네. 뭐, 그중하나가 이영국 이사장 때문에 생긴 마음고생 아니겠어요?"

나서희의 말에 영국과 나서희의 사생활에 대한 어지간한 이야기를 다 알고 있는 주치의가 어색한 얼굴로 애매모호하게 웃었다.

"한 박사님도 이사장이 보낸 청첩장 받았죠?"

다음 주 주말에 영국은 오랜 연인이던 백향의 여사장과 조촐한 결혼식을 한다고 전해졌다.

"그 나이에 다시 새 여자를 만난 걸 그렇게 자랑하고 싶을까? 뻔뻔한 건지, 당당한 건지. 쯧! 어지간히 급했나 봐. 이혼 석 달 만에 재혼이라니. 추접스러워서 원."

이에 무슨 말을 보탤 수 있을까?

나서희의 비아냥 앞에서 비서와 주치의 두 사람 다 벙어리처럼 입을 꾹 다물고 있을 수밖에 없었다.

그날 밤. 나서희는 늘 그랬던 것처럼 텅 빈 저택에 홀로 앉아 있었다.

무서운 고적함 안에서 그녀는 자신이 홀로 말라 비틀어져 가는 유령 같다고 느꼈다.

'오늘도 결국 혼자네.'

어쩌다가 이렇게 되었을까?

처음 영국과 결혼해서 이 집에 들어올 때만 하더라도 친정에서 누리지 못한 당당한 행복을 마음껏 누리고 살 거라고 기대했는데.

'내 인생이 이렇게 처절하게 실패해 버린 걸 아시면 아버진 뭐라 말씀하실까?'

죽은 친정아버지가 사무치도록 그리웠다. 그러면서도 원망스러웠다.

'눈치 보면서 살아온 탓에 결혼해서는 어찌하든 내 자리, 내 몫을 잃지 않으려고 안달했어요. 그 결과 전 이 모양이 되고 말았어요. 그뿐만인 줄 아세요? 아버지, 날 낳아 준 사람이 어떤 사람인지도 절대로 가르쳐 주지 않으셨잖아요. 참 나빴어요.'

친정아버지는 그걸로 그녀를 완전히 본부인의 딸로 만들었다고 여겼나 모르지만 그건 절대로 아니었다. 그럴 수가 없었다. 그녀의 존재란 본가의 어머니에게 있어 남편의 불륜 증거였고 첩에게 사랑을 빼앗긴 고통의 되새 김질이었다.

'날 낳아 준 사람을 알고 싶었어요. 왜 나한테는 엄마를 주지 않으신 거예요? 아버지, 나도 내 엄마가 보고 싶어요. 이렇게 난 혼자이고 외로운데 '엄마' 하고 진심으로 찾아 부를 사람이 없어요. 그래서 아버지가 너무 그리운데 참 미워요.'

눈물도 나지 않는 아주 오래되고 메마른 슬픔이 그녀의 목구멍을 틀어막았다.

너무 익숙한 외로움과 소외감이 그녀의 지병이어서 그 어떤 의사나 약으로도 해결할 수가 없었다.

며칠 후.

나서희는 주치의의 걱정대로 회사 사무실에서 갑작스런 심근 경색을 일으켜 병원에 실려 가게 되었다.

조금만 늦었다면 죽을 고비였다는데, 병원 특실에 누워 있는 그녀에게는 아무도 찾아오지 않았다.

남편이던 영국은 이미 남이 되었고, 딸 해민은 제주도에서 새로운 생활을 설계하느라 엄마의 전화도 받지 않았다.

이제 간섭하지 않을 테니 너희끼리 잘 살아라 다짐했던 아들 승주의 전화번호는 그녀가 이미 먼저 지웠던 차였다.

입원해 있던 사흘 동안 늘 그래 왔듯 혼자이던 나서희가 퇴원과 동시에 모두에게 연락을 끊고 사라진 건 그날 저녁이었다.

* * *

남해, 블루 포레스트 리조트.

'어딜 가든 결국 전 혼자네요, 아버지.'

나서희는 남해 푸른 바다가 내려다보이는 언덕의 벤치에 멍하니 앉아 있었다.

친정아버지의 이름이 새겨진 메모리얼 벤치 근처에는 그가 좋아한 소나무가 한 그루 서 있다.

그가 영면에 잠겼을 때, 유택으로 정해 둔 이천 말고도 뼛가루 한 줌을 이곳에도 묻으라는 유언이 있었다. 여기가 은상 그룹을 이끈 나 회장의 본향이었기 때문이다.

이곳에다가 리조트 터를 닦을 때 그는 가끔 나서희를 데리고 이곳으로 오곤 했다.

무뚝뚝하나 늘 그녀의 이야기를 잘 들어 주었던 그분의 얼굴을 떠올리며 나서희는 마치 친정아버지가 옆에 앉아 있기라도 하듯이 중얼거렸다. 끝없는 자기 고백, 허망한 인생에 대한 되새김질이었다.

"이렇게 앉아 있으니 아무것도 필요 없구나 싶어요. 다 허망해요. 다 부질없어요, 아버지."

언제나 더 많이 가지고 싶었고 더 단단하게 뿌리박고 싶었고 더 찬란한 이름을 얻고 싶었다. 자신이 정한 완벽의 테두리 안에서 가차 없이 쳐 내고 가차 없이 밀어냈다.

그런 인생의 결과가 자식들과는 전부 단절이요, 남편과는 이혼. 몸서리쳐지도록 짙은 고독이었다.

"이렇게 끝이 날 줄 알았다면 더 젊었을 때 이혼했을 거예요. 아버지 눈치 보느라 내 인생 손해 본 게 너무 많잖아요."

"난 뭘 위해 살았을까요?"

"이젠 더 이상 달리고 싶지도 않고 가지고 싶지도 않고 매달리기도 싫어요. 그럴 필요도 없고 그럴 이유도 사라진걸요."

아무리 묻고 물어도 대답은 돌아오지 않았다. 그저 옷깃을 파고드는 서늘한 바람의 냉기뿐.

"하하하, 멋지다!"

"자기, 완전 프로잖아. 나이스 샷!"

골프 게임을 즐기는 투숙객들의 유쾌한 수다와 웃음소리가 눈 아래 골프장에서부터 날아왔다.

나서희는 자신도 모르게 부러운 시선으로 삼삼오오 짝을 지어 푸른 잔디밭을 누비는 골퍼들을 내려다보았다.

'행복해 보이는구나.'

나만 빼고.

허무한 미소를 지으며 그녀는 다시 바다로 시선을 옮겼다. 새로운 홀을 공략하기 위해 골프 카를 타고 언덕을 지나가는 사람들에게서 얼굴을 돌렸다.

그래서 그녀는 골프 카에 올라탄 사람들을 보지 못했다. 그러나 그 골프 카에 탄 한 사람만은 화장기 없이 외롭고 초라한 얼굴로 혼자 앉아 있는 나서희를 알아보았다.

'설마, 저분. 나 회장님?'

그는 얼마 전에 데이지 백화점 나서희 회장이 남편의 재혼 소식에 충격받아 갑자기 잠적했다는 소문을 들었었다.

그게 벌써 보름 전 일이라서 가족들이나 회사 관계자들이 걱정을 하다 못해 실종 신고를 낼 판이라는 말도 함께 들었던 터였다.

* * *

그날 저녁.

"안녕하세요."

승주가 전화를 받으면서도 정원을 건너다보았다.

대체 이 사람이 나한테 왜 전화를 했을까 싶어서 그의 눈에 의아함이 가득했다.

"네. 네? 아, 그래요? 네. 알았습니다. 감사합니다."

전화를 끊은 승주의 표정이 참 복잡미묘했다.

"누구 전화?"

"오지인 회장님."

"그분이 당신에게 왜?"

"골프 치러 가셨다가 거기서 어머니를 만났대."

얼마 전 두 사람은 그녀의 비서로부터 갑작스러운 심근 경색으로 잠시 입원했던 나서희가 그 길로 잠적했다고 연락을 받았었다.

발등에 불이 떨어진 비서 입장에서는 썩은 동아줄이라도 잡고 싶었을 것이다.

혹시나 싶어서 정원과 승주에게까지 연락을 취했지만 공식적으로 나서희와 의절한 아들 승주나 완전 남인 정원인들 나서희의 행방에 대하여 알 턱이 없다. 오히려 늘 회사에서 모셔 왔던 비서보다 그녀 사정에 대하여 더 컴컴한 상태였다.

혹시나 해서 제주도에 있는 해민에게 연락을 해 보았지만 그녀도 금시초문이었다.

대체 어딜 가셨을까? 몸도 성치 않다는데.

비서 말대로 실종 신고라도 내야 하나.

조금만 더 기다리다가 경찰에라도 손을 써야 하나, 말은 못 했지만 서로가 은근히 걱정만 하고 있던 차였다.

"뭐어? 어디서?"

"남해."

남해가 어디야? 정원은 잠시 눈을 깜빡거렸다. 멀디먼 낯선 지명이 바다와 함께 간신히 떠올랐다.

"거기도 골프장이 있었나?"

정원의 말이 들리지도 않은 듯 승주가 나지막이 홀로 중얼거렸다.

"어머니가 남해에 왜 가셨는지 알 것도 같아."

"왜? 그렇게 멀리 왜 가셨대?"

"남해에 외할아버지가 개발하신 리조트 골프장이 있어. 거기엔 외할아버지 메모리얼 벤치가 있거든."

"그래? 그곳에까지 회장님 본가 쪽 리조트가 있다고? 역시 재벌가 클라쓰는 대단하구나."

"어머니가 가끔 그곳에 가는 건 알고 있었어. 외가에서의 어머니 입지가 딱히 큰 건 아니었으니까 말이야. 본가에서 열리는 제사에 참석하는 대신, 혼자 거길 다녀오실 때가 많더라고."

"진짜?"

처음 듣는 이야기였다.

결혼 중에 시외조부 기일에 참석해야 한다는 말은 들었다.

하지만 정작 시외조부 기일이 돌아왔을 무렵, 승주와 정원은 미국으로 출국하게 되었다. 그랬으니 정원은 그 행사에 참석할 기회가 없었다. 그러고는 까마득히 잊어버렸는데.

"어디 계신지 알게 됐는데 모시러 가야지."

그러나 승주는 쉽게 대답하지 않았다.

검은 발코니 창문 안으로 뒤돌아선 그의 얼굴이 그를 바라보고 있는 정원의 눈에 비쳤다.

거울보다 흐린 밤의 통창 안에 비친 서로의 얼굴을 바라보면서 둘은 잠시 그대로 서 있기만 했다.

"가족이란 건 참."

승주가 돌아서며 쓴웃음을 지었다.

"귀찮아. 그렇지?"

"그런데도 가족이라서 끊을 수는 없지."

"그래서 지겨워. 좀 지긋지긋해."

"그래서 모시러 안 갈 거야?"

"당신은 자꾸 잊어버리는 거 같은데 난 이미 어머니랑 의절했어. 내가 모시러 간다 해도 고마워하지도 않을걸?"

승주의 목소리는 얼음이 얼 만큼 찼다.

"혼자 알아서 나갔으니 때가 되면 혼자 돌아오시겠지. 어머닌 남 인생을 간섭하기 좋아하지만 남이 자신의 인생에 간섭하는 건 싫어해."

"……나는 말이야, 자기야. 세상에서 가장 따뜻한 말이 '데리러 간다'는 말이라고 생각한 적 있어."

구렁텅이에 빠진 널 위해서 내가 갈게.

쉬운 말로만 괜찮으냐고 묻는 게 아냐. 멀리서 '힘내라' 응원만 하는 것도 아니야.

내가, 데리러 갈게.

위로와 구원이 필요한 널 위해서 내가 먼저 적극적으로 움직일게.

아무리 멀다 해도 내가 갈게.

가서 너의 손을 잡아 줄게. 너의 손을 잡아끌어 그 지옥에서 데리고 나와 줄게.

"지금 그 아무리 절망하고 고통스럽다 해도 그런 말을 누군가에게 들으면 그게 구원 같아. 그 사람이 오는 그날까지 버티고 견뎌 낼 수 있을 것 같거든. 어찌하든 마지막까지 힘을 짜내서 말이야. 회장님도 그렇지 않을까? 지금 잠시 길을 잃어버린 채 누군가 데리러 올 사람을 기다리며 방황하고 계신 거야. 모르면 할 수 없는데 알게 되었으니 당신은 어머님을 모시러 가야 해."

"……자라면서 내가 필요할 때 어머니는 한 번도 날 데리러 온 적이 없어. 그게 뭐든 나 혼자 견디고 찾아내야 했어."

"그래서 이승주 씨가 강하고 근사한 어른이 되었지. 자기 인생을 스스로 책임지고 살아 내는 진짜 어른. 그러니까 이제 어른스럽게 행동해야 하는 거 아닐까? 어른이 된 당신이 아직은 어른이 되지 못한 것 같은 회장님을 데리러 가야 할 때라고 생각해."

정원은 어떻게 이토록 적절한 순간에 적절한 충고를 할 수 있을까. 그것도 착하고 다정한 말로 아직은 단단하게 얼어 있는 승주의 마음을 부드럽게 어루만지고 살짝 녹였다.

"당신 말대로 내가 어른이 되었는지도 몰라. 다만 확실한 건 내가 딱히 착한 어른은 안 된 거 같아. 옹졸하게도 여전히 어머니 그 외로운 인생이 자업자득이란 생각만 들어."

"하지만 그런 회장님 인생을 고소하다고 비웃지는 않잖아?"

정원의 되물음에 승주가 침묵했다. 여러 가지 감정이 그의 얼굴 위로 갈등처럼 새겨졌다.

"이거 봐. 당신은 겉으로야 못되게 말하면서도 속으로는 회장님을 걱정하고 있어. 역시 당신은 내가 사랑하는 그대로 착한 사람이야."

정원이 한 발 다가가 뒤에서부터 그를 꼭 안아 주었다.

"내가 어디 책에서 읽었는데 상처받는 건 결국 착한 사람이라고 하더라, 자기야."

"맞는 말 같아. 상처 입은 사람이 어째서 상처 준 사람을 걱정하고 있는 건지……."

"어떻게 해? 당신은 이렇게 태어나 버린걸. 당신 어머니가 당신을 착하게 태어나게 만들었어. 어쩔 수 없어. 당신은 그러니까 착한 아들답게 행동해야 해. 의절했다 해도 아들로서 회장님에 대한 마지막 의무라고 생각해."

그러나 승주는 끝내 가겠다고 대답하지 않았다. 슬기롭게도 정원이 다시 말 못 하는 승주의 마음을 헤아려 또 물어 주었다.

"혼자는 못 가겠어? 그래?"

"……어."

"그럼 같이 가자."

정원이 더 깊이 그를 껴안아 주었다.

"혼자 못 가면 나랑 같이 가면 되지 뭐. 그러니까 우리, 회장님을 모시러 가자. 자기야, 나는 이 세상 그 누구든 마음 붙일 곳 없어 혼자 떠났다가 혼자 아무렇지도 않은 얼굴로 다시 돌아올 만큼 강한 사람은 없다고 생각해."

* * *

남해, 블루 포레스트 리조트.

그 밤도 나서희는 객실 앞 절벽을 끼고 도는 산책로 정상 벤치에 홀로 앉아 있었다. 이곳에 내려온 날부터 계속된 버릇이었다.

밤의 바다는 무섭도록 캄캄했다.

조업을 하고 있는 어선 몇 척의 불빛이 있다 해도 황량한 마음 앞에서는 사무치도록 쓸쓸하게만 느껴졌다.

아무것도 보이지 않는 밤바다에서부터 철썩이는 파도 소리만이 심연에서 울려 퍼지는 아우성처럼 들려오고 있었다.

'여긴 어두워서 좋아. 누구도 내 얼굴을 보지 못할 테니까.'

한번 무너지고 주저앉은 마음이 쉽게 회복되지 않았다.

이곳에 와서 하루하루를 보내다 보니 슬슬 시간 개념까지 흐려지고 있었다. 망망대해 외딴섬에 홀로 남은 듯한 고독감에 잠식된 지 오래였다.

앞이 보이지 않고 길이 보이지 않았다. 그녀 자신의 모든 것이 텅 비어 버린 듯, 세상 전부가 공허하고 막막했다.

휴대 전화를 손에 들고 있었지만 전원은 꺼 놓은 상태였다.

세상이 그녀를 단절했고 그녀 자신이 세상을 등졌다. 그저 지금 휴대 전화 전원만 켜면 다시 세상과 연결되고 온갖 소식들이며 안부 전화들이며 사업상 많은 결정들이 쏟아져 나올 테지만 지금은 그런 것들을 감당하거나 수용할 마음의 여분이 없었다.

마음은 텅 비어 있지만 외부의 것들을 들일 만큼 정리되지 않았다. 혼란의 공허였다.

그때였다. 저 멀리서부터 한 쌍의 그림자가 가로등을 따라 산책로를 천천히 걸어 올라오고 있는 것이 보였다.

제발 그냥 지나가 주기를. 방해하지 말아 주었으면 하는 마음으로 나서희는 그들 쪽으로 잠시 향했던 시선을 밤바다 쪽으로 다시 돌렸다.

멀었던 발걸음 소리가 차츰차츰 가까이 다가왔다. 그러더니만 그녀 옆에서 멈추었다.

"밤바다가 그리 좋으세요? 감기 들어요. 날도 추운데."

"너……!"

펄쩍 뛰어 오를 만큼 놀란 채로 나서희가 믿을 수 없어 눈앞에 선 승주를 잠시 멍하니 건너다보기만 했다.

여기에 나타날 거라고 한 번도 생각한 적 없다. 그런데 자신이 이곳에 칩거하고 있다는 것을 어떻게 알고 승주가 여기에 나타난 것인지 아연하기만 했다.

승주로부터 서너 걸음 뒤에 서 있던 정원이 나서희와 눈이 마주치자 가볍게 묵례만 했다. 그러고는 오히려 더 몇 걸음 뒤로 물러섰다. 모자지간, 마음 편하게 둘만 대화를 하라는 뜻 같았다.

"네가 여기 웬일이니?"

나서희가 승주를 노려보며 마치 싸움하듯이 차갑게 물었다.

"어머니가 잠시 길을 잃었다고 들어서요. 모시러 왔어요. 이제 돌아가셔야죠."

아들의 얼굴을 보고 있는데, 겉으로는 매몰찬 표정을 짓고는 있지만 울컥 눈물이 날 정도로 반갑고 안도감이 드는 이 이율배반적 심정은 무어란 말인가?

그게 자존심이 상해서 나서희는 더 뾰족하게 내뱉고 말았다.

"난 혼자 여행도 못 해? 누가 너더러 데리러 와 달랬어?"

"여행이 아니라 가출이죠. 인정하세요."

"가출이라니, 누가? 너 꼭 이런 식으로 버릇없이 굴 거야? 우리, 의절한 거 아니었니? 너하곤 상관없어. 날 좀 내버려 두면 안 되겠어?"

염치없고 미안해서, 누구에게보다도 더 감추고 싶었고 보이고 싶지 않았던 아들과 정원에게 깊이 실의에 빠진 채 상처 입은 맨얼굴을 드러내고 말았다. 온몸이 떨릴 정도로 자존심이 상하고 또 한편으로는 부끄러웠다.

"억울하지 않으세요? 아버지는 이미 제2의 인생을 시작하고 폼 나게 신혼여행을 갔는데 어머닌 이게 뭐예요? 누가 보면 아버지를 못 잊어서 사춘기 소녀처럼 방황한다고 할걸요? 이미 그렇게 소문났어요."

"말도 안 되는 소리. 정말 어쩜 말도 참 얄밉게 한다니까?"

나서희가 분한 얼굴로 소리쳤다.

"누가 오랬어? 오라고도 안 했는데 멋대로 여기까지 와서 왜 귀찮게 하니? 날 꼭 이렇게 힘들게 만들어야겠어?"

"승주 씨가 안 왔으면 회장님께서는 더 힘드셨을 거예요. 저희랑 같이 돌아가세요. 저희가 모시러 왔으니 돌아가실 명분은 충분하잖아요."

"명분 같은 소리. 흥!"

정원의 뼈 찌르는 팩트 폭행 앞에서 나서희가 괜히 짜증을 내며 승주에게 바락 소리쳤다.

"얘, 난 쟤가 진짜 싫어. 넌 꼭 쟤를 만나야겠어? 당장 헤어져."

"안 되는 일인 거 잘 아시잖아요."

승주가 태연하게 말하며 나서희의 손을 잡아 일으켜 세웠다.

"일단 들어가요, 어머니. 바람이 차요. 저 감기 걸려서 열 오르면 안 되잖아요. 화를 내시든 말든 일단 들어가세요."

승주의 그 말에는 어쩔 수가 없다. 나서희가 마지못해 승주 손에 끌려가

듯이 따라 걷기 시작했다.

나서희가 한마디 하면 승주가 대답하고, 승주가 뭐라고 하면 지지 않고 나서희가 톡톡 쏘아붙인다.

티격태격하면서도 나란히 객실 쪽으로 걸어가는 모자의 뒷모습을 몇 걸음 뒤에서 정원이 지켜보았다. 홀로 빙그레 웃으며 중얼거렸다.

"보아하니 저 두 양반은 평생 싸우면서 살 게 뻔해. 그래도 아직 기운이 안 죽으셨네. 모시러 안 왔으면 어쩔 뻔했어? 건강하신 것 같아 다행이다."

* * *

"몇 시?"

"5시."

"아, 죽겠다. 이제부터 매일같이 이 시간에 일어나야 하잖아."

이른 시간이었지만 하늘은 제법 밝아지고 있었다.

"어제와 달라진 게 하나도 없는데 확실히 내가 달라졌어."

승주가 침대에서 몸을 일으키며 투덜거렸다.

"이번 주는 집엘 못 와."

"괜찮아. 내가 집 잘 지킬게."

정원이 따라 일어나며 그를 달랬다.

"오늘 자기도 바빠?"

"응. 자기만큼, 이상으로 바쁠 예정."

"초짜 수련의만큼 바쁠 사람은 없을 텐데?"

"우리 이번 주말에 데이지 백화점 VVIP 초대 행사 진행하잖아. 전에 얘기했지?"

"용케 수주했네. 나서희 회장님이 은근 취향이 까다로운데 무사히 통과했군?"

승주가 싱긋 웃으며 정원을 놀렸다.

"크흐흐. 아직도 기억나. '얘, 나 쟤 진짜 싫어. 꼭 쟤를 만나야겠어? 당장 헤어져.'"

승주가 나서희 회장의 목소리를 흉내 내 소리치자 정원이 깔깔 웃었다.

"회장님, 그 말씀 하실 때 진심이었어. 온몸으로 몸서리치고 있었거든."

"그러게. 근데 어떻게 올댓파티에서 그 중요한 행사를 차지했대?"

"회장님은 반대하셨을 건데, 실무자가 밀어붙였대. 행사 따내려고 드나들면서 기획실 실장님하고 좀 친해졌거든."

"와우."

"회장님, 알고 보니 세상 츤데레셔. 은근 귀여우시다니까?"

"그래?"

승주는 어머니가 정원의 이 말을 들었다면 어떤 얼굴을 할지, 진심으로 궁금했다.

사실 이즈음 틈만 나면 나서희 회장은 정원에게 시비를 걸고 있었다.

"'너희들, 뭣 하자는 거야? 결혼 안 할 거면 내 아들 빨리 놔줘! 금쪽같은 우리 아들을 홀아비로 늙어 죽일 일 있니?"

이번에는 정원이 나서희 회장의 목소리를 흉내 냈다. 승주가 허리가 꺾어지도록 웃었다.

"자자, 늦겠다. 지각하면 선배들한테 찍히잖아. 자기 얼른 샤워해."

정원이 승주를 욕실로 밀어 넣었다.

욕실에서 나온 승주 앞으로 정원이 다가와 그를 빤히 올려다보았다.

"왜?"

"손 내밀어 봐."

"응?"

대체 왜 이러나 싶어서 의아하면서도 승주는 시키는 대로 손을 내밀었다.

"절대 빼면 안 돼. 알았지?"

정원이 그의 손가락에 납작한 실반지를 끼워주며 다짐했다.

"당신이 너무 잘생겨서 내가 이러는 건 아냐. 하여튼 병원에서 어떤 여자들이 커피 사 주고 잘생겼다 칭찬하고 밥 같이 먹자며 은근슬쩍 접근하려 하면 이 반지를 딱 보여 주라고. 알았지? 나 '임자 있음' 확실히 밝혀. 당신에게는 이미 국가가 보증하는 합법적인 파트너가 있다고 말이야."

정원이 그의 턱에 쪽 하고 키스해 주었다.

"이건 이번 주도 기운 내라는 주문. 그리고 혼인신고서 출력해 올게. 나중에 시간 있을 때 사인해. 알았지?"

그러고서 정원이 먼저 총총 침실을 나갔다.

자신의 손에 끼워진 실반지와 방에서 나가는 정원의 뒷모습을 번갈아 바라보던 승주가 씩 미소를 지었다. 황금빛 햇살같이 행복해졌다.

* * *

9시 반.

위풍당당하게 데이지 백화점으로 올댓파티 이사진 3인방이 출동했다.

이전과 달라진 게 있다면 이제 그들 뒤로 올해 새로 뽑은 신입 직원까지 해서 세 명이 더 따라다닌다는 것.

이번에 올댓파티는 데이지 백화점 VVIP 초대 행사 기획사로 선정되었다. 이번 주 금요일에 개최되는 파티 현장 작업을 위해 출장을 나왔다.

"잠깐만 먼저 돌아보고들 있어요. 나는 인사부터 하고 올게."

올댓파티 직원들과 데이지 백화점 행사 담당 실무자들과 인사를 나눈 후 정원은 미리 준비한 소담한 꽃다발을 안고 회장실로 찾아갔다.

"회장님, 저희 같은 작은 업체에 큰 기회를 주셔서 감사합니다. 열심히 하겠습니다."

정원은 꽃다발을 놓고 정중히 인사했다.

"제대로 해야 할 거야. 마음에 안 들면 가차 없이 클레임 걸 테니까."

나서희 회장이 거만하고 냉정하게 내뱉었다. 슈퍼 갑의 노골적인 압력 앞에서 을인 정원은 공손하고 겸손하게 답변했다.

"알고 있습니다. 믿음 드릴 수 있게 최선을 다하겠습니다."

"근데 유 대표."

"네."

"이승주는 어떻게 할 생각이야?"

정원의 예상대로 이날도 나서희 회장이 먼저 시비를 걸었다.

"글쎄요."

"나이 많은 내 아들, 보아하니 은근히 무책임하게 방치하는 거 같은데 아주 나쁜 짓이야, 그거. 알지?"

"그런가요? 근데 오해세요. 전 한순간도 승주 씨를 방치한 적이 없는데요."

생글 웃으며 답변하는 정원을 나서희 회장이 분한 듯 노려보았다.

"낼모레면 마흔이야, 걔. 시간이 없다고! 언제까지 연애만 할 거야?"

"당분간 연애만 하자는 건 승주 씨 생각인데요. 회장님도 아시다시피 승주 씨가 이제 과정 시작했잖아요. 사고 때문에 또 한참 늦었어요."

계획보다 늦게 병원에 들어간 승주는 지금 한창 사회 초심자다운 고난의 행군 중이었다.

"수련 과정이 너무 바빠서 결혼은커녕 연애 생각도 안 난대요. 집에 오면 자기 바쁘구요. 그런 남자를 두고 제가 뭘 어쩌겠어요?"

"얼버무리지 말고 제대로 말해. 우리 아들하고 결혼을 하긴 할 거지?"

"아직은 잘 모르겠어요. 회장님 아드님이 하는 거 봐서 결정하려구요."

정원이 새침하게 대답했다. 나서희가 쓴웃음을 지으며 인사를 하고 나가는 정원의 뒷모습을 바라보았다.

"저도 고집 있다 이거지? 그래, 어디 끝까지 나랑 기 싸움 한번 해 보자."

회장실 문을 닫고 나오면서 정원도 빙긋이 웃고 있었다.

'말로는 의절했다면서 아직도 아들 인생에 개입하려는 버릇을 못 고치셨다니까? 불치병이셔. 정말.'

정원의 휴대폰이 울렸다.

"어. 자기야."

—일하고 있어?

"응. 회장님께 인사드리고 이제 현장 작업 시작하려고. 자기는?"

—교수님께서 화장실 가셔서 3분간 휴식 중.

"그래도 오늘은 3분이나 휴식 시간이 있네? 오늘도 수고하세용."

—응. 자기야. 나 고기 먹고 싶다. 체력이 너무 딸려. 파릇한 젊은 애들하고 같이 다니려니 너무 힘들어. 늙어서 슬프다. 하아!

수화기 안에서의 승주의 목소리가 처량했다.

"알았어. 자기 퇴근하는 날 고기 딱 사 놓을게. 힘내. 아자아자! 사랑해요, 이승주 씨."

오늘도 어김없이 피곤해서 죽겠다고, 힘들어서 못 견디겠다고 징징대고 있었다.

그러나 승주의 목소리에서는 자신이 결정한 인생의 길을 비로소 시작한 사람만이 가질 수 있는 힘찬 긍정의 기운이 가득했다.

'정말 다행이야.'

정원은 파티 플래너의 길을 선택한 후에, 늘 맹하고 바보 같던 자신도 누군가를 행복하게 만들 수 있는 능력을 가졌음을 알게 되었다.

어떤 사람의 인생에 있어 아름다운 기억의 순간, 평생 잊지 못할 추억을 만들어 내는 '기쁨의 장인'이라는 자부심을 가지고 있다.

그런 보람 속에서 즐겁게 살아가는 자신을 진심으로 자랑스럽게 생각했다.

정원이 자신이 좋아하는 일을 잘 해냄으로써 스스로의 삶을 환한 꽃다발로 만들었듯이 승주 역시 비록 시간은 좀 걸렸지만 그 선택을 잘 끝냈다.

누군가를 낫게 하고 치료하고 도움을 주는 사람. 누군가를 살림으로써 자

신마저 살아 있다는 것을 확실하게 느끼고 싶다니 의사만큼 적절한 선택은
어디 있을까?

이번에는 순수하게 자신의 선택으로, 소명 의식을 품고 좋은 의사가 되기
위해 노력하는 그의 인생이 부디 빛나기를.

"저기요."

에스컬레이터 앞으로 다가가던 정원에게 지나가던 어떤 여성이 말을 걸
었다.

"네?"

"운동화 끈 풀렸어요."

"아, 그러네. 감사합니다."

정원은 구석에 잠시 쪼그리고 앉아 모르는 새 풀어진 운동화 끈을 꽉 조
여 맸다. 그러고는 심호흡을 하고 일어섰다. 작업장인 8층 이벤트 홀로 이
동하기 위해 에스컬레이터에 올랐다.

자, 다시 시작이다.

〈完〉

외전

세하의 일기

9월 19일.

오늘 학교 다녀와서 바이올린 연습 갔다가 저녁때 아빠 엄마랑 데이트했다.

참, 내년에 우리 식구가 다 인도네시아로 이사를 갈지도 모른다.

아빠 회사가 그곳에 큰 공장을 짓는다고 한다. 가면 한 5년 정도 있어야 할 거라고 했다.

나는 찬성이다.

나는 세계 여행을 많이 하고 싶다. 나는 동시통역사가 될 거니까.

그래서 엄마는 앞으로 내가 영어 공부를 더 많이 해야 한다고 말했다.

엄마는 오늘 입덧이 심하지 않아서 나랑 저녁을 많이 먹었다. 아가는 잘 자라고 있다고 한다. 아빠가 엄청 좋아하셨다.

밤에 숙제를 다 하고 나서 태형이랑 전화했다.

이번 주 토요일은 태형이 생일 기념으로 놀이공원에 가기로 했다.

그런데 태형이는 그냥 학교에서 말하지 왜 만날 전화를 할까?

일단 우리 둘이 같이 입을 옷은 새로 샀는데 토끼 머리띠를 할까 그건 고민 중이다.

태형이는 쓰자고 하는데 음.

솔직히 너무 아기 같다.

유치원 다닐 때는 예뻤는데 이제 나는 초등학교 2학년이다.

쪼끔 유치하지 않을까. 좀 있다가 고모한테 전화해 봐야겠다.

오늘의 일기 끝.

* * *

화요일 저녁.

휴대 전화를 귀에 댄 정원이 퇴근하는 승주를 현관 앞에서 맞이해 주었다.

"나 통화 좀."

"누구?"

"우리 세하."

"왜?"

"이번 주말, 놀이공원 갈 때 토끼 머리띠를 해야 할까 말아야 할까 의논하는 전화."

승주가 씩 웃으려다가 진지한 정원의 표정을 보고 급히 웃음기를 거두었다.

초등학교 2학년생의 인생 고민인데 존중해야 마땅한 법.

정원이 통화를 계속하며 그더러 손부터 씻고 나오라고 눈짓을 했다.

"그래, 우리 세하 고민, 이해해. 그런데 있잖아, 세하야. 어떡하지? 고모도 벌써 다람쥐 머리띠를 주문해 버렸는데. 그날 같이 쓰려고."

―정말? 아, 고모도 머리띠 샀어? 고모부도 써?

"그럼. 우린 커플이니까."

―그럼 나도 해야겠다.

"당연하지. 그래야 우리가 같은 팀인 걸 사람들이 알지."

―알았어, 고모. 그럼 토요일에 봐요.

전화를 끊은 정원이 욕실에서 나와 소파에 앉은 승주의 다리 위에 머리를 기대고 드러누웠다.

이번 주, 승주는 주간 근무였다. 비록 지칠 대로 지친 채로 축 늘어진 파김치가 되어 퇴근하기는 했지만 그래도 집에 들어오는 게 어딘가.

"이게 얼마 만이야, 이렇게 우리 둘이 얼굴 보는 거?"

정원이 승주를 올려다보며 나른하게 중얼거렸다. 두 팔로 그의 목을 감고 도발적으로 유혹했다.

"그런 의미에서 간만에 화끈하게 불태워 볼까?"

* * *

토요일 아침.

금쪽같은 휴가를 낸 승주와 정원이 차를 몰고 오빠 성운의 집으로 갔다.

이날 두 사람의 주말 휴가가 가능했던 것은 태형의 생일 파티를 정원이 수주한 덕분이었다.

승주와 정원이 보호자로서 태형이와 세하를 데리고 함께 놀이공원에 놀러 가는 것. 이게 오지인이 의뢰한 태형의 생일 파티 요구 사항 중 하나였다.

일과 사랑을 한 세트로! 그야말로 완벽한 토요일, 완벽한 생일 파티였다.

정원이 전화를 하자 기다리고 있던 세하가 지하 주차장으로 효진과 함께 내려왔다.

토끼 머리띠에다 맞춤 티셔츠, 간식 가방과 물통까지 챙긴 세하는 이미 완벽한 놀이공원 방문객의 모습이었다.

"오늘 아가씨가 고생하시겠어. 잘 다녀오시고 저녁은 우리 집에서 먹어요."

뒷좌석에 세하를 태우고 나서 효진이 두 사람에게 당부했다.

"알았어요, 새언니. 컨디션은 괜찮으시죠?"

현재 임신 7개월째 접어드는 효진의 아랫배는 일이 주 사이 갑작스레 불러 오고 있었다.

효진 대신 정원이 세하와 태형의 놀이공원 나들이에 동반하게 된 건 임신 중인 효진의 상태 때문이기도 했다.

"괜찮아요. 다 순조롭구요. 너무 걱정 마세요. 세하야, 잘 놀다 와!"

"네. 그럼 다녀올게요."

차를 출발시키면서 정원이 뒷좌석의 세하를 돌아보았다.

"태형이는 어디서 만나?"

"놀이공원 정문 앞에서 만나기로 했어, 고모."

"오늘 놀이공원에는 친구 누가 또 와?"

"아니. 오늘은 나랑 태형이만 놀러 가는 거야. 다음 주 수요일 저녁에는 고모도 알다시피 반 친구들 다 태형이네 초대받아서 파티 할 거구."

"그래? 그렇구나."

대답하면서 승주와 정원은 서로 눈짓을 주고받았다.

'설마 둘만 데이트?'

'아마도 그런가 봐.'

역시 요즘 초등학생들은 뭔가 달랐다.

한 시간을 달려, 서울 근교에 있는 레인보우 놀이공원에 승주의 차가 도착했다.

"태형이다!"

주차장으로 들어서던 차창 안에서 이리저리 둘러보던 세하가 소리쳤다.

아닌 게 아니라 주차장에서 바라다보이는 놀이공원 입구에 튜터와 함께 태형이 서 있었다.

태형은 세하와 똑같이 맞춤 티셔츠에다 토끼 머리띠까지 야무지게 챙겨 쓰고 있었다.

멀리서 바라봐도 태형은 잔뜩 설레는 얼굴이었다. 이날의 나들이가 엄청 기대된다는 듯 방실방실 웃으면서 기다리고 있었다.

"태형아, 나 왔어. 너 언제 왔어?"

"세하야, 어서 와. 나도 방금 왔어."

같은 반이니 분명 어제까지 같은 교실에서 공부를 한 사이건만 마치 몇 년 만에 만난 듯 둘이 나누는 인사가 다정하기 그지없었다.

"표는 내가 미리 샀어."

"잘했어. 얼른 들어가자."

모처럼 나왔으니 하루 종일 마음껏 불태우리라!

1초가 아깝다는 듯 달리다시피 손을 잡고 입장하는 세하와 태형, 에너지 뿜뿜 내뿜는 초등학생 두 명의 뒷모습을 지켜보던 어른 세 명이 서로 눈을 맞추었다.

"좀 무섭네요……."

태형의 튜터가 이미 피로에 지쳤다는 표정으로 중얼거렸다.

"그러게요, 과연 저 친구들을 감당할 수 있을까?"

"벌써부터 나도 지치는 기분이 드네요."

승주 역시 시작도 전에 눈 아래 다크 서클이 퍼지는 것 같았다.

"고모, 어서 오세요!"

저 멀리서 출입구를 통과한 태형과 세하가 어서 들어오라 손을 흔들고 있었다.

"모처럼 왔으니 우리도 한번 즐겨 보죠, 뭐. 대신 밤에 푹 퍼져서 자면 되는 거예요!"

정원이 이미 기력이 딸리는 듯한 두 사람을 질질 끌고 놀이공원 출입문을 통과했다.

세 시간 후.

지칠 줄 모르고 타고 기다리고, 타고 기다리고, 또 타고 기다리는 일을 되풀이하는 기력 왕성한 초등학생 두 명을 케어하는 세 명의 어른들은 삽시간에 너덜너덜해졌다.

"고모. 배고파요."

"선생님. 더워요. 아이스크림 먹고 싶어요."

천진난만하게 뛰어와 요청하는 아이들의 얼굴은 어른들과는 달리 지친 기색이 하나도 없었다.

"음. 그럼 우리도 슬슬 점심 먹을까? 후식으로 아이스크림 어때?"

"좋아요. 점심 먹어요."

"세하야, 나 엄청 맛있는 거 잔뜩 싸 왔다? 김밥이랑 과일이랑 엄마가 이만큼 싸 줬어."

태형이 자랑스럽게 말했다.

어찌어찌하여 승주가 피크닉장의 빈 좌석을 발견했고 쪼르르 아이들이 거기 가서 앉았다.

"아, 더워. 가을이라서 안 더울 줄 알았는데."

"그러게 말이야. 근데 완전 재미있지?"

"응. 역시 놀이공원이 짱이야."

집에서 싸 온 도시락으로 점심을 맛있게 먹고 승주와 정원이 아이스크림을 사러 떠났다.

튜터는 시원한 물이 먹고 싶다는 태형의 요청에 편의점을 다녀온다고 자리를 잠시 비웠다.

"너네 엄마, 어때? 지난번에 보니까 배가 불룩하던데?"

"응. 내 동생 돌콩이, 이제 몇 달만 있으면 세상에 나와. 근데 네 동생은 왜 안 데리고 왔어? 같이 온다며?"

"같이 오려고 그랬는데, 유치원 체육 대회야."

"아, 그래서 너네 엄마 아빠는 거기 갔구나?"

"응. 내가 형이니까 양보해야지. 우리 태준이가 또 달리기를 잘하거든. 아마 오늘 1등 할걸."

틈새를 이용해서 태형이 깨알같이 동생 자랑을 펼쳤다.

사람이 많은지 아이스크림 가게 앞에는 바깥쪽까지 길게 줄이 뻗어 있었다. 태형이 승주와 정원을 바라보다가 물었다.

"그런데 너네 고모, 언제 결혼해?"

"글쎄. 우리 고모랑 고모부는 지금 시간이 없어서 결혼식을 못 한대. 언제 할지는 나도 모르겠어."

"그렇구나. 많이 바쁘시구나. 너네 고모 파티 사업 엄청 잘된다며? 잘한다고 우리 엄마도 칭찬하던데."

"응. 우리 고모 회사, 텔레비전에도 몇 번 나왔잖아. 우리 고모 채널 구독자가 10만이 넘어. 뭐, 너도 알고 있겠지만."

자랑하던 세하가 고개를 태형이 쪽으로 기울여 그만 들을 수 있도록 소곤거렸다.

"있잖아, 우리 고모랑 고모부가 같이 살긴 하는데 또 집은 따로 있대."

"그것참 이상하네. 결혼했는데 왜 따로 집이 있대? 결혼하면 같이 사는 거 아냐?"

"그건 나도 모르지. 어른의 세계란 참 이해 불가능이야."

초등학교 2학년생 둘의 이런 대화를 들었다면 승주든 정원이든 '요새 초등학생들 수준이란?' 하고 또다시 혀를 내둘렀을 게 뻔했다.

"참, 세하야. 너 추로스 먹을래?"

"추로스? 좋아."

태형이 메고 왔던 제 배낭을 풀었다.

"내가 특별히 싸 왔지. 내가 놀이공원 가면 추로스 먹어야 한다고 하니까 그건 밀가루라고 안 된대. 그래서 엄마가 감자 가루로 추로스 만들어 줬어."

"대단하다. 너네 엄마가 직접 만들었어?"

"응. 오늘 나랑 같이 못 와 준다고, 미안하다고 엄마가 새벽같이 일어나서 직접 튀겨 줬어. 우리 엄마 최고야."

"그러게. 진짜 너네 엄마, 최고로구나."

세하가 태형이 건네는 감자 추로스를 받아 한 입 먹고서는 엄지손가락을 척 올렸다.

"완전 맛있어."

세하가 추로스를 다시 한 입 맛있게 먹으며 태형을 돌아보았다.

"있지. 내가 어제 들었는데, 우리 엄마 아빠가 결혼하기 전에 첫 데이트를 여기 레인보우 놀이공원에서 했대."

"진짜?"

"응. 우리랑 똑같이 놀이 기구 잔뜩 타고 나서 지금처럼 추로스 사 먹었대. 놀이공원 오면 추로스 사 먹는 건 기본인가 봐."

"아하, 역시!"

놀이공원과 추로스는 떼려야 뗄 수 없는 한 세트구나.

이걸 싸 가지고 온 자신의 판단이 몹시 기특한 태형이었다.

"근데 태형이 너네 엄마 아빠는 어떻게 만나서 결혼했어?"

"우리 외할아버지가 아빠를 보고 마음에 들어서 우리 엄마를 만나 보라고 말씀하셨대. 그래서 두 분이 만나 가지고 서로 첫눈에 마음에 들어서 결혼했대. 아직도 우리 엄마 아빠, 엄청 사이좋아. 동생 하나 더 낳을 수도 있어."

"그렇구나. 우리 엄마 아빠도 완전 사이좋은데. 나는 우리 아빠가 엄마를 사랑한다고 할 때마다 참 좋아.”

“나두. 근데 너네 엄마 아빠는 어떻게 결혼했대? 너희 할아버지가 만나라고 해서 만나셨니?”

“그건 아닌 것 같아. 내가 한번 엄마한테 물었는데 할아버지가 아니라 하늘이 도와주셨다고 하던데? 그러니까 옛날에…….”

* * *

“이상으로 상엽 장학회 장학금 수여식을 전부 마치겠습니다.”

민호가 설립한 장학 재단의 첫 번째 장학금 수여식은 대전에서 열렸다.

엄정한 심사를 통해 결정된 다섯 명의 장학생들에게 장학금을 수여하는 행사가 끝난 후 재단 이사장인 민호가 학생들과 작별 인사를 나누었다.

민호가 막 차에 타려는데 그중 한 여학생이 쪼르르 달려왔다.

“이사장님.”

“네. 무슨 일인가요, 정효진 학생?”

무슨 할 말이 있는지 긴장감을 감추지 못하면서도 다가온 학생은 그해 선발된 학생 중에서도 대학 4년 등록금과 일정 생활비까지 지원받게 된 특별 장학생 정효진이었다.

딱한 가정 형편에도 불구하고 정진 노력하여 그 어려운 가운데에서도 전국 모의고사 50위권을 벗어난 적이 없다는 대단한 수재라고 들었다.

“저어, 이거 받아 주세요. 보잘것없지만, 저희 할머니께서 정성을 다해 싸 주셨어요.”

효진이 민호에게 묵직한 종이 백을 하나 건네주었다.

얼결에 받아 들면서도 민호는 조금 당황했다.

“이게 뭡니까?”

“도시락입니다. 저희 할머니께서 시장에서 나물을 파시거든요. 제일 좋은 나물로 반찬 만드셨어요. 올라가시면서 휴게소 밥 드시지 말고 꼭 이 밥 드셔 주세요. 저희 할머니께서 정말 귀한 도움 감사하다고, 정성으로 이사장님께 밥 한 끼는 꼭 대접해야 하는데 사정이 이것밖에 안 돼서 죄송하다고 전해 달라 하셨어요."

"허 참. 이렇게 귀한 도시락을?"

딱히 감사의 인사를 바란 것은 아니다. 그가 아내 은정 여사와 함께 장학재단을 설립한 건 딱한 학생들에게 배움의 기회를 주려던 것이지, 이렇게 무엇인가를 받을 거라고는 생각도 하지 못했다.

그러나 행사장에서의 인사 한 번으로 지나간 다른 학생들과 달리, 정성 가득한 도시락을 들고 와 건네주던 효진에게서 민호는 말 한마디로 표현할 수 없을 만큼의 큰 감동을 받았다.

염치를 알고 반듯하며 경우 바른 할머니. 그 아래서 자란 아이라서 조손 가정이라는 어려운 형편에도 이렇게 맑고 착한가 싶었다.

"효진 학생, 도시락 고마워요. 할머니께도 정말 감사하다고 꼭 전해 줘요."

민호가 마다않고 도시락을 흔쾌히 받아 주자 긴장 가득하던 효진의 얼굴에 비로소 투명한 미소가 번졌다.

"고맙습니다, 이사장님. 저 정말 열심히 공부하겠습니다. 저를 도와주시고 지원해 주신 보람을 꼭 느끼게 해 드리겠습니다. 믿어 주세요."

"그래요. 열심히 해요. 내년에는 서울에서 보는 거지? 기다리고 있을게요."

"네. 꼭 합격증 들고 댁으로 찾아뵙겠습니다. 조심해서 올라가세요."

눈빛이 너무 맑아.

그것이 효진을 찬찬히 본 민호의 첫인상이었다.

그 도시락을 들고 민호가 향한 곳은 대전에서 학교를 다니고 있던 아들 성운의 아파트였다.

마침 대전에서 장학금 수여식을 한 김에 아들도 만날 겸 딸 유리와 아내가 함께 내려왔다. 식구들은 근처 온천에서 목욕도 하고 등산도 하면서 하루 같이 보낼 예정이었다.

"잘 끝나셨어요?"

"그래."

"그런데 아빠, 손에 든 건 뭐래요?"

"도시락."

민호가 식탁 위에 효진에게서 받은 도시락 가방을 내려놓았다.

"오늘 장학금 받은 학생 중 하나가 이걸 주고 갔어. 장학금 주신 걸 감사하다고 그 할머니께서 나한테 밥 한 끼라도 대접해 드리고 싶다며 싸 주셨다는 거야. 그런 걸 어떻게 안 받아 와."

"세상에나! 참 경우가 바른 친구네."

은정 여사도 같이 감탄하고 기특해했다.

"그 학생이 어렸을 때 아버지가 돌아가시고 어머니는 가출해서는 감감무소식. 그때부터 할머니 되시는 분이 시장에서 나물 장사 하며 손주 둘을 키우셨대. 그런 환경에서 손주 둘이 다 공부도 잘하고 착하고 명민하다고 선생님이 얼마나 칭찬을 하는지. 오늘 장학금 받은 그 친구는 항시 전국 모고 50위 안에 든다는군."

"대단하다, 그 언니 진짜 멋지네."

이제 고 1이 된 유리가 감탄해 마지않았다.

50 단위는커녕 전국 '50,000위'도 힘든 성적의 유리로선 실제로 그런 성적을 거두는 사람이 친구 아름이 말고 또 있다는 게 진정 경이로웠다.

"한번 열어나 봅시다. 뭘 싸 주셨는지 궁금해. 그리고 이건 꼭 맛있게 먹어야 할 것 같아."

"그래요. 한번 봅시다."

은정 여사가 열어 본 도시락은 정갈하고 정성스러웠다.

아직도 조금 온기가 남은 하얀 쌀밥에다가 손 많이 가는 나물들. 한 장한 장 손으로 구웠을 게 확실한 김구이에다가 계란말이까지.

그들 조손이 구할 수 있었을 가장 좋은 반찬들로 채운 정성 가득한 도시락 앞에서 민호뿐 아니라 식구들 전부 숙연해졌을 정도였다.

"이거 하나만 봐도 이 친구가 어떻게 자랐는지 알 것 같아요."

"그렇지? 내가 그 친구 보면서 장학 재단 만들기를 참 잘했다 싶었다니까."

"그러게 말이에요. 다른 사람 말고 이런 학생을 도와줘야 하는 거예요."

"아빠. 그 언니 어떻게 생겼어? 예뻐?"

"응. 아빠 눈엔 예뻤어. 눈빛이 참 맑고 침착해서 좋았어."

"치잇! 공부도 넘나 잘하고 예쁘기까지 하면 어쩔? 나 같은 둔탱이는 어찌 살라고? 하늘이 너무 불공평해."

유리가 입을 주욱 내밀며 한탄했다.

"내년에 반드시 꼭 명문대에 합격해서 인사 온다고 했으니까 한번 지켜보자고."

"저도 기대되네요. 그 학생이 부디 잘되었으면 해요."

"그러게. 산에는 나무를 심고 인생 안에서는 사람을 길러라 하는 말도 있는데, 나랑 당신이 큰 결심 하고 장학 재단 만들었으니까 부디 오늘 만난 효진 학생이랑 다른 학생들 전부 다 좋은 결실을 맺었으면 해."

"그 친구 이름이 효진이에요?"

"그래. 정효진. 다른 친구는 몰라도 그 친구만큼은 절대로 이름을 잊어먹지 않을 거 같구나."

민호만이 아니었다.

가만히 듣고 있던 아들 성운의 뇌리에도 정효진이라는 이름이 선명하게 새겨지고 있었다.

시간이 흘렀고 어김없이 수능이 지나갔다.

민호가 기대하며 지켜보마 했던 효진도 그해 수능을 치렀다.

겨울이 물러갈 무렵, 1호 장학생 효진이 약속한 대로 한국에서도 손꼽히는 명문대에 장학생으로 합격했다며 인사를 하러 나타났다. 민호나 은정 여사에게는 정녕 보람차고 기쁜 일이 되었다.

이듬해 가을.

"어서 오세요, 선생님. 많이 덥죠?"

토요일 오후.

은정 여사가 논현동 집에 들어서는 효진을 반겨 맞이했다.

대학생이 된 효진은 지난봄부터 성운의 동생 유리의 과외 선생이 되었다.

하루 스물네 시간, 강의실과 회계사 시험을 준비하는 스터디실, 기숙사만 오가는 효진이 조금이나마 콧구멍에 바깥바람을 쐬러 외출하는 날이기도 했다.

"잘 지내셨죠? 참, 이거."

효진이 은정 여사에게 빵이 든 종이 가방을 내밀었다.

"잠시 대전 집에 갔다 왔거든요. 지난번에 좋아하셔서 또 한 번 사 와 봤어요."

효진이 건넨 것은 대전의 명물이라고 널리 알려진 빵집의 야채튀김 빵이었다.

빈손으로 들어서기가 그래서 한번 사다 드렸는데 그게 은정 여사 입맛에 딱 맞았나 보다. 앉은 자리에서 두 개를 잡숫는 걸 보고 그때부터 효진은 대전에 다녀올라치면 꼭 잊지 않고 그 빵을 사다 주곤 했다.

"아이고, 고마워. 우리 선생님 덕분에 또 이 맛난 야채빵을 먹네. 원래 우리 성운이가 사다 주었는데 걔가 군대 가 버리니까 이 빵 맛을 못 봤거든."

"성운 오빠, 휴가 안 나와요?"

"어제 왔어. 포상 휴가 받았대. 친구 만난다고 나갔는데 곧 들어올 거야. 참, 오늘은 저녁 먹고 가지?"

"네. 감사합니다."

"내가 맛있는 밥 해 줄게, 기대하셔. 유리는 제 방에서 기다리고 있어. 올라가 봐요."

"네."

4년 장학생인 데다 생활비까지 일정액 보조를 받고 있는 효진으로선 굳이 아까운 시간을 빼서 아르바이트를 할 필요는 없었다.

그러나 효진은 딸 유리의 과외 선생이 되어 달라고 어렵사리 부탁하는 은정 여사의 요청을 받아들였다. 그렇게 해서라도 생판 남인 그녀를 진정 가족처럼 축하해 주고 아껴 주고 기대해 주고 칭찬해 주는 논현동 이사장님 댁에 조금이라도 은혜를 갚고 싶었기 때문이다.

효진이 서울의 대학생이 되었을 때 논현동 집 아들 성운은 군인이 된 지 반년째였다.

시간이 훌쩍 흘러 가을이 깊어질 그 무렵, 상병이 된 성운이 포상 휴가를 나왔다고 한다.

늘 그랬듯이 유리가 들어서는 효진에게 미주알고주알 일주일간 집에서 벌어진 일을 보고했다.

"쌤. 우리 오빠 휴가 나왔어요. 성실하게 영내 청소를 잘했다고 대대장님이 보내 줬다나 뭐라나."

"어머니께 들었어. 며칠짜리?"

"3박 4일. 참, 쌤. 제가 지난번에 말한 거 있잖아요. 내 친구 승윤이. 걔, 남친하고 깨져서 어제 울고불고 난리 났어요. 걔 하소연 들어 주느라고 학원에도 못 갈 뻔했잖아요. 완전 귀에서 피 나는 줄."

"아니, 왜?"

"양다리. 와, 진짜 개오바 아니에요? 재완이랑 내가 그놈 죽이러 가려다 참았어요. 운 좋은 줄 알아라, 나쁜 새끼!"

유리의 수다를 통해 효진은 이제 유리가 다니는 고등학교 친구들 대부분의 사교 관계와 가정 사정, 고민과 미래 희망까지 다 파악하게 되었다.

어딜 가나 사람들의 중심이 되는 유리는 고등학교에 진학해서도 재미나고 즐겁게 잘 지내는 중이었다.

누구하고도 친구가 되는 사교적 능력만큼 성적도 좀 오르면 좋을 텐데. 상냥하고 착해서 나무랄 데가 없는 유리의 모든 걸 좋아하게 된 효진으로선 오로지 그것만이 안타까울 따름이었다.

과외를 마치고 저녁 식사까지 푸짐하게 얻어먹은 후 그것도 모자라서 이것저것 싸 주신 과일이며 반찬을 들고 나서는데 뜻밖에도 대문 앞에서 성운이 기다리고 있었다.

"타. 기숙사까지 데려다줄게."

그가 대문 앞에 세워 둔 차 문을 열어 주었다.

"괜찮아. 지하철 타고 가면 돼. 차로 가면 시간 더 걸려."

"드라이브한다고 치자. 내가 괜찮아. 맛있는 빵 얻어먹었잖아."

성운이 웃으며 효진이 올라탄 조수석 쪽 문을 닫아 주었다.

효진이 유리의 과외 선생으로 집에 드나들게 되면서부터 언제부터인가 두 사람도 서로 '오빠 하세요', '동생으로 대할게' 이렇게 되어 말을 놓게 되었다.

"오빠 얼굴이 많이 탔다."

"휴가 전에 훈련 나갔어서."

"제대 언제 해?"

"내년 4월."

"가을에 곧바로 복학?"

"그럴 예정이야."

"그럼 가을 학기부터 대전 내려가네."

"그렇게 되겠지. 생각보다 시간 낭비를 많이 안 하게 돼서 다행이야."

운전을 하면서 차분차분 친절하게 대답하는 성운의 목소리가 듣기 좋았다.

그런 성운의 옆얼굴에서 효진은 문득 존경하는 이사장님 민호의 분위기를 느꼈다.

정면으로 볼 때는 잘 몰랐는데, 입을 꾹 다물고 운전을 하고 있는 그의 옆모습에서 역시 아들은 아버지를 닮는구나, 하는 마음이 들었다.

'내게도 이런 든든한 오빠가 있었다면 참 좋을 텐데.'

그렇다면 그녀가 짊어진 인생의 짐이 좀 가벼워졌으려나, 그런 부질없는 생각이 잠시 스치고 지나갔다.

"서울 살면서 대전 학교로 내려가야 하다니, 좀 불편하지 않나? 오빠, 혹시 서울 학교로 편입 생각은 없어?"

"편입? 생각해 본 적이 없는데."

"그래?"

"응. 우리 과 교수님 중 존경하는 분이 많아. 또 친구들도 다 거기 있고. 졸업은 거기서 하고 싶어. 만약 대학원을 간다면 서울 쪽으로 알아볼까 하는데. 글쎄. 너도 알다시피 내가 썩 공부를 잘하거나 좋아하는 스타일은 아니거든. 졸업하고 곧바로 취직하게 될 거 같아."

"취직은 어디로 할 생각인데?"

"덕신물산이라고 넌 잘 모를 거야. 나름 착실한 중견 기업인데 스마트 도어 록 회사야. 이미 얘기가 되고 있어. 거기서 알바도 해 봤고. 사장님이랑 공장장님이 졸업하면 곧바로 오라고 하셨어."

"왜 거길?"

"내가 보안, 설치 그런 쪽에 관심이 있거든. 아버지가 거기 대주주이신데 요새 그 회사가 잘나가. 특히 동남아 쪽에 건설 붐이 일어나서 도어 록이나 CCTV 쪽으로 수요가 폭발적이래. 잠재력이 큰 회사야. 들어가서 일해 보려고."

"아하."

이번에는 성운이 효진 쪽을 살짝 돌아보며 물었다.

"넌 어때? 이제 그럭저럭 서울 생활이 익숙해졌어?"

효진이 고개를 살짝 저었다.

"아직 아닌 거 같아."

"그래? 내가 보기엔 누구보다 잘 적응하고 멋지게 대학 생활 하는 거 같은데."

"그렇게 보이려고 안간힘을 다하고 있을 뿐인데, 잘 안 되네."

효진이 시선을 돌려 차창 밖으로 지나가는 서울의 화려한 야경을 잠시 내다보았다.

"서울 애들은 저 야경처럼 다 잘나고 반짝반짝 너무 세련돼서 나 같은 시골뜨기가 따라가기 힘들어."

"대전은 광역시잖아."

성운이 웃으며 말했지만 효진은 웃지 않았다. 아까처럼 고개를 저었다.

"오빠도 우리 집, 그 옛날 동네, 알잖아."

거의 다 죽은 작은 재래시장을 중심으로 오래된 주택들이 즐비한 골목길. 시간이 지날수록 점점 빈집이 늘어나는 초라한 그 동네. 아직도 동생 인태와 할머니가 살고 있는 낡고 침울한 동네를 떠올리자 울적해진 마음이 더 밑으로 가라앉았다.

"그곳 출신인 내가 일류 명문대, 수재들만 모아 놓았다는 학교 주관 공부방 일원으로 생활하는 게 생각보다 쉽지 않더라고."

부모의 경제적 수준이 자녀들의 명문대 진학률과 비례한다는 기사를 본적 있다. 대학에 입학하면서 효진은 그 기사가 더도 말고 덜도 말고 정확한 현실을 짚었다는 것을 온몸으로 깨달았다.

"거기서 내 별명이 뭔지 알아?"

"뭔데? 똑순이? 아님 천재?"

"독종."

"어?"

놀란 성운의 시선이 자신의 옆얼굴에 닿는 것을 느끼면서 효진은 다시 입을 열었다.

"악바리."

"센데?"

"뭔가 내가 물 위에 뜬 기름 같다는 생각을 참 많이 해."

"그럴 리가. 내가 네 지인이라면 어찌하든 친구가 되고 싶을 거 같은데. 굳건하고 명석하고 경우 밝은 데다 일단 예쁘잖습니까, 효진 씨. 여신 계열 이신데요."

포근포근 솜이불 같은 덕담. 흔치 않은 성운의 농담 앞에서 그만 푸시시 웃게 되었다.

그래서인지 효진은 한결 편안한 마음으로 가슴속에 담아만 두었던 검은 것들, 자존심 때문에 보이지 못했던 아리고 쓰라린 앙금들을 드러냈다.

"과 친구들이나 공부방 사람들하고 대화를 하다 보면 내가 바보 같아."

"왜 그런 생각을 했어? 언제 그래?"

"그냥 평소에 그래."

그들은 평범하게 나누는 대화인데도 문득문득 그 대화에 끼지 못하는 자신을 느낄 때, 너무 초라해졌다.

난 그런 데 관심 없어, 하고 억지로 귀 막고 공부에만 몰두하는 시늉을 해도 마음 한쪽이 찢어지는 건 어쩔 수가 없었다.

진짜 가난은 비교에서 오는 것이라 하더니만, 일부러 비교를 해서가 아니라 그냥 그렇게 되어 버리는 마음속 빈곤함과 비참함이 늘 당당하게 굴려고 노력하는 효진을 조금씩 안에서부터 무너지게 만들었다.

"공부방 동기들이나 선배들. 하나같이 너무 능숙하고 자신만만해. 어찌 그리 풍요롭고 여유가 넘칠까? 돈도 너무 잘 쓰고, 옷도 비싼 것들만 입고……."

교복 한 벌, 체육복 한 벌이면 모든 게 해결되던 고등학교 시절이 차라리 그리웠다.

"네가 그렇게 느낀다니까 내가 더 할 말이 없긴 하지만 그래도 한마디 하자면."

"하세요."

"그 친구들은 효진이를 보면서 그런 생각을 하고 있을 거야. 저 친구는 매사 자신만만하고 똘똘하고 자기 앞가림 잘 하면서 열심히 사는데 난 뭘까? 바보 아냐, 하며 자괴감 느끼고 있을 텐데."

"설마."

"설마가 아니라 진실이야. 아무리 멍청한 사람이라 해도 본능적으로 진짜는 알아차려. 효진이는 진짜잖아. 안에서부터 빛이 나는 사람. 그래서 우리 아버지도 어머니도 효진이를 그렇게나 아끼는 거고."

"그렇게 말해 줘서 고마워, 오빠."

"사람은 있지, 난 그렇게 생각해. 다 똑같다고."

"그럴까?"

"마음이 눈에 보이지는 않지만 사람이란 게 난 기본은 같다고 생각하거든. 효진이가 지금 느끼는 그 감정은 아주 자연스러운 거 아닐까?"

"응."

"누구든 낯선 환경에 떨어지면 두렵고 불안하잖아. 그래서 별거 아닌 것도 더 크게 느껴지고 더 서러워지는 거 같아."

"오빠도 그런 경험을 했어?"

"그럼. 처음 입대했을 때 나도 똑같은 감정을 느꼈거든. 나 말고 다른 동기들은 어찌 그리 잘도 적응하는지, 나만 뒤떨어지고 둔하고 멍청하다고 엄청 좌절했어. 근데 시간이 흐르고 나서 동기들하고 말 터 보니 다들 나하고 같은 생각들을 했더라. 그런 거야."

마음속 이런저런 이야기를 나누는 동안 성운의 차는 어느새 대학 정문 앞에 도착했다.

"바로 들어가? 아님 카페에서 차나 한잔하고 들어갈래?"

"아직 시간 있어. 커피 마시자. 내가 살게, 오빠."

"알바생 주머니 터는 거, 이거는 좋은 일이 아닌데?"

성운이 근처 카페 주차장에 차를 세우면서 농담을 했다.

"박봉 군인 아저씨 수당 터는 게 더 가슴 아파. 국민 대신 나라 지키는 오빠니까 커피는 사게 해 줘."

"감사합니다."

카페 마감 시간이라고 해서 두 사람은 커피 한 잔씩 사 들고 다시 차로 돌아왔다.

"언제 복귀해?"

"월요일에."

"그럼 우리 내일 한 번 더 보겠다."

"내일도 유리 수업 있어?"

"응. 주중에는 내가 시간 빼기가 힘들어서 수업을 다 주말로 옮겼거든."

"우리 유리가 성실한데 공부머리는 좀 없어서."

"그래도 조금씩 성적이 올라가니까 너무 걱정 마. 또 아름이라는 친구가 독하게 유리를 공부하라고 들볶나 봐. 1학기 때보다 좀 나아졌어."

"다행이네."

커피를 한 모금 마신 성운이 조수석에 앉은 효진을 돌아보았다.

"지내면서 또 초라하다, 힘들다 그런 마음이 들면 말이지."

아까 효진의 푸념이 계속 마음에 걸렸던 모양이다.

"응."

"새로운 상황에 적응할 시간이 좀 더 필요하구나, 그렇게만 생각해. 다른 사람보다 내가 적응하는 것에 조금 느리구나, 그렇게 생각하면 마음이 편해지잖아. 열등감이나 자괴감 따윈 진짜 필요 없는 잡생각이고."

"알았어. 그렇게 생각하게끔 노력해 볼게."

성운이 지금 하는 말이 듣기 좋으라고 하는 빈말이 아니고 진심으로 걱정해 주는 충고이기에 효진은 그것을 선물처럼 따뜻하게 가슴속으로 받아들였다.

"일단 적응하고 나면 말이지, 정효진은 누구보다 높이 날아오를걸. 난 알

아. 어린 새도 많이 떨어져 봐야 더 잘 날 수 있다고 하잖아."

성운이 기숙사 앞에서 효진을 내려 주었다.

"가요."

"네가 들어가는 거 보고."

"응. 그럼 나 먼저 들어갈게."

효진이 먼저 몸을 돌이키는데, 등 뒤에서 성운이 아 참, 하면서 다급하게 물었다.

"내일은 과외, 몇 시야?"

"아침 10시부터 12시까지."

"그럼 끝나고 유리랑 같이 점심 먹으러 나갈래?"

"좋아."

"한남동에 핫한 브런치 가게 생겼대. 유리가 꼭 쌤하고 같이 가 보고 싶다고 하더라. 그럼 내일 봐."

"오빠도 조심해서 들어가요. 오늘 태워 줘서 고마워."

생긋 웃으며 손을 흔들어 준 효진이 기숙사 문 안으로 사라졌다.

잘 자.

성운이 마음속으로 중얼거렸다.

짧게나마 효진과 속 깊은 대화를 나누고 커피까지 마셨으니 더할 나위 없는 저녁 시간이었다. 또 내일 점심도 같이 먹기로 했으니, 더 이상 바랄 게 없었다.

수줍고 소극적인 이 정도 거리가 지금 몰래 짝사랑 중인 성운이 효진에게 바라는 욕심 전부였다.

* * *

네 계절이 한 바퀴 돌아갔을 때, 처음에는 그토록 낯설고 차갑던 서울이 효진에게도 서서히 익숙한 내 집처럼 편안해져 갔다.

다시 봄이었다.

강의실을 나서 스터디실로 돌아온 효진이 자리에 앉자마자 책상 위로 향긋한 커피 한 잔이 놓였다.

"이게 뭐야?"

"그냥 마셔. 들어오다가 한 잔 더 샀어."

커피를 건네주고 자기 자리로 돌아간 사람은 같은 공부방 멤버이자 같은 과 동기인 세훈이었다.

본태 금수저인 것도 모자라서 공부까지 잘하는 '엄친아'인 그 또한 효진처럼 지금껏 한 번도 1등을 놓치지 않았던 인생이라고 들었다.

하지만 이 스터디실 안에서 공부하는 선후배 중에 그런 화려한 이력이 없는 사람이 있던가.

지나온 시절의 성적이 훈장이라면 여기 스터디실의 구성원들 전부가 다 셀 수도 없는 훈장들을 달고 있는 사람들이었다.

"중간고사는 어때?"

"잘 마친 거 같아. 넌?"

"뭐, 나도 그럭저럭."

가방을 정리하면서 효진은 세훈이 준 커피를 살짝 옆으로 치웠다.

기대하지 않았던 세훈의 커피에 순간 마음이 몽글거리던 건 아주 잠시.

과제가 산더미였다. 그리고 한 시간 후에는 과외 알바를 나가야 했다.

원래 주말에 논현동 과외를 나갔지만 지난 주말만은 효진의 중간고사 팀 플레이 과제 때문에 시간 조정을 해야만 했다. 며칠 뒤부터 유리 중간고사 가 시작되기에 이날 마지막 정리를 해 주기로 했던 것이다.

"아무리 바쁘다 해도 하늘은 좀 보고 살지."

"어?"

책상 너머 날아온 세훈의 말이 낯설었다. 내가 언제 저 녀석에게 이 정도의 싱거운 말을 해 댈 수 있는 상호 간의 거리를 허락했던가.

그러고 보니 언제부터인가 세훈이 그녀를 건드리고 집적거리는 빈도수가 슬금슬금 늘고 있었다.

커피 한잔으로 조금 몽글거렸던 마음이 서늘하게 식었다.

"하늘은 나도 자주 봐. 강의실 갈 때마다 창문 너머 하늘이 꽤 이뻐."

"언제까지 모른 척할 건데?"

"뭐가?"

"나, 너한테 관심 많거든. 정효진."

준비도 없는 상태인데 훅 들어온 고백. 그런데 이상하다. 따뜻하지 않고 뭔가 가시 같은 게 돋쳐 있었다.

허공에서 세훈과 효진의 눈이 마주쳤다.

갑자기 책상 위에 놓아 준 커피 이상으로 생경스럽고 서먹했다.

"말은 고마운데 미안. 난 관심이 없거든. 허세훈."

네가 장군이면 나는 멍군이다.

효진은 서늘하게 대답했다.

"철벽이 과하네. 같은 과, 같은 공부방에서 1년 이상 얼굴 봤는데 관심이 안 생기는 게 오히려 이상하지 않아?"

"공부하러 다니는 학교, 고시 준비하는 공부방 아냐? 이런 데서 남자 얼굴 살필 겨를이 없어서, 나는."

"단호하네. 사람 민망하게."

"민망할 일은 아예 만들지를 말지? 연애는 너나 혼자 해. 난 내 인생 살아 내기도 바빠."

"너는 열심히 잘 산다고 생각하겠지만 그런 네 모습, 가끔씩 조금 불쌍해 보여. 알아?"

"알아. 그래서?"

이 자식이 진짜 선 넘네?

효진은 어금니를 꽉 물었다.

"네 눈에 나는 성적에 목매달고 합격과 출세에만 목숨 건 속물로 보이는 건 아는데. 그렇다고 타인인 네가 내 인생을 함부로 평가하고 간섭하는 건 아니지. 난 그런 걸 허용한 적이 없어."

마음을 부대끼게 하는 불쾌함이 짙어져서 효진의 말은 평소와는 달리 더 차가울 수밖에 없었다.

"너 같은 금수저는 이해 못 하겠지만."

"말에 날이 서 있네. 싸우자는 게 아닌데."

먼저 시비 털고 사람 마음을 확 긁은 후에 자기는 그런 뜻이 아니었다고, 오해라고, 네가 유난히 예민하다고 말하는 인간하고는 더 이상 말을 섞고 싶지 않았다.

"나도 싸우자는 거 아냐."

효진은 책상 위 커피를 더 멀리 치웠다.

기분 같아서는 쓰레기통에다가 확 던져 버리고 싶었다. 아닌가. 저 녀석 얼굴에다 집어 던져야 하나.

"네가 내 인생을 이해 못 하는 것 같아서 한 번 더 친절하게 내 상황을 설명하는 중이야. 너도 알다시피 내가 오리지널 흙수저라서. 너처럼 놀면서 쉬면서 즐기면서 목표를 성취할 여유가 없거든. 거기다가 너처럼 천재도 아니라서 난 죽도록 노력해야 해. 이런 날 불쌍하게 생각해도 좋고, 안쓰럽다고 생각해도 좋으니까 그냥 나를 내버려 둘래? 나는 네 인생에 대해서 간섭하거나 관심 안 주는데 너는 왜 그래?"

"무슨 말을 못 하게 해, 내가 말만 하면 발끈하네. 혹시, 너 자격지심 있어?"

자격지심? 이 인간이 함부로 겁도 없이 두 번이나 선을 넘으셔. 효진은 이를 악물었다.

대놓고 싸우자는 거?

그를 휙 노려보는데 스터디실 문이 열리고 같은 공부방 사람들이 들어왔다.

아무리 문 안쪽에서 있었던 일을 못 보았다 하지만 피부에 와닿는 공기란 게 있다.

어색한 정도가 아니라 거의 살얼음이 낄 정도로 냉랭한 분위기를 느낀 듯 공부방 사람들이 둘을 번갈아 바라보았다.

"뭐냐, 너네? 싸웠어?"

"둘이 왜 그래? 분위기 살벌하네. 왜 그러냐?"

뭔가 대답하고 싶은데 누군가에게 이런 상황을 설명하는 일조차도 화가 나고 피곤했다.

재학 중 회계사 시험 합격이라는 목표가 전부인 효진으로선 이런 예기치 못한 관심을 가장한 못된 태클이 가장 귀찮고 번거로웠다.

그때 구원의 신호처럼 효진의 휴대 전화에서 따라란, 메시지 도착 알림이 왔다.

[선생님. 유리가 아파서 학교에서 조퇴했는데, 병원 갔더니만 맹장염이라네요. 지금 수술실 들어갔어요. 오늘 과외는 못 할 것 같습니다.]

문자를 확인하자마자 효진은 얼른 가방을 들고 일어섰다.

"내일 뵐게요. 저는 과외 있어서요."

살얼음 위를 걷듯 불편하고 위태로운 스터디실을 재빨리 벗어났다.

'짜증 나네, 정말.'

효진은 휙 돌아서 스터디실의 닫힌 문을 다시 노려보았다.

이토록 불편한 기분으로 저곳에 계속 드나들어야 하나?

공부하자고 모인 집단 안에서 이런 쓸데없고 영양가 하나 없는 감정놀음의 대상이 되는 게 너무 피곤하고 어이가 없었다.

'저 자식, 나 때문에 과탑 놓쳤다고 엄청 억울해했다는데. 그래서 앙심 품

고 날 건드리는 걸까?'

1등만 하던 자의 오만과 좌절, 그 적나라한 표본을 보는 것 같았다.

세훈이 '관심'이라 말하고, 효진은 '적대감'이라 읽은 날 선 감정의 실체. 그것의 민낯.

평생 1등을 놓쳐 본 적이 없었을 그가 효진에게 밀려 과탑을 놓치고는 자존심이 훼손된 것도 모자라서, 아들 성적에 집착하는 엄청 잘난 제 부모에게서도 질타를 받았다는 말을 건너 건너 들었었다.

'그렇게 열받으면 공부를 더 하든가. 나한테 자격지심 있냐고 긁어 대면 저는 뭐 좀 올라가나? 기분이 나아지나? 미친 새끼.'

열받은 만큼 운동화 발로 바닥을 걷어차면서 학교 정문을 벗어났다.

학교에서 조금 거리가 멀어지자, 비로소 조금 진정이 되었다. 그리고 수술 들어갔다는 유리에 대한 걱정이 들기 시작했다.

솔직히 유리를 비롯한 논현동 이사장님 댁은 효진에게 가족이나 다름없었다.

지하철역으로 걸어가면서 효진은 은정 여사에게 문자를 보냈다.

[저 나왔어요. 어디 병원이에요? 수술은 언제 끝날까요?]
[한 시간 후에 나온대요. 오지 마세요, 선생님. 와도 힘들어요. 유리가 가스 나오고 안정되면 다시 연락할게요. 그때 봐요.]

답장을 읽다 말고 빙긋 웃고 말았다.

은정 여사는 효진이 걱정스러워서 유리가 입원한 병원으로 오려고 한다는 것을 분명히 알고 있었다. 그래서인지 병원 이름도 가르쳐 주지 않았다.

생각해 보니, 수술 직후에 바로 찾아가면 환자가 부담스러워할 수도 있다는 생각이 들었다.

'말씀하신 대로 그럼 좀 안정되면 찾아가자.'

이미 지하철역에 도착해 버렸는데 정작 목적지가 사라졌다. 갑자기 시간도 텅 비어 버렸다.

'저녁 늦게까지 유리의 시험 대비 총 정리를 해 주기로 약속했는데. 원치 않았던 자유 시간이 생겨 버렸네.'

효진은 잠시 개찰구 앞에 서 있다가 카드를 찍고 내려갔다.

'간만에 어디 미술관이나 갈까?'

신록이 넘실대는 예쁜 미술관 정원에 앉아 차라도 한잔 마시고 싶었다.

'그러고 보니까 나, 미술관에 같이 갈 사람도, 차를 같이 마실 사람이 없네.'

하늘도 좀 보고 살라던 세훈의 어쭙잖은 충고가 생각 이상으로 가슴을 찌르던 것은 도통 여유라곤 허락되지 않던 자신의 상황이 너무 적나라하게 지적당해서였을까?

'그냥 날 좀 내버려 두면 되잖아. 내가 피해 끼친 것도 없는데. 왜 필요도 없는 관심을 빙자해서 날 귀찮게 하지?'

악바리처럼 살아가는 자신의 인생을 세훈은 불쌍하다고 했다.

일분일초도 허투루 사용하지 않고 목표만을 향해 똑바로 달려가는 일을 두고 어째서 가엾다는 평가를 받아야 할까?

한참 동안 생각에 잠겨 있던 그녀는 눈을 들었다. 그리고 이제 막 도착한 역 이름을 노려보았다.

어쩌다 보니 그녀는 다시 전철을 갈아타고 있었고, 그렇게 어느새 과천의 현대 미술관에 와 있었다.

이왕 왔으니 작품을 두루두루 구경하고, 자판기에서 커피 하나를 뽑아 야외 벤치에 앉았다.

스트레스 풀고 간만에 여유를 즐기러 나온 외출인데도 얼어붙어 버린 마음이 쉬이 풀리지 않았다.

'내가 너무 빡빡한가? 남들 보기 불쌍하다 느낄 정도로 뭔가 잘못 살고 있는 걸까?'

자꾸만 되풀이하게 되는 자문자답.

하늘은 쾌청하고 바람은 맑은데 홀로 앉은 효진의 가슴에서는 겨울비가 내렸다.

홀로 막막한 황야에 뚝 떨어져 버림을 받은 것만 같았다.

가시 돋친 말과 악의를 아무 일도 아닌 듯이 넘겨 버리는 건 단단하고 야무진 효진이라도 참 어렵고 힘들었다.

일주일 후.

"아, 짜증 나."

복도를 걸어가던 효진은 같은 공부방에서 활동하는 경영학과 아경의 새된 목소리를 듣고는 오늘 하루 또 일진이 나쁠 거 같다고 생각했다.

아경은 휴게실에 다리를 꼬고 앉아 전화기를 귀에 대고 온갖 불평불만을 쏟아 내고 있었다. 온몸에서 짜증이 뚝뚝 흐르고 있었다.

"내가 그렇지 뭐. 진짜 재수 옴 붙었어."

"기말 팀플조 완전 개망함. 쓸모 있는 인간들이 단 하나도 없어."

"열받은 김에 교수님 찾아갈까? 솔직히 나 고시 준비실에 있는 거 아시는데, 팀을 이딴 식으로 정해 주면 나 죽으라는 거잖아. 아 씨, 정말 짜증 나. 열받아서 죽을 거 같아."

그때 옆을 지나가던 효진과 아경의 시선이 마주쳤다.

동시에 두 사람은 짜증스럽게 서로를 외면했다.

'재수 없어.'

동시에 두 사람의 머리에 같은 생각이 스쳐 지나갔다.

전형적인 강남 미인, 금수저 엄친딸이라는 아경은 또 다른 엄친아 허세훈과 이모저모 비슷한 점이 꽤 많았다.

특히 잘살고 잘난 사람 특유의 그 교만, 대부분의 사람을 다 자기 아랫것으로 생각하고 무시하는 태도가 몸에 뱄다. 그래서 효진은 허세훈만큼이나 아경도 싫었다.

'마찬가지로 너도 내가 싫겠지, 뭐. 우리 서로 무시하고 살자.'

그날 저녁 식사 시간이었다.

30분 후에 인강 라이브 방송이 있어서 밥 먹을 시간이 애매하다 싶었다. 그래서 효진은 편의점 도시락이라도 사 먹을까 하고 스터디실을 나섰다.

도시락을 사 와서 휴게실로 가서 펼치는데, 그녀 앞에 아경이 턱 하고 다가앉았다.

"정효진, 허세훈하고 헤어졌다며?"

효진은 고개를 들어 말끄러미 아경을 바라보았다. 잠시 그녀가 미쳤나 싶었다.

이 무슨 얼토당토않은 이야기로 별로 친하지 않은 자신을 건드리고 아까운 시간을 뺏는가 싶어 어이가 없었다. 그러니 당연히 효진의 목소리가 곱게 나갈 리가 없었다.

"헤어져, 누가?"

"그럼 아직도 사귀는 거야?"

"아니."

아경의 얼굴에 순간적으로 실망 비슷한 감정이 흘러 지나갔다.

"우린 사귄 적이 없어. 헤어지고 말 것도 없는데 뭔 소리야? 너 뭘 잘못 먹었어?"

"흠, 이게 정효진의 자존심?"

아경이 코웃음을 쳤다.

"허세훈한테 차인 걸 이런 식으로 포장하려고?"

"뭐?"

기가 찼다.

조용히 공부만 하려 공부방에 들어왔는데, 며칠 전 세훈과의 세상 불편한 신경전으로 이미 심기가 많이 상해 있었다. 그런데 여기다가 아경이 쓸데없이 더 불을 지피고 있었다.

"걔가 그래? 자기가 날 찼다고?"

"어. 네가 들이대서 호기심으로 약간 사귈락 말락 썸 탔는데 자기 스타일 아닌 것 같아서 그만두기로 했다고. 아냐?"

"내가 아니라고 해도 믿을 거니?"

효진은 건드리지도 않은 도시락을 들어 그대로 쓰레기통에 집어넣어 버렸다.

무슨 목적으로 이딴 거짓말을 버젓이 퍼뜨리고 헛소문을 피우고 있는지, 허세훈에 대한 분노는 일단 밀쳐 두고 눈앞의 아경부터 처리해야 했다.

"어차피 넌 믿고 싶은 대로 믿을 거잖아. 내 말이 아니라 허세훈의 말만 들을 테고. 마음대로 생각해, 나하고 아무런 상관 없으니까."

효진은 아경을 눈 아래 깔고 노려보며 내뱉었다.

"그런데 이것 하나는 알아둬라. 허세훈, 네 눈에는 멋질지 몰라도 절대 내 스타일은 아니거든. 그러니 너 가지든지 말든지 알아서 해. 아. 네가 걔한테 들이댔는데 안 넘어와서 기껏 생각해 낸 게 나였어? 완전 치졸하네. 저기요, 시비는 딴 데 가서 거시고요. 아무 상관 없는 난 좀 내버려 두세요, 네?"

"뭐래, 이 계집애가?"

"어, 너 나한테 욕 박았니? 잘하면 너 곧 한 대 치겠다?"

효진은 아경 앞으로 한 발 더 다가섰다. 아랫배에 힘을 주고 매섭게 노려보았다.

"알아 둬라. 네가 한 대 치면 난 세 대 때린다, 오케이?"

아경이 순간적으로 시퍼런 빛이 번쩍이는 효진의 눈빛에 조금 밀려 한발 물러섰다.

"이게 지금까지 내가 살아온 인생 신조야. 조심해. 네가 항상 말했듯이 나 같은 흙수저가 살아남는 건 오로지 독기하고 깡 덕분인데. 너 같은 우아한 금수저 아가씨는 감당 못 해. 알았니?"

효진은 아경의 어깨를 자신의 어깨로 툭 밀쳤다.

이런 애들한테 한번 만만하게 보이면 두고두고 악랄하게 무시하고 괴롭힌다는 걸 이전부터 잘 알고 있었다. 이럴 때일수록 기선 제압이 필요했다.

하지만 아경도 만만치 않았다. 대놓고 한번 싸워 보자 하고 나서는 효진에게 밀릴 생각이 전혀 없어 보였다. 그만큼 효진에 대한 미움과 반감이 쌓여 있다는 것을 감추지 않고 드러냈다.

아경이 한쪽 입꼬리를 떨어뜨리며 비릿하게 냉소를 지었다. 제대로 받아칠 건수 하나 잡았다는 얼굴로 주저 없이 쏘아붙였다.

"정효진 너. 내가 무슨 말만 하면 금수저 운운하며 비꼬는 거 버릇이더라. 너, 혹시 나한테 자격지심 있니?"

"뭐라고?"

가슴에 독침이 날아와서 콱 박히는 기분이었다.

"자격지심 아니면 뭔데? 내가 금수저로 태어난 게 너한텐 큰 잘못으로 보이나 봐. 다른 사람은 아무 생각도 없어 보이는데 너만 유난히 예민하게 굴더라? 추해 보여. 안간힘을 다해 애쓰면서 부러운 걸 감추려 드는데, 분명히 존재하는 현실을 기피하고 어찌하든 날 무시하려 드는 게 바로 너의 자격지심이야."

"난 너 부러워한 적 없고 자격지심은 더욱이나 없어. 넌 네가 엄청 대단한 금수저라고 생각하는 모양인데 아니거든. 사람들이 농담 반 금수저 대접해 주니까 진짜 네가 귀족인 줄 알아? 그래 봤자 몇백억 대 부자 주제에? 야, 진짜 금수저는 재벌 3세 이윤서 선배처럼 몇 조 재산은 쌓아 놓고 사는 사람이야. 제 주제를 몰라."

한 방 더 먹여 주고는 효진은 새큰거리며 어쩔 줄 몰라 하는 아경을 두고 돌아섰다. 그러면서 이를 악물었다.

'허세훈 이 새끼. 딱 기다려. 어디서 거짓말을 털고 다녀? 내가 너 죽인다.'

다음 날이었다.

효진은 금쪽같은 시간을 할애하여 눈에 불을 켜고 미친놈 허세훈을 찾아 다녔다.

아경에게 둘이 사귀다가 제가 걷어찼다는 거짓말을 하고 다니는 이유를 알아야 했으며, 그렇게 비열하게 굴어 제가 얻는 게 뭔지 알고 싶었다. 그리고 그딴 거짓말을 함부로 해 대다간 큰 코 다치리란 경고도 해 줘야 했다.

"세훈이? 아까까지 여기 있다가 잠시 쉰다고 나갔는데."

"휴게실에 없어?"

"넌 같은 과잖아. 왜 나한테 물어? 전화 걸어 봐."

하지만 전화를 걸기는 싫었다.

이를 앙다물고 효진은 세훈이 있을 법한 곳을 찾아다녔다.

"세훈 선배요? 아까 아경 언니랑 1층 로비에서 봤는데요. 지금도 거기 있을걸요?"

계단을 내려가는데 같은 공부방 신입생 후배가 알려 주었다.

'진상 돌이 모여 있다 이 말이로군. 그래. 좋아. 함께 골로 보내 주겠어.'

후배가 알려 준 대로 씩씩대며 로비 모퉁이 쪽으로 걸어가는데, 100미터 밖에서도 구분 가능한 아경의 목소리가 효진의 귀를 때렸다.

그에 동조해 신나게 효진을 두고 뒷담을 까는 세훈의 목소리는 덤이었다.

흙수저 피해 의식, 매사 열등감이 심해서 뭔 말만 하면 꼬아 듣고 급발진을 한다 어쩐다.

"가난뱅이 사배자로 입학한 자격지심 때문에 우리 같은 사람을 보며 무조건 열받나 봐, 그치?"

"그럴지도. 그게 피곤해서 내가 애초에 손절했어."

"웃겨, 정말. 그런데 더 역겨운 거 뭔지 알아. 걔는 우리 여자들끼리 있으면 은근히 자기 얼굴 자랑 한다? 그게 얼굴이라고, 흥! 촌뜨기에 천박스럽게 빤은 주제에 감히 주제 파악 못 하고 잘난 척이래?"

"난 그렇게 독하고 악바리인 애는 싫어. 부담스러워서 곁에 갈 수가 없어.

무조건 싸우자 덤벼라 그런 얼굴로 다니잖아."

"악착스럽지 않으면 살아갈 수 없어서 그런가 보지 뭐. 우리가 평생 이해할 수 없는 인간형이야."

"그런데도 공부는 잘하는 게 부럽기는 해."

"그래서 너 은근슬쩍 걔한테 발 들이댔니? 어떻게 한번 흔들어 보려고? 혼 나가게 해서 데리고 놀다가 버리면 정신없을 때 네가 과탑 한번 해 보려고?"

지독한 악의와 경멸, 독 바른 가시들이 푹푹 귀를 파고들어 뇌수를 찌르고 있었다.

"서, 선배. 무 무슨 일……이?"

하얗게 질린 얼굴로 석상이 되어 버린 효진을 보고는 계단에서 내려오던 아까 그 후배가 순간 뒷걸음질을 쳤을 정도였다.

"박서인아."

"네."

"너도 저것들 뒷담 까는 거 좀 들었지?"

후배가 질린 얼굴로 고개를 끄덕였다.

"네가 증인이다. 오늘 내가 저것들 죽이고 같이 죽는다!"

효진이 주먹을 움켜쥐고 무서운 기세로 두 사람 앞으로 다가갔다.

비로소 효진이 뒤에서 둘이 신나게 씨불대는 것을 다 들었음을 인지한 후 당황해서 허옇게 질려 가는 세훈의 면상에 망설이지 않고 주먹을 꽂아 버렸다.

한 시간 후.

강의동 전부를 발칵 뒤집어 버린 효진은 어딘지도 모를 거리를 홀로 떠돌고 있었다.

가슴은 너덜너덜해졌고 심장은 시뻘건 각혈을 하고 있었다. 너무 큰 흥분과 충격이 가시고 나니 이제는 너무 추웠다. 그 순간 생각나는 사람은 희한하게도 오직 성운뿐이었다.

그래서 효진은 근처 버스 정류장 의자에 주저앉아 그에게 전화를 걸었다.

무슨 말이라도 좋으니까 그저 그녀에게 무조건 따뜻한 목소리를 듣고 싶었다. 지금 그녀에게 필요한 건 그렇게 작은 온기가 전부였다. 그만큼, 마음이 가난했고 비참했다.

"오빠……."

'여보세요?' 하는 성운의 목소리를 듣는데 갑자기 왈칵 울음이 터졌다.

—효진아, 왜 그래? 무슨 일이야?

깜짝 놀라 다급히 묻는 성운의 목소리를 품에 안고 효진은 대답 대신 한참 울먹이기만 했다.

간신히 진정을 하고 그녀는 지금 가슴에 고여 있는 그대로 난생처음 어리광을 부렸다.

"술 먹고 싶어, 오빠. 가슴이 터질 것같이 아파. 그래서 술 먹고 싶어. 그런데 지금 오빠밖에 생각이 안 나서. 미안해. 이런 전화를 해서. 근데 내가 전화 걸 데가 오빠밖에 없었어. 미안……."

훌쩍거리며 떠듬떠듬 말하는 효진에게 성운이 침착하게 말했다.

—알았어. 알았으니까 진정하고 울지 마. 내가 지금 대전 내려와 있는데, 당장 기차 타고 올라갈게. 한 7시쯤 도착할 거 같은데 기다릴래?

"응."

—알았어. 그럼 영등포역에서 보자. 도착 시간 메시지로 보낼게.

"응."

—어디든 들어가서 따뜻한 거 마시고 있어. 술은 내가 사 줄 테니까 혼자는 마시지 말고. 알았지? 약속해?

"응. 응. 고마워. 오빠……."

—카페 가서 사진 찍어 보내, 어디든 혼자 가지 말고. 응?

"알았어. 오빠 오는 거 기다릴게."

손등으로 눈물을 닦으면서 효진은 전화를 끊었다. 성운에게 약속한 대로 더 이상 울지 않기 위하여 입술을 깨물면서 한참을 걸었다.

걸어도 걸어도 길은 막막하게 끝나지 않았다. 아픈 가슴은 가라앉지 않았고 지겹도록 짙은 통증은 계속해서 토악질처럼 치밀어 올랐다.

경멸과 악의가 전부인 그 둘의 뒷담은 효진의 당당한 무릎을 그렇게 순식간에 꺾어 버렸다.

7시 10분쯤 기차에서 성운이 내렸다. 그는 역 개찰구 앞에서 기다리고 있던 효진 앞으로 걸어왔다. 성운을 보자마자 억지로 참고 있던 눈물이 다시 툭 하고 떨어졌다.

"배고파, 오빠. 술은 나중에 먹고 밥 먼저 사 주라."

"그래. 밥 사 줄게. 가자."

그날 효진은 울면서 성운이 사 준 뜨거운 순두부찌개를 먹었다.

너무 맵고 뜨거워서 그런 것처럼 눈물콧물을 훌쩍이며, 후후 불어 가며 매운 찌개와 밥을 퍼먹었다.

"오빠."

식당에서 계산을 마치고 나온 성운의 소매 깃을 효진이 다시 잡아당겼다.

"어."

"이젠 술 사 줘요. 술 엄청 먹고 싶어."

성운이 무슨 말을 하려다가, 금세 확 터질 것처럼 필사적으로 떼를 쓰고 있는 효진을 내려다보더니만 입을 꾹 다물었다.

"그래, 소주 사 줄게. 어디든 가자."

그리고 시작된 술집의 순례.

마음에 뚫린 구멍이 너무 크고 치명적이어서 효진은 겁도 없이 성운을 끝없이 귀찮게 하며 미친 사람처럼 퍼마셨다.

2차.

3차.

4차 와인 바에서 나온 기억까지는 난다.

잠시 정신을 차려 보니 그녀는 한강 공원 벤치에 축 늘어져 앉아 있었다.

"이거 마셔."

편의점에서 숙취 해소 음료와 물을 사 온 성운이 걱정스럽게 그녀 옆에 다가와 앉았다. 그는 음료 뚜껑을 따서 그녀에게 건네주었다.

"이래서 제대로 걸을 수나 있겠어? 속은 괜찮아?"

"토하면 되지 뭐. 오빠가 기숙사까지 안전하게 데려다준다고 했으니까 책임져."

"그거야 당연하지만……."

성운이 혼잣말로 중얼거렸다.

"여기서 잠시만 바람 쐬다 가요, 오빠. 조금만 있으면 나 술 깰 거 같아."

하지만 3분 후.

술이 깨기는커녕 효진은 성운의 어깨를 침대 삼아 드로롱드로롱 코를 골고 있었다.

"내가 이럴 줄 알았다니까?"

성운은 술에 취해 잠이 들어 버린 효진의 얼굴에 귀찮게 달려드는 날파리 떼를 손으로 쫓아내면서 중얼거렸다.

손목시계가 가리키는 시각은 어느덧 밤 12시. 이쯤 되면 기숙사 문이 닫히고도 남았을 거 같다.

'그렇다고 인사불성이 된 사람을 여기에다가 언제까지나 앉혀 둘 수도 없고. 어떡하지?'

결국 성운은 어쩔 수 없이 낯 뜨거움을 참으며 너그러운 어머니 은정 여사에게 SOS를 쳤다.

"어머니. 아직 안 주무시죠?"

—그래, 이제 막 잘 참인데. 왜? 아들.

"저기 그게. 효진이를 만났는데 뭔 속상한 일이 있었는지 술을 사 달라더니 금방 취해서 잠이 들어 버렸어요. 시간이 너무 늦어서, 그냥 집에 데려갈까 해요."

—아니, 그 착실한 사람이 무슨 속상한 일이 있었대? 알았어. 기다릴게. 어여 와.

효진을 업다시피 부축해서 성운이 논현동 집 대문을 들어서자, 효진이 현관에 선 은정 여사를 보고는 제정신이 아닌데도 꾸벅 인사는 잘 했다. 그러고는 다시 성운의 어깨에 걸쳐서는 잠이 들어 버렸다.

"얼마나 먹였길래 애가 이러니?"

바늘로 찔러도 피 한 방울 나지 않을 만큼 야무지고 자기 관리 철저한 효진만을 봐 왔던 터다. 그런 사람이 이렇게 풀어지고 망가진 모습은 처음이라 은정 여사가 괜히 성운을 타박했다.

"얼마 안 먹었는데 좀 속상하고 안 좋은 일이 있었나 봐요. 몇 잔 마시자마자 금세 이렇게 되더라고요."

둘이서 겁도 없이 4차까지 달렸다는 건 차마 말할 수가 없다. 성운은 슬쩍 거짓말을 했다.

"무슨 일이 있었을까? 여하간 일단 재우자. 서재에 이부자리 펴 놨다."

"네."

성운은 은정 여사가 지켜보는 가운데, 효진을 서재 방 이부자리 안에 밀어 넣었다.

"쟤 얼굴이라도 닦아 줘야 하는 거 아냐?"

"제가 할게요."

성운은 수건을 물에 적셔 와 세상모르고 잠이 든 효진의 얼굴을 조심스럽게 닦아 주었다.

"효진이가 그래도 너한테라도 속을 털어놓고 풀어서 다행이다. 오죽 마음 줄 데가 없었으면 너한테까지 연락을 했겠니?"

"그러게요."

"내일 아침에 해장국이라도 먹여야지. 저러다간 속 다 버린다."

은정 여사가 침실로 들어가는 대신 주방 쪽으로 가더니만, 팬트리를 뒤져 황태 한 봉지를 꺼내 놓았다.

* * *

다음 날 아침.

여긴 어디? 난 누구?

삼면 벽이 책이요, 멋진 그림이 벽에 걸린 방. 낯선 천장의 무늬를 바라보며 효진은 잠시 눈만 깜빡거렸다.

내가 왜 이런 곳에 누워 있지? 누가 날 여기다 데려다 놨지?

수많은 물음표가 허공에 둥둥 떠도는데 대답할 수 있는 게 아무것도 없었다.

그때 누군가가 문 밖에서 노크를 똑똑 했다.

"쌤. 일어났어요? 엄마가 아침 드시래요."

효진은 다시 눈을 깜빡거렸다.

지금 유리 목소리가 난 것 같은데? 그렇다면……?

"오, 마이, 갓!"

효진은 용수철처럼 튀어 올랐다.

어제 형편없이 취한 자신을 성운이 자기 집으로 데리고 왔던 게 어슴푸레 생각난 것이다.

'하긴 12시가 넘도록 마셨으니 기숙사에는 못 데려다주지. 그렇다고 여길 왜 데리고 와? 쪽팔려 죽겠네. 사모님이랑 이사장님 얼굴을 어떻게 봐.'

홍당무가 되어 옴짝달싹 못 하는 효진의 마음일랑 아랑곳없이 다시 유리가 노크했다.

여전히 대답이 없으니 아직도 자나 확인하려는지 유리가 살짝 문을 열었다. 어찌할 바를 모르고 패닉 상태가 된 효진과 눈이 딱 마주쳤다.

효진이 뭐라고 입을 달싹이기도 전에 유리가 먼저 소리쳤다.

"엄마, 쌤 일어났어요."

"그래, 얼른 나오시라 그래. 북엇국 끓였다고 아침 먹자고 해."

방문 저 너머에서 은정 여사의 목소리가 울렸다. 유리가 싱긋 웃었다.

"엄마 목소리 들으셨죠, 쌤? 어서 나오세요. 참, 아빠랑 오빠 지금 없어요. 아침 일찍 양주 별장에 아빠 짐 갖다 놓으러 나갔어요. 점심때쯤 돌아온대요."

그러니 남자들이 돌아와서 더 쪽팔리기 전에 아침만 먹고 빨리 튀어 나가라, 그런 말이었다.

하느님, 감사합니다.

불행 중 다행, 효진은 가슴을 쓸어내렸다.

숙취에 절고 얼굴은 안 씻어서 개기름이 번들번들하지, 입에서는 아직도 텁텁한 술 냄새가 풍풍 풍기지, 머리는 마구 뻗쳐서 사자 갈기 저리 가라였다. 이런 염치없는 몰골로 존경하는 이사장님과 성운을 다시 본다?

"으악. 으악!"

두 손으로 머리털을 움켜잡으며 효진은 비명을 질렀다. 이 방을 나서느니 차라리 지옥불에 뛰어들고 싶었다.

'그래. 어차피 벌어진 일이야. 얼른 나가서 사모님께 사죄하고 빨리 튀어 나가자.'

후아후아, 심호흡을 열 번쯤 하고 나서야 마침내 효진은 큰 용기를 내서 방을 나갔다.

그러나 그날 효진의 운은 딱히 좋지 못했다.

어찌하든 북엇국 한 숟갈은 떠야 이 집에서 내보내 준다는 은정 여사의 고집을 이길 수가 없었다. 마지못해 염치 불고하고 뜨뜻한 북엇국에다 밥까지 말아서는 늦은 아점을 얻어먹고 있는데, 볼일이 빨리 끝났다며 민호와 성운이 들어왔기 때문이다.

"저, 정말 죄송합니다, 이사장님. 면목이 없어요."

엉거주춤 숟가락을 든 채 두 사람을 맞이한 효진은 새빨개진 얼굴로 사과했다.

이에 민호가 허허허 웃었다.

"이제야 우리 선생님이 사람 같아 보이네. 살다 보면 이런 실수도 하고 저런 실수도 하면서 사는 거지. 마음에 두지 말아요. 우리 성운이가 잘 데려왔지. 다른 곳에 데려다 놨다 했으면 더 걱정했을 거야."

"맞아요. 여기는 선생님 서울 집이라 쳐. 대전 할머니께서 계신 곳만 못해도 여기도 집이야. 그러니까 미안하다 말고 부끄러워도 말고. 식구끼리 속사정 들어 주고 위안해 주는 거지. 알았어요?"

"네, 네. 감사합니다, 사모님."

목구멍에서 뜨거운 응어리가 자꾸만 솟구쳐서 효진은 자신이 먹고 있는 북엇국이 얼마나 뜨거운지도 모르고 끝없이 들이마셨다.

그날 먹은 게 북엇국인지 대가 없이 퍼 주는 따뜻한 정인지, 평생 알 수 없으리라 생각하면서…….

며칠 후.

효진은 성운과 같이 기차를 타고 대전에 내려가고 있었다.

휴일도 아니고 특별한 일도 없는데 갑자기 대전에 간다고 하니 성운은 조금 놀란 눈치였다.

그러나 더 이상은 말하고 싶지 않다는 효진의 기색을 읽었는지 더는 캐묻지 않았다.

"언제 올라가?"

"내일 오후에."

"강의 있잖아."

"교수님한테 거짓말해 버렸어 할머니께서 편찮으셔서 보호자인 내가 급히 내려가야 한다고."

"용케 속아 주셨네?"

"그동안 적립해 둔 신용이 있으니까. 그리고 내가 소녀 가장인 거는 교수님들도 다 아시거든."

지난번 만나 술 사 달라 떼를 쓰고 무작정 퍼마셨을 때도 그렇거니와, 그럼에도 불구하고 여전히 밝아지지 않은 효진의 안색이 영 마음에 쓰였나 보다. 집에까지 같이 가 주었던 성운이 쉬이 발길을 돌리지 못했다.

"가요, 오빠. 오빠도 오늘 모임 있다며?"

"그렇긴 한데. 내가 한 9시쯤 끝날 거 같거든. 전화할 테니까 나올래? 맥주나 한잔하자."

"그래요. 전화해."

그러나 성운은 9시가 아니라 8시 반에 효진의 집 앞에 서 있었다.

"좀 빨리 끝나서."

효진을 보자마자 변명처럼 말하는 성운을 보아하니, 이곳에 더 빨리 도착하려고 얼마나 서둘러 일정을 끝마쳤을지 짐작할 수 있었다.

"좀 걸을래? 아님 어디 가서 커피 마실까?"

"우리 동네가 보다시피 좀 으슥해서. 밤늦게 오래도록 걷긴 그래, 오빠. 큰길 쪽 카페로 가자."

"그래."

카페에 도착할 때까지 두 사람은 말이 없었다.

"자, 마셔."

성운이 효진에게 밀크티를 건넸다. 그러고 나서 자신도 그녀 앞에 앉았다.

"인태는?"

"열심히 공부하고 있나 봐. 이번 모고 성적도 꽤 잘 나왔대."

"의대 간대?"

"응. 그 정도 성적이 일정하게 나온대. 학교에서도 많이 지원해 주고 있어."

"할머닌 건강 어떠셔?"

"그만그만하셔. 요샌 그래도 엄청 춥거나 더운 날에는 시장엘 일 안 나가시니까."

서로에게 안전한 대화만 적당하게 오갔다.

그러다가 결국 이렇게는 죽도 밥도 되지 않는다고 생각이 들었던지, 성운이 찻잔을 놓고 효진을 똑바로 건너다보았다. 감출 수 없는 걱정이 그 시선에 담겨 있었다.

"있잖아, 효진아……."

"그날 동기랑 쌍욕 박고 싸웠어. 개판 만들었지. 더러워서 그냥 공부방에서 나오려고."

"어?"

침착한 성운답지 않게 눈이 휘둥그레진 걸 보아하니 엄청 놀란 게 분명했다.

마시지도 않던 술을 사 내라, 떼를 쓰던 것 하며 주중에 갑자기 학교를 떠나 고향 집에 내려와 버린 것에서 뭔가 심상치 않은 일이 벌어진 게 확실하다 생각하기는 했었다.

그런데 이 정도로 심각한 일이 벌어졌을 줄이야.

"같은 과, 같은 공부방 팀원인데 어느 날 갑자기 날 좋아한다고 고백하더라고."

효진의 덤덤한 말에 성운의 얼굴이 탁 굳어졌다.

"내 스타일 아니라서 거절했지. 솔직히 내가 맘 편하게 연애하고 그런 사치 부릴 만큼 여유가 있는 것도 아니고."

"응."

"같은 공부방에 경영학과 애가 하나 있어. 나는 몰랐는데 걔를 좋아하고 있었나 봐. 그런데 자기가 좋아하는 그놈을 내가 거절했잖아. 이후에 그 자식이랑 붙어서는 날 이상하게 몰더라고, 둘이서 신나게 내 뒷담을 까고 앉았더라."

"뭐? 미친 거 아냐?"

"내가 모든 게 넘치는 그 녀석을 감히 거절하는 건 수준 미달인 내 인생을 들키는 게 싫은 열등감 때문이고, 내가 무조건 과탑 탐내면서 자길 이기려 드는 건 가난뱅이가 사배자로 입학한 자격지심 때문이래. 덤으로 얼굴도 천박스럽게 빨은 주제에, 하면서."

"미친 새끼! 어디서 되먹지 못하게 함부로 나대고 있대? 뒈지고 싶나?"

성운이 그답지 않게 노골적인 상욕을 박았다. 정말 화가 났는지 언제나 온화하던 그 얼굴에 무섭도록 냉기가 돌았다.

"그런 말을 듣고도 모른 척 넘어가면 내가 바보 멍청이지. 너무 열받아서 말이야, '이 구역 미친년은 나다' 하는 마음으로 대놓고 들이박고 쌍욕 질러 버렸어."

"잘했어."

"근데 분이 안 풀려. 온 공부방이 다 뒤집어지게 난리를 쳐 놨으니 민폐라 치고, 다른 사람한테 불편함 끼친 것도 있으니까 미안해서 거길 나오기는 할 건데, 그것들한테 더 세게 못 받아친 게 너무 화가 나. 아직도 분해서 죽을 거 같아."

"내가 들어도 너무 화가 나는데? 효진아, 내가 사람 풀까?"

"아, 뭐야, 그게?"

"농담 아니야. 너한테 그런 말을 하고도 무사할 줄 알았다면 그게 더 말이 안 되지."

성운이 이를 악물고는 한 마디, 한 마디 꽉꽉 박았다.

"어디서 자격지심, 열등감을 운운해? 부모 잘 만나서 편하게 사는 인간들 주제에 지가 뭐라고 열심히 사는 남의 인생을 함부로 평가하고 비교질에다 비웃기까지 해? 절대로 용서 못 해. 내가 찾아가서 주먹이라도 꽂아 줘야겠어."

"하지 마! 오빠, 말은 고마운데 그럴 가치도 없어. 그딴 인간쓰레기들. 오빠 주먹만 더러워져."

차마 효진 자신이 세훈의 면상에 주먹질을 했다는 말을 할 수는 없었다.

"하긴 그렇겠다. 사람은 사람하고 상대해야지. 쓰레기하고는 상대해서는 안 되지."

검은 물을 토해 내고 나니 어쩐지 좀 속이 시원해졌다.

효진과 성운은 서로 마주 보며 괜히 한 번 싱겁게 웃었다.

"내가 책을 잘 안 읽지마는 언젠가 어떤 책에서 읽었는데 말이야, '깊은 호수에는 물결이 일지 않는다'라고 하더라."

"어?"

"바람이 불면 호수 표면에는 파랑이 일지만 깊은 호심은 절대적으로 고요하대. 누구도 건드릴 수가 없대."

"그런 말을 왜 지금 나한테 하는데?"

"힘들 거 알지만 그 쓰레기들이 한 나쁜 말들이 네 마음의 중심을 절대로 침범하지 않았으면 해서."

"……응."

"너도 알겠지만 그 인간들이 한 말은 가치가 없어. 널 사랑하거나 걱정해서 한 말이 아니잖아. 비난하고 상처 주기 위해서 작정하고 쏜 독이야, 그거. 빨리 뱉어 내고 빨리 멀리 던져 버려야 해. 그걸 못 하면 너만 손해야. 그 인간들은 그걸 원해서 그딴 말을 해 댄 거잖아."

"나도 알아. 그런데 그게 말처럼 쉽지가 않아, 오빠."

사려 깊고 어른스러운 성운의 위로에 그동안 독하게 억눌러 두었던 눈물 구슬이 툭 터져 버렸다. 효진은 눈물을 가득 담은 채 성운에게 그동안 자신이 삭여 내야 했던 모멸감, 분노와 서러움을 토해 냈다.

"남들이 날 성적에만 미친 독종이라고 생각하겠지 짐작하는 것하고, 직접 그런 말을 들어 버린 것하고는 천지 차이더라고."

"이해해. 말로 벤 상처가 제일 무섭다고 하잖아."

"난 그 사람들에게 그 어떤 피해를 준 적이 없어. 사랑 고백을 거절했다는 게 피해 준 거라면 어쩔 수 없지만 말이야. 그렇다고 이런 식의 비난을 받을 이유는 없잖아."

"질투야. 그 사람들이 너한테 자격지심 느껴서 그러는 거야."

성운이 탁자 위에 툭 떨어진 효진의 손을 먼저 꼭 잡아 주었다.

처음이었다.

그 작은 스킨십이 느리고 신중한 그에게는 얼마나 커다란 전진인지. 그녀를 위로하고 싶어서 무거운 발을 먼저 옮겨 준 그의 마음이 사무쳤다. 그의 손이 전해 준 온기와 함께 효진의 마음을 따뜻한 목도리처럼 감쌌다.

"내가 아는 넌 마음의 중심이 딱 잡혀 있었어. 그런 사람은 드물지. 항상 하는 말이지만 넌 참 열심히 살아. 언제나 반짝반짝 빛이 나. 그래서 늘 예뻐. 그런 사람은 그 누구도 건드리지 못해. 누구도 상처 줄 수가 없어. 넌 다이아몬드거든."

"치잇. 그만해. 오빠 언제나 날 너무 과대평가해."

"널 더 오래 보고 좋아하는 내가 하는 말을 믿을래? 아니면 널 겉핥기로 알고 싫어하는 사람 말을 믿을래? 어느 게 더 진실에 가까울 거 같아?"

"하나를 고르라면 그래. 난 오빠 말을 믿을게. 그게 더 좋아."

"이런 게 자신을 사랑하는 법이지. 그런데 말이야, 효진아. 아까도 말했지만 네 말을 듣고 계속 생각하는데 자격지심 느끼는 건 확실히 그쪽이지 싶어."

"무슨 뜻이야?"

"인간은 자기가 갖고 싶은데 못 가지면 그걸 가진 사람이 더 미워진대."

그들의 입장에서 생각해 보면 자기들보다 결핍투성이이고 모자란 것이 많은데도 훨씬 더 반짝거리고 우월한 존재에 대한 열등감으로 미칠 지경이었으리라. 그가 서 있는 높은 곳에를 올라갈 수가 없고 그렇다고 낮은 자기 위치를 참을 수도 없으니 어찌하든 상대를 끌어내려야 속이 시원한 거다.

"그런 비겁하고 얄팍한 수밖에는 부릴 게 없는 인간들이야. 어찌 긁어도 넌 상처 하나 안 나는 다이아몬드니까 그래서 네가 더 미운 거지. 그런 인간들은 가볍게 무시해 줘. 아니, 그 질투를 즐겨. 그것들이 더 비참해지게."

"질투를 즐기라니. 와아, 오빠. 엄청 착한 줄 알았는데 은근히 무섭다. 완전 그것들 뼈를 때리네."

"내가 원래 말은 잘 못하는데 한번 하면 좀 세. 기를 다 모아서 한 번에 쓴다니까."

"큭. 무슨 만화 주인공도 아니고?"

방금 전까지만 해도 눈물을 흘리던 것을 까마득히 다 잊고 어느새 효진이 웃고 있었다.

그저 몇 마디 주고받은 것으로 지금껏 가슴에 고여 있던 앙금, 나쁜 마음들이 스르르 사라지고 있었다. 다 바닥으로 가라앉아 끝없이 고요한 평심을 다시 찾아낼 수가 있었다.

"내가 내일 서울 올라가서."

"응."

"공부방 퇴실하기 전에 그것들하고 한 번 더 제대로 붙을래."

효진이 주먹을 움켜쥐고 단언했다.

"오빠, 나 싸워도 되지?"

"뭐 그러든지. 싸움은 역시 한번 제대로 맞붙어 줘야 원통하지 않지. 쌍욕만 박지 말고 그것들 얼굴을 뒷발로 걷어차 주고 와. 병원비는 내가 물어 줄게."

성운이 장담했다.

"아버지한테 주식 받은 게 좀 있거든. 다 팔아서라도 해결해 줄게."

이틀 후.

효진은 세훈과 아경을 상대로 대판 난리를 친 이후 처음으로 스터디실 문을 열었다.

원수는 외나무다리에서 만난다더니만 안에는 작정하고 찾아가려던 세훈 말고도 얄미운 아경과 선배 두 명이 더 앉아 있었다.

"어. 효진아, 왔니?"

한 학기, 기숙사 룸메이트로 살았고 나름 가장 친한 사이인 선배 민지가 반갑게 효진을 맞이해 주었다.

며칠 사이 세훈과 아경, 효진 사이에 벌어졌던 불미스러운 말다툼은 입과 입을 통해 소문이 다 난 터였다. 삽시간에 어색하고 불편해진 방 안 분위기를 가라앉히려는 듯 그녀가 아무 일도 없었다는 듯이 말을 걸었다.

"대전 갔다 왔다면서? 할머닌 어떠셔?"

"괜찮아지셨어요."

대답하며 효진은 자신의 자리로 다가갔다. 그리고 미리 챙겨 온 커다란 비닐 가방에다가 책상에 놓아둔 책들을 챙겨 넣기 시작했다. 아경과 세훈이 일부러 자신을 외면하는 척하면서 동정을 살피고 있는 게 피부 위로 다 느껴졌다.

효진이 갑자기 개인 짐을 챙기자 민지가 놀라 다가왔다.

"너 뭐 해?"

"지금 교수님하고 상담하고 왔어요."

"응?"

"저 오늘부로 여기, 퇴실하려고요."

"뭐라고? 왜?"

민지뿐만 아니라 방장이자 복학생 기준도 깜짝 놀라 공부를 하다 말고 몸을 일으켰다.

"갑자기 무슨 소리야?"

"저는 여기 공부하러 들어왔는데 마음이 산란해서 공부를 할 수가 없는 걸요."

효진은 아경과 세훈 쪽을 한 번 슥 노려보면서 또렷하게 말했다.

"이상한 인간들이 자꾸 징그럽게 출몰해서 괴롭히는 걸 더 이상은 못 참겠어요. 선배님, 여긴 공부방이죠? 근데 자꾸 누군가가 치정극을 벌이고 연애방으로 만들잖아요. 자격지심, 열등감에 찌들어 고시 합격, 출세에만 목매단 독종 정효진은 여기 물이 안 좋아서 못 견디겠어요."

"미쳤나 봐!"

대놓고 효진이 이죽거리고 노골적으로 내뱉자 아경이 못 견디겠다는 듯이 발딱 일어나며 소리쳤다. 눈꼬리가 파르르 떨리고 있었다.

그러거나 말거나 효진은 싹 무시하고 하고 싶은 말을 다 했다. 어차피 퍼부어 주려고 나타났으며 이제 강의실 말고는 못 볼 얼굴인데 뭐 어떠랴 싶었다.

"예컨대 신아경 저분같이 저한테 일일이 태클 거는 인간하고는 더 이상 피곤해서 같이 공부 못 하겠다고요. 지가 못나서 저 좋다는 남자한테 걷어차이고 성적도 나보다 뒤떨어지는 걸 어쩌라고? 왜 그걸 나한테 시비 걸면서 푸는지 모르겠구요. 감히 이곳에 발을 디딜 수 없는 가난뱅이 사배자인데다 자격지심 찌든 저는 상류층 금수저분들만 사시는 여기서 조용히 비켜드리겠습니다."

"야! 정효진, 너, 말이면 다야? 어디서 함부로 사람을 완전 나쁜 년으로 만들어? 난 뭐 할 말 없는 줄 알아? 네가 뭐 그렇게 잘났어? 뭐가 넌 그렇게 다 옳고 당당해? 모함도 유분수지, 선배들 앞에서 날 쓰레기로 만들고 있어?"

이판사판 나도 너한테 할 말 많다, 하는 얼굴로 아경이 악을 썼다.

"쓰레기 아녔어? 너희들?"

효진은 휙 고개를 돌려 아경과 세훈을 한 번씩 죽일 듯이 노려보아 주었다.

'비겁한 새끼.'

꼴에 저도 제 잘못을 알고 있는지 효진이 나타나자마자 외면만 하고 있었다.

대놓고 긁어 대고 작정하고 퍼붓는데도 못 들은 척, 입을 꾹 다물고 있는 세훈을 보고 있는데 욕이 절로 나왔다.

그나마 아경은 효진에 맞서서 대거리라도 하러 나섰지만 사내 주제에 그것도 못 하는 비겁한 새끼였다. 울컥, 구토가 나올 지경이었다.

"별말도 아닌 걸 네가 먼저 자격지심 쩔어서 발끈해 가지고는 우리한테 쌍욕 박고 나갔잖아. 넌 어쩜 매사 그렇게 피해 의식에 젖어서 사람 말을 오해하고 급발진하는데? 기가 차서."

"급발진 좋아하시네. 피해 의식? 웃기지 마. 먼저 날 두고 입 턴 건 너희들이잖아. 가난뱅이 사배자로 입학한 자격지심 때문에 금수저 너네들을 견제한다며, 내가? 덤으로 얼굴도 천박스럽게 빻은 주제에 감히 주제 파악 못 하고 잘난 저 인간 허세훈을 거절하고 까분다며?"

"야! 내가 언제."

"그때 네가 한 말 그대로 읊은 건데 왜 이제 와서 아니래? 아무 상관 없는 사람 두고 자격지심 운운하며 뒷담 까지 말고 너나 잘해. 나야말로 너희들 보면 한심해. 한심해서 죽을 지경이야. 집도 부자고 뭐든 다 지원받고 전부 다 빵빵한데 왜 나 하나 못 이겨? 이런 나한테 못 이겨서 분해서 죽을 거 같지? 그리고 아경이 너, 강남에서 성형했다며? 그런데 왜 돈 없어서 성형도 못 하고 이렇게 빻은 나보다 얼굴이 구려? 나랑 비교해서 너, 하나도 잘난 게 없으니까 미치겠어? 그래서 날 까 내리고 싶지? 이렇게라도 안 까 내리면 넌 죽어도 날 못 이길 거 같으니까. 그래서 쟤!"

효진은 자라목이 되어 쥐 죽은 듯이 앉아만 있는 세훈 쪽을 휙 노려보았다.

"둘이 편먹고 나 꼽 주고 따 시키면서 그동안 기분 참 좋았겠다? 나한테 걷어차인 후에 좋다고 달려드는 아경이 널 앞에 두고 한때 지가 좋아한 여

497

자 욕하면서 자존심 세우는 놈. 저게 뭐 볼 거 있다고 너는 그렇게 목매달고 따라다니니? 인간 같지도 않은 저 새끼가 그렇게 좋냐? 그래그래, 그냥 너 가져. 꼴에 자만심만 가득해서 거절당했다고 당장 좋아한 여자 뒷담 까는 새끼는 완전 사절이야. 제 버릇 어디 갈까? 너하고 사귀다가 헤어지면 다른 여자 앞에서는 네 뒷담 까겠지 뭐. 여하튼 그러니까 니네 둘 잘 사귀고 앞으로 절대 내 눈 앞에서 깝치지 마라. 죽인다!"

살기마저 서린 효진의 마지막 말에 순간 스터디실 안은 완전한 정적이 어렸다.

"저 갑니다. 안녕히 계세요."

그 말을 마지막으로 효진이 책들이 든 비닐 가방을 질질 끌고 문을 나갔다.

"뭐, 뭐야? 저 미친 게 어디서 감히!"

어쩔 줄 몰라 하며 아경이 분해서 몸까지 떨며 소리쳤다.

얼굴이 벌겋게 된 채로 세훈이 아경 쪽으로 다가가려 하는데 기준이 버럭 소리쳤다.

"야, 너희 둘 다 나가!"

아경과 세훈이 동시에 고개를 돌렸다.

"네?"

"선배님. 그게 무슨?"

"효진이 말대로 여기가 공부방이지 연애방이야? 짜증 나게 물을 흐려도 유분수지."

"선배님, 말씀이 심하십니다."

"심하기는 개뿔! 연애는 자윤데 공부방 안에서 눈꼴시게 구는 건 아니지. 그리고 자격지심? 누구보고 자격지심이래? X 같은 소리 하고 자빠졌네. 니가 뭔데 함부로 같은 과 친구에다 공부방 동료를 평가하고 지랄이야? 너희들이 그렇게 잘났어?"

"그리고 허세훈. 나도 한마디 하자, 효진이나 나같이 흙수저면 너 같은 금수저와의 연애는 거절도 못 해? 아무리 흙수저 우리라 해도 눈은 있다? 너 같은 비겁한 밴댕이 소갈딱지를 누가 좋아하나? 게다가 고백 거절당했다고 당장 딴 년 앞에서 그 여자 뒷담이나 까는 새끼라, 최악이다. 정말."

효진과 친한 민지도 세 사람 간 불화의 이유를 비로소 알고는 격분했다. 있는 대로 눈에 날을 세운 채로 그들을 쏘아보며 독설을 날렸다.

"효진이한테 학점 발리고 실전 모고 성적도 발리고 나니 이젠 겨우 잘난 집안 배경 들먹이며 이딴 지랄하면서 자존심 세우려 했냐? 그 정신머리로는 죽었다 깨어나도 효진이 못 따라가. 안 돼! 평생 효진이 꽁무니만 보면서 자격지심 쩔어라. 이 새끼야."

민지가 효진이 아까 그랬던 것처럼 탕 소리 나게 스터디실을 박차고 나갔다.

그날 밤 10시 무렵.

민지와 효진을 비롯한 공부방 여학생 넷이 술집에 마주 앉아 있었다.

"마셔. 오늘만 확 마시고 다 잊어버려. 알았어?"

"네, 언니."

아경과 세훈을 상대로 확 뒤집어엎고 공부방을 나간 효진을 위로하기 위한 모임이었다.

"기준 선배가 교수님 뵙고 상담한다더라."

"죄송해요. 저 때문에 분위기 망쳐서."

"이런 걸로 망쳐질 분위기면 고시 생활 못 견디지. 어떤 상황이든 마음이 돌덩이여야 해내는 공부잖아."

"그렇긴 하죠."

"그런데 진짜 너 공부방 나갈 거야?"

"네. 이제 혼자 공부하려고요. 벌써 1인 독서실 잡았어요. 한번 해 볼게요."

"빠르네. 자, 마셔!"

네 개의 소주잔이 다시 부딪쳤다.

그런데 오래지 않아 슬슬 효진의 눈이 풀리기 시작했다. 말만 호기롭지 솔직히 효진은 그다지 술이 센 편이 아니었다. 그걸 잘 모르는 선후배들이 그저 자기들 주량 정도로 생각해서 부어라 마셔라 하는 중, 소주병이 몇 개 비워지자 주인공 효진이 제일 먼저 벽에 머리를 기대고 졸기 시작했다.

"얘 봐라? 자?"

화장실에 다녀온 민지가 그녀를 내려다보고는 다른 친구에게 물었다.

"효진이가 이렇게 술이 약했니?"

"센 줄 알았는데. 이거 한 병 마셨다고 확 갈 줄은 몰랐지."

"너무 급하게 마셨나?"

"기분도 좋지 않은 상황에서 마시니까 더 빨리 취했나 봐."

그때 테이블 위에 올려놓은 효진의 전화가 울리기 시작했다.

화면에는 '성운 오빠♥'라고 떠 있었다.

'흠, 하트란 말이지?'

효진의 룸메이트였던 민지는 효진과 논현동 이사장님 댁과의 돈독한 관계, 그 집 아들 성운의 존재를 알고 있었다.

그런데 효진이 성운의 이름 뒤에 깜찍한 하트 마크를 달고 다닐 줄이야.

'호, 이거는 어쩌면 찬스일지도?'

재빠르게 머리를 굴린 민지가 효진 대신 전화를 받았다.

"이거 정효진 휴대 전화 맞는데요. 지금 얘가 술 마시다가 취해서 자고 있거든요."

―거기가 어딥니까? 제가 데리러 가겠습니다.

하, 요것 보게?

민지는 더 이상의 군말 없이 이곳으로 달려오겠다는 '성운 오빠♥'의 말에서 즉각 감 잡았다. 둘이 썸 타는 게 분명했다.

"여기 우리 학교 앞 '사거리 소주방'인데요."

―알겠습니다.

전화를 끊은 지 30분 만에 효진의 그 남자 '성운 오빠♥'가 나타났다.

"지금 기숙사 들어가야 할걸요. 11시가 통금이거든요."

"알겠습니다. 그럼 이만."

그가 효진을 업다시피 해서 데리고 나가는 것을 남은 세 여자가 지켜보았다.

"생각 외로 꽤 훈남."

"그러게. 키도 크고 듬직하고 잘생겼네."

"그런데 저 남자는 누구? 뭘 믿고 술 취한 애를 떠맡겨?"

"효진이 전용 키다리 아저씨."

"엥?"

다들 눈동자에 의아함을 담고 민지를 건너다보았다.

"효진이에게 장학금 주신 독지가분 아드님이셔. 완전 좋은 분이래."

"아, 나도 들었어. 말만 남이지 거의 가족이라던데."

"그러게. 그런데 가족으로 여기는 오빠 전화번호 뒤에다가 하트 같은 건 안 붙이지."

"호오? 그렇다면 두 사람, 혹시?"

"사랑이다, 이 말이지."

민지가 말하며 자신의 소주잔을 들었다.

"두 사람 잘 어울려 보이는데 잘되기를 바라며 한잔들 하자. 건배!"

"건배!"

다음 날 아침. 효진은 기숙사 자신의 방 침대에서 눈을 떴다.

오전 강의가 있어 알람 설정을 해 두었기에 억지로 눈을 뜨고는 시간을 확인했다.

7시 반.

"아. 머리 아파."

두 손으로 머리를 움켜쥐고 이기지도 못할 폭음 후 숙취의 고통을 호소하는 못난 그녀를 룸메이트가 한심스럽게 내려다보았다.

"깼으면 저거나 마셔."

친구가 턱짓을 했다.

그녀의 책상 위에는 숙취 해소제가 올려져 있었다.

"친구야, 고마워. 네가 사다 놓은 거?"

"아니. 내가 그 정도로 친절하진 않지. 그분이 사 주고 가셨어."

"에? 그분이라니."

"너 기억 안 나?"

"안 나."

"전혀? 조금도?"

"민지 언니랑 해서 공부방 사람들이랑 사거리 소주방에서 신나게 소주 마신 게 내 기억의 전부야."

"자알 한다. 필름 끊길 때까지 마시다가 무슨 일 당하려고? 내가 보니까 너 엄청 술 약한 거 같은데 센 척하면서 무조건 퍼먹지 말라고."

"알았어요, 잘못했어요. 반성할게요오."

사이좋게 지내는 룸메이트의 엄격한 잔소리 앞에서 쭈구리가 된 채로 효진은 눈을 굴렸다.

"정효진, 어제부로 전설의 그녀 되셨어요. 인사불성 될 정도로 퍼마시고 남자 등에 업혀 왔다 이겁니다."

"서, 설마, 내가 또? 으아악! 안 돼!"

효진은 아까처럼 다시 머리를 움켜쥐고 비명을 질렀다.

"내가 정말 그랬어? 진짜?"

"그래. 진짜."

"환장하겠구만. 한 번도 아니고 이게 무슨 망신이래. 진짜 미쳐 버리겠네!"

효진은 엉엉 울고 싶은 기분으로 타조처럼 베개에 머리를 박고 쾅쾅 찧었다.

지난번에도 술에 취해서 성운 등에 업혀 논현동 집에 딸려 가는 망신을 당했는데 이번에도 또 만취해서 성운에게 기숙사로 업혀 왔다니.

"난 왜 이 모양일까? 술에 관해서는 내가 날 너무 과대평가하나 봐."

"이미 끝난 사태. 후회는 늦다, 인마."

신랄한 친구의 말에 효진은 다시 머리를 베개에다 퍽퍽 찧고는 맹하게 눈알만 굴렸다.

"이미 벌어진 일, 후회는 그만하고 학교 갈 준비나 하지? 너 1교시 아냐?"

"헉! 맞다."

소스라쳐서 효진은 발딱 일어나 욕실로 튀어 들어갔다.

그때 머리맡에 놓아둔 효진의 휴대 전화에 메시지가 떴다.

[일어났어? 오늘 1교시라며? 정신 차리고 얼른 학교 가. 토요일에 봐. 다시는 그렇게 술 마시지 말고, 알았지? 건강 조심해라.]

성운이 보낸 메시지였다.

그 주 토요일.

유리의 과외를 마치고 나오는 효진을 골목길 끝에서 성운이 차를 대 놓고 기다리고 있었다.

"오빠."

"타. 데려다줄게."

이제는 둘 다 서로를 기다려 주는 일이 익숙해지고 있었다.

큰길로 나가면서 성운이 효진을 힐끗 바라보았다.

"시간 괜찮으면 잠시 바람이나 쐬고 들어갈래?"

"어디?"

"남한산성 가서 닭볶음탕 먹자고. 너 그거 좋아하잖아. 찐 맛집 찾았거든."

"난 거기 안 가 봤는데 많이 멀어?"

"엄청 멀지는 않아. 시간 맞춰 기숙사까지 잘 데려다줄게."

"알았어. 하지만 술은 안 마시겠다고 약속할게. 난 이제 오빠 등에 업혀서 기숙사 들어가는 일은 다시 못 하겠어. 소문이 다 났단 말이."

"유감이다, 그 집 동동주로도 유명한데. 닭볶음탕하고 안주 해서 먹으면 엄청 맛있거든."

"유혹하지 말라니까!"

효진이 씩 웃는 성운의 어깨를 주먹으로 팍 때렸다.

한 시간 후.

두 사람은 짙은 녹음 아래 오두막으로 이루어진 식당 안에 앉아 있었다.

점심때와 저녁 중간인 애매한 시간임에도 정말 찐 맛집인지 많은 사람들이 여전히 우글거렸다.

"우와. 대박."

효진이 눈이 휘둥그레져서 감탄사를 내뱉었다.

아닌 게 아니라 장정 두 명이 온갖 음식이 올려진 커다란 상을 들고 들어오는데, 그 상 가운데 구멍이 뚫려 있고 그 구멍 위에 커다란 솥뚜껑이 통째로 얹혀 있었다. 상을 제자리에 놓자, 닭볶음탕이 끓고 있는 솥뚜껑도 방에 마련된 불 위로 기가 막히게 제자리를 찾았다.

"상에다가 무쇠솥 뚜껑을 얹어서 통째로 가지고 오는 집은 처음 봤어."

"그렇지?"

"거의 다 익었으니 한 10분만 기다리시다가 드시면 됩니다. 아, 감자랑 떡 사리는 다 익었으니 먼저 드십시오."

상을 가지고 온 직원이 당부하고 문을 닫아 주었다.

"내일도 과외 오지?"

"응. 네 시간 할 거야. 기말고사가 얼마 안 남아서 유리를 더 빡세게 굴려야 해."

늘 그러하듯이 서로 편안하고 평범한 대화를 나누고 있는데 이상했다.

지난번 일이 있고 나서 효진과 성운은 어쩐지 서로의 얼굴을 보는 일이 예전만큼 편하지 않았다. 자꾸만 서로의 시선을 피하게 되었다. 하지만 마주치는 일은 못 해도 몰래 또 서로를 바라보는 일은 계속 하고 있었다.

약간 달콤하고 약간 고통스럽기까지 한 침묵. 그 어색한 불편함의 행간을 깨트린 건 효진이었다.

"내가 얘기 안 했지? 지난번에 말한 대로 그 쓰레기들 콱 밟았다고."

"했어."

"어, 언제? 난 기억이 없는데."

"그날. 너 업고 기숙사 가는데 내 귀에 대고 네가 고래고래 네 무용담을 읊었어. 다 죽였다고. 엄청 통쾌해하더라. 했던 말인데도 몇 번이고 또 하고 그랬어."

"으악!"

효진이 두 손으로 볼을 감싸고 눈을 질끈 감았다.

어디 쥐구멍에라도 들어가고 싶을 만큼 창피했다. 술주정도 모자라서 진장진상 개진상을 부렸다는 말이었다.

"내가 그랬구나……. 미안, 오빠. 다시는 안 그럴게."

"그래. 너 엄청 술 약해. 이제부턴 나랑만 조금씩 마시기로 하자."

"알았어. 약속."

다시 두 사람 사이에 침묵이 내려앉았다.

그 침묵 사이로 어디선가 새소리가 스며들었다.

"있지, 오빠, 내가 방금 생각한 건데. 깊은 물은 소리가 없대. 깊은 사랑도 마찬가지래."

부글부글 맛있는 냄새를 풍기며 열심히 끓고 있는 무쇠솥 뚜껑 닭볶음탕을 바라보며 효진이 뜬금없이 말했다.

"어?"

"절대 경박하지 않아. 마치 이 무쇠솥처럼."

효진이 고개를 들어 성운을 똑바로 응시했다.

"난 사람 중에도 깊은 사람이 있다고 봐. 내겐 오빠가 그래 보여."

"지금 날 이 무쇠솥 같다고 말한 건 칭찬이지?"

"당연하지."

성운이 싱긋 웃었다.

"아, 다행이다. 둔하고 주변머리 없어서 그렇게 생각한다고 할까 봐 좀 쫄렸거든."

"오빤 내가 오빨 어떻게 생각하는지 되게 신경 쓰이나 봐."

"당연하지."

"왜?"

"그게……."

성운이 신중한 성격대로 잠시 망설였다. 조심스럽게 마음속 말을 정돈하고 고르는 중이었다.

효진은 말끄러미 그를 바라보며 그가 가슴속 단어들을 끄집어내 주기를 기다렸다.

"나는, 항상 너한테는 잘 보이고 싶으니까."

마침내 성운이 천천히 입을 열었다.

"내가 너한테는 좋은 사람이었으면 해. 사랑받을 가치가 있는 남자이고 싶고. 내가 그러하듯이 너도 나를 좋아해 주기를 바랐거든."

"오빠. 나 좋아해? 사랑해?"

"어."

"얼마나?"

채근하는 효진의 기세에 밀려 대답하는 성운의 얼굴이 눈앞에서 끓고 있
는 닭볶음탕처럼 빨갛게 변해 가고 있었다.

"……많이."

"많이? 얼마나?"

"저기, 그게……. 내 인생을 통째로 다 줄 수 있을 만큼일까."

그런 성운을 잠시 건너다보던 효진이 시선을 떨어뜨리며 중얼거렸다.

"있잖아, 오빠. 끓고 있는 무쇠솥을 함부로 잡으면 크게 화상 입는다던데
내 마음이 딱 그래."

"응?"

"겁도 없이 오빠 마음을 맨손으로 잡아 버린 거 같아, 지금."

"무슨 말이야?"

"오빠가 지금 한 말이 내 심장에 화상을 입혔다고. 순식간에 오빠란 존재
가 낙인처럼 찍혀 버렸어. 어떡하지?"

잠시 효진이 한 말의 뜻을 곰곰이 생각하는 것 같던 성운의 얼굴에 서서
히 미소가 퍼지기 시작했다.

"너도, 저기…… 내가 좀 좋아?"

"아니."

순간적으로 미소가 어렸던 성운의 표정이 낙심으로 얼어붙었다.

그때 효진이 고개를 들고 확고하게 말했다.

"조금, 아니고 많이."

"어?"

"좋아한다고. 좀이 아니라 많이 좋아해. 오빠가 날 좋아하고 사랑하는 만
큼, 지금 확실히 알게 됐어, 우리 둘 마음이 끓는 그 온도가 비슷한 거 같아."

잠시 딱딱해졌던 성운의 얼굴에 다시 햇살 같은 미소가 퍼졌다.

"닭볶음탕을 앞에 두고 할 고백은 아니지만, 오빠. 우리 오늘부터 1일
맞아?"

"당연하지!"

감춰 둔 마음을 드러내고 사랑한다고 고백하는 일은 생각 이상으로 두 사람 모두에게 기력을 빼앗는 긴장 넘치는 일이었다.

'오늘부터 우리는 연애 1일'이라고 합의한 순간, 갑자기 엄청나게 배가 고파오기 시작했다.

게다가 무쇠솥 뚜껑에서 끓고 있던 닭볶음탕은 그사이 먹음직스럽게 완성되어 있었다.

"맛있겠다. 얼른 먹어."

성운이 효진의 앞접시에 닭볶음탕을 푸짐하게 덜어 주었다.

"효진아, 우리 다음 주에 놀이공원 갈래?"

"첫 데이트 신청이야?"

효진이 장난스럽게 물었다.

"응."

"하필이면 왜 놀이공원? 우린 초등학생도 아닌데."

"아무리 생각해도 우리 첫 데이트가 닭볶음탕 식당이라는 건 좀 아닌 거 같아. 그리고 하나 더."

성운이 효진을 바라보며 세상 진지하게 대답했다.

"우리 둘만 있는 곳에 가면 내가 자꾸 널 상대로 나쁜 생각을 할 거 같아서. 그냥 사람 많은 데 가자. 안전하게."

"무슨 말이 그래?"

"난 지금 엄청 진지하다, 효진아. 나는 나한테서 절대적으로 널 지켜야 해."

의지 충만한 성운의 말에 효진이 그만 풋 웃어 버렸다.

* * *

"아, 덥다."

아미에 땀이 밴 채로 성운이 정수기로 가서 컵에 냉수를 따랐다. 목울대가 울룩불룩하도록 단숨에 들이켰다.

그 사이, 탈의실에서 옷을 갈아입고 나온 효진이 슬쩍 놀렸다.

"힘들다니까."

"그러게. 그까짓 것, 하고 쉽게 생각했는데."

성운이 이마 위, 아직도 배어 있는 땀을 손으로 훔쳤다.

대학교 앞 필라테스 샵.

효진과 성운이 함께 필라테스 샵을 다니기 시작한 건 4월. 대학 졸업반 효진이 회계사 시험 1차 합격을 한 직후였다.

불안하고 초조한 마음으로 긴장만 가득해서는 스물네 시간 내내 공부를 해도 시간이 모자란다는 효진을 억지로 등록시킨 성운이었다.

집중력이 필요한 마지막 2차 시험 공부를 하려면 오히려 공부보다 몸 건강, 마음 건강이 먼저라는 논리였다.

"오늘도 덥네."

"그러게. 누가 15일만 지나면 시원해진다는데 올해는 아닌 거 같다."

"내 마음이 불안으로 들끓어서 올여름이 안 끝나는 거 같아."

"그럴지도."

효진의 2차 시험 발표는 이제 일주일밖에 남지 않았다.

"시원한 거 좀 먹고 들어갈래?"

"팥빙수 먹고 싶어, 오빠."

"네가 뭐 사 주라고 딱 찍어서 말할 때 좋더라. '아무거나' 이러면 정말 난감해진다고."

"이거 아닌데 하고 짜증 낼 거 같아서?"

"응. 내가 좀 둔하잖아. 대체 뭘 원하나 잘 모르겠어. 그냥 원하는 걸 딱 말해 주면 서로가 편할 텐데."

"그러면 여자는 싫어할걸. 여자는 남자가 말 안 해도 딱 제 마음을 알아

차려 주기를 바라거든."

"다른 여자 마음 따윈 딱히 관심 없어. 말 잘해 주는 너랑 이미 만나고 있으니까."

새초롬하게 신발을 신던 효진의 입꼬리가 조금 실룩이더니만 슬그머니 위로 솟아올랐다.

"가자. 오빠."

간만에 팥빙수를 맛있게 먹고 기숙사로 가던 효진이 성운을 돌아보았다.

"오빠. 부탁이 하나 있어."

"응?"

성운이 효진을 돌아보았다.

"뭔데?"

"합격 발표 날."

"어."

"나랑 같이 있어 주면 안 돼?"

"그래. 뭐. 나라도 좋다면야."

조금 긴장하면서 물어본 효진이 허무할 정도로 성운이 간단하게 대답했다.

그러더니 잠시 후 그가 조금 망설이다가 되물었다.

"근데 그날은 진짜 중요한 날이잖아. 할머님이나 인태도 엄청 기다릴 텐데. 대전 집에 가서 확인해 본다더니?"

"처음엔 그러려고 했는데. 생각하면 할수록 할머니랑 인태하고는 같이 못 보겠어."

기대가 크면 그것을 받칠 마음의 무게도 너무 무거워진다.

솔직한 말에 성운이 효진의 손을 꼭 잡아 주었다.

"넌 합격할 거야."

"그랬으면 해."

"혹시 올해 안 되면 내년에 다시 도전하면 되지 그게 뭐 대수라고. 그런데 내가 시험관이면 너 뽑을 거 같아. 네가 안 되면 세상 누가 돼?"

"오빠 날 지나치게 믿는 편이야."

"될 때까지 밀어준다니까. 팍팍. 나 취직했잖아."

그러면서 성운이 두 손으로 효진의 등을 밀어 기숙사 쪽으로 보냈다.

"낼 보자. 잘 자라."

"응, 오빠도. 집에 가서 전화할 거지?"

"그럼."

"샤워하고 나서 기다릴게. 침대에 누워서 영통으로 수다 떨자."

"그래."

서로 어서 들어가라, 어서 집에 가라 하면서도 둘은 또 30여 분이나 기숙사 앞 벤치 앞에 서서 손을 놓지 못하고 수다를 떨었다.

일주일 후.

효진과 성운은 한강변 공원에 앉아 휴대폰을 들여다보고 있었다.

"떨려서 터치도 못 하겠어."

"그래도 빨리 결과를 알아 버려야 마음이라도 편하지. 되든 안 되든 빨리 해치우자."

"역시 그게 좋겠지?"

성운을 돌아보는 효진의 표정은 금세라도 울음이 터질 것만 같았다.

머리로는 알고 있다. 재학 중 합격이 얼마나 어려운지. 물론 가채점 결과로 은근히 기대는 하고는 있었지만 세상일은 모르는 법이다.

"자, 빨리 눌러 봐."

결국 효진이 떨리는 마음을 꽉 억누르며 합격자 발표 사이트로 들어갔다. 그러나 정작 사이트에 들어가서는 눈을 꽉 감아 버리며 휴대 전화를 성운에게 냅다 넘겼다.

"나 못 하겠어. 오빠가 대신 봐 줘."

그런데 왜 들어야 할 귀는 또 두 손으로 꽉 막고 있는 건지.

늘 담대하고 야무진 효진의 모습만 보았더랬다. 그 어떤 문젯거리가 생겼을 때도 항시 정면으로 부딪치던 효진과는 사뭇 다른 모습에 성운은 조금 놀라면서도 안쓰러웠다. 효진의 마음이 어떨지 그 자신의 것처럼 보이는 것만 같았다.

"그럼 오빠가 봐 볼게."

"응."

"누른다."

"응."

그런데 사이트로 들어간다고 말은 해 놓고는 성운이 한 몇 초 동안 말이 없었다.

짧은 듯 너무 긴 침묵 안에서 효진은 가슴 속 피가 싸악 식어 내리는 것 같았다.

"떠, 떨어졌어, 나?"

덜덜 떨며 재차 물었지만 여전히 성운은 대답하지 않았다.

"오빠!"

"하, 합격."

"어?"

효진이 얼이 빠져서는 얼굴을 가린 두 손을 내리고 성운을 멍하니 바라보았다.

귀로 들은 말이 아직 뇌로 전달되지 못했다. 아무 말도 못 하고 눈만 깜빡거렸다.

"와. 이게 되네."

성운 역시 얼빠진 목소리로 중얼거리더니만 효진을 마주 바라보았다.

"이게 돼, 이게. 효진아, 너 진짜 대단하다!"

그 어렵다는 회계사 고시를 재학 중에 기어코 이뤄 내다니. 이건 두고두고 전설로 기록될 만한 경지였다.

놀라고 감탄하다 못해서 이제 효진이 존경스럽기까지 했다.

몇 초 후. 갑자기 효진이 끼아악 하며 공중으로 튀어 올랐다.

"진짜야? 오빠, 진짜 나 합격했어? 진짜, 진짜지?"

"그렇다니까. 여기 봐. 네 이름 있잖아."

한참 동안 휴대 전화 화면을 들여다보던 효진이 눈물이 글썽한 채로 활짝 웃었다.

"오빠, 내가 진짜로 합격했구나. 졸업하자마자 바로 취직할 수 있구나. 돈을 벌 수가 있어."

어려운 시험에 합격했다는 순수한 성취의 기쁨조차 몇 분도 채 즐기지 못하고, 이내 내가 취직 보장 되었다, 돈을 벌 수 있다, 기뻐하는 효진을 바라보며 성운은 두 팔로 그녀를 한껏 안아 주고 싶었다.

그 한마디로 그동안 누군가의 도움에 의지하여 공부를 해 오면서, 안간힘을 다해 자신을 증명하고 자립하려 애써 온 효진의 지난날이 보이는 듯해 울컥해지고 말았다.

"전화해. 얼른. 어서 할머니랑 인태한테도 알려 줘야지. 기다리고 계실 텐데."

"잠깐만!"

효진이 대전 집 인태에게 전화를 걸려는 성운의 손을 잡아 멈추게 했다.

"집에 전화하기 전에 가장 먼저 하고 싶은 일이 있는데 그거 하고 나서 전화하자, 오빠."

"그게 뭔데?"

효진이 후욱, 숨을 들이쉬었다. 의아해서 그녀를 바라보고 있는 성운과 똑바로 눈을 맞췄다.

"오빠."

"그래."

"나랑 결혼해 주라."

"어?"

방금 전 합격 소식을 들었을 때의 효진처럼 이번에는 성운이 입을 딱 벌리고 효진을 바라보며 눈만 끔뻑거렸다. 귀로 들은 말을 아직 머리가 받아들이지 못한 모양이었다.

"내가 지금은 돈이 없어서 혼수 많이 못 해 가는데. 어쨌든 결국은 다 대출로 해 갈 거 같은데 말이지. 그래도 일단 회계사 되면 월급을 좀 받으니까 집값도 반반 해 보자. 대출받은 거는 내가 다 갚을게. 그러니까 우리 결혼하자."

횡설수설, 지절지절.

효진은 생애 처음으로 자신이 무슨 말을 하는지도 모르겠다는 얼굴로 땅을 내려다보며 그와 자신이 결혼을 해야 한다고 주장했다.

"겨, 결혼 좋지. 그런데 너무 갑작스럽지 않아?"

"지금 아니면 청혼을 할 용기가 없을 거 같아서 지금 해야겠어. 오빠. 내가 싫어? 결혼 상대가 아냐?"

"아냐! 그건 아닌데. 나야 만날 그 생각을 하지만 그래도 너무 놀라서."

효진을 처음 좋아하기 시작한 그때 이후 결혼은 오랜 소망으로 성운의 심장 안에 늘 박혀 있었다.

시간이 갈수록 그 마음은 더 커지고 더 단단해져서 결혼반지에 어울릴 만큼 아름다운 다이아몬드가 되었다.

하지만 그것을 심장 밖으로 꺼내는 건 다른 문제였다.

"왜, 왜 나하고 결혼하고 싶은데?"

"그냥."

"결혼하고 싶은데 그냥이라니."

"안 헤어지고 싶어서."

효진이 그녀만큼 어버버 당황하고 있는 성운을 마주 바라보며 명확하게 말했다.

"늘 같이 있고 싶어. 그러려면 결혼해야 하잖아. 오빠같이 멋진 남자, 갑자기 어떤 다른 여자가 나타나서 채 갈지도 모르고 불안해서 안 되겠어. 딱 내 눈앞에 놔두고 나만 볼래."

"다른 여자가 채 갈 만큼 내가 멋진 남자가 아니라서 미안. 그런 걸로 치면 내가 더 불안하지. 넌 이제 막 날개를 펴고 더 높은 세상으로 날아갈 준비가 끝난 사람이잖아. 살아온 날보다 살아갈 날이 더 근사할 텐데 아직 졸업도 안 한 나이에 나랑 결혼을 결정해 버리면 네가 손해 아냐?"

"그래서 나랑 결혼하는 게 싫어? 거절하는 거야?"

"거절이 아니라니까. 나야 늘 원했던 일이고 참 감사하지만 네 미래를 생각하면 내가 덥석 그러자 말하는 게 안 되는 일이라고. 내 욕심 때문에 일찍 결혼해 버리면 네가 손해야. 나야말로 염치없는 도둑놈이라니까."

"손해 아냐. 이기적인 거로 따지면 오히려 나야. 내가 오빠가 필요해서 그래."

효진이 한 발 더 다가와 성운의 손을 꽉 잡았다. 놀랍게도 그 손이 달달 떨리고 있었다.

"오빠 곁에 있어야 내가 사람이 되거든. 그래서 오빠가 절실해. 난 오빠 옆에 있어야만 악바리가 아니라 그냥 스물세 살 정효진이 돼. 날 다 알잖아. 오빠 앞에서면 그게 뭐든 감추고 속이고 그럴 필요가 없어. 난 자유로워져."

오래도록 내내 홀로 생각한 이유, 자신이 성운을 좋아하고 사랑하게 된 그 이유를 비로소 고백하는 효진의 목소리에 어느새 봄비가 내렸다.

"있는 그대로인 내가 좋아져. 내가 사랑스러워져. 오빠 덕분에 내가 나를 사랑하게 됐어."

그녀는 참 좋은 사람이고 사랑받아 마땅한 사람이고 무한정 사랑스러운 사람이라고, 그녀조차 인정할 수 없었고 몰랐던 그것을 성운이 다 가르쳐 줬다.

"변함없이 날 사랑해 주고 존중해 주고 아껴 주고 기다려 주고 참아 주고, 그리고 같이 손잡고 걸어 줬어. 누가 나한테 이렇게 하겠어? 오빠 말고는 없어. 난 이런 오빠를 절대로 다른 여자한테 못 뺏겨!"

"단호하네. 거절을 거절해 버리는 말씀이야."

성운이 비로소 웃으며 나직하게 말했다. 그리고 맞잡은 효진의 손을 그가 더 강하게 꽉 잡았다.

"나는 이런데 오빠 마음은 어때? 난 평생 오빠가 내 곁에 있어 주면 좋겠어. 많이 행복해지고 싶어. 오빠 옆에서. 이기적인 욕심이지?"

"좋아."

신중한 성격대로 늘 반 박자쯤 늦게 대답하는 버릇이 있던 성운이 그때만큼은 1초의 망설임도 없이 단호하게 대답했다.

"어?"

"결혼하자고. 네가 행복해지고 싶어서 나랑 결혼하고 싶다는 게 난 너무 좋아. 나는 언제나 네가 행복해지는 게 최우선이었거든."

"바보……."

효진이 고개를 푹 숙이며 중얼거렸다. 봄비로 내리던 눈물이 이제는 장맛비로 변해 가고 있었다.

누굴 만나든, 어떤 일을 당하든 거의 울지 않는 독종이었는데, 성운 앞에서 효진은 이렇듯 눈물이 쉽고 잦았다.

"만약 내가 다른 남자를 사랑해서 떠나 버린다면 어떻게 하려고?"

"그게 네 행복이라면 나는 아무 말도 안 하려고 그랬지. 혹시나 내 짝사랑까지도 부담될까 봐서 무서웠거든."

"짝사랑 아니야. 우리 둘이 함께 눈 맞았지."

"난 언제나 네가 조금이나마 날 만나면서 가벼워지기를 바랐어. 언제나

네 어깨가 무거워 보여서 마음이 참 안 좋았거든. 그런데 넌 준비도 안 되었는데 내 감정을 함부로 꺼내서 널 힘들게 하고 싶진 않았어."

"그래서 우리 둘이 사귀면서도 사랑한다고 말도 잘 안 하고 결혼하자는 말도 먼저 못 꺼냈어?"

"어."

"진짜 바보."

성운이 한 손으로 효진의 어깨를 툭툭 털었다.

"결혼 오케이! 더 이상 이 어깨로 혼자 무거운 짐을 지지 않게 내가 같이 짊어져 줄게. 같이 걸어 줄게. 그러니까 우리, 같이 잘 살자. 나한테 많이 기대. 너보단 내가 힘이 더 세잖아."

"고마워, 오빠. 그리고 정말 미안해. 내 짐까지 지게 만들어서."

효진이 성운의 가슴 안에 얼굴을 묻었다.

"하지만 고마워. 나랑 결혼해 줘서. 정말 우리 같이 꼭 행복해지자."

"그래. 그런데 효진아. 우리 결혼은 하는데 조금만 더 있다가 하면 안 되겠니?"

"왜?"

"너랑 본격적으로 연애를 더 하고 싶어."

성운이 싱글벙글 웃으며 말했다. 행복에 겨운 눈빛으로 주장했다.

"솔직히 지금까지 우리, 공개적으로 연애를 한 게 아니잖아. 몰래 숨어 우리 둘만 애틋하고 멍청한 사랑을 했지."

"그런가?"

"네가 혼수 해 올 돈 모을 때까지만 연애하자. 충분히 모이면 그때 결혼하자고 다시 말해. 내가 조금만 더 기다릴게."

"오빠 정말 바보 중에 상바보야."

효진이 눈꼬리에 눈물을 달고 피식 웃었다.

"오빠가 해 올 집이 얼마나 큰지를 알아야 혼수 준비를 할 거 아냐. 내가 돈을 얼마나 모아야 하는지 알려 달라고, 구체적으로!"

언제나 셈 앞에서는 한 치의 허술함도 용서치 않고 똑 부러지는 효진이었다. 누가 회계사 지망생 아니랄까 봐.

"그럼 나랑 어디 좀 같이 갈래?"

"어?"

"일단 할머니하고 인태한테 전화하고 어디 좀 가자. 보여 줄 데가 있어."

일단 효진은 대전 집에 전화를 하고 성운은 성운대로 가족 이상으로 기다리고 있을 논현동 집에 전화해 효진의 최종 합격 소식을 전해 주었다.

한바탕 축하를 받고 합격 기념으로 시원한 아이스 아메리카노까지 사서 마시고는 성운이 효진을 차에 태웠다.

그가 효진을 데려간 곳은 서울과 경기도 경계 부근의 한 오랜 동네 어귀였다. 현재 서울에서 가장 핫한 개발 지역이라는 용응동 일대였다.

말만 변두리이지 이곳도 이제 본격적으로 도시 개발이 이루어지는 지역이라서 듬성듬성 빈 땅마다 공사 현장이 즐비했다.

차에서 내린 성운이 효진더러 같이 좀 걷자고 했다.

동네 어귀에서 몇백 미터쯤 걸어 들어가서 나타난 밭 앞에서 그가 발을 멈췄다.

"여기가 우리 집 땅인데."

한쪽은 고구마가 자라고 있고, 한쪽은 빈 땅 그대로라 잡초 사이로 감나무 너덧 그루가 푸른 열매를 달고 늦더위 아래 축 늘어져 서 있었다.

"원래 땅콩도 키우고 냉이도 키우는 밭이었대. 15년 전인가 20년 전인가, 아버지 친구분이 갑자기 급전이 필요해서 아버지한테 파신 땅인데, 내가 결혼하면 나한테 주신댔어. 여기 땅에 집을 지으라고."

"우리 신혼집을 여기에다 짓자고?"

"응. 보면 알겠지만 여기가 이제 개발 들어가서 건너편에 대단지 아파트도 들어오고 큰 도로도 나는 중이야. 강남까지는 30분이면 너끈하다던데.

이쪽은 관공서와 주택가가 들어설 것 같아. 위치는 나쁘지 않지?"

"이런 곳 땅값이 얼마야? 여기에 단독 주택이라니. 어휴, 과하다. 어마어마해. 난 그냥 우리 둘이 살 작은 아파트 정도면 충분해."

"네가 어디로 취직하게 될지는 모르겠는데 신혼집은 나랑 너랑 출근하기 편한 곳에 잡을게. 여긴 집 지어서 대전에 계시는 할머니랑 처남 데리고 오자. 여기서 다 같이 살게."

"……나, 진짜 돈 많이 모아야겠다."

가슴이 얼얼하도록 감동해서는 효진이 다시 눈꼬리에 눈물을 매달고 웃으며 말했다.

"이 넓은 땅에 단독 주택이라니, 논현동 집만큼 크게 지을 거 아냐? 그런 집에 혼수 채워 넣으려면 밤낮으로 일해야겠어."

"밥은 내가 다 사 줄 테니까 넌 그냥 월급 받으면 무조건 다 모아. 알았지?"

"응. 취직하면 내가 진짜 독하게 모아 볼게."

두 사람은 서로의 얼굴을 마주 보며 씩 웃었다.

"이제 가자. 엄마가 같이 집에 오래. 합격 축하로다가 맛있는 거 해 주신대."

성운과 효진은 손을 꼭 잡고 다시 차를 세워 둔 곳으로 돌아가기 위해 천천히 걷기 시작했다.

같은 속도로 같은 방향을 향해 걷는 두 사람 등 뒤로 예쁜 노을이 따라왔다.

* * *

1년 후.

"어서 와! 어서 와!"

효진과 인태가 추석 인사를 하러 논현동 집에 들렀다.

민호와 은정 여사 이하 논현동 식구들이 두 팔 벌려 두 사람을 환영했다.

"일하기 힘들지?"

"사회 초년생이 그렇죠, 뭐."

"인태 학생은 의과 공부 하기 힘들지? 살이 쏙 빠졌네. 어서 앉아. 오늘 모처럼 왔으니까 밥 많이 먹고 가."

"할머님은 건강하시지? 대전에는 언제 내려가?"

"이번에는 안 가려고요. 지난주에 다녀왔어요. 대신 할머니가 내일 올라오실 거예요."

"그랬구나. 올라오시면 집에도 모시고 와. 대전 집에 가서 맛있는 거 많이 먹었어?"

"여기서 많이 먹으려고 대전에서는 배를 좀 아껴 뒀어요."

"에그. 말도 이쁘게 잘하지. 어여들 앉자. 밥 먹게."

은정 여사가 수선스럽게 주방으로 가려는데 성운이 헛기침을 했다.

"저기 아버지, 어머니."

"응?"

"식사 전에 제가 말씀드릴 게 좀 있는데요."

"그려."

"일단 여기들 다시 앉아 보세요."

성운이 채근하자 영문도 모르고 은정 여사와 민호가 소파에 다시 나란히 앉았다. 유리도 제 엄마 옆에 앉아 눈이 동글해져서 성운을 바라보았다.

"뭔 말을 하고 싶은데 그래? 손님도 와 있는데 간단하게 끝내자."

"저기. 그게요. 그게……."

흠흠 성운이 다시 헛기침을 했다.

말할 게 있다고 사람을 붙잡아 앉혀 놓고는 정작 듣자 하니 쉽사리 입을 떼지 못하는 성운을 바라보며 민호가 답답해서 한마디 했다.

"뭔 일인데 그리 뜸을 들여?"

"할 말 있으면 시원하게 해 버려라. 사내 녀석이 왜 그렇게 굼뜨고 답답혀?"

이에 성운이 효진을 한 번 바라다보고는 그녀가 살짝 고개를 끄덕이자 마침내 입을 뗐다.

"저기, 이제 효진이도 취직해서 자리 잡았고 저도 12월이면 회사에서 주임 달게 될 텐데요. 그래서 저기, 저희 둘 결혼을 하기로 해서요. 내년 봄에는 식을 올렸으면 하는데요……."

일순간.

정적.

대체 우리가 지금 무슨 이야기를 들은겨? 이런 표정으로 은정 여사와 민호가 눈만 끔뻑끔뻑했다.

유리도 마찬가지였다. 그렇지 않아도 동그란 눈이 더 커져서는 성운과 효진을 번갈아 바라보기만 했다.

"왜?"

가장 먼저 그 살얼음 같은 침묵을 깬 사람은 유리였다.

"쌤! 왜 우리 오빠랑 결혼해요? 미쳤나 봐!"

"야! 사람을 무시해도 유분수지 뭔 말을 그렇게 해?"

성운이 발끈해서 버럭 소리치거나 말거나, 유리는 진짜 기가 막힌다는 표정으로 효진에게 계속 캐물었다.

"말이 안 되잖아. 쌤 같은 여신이 왜 하필이면? 저기, 혹시 우리 오빠가 협박했어요?"

"아니야."

"너 왜 네 오빠를 쓰레기로 만들어?"

효진과 은정 여사가 동시에 발끈했다.

"엄마는 가만있어 봐. 우리 오빠가 온달이잖아. 쌤. 혹시 평강 공주 신드롬 있어요?"

"유리 너 말이 진짜 심하다!"

그때까지 성운만 바라보고 있던 민호가 비로소 입을 열었다.

"성운이 다시 말해 봐. 뭐, 뭐를 해?"

"효진이랑 저, 저희 둘이 결혼하고 싶다고 말했습니다."

"둘이 우리 몰래 그사이 연애했어?"

"네."

"언제부터?"

"저기, 그게……."

"저희 사귄 지 3년 넘었어요."

효진과 성운이 잠시 서로의 얼굴을 마주 보고는 솔직하게 대답했다.

이렇게 단도직입적으로 말하지 않는다면 논현동 식구 그 누구도 그들의 연애를 믿지 않으려 한다는 것을 깨달았기 때문이다.

"진짜아? 와, 놀랄 노 자다."

하루 이틀도 아니고 3년 넘게 연애했다는 말에 유리가 입을 딱 벌렸다. 민호도 은정 여사도 마찬가지 심정이었다.

그렇게 오래 연애를 했다면서 그동안 일절 티도 안 낸 아들이 대견하다기보단 의뭉스럽게 느껴질 정도였다.

"우리 오빠, 멍청한 줄 알았는데 완전 여우. 어쩜 그렇게 감쪽같이 감췄대? 진짜 승자네!"

"우리 정 회계사님이 취직한 지 1년도 안 되었고 나이도 아직 어린데. 갑작스럽게 결혼이라니."

"아버지, 혹시 저희 둘 결혼, 반대하시는 겁니까?"

"반대가 아니라 너희 엄마나 나는 감사하지. 그런데 우리 효진이가 너무 어려 결혼하면 손해 아니냐 이 말이야."

"혹시 너희, 애기 가졌니?"

은정 여사가 나름 기대를 품고 은근슬쩍 캐물었다.

"아니에요. 아닙니다!"

효진과 성운 둘 다 당황해하며 부인했다.

"아이, 난 네가 결혼을 서두르는 거, 그런 이유라도 있는 줄 알았지."

은정 여사가 조금 실망했다. 민호가 효진과 성운을 번갈아 건너다보고는 진중하게 확인했다.

"성운이 너, 일단 대전 어르신께도 말씀드렸어?"

"아뇨, 오늘 두 분께 먼저 말씀드리고 나서 허락받고요. 내일 할머님이 오시면 말씀드리려고요."

"둘 다 신중하게 의논하고 결정했지?"

"네."

"서로 좋아하고 평생 같이 사랑하면서 살고 싶어서 결혼하려는 거냐?"

"그럼요."

"그럼 됐다."

이에 민호가 충분하다며 딱 잘랐다. 더 이상 들을 것도 확인할 것도 없다 싶었다.

"너희 둘 다 성인이고 제 앞가림 할 수 있는 사람들인데. 부모라고 나서서 일일이 간섭할 일은 아니지. 하물며 인륜지대사라는 결혼은 당사자 간 마음이 제일 중요한 거야. 나머지는 딱히 중요하지 않아."

민호가 먼저 성운에게 악수를 청했다.

"축하한다. 아들, 네가 눈이 밝아서 정말 좋은 반려를 찾아냈구나."

은정 여사 역시 몸을 일으켜 효진을 먼저 꼭 안아 주었다.

"우리 효진이도 정말 축하해. 네가 우리 집 사람이 되어 준다니 얼마나 고마운지 모르겠다. 내 평생소원이 다 이루어진 것 같아."

"고맙습니다, 어머님. 항상 절 예쁘게 봐 주셔서요. 오빠랑 결혼해서도 잘 살 수 있게 제가 많이 노력할게요."

"쌤. 축하해요. 아니, 이제 새언니인가? 오빠. 우리 쌤 잘 모셔, 잘해. 알

앉어? 만약 잘못하면 내가 응징하러 간다!"

유리도 효진을 꼭 끌어안으며 열렬하게 축하하고 환영했다.

따뜻한 축하와 아낌없는 환영 인사에 효진뿐만 아니라 동생 인태의 눈에까지 눈물이 살짝 어렸다.

'굼벵이도 구르는 재주는 있다더니만.'

두 팔 벌려 환영의 뜻을 나타내며 은정 여사가 속으로 홀로 중얼거렸다.

효진이 장학생으로 뽑혀 처음 만났던 그 순간부터 눈에 쏙 담아 왔던 터다.

멀리서 응원하고 지원하는 사람들이 보람차도록 그 어렵다는 일류 대학에 턱 하니 합격한 것으로도 모자라서 재학 중 회계사 시험까지 통과하는 명민함에 늘 감탄해 왔다.

항상 자신이 입은 은혜에 대해 감사를 잊지 않는 기특함도 그렇거니와 유리의 과외 선생으로 집을 드나들 때마다 경우 밝고 야무진 처신을 볼 때마다 며느릿감으로 욕심이 돋았다.

'저 똑똑하고 착한 애가 우리 며느리라면 얼마나 좋을까' 싶다가도 금세 '아서라, 언감생심' 하고 마음을 억지로 접고 접었던 은정 여사였다.

짝을 맞출래도 어지간해야 대보기라도 하지. 아무리 아들이라지만 성운은 성실하고 착할 뿐 무엇 하나 내세울 게 없는 평범한 총각인데 매사 똑 떨어지고 명석한 효진이 그에게 눈길이라도 줄까 싶었더랬다.

몰래 마음속 욕심이 무럭무럭 자라는 만큼 그 욕심의 넝쿨을 잘라 버리느라 늘 고생했었다.

그런데 이것들 둘이 어른들 몰래 제대로 연애를 하고 있었을 줄이야.

솔직히 은정 여사는 아들 성운이 태어난 이래 이날 가장 예뻐 보였다.

"그래서 결혼식은 언제 하려고?"

"아까 말씀드린 대로 내년 봄이면 어떨까 하는데요. 지금 말씀드리는 건 지금쯤 예식장 예약을 해야 해서요."

"난 무조건 찬성이다."

쌍수 들고 찬성하며 은정 여사가 다시 흐뭇해서 웃었다. 민호도 마찬가지였다.

그날 밤.

"착하게 살면 호박이 넝쿨째 굴러온다더니만. 내 팔자에도 그런 일이 일어났네. 대박."

잠옷을 갈아입고 침대로 다가오며 은정 여사가 또 빙긋이 웃으며 만족스럽게 중얼거렸다.

"성운이는?"

"효진이 데려다주고 온다니까 곧 들어오겠죠, 뭐. 영 안 들어와도 좋아. 난 상관없어. 호호호."

"그렇게 좋아?"

흐뭇하게 웃고 있는 아내를 바라보다가 민호가 물었다.

"그럼 좋지. 좋구말구."

은정 여사가 남편 곁으로 바짝 다가앉았다. 행여 누가 들을세라, 한껏 목소리를 낮춰 소곤거렸다.

"효진이가, 세상천지 똘똘하잖아요. 손주 생각하면 어미가 똑똑한 게 최고지. 솔직히 우리 아들이 공부머리는 딱히 없잖아요. 유리도 그렇고."

"그래도 우리 애들 둘 다 성실하고 착하니까 됐어."

"그거야 그렇지만. 여튼 며느리 될 애가 총명이 넘쳐서 천재 소리까지 듣는데 얼마나 좋아? 제 엄마 공부머리 똑 닮은 손주들이 나올 거 아녀."

"그려그려. 당신 말이 다 맞아. 제 어미 닮아서 총명하고 제 아비 닮아서 착한 애가 나오것지."

결혼식도 올리지 않았는데 이미 부부는 둘 사이에 태어날 손주 생각에 가슴이 마구 부풀어 오르는 중이었다.

"여보, 잠깐만. 나 보여 줄 게 있어."

갑자기 은정 여사가 침대를 벗어나서 장문을 열었다. 그러더니 뒤로 돌아앉아 주섬주섬 무엇인가를 꺼내기 시작했다.

"그게 다 뭐여?"

민호가 등 뒤에서 목을 길게 빼 살폈다.

"이거? 다 우리 며느리 들어오면 내주려고 내가 하나둘씩 사 모은 거지."

은정 여사가 묵직한 보석함을 열면서 만족스럽게 중얼거렸다.

"있잖아요, 희한한 게 내가 만날 뭘 사든 이상하게 효진이 생각 하믄서 사게 되더라니까. 이런 날이 올 줄 알고 그랬나?"

"어이쿠, 우리 김 여사. 나 모르게 뭘 많이도 사다 날랐네. 통도 커. 패물함이 엄청나구먼?"

평생 같이 살아왔어도 은정 여사가 제 것이라며 욕심내 뭔가를 꽁꽁 싸쟁여 두는 걸 본 적 없다. 남편인 그가 뭘 사 준다고 해도 크게 기뻐하지도 않고 좋은 게 생기면 일단 남과 나누기 좋아하는 성품이어서 그랬다.

그렇듯이 딱히 물욕 같은 건 없어 보이던 은정 여사였는데, 그녀의 보석함 안에 든 패물은 생각 외로 휘황찬란했다.

"이거 다 우리 며느리 될 애하고 우리 유리한테 물려주려고 사 모은 거라구요. 여자의 자존심은 끼고 다니는 보석 크기여."

"거참, 여자 자존심은 왜 그리 비싸대?"

은정 여사가 자랑스럽게 내보인 패물을 들여다보며 민호가 중얼거렸다.

"근데 이런 거 며느리가 의외로 싫어한다는데?"

"엉? 왜요?"

은정 여사가 깜짝 놀라 남편을 건너다보았다.

"엄청 비싼 것들인데? 돈 주고도 못 사는 거 많아."

"그게 뭐든 요새 처녀들, 시엄마가 주는 거면 딱히 안 좋아한다고 들었어. 다 구질하고 구식이라고. 그냥 돈만 딱 주고 저들 마음에 드는 거 사라고 하는 게 제일 좋다는데."

"그런 말은 나도 들었어. 근데 이것들이 다 예쁘잖아. 일단 오라고 해서 저보고 마음에 드는 거 골라 가지라고 하지 뭐. 좋다 하면 다 줄 거야. 근데 내가 보여 주고 싶은 건 이게 아니고 여보, 이것 좀 봐."

그러면서 은정 여사가 보석함 아래 숨겨 둔 통장 하나를 꺼냈다.

"이건 또 뭐여?"

"우리 성운이가 혹시나 유학이라도 가게 되면 줄려고 모아 둔 거."

통장을 펼쳐 보며 은정 여사가 흐뭇하게 웃었다.

"이래 봬도 10년 넘게 적금 부었다고."

"어이쿠. 나 몰래 패물에다 현금에다 잘도 모았구만. 그래서 이걸로 뭐하려고?"

"효진이 봉채비."

"엉?"

"결혼하면 혼수 해 와야 하는데 걔가 뭔 돈이 있어? 직장 잡은 지 1년도 안 된 애잖아. 집칸은 우리가 마련해 준다 해도 신부가 제 살림살이는 사 와야 할 거 아냐. 걔도 체면이 있는데. 몰래 쥐여 주려고. 아, 나중에 다 갚으라고 할 거야. 절대 공짜 아냐."

친정 엄마가 없는 효진에게 시어머니 자리 은정 여사가 친정 엄마 노릇까지 다 해 줄 작정을 한 것이다.

10년 넘게 모은 적금 통장을 내줄 만큼 그렇게 며느리 될 효진을 진심으로 환영한다는 것도.

"그려, 그렇게 해. 효진이는 당신 맘 다 알겠지."

민호가 빙긋이 웃으며 다시 은정 여사를 바라보았다.

"어지간히 좋구만, 임자."

"그럼요, 내 평생소원 중 하나가 이루어졌는데."

"그럼 다른 소원은 뭐여?"

"우리 식구 다 건강하고 오순도순 잘 사는 거. 그리고 우리 유리도 좋은 신랑 만나는 거."

"결혼이 인생의 전부여? 결혼하든 말든 자기 할 일 잘하고 건강하게 살면 그게 제일 좋은 일이지."

"그렇다 해도 또 사람 마음이 그게 아녀요. 아휴, 우리 친구들이 하나둘 씩 잘난 사위 며느리 봤다고 자랑질을 해 댈 때마다 내가 솔직히 입도 벙긋할 수가 없어서 얼마나 자존심이 상했는데?"

허공을 향해 은정 여사가 하하하, 다시 의기양양 크게 웃었다.

"이제부터 모임 어디든 나가서 마구마구 자랑할 거야. 우리 며느리, 일류대 나온 회계사다, 이것들아!"

그러나 큰맘 먹고 효진에게 건네준 은정 여사의 그 적금 통장은 이윽고 딱히 큰 의미가 없게 되었다.

반년 후, 결혼식 때 이미 효진의 배 속에 세하가 혼수로 들어앉아 있었기 때문이다.